MITOLOGIA GREGA

Volume III

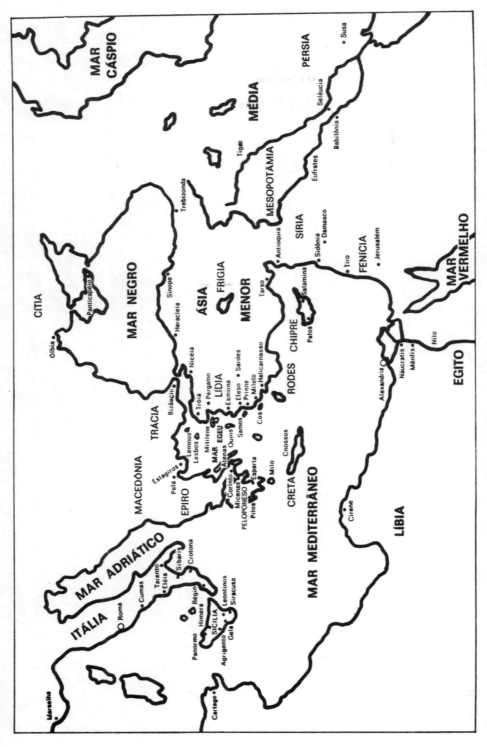

Mapa do Mundo Helênico

Junito de Souza Brandão

MITOLOGIA GREGA
VOLUME III

Petrópolis

© 1987, Editora Vozes Ltda.
Rua Frei Luís, 100
25689-900 Petrópolis, RJ
www.vozes.com.br
Brasil

Todos os direitos reservados. Nenhuma parte desta obra poderá ser reproduzida ou transmitida por qualquer forma e/ou quaisquer meios (eletrônico ou mecânico, incluindo fotocópia e gravação) ou arquivada em qualquer sistema ou banco de dados sem permissão escrita da editora.

CONSELHO EDITORIAL

Diretor
Gilberto Gonçalves Garcia

Editores
Aline dos Santos Carneiro
Edrian Josué Pasini
Marilac Loraine Oleniki
Welder Lancieri Marchini

Conselheiros
Francisco Morás
Ludovico Garmus
Teobaldo Heidemann
Volney J. Berkenbrock

Secretário executivo
João Batista Kreuch

Diagramação: AG.SR Desenv. Gráfico
Capa: Juliana Teresa Hannickel

ISBN 978-85-326-0071-4 – (Obra completa)
ISBN 978-85-326-0407-1 – Vol. I
ISBN 978-85-326-0072-1 – Vol. II
ISBN 978-85-326-0450-7 – Vol. III

Dados Internacionais de Catalogação na Publicação (CIP)
(Câmara Brasileira do Livro, SP, Brasil)

Brandão, Junito de Souza, 1926-1995.
  Mitologia grega, vol. III / Junito de Souza Brandão.
21. ed. – Petrópolis, RJ : Vozes, 2015.
  Bibliografia

  3ª reimpressão, 2019.

  1. Mitologia grega – História I. Título.

07-6314   CDD-292.0809

Índices para catálogo sistemático:
1. Mitologia grega : História   292.0809

Editado conforme o novo acordo ortográfico.

Este livro foi composto e impresso pela Editora Vozes Ltda.

Sumário

Prefácio, 7

Ligeira introdução, 11

I. Introdução ao Mito dos Heróis, 13

II. Perseu e Medusa, 75

III. Héracles e os Doze Trabalhos, 93

IV. O Mito de Teseu, 157

V. Jasão: o Mito dos Argonautas, 185

VI. Belerofonte e a luta contra Quimera, 217

VII. Faetonte: uma ascensão perigosa, 231

VIII. Os Labdácidas: o Mito de Édipo, 243

IX. Ulisses: o Mito do Retorno, 301

X. Uma heroína forte: Clitemnestra, 345

Complementação bibliográfica dos volumes I e II, 373

Índice onomástico, 379

Índice analítico, 409

PREFÁCIO

O convite do professor Junito de Souza Brandão, para que eu escrevesse o prefácio deste terceiro e último volume do seu tratado de "Mitologia grega", é para mim motivo de intensa satisfação.

Faltava, em língua portuguesa, uma obra séria e, ao mesmo tempo, didática como esta sobre tema de tão grande relevância.

O terceiro volume nos fala dos mitos dos heróis. Aprendemos com a Psicologia Analítica de C.G. Jung, através do conceito de arquétipo, a importância dos mitos para a estruturação e desenvolvimento de nossa consciência individual e coletiva.

A presença e a compreensão do dinamismo do herói é de primordial importância na evolução e estruturação de nossa personalidade. Sempre que algo novo e transformador vai ser implantado em nossa consciência pessoal e coletiva algum dinamismo heroico deverá estar ativado.

A tarefa de melhor conhecer as possibilidades da consciência individual e coletiva do ser humano é bastante árdua. Neste sentido, a feliz descrição que Junito Brandão faz das múltiplas facetas, bem como dos variados comportamentos dos numerosos heróis da riquíssima mitologia grega, muito pode nos ajudar.

O herói é aquele que se exaure na sua missão, vive para a sua causa. Como seres que não são deuses nem humanos, são intermediários entre o mundo da consciência e o inconsciente. São "daímones", são o traço-de-união entre o mundo dos homens e o mundo divino.

Símbolos fortíssimos de transformação são sempre dotados de forte carga emocional, de grande potencial transformador, trazendo vida nova e fertilizando, a partir do inconsciente, a nossa consciência.

O conhecimento das características dos heróis, a sua complicada e às vezes dupla origem, seu comportamento, ora encantador, ora agressivo, destrutivo ou desonesto; seus defeitos, sua morte trágica como coroamento de sua vida, seus diferentes destinos após a morte, ora ajudando ora prejudicando os humanos, tudo nos enriquece e amadurece para experimentarmos as infinitas possibilidades das transformações humanas.

O herói, como arquétipo, está sempre constelado nas grandes transformações. Assim temos o herói matriarcal, implantando o dinamismo da grande mãe, fertilizando e organizando o mundo em função dos princípios de procriar, nutrir, cuidar e acolher. O herói patriarcal implanta sua lei, a moral espiritual, a palavra, a coerência, o sacrifício do espontâneo para se atingir um objetivo. O herói da alteridade implanta o respeito à individualidade, a busca do outro lado das coisas, da outra face, dos lados negados ou não desenvolvidos na consciência pessoal e coletiva. Finalmente temos o herói da sabedoria, da transcendência, que nos leva a enxergar o sentido da vida e da morte e a nos preparar para regressarmos ao Todo de onde viemos e para onde retornamos.

Temos na adolescência uma fase em que por excelência o arquétipo do herói está constelado em nossa personalidade. É a hora da grande batalha para se sair do mundo parental, para a morte simbólica dos pais e do filho, para assim poder surgir o indivíduo, o adulto.

Nesta fase, o herói, presente em nossa personalidade, assume as mais variadas características, dependendo de diferentes aspectos bio-psico-sociais e da natureza onde vivemos. Em nível coletivo ele vai assumir características próprias do momento cultural de determinada sociedade.

O perigo de se ficar identificado com o arquétipo do herói, como com qualquer outro arquétipo, é ultrapassar o "métron", a medida humana. Isto fica bem caracterizado nos mitos e expresso na famosa frase do oráculo de Delfos "gnôthi s'autón" – o célebre "conhece-te a ti mesmo" do tempo de Apolo.

Somos humanos e não deuses ou semideuses, e por isso devemos ter nos heróis inspiradores e modelos de transformação e não modelos de identificação.

Que a rica e agradável leitura dos mitos dos heróis gregos ajude o leitor a se dar conta da pujança e potencialidade de sua personalidade, bem como da riqueza cultural da civilização grega.

O professor Junito Brandão dedicou muito de sua vida ao estudo de culturas antigas, principalmente da greco-romana. Nós, que frequentamos seus cursos e temos com ele a satisfação de um convívio pessoal, sabemos do conhecimento e erudição do professor Junito Brandão neste campo. Sabemos também do amor e do carinho que ele dedica ao ensino e do quanto lhe custou a obra realizada. Como ser humano ele também tem aquela faísca divina que o herói Prometeu roubou dos deuses para o homem. Mas a dele é bem grande! Produziu muita luz. Ele é um "herói" pela obra que oferece à cultura brasileira como mestre e escritor, porém sem perder sua condição humana.

Nós, analistas, ficamos agradecidos em especial ao professor Junito Brandão por esse trabalho que é um verdadeiro símbolo de transformação e enriquecimento para o povo brasileiro. Tenho a certeza de que o leitor fará muito bom proveito desse ato heroico do grande mestre.

Dr. Nairo de Souza Vargas
Psiquiatra e analista junguiano (São Paulo)
Membro fundador da Sociedade Brasileira de Psicologia Analítica.

 # LIGEIRA INTRODUÇÃO

Este terceiro volume foi sem dúvida um parto difícil. Tive por momentos a impressão de que a vingativa deusa Hera retivera Ilítia no Olimpo e, como não dispunha de um Hefesto para abrir-me o crânio, os meus heróis provocaram-me cefalalgias homéricas...

O primeiro problema a enfrentar foi a carência de uma bibliografia adequada e confiável em nossa língua. Tal fato obrigou-me a "importar" nestes últimos três anos uma razoável "biblioteca heroica" que se acha, por sinal, indicada nos dois primeiros volumes e sobretudo nas notas de rodapé e bibliografia deste terceiro. Acontece, no entanto, que exceto as obras formidáveis de Angelo Brelich, Philippe Sellier e, em parte, as de H. Jeanmaire, Joseph Campbell, Marie Delcourt, Martin P. Nilsson, Otto Rank, Robert Graves e K. Kerényi, que assim mesmo focalizam tão somente as funções do herói, as demais falam de tudo um pouco, "inclusive" de alguns aspectos dos paladinos que nasceram *para servir...*

Somando tudo, cheguei à conclusão de que o único recurso era voltar *às origens*. Com a paciência e persistência das formiguinhas do mito de *Eros e Psiqué*, debrucei-me resoluta e corajosamente sobre Homero, Hesíodo, Píndaro, Ésquilo, Sófocles, Eurípides, Platão, Apolônio de Rodes, Apolodoro, Pausânias, Ovídio, Higino, entre outros, e refiz o caminho ao contrário do que planejara. Primeiro, *Grécia e Roma*, e depois o que os modernos pensaram, repetiram e disseram!

Alguns heróis, como Aquiles, Agamêmnon, Menelau e uns quantos que escaparam da "neurose e da banalização" das duras análises de Paul Diel, não foram individualmente retratados, porque já se encontram mais que estudados e analisados nos dois primeiros volumes e, às vezes, até mesmo retomados neste terceiro.

Para os comentários "simbólicos" apoiei-me em Jean Chevalier & Alain Gheerbrant, J.E. Cirlot e Yves Bonnefoy.

C. Gustav Jung, Marie-Louise von Franz, Erich Neumann, J. Henderson, Jean Shinoda Bolen e Paul Diel tiveram sempre a palavra final, quando se tratava de interpretação psicológica. O capítulo VIII, que versa sobre Édipo, foi lido pelo psiquiatra e analista junguiano, e mais que isto, meu amigo, Dr. Walter Boechat, cujo *nihil obstat* me encorajou muito.

Com todo esse aglomerado e sincretismo bibliográfico me foi possível, *Deo Iuuante*, montar este penoso e fatigante terceiro volume sobre o Mito dos Heróis. Estou consciente de que dei apenas a saída. Ainda falta muito o que dizer sobre o *herói grego*, principalmente porque, até o momento, se desconhece todo o ritual concernente à sua necessária e indispensável iniciação.

Teria que agradecer a muitas pessoas amigas que não só me incentivaram, mas ainda pela ajuda que me emprestaram.

Dina Maria M.A. Martins Ferreira, Léa Bentes Cardozo e Fred Marcos Tallmann, todos professores, mais uma vez se encarregaram da parte datilográfica. Eduardo Nelson Corrêa de Azevedo, probo e extremamente culto, reviu este terceiro volume e fez-me preciosas sugestões, particularmente com respeito à parte estilística. Augusto Ângelo Zanatta, *manu fraterna*, elaborou com sua conhecida proficiência os índices, em cuja tarefa contou com a preciosa colaboração de Cléa Paula Braga e Valderes Barboza. À minha equipe muito especial de revisão, de ternura e de amizade, Bluma Waddington Vilar de Queiroz, Eduardo Nelson Corrêa de Azevedo, Heraldo José Abreu Leitão, Monika Leibold e Zaida Maldonado, que se debruçou horas a fio sobre as provas paginadas do segundo e deste terceiro volume, para escoimá-los dos erros tipográficos, minha gratidão *sine fine*. Com esta equipe *sui generis* temos em mente outros labores mais altos e difíceis. A todos um cordial muito obrigado.

Rio de Janeiro, 20 de junho de 1987
Junito Brandão

Capítulo I
Introdução ao Mito dos Heróis

1

A etimologia, a origem e a estrutura ontológica de *herói* ainda não estão muito claras. Talvez se possa falar com certa desenvoltura acerca de "suas funções" e, assim mesmo, tomando-se como ponto de partida sobretudo a Grécia. É claro que todas as culturas primitivas e modernas tiveram e têm seus heróis, mas foi particularmente na Hélade que a "estrutura", as funções e o prestígio religioso do herói ficaram bem definidos e, como acentua Mircea Eliade, "apenas na Grécia os heróis desfrutaram um prestígio religioso considerável, alimentaram a imaginação e a reflexão, suscitaram a criatividade literária e artística"[1].

Etimologicamente, ἥρως (héros) talvez se pudesse aproximar do indo-europeu *servā*, da raiz *ser-*, de que provém o avéstico *haurvaiti*, "ele guarda" e o latim *seruāre*, "conservar, defender, guardar, velar sobre, ser útil", donde *herói* seria o "guardião, o defensor, o que nasceu para servir".

Não importa muito que Píndaro[2], em suas *Olímpicas*, 2,2, tenha distinguido três categorias de seres: *deuses, heróis e homens* e que Platão, no *Crátilo*, 397ss te-

---

1. ELIADE, Mircea. Op. cit. T. I, vol. 2, p. 124.

2. Dada a carência de uma bibliografia básica em língua portuguesa sobre o *Mito dos heróis*, demos a este capítulo uma extensão bem maior do que havíamos planejado de início. A finalidade é abrir para os interessados um campo mais amplo de pesquisa com uma bibliografia mínima, mas atualizada e com as fontes greco-latinas, onde o *herói* está inteiro, presente e atuante, ao menos no que tange às suas "funções" e características. Para a redação do presente capítulo, recorremos, por isso mesmo, aos poemas homéricos, particularmente à *Ilíada*; às obras de Píndaro; a algumas tragédias gregas; vez por outra a Xenofonte e Heródoto (*Histórias*), mas principalmente a Apolodoro (*Biblioteca histórica*), Pausânias (*Descrição da Grécia*) e Plutarco; Ovídio (*Metamorfoses*) e Higino (*Fábulas*). Para a parte teórica nossos guias foram, entre outros, Joseph Campbell (*The Hero with a thousand faces*); Otto Rank (*El mito del nacimiento del héroe*); Károly Kerényi (*Miti e misteri*); Mircea Eliade (*História das crenças e das ideias religiosas*, t. I, vol. 2) e sobretudo o profundo e documentadíssimo Angelo Brelich, de cuja obra monumental (*Gli eroi greci*) muito nos aproveitamos, traduzindo-lhe trechos e orientando-nos por outros. Os demais autores, que poderão ser consultados com proveito para uma boa compreensão do *Mito dos heróis*, aparecem alinhados na bibliografia do *primeiro*, mas particularmente neste *terceiro volume*. Para não repetir os títulos das obras únicas supracitadas de Apolodoro, Pausânias e Heródoto, citamos, por vezes, apenas os nomes dos autores, seguidos dos capítulos e demais indicações necessárias. Adotamos, além do mais, quando necessário, para os nomes dos autores gregos e latinos, as abreviaturas convencionais: *Pín*(daro); *Sóf*(ocles); *Eur*(ípides); *Heród*(oto); *Xen*(ofonte); *Apol*(odoro); *Paus*(ânias); *Plut*(arco); *Ov*(ídio) e *Hig*(ino).

nha acrescentado os *demônios* como uma quarta espécie na galeria dos protetores e intermediários entre os mortais e os imortais.

A nós interessa, nesta *Introdução*, discutir-lhe a possível origem, as características e particularmente as funções e os "serviços" que sempre prestaram nesta vida e *post mortem*.

Em sua obra clássica, E. Rohde[3] defende com ênfase a tese de que os heróis estariam estreitamente ligados aos deuses do mundo subterrâneo, às divindades ctônias, mas se originariam de homens célebres, que, após a morte, desceram ao Hades e aí habitam em companhia dos deuses de baixo, dos quais muito se aproximariam pelo poder e pela influência que exercem sobre os homens. H. Usener[4] advoga, em obra publicada logo após a de Rohde, uma teoria diametralmente oposta: os heróis teriam origem divina. Como os *daímones*, os "demônios", aqueles proviriam de divindades "decaídas", "momentâneas" ou "privativas", o que Usener denominou *Sondergötter* (deuses particulares), quer dizer, divindades "especializadas em funções específicas". Um pouco mais tarde, surgiu a obra de L.R. Farnell[5], que procurou conciliar a teoria evemerista de Rohde com a mítica de Usener: os heróis seriam tanto seres humanos quanto divindades particulares, ou seja, uma verdadeira mistura ou fusão de tipos, uma vez que, para Farnell, os heróis não possuem a mesma origem, apresentando-se escalonados em sete categorias. Desse modo, teríamos desde heróis de origem divina até os simplesmente criados por eruditos e poetas... A teoria conciliatória de Farnell fez e ainda faz sucesso, pois até mesmo o seguríssimo Nilsson a abraçou, ao afirmar que os heróis constituíam um grupo muito heterogêneo (*"the heroes were a very mixed company"*)[6]. Neste grupo promíscuo o erudito sueco incluiu as divindades locais decadentes, os ancestrais das grandes famílias, personagens históricas e algumas outras categorias.

---

3. ROHDE, Erwin. *Psyche*. Leipzig: Tübingen, 1893, p. 134.

4. USENER, H. *Götternamen*. Bonn: Cohen, 1897, p. 248ss.

5. FARNELL, L.R. *Greek Hero Cults and Ideas of Immortality*. Oxford: Oxford University Press, 1921, p. 71ss.

6. NILSSON, Martin. *The Minoan-Mycenaean Religion and its Survival in Greek Religion*. Lund, 1950, p. 585.

A polêmica em torno da origem divina ou humana do herói se apoiava particularmente nos dois tipos diferentes de sacrifícios, que eram oferecidos aos deuses e heróis, e no rito com que eram executados, consoante a documentação até então existente. Aos deuses se sacrificava pela manhã, aos heróis, à tarde; aos deuses se ofereciam vítimas brancas, aos heróis, pretas; aos deuses o sacrifício se fazia sobre um βωμός (bomós), um *altar* colocado sobre um embasamento; aos heróis, sobre uma simples ἐσχάρα (eskhára), uma *lareira* ou *braseiro*, instalado no chão; as vítimas oferecidas aos deuses se degolavam com o pescoço voltado para o alto, as dedicadas aos heróis com o pescoço inclinado para baixo, para o centro da Terra, para que o sangue caísse diretamente num βόθρος (bóthros), num *fosso sacrifical*. Mas, como diferença fundamental se argumentava que o sacrifício aos deuses era sob forma de θυσία (thysía), isto é, uma *oblação* em que apenas uma parte da vítima era ofertada aos imortais, enquanto a parte restante – a melhor delas – era consumida pelos sacrificantes, graças a Prometeu. Aos heróis se sacrificava mediante o ἐναγισμός (enaguismós), isto é, sob forma de *cerimônia fúnebre*, que comportava o ὁλόκαυτος (holókautos), o *holocausto*, isto é, o consumo total da vítima pelas chamas. É que, tendo-se tornado "sagrada", porque ofertada aos mortos ou aos semideuses, como transparece na própria etimologia do ἐναγίζειν (enaguídzein), "sacrificar aos mortos ou aos semideuses infernais", o consumo da carne da vítima era vetado aos mortais. No fundo, como se pensava, tratava-se de um problema catártico: seria "impuro" tudo quanto se oferecia ao mundo dos mortos.

Embora estas afirmações minuciosas a respeito dos ritos e sacrifícios aos deuses e heróis – o que postularia a origem humana destes últimos – provenham de um período tardio da civilização grega, não há dúvida de que na época clássica a diferença entre *sacrificar a um deus*, ὡς θεῷ θύειν (hos theôi thýein) e *sacrificar a um herói*, ὡς ἥρῳ ἐναγίζειν (hos héroi enaguídzein), era corrente e habitual, como aparece, entre outros, em Heródoto, 2,44.

Bastaria, no entanto, essa diferença de ritos e sacrifícios para confirmar a origem evemerista dos heróis? De outro lado, tais modalidades ritualísticas seriam absolutas na religião grega?

Em artigo substancioso, A.D. Nock[7] propriamente anulou as teorias de Rohde, Usener e Farnell, demonstrando, com documentação bem mais recente, que fundamentar a origem dos heróis na diferença sacrifical da θυσία (thysía), na consumação de uma parte da vítima pelos sacrificantes e no ὁλόκαυτος (holókautos), no holocausto, na "queima" total das carnes da mesma, não tinha mais sentido e não correspondia à verdade dos fatos. De saída, Nock não vê dado algum concreto que prove que, através da *thysía*, se estabelecesse a comunhão entre o deus e os sacrificantes, por meio da consumação "dividida" das carnes da vítima (p. 148ss), nem tampouco, através do *holocausto*, se pode comprovar, segundo o autor, que a abstenção das carnes da vítima, por parte dos sacrificantes, se deva ao fato de a mesma ser consagrada a um herói, a um morto, e, portanto, impuro (p. 156). Em segundo lugar, Nock demonstra que, independentemente de qualquer teoria, as diferenças mesmas entre ritual divino e heroico são bem menos nítidas do que realmente se pensava: em poucas páginas (p. 144ss) o sábio americano reuniu um número respeitável de cultos heroicos em que as carnes das vítimas eram consumidas pelos sacrificantes. Aliás, a respeito do horário dos sacrifícios heroicos, o próprio Nilsson já havia observado que, em numerosos casos, os mesmos se realizavam em pleno sol da manhã... Se o grande número de exemplos catalogados por Nock não permite argumentar-se com a exceção, a antiguidade dos documentos igualmente não autoriza que se vejam neles deformações ou produtos do relaxamento de uma organização originária. Com isso, o autor chegou a conclusões inteiramente diferentes das estampadas nas obras de Rohde, Hermann Usener e Farnell. Não se trata aqui, como deixa claro Brelich, de casos em que as formas do culto heroico se tenham confundido com as do culto divino, como processos secundários de uma decadência, mas, ao contrário, da diferença entre os dois tipos rituais, diferença essa que poderia ser fruto de um processo de "legalização", de sistematização, que se observa em muitos outros setores da religião grega"[8].

---

7. NOCK, A.D. In: *Harvard Theological Review*, p. 141ss, citado por Angelo BRELICH. Op. cit., p. 17s.

8. BRELICH, Angelo. Op. cit., p. 18.

Em sua obra clássica sobre os heróis, *Gli eroi greci*, já por nós citada mais de uma vez, Angelo Brelich, após observar que, numa religião tão plástica como a grega, embora exista uma diferença muito grande entre um herói e outro, o que se deve ao "princípio informador de uma religião politeísta que tende a diferenciar e a fixar em formas plásticas suas múltiplas experiências e exigências", chega à conclusão de que é possível, *mutatis mutandis*, traçar um retrato do herói grego. Para o pesquisador italiano assim poderia ser descrita a estrutura morfológica dos heróis: "virtualmente, todo herói é uma personagem, cuja morte apresenta um relevo particular e que tem relações estreitas com o combate, com a agonística, a arte divinatória e a medicina, com a iniciação da puberdade e os mistérios; é fundador de cidades e seu culto possui um caráter cívico; o herói é, além do mais, ancestral de grupos consanguíneos e representante prototípico de certas atividades humanas fundamentais e primordiais. Todas essas características demonstram sua natureza sobre-humana, enquanto, de outro lado, a personagem pode aparecer como um ser monstruoso, como gigante ou anão, teriomorfo ou andrógino, fálico, sexualmente anormal ou impotente, voltado para a violência sanguinária, a loucura, a astúcia, o furto, o sacrilégio e para a transgressão dos limites e medidas que os deuses não permitem sejam ultrapassados pelos mortais. E, embora o herói possua uma descendência privilegiada e sobre-humana, se bem que marcada pelo signo da ilegalidade, sua carreira, por isso mesmo, desde o início, é ameaçada por situações críticas. Assim, após alcançar o vértice do triunfo com a superação de provas extraordinárias, após núpcias e conquistas memoráveis, em razão mesmo de suas imperfeições congênitas e descomedimentos, o herói está condenado ao fracasso e a um fim trágico"[9].

Mircea Eliade remata o magnífico retrato do herói, traçado por Brelich, com as seguintes palavras: "Utilizando uma fórmula sumária, poderíamos dizer que os heróis gregos compartilham uma modalidade existencial *sui generis* (sobre-humana, mas não divina) e atuam numa época primordial, precisamente aquela que acompanha a cosmogonia e o triunfo de Zeus. A sua atividade se desenrola depois do aparecimento dos homens, mas num período dos 'começos',

---

9. Ibid., p. 313s.

quando as estruturas não estavam definitivamente fixadas e as normas ainda não tinham sido suficientemente estabelecidas. O seu próprio modo de ser revela o caráter inacabado e contraditório do tempo das 'origens' [...]"[10].

Como se pode observar, tanto Angelo Brelich quanto Mircea Eliade traçam apenas a "estrutura morfológica" do herói, mas evitam opinar claramente sobre a origem do mesmo. E, como estávamos falando exatamente acerca de sua gênese, é necessário, para concluir, voltar a ela.

Se talvez não se deva mais, após os argumentos de Nock, defender a origem humana ou divina dos *heróis*, e nem tampouco sua procedência mista, preconizada por Farnell, como foram "fabricados" esses seres maravilhosos, que encantam e recreiam a nossa imaginação?

Não seria mais simples dizer que o *herói*, seja ele de procedência mítica ou histórica, seja ele de ontem ou de hoje, é simplesmente um *arquétipo*, que "nasceu" para suprir muitas de nossas deficiências psíquicas? De outra maneira, como se poderia explicar a similitude estrutural de heróis de tantas culturas primitivas que, comprovadamente, nenhum contato mútuo e direto mantiveram entre si? Da Babilônia às tribos africanas; dos índios norte-americanos aos gregos; dos gauleses aos incas peruanos, todos os heróis, descontados fatores locais, sociais e culturais, têm um mesmo perfil e se encaixam num modelo exemplar.

Otto Rank tentou mesmo formular um esquema do que ele denominou a lenda-padrão do herói[11]. Vamos imitá-lo ou até mesmo transcrevê-lo, fazendo-lhe, no entanto, algumas achegas ou podando-o naquilo que nos parece supérfluo. Consoante Rank, o herói descende de ancestrais famosos ou de pais da mais alta nobreza: habitualmente é filho de um rei. Seu nascimento é precedido por muitas dificuldades, tais como a continência ou a esterilidade prolongada, o coito secreto dos pais, devido à proibição ou ameaça de um oráculo, ou ainda por outros obstáculos, como o castigo que pesa sobre a família. Durante a gravidez ou mesmo anterior à mesma, surge uma profecia, sob forma de sonho ou de oráculo, que adverte acerca do perigo do nascimento da criança, uma vez que

---

10. Op. cit., p. 118s.

11. RANK, Otto. *El mito del nacimiento del héroe.* Buenos Aires: Paidós, 1981, p. 79s.

esta põe em perigo a vida do pai ou de seu representante. Via de regra, o menino é exposto num monte ou num "recipiente", cesto, pote, urna, barco, é abandonado nas águas, as mais das vezes, do mar. É recolhido e salvo por pessoas humildes: pastor, pescador, ou por animais, e é amamentado por uma fêmea de algum animal, ursa, loba, cabra... ou ainda por uma mulher de condição modesta. Transcorrida a infância, durante a qual o adolescente, não raro, dá mostras de sua condição e natureza superiores, o "futuro herói" acaba descobrindo, e aqui as circunstâncias variam muito, sua origem nobre. Retorna à sua tribo ou a seu reino, após façanhas memoráveis, vinga-se do pai, do tio ou do avô, casa-se com uma princesa e consegue o reconhecimento de seus méritos, alcançando, finalmente, o posto e as honras a que tem direito. Mas, após tantas lutas, o fim do herói é comumente trágico. A grande glória lhe será reservada *post mortem*. Diga-se, de caminho, que, para Rank, o mito do herói é uma projeção da "novela familiar": a neurose infantil "estancada", a luta do menino contra o pai e suas tentativas de libertar-se de seus genitores: "Na medida em que dispomos dos elementos mencionados acima, passa a ter fundamento nossa analogia do 'eu' do menino com o herói do mito, em virtude das tendências coincidentes entre as novelas familiares e os mitos heroicos, uma vez que o mito revela, ao longo de todo o seu desenvolvimento, um esforço por libertar-se dos pais, e esse mesmo desejo se depreende das fantasias individuais do menino, quando busca sua emancipação. Nesse sentido o 'eu' do menino se comporta como o herói do mito e, na realidade, o herói deve ser interpretado sempre como um 'eu' coletivo, dotado de todas as excelências". E, mais adiante, remata o estudioso austríaco: "Na realidade, os mitos dos heróis equivalem, em função de muitas de suas características essenciais, às ideias delirantes de alguns psicóticos, que sofrem de delírios de perseguição e grandeza, isto é, os paranoicos. Seu sistema delirante está construído de forma muito semelhante ao mito do herói, revelando assim os mesmos temas psicológicos que a novela familiar do neurótico"[12].

Em todo caso, as portas da pesquisa e das conclusões continuam abertas, até mesmo para os heróis...

---

12. Ibid., p. 86ss.

2

Expostas essas ligeiras observações sobre a origem do herói, passaremos agora a uma síntese acerca de suas atividades e características fundamentais, em sua maioria, aliás, já estampadas nos comentários supracitados de Brelich e complementadas por Eliade. Nosso objetivo é dar-lhes uma forma didática, fazer-lhes alguns acréscimos e acompanhar o itinerário, do berço ao túmulo, desse paladino, que nasceu "para servir".

Via de regra, os heróis têm um *nascimento complicado*, como Perseu, Teseu, Héracles e muitíssimos outros. Descendem de um deus com uma simples mortal: Minos, Sarpédon e Radamanto, filhos de Zeus e Europa; Castor, Pólux, Clitemnestra e Helena, do mesmo Zeus e Leda; Asclépio, de Apolo e Corônis; ou de uma deusa com um mortal: Eneias e Aquiles, frutos respectivamente dos amores de Afrodite e Anquises e de Tétis e Peleu ou, por vezes, lhe é atribuída uma "dupla paternidade": Teseu é filho de Posídon e "Egeu"; Héracles, de Zeus e "Anfitrião". Neste último caso, como acentua Jung, falando sobre os *arquétipos*, "toda criança vê nos pais uma 'parelha divina', cuja 'mitologização' continua, as mais das vezes, até a idade adulta e somente é abandonada após uma ingente resistência. Pois bem, o medo de perder, no curso da vida, essa conexão com a fase prévia, instintiva e arquetípica da consciência, é geral e foi exatamente esse temor que provocou, desde muito, que se agregassem aos pais carnais do recém-nascido dois *padrinhos*, um *godfather* e uma *godmother*, como se chamam em inglês, ou um *Götti* e uma *Gotte*, como se diz em alemão da Suíça, os quais devem cuidar do bem-estar espiritual do afilhado. Tais padrinhos representam a 'parelha' de deuses, que aparece no nascimento da criança e patenteia o tema do duplo nascimento"[13]. Os heróis podem ter ainda um nascimento irregular, em consequência de um incesto: Egisto é fruto do incesto de Tieste com sua filha Pelopia, e a "ninhada tebana", Etéocles, Polinice, Antígona e Ismene, provém de Édipo com sua própria mãe Jocasta...; acrescente-se, ademais, que muitos heróis, além do nascimento difícil ou irregular, são expostos, por força normalmente de um

---

13. JUNG, Carl Gustav. *Arquétipos e inconsciente colectivo*. Buenos Aires: Paidós, 1981, p. 63s.

oráculo, que prevê a ruína do rei, da cidade, ou por outros motivos, caso o recém-nascido permaneça na corte ou na pólis. É assim que Páris, Édipo e Egisto são expostos num monte. O primeiro o foi porque sua sobrevivência, como sonhara sua mãe Hécuba, ameaçava Troia, conforme se comentou no Vol. I, p. 107; Édipo, porque, segundo o oráculo, estava condenado a cometer parricídio e casar-se com a própria mãe; e Egisto, porque Pelopia fora violada, como vimos no Vol. I, p. 89; outros são expostos nas águas do mar, como Perseu, que punha em perigo a vida de seu avô, o rei Acrísio, conforme se verá no capítulo seguinte; Reso, *Reso*, 926s; e, segundo algumas versões, os gêmeos Pélias e Neleu, filhos de Posídon e Tiro, além de Tenes e sua irmã Hemítea... Em geral, o exposto é recolhido por uma pessoa humilde e criado numa corte: Édipo, no palácio de Pólibo e Mérope, em Corinto; Perseu, no de Polidectes, na ilha de Sérifo. Alguns expostos em montes, como Egisto e Páris, são alimentados por um animal: o troiano Páris o foi por uma ursa; Egisto, por uma cabra, segundo se mostrou no Vol. I, p. 89, onde, por sinal, se comentou igualmente o simbolismo da alimentação de um herói ou futuro rei por um animal.

De qualquer forma, exatamente por ser um herói, a criança já vem ao mundo com duas "virtudes" inerentes à sua condição e natureza: a τιμή (timé), a "honorabilidade pessoal", e a ἀρετή (areté), a "excelência", a superioridade em relação aos outros mortais, segundo se viu no Vol. I, p. 151, o que o predispõe a gestas gloriosas, desde a mais tenra infância ou tão logo atinja a puberdade: Héracles, conta-se, aos oito meses, estrangulou duas serpentes enviadas por Hera contra ele e seu irmão Íficles; Teseu, aos dezesseis anos, ergueu um enorme rochedo sob o qual seu pai Egeu havia escondido a espada e as sandálias; o jovem Artur, e somente ele, foi capaz de arrancar a espada mágica de uma pedra...

3

Dado importante, para que o herói inicie seu itinerário de conquistas e vitórias, é a "educação" que o mesmo recebe, o que significa que o futuro benfeitor da humanidade vai desprender-se das garras paternas e ausentar-se do lar, por um período mais ou menos longo, em busca de sua "formação iniciática". A partida, a educação e, posteriormente, o regresso representam, consoante Campbell[14], o percurso comum da aventura mitológica do herói, sintetizada na fórmula dos ritos de iniciação *separação-iniciação-retorno*, "que poderia receber o nome de unidade nuclear do *monomito*"[15], isto é, partes integrantes e inseparáveis de um mesmo e único mitologema.

Separando-se dos seus e, após longos ritos iniciáticos, o herói inicia suas aventuras, a partir de proezas comuns num mundo de todos os dias, até chegar a uma região de prodígios sobrenaturais, onde se defronta com forças fabulosas e acaba por conseguir um triunfo decisivo. Ao regressar de suas misteriosas façanhas, ao completar sua aventura circular, o herói acumulou energias suficientes para ajudar e outorgar dádivas inesquecíveis a seus irmãos.

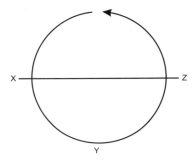

Jasão, tão logo abandonou a corte de Iolco, foi entregue ao grande educador de heróis, o Centauro Quirão, de que já se falou no Vol. II, p. 93. Aos vinte anos organizou a célebre *Expedição dos Argonautas*. Navegou com seus cinquenta e cinco heróis através das "rochas azuis", as Ciâneas, também denominadas *Simplégades*, "as rochas que se fecham", chegou à Cólquida, venceu as "provas" impostas por Eetes, enganou o dragão que guardava o Velocino de Ouro e regressou com o mesmo, para disputar com o usurpador Pélias o trono que a ele Jasão cabia de direito e de fato. Prometeu, o filantropo, vencidas tantas fadigas e renúncias, escalou o Olimpo, roubou o fogo celeste e recuperou a humanidade. Eneias, após tantos sofrimentos "em terra e no mar", acompanhado da Sibila de

---

14. CAMPBELL, Joseph. *The Hero with a thousand faces*. Princeton: Bollingen Paperback Printing, 1978, p. 30ss.

15. O neologismo *monomito* é, ao que parece, uma criação de James JOYCE. *Finnegans Wake*. New York: Viking Press, 1939, p. 581.

Cumas, desceu aos Infernos e, após cruzar os mortais rios do Hades e passar pelo monstruoso Cérbero, pôde afinal dialogar com o *eídolon*, a *umbra*, a sombra de seu pai Anquises. Todas as coisas lhe foram reveladas: o destino das almas, o destino de Roma, que ele iria fundar, e sobretudo como suportar tantas aflições e sofrimentos que ainda teria pela frente.

Eneias, o "piedoso Eneias", voltou ao mundo da luz através da porta de marfim, para realizar todas as tarefas que as Parcas lhe impuseram[16]. Uma representação majestosa das lutas por que passa o herói no esquema *separação-iniciação-retorno* é a lenda das Grandes Batalhas que travou o príncipe Gautama Sākyamūni, o *Buddha*, desde a renúncia às comodidades e prazeres da corte paterna até a difícil "iluminação perfeita", estado de liberação, que lhe possibilitou sair de sob a "quarta árvore" e comunicar a todos *o conhecimento do caminho*[17].

Fato de certa forma semelhante é registrado no Antigo Testamento, Ex 19–20, quando Moisés, completados três meses da partida do povo de Israel do Egito e sua penosa caminhada pelo deserto, chegou ao Monte Sinai e, sozinho, o escalou para ir falar a Javé, que lhe entregou as *Tábuas da Lei* e ordenou-lhe que voltasse com elas para Israel, o povo do Senhor.

Como é dado observar, do Oriente ao Ocidente, o mito do herói segue normalmente o modelo da unidade nuclear exposto acima: a separação do mundo, a penetração em alguma fonte de poder e um regresso à vida, a fim de que todos possam usufruir das energias e dos benefícios outorgados pelas façanhas do herói.

---

16. MARÃO, Públio Vergílio. *Eneida*, 6, 886-889.

17. O problema, segundo Campbell, é que o estado de *Buddha*, ou Iluminação, não pode ser comunicado, mas tão somente se aponta o caminho para a iluminação. Esse tipo de doutrina da incomunicabilidade da verdade, que paira acima de nomes e formas, é básico nas grandes tradições orientais e platônicas. Enquanto as verdades científicas são demonstráveis por meio de hipóteses racionalmente fundamentadas em fatos observáveis, o mito e o ritual são apenas guias, símbolos para que se possa chegar à iluminação transcendental, cujo passo definitivo depende de cada um individualmente em sua própria experiência silenciosa. Assim se explica que um dos termos sânscritos para designar "sábio" seja *muni*, o "silencioso". *Sakyamuni*, um dos títulos de Gautama Buddha, significa o silencioso ou sábio (*muni*) do clã dos Sakya. Embora fundador de uma religião mundial, o último ponto de sua doutrina permanece oculto e, necessariamente, em silêncio.

Este, no entanto, apesar de haver nascido com uma *timé* e uma *areté* especiais, terá que preparar-se para a execução de suas magnas tarefas. É precisamente a esse preparo que se dá o nome de *educação do herói*.

Consoante Júlio Pólux, gramático e retor alexandrino do séc. II d.C., em seu dicionário'Ονομαστικόν (Onomastikón), Onomástico, II, 4, Hipócrates dividia a vida humana em oito períodos de sete anos. A educação clássica e sobretudo a da época helenística, a partir do séc. IV a.C., ocupava as três primeiras etapas. A primeira fase, denominada παιδίον (paidíon), "idade infantil", ia de 1 a 7 anos, e a "educação" era ministrada em casa; a segunda, παῖς (paîs), o "menino", de 7 a 14 anos, era a idade em que a criança, quer dizer, o *menino*, "o sexo masculino", escapava à vigilância materna e iniciava seu período escolar propriamente dito. A etapa seguinte, chamada μειράκιον (meirákion), "adolescente", de 14 a 21 anos, o período da *efebia*, era coroado, de certa forma, por um estágio de formação cívica e militar.

Quanto à mulher, em tese, ela percorria, ao menos a partir da época helenística, as mesmas etapas educativas que os jovens, podendo até mesmo, como em Esparta, participar de exercícios físicos na Palestra e no Ginásio, mas o "ideal de mulher" não é o da que estuda e "participa", mas aquele traçado, com gulosa satisfação machista, por Iscômaco, no *Econômico*, 7, de Xenofonte, ao descrever para Sócrates o que era, por ocasião de seu casamento, a esposa "por ele escolhida": "ela estava com quinze anos, quando entrou em minha casa. Até então fora submetida a uma extrema vigilância, a fim de que nada visse, nada ouvisse e nada perguntasse. Que poderia eu desejar mais? Tenho nela uma mulher que aprendeu não só a fiar a lã, para fazer um manto, mas ainda como distribuir tarefas às escravas fiandeiras. Quanto à sobriedade, ela foi muito bem instruída. Excelente, não?"

Eis aí uma síntese da educação ateniense da época da decadência, porque a espartana sempre foi bem diversa. Este quadro, em que se estampa resumidamente o essencial da educação ministrada aos jovens de Atenas, é necessário para que se compreenda a educação mítica dos heróis, que, em linhas gerais, é uma transposição daquela. É claro que se omitiu, até o momento, *a formação religiosa*, sobretudo o catálogo de ritos de passagem, os imprescindíveis ritos iniciáticos, mas, no decorrer da exposição sobre a educação dos heróis, faremos alguns comentários a esse respeito.

Vários foram os mestres dos heróis, como Lino, Eumolpo, Fênix, Forbas, Cônidas..., mas o educador-modelo foi o pacífico Quirão, *o mais justo dos Centauros*, na expressão de Homero, Ilíada, XI, 832. Muitos heróis passaram por suas mãos sábias, na célebre gruta em que residia no monte Pélion: Peleu, Aquiles, Asclépio, Jasão, Actéon, Nestor, Céfalo... lista que é enriquecida por Xenofonte, em sua obra *Cinegética*, 1,21 (Tratado sobre a Caça) com mais catorze nomes! Quirão era antes do mais um médico famoso, donde sua arte primeira era a *Iátrica*, mas seu saber enciclopédico, como aparece nos monumentos figurados e literários, fazia do educador de Aquiles um mestre na arte das disputas atléticas, *Agonística*, e talvez praticasse e ensinasse ainda a arte divinatória, *Mântica*. Não para aí, todavia, a versatilidade de Quirão: ministrava igualmente a seus discípulos conhecimentos relativos à caça, *Cinegética*; à equitação, *Hípica*, bem como lhes ensinava a tanger a lira e o arremesso do dardo... Mais que tudo, no entanto, o fato de ser Quirão um *médico ferido*, um xamã, e residir numa *gruta* evocam, de pronto, sua função mais nobre e indispensável aos jovens "históricos", mas sobretudo aos heróis míticos, a saber, a ação de fazê-los passar por ritos iniciáticos, que outorgavam aos primeiros o direito à participação na vida política, social e religiosa da *pólis* e aos segundos a imprescindível indumentária espiritual, para que pudessem enfrentar a todos e quaisquer monstros... Diga-se, de passagem, que os Efebos eram iniciados por mestres igualmente históricos, que, em Atenas, se chamavam Σωφρονισταί (Sophronistaí), os *Sofronistas*, isto é, os preceptores, os monitores e, em Esparta, Εἰρένες (Eirénes), os Írenos.

Infelizmente se conhece muito pouco acerca desses ritos de passagem, tendo chegado até nós apenas algumas informações exteriores, cuja interpretação ainda é, por vezes, muito discutida. O restante, por ser um ritual secreto, se perdeu nas montanhas, nas grutas, nas cavernas e nos templos, onde se celebravam os mistérios.

Do que se tem notícia, ao menos sumária, pode-se destacar o *corte do cabelo*, a *mudança de nome*, o *mergulho ritual no mar*, a *passagem pela água e pelo fogo*, a *penetração num Labirinto*, a *catábase ao Hades*, o *androginismo*, o *travestismo*, a *hierogamia*. A esse respeito, com o respaldo da obra já citada de Angelo Brelich, Mircea

Eliade faz as seguintes ponderações: "Certos heróis (Aquiles, Teseu etc.) são associados aos ritos de iniciação dos adolescentes, e o culto heroico é frequentemente executado pelos efebos. Muitos episódios da saga de Teseu são, na verdade, provas iniciatórias: o seu mergulho ritual no mar, prova equivalente a uma viagem ao outro mundo, e precisamente no palácio submarino das nereidas, fadas *kourotróphoi* (quer dizer, em grego, 'nutridoras dos jovens') por excelência; a penetração de Teseu no labirinto e seu combate com o monstro (Minotauro), tema exemplar das iniciações heroicas; e, finalmente, o rapto de Ariadne, uma das múltiplas epifanias de Afrodite, no qual Teseu conclui a sua iniciação por meio de uma hierogamia. Segundo H. Jeanmaire, as cerimônias que constituíam as *Thésia*[18] ou *Theseîa* seriam provenientes dos rituais arcaicos que, numa época anterior, marcavam o retorno dos adolescentes à cidade, depois de sua permanência iniciatória na savana. Da mesma forma, certos momentos da lenda de Aquiles podem ser interpretados como provas iniciatórias: ele foi criado pelos Centauros, isto é, foi iniciado na savana por Mestres mascarados ou que se manifestavam sob aspectos animalescos; suportou a passagem pelo fogo e pela água, provas clássicas de iniciação, e chegou inclusive a viver entre as moças, vestido como uma delas, seguindo um costume específico de certas iniciações arcaicas de puberdade.

Os heróis são igualmente associados aos Mistérios: Triptólemo tem um santuário, e Eumolpo o seu túmulo, em Elêusis (Pausânias, 1,38,6; 1,38,2). Além disso, o culto dos heróis é solidário dos oráculos, principalmente dos ritos de incubação que visam à cura (Calcas, Anfiarau, Mopso etc.); alguns heróis estão, portanto, relacionados com a medicina (em primeiro lugar Asclépio)"[19].

4

Passaremos em revista, embora resumidamente, alguns dos tópicos relacionados acima com os ritos iniciáticos, particularmente os ritos de passagem em conexão com a efebia, o corte do cabelo, a mudança de nome, o travestimento e

---

18. *Thésia* deve ter sido um engano: em grego as festas de Teseu se denominavam *Théseia* ou *Theseîa*.

19. ELIADE, Mircea. Op. cit., p. 120.

a hierogamia, porque do *fogo* já se falou no Vol. I, p. 292; do *Labirinto* já se deu uma ideia no Vol. I, p. 65, e acerca do mesmo se voltará a falar no capítulo sobre Teseu; a *catábase ao Hades*, já diversas vezes mencionada, será retomada no mito de Héracles.

Em seguida, trataremos de algumas características físicas dos heróis e do vínculo dos mesmos com a *Agonística*, a *Mântica*, a *Iátrica* e com outras funções de que se ocupavam nesta vida e *post mortem* os que "nasceram para servir".

Embora os Mistérios houvessem absorvido o grosso da herança das iniciações tribais e, na época clássica, a organização social e religiosa fosse bem diferente daquelas, a importância da passagem para a idade adulta continuou a ser uma exigência institucional e ritual, que possuía um evidente aspecto religioso, o qual se manifestava ainda num forte nexo com o culto dos heróis. Os Efebos atenienses prestavam seu juramento no santuário de Agrauro ou Agraulo, filha do herói Cécrops. Era por meio de uma representação de Efebos, que Atenas participava das festas Eantias, na ilha de Salamina, em homenagem ao grande herói local Ájax. O documento mais antigo de uma participação ativa dos Efebos – ou, mais precisamente, dos κοῦροι (kûroi), "jovens", como antigamente se designavam os membros dessa classe de idade – num culto heroico está na *Ilíada*, II, 550ss, em que eles oferecem um sacrifício ao herói Erecteu. Em Esparta, o sistema complexo de classes de idade e da passagem relativa de uma para outra estava concentrado no culto de Ártemis Órtia, mas, conforme Pausânias, 3,14,16, no ritual agonístico entre os Σφαιρεῖς (Sphaireîs), nome dado aos Efebos em Esparta, celebrava-se um sacrifício diante de uma antiga estátua de Héracles.

De qualquer forma, a classe de idade, mormente em Atenas, não interessava apenas ao Estado, mas sobretudo à unidade tribal, o que explica a importância ritual atribuída à festa das *Apatúrias*, de que, lamentavelmente, se conhece muito pouco. Aliás, a respeito dessa festa ateniense já fizemos um ligeiro comentário no Vol. II, p. 26. Vamos aqui tão somente reexplicá-la com um ou outro pormenor a mais. Sabe-se, com certeza, que, à época histórica, a festa era estatal, pois que, de resto, era celebrada em honra de *Zeùs Phrátrios* e *Athenà Phratría*, uma festa das *Fratrias*[20], por conseguinte. As *Apatúrias*, celebradas em outubro, ao que parece, duravam três dias: nos dois primeiros faziam-se sacrifícios e banquetes e no terceiro, denominado κουρεῶτις (kureôtis), os pais de família apresentavam os filhos legítimos (nascidos durante o ano ou já com três ou quatro anos de idade?) para que fossem regularmente inscritos em sua respectiva *Fratria*. Pois bem, era exatamente, durante os festejos do terceiro dia, denominado κουρεῶτις (kureôtis), que se procedia ao *corte ritual do cabelo* dos Efebos, que comemoravam sua entrada na *Efebia*, levando a Héracles o *oinistérion*, quer dizer, um grande vaso cheio de vinho e, após a libação, ofereciam-no a beber aos presentes.

A palavra κουρεῶτις (kureôtis) não possui, até o momento, uma etimologia segura. Talvez esteja ligada à κουρά (kurá), "ação de cortar", e ao verbo κείρειν (keírein), "cortar", uma vez que o rito "epônimo" de *kureôtis* é o corte do cabelo à escovinha, tanto para os *Efebos* como para os *heróis*, o que demonstra tratar-se de um rito iniciático. É bem verdade que o corte do cabelo ou de apenas uma mecha aparece como forma sacrifical e constitui um rito de luto, como se pode observar nas *Coéforas*, 6s, de Ésquilo e se repete na *Electra*, 51ss de Sófocles, mas, de outro lado, se encontra com muita frequência também o corte do cabelo em conexões diversas com o fenômeno religioso de mudança de idade ou até mesmo de "estado". Se, em Atenas, o ritual se fazia no início da Efebia, em Esparta o rito era bem mais rigoroso: os jovens cortavam-no aos *doze anos*, como informam Xenofonte, *República dos Lacedemônios*, 11,3 e Plutarco, *Licurgo*, 16,6 e só o deixavam crescer novamente ao término de sua ἀγωγή (agogué), de sua longa educação iniciática, isto é, aos *trinta anos*, segundo o mesmo Plutarco, *Licurgo*, 22,1.

Também a mulher praticava o mesmo rito: às vésperas do casamento, de "mudança de estado", as jovens ofereciam uma mecha ou parte do cabelo a um herói ou a uma heroína. Em Trezena é o herói Hipólito, conforme a tragédia ho-

---

20. Φρατρία (Phratría), *Fratria* era, em Atenas, uma associação de cidadãos, unidos pela comunidade de sacrifícios e repastos religiosos, formando uma divisão política. Após Sólon (séc. VI a.C.), uma *Fratria* era composta de trinta famílias e cada *Tribo* de três *Fratrias*. Desse modo, como Atenas estava dividida em quatro *Tribos*, havia doze *Fratrias* e trezentas e sessenta famílias.

mônima de Eurípides, *Hipólito Porta-Coroa*, 1425s, quem recebe a oferta de madeixas das jovens, πρὸ γάμου (prò gámu), "antes do casamento", na expressão de Pausânias, 2,32,1. Por ocasião da festa das Hiperbóreas, companheiras de Leto, mortas em Delos, não só os jovens, mas também as jovens, naturalmente πρὸ γάμου (prò gámu) ofereciam madeixas junto ao túmulo das heroínas, consoante Heródoto, 4,34.

Qual seria, afinal, o sentido desse rito iniciático, histórico e "heroico" de corte e oferta de madeixas ou de grande porção do cabelo, quando da mudança de idade e de "estado"?

Van Gennep chama-o *rito de passagem* ou, mais precisamente, *rito de separação*, e explica o que denomina: "Os ritos de separação compreendem em geral todos aqueles nos quais se corta alguma coisa, principalmente o primeiro corte de cabelos, o ato de raspar a cabeça [...]"[21]. E bem mais adiante, voltando ao assunto, assim se expressa o sábio germânico: "Na realidade, aquilo que se denomina 'o sacrifício dos cabelos' compreende duas operações distintas: a) cortar os cabelos; b) dedicá-los, consagrá-los ou sacrificá-los. Ora, cortar os cabelos é separar-se do mundo. Dedicar os cabelos é ligar-se ao mundo sagrado e mais especialmente a uma divindade ou a um demônio, que o indivíduo torna, assim, seu parente. Mas esta é apenas uma das formas de utilização dos cabelos cortados, nos quais reside, do mesmo modo que no prepúcio ou nas unhas cortadas, uma parte da personalidade. [...] Do mesmo modo, o rito de cortar os cabelos ou uma parte da cabeleira (tonsura) é utilizado em muitas circunstâncias diferentes. Raspa-se a cabeça da criança para indicar que entra em outro estágio, a vida. Raspa-se a cabeça da moça, no momento de casar-se, para fazê-la mudar de classe de idade. Assim também as viúvas cortam os cabelos para quebrar o vínculo criado pelo casamento, sendo a deposição da cabeleira sobre o túmulo um reforço do rito. Às vezes cortam-se os cabelos do morto, sempre com a mesma ideia. Ora, existe uma razão para que o rito de separação afete os cabelos; é que estes

---

21. VAN GENNEP, Arnold. *Os ritos de passagem*. Petrópolis: Vozes, 1978, p. 62 [Tradução de Mariano Ferreira].

são pela forma, cor, comprimento e modo de arranjo um caráter distintivo, facilmente reconhecível, individual ou coletivo"[22].

Em síntese, para Van Gennep cortar o cabelo é separar-se do profano para mergulhar no sagrado, buscando, com isso, o neófito, *iniciar* uma vida nova.

Outro fato muito importante na iniciação heroica e histórica é a mudança do *nome*. Jasão somente deixa seu mestre Quirão aos vinte anos, após receber um *novo nome*, consoante Píndaro, *Píticas*, 4,104 e 119. Outro que mudou de nome, por obra da arte iniciática do mesmo preceptor, foi Aquiles, conforme testemunha Apolodoro, 3,172. Igualmente Teseu só recebe seu verdadeiro nome, ao término da adolescência, quando foi reconhecido pelo pai, no dizer de Plutarco, *Teseu*, 4,1. O próprio Héracles, antes de tornar-se "a glória de Hera", antes do término dos *Doze Trabalhos*, chamava-se Alcides. Também e sobretudo Simão recebeu o nome de *Pedro* (Jo 1,42), após o olhar fixo do Senhor, e foi sobre este *rochedo* que se ergueu o Castelo indestrutível, contra o qual nem mesmo as portas do Inferno prevalecerão (Mt 16,18). Na Índia védica, num rito de passagem, de separação e sobretudo de *agregação*, no décimo dia de nascimento, a criança recebia dois nomes, um comum, que a agregava ao mundo, e o outro, que a separava de todos, porque se tratava de um nome secreto, de que só a família tinha conhecimento. Em culturas primitivas, via de regra, a criança mudava de nome tantas vezes quantas as etapas de seu crescimento e, possivelmente, do seu desenvolvimento iniciático. É assim que a mesma recebe, de início, uma denominação vaga, depois um nome pessoal conhecido, a seguir um nome pessoal secreto e, por fim, talvez como acréscimo a este último, um nome de família, de clã, de sociedade secreta.

Desse modo, o *nome* (secreto, religioso) separa o "nominado" de seu mundo anterior, profano, impuro, para integrá-lo no sagrado, o que explica a mudança de nome entre religiosos atuais.

A respeito da extraordinária importância do nome, comenta Luís da C. Cascudo: "O nome é a essência da coisa, do objeto denominado. Sua exclusão extin-

---

22. Ibid., p. 141s.

gue a coisa. Nada pode existir sem nome, porque o nome é a forma e a substância vital. No plano utilitário as coisas só existem pelo nome. [...] Conhecer o nome de alguém, usá-lo, é dispor da pessoa, participando-lhe da vida mais íntima"[23].

Eis aí o motivo por que os heróis, as cidades, os deuses, além do nome conhecido, possuíam um outro, o *secreto*. Moisés morreu sem saber o nome de Deus, o que não deve ser interpretado como tabu ou superstição, mas simplesmente como um "hábito bem oriental". Pois bem, em Ex 3,6, quando Moisés chegou através do deserto ao monte de Deus, Horeb, o Senhor se lhe deu a conhecer, dizendo: "Eu sou o Deus de teu pai, o Deus de Abraão, o Deus de Isaac e o Deus de Jacó". Acatando a ordem de ir ao encontro dos filhos de Israel no Egito, Moisés, todavia, quis saber como responder ao povo, se este lhe perguntasse qual o *nome* do Deus que o enviara, ao que Javé retrucou: "Eu sou aquele que sou. E disse: Assim dirás aos filhos de Israel: Aquele que é enviou-me a vós" (Ex 3,14). Em Jz 13,17-18, quando Manoá, pai de Sansão, desejou saber o nome do anjo com quem dialogava, este lhe respondeu: "Por que perguntas tu o meu nome, que é admirável?" E mais não disse. Maomé, segundo se sabe, preceituava que Alá possuía cem nomes, mas só se conheciam noventa e nove! O centésimo era secreto, inefável. Se a Dioniso se atribuíam 96 nomes e a Osíris 100, Ísis possuía 10.000!... E assim, como descobrir o verdadeiro, o inefável? Aliás, no impropriamente denominado *Livro dos mortos*, a alma, ao chegar diante de Osíris, para recitar as *célebres confissões negativas*, diz-lhe, de saída: "Eu te conheço e conheço também o nome das quarenta e duas divindades que estão contigo nesta sala das duas Maât..."[24] Conhecer o *nome* de Osíris e das quarenta e duas divindades, que lhe vão ouvir as confissões negativas, é para a alma, que vai ser julgada, um pré-requisito psicológico de salvação. Se uma palavra em si já é mágica, e se o nome é parte da pessoa, ou da coisa, conhecê-lo é dispor da pessoa ou do objeto, porque também as coisas e os objetos têm alma, vida; têm energia, têm mana. Por saber o nome de seu arco, Ulisses foi o único a retesá-lo, no célebre episódio da matança dos Pretendentes, *Odis.*, XXI, 409-412.

---

23. CASCUDO, Luís da Câmara. *Anúbis e outros ensaios*. Rio de Janeiro: Edições Funarte, 2. ed. 1983, p. 111.

24. BARGUET, Paul. *Le Livre des Morts des anciens égyptiens*. Paris: Cerf, 1967.

De outro lado, mutilar ou apagar o nome de uma pessoa, de um animal ou de um objeto é condená-los à impotência ou à morte. Quando Amenófis IV, o famoso Akhnaton, tentou impor Aton (Disco Solar) como deus único do Egito, mandou martelar o nome de Amon nas inscrições monumentais. Nas paredes de monumentos egípcios, os hieróglifos que estampam nomes de animais ferozes ou perigosos aparecem mutilados, tirando-lhes, com isso, toda e qualquer eficácia maléfica. Recordando a tradição egípcia de "matar o nome", fazendo-o raspar dos monumentos, Javé, no Dt 29,20, ameaça destruir os que não guardarem a aliança, adorando outros deuses: "o Senhor apague o seu nome de debaixo do céu".

O supracitado Luís da C. Cascudo arrola uma série de informações e superstições acerca do tabu do nome, as quais merecem ser lidas[25].

Concluindo o que se disse a respeito do *nome*, vale a pena citar uma observação de Jung: "Somente a mente primitiva acredita no 'nome verdadeiro'. No conto de fadas, alguém pode reduzir a pedaços o corpo do pequeno Rumpelstilz simplesmente pronunciando o seu verdadeiro nome. O chefe tribal oculta o seu verdadeiro nome e adota paralelamente um nome exotérico, para uso diário, a fim de que ninguém o enfeitice, conhecendo seu verdadeiro nome. No Egito, quando se sepultava o faraó, davam-se-lhe os verdadeiros nomes dos deuses, em palavras e em imagens, a fim de que ele pudesse obrigar os deuses a cumprir suas ordens, só com o conhecimento dos seus verdadeiros nomes. Para os cabalistas, a posse do verdadeiro nome de Deus significa a aquisição de um poder mágico. Em outras palavras: para a mente primitiva, o nome torna presente a própria coisa. 'O que se diz, torna-se realidade', diz o antigo ditado a respeito de Ptah"[26].

5

Antes de se dar uma palavra acerca do *travestismo* e do *hieròs gámos*, do casamento sagrado do herói, vamos abordar, se bem que de maneira concisa, o

---

25. Ibid., p. 112ss.

26. JUNG. C.G. *A natureza da psique.* Petrópolis: Vozes, 1984, p. 325 [Tradução de D. Mateus Ramalho Rocha OSB].

problema do *androginismo* no mundo heroico, porque, por paradoxal que se nos afigure, as três coisas estão intimamente relacionadas.

Mas, para se falar da concepção de andrógino no mito, é necessário começar por uma obra importante do filósofo da Academia. Platão, no *Banquete*[27], 189e, 193d, pelos lábios do criativo e imaginoso poeta cômico Aristófanes, faz ampla dissertação acerca do ἀνδρόγυνος (andróguynos), palavra composta de ἀνήρ, ἀνδρός (anér, andrós), macho, "homem viril", e de γυνή (guyné), fêmea, mulher. Consoante o filósofo ateniense, "outrora nossa natureza era diferente da que vemos hoje. De início, havia três sexos humanos, e não apenas dois, como no presente, o masculino e o feminino, mas a estes acrescentava-se um terceiro, composto dos dois anteriores, e que desapareceu, ficando-lhe tão somente o nome: o *andrógino* era um gênero distinto, que, pela forma e pelo nome, participava dos dois outros, simultaneamente do masculino e do feminino, mas hoje lhe resta apenas o nome, um epíteto insultuoso" (*Banquete*, 189e). Este ser especial formava uma só peça, com dorso e flancos circulares: possuía quatro mãos e quatro pernas; duas faces idênticas sobre um pescoço redondo; uma só cabeça para estas duas faces colocadas opostamente; era dotado de quatro orelhas, de dois órgãos dos dois sexos e o restante na mesma proporção. Para Platão, os três sexos se justificam pelo fato de o *masculino* proceder de *Hélio* (Sol); o feminino, de *Geia* (Terra) e o que provém dos dois origina-se de *Selene* (Lua), "a qual participa de ambos". Esses seres, esféricos em sua forma e em sua movimentação, tornaram-se robustos e audaciosos, chegando até mesmo a ameaçar os deuses, com sua tentativa de escalar o Olimpo. Face ao perigo iminente, Zeus resolveu cortar o *andrógino* em duas partes, encarregando seu filho Apolo de curar as feridas e virar o rosto e o pescoço dos operados para o lado em que a separação havia sido feita, para que o

---

27. *Banquete*, em nossa língua, não traduz muito bem o grego συμπόσιον (sympósion), palavra formada por σύν (sýn), "com, juntamente", e o v. πίνειν (pínein), "beber", donde "beber em companhia de". A tradução latina, já atestada em Cícero, *Ad fam.*, 9, 24, 3, *compotatio*, "ação de beber em conjunto" poderia, talvez, desfazer qualquer equívoco. Ao que parece, os gregos distinguiam σύνδειπνον (sýndeipnon), em latim *concenatio*, o "comer junto", o *banquete* propriamente dito, com muita comida e muita bebida, como aliás, afirma Pausânias, no *Banquete*, 176, de συμπόσιον (sympósion), em que se bebia, e certamente muito, mas se tratava também de *algum assunto*, de *algum tema* sério, como acontece no *Banquete* de Platão, em que se discorre sobre o *amor*. O nosso *banquete* atual parece que reuniu tudo: comida, bebida e... os indigestos e soporíferos discursos!

homem, contemplando a marca do corte, o *umbigo*, se tornasse mais humilde, e, em consequência, menos perigoso. Desse modo, o senhor dos imortais não só enfraqueceu o ser humano, fazendo-o caminhar sobre duas pernas apenas, mas também fê-lo *carente*, porque cada uma das metades pôs-se a buscar a outra contrária, numa ânsia e num desejo insopitáveis de se "re-unir" para sempre. Eis aí, consoante Platão, a origem do amor, que as criaturas sentem umas pelas outras: o amor tenta recompor a natureza primitiva, fazendo de dois um só, e, desse modo, restaurar a antiga perfeição. É conveniente, porém, acrescentar que não havia tão somente o *andrógino*, mas também duas outras "fusões", igualmente separadas por Zeus, a saber, de *mulher* com *mulher* e de *homem* com *homem*, o que explica, no discurso de Aristófanes, o homossexualismo masculino e feminino[28].

Pois bem, o *androginismo* como o homossexualismo masculino são temas comuns no mito dos heróis, mas aquele se manifesta, não raro, de maneira atenuada, através do *travestismo*, da *mudança de sexo* e do *hieròs gámos*. Do androginismo puro existem pouquíssimos exemplos na mitologia clássica. Além dos casos conhecidos de *Hermafrodito*, de que se falou no Vol. I, p. 212, e de *Himeneu*[29],

---

28. Ao que parece, o relato de Platão acerca do *andrógino* e das fusões *homem-homem*, *mulher-mulher*, que, separados, estes dois últimos, deram origem, respectivamente, aos *pederastas* e às *heterístrias*, provém da antropogonia fantástica de Empédocles de Agrigento (séc. V a.C.), segundo se pode depreender dos fragmentos 60 e 61, Diels, da obra do filósofo agrigentino.

29. *Himeneu*, em grego Ῑμέναιος (Hyménaios), talvez proceda de ὑμήν (hymén), "grito do cântico nupcial" e seria, eventualmente, idêntico à ὑμήν (hymén), hímen, película, membrana. Himeneu é o deus que conduz o cortejo nupcial e miticamente era filho de Apolo com uma das três Musas, Calíope, Clio ou Urânia ou ainda filho de Dioniso e de Afrodite. Vários mitos tentam explicar a invocação do nome de Himeneu por ocasião dos cortejos nupciais. O que passamos a resumir parece ser o mais corrente. Conta-se que Himeneu era um jovem ateniense de tamanha beleza, que comumente era confundido com uma lindíssima adolescente. Embora de condições modestas, apaixonou-se por uma jovem eupátrida e, desesperado por não poder desposá-la, seguia-a, de longe, aonde quer que ela fosse, como Eco, se bem que, em condições diversas, buscava sempre a Narciso. Certa feita, moças atenienses nobres foram a Elêusis oferecer sacrifícios a Deméter, mas uma súbita irrupção de piratas as raptou a todas, incluindo-se Himeneu, mais uma vez identificado como uma simples e linda mulher. Após longa travessia, os piratas chegaram a uma costa deserta e, extenuados, dormiram. Himeneu, com grande ousadia, matou a todos e, tendo deixado as jovens em lugar seguro, voltou só a Atenas e se prontificou a devolvê-las, desde que se lhe desse em casamento aquela que ele amava. Concluído o pacto, as atenienses foram devolvidas às suas famílias. Em memória desse feito, o nome de Himeneu é invocado, como de bom augúrio, em todos os casamentos. Segundo o gramático latino Sérvio M. Honorato, *Eneida*, 4,99 e 127, Himeneu era "reconhecido" em Pompeia como andrógino.

os demais são conhecidos através de uma documentação tardia. O herói ateniense Cécrops, por exemplo, conforme a *Suda*, verbete, é διφυής (diphyés), quer dizer, "de natureza dupla", no sentido de que a parte superior de seu corpo era de um homem e a parte inferior, de mulher. Nono, poeta épico de Panópolis, do século VI d.C., em seu poema *Dionisíacas*, 9,310s, atesta que o rei Átamas, de que se falou no Vol. II, p. 124, aleitou seu próprio filho Melicertes. A Dioniso, acrescenta Apolodoro, 3,28, o mesmo Átamas o educava como se fora mocinha.

Mais frequentes, todavia, são os heróis que mudam de sexo. Tirésias, de que se tratou no Vol. II, p. 183-184, escalou duas vezes o monte Citerão: na primeira foi transformado em mulher e, na segunda, recuperou novamente o sexo masculino. Acrescente-se logo que esses repetidos cambiamentos de sexo na Antiguidade já eram considerados "como forma de expressão de uma natureza propriamente andrógina", segundo resulta da representação de um espelho etrusco, em que Tirésias, no Hades, aparece com aspecto de hermafrodito. Igualmente na *Eneida* de Virgílio, 6,448, o lápita Ceneu aparece como mulher: Ceneu, outrora mulher, amada por Posídon, foi por ele, como recompensa, transformada em homem, segundo o historiador Acusilau, século VI a.C., frag. 40a. De outras personagens, menos conhecidas no mito, se narram fatos semelhantes: Síton, pai de Palene, por cuja mão se batia com os pretendentes, como Enômao pela mão de Hipodamia, somente em Ovídio, *Metamorfoses*, 4,280, aparece *modo uir*, *modo femina*, ora como homem, ora como mulher. De Ífis narra o mesmo poeta, *Met.*, 9,666ss, que, de fato, era mulher, mas fora educada como homem. Tendo-se apaixonado por outra mulher, foi por Ísis metamorfoseada em homem, no dia do casamento. Siprete, ao contrário, era homem, mas, durante uma caçada, tendo visto Ártemis nua, foi pela mesma transformado em mulher. Leucipo ou Leucipe também era mulher, mas para evitar que o pai a suprimisse, a mãe vestia-a como menino. No dia do casamento, Leto a metamorfoseou em homem. Em Festo, na ilha de Creta, Leucipe possuía um culto com festa própria, denominada Ἐκδύσια (Ekdýsia), Ecdísias, e os novos esposos passavam a primeira noite de núpcias sob sua estátua sagrada.

Viram-se, até aqui, alguns casos de travestismo: moças, travestidas de rapazes, acabam por tornar-se realmente homens. Outros mitos abdicam do elemento prodigioso da metamorfose, conservando apenas o motivo do travestismo: neste caso trata-se normalmente de homens travestidos de mulher, que, no entanto, não precisam mudar de sexo para aparecer como homens, o que efetivamente o são. Não é difícil, por isso mesmo, ver que entre os dois grupos existe algo de comum: um início sexualmente ambíguo e, em seguida, uma definição. O exemplo mais conhecido de travestismo no mito é, talvez, o de Aquiles que, na corte de Licomedes, na ilha de Ciros, vivia como moça, entre as filhas do rei, para fugir, conforme o propósito de sua mãe Tétis, ao triste destino (morrer jovem) que o aguardava, e se cumpriu, na Guerra de Troia (Apol., 3,174). Na corte de Licomedes, enquanto não foi desmascarado pelas astúcias do solerte Ulisses, Aquiles era estrategicamente chamado *Pirra* (Hig., Frag. 96), "a ruiva", pelo fato de ser muito louro. *Pirro*, o ruivo, será o nome de seu filho, que mais tarde o trocará por Neoptólemo (Plut., *Pirr.*, 1,2). Héracles, por duas vezes, como veremos em seu mitologema, se vestiu de mulher: na primeira, quando a serviço da rainha Ônfale (Ov., *Fastos*, 2,319ss) e, na segunda, quando, num momento crítico, foi obrigado a disfarçar-se em mulher diante de seus inimigos, os Méropes, muito numerosos. Após vencê-los, o herói se purificou e tomou por esposa a Calcíope, filha de Eurípilo, rei da Ilha de Cós e chefe dos Méropes. A esse mito se prende, em Antimaquia, na ilha citada, o hábito religioso de os sacerdotes de Héracles e os noivos se vestirem de mulher. A forma de expressão mais atenuada de certa indeterminação sexual, na mitologia como na vida real, é a permanência de traços femininos em personagens do sexo masculino e vice-versa. Quando Teseu chegou a Atenas, os trabalhadores que estavam construindo o santuário de Apolo Delfínio pensaram tratar-se de uma παρθένος ἐν ὥρᾳ γάμου (parthénos en hórai gámu), "de uma donzela pronta para casar-se", na expressão simples e precisa de Pausânias, 1, 19,1. Um rito ateniense de travestismo estreitamente ligado ao mito de Teseu eram as festas denominadas Ὠσχοφόρια (Oskhophória), em que dois efebos, vestidos de mulher, "transportavam ramos de videira carregados de uvas", segundo informação de Plutarco, *Teseu*, 23,2. Diga-se, aliás, de caminho, que entre os adolescentes, levados a Creta por Teseu, duas "moças" eram jovens travestidos.

Síntese e coroamento, não apenas da vida heroica, mas ainda e sobretudo de um *androginismo atenuado e simbólico* é o *hieròs gámos*, as núpcias sagradas do herói. O casamento representa, no caso em pauta, o encontro da metade perdida, re-unindo e restaurando, desse modo, a antiga perfeição, como diz o autor do *Banquete*. Essa difícil recomposição talvez explique a importância que se dá no mito ao *hieròs gámos* e às lutas travadas pelo herói para realizá-lo.

Pisandro, de Camiro, na ilha de Rodes, poeta épico do século VII a.C., escreveu, segundo consta, um vasto poema de sessenta cantos, Ἡρωικαὶ θεογαμίαι (Heroikaì theogamíai), "Núpcias divinas dos heróis", de que quase nada nos resta. Nesta obra o autor reunira diversos mitos célebres, relativos a núpcias heroicas. A citação de Pisandro é tão somente para mostrar que não foram apenas as guerras, os campeões olímpicos, os Argonautas, Prometeu, Édipo, Medeia... que mereceram as bênçãos das Musas, mas que igualmente os *hieroì gámoi* ocuparam seu espaço como temas tradicionais da literatura e da arte. As bodas famosas de Tétis e Peleu, a cuja celebração até os deuses compareceram, já são pressupostas na *Ilíada*, XVIII, 48s; de igual esplendor foi a união de Cadmo e Harmonia, de que falam os poetas Teógnis, 15s; Píndaro, *Píticas*, 3,87ss; Safo, a gigantesca poetisa da ilha de Lesbos, celebrou (frag. 55) o casamento de Heitor e Andrômaca. Píndaro dedicou um peã (frag. 64) às núpcias de Níobe e Anfião; o casamento solene de Admeto e Alceste figurava no trono de Amiclas, segundo Pausânias, 3,18,16; o de Jasão e Medeia, na arca de Cípselo, informa o mesmo historiador, 5,18,3; o de Pélops e Hipodamia, ou ao menos seu antecedente direto, a luta entre Enômao e Pélops, estava esculpido no frontão oriental do templo de Zeus em Olímpia.

Já se disse que o herói tem que superar grandes obstáculos e até mesmo arriscar, por vezes, a própria vida, acrescentaríamos, para conseguir a *metade perdida...* Héracles, já se falou no Vol. I, p. 274, lutou bravamente com o rio Aqueloo pela posse de Dejanira, segundo relato de Apolodoro, 1,64; Pélops, veja-se o Vol. I, p. 86, matou traiçoeiramente o sogro Enômao, para ter a Hipodamia; Admeto, para ter Alceste, executará a difícil, mas simbólica tarefa, de jungir um leão e um javali a uma carruagem; Jasão superou inúmeras provas, como veremos no mito dos Argonautas, a fim de se casar com Medeia. Outra prova de altíssima importância nas núpcias do herói é quando este é obrigado a lutar com verdadeira multidão de pretendentes pela mão da bem-amada. E, nesse caso, a heroína que nos vem logo à mente é Helena, a filha de Zeus e de Leda, a Helena, que, já aos nove anos, fora raptada por Teseu e que, após seu casamento e adultério, provocou a suprema prova heroica, a Guerra de Troia, como se mostrou no Vol. I, p. 113. Mas, se Helena, graças à poesia homérica, que lhe conservou todo o esplendor incomparável da figura mítica, é a mais célebre das heroínas, não é todavia a única que fez palpitar os corações dos heróis: são bem conhecidos os numerosos pretendentes pré e pós-matrimoniais da "fidelíssima" Penélope, como se mostrará no mito de Ulisses.

Um derradeiro assunto ainda inserido no conteúdo do androginismo simbólico e do *hieròs gámos* "prejudicado" de heróis célebres como Peleu (Hes., frag. 79; Pínd., *Nemeias*, 5,27ss e 4,53ss); Belerofonte (*Il.*, VI, 160ss); Hipólito (Eur., *Hipólito Porta-Coroa*, passim) e outros menos famosos, como Fênix (Apol., 3,175), Eunosto, Tenes... é o tema que, já há algum tempo, se convencionou chamar de *motivo Putifar*[30], fato narrado em *Gênesis* 39,7-20, a respeito da inteireza, caráter e temor de Deus por parte de José. Assim, o *motivo Putifar* pode ser definido como acusação infundada de adultério, tramada por uma mulher, com a qual o injustamente acusado e, quase sempre punido, se recusou a ter relações sexuais. Na mitologia heroica da Grécia, como em muitas outras culturas anteriores a ela, o *motivo Putifar* é amplamente difundido. Para alguns heróis, como *Tenes*, que se recusou a prevaricar com Filônome, segunda esposa de seu pai Cicno, o "motivo" se constitui no ponto de partida de todo o seu mitologema; para *Hipólito*, que igualmente repeliu sua madrasta Fedra, aquele se torna o episódio central; para outros é tão-só mais um incidente em meio a tantas vicissitudes mais importantes, como é o caso de Peleu, que rechaçou as pretensões indecorosas de Astidamia, esposa de seu hospedeiro e amigo Acasto. De qualquer forma, o *motivo Putifar* representa sempre uma situação crítica para o herói, conjuntura essa que se resolve ora tragicamente, com a morte, no caso de Hipólito e Eunosto, com a cegueira, como na punição de Fênix; ora de maneira menos violenta, como prova superada através de riscos tremendos, como a ex-

---

30. O *motivo Putifar* surge pela primeira vez, num contexto mais profano, no conto novelesco egípcio *Os dois irmãos*, isto é, a estória lindíssima do herói Anpu e Bata e, um pouco mais tarde, em contexto religioso, no relato bíblico supracitado e no mito grego.

posição de Tenes; com o exílio e a vida ameaçada, no caso de Belerofonte ou, eventualmente, a vítima se vinga mais tarde, de modo cruel, de quem o caluniou, como Peleu, que esquartejou Astidamia.

6

Feita esta resenha a respeito do *androginismo* em íntima correlação com o *travestismo* e o *hieròs gámos* do herói, voltemos ainda mais um pouco nossa atenção para o *androginismo*, de que se fará, em conjunto com os dois aspectos citados, uma interpretação mais simbólica.

Para Jean Chevalier, Alain Gheerbrant, Mircea Eliade e, em parte, para Angelo Brelich, cujas obras já foram exaustivamente citadas em capítulos anteriores, o *androginismo* inicial é apenas um aspecto, uma projeção antropomórfica de Fanes, do *ovo cósmico*, cujo esquema se estampou no Vol. II, p. 164. Encontramo-lo na aurora de qualquer cosmogonia e no "fecho" de toda escatologia, pois tanto no início quanto no fim do mundo e do ser manifestado se depara a plenitude da unidade fundamental, onde se confundem os opostos, seja porque ainda não passam de potencialidade, seja porque alcançaram sua conciliação, sua integração final. Aplicada ao homem, é natural que o *andrógino*, símbolo de uma unidade primeva, possua uma expressão sexual, apresentada como idade da inocência ou virtude primeira, vale dizer, a idade de ouro a ser reconquistada. Mas a primeira bipartição do andrógino, que, cosmicamente criada, passou a diferenciar noite e dia, céu e terra, é idêntica à do *Yin* e *Yang*, que agrega a estas oposições fundamentais as do frio e do calor, do macho e da fêmea. É o mesmo que no Japão, *Izanagi* e *Izanami*, a princípio confundidos no ovo do Caos; de igual maneira, *Ptah*, no Egito, e *Tiamat* na Babilônia. Consoante o *Rig-Veda*, o andrógino é a vaca pintada, que é o touro de fértil semente. Ser duplo, possuidor dos atributos dos dois sexos, ainda unidos, mas prestes a separar-se, o andrógino explica perfeitamente a significação cosmogônica da escultura erótica indiana, em que *Çiva*, divindade andrógina, identificada com o princípio informal da manifestação, é, não raro, representada enlaçando estreitamente a *Shakti*, sua própria *potência*, configurada como divindade feminina.

Traços de androginismo se notam igualmente em *Dioniso*, *Castor* e *Pólux*, *Adônis* e *Cibele*, o que faz lembrar *Izanagi* e *Izanami*. Os exemplos poderiam multiplicar-se, porque, em termos, como demonstram as antigas teogonias gregas, toda divindade é *andrógina*, o que faz com que a mesma não necessite de parceiro ou parceira para procriar.

A androginia, símbolo da totalidade, surge, portanto, no início como no fim dos tempos. Na visão escatológica da salvação, o ser recompõe uma plenitude em que se anula a separação dos sexos, o que evoca, em muitos textos tradicionais, o *mistério do casamento*, o *hieròs gámos*, "re-unindo", desse modo, *Çiva* e sua *Shakti*.

Se bem que universalmente confirmada, a crença na unidade original, que o homem deve recompor *post mortem*, é seguida, na maioria dos sistemas cosmogônicos, de uma necessidade imperiosa de diferenciar totalmente os sexos neste mundo. É que o ser humano jamais nasce inteiramente polarizado no seu sexo. Segundo os Bambaras, "é lei fundamental da criação que cada ser humano seja simultaneamente macho e fêmea em seu corpo e em seus princípios espirituais", como a *Rebis* hermética, que é igualmente *sol* e *lua*, *céu* e *terra*, essencialmente *um*, aparentemente *duplo*, enxofre e mercúrio.

Enfatizando a androginia como uma das características da perfeição espiritual, escreve Mircea Eliade: "Com efeito, tornar-se *macho* e *fêmea* ou não ser nem *macho* nem *fêmea* são expressões plásticas através das quais a linguagem se empenha em descrever a *metánoia*, a *conversão*, a inversão total dos valores. É igualmente tão paradoxal ser *macho* e *fêmea* quanto o tornar-se novamente criança, nascer de novo, passar pela porta estreita"[31].

O retorno ao estado primordial, a liberação das contingências cósmicas se efetuam pela *complexio oppositorum*, "pela conjugação dos opostos" e pela realização da Unidade primeira.

Masculino e *feminino* são apenas um dos aspectos de uma multiplicidade de opostos, cuja interpenetração é necessário que novamente se consuma.

---

31. ELIADE, Mircea. *Méphistophélès et l'Androgyne*. Paris: Gallimard, 1962, p. 132.

O *androginismo* explícito, atenuado, alusivo, simbólico, não importa o nome ou o "grau", está, como se mostrou, intimamente correlacionado com o travestismo e o *hieròs gámos* como rito de passagem, uma típica situação iniciática, em que o menino passa a adolescente e este se "completa" no casamento. Na Grécia, como em outras culturas, o *télos*, a "realização" do matrimônio está estreitamente vinculada ao *télos* da consecução da idade adulta e da iniciação que o sanciona.

Na Grécia atual, como lembra Kerényi, ainda se chama o casal de τò ἀνδρόγυνον (tò andróguynon), o andrógino...[32]

Em síntese, o androginismo é a "nostalgia da totalização".

Para Jung, "o homem, nos mitos, sempre exprimiu a ideia da coexistência do masculino e do feminino num só corpo. Tais intuições psicológicas se acham projetadas de modo geral na forma da *sizígia* divina, o par divino, ou na ideia da natureza andrógina do Criador"[33].

7

O herói está ligado, como se mencionou, à *Luta*, muitas vezes traduzida e reduzida ao que se denomina *Trabalhos*; à *Agonística*; à *Mântica*; à *Iátrica* e aos *Mistérios*. Vamos esquematizar cada um destes aspectos.

O termo *herói*, comenta Brelich, permaneceu nas línguas modernas sobretudo com o sentido de guerreiro, de combatente intrépido. E talvez tenha sido este o significado mais antigo da palavra e é principalmente esta a conceituação que Homero empresta aos bravos da Guerra de Troia. À mesma conotação se deve a heroização em massa dos que tombaram em Maratona contra os bárbaros de Dario (Paus., 1,32,4).

Hesíodo restringiu igualmente o conceito de *herói* àqueles que combateram em Troia e em Tebas. Efetivamente, excetuando-se a *morte*, nada realça tanto

---

32. KERÉNYI, K. *Die Mythologie der Griechen*. Zürich: Rhein, 1951, p. 170.

33. JUNG, Carl Gustav. *Psicologia da religião ocidental e oriental*. Petrópolis: Vozes, 1980, p. 27s. [Tradução de D. Mateus Ramalho Rocha, OSB].

um número tão grande de heróis como o qualificativo de combatente. Tal predicado se expressa mais frequentemente na mitologia, mas, logo se verá, ele se encontra presente também no culto. Note-se, de passagem, que o "caráter de combatente" distingue, de certa forma, os *heróis* dos *deuses*. É verdade que estes também *combatem*, ou melhor, *combateram*, até consolidar sua posição divina, como aconteceu na *Titanomaquia* e na *Gigantomaquia*, segundo se viu no Vol. I, p. 212 e 358, e sua participação nas lutas humanas reduz-se à poesia épica. De resto, o heroísmo divino em combate ou fora dele é nulo porque, exceto um ou outro arranhão que os imortais possam receber, como Ares, Afrodite, Hera, Hades, conforme se pode ler num passo célebre da *Ilíada*, V, 376-404, esses ferimentos, repetimos, nenhuma consequência maior podem provocar, uma vez que, como a mesma *Ilíada*, V, 402, se apressa em dizer em relação a Hades ferido por Héracles: Apolo pôde tranquilamente curá-lo οὐ μὲν γάρ τι καταθνητός γ'ἐτέτυκτο (u mèn gár ti katathnetós gu'etétykto), "porque ele (Hades) não havia nascido mortal!" Ao contrário, quer se trate de gestas prodigiosas, de tarefas inauditas, de *Trabalhos* gigantescos, como os de Héracles, Perseu, Teseu, Belerofonte e de tantos outros, executados contra *monstros*, feras, salteadores, bandidos, em proveito próprio ou da comunidade; quer se trate de guerra ou de μονομαχία (monomakhía), isto é, de "combate singular", a razão da existência do herói é a *Luta*. Os deuses, não podendo morrer, pararam de lutar...

Dissemos que o espírito bélico do *herói* está igualmente presente no culto. Pois bem, um dos motivos principais do *culto do herói* é a proteção que o mesmo dispensa à sua *pólis* em guerra. Teseu, segundo Plutarco, *Teseu*, 35,5, foi visto em Maratona à frente dos atenienses. Outra personagem, que os soldados gregos não conseguiram identificar no furor da batalha, mas cujo nome, Équetlo ou Equetleu, foi revelado pelo Oráculo de Delfos, lutava também, como um louco, em Maratona, empunhando uma charrua, em defesa de Atenas, informa Pausânias, 1,32,4. Igualmente, em Delfos, insurgiram-se contra os persas dois heróis locais, Fílaco e Autônoo (Heród., 8,34-39; Paus., 10,8,7). Contra os mesmos inimigos e ainda contra os celtas foram vistos pelejando os heróis Hipéroco, Laódico e Neoptólemo. Na batalha de Salamina contra os persas de Xerxes, o herói-serpente Quicreu foi identificado sobre uma das naves gregas (Paus., 1,35,1).

Não é, porém, apenas sob forma de visões ou mito que se manifestava na Grécia a convicção de que os heróis protegiam efetivamente as tropas de sua *pólis*, mas essa mesma persuasão alimentava um culto real e verdadeiro. Assim, antes da grande batalha de Salamina, os gregos, comandados por Temístocles, invocaram os dois famosos heróis locais, Télamon e Ájax Telamônio, pai e filho, pedindo-lhes proteção e ajuda (Heród., 8,64), e mandaram "prender a ambos", isto é, suas estátuas, as quais, no passado, os eginetes, quer dizer, os habitantes da ilha de Egina, haviam emprestado aos tebanos em guerra contra Atenas! (Heród., 5,80). Nas guerras, os cretenses sacrificavam a seus heróis Idomeneu e Meríones (Diod., 5,79,4). Antes da batalha de Plateias, que baniu os persas do território grego, celebrou-se um solene sacrifício em honra dos sete heróis epônimos, os "arquéguetas" locais (Plut., *Aristides*, 11). Um ponto é pacífico: o culto dos heróis e, particularmente, a conservação de suas "relíquias" tinham por escopo a proteção dispensada pelos mesmos em caso de guerra. Foi, por essa razão, que os espartanos, usando de um embuste, se apossaram dos ossos de Orestes guardados em Tégea (Heród., 1,67), conseguindo, assim, após duas derrotas, apossar-se da cidade. Igualmente os atenienses, por ocasião da luta contra Esparta, pela posse da cidade macedônica de Anfípolis, tomaram suas precauções, mandando procurar os ossos de Reso, o célebre rei da Trácia, morto por Ulisses na *Ilíada*. Possuir os restos mortais ou mesmo as estátuas de seus heróis locais é ter uma inexpugnável muralha espiritual; perdê-los é entregar a cidade ao inimigo...

Muito mais opulenta, todavia, é a *mitologia* do herói guerreiro: é tão rica e conhecida, que se torna supérflua qualquer exemplificação. Basta abrir a *Ilíada* e a *Odisseia* de Homero e contemplar o desfile gigantesco de Aquiles, Pátroclo, Agamêmnon, Menelau, Ulisses, Ájax, Diomedes, Heitor, Páris, Eneias... Existe, no entanto, uma pequena questão que ainda levanta certa dúvida na *Epopeia* e enseja uma pergunta: como se travavam os combates? Ninguém ignora que as "guerras épicas" se decidiam, em boa parte, numa série de *monomaquias*, de justas, de lutas singulares entre os grandes heróis, ficando os demais contendores num plano muito inferior. É difícil pensar e admitir que essa modalidade de luta, essa "situação poética", corresponda à realidade militar de qualquer época. Tratar-se-ia, então, de uma exigência poética, de um expediente para caracterizar melhor as personagens ou de uma tradição mítica? Talvez se pudesse responder um pouco evasivamente, dizendo que nem a *monomaquia* na guerra coletiva e nem tampouco a própria guerra coletiva sejam resultantes de exigências do gosto épico, cabendo nesse caso à *monomaquia* o importante papel de reflexo do *núcleo mítico*. Os *heróis* enfeitam a luta, os *demais* morrem anonimamente! Com efeito, imaginar-se um Héracles ou um Teseu, à frente de um exército, seria um total remodelamento do mito. Um herói autêntico é, no fundo, um solitário. "Valente, diria Ibsen, é o que está só".

A *Agonística*, em grego ἀγωνιστική (agonistiké), é luta, disputa atlética. *Agonistiké*, "agonística", prende-se a ἀγών (agón), "assembleia, reunião" e, em seguida, "reunião dos helenos para os grandes jogos nacionais", os próprios jogos, os concursos, as disputas. Pois bem, a *agonística* é como que um prolongamento das lutas dos heróis nos campos de batalha, porque também no *agón* os contendores usam de vários recursos bélicos e, em dependência do certame, expõem, muitas vezes, a vida, embora, em tese, a *agonística* não vise a eliminar o adversário. Seja como for, o *agón* é uma das formas mais características do culto heroico, se bem que o culto agonístico não seja exclusivamente heroico, porque também os deuses têm sua participação nos mesmos. Para não multiplicar os nomes, vamos lembrar apenas os jogos em honra de Tlepólemo na ilha de Rodes, os de Alcátoo em Mégara; aqueles em homenagem a Trofônio em Lebadia; os realizados em Oropo, para celebrar o grande herói Anfiarau; os de Fílace em memória da Protesilau; os de Cedrias ou também da ilha de Rodes em honra dos Dioscuros, Castor e Pólux. A essas disputas atléticas, dedicadas inteiramente a heróis, somam-se as consagradas a algumas divindades. Entre essas disputas de caráter religioso avultam os quatro grandes *Jogos Pan-Helênicos*, mas inclusive nestes os heróis têm sua participação, ao menos em seus primórdios. Segundo uma tradição, os *agônes* pan-helênicos, *Jogos Olímpicos*, *Píticos*, *Ístmicos* e *Nemeus*, eram, em suas origens, consagrados a *heróis* e, só mais tarde, compuseram o culto divino (Teócrito, 12,32s; 12,29 e 12,34). Antes de pertencer a Zeus, o culto agonístico de Olímpia era celebrado em honra de Pélops; os *Nemeus*, mais tarde consagrados também a Zeus, eram, a princípio, dedicados a um menino, morto por uma serpente, Ofeltes-Arquêmoro; os *Ístmicos* o eram ao herói Melicertes, ou a Sínis ou ainda a Cirão, antes de caírem no domínio de Posídon; os

Píticos, consagrados a Apolo, haviam sido instituídos para honrar ou "aplacar" a serpente-dragão Píton[34], vítima do próprio deus. Um outro ponto de contato entre o culto agonístico e o culto heroico se encontra nos locais onde treinavam os heróis para as disputas atléticas: as *palestras* e os *ginásios*, já que inúmeros dentre estes eram dedicados a heróis. Embora Hermes se tenha consagrado como protetor inconteste das palestras, a seu lado sempre se encontra Héracles, concebido como o ideal atlético. A consistência religiosa de consagração desses locais aos heróis aparece bem nitidamente na cidade de Messena, em cujo *ginásio* figuravam, além de Hermes, Héracles e Teseu (Paus., 4,32,1). O *ginásio* de Argos estava construído em torno do túmulo do herói Quilárabis e de seu pai Estênelo (Paus., 2,22,8s). O *ginásio* de Craníon, em Corinto, tinha como titular a Belerofonte (Xen., *Helênicas*, 4,4,4). Em Trezena, *ginásio* e estádio estavam sob a proteção de Hipólito (Paus., 2,32,3). O de Delfos recordava um fato acontecido a um herói célebre: estava construído exatamente no local em que Ulisses fora ferido na caçada ao javali (Paus., 10,8,8) deixando-lhe uma cicatriz, que marcará na *Odisseia*, XIX, 467-475, um momento dramático para o herói. Em Esparta, onde a educação física era levada muito mais a sério que no restante da Grécia, a rua que conduzia ao estádio, além de ser marcada pelo túmulo do herói Eumedes, possuía uma estátua de Héracles, a quem os *sphaireîs*, os jovens próximos da maturidade, sacrificavam antes de seu combate ritual. Junto ao estádio se encontravam os locais de culto dos Dioscuros Afetérios e mais adiante o templo do herói Alcon, filho de Hipocoonte, e no espaço reservado ao combate ritual havia as estátuas de Héracles e Licurgo (Paus., 3,14,6ss; 3,15,ls).

A conexão entre culto agonístico e culto heroico era tão séria, que os grandes e mais célebres atletas foram heroicizados, como é o caso, entre outros, de Cleomedes de Astipaleia, Eutimo de Locros e Teógenes de Tasos. Acrescente-se, além do mais, que o povo grego considerava os grandes Jogos Pan-Helênicos

---

34. *Stricto sensu*, Píton não é um herói, mas por seu paralelismo com Pélops, Ofeltes e Melicertes; pelo fato de possuir um túmulo precisamente no santuário de Apolo, o que o coloca em situação idêntica à de Jacinto; pelo fato de Apolo ter sido obrigado a purificar-se por havê-lo assassinado; por seu caráter teriomorfo, com ampla correspondência no mundo heroico e, finalmente, por sua faculdade mântica, Píton, *lato sensu*, poderia ser considerado herói.

como os acontecimentos religiosos centrais da vida nacional. Pausânias, 1,10,1, colocava num mesmo plano os Mistérios de Elêusis e os Jogos Olímpicos[35].

A mitologia da agonística aparece mais abundante e rica em nomes do que em formas e temas plásticos. Mas se os heróis míticos são celebrados com jogos, é porque "devem" ter sido grandes atletas durante sua "existência terrena". As primeiras grandes disputas atléticas, míticas, claro está, em Olímpia e Nemeia, possuem a listagem tradicional dos vencedores. Nela figuram importantes personagens da mitologia heroica, como os Dioscuros, Héracles, os "sete" da expedição contra Tebas e alguns outros nomes, que se imortalizaram também em diversas modalidades esportivas, sobressaindo cada um em determinada especialidade agonística: Héracles é vencedor no *pankrátion* (luta e pugilato); Castor, na corrida; Pólux, na luta; na corrida de carros, Iolau; no hipismo, Iásio; Etéocles, na corrida; Polinice, na luta; Anfiarau no salto; Adrasto, no hipismo...[36]

Todos estes grandes "campeões", no entanto, passaram por longa fase de treinamento (rito iniciático, como já se frisou) com mestres especializados, destacando-se, dentre eles, Quirão. Somente Héracles, segundo Apolodoro, 2,63, teve por "treinadores" a Anfitrião, seu pai; Autólico, avô de Ulisses; Êurito, rei de Ecália; Castor e Lino... Trata-se, portanto, de um atleta bem preparado!

No que tange à origem da *agonística*, a *communis opinio* é de que a mesma proviria do culto dos mortos, isto é, teria como função primeira homenagear a personagens célebres, a heróis, após sua morte. De fato, *agônes*, sob o aspecto de *jogos fúnebres*, são temas obrigatórios da épica heroica. Desde o XXIII canto da *Ilíada*, em que se homenageia Pátroclo, com disputas atléticas, ao VIII da *Odisseia*, nos *agônes* dos Feaces, passando pelo V canto da *Eneida*, em que se disputam jogos em memória de Anquises, pai de Eneias, e chegando, para não citar ou-

---

35. Os nomes dos vencedores eram inseridos em documentos oficiais e nestes se fundamentava a cronologia grega. Assim, cada *Olimpíada* se realizava (porque eram quatro os jogos nacionais) *de quatro em quatro anos*. Em Olímpia, o primeiro campeão foi *Corebo*. Diga-se, de passagem, que as estátuas dos vencedores ornamentavam não apenas os locais da competição, mas ainda as praças públicas de suas respectivas cidades.

36. Este elenco de campeões pode ser visto e ampliado em Pausânias, 589, e Apolodoro, 3,66.

tros, ao também poeta latino Públio Papínio Estácio (40-96 d.C.) com sua *Tebaida*, os *agônes* têm sua presença garantida na epopeia.

Os jogos fúnebres, todavia, não são privativos da epopeia. Aparecem, "desde o tempo dos heróis", para celebrar até mesmo personagens sem grande relevo mítico, como Azane, filho de Arcas (Paus., 8,4,5; Estácio, *Tebaida*, 4,292) ou figuras heroicas de maior projeção, como as competições em honra de Pélias, cantadas por vates líricos, como Íbico, Estesícoro e Simônides, consoante Ateneu, 4,172Ds.

De outro lado, talvez fosse mais correto refletir ainda um pouco acerca da exclusiva proveniência da *agonística* do culto dos mortos. Os funerais não se constituem na ocasião única em que se realizam memoráveis disputas atléticas. A tradição nos legou um bom número de *agônes* célebres, em que se estipulava como prêmio *a mão de uma jovem*. Um destes, por sinal, está em correlação com os Jogos Olímpicos, como já se falou: a fraudenta disputa entre Pélops e Enômao, pela mão de Hipodamia. Existem outros *agônes* míticos com o mesmo escopo. Entre eles, a disputa por Penélope, vencida por Ulisses (Paus., 3,12,1); a luta por Marpessa, ganha por Idas; a contenda por Atalante (Apol., 3,107); pelas segundas núpcias das Danaides (Pínd., *Píticas*, 9,111ss), assassinas de seus primeiros maridos; pela filha de Anteu (Pínd., *Píticas*, 9,105ss); pela mão de Dejanira, em que Héracles levou de vencida ao rio Aqueloo e até Peleu terá que lutar para conquistar Tétis (Pínd., *Nemeias*, 3,35s)...

E os *agônes* não param nas disputas de belas mulheres. Existem ainda cerradas competições pela *soberania*, pelo *reino*: Endímion decide sua própria sucessão através de um célebre *agón* entre seus filhos e essa contenda famosa assumirá um valor "prototípico" nos Jogos Olímpicos (Paus., 5,8,1). Um outro *agón* pelo poder, mas de caráter cosmogônico, e que figura na perspectiva mítica de Olímpia, é a luta entre Zeus e Crono (Paus., 5,7,10; 8,2,2). Diga-se, logo, que o certame pela mão da bem-amada ou pelo reino pode ter como alternativa da vitória a própria morte: Érix desafiou a Héracles, para obter o rebanho de Gerião, e ofereceu, em caso de derrota, o próprio reino (Diod., 4,23; Paus. 3,16,4; 4,36,4). É claro que o êxito efetivo de luta entre Héracles e Érix era a vida ou a morte.

O herói também participa da *Mântica*. Em grego, μαντική (mantiké), de μάντις (mántis) "adivinho, profeta ou profetisa", é a arte de "predizer o futuro".

A *Mântica* na Grécia se apresenta sob formas diversas e como o herói não tem acesso a todas elas, talvez fosse oportuno apontar primeiro os vários aspectos da arte divinatória. Grosso modo, a mântica engloba diferentes técnicas, podendo ser: *dinâmica* ou por inspiração direta; *indutiva* (piromancia, eonomancia, hepatoscopia, oniromancia...); *ctônia*, por incubação, e *cleromancia*[37]. Esta divisão é apenas de cunho didático e está longe de ser completa: dá conta somente das técnicas mais conhecidas e mais usadas na Hélade e em outras culturas. As diferenças entre elas, sua importância e emprego serão resumidamente explicados linhas abaixo. Conquanto os poderes oraculares estivessem concentrados nas mãos de Apolo, o senhor todo-poderoso de Delfos, outros deuses e muitos heróis, sem o prestígio, claro está, do deus pítico, exerceram-nos igualmente na Grécia antiga. E fato curioso, na Hélade, é que, ao lado de famosos heróis "videntes", como *Tirésias*, *Calcas*, *Anfiarau*, *Anfíloco*, *Mopso*, cuja arte divinatória faz parte intrínseca de seu mito, existem outros, como *Ulisses*, *Protesilau*, *Sarpédon*, *Menesteu*, *Autólico*, *Pasífae*[38], *Ino*, *Héracles* em Bura, *Glauco* em Delos, *Aristômenes* na Messênia, *Orfeu*, *Laio*... para os quais a mântica é apenas um apêndice de seu mitologema. Uma coisa, porém, parece fora de dúvida: no oráculo heroico parece prevalecer a mântica por incubação, sem dúvida a mais

---

37. *Mântica dinâmica* ou por *inspiração direta* é a de Delfos, em que Apolo fala "diretamente" por intermédio de sua Pitonisa; *indutiva* é aquela em que o *mántis* procede por "conclusão", examinando determinados fenômenos, tais como o *fogo* (piromancia), o *voo das aves* (eonomancia), o *fígado das vítimas* (hepatoscopia), os *sonhos* (oniromancia); *ctônia*, por *incubação*, como já se explicou no vol. II, p. 98, 184-185, era aquela em que o consulente, deitando-se (*incubare* é estar deitado) por terra (ctônia), normalmente num recinto sagrado, tinha sonhos, que eram interpretados pelo *mántis*; *cleromancia* é a adivinhação pela ação de tirar a sorte. No que diz respeito à *oniromancia*, é conveniente acrescentar que existem dois tipos de *intérpretes de sonhos*: o ὀνειροκρίτες (oneirokrítes), "o que explica o sonho alheio" e o ὀνειροπόλος (orneiropólos), "o que interroga os deuses, observando o próprio sonho".

38. Esta Pasífae, detentora em Tálamas, na Lacônia, de um oráculo por incubação, era de tão grande importância política, que os Éforos dormiam no recinto do mesmo, para consultá-la a respeito de assuntos de interesse do Estado (Plut., *Cleômenes*, 7,2 e *Ágis*, 9,2), parece que nada tem a ver com a homônima heroína cretense. Há diferentes versões para sua identidade: filha de Atlas e mãe de Zeus, Cassandra, Dafne e até de Selene! (Paus. 3,26,1).

empregada por Homero[39], e a cleromancia. Se bem que quase nada se saiba de preciso acerca dos oráculos de Ulisses na Etólia (Lícofron, 799; Aristóteles, frag. 1211); de Menesteu, na península ibérica (Estrabão, 3,140), de Autólico, em Sinope (Estrabão, 12,546) e de outros mais, os documentos, se bem que escassos, atestam que nos oráculos de Pasífae, Ino, Anfiarau, Calcas, Mopso e Tirésias predominava a ἐγκοίμησις (enkoímesis), isto é, a incubação. Em alguns casos, como nos de Calcas e Anfiarau, o consulente deveria fazer um sacrifício e depois dormir sobre a pele da vítima, o que, diga-se, de caminho, excluía o *holocausto*! Um culto heroico de que resulta concretamente que não era por incubação é o de Héracles, em Bura, na Acaia: pela localização do oráculo numa gruta, em local bastante inacessível, acredita-se que lá funcionava a cleromancia, cuja antiguidade na Grécia é comprovada. Possivelmente se lançavam quatro ossos no interior da caverna e, a cada golpe, correspondia uma resposta, que era anotada numa tabuinha.

O fato de o culto oracular apolíneo estar muitas vezes associado ao culto ou à reminiscência de um herói não deve causar estranheza, uma vez que, como se sabe, o deus de Delfos, não raro, se sobrepôs ao herói de um local, que ali possuía um oráculo. O fenômeno já era conhecido dos antigos, como no caso do oráculo de Tilfusa: o *Hino Homérico a Apolo*, 244ss, parece aludir ao fato. No caso de Delfos, já se comentou o episódio no Vol. II, p. 96ss, as coisas são bem claras: o deus suplantou a Píton, antigo senhor do oráculo e, depois, o associou a seu próprio culto. O nome de sua sacerdotisa, *Pitonisa*, não deixa dúvidas a respeito. Fato semelhante aconteceu com o herói *Ptóos*, segundo se mostrou, em parte, no mesmo Vol. II, p. 87: Ptóos manteve um culto separado do de "Apolo Ptóos", que lhe ocupara o oráculo. Na Cilícia, ao lado de "Apolo Sarpedônio", existia um culto oracular consagrado ao próprio herói Sarpédon. De qualquer forma, com oráculos "independentes" ou associados ao deus mântico da Hélade, todos os adivinhos *estão a serviço de Apolo* e figuram, muitas vezes, como *seus filhos*: é o caso de Mopso de Malos; Mopso, o argonauta (Valério Flaco, l,383s); Anfiarau (Higino, frag. 70); Calcas, Íamo...

---

39. Exceção, certamente, à regra é o caso de Teoclímeno, na *Odisseia*, XX, 350ss, e possivelmente o de Heleno, na *Ilíada*, VII, 44.

A grande diferença entre Apolo e seus "associados" e "filhos" é que aquele fundamenta sua Mântica na inspiração direta e estes na ctônia, por incubação, e na cleromancia, embora também estas sejam consideradas como um dom de Apolo, *Ilíada*, I, 72. Para se ter uma ideia da oposição entre mântica apolínea e a ctônia é aconselhável ler uma passagem significativa de Eurípides, *Ifigênia em Táuris*, 1259ss. Para os gregos em geral, todavia, essas diferenças eram meramente "culturais". Todas as formas divinatórias eram canônicas e ortodoxas e, não raro, certamente, uma questão de gosto, de "devoção" ou de possibilidades e meios político-econômicos: uma consulta "proveitosa" ao aristocrático *Oráculo de Delfos* poderia estar condicionada ao ouro de Creso ou à astúcia política de Filipe da Macedônia... O povo consultava oráculos mais simples! Afinal, como diz Aquiles (*Il.*, I, 63), "o sonho é também uma mensagem de Zeus": καὶ γὰρ τ'ὄναρ εκ Διός ἐστιν (kaì gàr t'ónar ek Diós estin). E Zeus era o deus de todos...

O herói também é *médico* e tal é a conexão entre *Mântica* e *Iátrica*, que é impossível separar os dois tópicos, a não ser, como fizemos, por motivos didáticos. *Iátrica*, em grego Ἰατρική (Iatriké), de ἰατρός (iatrós), "médico", é a "arte de curar".

Como vimos, a *mântica ctônia* é a forma característica do oráculo heroico. Pois bem, a *incubação* tem por objetivo essencial, na maioria dos casos, a cura, e a atividade terapêutica dos deuses e dos heróis se exerce principalmente através das respostas do oráculo. Apolo, deus mântico por excelência, era, ao menos a princípio, um deus-médico, e assim se torna visível a íntima correlação entre *iátrica* e *mântica* no majestoso epíteto que lhe empresta o grande trágico Ésquilo, *Eumênides*, 62: ἰατρόμαντις (iatrómantis), quer dizer, o *médico-mântico*, "o que sabe curar através de seus oráculos".

Anfiarau, como já se disse, era adivinho e possuía um oráculo por incubação, mas esse oráculo se ocupava sobretudo de *iátrica*, como demonstra a presença em seu santuário de uma verdadeira constelação de médicos e médicas: Apolo Peéon[40], Panaceia, Íaso, Higiia, Atená Peônia e, mais que tudo, o testemu-

---

40. É preciso não confundir Παιάν (Paián), *Peã*, epíteto de Apolo, mas também "hino de ação de graças" a este deus, sobretudo por "uma cura" obtida, com Παιήων (Paiéon), *Peéon*, médico dos deuses, que igualmente qualificava Apolo, conforme se mostrou no Vol. II, p. 88.

nho de Pausânias, 1,34,4, segundo o qual os "curados" lançavam moedas de ouro e prata numa fonte próxima ao santuário, o que, de saída, atesta um local de "cura". Asclépio, o herói-deus, de que já se falou no Vol. II, p. 93s, cognominado o "grande médico", desempenhava suas funções iátricas nos monumentais santuários de Epidauro, Cós e Atenas mediante a incubação: aparecia pessoalmente nos sonhos e dava respostas concernentes às doenças e à cura das mesmas. Igualmente Calcas (Estrabão, 6,284) e Podalírio, filho de Asclépio, eram detentores de oráculos por incubação com finalidade terapêutica. Há, todavia, heróis, que, mesmo não possuindo oráculos, eram depositários de culto terapêutico. Para não se estender em nomes, é bastante citar: Macáon, filho de Asclépio; Alexanor, Górgaso, Polemócrates e Nicômaco, filhos de Macáon; Hemítea, filha de Estáfilo; Oresínio de Elêusis e Aristômaco de Maratona... e até mesmo heróis, sem nexo algum com a iátrica, podiam ser invocados como médicos, em determinadas regiões: Héracles o era em Hieto, na Beócia (Paus., 9,24,3); Heitor, em Troia, e até o rei Reso.

Uma característica da mitologia iátrica, que não causa surpresa, é sua conexão com Asclépio, não por ter sido ele um grande médico e ser filho de Apolo, o *iatrómantis*, mas porque seu mestre havia sido Quirão, o educador de tantos heróis sob tantos aspectos! (*Il.*, IV, 219). A fonte primeira onde todos beberam é sempre do pacífico Centauro. Pátroclo curou a Eurípilo de um ferimento (*Il.*, XI, 828ss), porque aprendera a "arte" com Aquiles, que, por sua vez, a recebera de Quirão. O próprio filho de Tétis exercita sua ciência médica, medicando a Pátroclo e, desse modo, a intervenção do grande herói, curando a um seu companheiro, passou a ser uma espécie de tema obrigatório na épica: Ulisses ferido é curado por Autólico (*Odiss.*, XIX, 449ss); Eneias o é por Iápix (*Eneida*, 12,391ss).

Mas não é só de feridas físicas que cuidam os heróis com poderes médicos: curam também a *loucura*. Héracles, vítima de insânia mais de uma vez, foi curado por Antiquíreo, epônimo de Antícira, a cidade de origem do heléboro, ou o foi, segundo uma variante, por Medeia (Diod., 4,55,4). Antíope, enlouquecida por Dioniso, recuperou a razão por meio de Foco (Paus., 9,17,6). As filhas de Preto, rei de Tirinto (Ov., *Metamorfoses*, 15,322ss) foram enlouquecidas pelo mesmo deus ou por Hera e curadas por Melampo. O adivinho tebano Bácis, curando a loucura das mulheres da Lacônia (Paus., 10,12,11), foi ele próprio enlouquecido. Esse fato conduz, aliás, a um motivo mítico deveras interessante: o do *doente-médico* ou *médico-doente*. Quirão, que ensinou a curar e curou tantos ferimentos, recebeu de Héracles uma ferida incurável (Apol., 2,85). Podalírio (*Il.*, XI, 834s), em determinado momento, "necessita de um excelente médico".

Mais conhecido é um outro motivo que se pode expressar por *somente cura aquele que provocou o ferimento*. O mito mais divulgado a esse respeito é o de Télefo, que, ferido por Aquiles, só podia ser curado pelo herói ou por sua lança. Somente Helena, cuja familiaridade com drogas é atestada já na *Odisseia*, IV, 219ss, poderá curar da cegueira por ela produzida ao poeta Estesícoro, conforme a *Suda*, verbete Στησίχορος (Stesíkhoros).

O *herói* é uma personagem especial, que sempre deve estar preparado para a luta, para os sofrimentos, para a solidão e até mesmo para as perigosas *catábases* à outra vida. As iniciações da efebia servem-lhe de escudo e de respaldo para as grandes gestas nesta vida, mas a iniciação nos Mistérios parece predispô-lo para a última aventura, para a derradeira *agonia*: a morte, que, na realidade, o transformará no verdadeiro protetor de sua cidade e de seus concidadãos. E fato curioso, como se verá, alguns heróis, após a morte, passam a ter igualmente direito a um culto mistérico!

O maior dos *iniciados* foi certamente Héracles, que mereceu inclusive o epíteto sagrado de Μύστης (Mýstes), consoante o poeta alexandrino Lícofron, 1328, qualificativo, diga-se, de caminho, que não significa apenas *iniciado*, mas também *iniciador* nos Mistérios. Figurava inclusive o filho de Alcmena ao lado dos Dioscuros (Xen., *Helênicas*, 6,3,6) como o protótipo mítico do iniciado estrangeiro em Elêusis, tendo a Teseu como fiador ateniense[41]. Igualmente Hipólito (Eurípides, *Hipólito*, 24s) era iniciado nos Mistérios eleusinos.

Aristeu o era, segundo Diodoro, 4,82,6, nos Mistérios de Dioniso.

---

41. "Estrangeiros", normalmente, estavam excluídos dos Mistérios de Elêusis. Para serem admitidos nos mesmos, tinham que tornar-se primeiro cidadãos atenienses. Eis aí o motivo por que Teseu se fez "garante" de Héracles (Plut., *Teseu*, 30,5).

Se é tão pobre a documentação acerca da iniciação de heróis nos Mistérios, o mesmo não acontece com o culto mistérico que a muitos deles era prestado *post mortem*. Entre "esses muitos" estão os filhos de Medeia; Melicertes, o filho caçula de Ino e Átamas; os Dioscuros; Dríops; Hipodamia; Ino. Nos Mistérios de Andaina, na Messênia, o túmulo do herói Êurito estava localizado dentro do próprio templo (Paus., 4,3,10). A quase todos os Mistérios gregos, e até mesmo aos de Elêusis, estavam associados cultos heroicos, como os de Triptólemo (Paus., 1,38,6) e Eubuleu. Eumolpo possuía seu túmulo (Paus., 1,38,2) e Hipótoon, um templo na cidade sagrada de Deméter e Perséfone. Até mesmo os heróis tebanos, que tombaram na expedição dos Epígonos, foram sepultados em Elêusis (Plut., *Teseu*, 29,5).

8

O herói é, em princípio, uma idealização e para o homem grego talvez estampasse o protótipo imaginário da καλοκἀγαθία (kalokagathía), a "suma probidade", o valor superlativo da vida helênica. Aristóteles, *Política*, 7,1332b, é explícito, ao afirmar que os heróis eram física e "espiritualmente", κατὰ τὴν ψυχήν (katà tèn psykhén), superiores aos homens. Sob esse enfoque o herói surge aos nossos olhos externos e sobretudo "internos", como alto, forte, bonito, solerte, destemido, triunfador... É bem possível que Perseu, Belerofonte, Teseu, Agamêmnon, Aquiles, Heitor, Diomedes, Ájax Telamônio, Meléagro, Páris, Jasão, Orestes, Peleu e tantos outros, que engalanam os grandes ciclos heroicos, merecessem "oniricamente", epítetos até mais pomposos! De outro lado, segundo observa o já tão citado Angelo Brelich, esses seres extraordinários se notabilizam por certas formas específicas de criatividade, comparáveis às façanhas incríveis dos heróis civilizadores das sociedades arcaicas. Considerados *autóctones*[42], a saber, como nascidos diretamente da "terra" e seus primeiros habitantes,

---

42. Há que se fazer, em grego, uma distinção entre αὐτόχθων (autókhthon), *autóctone*, e γηγενής (gueguenés), *gégenes*: *autóctone* é o que nasce diretamente da "terra" e nela permanece; *gégenes* é igualmente o que nasce "da terra", como os Gigantes, mas não tem um posto fixo na mesma. Assim, nem todo "gégenes" é autóctone, mas todo autóctone é "gégenes".

são ancestrais de raças, povos e famílias importantes, como os cadmeus descendem de Cadmo; os cecrópidas de Cécrops; os argivos de Argos; os árcades de Arcas... Eméritos fundadores de cidades e colônias, inventam e revelam muitas instituições humanas, como as leis que governam a cidade, as normas da vida urbana, a monogamia, a metalurgia, a escrita, o canto, a tática militar. Instituem jogos esportivos; participam ativamente de guerras, da mântica, da iátrica e dos mistérios. E mais que tudo, em cometimentos gigantescos, varrem da terra os bandidos, as feras e os monstros...

Mas este é tão somente um lado dessa personagem tão polimórfica e ambivalente, embora prototípica de tantas atividades humanas. Observando-a mais de perto, nota-se que a beleza e a bravura de Aquiles podem ser empanadas física e moralmente por caracteres monstruosos: um herói aparece igualmente e com muita frequência sob forma anormalmente gigantesca ou como baixinho; pode ter um aspecto teriomorfo e andrógino; apresentar-se como fálico; sexualmente anormal ou impotente; pode ser aleijado, caolho, ou cego; estar sujeito à violência sanguinária, à loucura, ao ardil e astúcia criminosa, ao furto, ao sacrilégio, ao adultério, ao incesto e, em resumo, a uma contínua transgressão do *métron*, vale dizer, dos limites impostos pelos deuses aos seres mortais.

Alguns exemplos colhidos entre centenas de outros poderão dar uma ideia dos atributos contraditórios, da vasta *complexio oppositorum* desses seres "divinamente monstruosos".

De saída, como se está falando de atributos contraditórios, é conveniente lembrar que o herói tem a faculdade de ser tanto uma fonte quase inesgotável de bons serviços quanto de maldição, sobretudo quando ofendido nesta vida ou depois da morte, o que pode ser, de certa forma, confrontado com a ambivalência das divindades ctônias Erínias-Eumênides. Argos, que tantos benefícios trouxera à Argólida, enlouqueceu e induziu ao suicídio a Cleômenes, que violara o direito de asilo do santuário do herói, incendiando-lhe o bosque e fazendo perecer os suplicantes (Paus., 3,4,1). Mas vamos às anomalias: Héracles, dotado de três fileiras de dentes, possuía uma altura de mais de três metros. O gigantismo, porém, não é específico do principal herói grego: a altura, ou melhor, a "altitude" de Aquiles era de cinco metros e noventa e quatro centímetros! Os ossos de

Orestes encontrados em Tégea permitem atribuir-lhe uma estatura de quatro metros e sessenta e dois centímetros! (Heród., 1,68). E, ao lado desses "píncaros heroicos", poder-se-iam alinhar igualmente Teseu, Pélops, Aristômaco, Oto, Oríon[43]. Mas, paralelamente a esse gigantismo anormal, surgem heróis de baixa estatura, se bem que em documentação bastante rara e reticente, talvez para não lhes deslustrar a majestade física, a qual se concilia melhor com a tendência idealizante e com o conceito de superioridade. A *Ilíada*, II, 527ss já nomeia dois baixinhos: Ájax Oileu e Tideu. A este último se refere Atená, falando a Diomedes ferido, V, 801: Tideu, enfatiza a deusa, "era de baixa estatura, mas era um guerreiro". Também Mínias era baixo. Ulisses, o solerte Ulisses, além de feio, era de pequena estatura. Na *Odisseia*, IX, 515s diz o Ciclope Polifemo, tendo Ulisses a seu lado, que sua cegueira pelo herói havia sido predita por um adivinho, mas que aguardava um *homem alto e belo*. Aliás, na *Ilíada*, III, 210, já se alude à baixa estatura do esposo de Penélope, o que é complementado por Lícofron, 1244, e Tzetzes, que chamam a Ulisses de Νάνος (Nános), nada menos que anão...[44] Outra deformidade comum dos belos e destemidos heróis é o teriomorfismo: Cécrops, já se mencionou, era ofiomórfico; Lico, representado sob a forma de lobo, era licomórfico e Egeu, sob a de cabra, era egimórfico. São muito numerosos os nomes de animais na mitologia heroica e, por vezes, esses nomes se adquirem através de metamorfoses, o que parece explicar que tais heróis pertenciam primitivamente "a mitos de origens de espécies animais", vale dizer, trata-se de mitos de diferenciação de seres primordiais, que não são ainda nem totalmente homens, nem inteiramente animais. Desse modo, Céleo, no mito eleusino, é o picanço, o popular pica-pau; Alópeco, a raposa. Quanto a Arcas, cujo nome está ligado a *árktos* ou *árkos*, "urso", percebe-se logo que é filho de Calisto, metamorfoseada em "ursa" por Ártemis, a "senhora dos animais". Por vezes, a metamor-

---

43. Quando Píndaro diz nas *Ístmicas*, 4,53, que Héracles era μορφὰν βραχύς, ψυξὰν δ'ἄκαμπτος (morphàn brakhýs, psykhàn d'ákamptos), "de baixa estatura, mas de alma invencível", não estaria o poeta querendo exaltar a superioridade do *espiritual* sobre o físico? Tratar-se-ia de um "outro" Héracles ou o gigantismo para o pensamento grego era uma metáfora, um exagero, cujo escopo era enaltecer a natureza sobre-humana do herói?

44. Veja-se, a respeito do "tema de Ulisses", a obra de W.B. STANFORD. *The Ulysses Theme*. London: Oxford, 1954, p. 254.

fose nada tem a ver com o nome: Hécuba foi transformada em cadela (Eurípides, *Hécuba*, 1205ss); Hipômenes e Atalante, em leões (Apol., 3,105s); Io, em vaca (Hes., frag. 187).

Como já se falou da "monstruosidade" do androginismo, além do gigantismo, nanismo e teriomorfismo, vamo-nos ocupar, agora, com as demais deficiências físicas dos heróis. Estes estão marcados por uma gama tão ampla de outras anomalias em seus corpos, que seria impossível, dentro de um capítulo, citar e comentar a todas. Mencionaremos, por isso mesmo, apenas as principais com seus respectivos portadores. Entre estas destacam-se a policefalia, a acefalia, a gibosidade, gagueira, coxeadura e cegueira.

Policéfalo era Gerião (Hes., *Teogonia*, 285), enquanto Argos era polioftalmo. Molo, irmão (Diod., 5,79) ou filho (Apol., 3,17) de Deucalião, era acéfalo: cortaram-lhe a cabeça por haver tentado violentar uma ninfa ou uma jovem cretense. A estátua acéfala de Tritão em Tanagra (Paus., 9,20,4) repetia uma história análoga à de Molo. Míscelo, herói colonizador (Diod., 8,17), era corcunda. Lembremo-nos de que Tersites, além de corcunda, era coxo (*Il.*, II, 216-219). Bato (Heród., 4,155) era gago e seu neto homônimo era coxo (Heród., 4,161).

São muito numerosos os heróis coxos ou com defeitos e cicatrizes nas pernas, mas neste campo existem no mito várias atenuações, devidas à idealização dos heróis. Em certos casos a anormalidade das pernas ou dos pés é tão somente mencionada, sem uma ligação efetiva com o mito, como no caso de *Édipo*, que conserva apenas o nome de *pés inchados*, sem maiores consequências, aparentemente, para o mito! Em outras personagens, todavia, inteira ou parcialmente míticas, a coxeadura assume uma função mítica e religiosa: a deformidade, tida por castigo divino, passa a ser considerada como um obstáculo à sucessão ou como uma indignidade. Dos dois filhos mais velhos do rei ateniense Codro, Nileu não aceita ficar subordinado a seu irmão Médon, porque este é coxo (Paus., 7,2,1). Na história de Agesilau, que era coxo (Plut., *Ages.*, 2,2,3,4), o mito se insere num contexto em parte determinado por um oráculo ambíguo, que adverte o povo acerca de um rei aleijado. Quanto a cicatrizes e ferimentos, eles normalmente se localizam nos pés, nos joelhos e pernas. Filoctetes é, sem mais, definido por Sófocles, *Filoctetes*, 486 e 1032, como χωλός (kholós) "coxo" e Télefo é cognominado aquele que tem "um ferimento na coxa" (Apol., 3,17). Em alguns casos, a cicatriz, particularmente, apresenta pouco relevo no conjunto do mito, mas enseja inserções importantes no relato: na *Odisseia*, XIX, 393, a cicatriz de Ulisses, além de provocar uma cena emocionante de ἀναγνώρισις (anagnórisis), de "reconhecimento" entre o herói e sua velha ama Euricleia, motiva uma longa narrativa a respeito da caçada ao javali. Aquiles possuía, como único ponto vulnerável de seu corpo, o calcanhar: é que, segundo uma variante do mito, o osso do calcanhar do pé direito do herói, ainda menino, se queimara na malograda tentativa de Tétis de imortalizar o filho, e Quirão o teria substituído por um osso do gigante Dâmiso. O mesmo Quirão, segundo já se comentou no Vol. II, p. 90, embora não fosse herói, mas o educador de heróis, também foi, sem o querer, ferido, em torno do joelho, por uma flecha envenenada de Héracles (Apol., 2,85). Numa das variantes do mito de Belerofonte, segundo a grandiosa exposição pindárica (*Ístmicas*, 7,44ss), documentada por Aristófanes de Bizâncio (257-180 a.C.), verbete Ταρσός (Tarsós), o herói querendo escalar o Olimpo, cavalgando Pégaso, foi lançado do céu à terra. O local em que ele tombou, a cidade de *Tarso*, recebeu tal nome porque o herói fraturou o *tarso* do pé esquerdo!

Outro ponto sensível na "monstruosidade" física dos heróis é a cegueira, que aparece com grande frequência entre os adivinhos míticos, Tirésias, Eveno, Fórmio e entre poetas míticos, como Demódoco (*Odisseia*, VIII, 64), semilendários, como Homero (Tucídides, 3,104,5) e históricos, como Estesícoro[45]. Existem, porém, muitos outros heróis, que, por um motivo ou outro, são cegos ou perdem a visão por efeito de um ato criminoso: o gigantesco caçador Oríon foi cegado pelo rei Enópion, porque aquele lhe violentara a esposa; Fênix o foi pelo próprio pai Amintor, por lhe ter seduzido a concubina, chamada Clícia ou Ftia (Aristófanes, *Acarnenses*, 421; Apol., 3,175); Anquises, pai de Eneias, perdeu a vista, porque, um dia, bêbado, se vangloriou de seus amores com Afrodite (Sérvio M. Honorato, *Eneida*, 2,35); Erimanto ficou cego por ter visto a mesma deusa nua.

---

45. O grande poeta lírico Estesícoro (635-555 a.C.), consoante o mito, fora cegado por Helena, cujo rapto havia sido cantado pelo vate grego do sul da Itália. Recuperou-a, através de uma *Palinódia*, de uma retratação, em que afirmava que a Helena, levada a Troia por Páris, era tão somente um *eídolon*, uma "imagem" da verdadeira rainha de Esparta.

A cegueira, todavia, "não é a única forma de anormalidade": há heróis monoftalmos, como o famoso Óxilo, que, por sinal, às vezes, é citado não diferentemente do herói germânico Odin, como trioftalmo (Paus., 5,3,5; Apol., 2,175), desde que se somem ao seu os olhos de seu cavalo, segundo se comentou no Vol. I, p. 107. Outra observação importante, conforme acentua Brelich, é que, "de modo surpreendente, a anormalidade dos olhos resulta da anormalidade das pernas, havendo entre os dois defeitos físicos, tão diferentes na realidade, uma singular equivalência mítica"[46]. Não se trata de acasos, enfatiza o mesmo autor, em que o herói aparece ora coxo, ora cego, como Édipo, que, "coxo" no nome, acabou por rasgar os próprios olhos, mas antes de fatos em que as duas deficiências físicas se apresentam alternativamente, mercê de um castigo divino, por exemplo. Licurgo, de quem já se fez menção, numa das variantes de seu mito, desejando, por ódio a Dioniso, cortar-lhe todos os pés de videira, feriu ou cortou a própria perna; na versão homérica (*Il.*, VI, 139), em punição da hostilidade ao mesmo deus, o rei dos edônios, além da perna, perdeu igualmente a vista. O supracitado Anquises, que ficara cego, por ter imprudentemente relatado seus amores com Afrodite, na variante de Sófocles, frag. 344, se tornara também coxo[47]. O acontecido com Oríon é ainda mais original, porque suas duas deficiências procedem de dois mitos independentes: um é o mito da cegueira; outro aquele em que um escorpião lhe mordeu mortalmente o calcanhar (Nicandro, *Theriaká*, 13ss – "Mordeduras de animais selvagens e seu tratamento").

Há um outro ângulo ainda mais sério na "monstruosidade" do herói: seu comportamento social, ético e moral. Não apenas Héracles, mas vários outros são vítimas da polifagia, isto é, de um apetite insaciável. Lepreu, epônimo da cidade de Lépreon, na Acaia, desafiou, entre outros, a Héracles para uma competição glutônica. Cada um devorou um boi inteiro. Por fim, vencido, Lepreu foi

---

46. BRELICH, Angelo. Op. cit., p. 247.

47. Na *introdução* e *tradução* que fizemos do único Drama Satírico que nos chegou completo, o *Ciclope* de Eurípides, chamamos a atenção para os versos 637-641, em que os Sátiros, acovardados, para não participarem do cegamento do Ciclope, fingem-se *coxos* e com a *visão perturbada* pela poeira e pelas cinzas, que eles próprios não sabem de onde vêm. Veja-se *Teatro grego. Eurípides – Aristófanes (O Ciclope, As Rãs, As Vespas).* Rio de Janeiro: Espaço e Tempo, 1987, p. 65.

morto por seu rival (Paus., 5,5,4). Também Sileu enfrentou ao filho de Alcmena para um concurso, mas, dessa feita, o vencedor seria o que bebesse mais. Igualmente vencido, Sileu foi assassinado. Mas a polifagia não está restrita ao ciclo de Héracles. É verdade que este é, por vezes, chamado *búphagos*, "que devora um boi", mas existe um glutão, ou mais de um com o nome próprio de Búfago, sem nenhuma relação com Héracles. Idas, irmão de Linceu, dividiu um boi em quatro porções, mas acabou por devorá-lo sozinho (Apol., 3,135). Na *Odisseia*, VII, 215ss e IX, 5ss, para decepção dos idealizadores da figura de Ulisses, o grande comilão é exatamente o protagonista, citado inclusive na *República* de Platão, 3,390B; 9,162. Ateneu (séc. III d.C.), em sua obra importantíssima *Dipnosofistas*, "Banquete de Sofistas", ao falar da polifagia (10,411Ass), afirma que Adefagia era detentora inclusive de um culto na Sicília (416B) e acrescenta que diversos atletas, "agonistas", entre os quais heroicizados, possuíam igualmente um apetite hercúleo: Mílon de Crotona, Titormo da Etólia, Astíanax de Mileto.

Ao lado, porém, da proverbial polifagia, os heróis cultuavam uma outra adefagia: seu apetite sexual era tão voraz quanto seu estômago. Como sempre, o campeão é Héracles: numa só noite, ele fecundou as cinquenta filhas de Téspio (Paus., 9,27,7). Outros, mais comedidos (Apol., 2,66), julgam que o fato se passou em cinquenta noites consecutivas, mas os "conciliadores", para não racionalizar, em demasia, a potência hercúlea, transformaram o prodigioso em "fantástico": a façanha teria sido consumada em sete noites sucessivas, possuindo o herói a sete tespíades por noite. A que sobrou, serviu de sobremesa... Não para aí, no entanto, o descomedimento sexual dos heróis. Existem ainda duas modalidades de violência carnal que os mesmos praticam constantemente: o rapto de mulheres e a violência propriamente dita, traduzida sob a forma de adultério, estupro, incesto... Teseu, o "ideal do espírito ateniense", raptou a Helena, a mesma que Páris ou Alexandre raptaria mais tarde, quando a menina contava apenas nove anos de idade... Raptou, além do mais, a lindíssima princesa minoica Ariadne e a amazona Hipólita, o que provocou a guerra das Amazonas contra Atenas. Acompanhado de seu fraterno amigo Pirítoo, desceu ao Hades e tentou raptar Perséfone! Teseu e Páris, porém, não são os únicos: os Dioscuros, Castor e Pólux, se apossaram violentamente das leucípides, filhas de Leucipo (Teóc., 20,137ss); Cadmo se apossa da princesa Europa; Aquiles rapta, em Tanagra, as estratonices. E os exemplos poderiam multiplicar-se, como os que vamos apontar em relação à violência carnal propriamente dita e, nesse contexto, por vezes, nem as deusas escapam...

Oríon, que, na ilha de Quios, já usara de violência contra a esposa ou filha de seu hospedeiro Enópion, tentou ainda estuprar a deusa Ártemis ou, segundo outros, a tentativa de estupro teria sido contra a fiel companheira desta, a hiperbórea Ópis (Apol., 1,27) como já o haviam tentado contra a mesma deusa Actéon e Alfeu, e igualmente fizera Títio contra Leto (*Odiss.*, XI, 580s) e Ixíon contra Hera (Pínd., *Píticas*, 2,26s). Mais numerosos ainda são os casos de tentativa de violência sexual praticada pelos heróis contra indefesas vítimas humanas: Ájax violenta Cassandra; Sísifo deflora Anticleia, filha de Autólico e mãe de Ulisses; Héracles se apossa pela força de Auge, que se torna mãe de Télefo. "O mais excelente nos combates e nos conselhos" (Pínd., *Nemeias*, 8,7s); "o mais religioso dos gregos" (Plut., *Teseu*, 10,2); "o mais piedoso de todos" (Apol., 3,159), o justíssimo Éaco, também ele possuiu pela violência a Psâmate (Apol., 3,158)... Diferentemente do incesto involuntário de Édipo, que se pode classificar como um erro trágico, a infração de muitos heróis, tanto nos incestos quanto nos adultérios, é consumada em sã consciência. Tieste pratica incesto com a própria filha Pelopia; Eneu com a filha Gorge, de que nasce Tideu; Óxilo possui a própria irmã Hamadríada; Erecteu, a filha Prócris; Macareu, a irmã Cânace! Também os adultérios são muitos. Não se trata nestes de violência, mas de sedução. Aérope, mulher de Atreu, torna-se amante de Tieste; Egisto, na ausência de Agamêmnon, seduz-lhe a esposa Clitemnestra; Prócris se deixa induzir em adultério por uma personagem que ela ignora tratar-se de seu próprio marido travestido. Os numerosos adultérios de Penélope, "a fiel esposa de Ulisses", que, a bem da verdade, só aparecem na literatura a partir do século III a.C., mas que parece pertencerem ao estrato pré-homérico do mito, desfiguram muito a imagem idealizada dessa ínclita senhora! Em violento contraste com essa fome sexual, tem-se, no mito, também a impotência heroica! Esclarece com certa razão Brelich que, se Freud tivesse conhecido o mito do herói Íficlo, filho de Fílaco, que nada tem a ver com Íficles, filho de Anfitrião e Alcmena, teria certamente criado um termo psicanalítico, *Complexo de Íficlo*, em vez de complexo de castração. Há duas explicações para a impotência desse herói: na primeira, Íficlo, só ao ver a faca ensanguentada com que o pai estava *castrando* os carneiros, perdeu a virilidade; na segunda, estando o pai a *podar* as árvores (note-se que em grego e em latim um mesmo verbo pode ser empregado no sentido de *podar* e *castrar*: καθαίρειν [katharírein] e *putare*), quis afastar o filho, tendo, para isso, lançado a faca para cravá-la numa árvore perto do lugar em que estava Íficlo, mas fê-lo com tanto azar, que aquela feriu os órgãos genitais do filho, tornando-o impotente. Igualmente Bato, fundador da colônia grega de Cirene na África, era, ao que tudo indica, um herói *euiratus*. O homossexualismo é outra presença constante no mito dos heróis. Vamos citar, tão somente, os três exemplos clássicos no mundo dos "homens", uma vez que alguns deuses, se não o praticaram habitualmente, tiveram em várias ocasiões comportamentos homossexuais, como é o caso de Zeus com Ganimedes e de Apolo com Jacinto. Laio, hóspede de Pélops, raptou-lhe, por paixão incontrolável, o filho Crisipo (Apol., 3,44), o que irá provocar a "culpa primordial" dos labdácidas, como se mostrará no mito de Édipo. Tântalo, personagem extremamente contraditória, rapta o jovem troiano Ganimedes. É tradição mítica que o homossexualismo tenha sido introduzido na Hélade por Laio, mas Apolodoro, 1,6, afirma categoricamente que "o primeiro de todos a amar o masculino" foi Tâmiris, cantor de Trácia, o qual já aparece na *Ilíada*, II, 595, passo em que, tendo desafiado as Musas, estas, após vencê-lo, fizeram do mesmo um "impotente", πηρόν (perón) no grego homérico. Nestas circunstâncias, diga-se de passagem, é possível conciliar as duas tradições: Laio teria sido o primeiro homossexual ativo e Tâmiris, o passivo.

A violência dos heróis, no entanto, não se limita ao campo sexual. Talvez sua tarefa mais brutal seja "matar", já feita abstração da guerra, das lutas e das justas, "espaços naturais do derramamento de sangue e da atividade característica do herói". Afora tudo isto, são poucos os heróis que não tenham cometido, ao menos, um homicídio. "A motivação desses homicídios, argumenta Brelich, é tão vária, muitas vezes tão contraditória e sobretudo tão desproporcionadamente insignificante, que dá a impressão de que na maior parte das vezes seja puramente secundária: o importante é o homicídio e não sua causa"[48]. E se o introdu-

---

48. BRELICH, Angelo, Op. cit., p. 254.

tor do homicídio (é que cada aspecto da vida humana, bom ou mau, possui um herói como iniciador) foi Ixíon (Ésquilo, *Eumênides*, 718), Héracles, que matou tantas vezes, alicerçado em motivações várias, foi igualmente o iniciador dos homicídios "por acaso", quase por uma distração. Conta Pausânias, 2,13,8 que o filho de Alcmena, em seguida a uma simples irritação, matou com o polegar ao pequenino Êunomo, copeiro do rei Eneu. Heróis e heroínas matam "por acaso" ou, segundo expressão técnica, praticam o φόνος ἀκούσιος (phónos akúsios), o "homicídio involuntário", cuja eficácia literária é reconhecida por Aristóteles[49]. Foi assim que Perseu, lançando um disco, matou, sem o querer, a seu avô Acrísio e, de maneira semelhante, Óxilo causou a morte de seu irmão Térmio (Paus., 5,3,7). Peleu, arremessando mal a lança, matou o sogro Eurítion (Apol., 3,163) na célebre caçada da Caledônia; Tideu assassinou involuntariamente ao irmão Olênio, Anfitrião ao sogro Eléctrion, Céfalo a esposa Prócris. O exemplo mais antigo na literatura se encontra na *Ilíada*, XXIII, 85ss, em que Pátroclo, οὐκ ἐθέλων (uk ethélon), "sem o querer", mata Eanes, filho de Anfídamas. Uma variante do mito é o caso em que o herói, querendo assassinar alguém, mata, por fatalidade, a um parente, como Aédon, que, desejando exterminar os filhos de Níobe, golpeia o próprio filho. Uma segunda variante é aquela em que o herói, querendo matar a uma pessoa, o faz, mas logo em seguida descobre tratar-se do próprio pai: além do caso de Édipo, que mata a Laio, tem-se no mito o episódio de Altêmenes, que mata a seu pai Catreu, confundindo-o com um pirata (Apol., 3,16). Há, todavia, muitas outras causas que levam o herói à prática de homicídio: mata por inveja, como Pélops assassina a Estinfalo (Apol., 3,159) ou como Peleu e Télamon, que matam a seu meio-irmão Foco; por ciumes, como Io que liquida os filhos de Temisto; por vingança, como Anfião e Zeto, que assassinam a Dirce; "por encomenda", como Alcméon, que, a pedido de seu pai Anfiarau, mata a própria mãe Erifila (Apol., 3,86); por loucura, como Héracles, que mata os próprios filhos tidos com Mégara.

---

49. Aristóteles, na *Poética*, 1453b, reconhece a eficácia literária do assassinato de parentes em geral, mas considera que o efeito é mais convincente quando o herói só vem a saber depois a identidade da vítima.

Uma observação importante é que, na lista negra de homicídios praticados por heróis, a percentagem de parentes assassinados é muito grande: pais, como Laio, Agamedes, Têmenos (Apol., 2,178); mães, como Clitemnestra, Erifila; filhos, como Toxeu, assassinado por Eneu, ou os de Héracles, bem assim os de Ino; irmãos, como Etéocles e Polinice; maridos, como os quarenta e nove assassinados, numa só noite, pelas Danaides, suas esposas; esposas, como Mégara, morta por Héracles (Eur., *Héracles*, 999-1000), ou Antíope, assassinada por Teseu (Ov., *Heroides*, 4,119); sogros, como Eléctrion, que morre às mãos de Anfitrião e ainda se poderia ir mais longe... Havia até mesmo, na Antiguidade, *catálogos* em que se registraram esses tipos violentos de assassinatos entre familiares. Um exemplo bem claro são as chamadas *Fabulae* (Fábulas)[50] de C. Higino Júlio, erudito do século I a.C. Nas *Fábulas* 238, 239, 240, 241, 244 e 245 pode-se ler: 238 (*qui filias suas occiderunt*, os que mataram suas filhas), 239 (*matres quae filios interfecerunt*, mães que assassinaram seus filhos), 240 (*quae coniuges suos occiderunt*, esposas que eliminaram seus maridos), 241 (*qui coniuges suas occiderunt*, maridos que mataram as mulheres), 244 (*qui cognatos suos occiderunt*, pais que assassinaram os filhos), 245 (*qui soceros et generos occiderunt*, os que mataram sogros e genros)...

Vamos estampar mais um tipo de crime nessa ânsia sanguinária dos heróis e, em seguida, passaremos a outras deformações dessas criaturas extraordinárias, mas profundamente marcadas pela *complexio oppositorum*.

O homicídio pode, além do mais, ser conjugado com o sacrilégio: Ájax Oileu violenta Cassandra junto ao altar da deusa Atená e Neoptólemo mata o rei Príamo sobre o altar de Zeus Herquio. Aquiles, apaixonado pelo filho caçula de Príamo, Troilo, assassina-o dentro do templo de Apolo.

A verdade sobre o lado negro dos heróis, porém, não termina por aqui. Os atos de intemperança sexual e a violência sanguinária não esgotam os excessos de sua natureza irrequieta, irascível e tumultuosa, porquanto o herói pratica outrossim e com frequência a arte sutil da astúcia e da ladroagem. Héracles, quase

---

50. Trata-se, na realidade, de 277 "mitos" ao que parece, escritos e denominados *Fabulae* (Fábulas) por este liberto do imperador Augusto.

sempre se inicia por ele, furtou a valiosa manada de éguas de Ífito e, quando este, que ignorava a identidade do ladrão, saiu para procurá-las, o herói o matou traiçoeiramente, violando o direito de hospitalidade (*Odiss.*, XXI, 22ss). Como forma ainda mais grosseira de traição basta lembrar o episódio dos Molíones, Ctéato e Êurito, que, a serviço de Augias, derrotaram numa batalha ao herói. Mais tarde, quando da celebração dos terceiros Jogos Ístmicos, os Molíones foram enviados para representá-lo na festa e Héracles os matou numa emboscada (Pínd., *Olímpicas*, 10,25ss; Paus., 5,2,1). Na epopeia, o supremo "ideal da astúcia", cuja intenção dolosa e desonesta é escamoteada sob a forma e o epíteto de prudência, de habilidade, e de *trickster*, é representado por Ulisses. É curioso, todavia, e de feição contraditória o fato de Homero caracterizar a verdadeira natureza do herói, lembrando que, genealogicamente, Ulisses era neto de Autólico e que este fora instruído por Hermes na arte do perjúrio e do furto (*Odiss.*, XIX, 395ss). Há de se recordar ainda, como aliás se verá no mito do herói, a torpe traição por ele arquitetada contra seu grande rival Palamedes, que, em função da mesma, foi inocentemente lapidado (Apol., 3,8). Ao lado de Ulisses, mestre da solércia criminosa e de seu avô Autólico, que, na *Ilíada*, X, 267, aparece explicitamente como ladrão, se alinham outros, tão ou mais célebres que os dois anteriores. Sísifo, primeiro rei de Corinto, de que se apossou pela violência, foi tão astuto, segundo se comentou no Vol. I, p. 238, que, por duas vezes, conseguiu ludibriar a própria Morte (*Thánatos*). Não menos criminosamente arguto foi Tântalo, igualmente comentado no Vol. I, p. 83s, que furtou dos deuses o néctar e a ambrosia (Pínd., *Olímpicas*, 1,60ss). Jasão e Medeia, através de uma "grande cilada", μέγας δόλος (mégas dólos), comenta Apolônio de Rodes, *Argonáuticas*, 4,421ss, despedaçaram Apsirto, irmão da própria Medeia. Com a ajuda de Mírtilo, segundo se viu no Vol. I, p. 86, Pélops usando de um estratagema sórdido, matou a Enômao. Foi através de uma fraude contra Ájax Telamônio que Menelau ganhou as armas de Aquiles.

As citações e exemplos poderiam ir ainda muito longe, mas o que se deseja acentuar é a ambivalência dessa "criatura" singular. Suas inúmeras qualidades e serviços extraordinários em favor da *pólis* e da comunidade, mas também suas fraudes, roubos, solércia criminosa, bem como todas as violências e "monstruo-

"sidades" anteriormente apontadas, não se aplicam a este ou àquele tipo de herói, mas, em maior ou menor escala, o todo dessa vasta *complexio oppositorum* faz parte integrante da vivência heroica.

9

Se o herói tem um nascimento difícil e complicado; se toda a sua existência terrena é um desfile de viagens, de arrojo, de lutas, de sofrimentos, de desajustes, de incontinência e de descomedimentos, o último ato de seu drama, a *morte*, se constitui no ápice de seu πάθος (páthos), de sua "prova" final: a morte do herói ou é traumática e violenta ou o surpreende em absoluta solidão. Afirma Brelich que ainda não se fez uma estatística, e é pena, mas acrescenta que a maioria dos heróis morre tragicamente. Uns se matam, como Ájax Telamônio, Hêmon, Antígona, Jocasta, Fedra, Egeu. A guerra, as justas e as vinganças são as grandes ceifadoras. Basta abrir a *Ilíada* e o final da *Odisseia*, que se passa a nadar num mar de sangue. Da morte de Reso, Pátroclo e Heitor até o massacre dos pretendentes, no XXII canto da *Odisseia*, a cruenta seara do deus Ares produziu frutos em abundância!

Quanto ao assassínio pode ser o mesmo agravado, segundo se viu mais acima, pelo grau de parentesco entre o criminoso e a vítima ou ainda pela crueldade com que foi praticado: Foco é sacrificado pelos próprios irmãos Peleu e Télamon; Agamêmnon é traiçoeiramente morto pela esposa Clitemnestra e esta pelo próprio filho Orestes. Alguns, além de mortos, são esquartejados, como Orfeu (Apol., 1,14), Apsirto e Penteu (Eur., *Bacantes*, 1125ss). Outros o são igualmente, mas por animais: Lino e Actéon foram dilacerados por cães; Abdero (Apol., 2,97), Glauco, Diomedes (Diod., 4,15,3) e Hipólito (Verg., *En.* 7,767) foram despedaçados por éguas e cavalos. Uns tantos são fulminados por Zeus, como Asclépio, Capaneu (Sóf., *Antígona*, 127ss), Salmoneu (Diod., 4,68,2), Erecteu (Higino, *Fab.*, 46), Idas (Pínd., *Nemeias*, 10,71), Licáon ou seus filhos (Apol., 3,98). Por vezes os heróis são vítimas de acidentes fatais: Orestes, o argonauta Mopso, Ofeltes (Apol., 3,65), Épito (Paus., 8,4,7), Citéron, Eurídice (Verg., *Geórgicas*, 4,457), Hespéria (Ov., *Metamorfoses*, 11,769ss) são mortos, em circunstâncias várias, por mordidelas de serpentes; Héracles, tão valente e vigoroso, incendiou-se num simples manto que, por ciumes, lhe enviara a esposa Deja-nira. Desesperado de dor, o gigantesco herói, segundo se verá, lançou-se numa fogueira no monte Eta. Teseu, que vencera o Minotauro, foi empurrado pelas costas para um abismo. Ulisses, o mais solerte dos gregos, foi assassinado por um simples adolescente, que, por acaso, era seu filho... Aquiles pereceu, ingloria-mente, por uma simples flecha lançada talvez ao acaso por Alexandre ou Páris, o menos autêntico dos heróis troianos da *Ilíada*. Também um herói, como Édipo, pode morrer, ouvindo apenas os balbucios do silêncio, em absoluta solidão.

A morte do herói, todavia, se constitui no clímax de sua δοκιμασία (doki-masía), do "conjunto de provas" por que passou esse espancador de trevas. A morte é seu último grau iniciático, quando então, como se expressa Sófocles no último verso de *Édipo em Colono*, 1779, πάντως γὰρ εχει τάδε κῦρος (pántos gàr ékhei táde kyros), "quando então a história se fecha em definitivo". *Acta est fabula*, terminou a tragédia ou a comédia...

É a morte, no entanto, que lhe confere e proclama a condição sobre-huma-na. "Se, por um lado, diz Eliade, não são imortais como os deuses, por outro os heróis se distinguem dos seres humanos pelo fato de continuarem a agir depois da morte. Os despojos dos heróis são carregados de temíveis poderes mági-co-religiosos. Os seus túmulos, relíquias, cenotáfios atuam sobre os vivos du-rante longos séculos. Em determinado sentido, poderíamos dizer que os heróis se aproximam da condição divina graças à sua morte: gozam de uma pós-exis-tência ilimitada, que nem é larvária nem puramente espiritual, mas consiste numa sobrevivência *sui generis*, uma vez que depende dos restos, traços ou sím-bolos dos seus corpos.

Com efeito, e contrariamente ao costume geral, os despojos dos heróis são enterrados no interior da cidade; são mesmo admitidos nos santuários"[51], como acontece com os "restos mortais" de Pélops e Neoptólemo, guardados respecti-vamente nos templos de Zeus em Olímpia e no de Apolo em Delfos. Seus túmu-los e cenotáfios, no centro da Ágora, transformam-se no centro do culto heroi-co, onde se realizam sacrifícios, não raro acompanhados de lamentações fúne-

---

51. ELIADE, Mircea. Op. cit., p. 121.

bres e até de "coros trágicos", como acontecia em Sicione, em homenagem a Adrasto (Heród., 5,67). Em Esparta, consoante Xenofonte, *República dos Lacedemônios*, 15,9, os reis mortos eram cultuados "não como homens, mas como heróis" e acrescenta Heródoto, 6,58, que dessa forma de veneração fazia parte igualmente a lamentação ritual.

Desse modo, a morte do herói transforma-o em δαίμων (daímon), num intermediário entre os homens e os deuses, num escudo poderoso que protege a *pólis* contra invasões inimigas, pestes, epidemias e todos os flagelos. Partícipe de uma "imortalidade" de cunho espiritual, garante a perenidade de seu nome, tornando-se, destarte, um *arquétipo*, um modelo exemplar para quantos "se esforçam por superar a condição efêmera do mortal e sobreviver na memória dos homens".

Na realidade, a grande tarefa desse *dáimon* é chegar à unidade na multiplicidade. Sua morte é a *anagnórisis*, o conhecer-se por inteiro. Com ela se fecha o *uróboro*. Sua vitória final, seu triunfo derradeiro desencadeiam e liberam novamente o fluir da vida no corpo do mundo. Em síntese, o herói é o *umbigo* do mundo, através do qual irrompem as energias que alimentam o cosmo.

Quanto ao *destino final* do herói, vale dizer, no que se refere à sua *escatologia*, não é fácil determiná-lo, seja por carência de documentação, seja porque jamais houve na Hélade uma doutrina permanente sobre os novíssimos: existiram e coexistiram na mesma, de Homero a Plotino, tantas escatologias quantos os grandes "momentos culturais" por que passou a pátria de Sófocles. Com efeito, uma das singularidades da religião grega face às demais na Antiguidade é que aquela não possuiu uma teologia organizada. Esse fato ajuda a explicar as tremendas oscilações escatológicas que surgiram, do século IX a.C. ao século III d.C.

Se na *Odisseia*, XI, 467ss, Aquiles, em companhia de "quase" todos os heróis aqueus, está mergulhado nas trevas do Hades, este mesmo herói, em outras tradições, participa da luminosidade eterna da ilha de Leuce. O próprio Homero não sabe muito bem o que fazer com Héracles: no mesmo canto XI, 601ss da *Odisseia*, Ulisses vê nas sombras do Hades o *eídolon*, "o corpo astral" do grande herói, mas "ele próprio", αὐτός (autós), está no Olimpo em companhia de Hebe... O destino de alguns, porém, está claro e definido: Ganimedes foi elevado aos céus; o grande Héracles, "apesar de Homero", certamente se banqueteia inteiro, em companhia de Hebe no Olimpo; o egrégio Menelau, sua Helena e outros se deliciam na *Ilha dos Bem-Aventurados*, cujo rei é o agora sorridente Crono que, após uma longa passagem pelo Hades, fez as pazes com Zeus na "doutrina órfica" e se tornou soberano de imortais menores! Alguns foram tragados vivos pela Mãe-Terra, como Trofônio, Anfiarau, Ceneu, Altêmenes, e devem ser felizes lá embaixo. Uns quantos, como Ixíon, Sísifo, Tântalo, as Danaides, foram condenados, no Tártaro, a um suplício eterno!

Com respeito à sorte dos demais, e são centenas e centenas, quase tudo se ignora. Talvez continuem a viver e a agir, como os heróis *epictônios* e *hipoctônios* de Hesíodo, segundo se explicou no Vol. I, p. 185.

Seja como for, uma vez que foram *heróis*, após sua atormentada carreira pelo vale de lágrimas, devem ter passado, na feliz expressão de Brelich, "para uma outra espécie de existência, formalmente semelhante àquela dos deuses", de onde continuam a exercer influência sobre os acontecimentos humanos.

Para encerrar este capítulo, uma derradeira indagação se impõe: em que consistiria, afinal, a tão decantada e comprovada ambivalência heroica? O herói acumula, como fartamente se mostrou, atributos contraditórios. De natureza excepcional, ambivalente, não raro aberrante e monstruosa, o herói se revela resplandecente e tenebroso, simultaneamente bom e mau, benfeitor e flagelo. Dominado por uma ὕβρις (hýbris) incoercível, sua "démesure", seu descomedimento não conhece fronteiras nem limites. Se Antígona (Sóf., *Antígona*, 460ss) e Alceste (Eur., *Alceste*, 280ss) foram capazes, a primeira de morrer, para que o irmão fosse sepultado, e a segunda de entregar-se voluntariamente nos braços de *Thânatos*, por amor aos filhos e ao marido, ao pedido de Heitor (*Ilíada*, XXII, 338ss), agonizante a seus pés, para que não lhe entregasse o corpo aos cães, mas à solicitude de seus pais e amigos troianos, Aquiles, ardendo em *hýbris*, respondeu que desejaria que o ódio o levasse a dividir o corpo do esposo de Andrômaca em pedaços, para devorá-los crus!

Ora, atitudes tão antagônicas demandam forçosamente uma explicação, que não parece muito difícil. Dotado de *timé* e *areté*, mais perto dos deuses que dos homens, o herói está sempre numa situação limite e a *areté*, a excelência leva-o facilmente a transgredir os limites impostos pelo *métron*, suscitando-lhe o orgulho desmedido e a insolência (*hýbris*). Foi necessário que Apolo, no canto XXII, 8ss da *Ilíada*, lembrasse a Aquiles, que avançava como um furacão contra Ílion, o abismo insondável que se interpõe entre um deus e um mortal, embora premiado com a *timé* e a *areté*. Tal conclusão, porém, explica, de certa forma, as atitudes ambíguas do herói, mas não as justifica. É preciso puxar o fio de mais longe.

Mircea Eliade viu a solução do problema, como não poderia deixar de ser, no afastamento do herói para o *illud tempus*, para o tempo das origens: "Todos esses traços ambivalentes e monstruosos, esses comportamentos aberrantes, evocam a fluidez do tempo das 'origens', quando o 'mundo dos homens' ainda não havia sido criado. Nessa época primordial, as irregularidades e os abusos de toda espécie (isto é, tudo aquilo que será denunciado mais tarde como monstruosidade, pecado ou crime) suscitam, direta ou indiretamente, a obra criadora. No entanto, é em consequência das suas criações – instituições, leis, técnicas, artes – que surge o 'mundo dos homens', onde as infrações e os excessos serão proibidos. Depois dos heróis, no 'mundo dos homens', o tempo criador, o *illud tempus* dos mitos, está definitivamente encerrado"[52].

Angelo Brelich usa, para explicar as "mil faces" do herói, como diria Joseph Campbell, do mesmo processo de Eliade, isto é, do recuo do herói ao *illud tempus*, ao tempo das origens.

Numa tradução mais ou menos livre, com alguns enxertos nossos, eis o pensamento de Brelich: Embora toda e qualquer generalização esteja sujeita a restrições, pode-se dizer, grosso modo, que todas as religiões do tipo arcaico empenharam-se em garantir e perpetuar a ordem existente, o *status quo* vigente. Em todas ou em quase todas, no entanto, tinha-se consciência de que esta ordem atual – ordem do cosmo, da natureza, da sociedade, das instituições – não existiu desde todo o sempre, *ab aeterno*, mas se formou de uma vez por todas num passado mais ou menos distante, que se pode chamar "o tempo do mito", o qual confere à ordem existente seu valor sagrado e imutável. Pois bem, foi daquele tempo qualitativamente diverso do tempo profano que surgiu, mediante a ação

---

52. Ibid., p. 123.

de seres extraordinários, a grande transformação das coisas, a qual acabou por lhes outorgar o estado atual. É mister, todavia, acentuar, mais uma vez, que tudo quanto existe possui suas raízes naquele mundo ambivalente dos começos, um mundo integralmente diferente do atual. Eis o motivo por que, no tempo presente, para consolidar, vez por outra, a ordem permanente, ameaçada pelo desgaste do tempo profano, é preciso recorrer ao "tempo do mito", reatualizando-o com toda a sua desordem primordial, para fazer ressurgir do mesmo, e de novo, a ordem permanente. Donde se conclui que a ambivalência do "tempo do mito", condição da ordem e fonte de sua sacralidade, "mas, simultaneamente, desordem, o reverso da ordem atual (no bem ou no mal, paradisíaco ou monstruoso, se não ambos ao mesmo tempo), é um estado de imperfeição, um estado simplesmente não-humano. Pois bem, as personagens que agem nessa ambivalência são igualmente monstruosas e imperfeitas, mas se constituem simultaneamente nos agentes sobre-humanos da transformação criadora de que surge a ordem atual". A ambivalência do herói mítico, seu lado luminoso e sua face escura, essa notória *complexio oppositorum*, fazem parte integrante, *ipso jacto*, do todo de sua personalidade, plasmada *illo tempore*, no tempo das origens. E é como agente e garante da transformação criadora, de que surgiu a ordem existente no mundo atual, que é também, no fundo, obra sua, que o herói está sempre pronto para defender o *status quo* vigente.

A propósito desse esforço das religiões arcaicas em garantir e perpetuar a ordem existente, talvez não seja fora de propósito acrescentar que, para K. Kerényi[53], bem assim, com mais prudência, para Brelich, os deuses são efetivamente "as formas" sobre as quais uma determinada civilização politeísta organizou, por articulação, a ordem que essa mesma cultura *quer seja permanente* em seu mundo. Experiência e criação – ambas historicamente condicionadas – não se separam jamais nitidamente, pois que toda experiência já é criação e toda criação se fundamenta na experiência. As divindades não são "realidades" simplesmente "descobertas" e passivamente contempladas, mas sobretudo formas "im-

---

53. KERÉNYI, Károly. *Umgang mit Göttlichem* (Convivência com o Divino). Göttingen: 1955, p. 43s.

postas" por uma cultura ao próprio mundo. Com todos os tipos particulares de culto, incluindo-se neles a narração dos mitos, uma religião visa a reafirmar, a consolidar e a plasmar os deuses, que não são imortais simplesmente porque a própria realidade é permanente, coisa, aliás, discutível, por isso que é diversa a realidade de cada cultura, mas que *devem* ser imortais, na medida em que uma civilização religiosa do tipo arcaico almeje que o mundo conserve a ordem e a forma construídas por essa mesma civilização. A *tendência conservadora*, característica das religiões antigas, é a fonte e o garante da imortalidade dos deuses.

Os heróis, esses ἡμίθεοι (hemítheoi), esses *semideuses*, mais próximos dos deuses que dos homens, esses indispensáveis intermediários entre os mortais e os imortais, tiveram também por função, mantendo o *status quo*, apregoar a imortalidade de seus "pais".

E os psiquiatras, como visualizam o *herói*? Vamo-nos restringir ao capítulo *Os mitos antigos e o homem moderno*, do Dr. Joseph L. Henderson, inserido em obra importante, já por nós citada, da autoria de Jung e mais cinco excelentes colaboradores[54]. Não se traduzirá nem tampouco se resumirá o capítulo por inteiro, mas se fará apenas uma síntese daquilo que se julga indispensável para uma visão mais ampla do que se expôs nesta *Introdução ao mito do herói*.

Iniciando por consignar que os mitos do herói variam muito em suas particularidades, mas, quando observados mais de perto, vê-se logo que todos são estruturalmente muito semelhantes, o psiquiatra norte-americano afirma que, não obstante terem sido desenvolvidos por grupos ou indivíduos comprovadamente sem nenhum contato, todos esses mitos possuem um modelo universal, vale dizer, todos têm por infraestrutura um *arquétipo*. Se é de todo impossível pensar num contato cultural entre tribos africanas, os incas peruanos e os gregos, é possível, todavia, descobrir em todas essas culturas o relato do nascimento complicado de um menino, suas primeiras mostras de força sobre-humana, sua rápida ascensão ao poder ou sua proeminência, as lutas gigantescas e triunfais contra monstros e forças do mal, seus desvios, motivados pela *hýbris* e sua

---

54. JUNG, C.G. et al. *Man and his Symbols*. London: Aldus Books, 1964, p. 110ss.

queda, devida à traição ou o sacrifício "heroico", cujo desfecho é a morte, não raro trágica. "Tal modelo, afirma o psiquiatra em pauta, possui significado psicológico tanto para o indivíduo como para toda uma sociedade, que tem uma necessidade análoga de estabelecer a identidade coletiva"[55]. Existe uma outra característica importante do mito do herói, que fornece uma boa pista para análise do mesmo. Em muitos dos relatos míticos heroicos, a primitiva fraqueza da personagem é compensada com a ajuda, sob forma hierofânica, de figuras tutelares ou guardiãs, que o assistem na realização de tarefas que o herói jamais poderia executar sozinho. No mito grego, a presença de divindades protetoras é muito comum: Eneias era protegido por Afrodite; Teseu era guardado por Posídon; Perseu por Atená; Hipólito por Ártemis; Orestes por Apolo; Aquiles, além de Tétis, estava sob a guarda do centauro Quirão. "Essas figuras divinas ou semelhantes a deuses são os representantes simbólicos da totalidade da psiqué, a maior e a mais abrangente identidade que prodigaliza a força de que carece o *ego* pessoal. Essa incumbência específica de tutela indica que a função essencial do mito do herói é desenvolver a consciência do *ego* individual, para que se dê conta de sua própria força e fraqueza, o que lhe servirá de respaldo para as grandes e duras tarefas que terá pela frente. Quando o indivíduo superou a prova inicial e entra na fase madura da vida, o mito do herói perde sua importância. A morte simbólica do herói converte-se, por assim dizer, na consecução da maturidade"[56].

É preciso levar em conta, no entanto, que o esquema acima, traçado pelo Dr. Henderson, é por demais abrangente, uma vez que engloba um ciclo completo, do nascimento à morte. É essencial reconhecer, nas próprias palavras do autor, que em cada uma das etapas deste ciclo "existem formas especiais da história do herói aplicáveis ao estágio particular alcançado pelo indivíduo no desenvolvimento da consciência de seu *ego* e com o problema específico que se coloca num dado momento. A saber: a imagem do herói evolui de uma forma que reflete cada etapa do desenvolvimento da personalidade humana".

---

55. Ibid., p. 110.

56. Ibid., p. 111s.

E, mais adiante, diz o psiquiatra norte-americano: e não obstante estar o herói em conflito com a *sombra*[57], o que Jung denominou "a batalha pela liberação, na luta do homem primitivo para alcançar a consciência, esse conflito se expressa através da luta entre o herói arquetípico e as potências cósmicas do mal, personificadas em dragões e outros monstros. No desenvolvimento da consciência individual, a figura do herói representa os meios simbólicos com os quais o *ego* emergente ultrapassa a inércia da mente inconsciente e libera o homem maduro do desejo regressivo de voltar ao estado bem-aventurado da infância, a um mundo dominado pela figura materna"[58].

O herói é, pois, o que é: uma *complexio oppositorum*. E assim sendo, talvez se pudesse encerrar o presente capítulo com uma outra "conjugação dos opostos": se de um lado a "idealização é um apotropismo secreto, porque se idealiza, quando se quer conjurar um perigo", de outro, não se pode abandonar por completo a "idealização heroica", porque "quando o homem perde a capacidade de idealizar, sobrevém fatalmente a morte do mundo heroico", um mundo que faz falta, porquanto "uma das grandes crises do mundo moderno é a esterilização da imaginação".

É bom não esquecer que o termo *imaginatio*, "imaginação", é correlato de *imago*, "imagem", e perder a "imagem" pode não ser muito conveniente...

---

57. Por *umbra*, "sombra", compreende-se o conjunto de aspectos ocultos, reprimidos, desfavoráveis ou até mesmo execráveis da personalidade. Mas, essa obscuridade, comenta Henderson, "não é exatamente o contrário do *ego* consciente. Assim como o *ego* contém atitudes desfavoráveis e destrutivas, a *sombra* possui, de seu lado, boas qualidades: instintos normais e impulsos criadores. *Ego* e *umbra*, destarte, embora separados, estão inextricavelmente ligados de uma forma muito parecida com a relação que se estabelece entre pensamento e sensação".

58. Ibid., p. 118.

Capítulo II
Perseu e Medusa

1

PERSEU provém do grego Περσεύς (Perseús), a respeito de cuja etimologia ainda não se chegou a um acordo. Admitindo-se, conforme ensina Carnoy, que a base do nome do herói seja a raiz *bherêk*, "brilhar", com a necessária dissimilação k>s, como em *peristerá* (pomba), a saber, "ser branca ou cinza-claro", Perseu encarnaria o "sol nascente".

Herói argólico, o filho de Zeus e Dânae possui uma genealogia famosa, figurando, de resto, como um dos ancestrais diretos de Héracles.

Reduzindo ao mínimo necessário o mito de sua extensa e nobre linhagem, vamos ver que tudo começou no Egito. Com efeito, de Zeus e Io nasceu Épafo, cuja filha Líbia, unida a Posídon, engendrou os gêmeos Agenor e Belo. Enquanto o primeiro reinou na Síria, o segundo permaneceu no Egito. Do enlace sagrado do rei Belo com Anquínoe, filha do rio Nilo, nasceram os gêmeos Egito e Dânao. Temendo o irmão, pois que gêmeos, sobretudo quando do mesmo sexo, entram normalmente em conflito, Dânao fugiu para a Argólida, onde reinava Gelanor, levando as cinquenta filhas que tivera de várias mulheres. Conta-se que, ao chegar ao palácio real, Gelanor lhe cedeu pacificamente o poder. Uma variante, todavia, narra que se travou entre os dois um longo torneio retórico e que, logo após o mesmo, ocorreu um prodígio: surgiu da floresta vizinha um lobo, que, precipitando-se sobre o rebanho de Gelanor, matou instantaneamente o touro. O povo viu nisto a indicação do forasteiro para rei. Dânao, então, fundou Argos, onde, aliás, mais tarde se localizou seu túmulo, e mandou erguer um santuário a Apolo Lício, ou seja, Apolo, deus-Lobo.

Os cinquenta sobrinhos de Dânao, no entanto, inconformados com a fuga das primas, pediram ao rei de Argos que esquecesse a inimizade com Egito e, para selar o pacto de paz, pediram-nas em casamento. O rei concordou, mas deu a cada uma das filhas um punhal, recomendando-lhes que matassem os maridos na primeira noite de núpcias. Todas as Danaides cumpriram a ordem paterna, menos Hipermnestra, que fugiu com seu noivo Linceu[1]. Este, mais tarde, vingou-se, matando o sogro e as quarenta e nove cunhadas, as *Danaides*, que foram condenadas no Hades a encher de água, eternamente, um tonel sem fundo, castigo cujo simbolismo já foi parcialmente comentado.

De Linceu e Hipermnestra nasceu Abas, que, casado com Aglaia, foi pai dos gêmeos Acrísio e Preto, nos quais se reviveu o ódio que mantiveram um contra o outro seus avôs Dânao e Egito. Contava-se mesmo que a luta entre Acrísio e Preto se iniciara no ventre materno. Depois, quando moços, travaram uma guerra violenta pela posse do trono de Argos. Desse magno certame saiu vencedor Acrísio, que expulsou o irmão da Argólida, tendo-se este refugiado na Lícia, onde se casou com Antia, que os trágicos denominavam Estenebeia, filha do rei local Ióbates. Este, à frente de um exército lício, invadiu a Argólida, apossando-se de Tirinto, que foi fortificada com muralhas gigantescas, erguidas pelos Ciclopes. Os gêmeos, por fim, chegaram a um acordo: Acrísio reinaria em Argos e Preto em Tirinto, ficando, desse modo, a Argólida dividida em dois reinos.

Reunindo num quadro o que se disse do mitologema, tem-se:

---

1. Ésquilo reviveu em sua tragédia *As Suplicantes*, a primeira de que se compõe a trilogia *As Danaides*, o mito das filhas de Dânao. Em se tratando de obra literária, o enfoque esquiliano, claro está, diverge bastante do mitologema.

Quadro 1

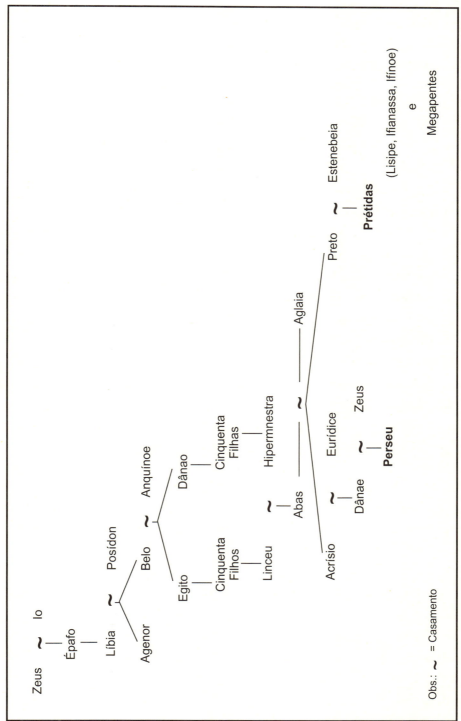

Tendo desposado a Eurídice, filha de Lacedêmon, herói epônimo da Lacedemônia, cuja capital era Esparta, o rei de Argos teve uma filha, Dânae, mas, desejando um filho, consultou o Oráculo. Este limitou-se a responder-lhe que Dânae teria um filho que o mataria. De Preto e Estenebeia nasceram as célebres *prétidas*, Lisipe, Ifianassa, Ifínoe e um homem, Megapentes.

2

Temendo que o oráculo se cumprisse, Acrísio mandou construir uma câmara de bronze subterrânea e lá encerrou a filha, em companhia da ama.

Zeus, todavia, o fecundador por excelência, penetrou na inviolável câmara de Dânae por uma fenda nela existente e, sob a forma de *chuva de ouro*, engravidou a princesa, que se tornou mãe de Perseu. Durante algum tempo, o menino pôde, com a cumplicidade da ama, ser conservado secretamente, mas, no dia em que o rei teve conhecimento da existência do neto, não acreditou que o mesmo fosse filho de Zeus, atribuindo-lhe o nascimento a alguma ação criminosa de seu irmão e eterno rival Preto.

Após ordenar a execução da ama, encerrou mãe e filho num cofre de madeira e ordenou fossem lançados ao mar. A pequena arca, arrastada pelas ondas, foi dar à ilha de Sérifo, uma das Cíclades, onde reinava o tirano Polidectes. Um irmão do rei, de nome Díctis, etimologicamente a *rede*, pessoa muito humilde, os "pescou" e conduziu para sua casa modesta na ilha, encarregando-se de sustentá-los. Perseu tornou-se rapidamente um jovem esbelto, alto e destemido, segundo convém a um "herói". Polidectes, apaixonado por Dânae, nada podia fazer, uma vez que o jovem príncipe mantinha guarda cerrada em torno da mãe e o rei não queria ou não ousava apossar-se dela pela violência.

Certa feita, Polidectes convidou um grande número de amigos, inclusive Perseu, para um jantar e no curso do mesmo perguntou qual o presente que os amigos desejavam oferecer-lhe. Todos responderam que um cavalo era o único presente digno de um rei. Perseu, no entanto, respondeu que, se Polidectes o desejasse, ele lhe traria a cabeça de Medusa. Na manhã seguinte, todos os príncipes ofereceram um cavalo ao tirano, menos o filho de Dânae, que nada ofertou. O rei, que há muito suspirava por Dânae e, vendo em Perseu um obstáculo, ordenou-lhe fosse buscar a cabeça da Górgona, sem o que ele lhe violentaria a mãe. Este é o grande momento da *separação* e da *iniciação*: o herói afasta-se do *respaldo materno* e vai mergulhar em grandes aventuras, em busca de sua libertação dos "poderes inconscientes maternos".

Mas, antes de seguirmos com Perseu para suas *gestas iniciáticas*, matando a "monstros" e libertando dos mesmos a uma frágil donzela, é mister que se faça um ou outro comentário acerca de alguns tópicos desenvolvidos linhas acima.

Deixando-se de lado os problemas dos *gêmeos* e da *dupla paternidade*, porque já se falou a respeito dos mesmos, respectivamente no capítulo II, 6, do Vol. II e na *Introdução ao mito dos heróis*, vamos nos concentrar nos simbolismos da *criança exposta*, da *câmara de bronze* e da *chuva de ouro*.

Consoante a já citada mais de uma vez Marie Delcourt[2], a exposição de recém-nascidos obedece a vários critérios. Uns o são porque, tendo nascido deformados, refletem a ira divina. Nesse caso, os expostos tornam-se, não raro, φαρμακόι (pharmakói), vale dizer, "purificadores das faltas da comunidade", verdadeiros bodes expiatórios. O exposto, entretanto, pelo fato mesmo de ser objeto da cólera divina e carregar as faltas de sua pólis, torna-se intocável, *sacer*, "sagrado", e se é salvo, o que quase sempre acontece, dos ingentes perigos que a exposição acarreta, converte-se, com "mudança de sinal", num ser altamente benéfico para a mesma comunidade que o banira. Muitos são expostos por força da predição de um oráculo ou por motivos outros, que seria fastidioso enumerar, como é o caso de Édipo, Perseu, Páris, Egisto, Atalante, Télefo, Tenes, Karna, Rômulo e Remo, Moisés, Semíramis... os quais, em geral, são filhos de deuses com mulheres mortais ou de deusas tom homens ou ainda aparentados com divindades e que, por isso mesmo, sempre escapam à morte, como aconteceu, entre muitos outros casos, com o jovem Tenes[3].

---

2. DELCOURT, Marie. *Oedipe ou la Légende du conquérant*. Liège: Bibliothèque de la Faculté de Philosophie et Lettres, 1981, p. 1ss.

3. Tenes se inscreve, como Hipólito, no "motivo Putifar", segundo se viu na *Introdução ao mito dos heróis*, capítulo I. Caluniado pela madrasta Filônome, que por ele se apaixonara, sem ser correspondida, foi encerrado pelo pai, Cicno, numa arca, juntamente com a irmã Hemíteia, também filha do primeiro matrimônio de Cicno, e lançado ao mar. O cofre de madeira, com a proteção de Posídon, avô dos dois jovens, foi dar na ilha de Lêucofris, que daí por diante passou a chamar-se Tênedos, do nome de Tenes, que os habitantes da ilha aclamaram rei.

Esses expostos, de qualquer forma, constituíam uma ameaça aos pais, ao avô, ao rei e à própria comunidade. Assim sendo, conforme se comentou no Vol. I, p. 94, o significado da exposição converte-se num ordálio, no juízo de um deus, do qual, se a criança sair sã e salva, estará predestinada a grandes feitos, a um destino brilhante, sendo, por este motivo, "promovida", enquanto o expositor é castigado. Observe-se, todavia, segundo comentário feito na supracitada p. 94, que o rito da exposição habilita o "provado" a ser recebido num grupo social que, normalmente, por força de deformações físicas ou predição oracular, o repeliria. Desse modo, a prática acobertada pelo mito da criança exposta aplicava-se a pessoas que, de certa maneira, tinham que lutar para conquistar uma alta posição, mais comumente um reino. No fundo, o tema em pauta remonta a antigos ritos de provas iniciáticas, cujo escopo era introduzir o jovem na classe dos adultos.

De outro lado, o cofre ou arca em que é colocada a criança e o lançamento daquela no mar tem um sentido religioso preciso, que transcende até mesmo o rito iniciático de passagem. O encerramento numa arca ou cofre traduz sentimentos que permeiam o mito do menino predestinado: aquele que entra numa arca sai da mesma engrandecido, como o jovem *Comatas* do poema de Teócrito, 7,78ss[4].

Inversamente, o conto da criança eleita é influenciado pelo caráter misterioso e numinoso da arca interdita, "sagrada": Perseu e Télefo saem da *lárnax* (termo técnico grego para designar arca, urna funerária, sarcófago) menos violentos, mas igualmente tão espantosos quanto Erictônio, pois a arca é uma espécie de tabernáculo onde o exposto se torna um semideus, um "demônio", um herói destemido. A imagem dessa prisão probatória sugere sensações muito vivas e claras: grande risco, probabilidade mínima de salvação, mas de uma salvação triunfante, com a presença atuante da divindade. A inclusão numa arca configura um começo absoluto.

Além do mais, todos os mitos relativos à exposição de crianças ou de adolescentes traduzem uma hostilidade violenta entre o exposto e sua família, o que

---

4. *Comatas* era um pastor de Túrio, na Itália do Sul, que fazia constantes sacrifícios às Musas com vítimas escolhidas no rebanho de seu senhor. Este o encerrou num sarcófago, dizendo-lhe que suas deusas favoritas descobririam um meio de salvá-lo. Três meses depois, aberto o sarcófago, o jovem Comatas estava vivo e sadio: as Musas enviaram-lhe abelhas, que o alimentavam diariamente.

reflete o antagonismo profundo existente entre a organização familiar e a organização dos jovens, a tal ponto que o adolescente, após ser admitido na classe dos adultos, passando pela efebia, propriamente *morria e renascia com outro nome*. Sair da arca lançada ao mar, como ser rejeitado pela família, isto é, sair da "arca da adolescência", é escapar do ventre da morte para uma vida plena, adulta e gloriosa, mas igualmente terrível e perigosa.

Aliás esses antigos heróis se prolongaram em "muitos irmãos", por longo espaço de tempo, como os *Grabkinder*, "as crianças saídas de túmulos", da idade média germânica, de que fala Jacob Grimm em sua obra *Deutsche Rechtsaltertümer*, p. 461 (Código Antigo de Povos Germânicos), citada por Delcourt[5].

"No norte, diz Grimm, quando um pobre *Freigelassner*, "liberto", abandonava seus filhos, eram os mesmos expostos numa fossa, sem alimento algum, de sorte que deveriam fatalmente morrer. O que sobrevivesse, o senhor o retirava do túmulo e o criava". Trata-se, claro está, do predestinado. Igualmente, segundo o costume lombardo, salvava-se dentre as crianças expostas aquela que se agarrava ao venábulo do rei, comprovando, assim, sua vitalidade superior.

Aquele que escapa vivo do ordálio é detentor de um duplo prestígio: a vitória sobre a morte, que tantas vezes o acariciou, e a eleição divina, que lhe restituiu a vida e o encaminhou para o triunfo[6].

Quanto à exposição na *água*, é preciso levar em conta que esta, na sua polaridade, como fonte da vida e fonte da morte, criadora e destruidora, para os expostos funciona, quase sempre, como ἀμνίον (amníon), como "um invólucro", que guarda e protege, como o "líquido amniótico".

Diz Otto Rank que "nos contos de fadas adaptados à ideação infantil e sobretudo às teorias sexuais infantis o nascimento do ser humano é configurado frequentemente pela ação de alçar a criança de um poço ou de um lago. Alguns relatos folclóricos nos mostram que os recém-nascidos saem de um poço para a luz. Em certos ritos nacionais se expressa idêntica interpretação. Quando um

---

5. Ibid., p. 56s.

6. Ibid., p. 57.

celta estava em dúvida a respeito de sua paternidade, colocava o recém-nascido sobre um escudo enorme e punha-o a flutuar nas águas de um rio. Se estas empurrassem o escudo para as margens, a paternidade era legítima, mas, se a criança se afogasse, estava provado que a mulher praticara adultério, pelo que também ela estava condenada a morrer"[7]. Como os filhos nascem da "água", a arca simboliza o ventre materno, de sorte que o abandono nas águas representa diretamente o processo de nascimento ou de um "renascimento catártico".

No tocante à *chuva de ouro* com que Zeus fecundou a Dânae, trata-se, simbolicamente, do esperma do *Céu*, fecundando a *Terra*: um *hieròs gámos*, um casamento sagrado, que se transforma num *thaleròs gámos*, numa "união fértil", uma "conjugação amorosa" entre um deus fecundador, Zeus, e uma grande mãe, Dânae.

Iolande Jacobi opina que "a presença da chuva é como um aguaceiro que diminui a tensão e fertiliza a terra. Em mitologia se considerava com frequência que a chuva era uma 'união amorosa' entre o céu e a terra. Nos Mistérios de Elêusis, depois que tudo havia sido purificado com água, invocava-se primeiro o céu: 'Chove!' e, em seguida, a terra, "Frutifica!" Com essas expressões se queria traduzir o matrimônio sagrado dos deuses. Desse modo, pode-se afirmar que a chuva representa uma 'solução' no sentido literal da palavra"[8].

Para Diel, "nascendo da chuva de ouro, a sublimidade do menino não poderia ser mais bem caracterizada: a névoa, tombando do céu, sob a forma de chuva, e fecundando a terra, é símbolo do espírito. Dânae é uma mulher terrestre, configuração frequente da própria terra. A sublimidade está bem marcada, porque a chuva fecundante é de ouro: amarelo e brilhante, o ouro é um símbolo solar. Perseu é, pois, o herói filho da terra, engendrado pelo espírito. O mito de seu nascimento o registra, desse modo, como herói vencedor"[9].

A interpretação de Diel está, como se vê, de acordo com a etimologia de Perseu, "o sol nascente", aventada por Carnoy, segundo se expôs logo no início do presente capítulo.

---

7. RANK, Otto. Op. cit., p. 88s.

8. JUNG, C.G. et al. Op. cit., p. 280s.

9. DIEL, Paul. *Le symbolisme dans la mythologie grecque*. Paris: Payot, 1952, p. 102.

3

Feitas estas ligeiras observações, agora podemos partir com Perseu para suas gestas iniciáticas, que o habilitarão à conquista da *donzela* e esta à *posse do reino*, uma vez que, segundo se há de mostrar, uma coisa está estreitamente vinculada à outra.

Como já se assinalou na *Introdução ao mito dos heróis*, o herói, ao partir para seus longos e difíceis trabalhos, é assessorado por uma ou mais divindades, já que o mesmo, por sua origem sobre-humana, o que lhe conferia a *timé* e a *areté*, facilmente se deixava dominar pela *hýbris*, tornando-se presa fácil do descomedimento.

Para evitar ou ao menos refrear os "desmandos heroicos" e sobretudo para dar-lhe respaldo na execução de tarefas impossíveis, todo herói conta com o auxílio divino. Perseu terá por coadjutores celestes a Hermes e Atená, que lhe fornecerão os meios necessários para que leve a bom termo a promessa imprudente feita a Polidectes. Conforme o conselho dessas divindades, o filho de Dânae deveria procurar primeiro as *fórcidas*, isto é, as três filhas de Fórcis, divindade marinha da primeira geração divina. Esses três monstros denominavam-se também *Greias*, quer dizer, as "Velhas", as quais, aliás, já haviam nascido velhas. Chamavam-se Enio, Pefredo e Dino, que possuíam em comum apenas um olho e um dente. O caminho para chegar até elas não era fácil, pois habitavam o extremo ocidente, no país da noite, onde jamais chegava um só raio de sol. Mas era imprescindível que Perseu *descesse* ao país das sombras eternas, porquanto somente as Greias conheciam a rota que levava ao esconderijo das Górgonas e tinham exatamente a incumbência de barrá-la a quem quer que fosse. Mais importante ainda: eram as únicas a saber onde se escondiam determinadas ninfas, que guardavam certos objetos indispensáveis ao herói no cumprimento de sua missão.

Ajudado por Hermes, o deus que não se perde na "noite" e no caminho, e pela inteligência de Atená, que espanca as trevas, Perseu logrou chegar à habitação das Greias, que, por disporem de um só olho, montavam guarda em turno, estando duas sempre dormindo. O herói se colocou atrás da que, no momento, estava de vigília e, num gesto rápido, arrebatou-lhe o único olho, prometendo devolvê-lo, caso a Greia lhe informasse como chegar às misteriosas ninfas. Estas sem a menor resistência ou dificuldade, entregaram-lhe o que, segundo um oráculo, era indispensável para matar a Górgona: sandálias com asas, uma espécie de alforje denominado *quíbisis*, para guardar a cabeça de Medusa e o capacete de Hades, que tornava invisível a quem o usasse. Além do mais, o próprio Hermes lhe deu uma afiada espada de aço e Atená emprestou-lhe seu escudo de bronze, polido como um espelho. Com essa verdadeira panóplia o herói dirigiu-se imediatamente para o esconderijo das Górgonas[10], tendo-as encontrado em sono profundo. Eram três as impropriamente denominadas Górgonas, uma vez que só a primeira, *Medusa*, é, de fato, Górgona, enquanto as outras duas, *Ésteno* e *Euríale* só *lato sensu* é que podem ser assim denominadas. Estes três monstros tinham a cabeça aureolada de serpentes venenosas, presas de javali, mãos de bronze e asas de ouro e petrificavam a quem as olhasse. Não podendo, por isso mesmo, fixar Medusa, Perseu pairou acima das três Górgonas adormecidas, graças às sandálias aladas; refletiu o rosto de Medusa no polido escudo de Atená e, com a espada que lhe deu Hermes, decapitou-a. Do pescoço ensanguentado do monstro nasceram o cavalo Pégaso e o gigante Crisaor, filhos de Posídon, que foi o único deus a se aproximar das Górgonas e ainda manter um comércio amoroso com Medusa. Posteriormente a cabeça do monstro foi colocada, conforme se comentou no mesmo Vol. I, p. 251, no escudo de Atená e assim a deusa petrificava a quantos inimigos ousassem olhar para ela. Neste mesmo capítulo, tomando por base a obra de Diel, ensaiamos uma interpretação do olhar petrificador da Górgona por excelência. Vamos voltar ao mesmo autor e tentar ampliar-lhe um pouco mais a hermenêutica simbólica. Quem fixa *Medusa* se petrifica. Perguntam os autores do *Dictionnaire des symboles*, já tantas vezes citado, se isto não se deve ao fato de Medusa refletir a imagem de uma culpabilidade pessoal. E acrescentam que o reconhecimento da falta, alicerçado no conhecimento de si mesmo, pode se perverter em exasperação doentia, em consciência escrupulosa e paralisante.

---

10. A respeito das Greias e das Górgonas já se falou bastante exaustivamente no capítulo XI, 2, p. 250-251, do Vol. I, tanto do ponto de vista etimológico e mítico quanto sob o aspecto simbólico.

Em seguida vêm, novamente, as palavras de Diel: "O reconhecimento pode ser e o é, quase sempre, uma forma específica de exaltação imaginativa: um arrependimento exagerado. O exagero da culpa inibe o esforço reparador [...]. Não basta descobrir a falta: é mister suportar-lhe o olhar de maneira objetiva, sem exaltação e sem inibição, vale dizer, sem exagerá-la, mas outrossim sem minimizá-la. O próprio reconhecimento deve estar isento de excesso de vaidade e de culpabilidade"[11].

Medusa simboliza, portanto, a imagem deformada daquele que a contempla, uma autoimagem que petrifica pelo horror, ao invés de esclarecer de maneira equânime e sadia.

Voltemos, no entanto, ao futuro rei de Tirinto. Tendo colocado a cabeça da Górgona no alforje, o herói partiu. Ésteno e Euríale saíram-lhe em perseguição, mas inutilmente, porquanto o capacete de Plutão o tornara invisível.

4

Partindo do *ocidente*, dessa verdadeira catábase, Perseu dirigiu-se para o *oriente*, e chegou à Etiópia, onde encontrou o país assolado por um flagelo. É que Cassiopeia, esposa do rei local, Cefeu, pretendia ser mais bela que todas as nereidas ou que a própria deusa Hera, segundo outras versões. Estas, inconformadas e enciumadas com a presunção da rainha, solicitaram a Posídon que as vingasse de tão grande afronta. O deus do mar enviou contra o reino de Cefeu um monstro marinho que o devastava por inteiro. Consultado o Oráculo de Amon, este declarou que a Etiópia só se livraria de tão grande calamidade se Andrômeda fosse agrilhoada a um rochedo, à beira-mar, como vítima expiatória ao monstro, que a devoraria. Pressionado pelo povo, o rei consentiu em que a filha fosse exposta, como Psiqué, às "núpcias da morte".

Foi nesse momento que chegou o herói argivo. Vendo a jovem exposta ao monstro, Perseu, como acontecera, em outras circunstâncias, a Eros em relação a Psiqué, se apaixonou por Andrômeda, e prometeu ao rei que a salvaria, caso

---

11. DIEL, Paul. Op. cit., p. 93-97.

este lhe desse a filha em casamento. Concluído o pacto, o herói, usando suas armas mágicas, libertou a noiva e a devolveu aos pais, aguardando as prometidas núpcias. Estas, no entanto, ofereciam certas dificuldades, porque Andrômeda já havia sido prometida em casamento a seu tio Fineu, irmão de Cefeu, que planejou com seus amigos eliminar o herói. Descoberta a conspiração, Perseu mostrou a cabeça de Medusa a Fineu e a seus cúmplices, transformando-os a todos em estátuas de pedra. Há uma variante que mostra o herói em luta não contra Fineu, mas contra Agenor, irmão gêmeo de Belo. É que Agenor, instigado por Cefeu e Cassiopeia, que se haviam arrependido de prometer a filha em casamento ao vencedor das Górgonas, avançou contra este com duzentos homens em armas. Perseu, após matar vários inimigos, já cansado de lutar, petrificou os demais com a cabeça de Medusa, inclusive o casal real.

Antes de *retornarmos* com Perseu e Andrômeda à ilha de Sérifo, vamos fazer um ligeiro comentário à luta do herói contra o monstro e seu casamento com a princesa, o que o habilita ao poder. Do ponto de vista do mito, como se mostrou na *Introdução*, capítulo I, Perseu está completando o mandala, fechando o uróboro com a *separação-iniciação-retorno*.

Citado por Delcourt, diz esquematicamente Jeanmaire em *Couroï et Courètes*, p. 314, que "o duelo do herói contra o monstro e, naturalmente, sua vitória sobre o mesmo, é a façanha que o habilita à realeza"[12]. Judiciosamente acrescenta a pesquisadora belga que é necessário intercalar entre a vitória sobre o monstro e a conquista do poder um episódio muito constante: o casamento do herói com uma princesa.

A luta contra o monstro não oferece mistério para o mito: trata-se de um antigo rito iniciático por que passava todo adolescente e todo aquele que se preparava para assumir o poder, mas quase nada se sabe com precisão em que consistiam realmente esses ritos. A respeito da habilitação do herói ou do futuro rei ao poder, possuímos o que o mito nos informa, mas a realidade histórica das provas nos escapa quase que por completo. Talvez, como afirma Delcourt, à guisa

---

12. Ibid., p. 104.

de hipótese, deveríamos fazer uma montagem mental para tentar recompor essas provas: poderíamos imaginar "perigosas encenações de combates formidáveis contra instrutores revestidos de disfarces animais". Já Dumézil deplorava essa carência quase absoluta de documentação acerca do conteúdo desses ritos iniciáticos: "É de se lamentar que as iniciações não sejam conhecidas diretamente através da descrição dos rituais e nem mesmo pelos mitos que os traduziam, mas por meio de narrativas épicas relativas a um ou o outro herói mais ou menos fabuloso e nas quais se inseriu, remoçando-se, o assunto religioso"[13].

Vencer o *monstro* é a condição para a conquista da princesa e com ela celebrar um *hieròs gámos*, porquanto, sendo a vitória sobre o monstro a comprovação do fecho iniciático, o casamento, o *hieròs gámos* simboliza a "maturidade" do *herói* e da *heroína*, vale dizer, da que passou também pela "prova", no caso a da exposição e cumpriu seu papel de φαρμακός (pharmakós), de "vítima emissária". Em muitas culturas primitivas a passagem para a classe dos adultos se fazia acompanhar, segundo observa Marie Delcourt, de casamentos simultâneos: os jovens de ambos os sexos, que haviam passado pelas provas, conquistavam, ao mesmo tempo, o direito de ascender a uma nova classe, a dos casados, o que comprova a solidariedade das iniciações[14].

Mas, curiosamente, o efeito benéfico do *hieròs gámos* provinha da *mulher*.

Consoante a tese de Frazer, a *realeza* se transmitia pela princesa, reminiscência de um regime matrilinear arcaico, pré-indo-europeu, donde primeiro *casar* e depois *reinar*. Em primeiro lugar, segundo se mostrou, luta-se com o monstro para se salvar a "exposta". A princesa emissária, φαρμακός (pharmakós), uma vez liberada e depois de passar pelo ordálio, carrega-se de influxos salutares, de energias, características dos eleitos dos deuses. São exatamente estas as energias que vão ser injetadas pela princesa no herói salvador, que dessa forma se habilitará a assumir o poder.

---

13. DUMÉZIL, G. *Les mythes romains: I – Horace et les Curiaces*. Paris: Gallimard, 1942, p. 30.

14. Ibid., p. 150.

Frazer procura comprovar o *hieròs gámos* e seu influxo benéfico por via matrilinear, recorrendo a exemplos sobretudo da "história" e do mito romano[15].

Desse modo, consoante o autor, a realeza era transmitida através da linha feminina, e nas monarquias antigas, contrariamente aos hábitos posteriores, a rainha é hereditária e o rei é que é eletivo. O etnólogo inglês observa com razão que nenhum rei de Roma teve como sucessor o próprio filho, embora muitos deles tivessem deixado descendência masculina. Numa Pompílio desposou a filha de Tito Tácio, rei dos sabinos, e tornou-se o segundo rei romano, sucedendo ao sogro, que invadira Roma. Anco Márcio tinha por mãe a filha de Numa, e Sérvio Túlio sucedeu no trono a Tarquínio, o Antigo, após desposar-lhe a filha. Tarquínio, o Soberbo, herdou o trono, porque se casou com a filha de Sérvio. "Isto significa, continua Frazer, que a sucessão no âmbito da realeza romana parece ter sido determinada por certas normas que se haviam estratificado em sociedades primitivas de muitas partes do mundo, a saber, a exogamia, o casamento *beena* e o parentesco feminino. *Exogamia* é o princípio que obriga o homem a contrair matrimônio em outro clã que não o seu; casamento *beena* é a norma que coage o esposo a deixar a casa paterna para viver na família da esposa e parentesco feminino é o sistema que faz provir da mulher e não do homem a filiação e a transmissão do nome da família"[16].

O mesmo Frazer encontra tradições análogas no mito grego. Recém-chegados a Atenas, como Cécrops e Anfictião, se casam com as filhas de seus predecessores, tornando-se reis. De outro lado, para explicar por que os filhos não sucederam a seus pais, como era de praxe em época posterior, inventam-se motivos, geralmente um homicídio, voluntário ou involuntário, que os obrigam a deixar sua cidade. Após muitas aventuras, os exilados conquistam um reino ao mesmo tempo que uma esposa. Éaco reinava na ilha de Egina. Todos os seus descendentes emigraram e quase todos passam a viver e reinar na pólis de sua

---

15. FRAZER, J.G. *The Golden Bough.* London: The Macmillan Press, 1975, p. 200ss.

16. Ibid., p. 201.

respectiva esposa: Télamon[17], em Salamina; Teucro, em Chipre; Peleu, na Ftióti-da; Aquiles, na ilha de Ciros; Neoptólemo, no Epiro. Cálidon, na Etólia, se casa com a filha de Adrasto, rei de Argos. Seu filho Diomedes, de igual maneira, torna-se rei de Dáunia, na Itália. Tântalo é rei da Lídia: seu filho Pélops reina em Pisa, porque se casou com Hipodamia, filha de Enômao; seu neto Atreu reinou em Micenas e seu bisneto Menelau reinou em Esparta, pólis de sua esposa Helena. Existe, até mesmo, um mito antigo que faz igualmente de Agamêmnon, bisneto de Tântalo, rei da Lacônia, pátria de sua mulher Clitemnestra...

Muitos outros exemplos da posse do reino pela linha matrilinear poderiam ainda ser aduzidos, mas os apontados situam bem o problema.

É necessário, todavia, ter em mente o que se desenvolveu na *Introdução*: os casamentos heroicos, sejam quais forem suas origens e "linhas condutoras", as mais das vezes pressupõem *lutas*, que se configuram sob o aspecto de *provas iniciáticas* a "razzia", a justa entre os pretendentes, o combate de morte contra o pai da pretendida, o conflito de gerações, a luta contra um monstro...

De qualquer forma, uma coisa é certa: o casamento, o *hieròs gámos* está estreitamente ligado ao reino. *Casar* para *reinar!*

Do ponto de vista da psicologia analítica, a luta contra o monstro e sua destruição, e bem assim a libertação da donzela e o casamento do herói com a mesma podem simbolizar a liberação da *anima* do aspecto "devorador" da imagem materna.

---

17. Embora na *Ilíada* não apareça nenhum parentesco entre Peleu e Télamon, é conveniente não nos esquecermos do "pulmão do mito", que são as "variantes". Além do mais, em todas as épocas se identificaram personagens com o mesmo nome ou com nomes semelhantes, para atender, quase sempre, a reivindicações de cidades, de templos e sobretudo a genealogias.
Acrescente-se, de caminho, que Peleu foi banido juntamente com Télamon, porque ambos assassinaram a seu irmão Foco. Peleu chegou a Ftia e desposou Antígona, filha do rei local Eurítion, que deu àquele um terço de seu reino. Na caçada de Cálidon, Peleu, "sem o querer", matou ao sogro, assumindo sozinho a posse do reino da Ftiótida. Observe-se que neste mito, como em tantos outros, encontram-se associados os dois temas: a morte do velho rei, "daquele que não mais fecunda" e o casamento com a princesa, penhor de conquista do reino.

5

Acompanhado, pois, da esposa Andrômeda, Perseu retornou à ilha de Sérifo, onde novos problemas o aguardavam. Em sua ausência, Polidectes tentara violentar-lhe a mãe, sendo preciso que ela e Díctis, a quem o tirano igualmente perseguia, se refugiassem junto aos altares dos deuses, considerados e respeitados como locais invioláveis.

O herói, sabedor de que o rei se encontrava reunido no palácio com seus amigos, penetrou salão a dentro e transformou Polidectes e toda a corte em estátuas de pedra. Tomando as rédeas do poder, entregou o trono a Díctis, o humilde pescador que o criara. Devolveu as sandálias aladas, o alforje e o capacete de Plutão a Hermes, a fim de que este os restituísse às suas legítimas guardiãs, as ninfas. A cabeça de Medusa, Atená a espetou no centro de seu escudo[18].

Deixando para trás o reino de Díctis, o herói, em companhia de Andrômeda e Dânae, dirige-se para Argos, sua pátria, uma vez que desejava conhecer seu avô Acrísio. Este, sabedor das intenções do neto, e temendo o cumprimento do oráculo, fugiu para Larissa, onde reinava Tentâmides. Ora, Acrísio assistia, como simples espectador, aos jogos fúnebres que o rei de Larissa mandava celebrar em memória do pai. Perseu, como convém a um herói, participava dos *agônes*, e lançou o disco com tanta infelicidade, ou, por outra, com o endereço certo fornecido há tantos anos atrás pelo oráculo, que o mesmo vitimou Acrísio.

Cheio de dor com a morte do avô, cuja identidade lhe era desconhecida, Perseu prestou-lhe as devidas honras fúnebres, fazendo-o sepultar fora de Larissa. Não ousando, por tristeza e contrição, dirigir-se a Argos, para reclamar o trono que, de direito, lhe pertencia, foi para Tirinto, onde reinava seu primo Megapentes, filho de Preto, e com ele trocou de reino. Assim, Megapentes tornou-se rei de Argos e Perseu reinou em Tirinto.

---

18. A temível cabeça de Medusa se tornou tão importante, que acabou até mesmo se transformando em amuleto mágico para afugentar certas doenças, como aparece numa pintura de Perseu, segurando a cabeça do monstro, com a seguinte inscrição: φύ(γε) ποδάγρα Περσεύς σε διώκι (Phy(gue) podágra Perseús se dióki) – "vai embora, podagra, Perseu te persegue".

Uma variante obscura do mito narra a violenta oposição feita por Perseu a Dioniso que, com suas Mênades, tentava introduzir seu culto orgiástico em Argos. O herói perseguiu ao deus do êxtase e do entusiasmo e o afogou no Lago de Lerna. Havia sido assim que Dioniso terminara sua vida terrestre e, escalando o Olimpo, se reconciliara com a deusa Hera.

À época romana, o mito do filho de Dânae foi deslocado para a Itália. A arca que transportava mãe e filho não teria chegado à ilha de Sérifo, mas às costas do Lácio. Recolhidos por pescadores, foram levados à corte do rei Pilumno. Este desposou Dânae e com ela fundou a cidade de Árdea, antiga capital dos Rútulos, situada no Lácio, perto do mar Tirreno, como está em Vergílio, *Eneida*, 7,411s.

Turno, rei dos Rútulos, o grande adversário de Eneias, descendia desse enlace, pois que Pilumno era avô do herói itálico, ainda consoante a *Eneida*, 9,3s.

De Perseu e Andrômeda nasceram os seguintes filhos: Perses, Alceu, Estênelo, Helio (que é preciso não confundir com Hélio, deus Sol), Mestor, Eléctrion e Gorgófone. Pois bem, *Héracles*, assunto de nosso próximo capítulo, é bisneto de Perseu, ao menos no que tange ao lado materno...

Capítulo III
Héracles e os Doze Trabalhos

1

HÉRACLES, em grego Ἡρακλῆς (Heraklês), é interpretado em etimologia popular como palavra composta de Ἥρα (Héra), "Hera" e κλέος (kléos), "glória", ou seja, o que fez a *glória* de *Hera*, saindo-se vitoriosamente nos doze trabalhos gigantescos que a deusa lhe impôs. Pergunta, entretanto, Carnoy, se a etimologia citada não resultaria de uma confusão entre o nome da deusa, que o perseguia, e o nome ἦρα (êra), sem aspiração, e que significa *serviço*, uma vez que o herói realmente pode ser chamado "aquele que *gloriosamente serviu* por suas gestas célebres". Quanto ao nome latino do deus, *Hércules*, este provém do grego *Heraklês*, possivelmente com um intermediário etrusco *hercle*. Seja como for, trata-se de mais um nome mítico sem uma etimologia satisfatória.

Quadro 2

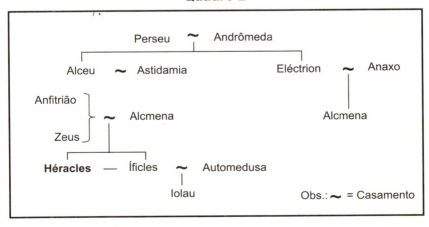

Muito embora seja Zeus, no mito, e não Anfitrião, o pai de Héracles, este vem a ser bisneto de Perseu pelo lado materno, pois Alcmena, sua mãe, é filha de Eléctrion e neta de Perseu. O quadro anterior torna mais clara a genealogia do maior dos heróis gregos.

Já tendo sido mencionados todos os filhos de Perseu e Andrômeda no fim do capítulo anterior, vamos nos preocupar apenas com Alceu e Eléctrion.

Enquanto neto de *Alceu*, o filho de Alcmena é chamado igualmente Ἀλκεΐδης (Alkeídes), *Alcides*, nome proveniente de ἀλκή (alké), "força em ação, vigor". Em tese, até a realização completa dos Doze Trabalhos, o herói deveria ser chamado tão somente de *Alcides*, pois só se torna a "glória de Hera", *Héracles*, após o término de todas as *provas iniciáticas* impostas pela deusa. É assim, aliás, que lhe chama Píndaro, *Olímpicas*, 6,68: "o rebento ilustre da raça de Alceu".

É extremamente difícil tentar expor, já não diria em ordem racional, mas até mesmo com *certa ordem*, o vasto mitologema de Héracles, uma vez que os mitos, que lhe compõem a figura, evoluíram ininterruptamente, desde a época pré-helênica até o fim da Antiguidade greco-latina.

Variantes, adições e interpolações várias de épocas diversas, algumas até mesmo de cunho político, enriqueceram de tal modo o mitologema, que é totalmente impraticável separar-lhe os mitemas. O único método válido, a nosso ver, para que se tenha uma visão de conjunto desse extenso conglomerado, é dividir a estória de Héracles em ciclos, fazendo-os preceder dos mitos concernentes a seu nascimento, infância e educação. Vamos, assim, tentar estabelecer uma divisão mais ou menos didática nesse longo mitologema, a fim de que se possa ter uma ideia das partes e, quanto possível, do todo.

Nosso esquema "artificial" funcionará, pois, da seguinte maneira:

1 – nascimento, infância e educação de Héracles;

2 – o ciclo dos Doze Trabalhos;

3 – aventuras secundárias, praticadas no curso dos Doze Trabalhos;

4 – gestas independentes do ciclo anterior; e

5 – ciclo da morte e da apoteose do herói.

2

O *Hino homérico a Héracles*, 1-8, em apenas oito versos, nos traça o destino completo do herói incomparável:

> *É a Héracles, filho de Zeus, que vou cantar,*
> *ele que é de longe o maior dentre os que habitam a terra.*
> *Aquele a quem Alcmena, na Tebas de belos coros,*
> *deu à luz, após unir-se ao Crônida de sombrias nuvens.*
> *Errou e sofreu, primeiro, sobre a terra e no mar imensos;*
> *em seguida triunfou, graças à sua bravura,*
> *e, sozinho, executou tarefas audaciosas e inimitáveis.*
> *Agora, habita feliz a bela mansão do Olimpo nevoso*
> *e tem por esposa a Hebe de lindos tornozelos.*

Anfitrião, filho de Alceu, casara-se com sua prima Alcmena, filha de Eléctrion, rei de Micenas, mas, tendo involuntariamente causado a morte de seu sogro e tio, foi banido por seu tio Estênelo, rei suserano de Argos, e de quem dependia o reino de Micenas. Expulso, pois, de Micenas, Anfitrião, em companhia da esposa, refugiou-se em Tebas, onde foi purificado pelo rei Creonte. Como Alcmena se recusasse a consumar o matrimônio, enquanto o marido não lhe vingasse os irmãos, mortos pelos filhos de Ptérela[1], Anfitrião, obtida a aliança dos Tebanos e com contingentes provindos de várias regiões da Grécia, invadiu a ilha de Tafos, onde reinava Ptérela. Com a traição de Cometo, a vitória de Anfitrião foi esmagadora. Carregado de despojos, o filho de Alceu se aprestou para regressar a Tebas, com o objetivo de fazer Alcmena sua mulher.

---

1. Ptérela era um dos muitos descendentes de Perseu. Durante o reinado de Eléctrion em Micenas, os filhos de Ptérela foram reclamar aquele reino, ao qual diziam ter direito, uma vez que ali reinara um seu bisavô, Mestor, irmão de Eléctrion. Este repeliu indignado as pretensões dos príncipes, que, como vingança, lhe roubaram os rebanhos. Desafiados pelos filhos de Eléctrion para um combate, houve grande morticínio, tendo escapado apenas dois contendores, um de cada família. Foi por amor de Alcmena que Anfitrião empreendeu a guerra contra Tafos. Havia, no entanto, um oráculo segundo o qual, em vida do rei Ptérela, a ilha jamais poderia ser tomada. É que a vida do rei estava ligada a um fio de cabelo de ouro que Posídon implantara na cabeça do mesmo. Aconteceu, no entanto, que Cometo, filha de Ptérela, se apaixonara por Anfitrião e, enquanto o pai dormia, arrancou o fio de cabelo mágico, provocando-lhe assim a morte e a ruína de Tafos.

Pois bem, foi durante a ausência de Anfitrião que Zeus, desejando dar ao mundo um herói como jamais houvera outro e que libertasse os homens de tantos monstros, escolheu a mais bela das habitantes de Tebas para ser mãe de criatura tão privilegiada. Sabedor, porém, da fidelidade absoluta da princesa micênica, travestiu-se de Anfitrião, trazendo-lhe inclusive de presente a taça de ouro por onde bebia o rei Ptérela e, para que nenhuma desconfiança pudesse ainda, porventura, existir no espírito da "esposa", narrou-lhe longamente os incidentes da campanha. Foram três noites de um amor ardente, porque, durante três dias, Apolo, por ordem do pai dos deuses e dos homens, deixou de percorrer o céu com seu carro de chamas.

Ao regressar, logo após a partida de Zeus, Anfitrião ficou muito surpreso com a acolhida tranquila e serena da esposa e ela também muito se admirou de que o marido houvesse esquecido tão depressa a grande batalha de amor travada até a noite anterior em Tebas... Um duelo que fora mais longo que a batalha na ilha de Tafos! Mais espantado e, dessa feita, confuso e nervoso ficou o general tebano, quando, ao narrar-lhe os episódios da luta contra Ptérela, verificou que a esposa os conhecia tão bem ou melhor que ele. Consultado, o adivinho Tirésias revelou a ambos o glorioso adultério físico de Alcmena e o astucioso estratagema de Zeus. Afinal, a primeira noite de núpcias compete ao deus e é por isso que o primogênito nunca pertence aos pais, mas a seu *Godfather*... Mas Anfitrião, que esperara tanto tempo por sua lua-de-mel, se esquecera de tudo isto e, louco de raiva e ciumes, resolveu castigar Alcmena, queimando-a viva numa pira. Zeus, todavia, não o permitiu e fez descer do céu uma chuva repentina e abundante, que, de imediato, extinguiu as chamas da fogueira de Anfitrião. Diante de tão grande prodígio, o general desistiu de seu intento e acendeu outra fogueira, mas de amor, numa longa noite de ternura com a esposa.

Com tantas noites de amor, Alcmena concebeu dois filhos: um de Zeus, Héracles; outro de Anfitrião, Íficles. Acontece que Zeus, imprudentemente, deixara escapar que seu filho nascituro da linhagem dos persidas reinaria em Argos. De imediato, a ira e o ciume de Hera, que jamais deixou em paz as amantes e os filhos adulterinos de seu esposo Zeus, começaram a manifestar-se. Ordenou a Ilítia, deusa dos partos, sobre quem já se falou no Vol. II, p. 60, e que, diga-se mais uma vez, é uma hipóstase da própria rainha dos deuses, que retardasse o mais possível o nascimento de Héracles e apressasse o de Euristeu, primo de Alcides, porquanto era filho de Estênelo. Nascendo primeiro, o primo do filho de Alcmena seria automaticamente o herdeiro de Micenas. Foi assim que Euristeu veio ao mundo com sete meses e Héracles com dez! Este acontecimento é narrado minuciosamente na *Ilíada*, XIX, 97-134.

Fazia-se necessário, todavia, iniciar urgentemente a imortalidade do herói. Zeus arquitetou um estratagema, cuja execução, como sempre, ficou aos cuidados de Hermes: era preciso fazer o herói sugar, mesmo que fosse por instantes, o seio divino de Hera. O famoso Trismegisto conseguiu mais uma vez realizar uma façanha impossível: quando a deusa adormeceu, Hermes colocou o menino sobre os seios divinos da imortal esposa de Zeus. Hera despertou sobressaltada e repeliu a Héracles com um gesto tão brusco, que o leite divino espirrou no céu e formou a *Via Láctea*! Existe uma variante que narra o episódio de maneira diversa. Temerosa da "ira sempre lembrada da cruel Juno", como diria muito mais tarde Vergílio, *Eneida*, 1,4, com respeito ao ressentimento da deusa contra Eneias, Alcmena mandou expor o menino nos arredores de Argos, num local que, depois, se chamou "Planície de Héracles". Por ali passavam Hera e Atená e a deusa da inteligência, vendo o exposto, admirou-lhe a beleza e o vigor. Pegou a criança e entregou-a a Hera, solicitando-lhe desse o seio ao faminto. Héracles sugou o leite divino com tanta força, que feriu a deusa. Esta o lançou com violência para longe de si. Atená o recolheu e levou de volta a Alcmena, garantindo-lhe que podia criar o filho sem temor algum. De qualquer forma, o vírus da imortalidade se inoculara no filho de Zeus e Alcmena. Mas o ódio de Hera sempre teve pernas compridas. Quando o herói contava apenas oito meses, a deusa enviou contra ele duas gigantescas serpentes. Íficles, apavorado, começou a gritar, mas Héracles, tranquilamente, se levantou do berço em que dormia, agarrou as duas víboras, uma em cada mão, e as matou por estrangulamento. Píndaro, nas *Nemeias*, 1,33-63, disserta poética e longamente sobre a primeira grande gesta de Héracles. Anfitrião, que acorrera de espada em punho, ao ver o prodígio, acreditou, finalmente, na origem divina do "filho". E o velho Tirésias, mais uma vez, explicou o destino que aguardava o herói.

A educação de Héracles, projeção da que recebiam jovens gregos da época clássica, começou em casa. Seu primeiro grande mestre foi o general Anfitrião, que o adestrou na difícil arte de conduzir bigas. Lino foi seu primeiro professor de música e de letras, mas enquanto seu irmão e condiscípulo Íficles se comportava com atenção e docilidade, o herói já desde muito cedo dava mostra de sua indisciplina e descontrole. Num dia, chamado à atenção pelo grande músico, Héracles, num assomo de raiva, pegou um tamborete, outros dizem que uma lira, e deu-lhe uma pancada tão violenta, que o mestre foi acordar no Hades. Acusado de homicídio, o jovem defendeu-se, citando um conceito do implacável juiz dos mortos, Radamanto, segundo o qual tinha-se o direito de matar o adversário, em caso de legítima defesa. Apesar da quando muito legítima defesa cerebrinamente putativa, Héracles foi absolvido. Em seguida, vieram outros preceptores: Eumolpo prosseguiu com o ensino da música; Êurito, rei de Ecália, que bem mais tarde terá um problema muito sério com o herói, ensinou-lhe o manejo do arco, arte em que teve igualmente por instrutor o cita Têntaro e, por fim, Castor o exercitou no uso das demais armas. Héracles, porém, sempre se portou como um indisciplinado e temperamental incorrigível, a ponto de, temendo pela vida dos mestres, Anfitrião o mandou para o campo, com a missão de cuidar do rebanho.

Enquanto isso, o herói crescia desproporcionadamente. Aos dezoito anos, sua altura chegava a três metros! E foi exatamente aos dezoito anos que Héracles realizou sua primeira grande façanha, a caça e morte do leão do monte Citerão. Este animal, de porte fora do comum e de tanta ferocidade, estava causando grandes estragos nos rebanhos de Anfitrião e do rei Téspio, cujas terras eram vizinhas das de Tebas. Como nenhum caçador se atrevesse a enfrentar o monstro, Héracles se dispôs a fazê-lo, transferindo-se, temporariamente, para o reino de Téspio. A caçada ao leão durou cinquenta dias, porque, quando o sol se punha, o caçador retornava, para dormir no palácio. Exatamente no quinquagésimo dia, o herói conseguiu sua primeira grande vitória. Acontece, porém, que Téspio, pai de cinquenta filhas, e desejando que cada uma tivesse um filho de Héracles, entregava-lhe uma por noite, e foi assim que, durante cinquenta dias, o herói fecundou as cinquenta jovens, de que nasceram as tespíades. A respeito da divergência do tempo que durou essa proeza sexual do filho de Alcmena já se falou na *Introdução*, capítulo I, onde se mostrou, igualmente, que a potência sexual de Héracles não teve competidor, ao menos no mito. É possível que nos civilizados tempos modernos a *Surmâle* de Jarry lhe possa servir de parâmetro...

Ao retornar do reino de Téspio, Héracles encontrou nas vizinhanças de Tebas os delegados do rei de Orcômeno, Ergino, que vinham cobrar o tributo anual de cem bois, que Tebas pagava a Orcômeno, como indenização de guerra. Após ultrajá-los, o herói cortou-lhes as orelhas e o nariz e, pendurando-os ao pescoço de cada um, os enviou de volta, dizendo-lhes ser este o pagamento do tributo.

Indignado, Ergino, com um grande exército, marchou contra Tebas. Héracles desviou o curso de um rio e afogou na planície a cavalaria inimiga. Perseguiu, em seguida, a Ergino e o matou a flechadas. Antes de retirar-se com os soldados tebanos, impôs aos mínios de Orcômeno o dobro do tributo que lhes era pago por Tebas. Foi nesta guerra que morreu Anfitrião, lutando bravamente ao lado do filho.

O rei Creonte, grato por tudo quanto o filho de Alcmena fizera por Tebas, deu-lhe em casamento sua filha primogênita Mégara, enquanto a caçula se casava com Íficles, tendo este, para tanto, repudiado sua primeira esposa Automedusa, que lhe dera um filho, Iolau. De Héracles e Mégara nasceram oito filhos, segundo Píndaro; três, conforme Apolodoro; sete ou cinco, consoante outras versões. Não importa o número. Talvez o que faça pensar é a reflexão de Apolodoro de que Héracles somente foi pai de filhos homens, como se de um *macho* quiçá só pudessem nascer *machos*... (Apol., 2,7,8).

Hera, porém, preparou tranquilamente a grande vingança. Como protetora dos amantes legítimos, não poderia perdoar ao marido seu derradeiro adultério, ao menos no mito, sobretudo quando Zeus tentou dar a essa união ilegítima com Alcmena o signo da legitimidade (Diod., 4,9,3; Apol., 2,4,8), fazendo o menino sugar o leite imortal da esposa.

Foi assim que a deusa lançou contra Héracles a terrível Λύσσα (Lýssa), a *raiva*, o *furor*, que, de mãos dadas com a ἄνοια (ánoia), a *demência*, enlouqueceu por completo o herói. Num acesso de insânia, ei-lo matando a flechadas ou lançando ao fogo os próprios filhos. Terminado o morticínio dos seus, investiu contra os de Íficles, massacrando dois. Sobraram dessa loucura apenas Mégara e Iolau, salvos pela ação rápida de Íficles.

Recuperada a razão, o herói, após repudiar Mégara e entregá-la a seu sobrinho Iolau, dirigiu-se ao Oráculo de Delfos e pediu a Apolo que lhe indicasse os meios de purificar-se desse ἀκούσιος φόνος (akúsios phónos), desse "morticínio involuntário", mas mesmo assim considerado "crime hediondo", na mentalidade grega. A Pítia ordenou-lhe colocar-se ao serviço de seu primo Euristeu durante doze anos, ao que Apolo e Atená teriam acrescentado que, como prêmio de tamanha punição, o herói obteria a imortalidade.

Existem variantes acerca dessa submissão de Héracles a Euristeu, que, aliás, no mito é universalmente tido e havido como um poltrão, um covarde, um deformado física e moralmente. Incapaz, até mesmo, de encarar o herói frente a frente, mandava-lhe ordens através do arauto Copreu, filho de Pélops, refugiado em Micenas. Proibiu, por medo, que Héracles penetrasse no recinto da cidade e, por precaução, mandou fabricar um enorme jarro de bronze como supremo refúgio. E não foi preciso que o herói o atacasse, para que Euristeu "usasse o vaso". Mais de uma vez, como se verá, o rei de Micenas se serviu do esconderijo, só à vista das presas e monstros que lhe eram trazidos pelo filho de Alcmena. Numa palavra: Euristeu, incapaz de realizar mesmo o possível, impôs ao herói o impossível, vale dizer, a execução dos célebres Doze Trabalhos.

Dizíamos, porém, que existem variantes, que explicam de outra maneira a submissão de Héracles ao rei de Micenas. Uma delas relata que Héracles, desejando retornar a Argos, dirigiu-se ao primo e este concordou, mas desde que aquele libertasse primeiro o Peloponeso e o mundo de determinados monstros. Uma outra, retomada pelo poeta da época alexandrina, Diotimo, apresenta Héracles como amante de Euristeu. Teria sido por mera complacência amorosa que o herói se submetera aos caprichos do amado, o que parece, aliás, uma ressonância tardia do discurso de Fedro no *Banquete* de Platão, 179.

As variantes apontadas e outras de que não vale a pena falar, bem como a "condição de imortalidade", sugerida ou imposta por Apolo e Atená, provêm simplesmente da reflexão do pensamento grego sobre o mito: a necessidade de justificar tantas provações por parte de um herói idealizado como o justo por excelência. Para as religiões de mistérios, na Hélade, os sofrimentos de Héracles configuram as provas por que tem que passar a psiqué, que se libera paulatina, mas progressivamente, dos liames do cárcere do corpo.

3

Os Doze Trabalhos são, pois, as provas a que o rei de Argos, o covarde Euristeu, submeteu seu primo Héracles. Num plano simbólico, as doze provas configuram um vasto labirinto, cujos meandros, mergulhados nas trevas, o herói terá que percorrer até chegar à luz, onde, despindo a mortalidade, se revestirá do homem novo, recoberto com a indumentária da imortalidade.

Quanto ao número DOZE, trata-se de algo muito significativo. Para Jean Chevalier e Alain Gheerbrant[2] "é o número das divisões espácio-temporais, o produto dos quatro pontos cardeais pelos três níveis cósmicos. Divide o céu, visualizado como uma cúpula, em doze setores, os doze signos do zodíaco, mencionados desde a mais alta Antiguidade [...]. A combinação de dois números 12x5 origina os ciclos de 60 anos, quando se culminam os ciclos solar e lunar. Doze simboliza, pois, o universo em seu desenvolvimento cíclico espácio-temporal. Configura igualmente o universo em sua *complexidade* interna. O duodenário, que caracteriza o ano e o zodíaco, representa a multiplicação dos quatro elementos, água, ar, terra e fogo, pelos três princípios alquímicos, enxofre, sal e mercúrio, ou ainda os três estados de cada elemento em suas fases sucessivas: evolução, culminação e involução".

Na simbólica cristã, o *doze* tem um significado todo particular. A combinação do *quatro* do mundo espacial e do *três* do tempo sagrado, dimensionando a criação-recriação, produz o número *doze*, que é o do mundo concluído. *Doze* é outrossim o número da Jerusalém celeste: 12 portas, 12 apóstolos, 12 cadeiras...; é o número do ciclo litúrgico do ano de doze meses e de sua expressão cósmica, que é o Zodíaco.

---

2. Op. cit., p. 365s.

Para os escritores sagrados *doze* é o número da eleição, o número do povo de Deus, da Igreja. Jacó gerou doze filhos, ancestrais epônimos das doze tribos de Israel (Gn 35,23ss). A árvore da vida estava carregada com doze frutos; os sacerdotes tinham doze joias. Doze eram os Apóstolos. A Jerusalém celestial do *Apocalipse* 21,12 estava assinalada com o número doze: "E tinha um muro grande e alto com doze portas; e nas portas doze anjos, e uns nomes escritos, que são os nomes das doze tribos dos filhos de Israel". Logo a seguir, em 21,14, diz o *Apocalipse*: "E o muro da cidade tinha doze fundamentos e neles os doze nomes dos doze Apóstolos do Cordeiro". E o *doze* e seus múltiplos continuam por todo o capítulo 21.

Os fiéis dos fins dos tempos serão 144.000, 12.000 de cada uma das doze tribos de Israel (Ap 7,4-8; 14,1).

Também em torno da *Távola Redonda* do rei Artur sentavam-se doze cavaleiros.

Doze é, por conseguinte, o número de uma realização integral, de um fecho completo, de um uróboro. Desse modo, no Tarô, a carta do Enforcado (XII) marca o fim de um ciclo involutivo, seguido pelo da morte (XIII), que deve ser tomado no sentido de renascimento. Mostraremos esse *décimo terceiro* trabalho de Héracles...

Voltemos às fadigas do herói-deus dos Helenos. Os mitógrafos da época helenística montaram um catálogo dos Doze Trabalhos em duas séries de seis. Os seis primeiros tiveram por palco o Peloponeso e os seis outros se realizaram em partes diversas do mundo então conhecido, de Creta ao Hades. Advirta-se, porém, que há muitas variantes, não apenas em relação à ordem dos trabalhos, mas igualmente no que tange ao número dos mesmos. Apolodoro, por exemplo, só admitia dez.

Exceto a clava, que o próprio herói cortou e preparou de um tronco de oliveira selvagem, todas as suas demais armas foram presentes divinos: Hermes lhe deu a espada; Apolo, o arco e as flechas; Hefesto, uma couraça de bronze; Atená, um peplo; e Posídon ofereceu-lhe os cavalos.

LEÃO DE NEMEIA[3]

Nemeia, nome de uma cidade e de um bosque na Argólida, foi o cenário do primeiro trabalho do herói. O Leão de Nemeia era um monstro de pele invulnerável, filho de Ortro, e este, filho de Tifão e de Équidna[4], um outro monstro, sob forma de mulher-serpente. Esse Leão possuía uns irmãos célebres e terríveis: Cérbero, Hidra de Lerna, Quimera, Esfinge de Tebas... Criado pela deusa Hera ou à mesma emprestado pela deusa-Lua "Selene", para provar Héracles, o monstro passava parte do dia escondido num bosque, perto de Nemeia. Quando deixava o esconderijo, o fazia para devastar toda a região, devorando-lhe os habitantes e os rebanhos. Entocado numa caverna, com duas saídas, era quase impossível aproximar-se dele. O herói atacou-o a flechadas, mas em vão, pois o couro do leão era invulnerável. Astutamente, fechando uma das saídas, o filho de Zeus o tonteou a golpes de clava e, agarrando-o com seus braços possantes, o sufocou. Com o couro do monstro o herói cobriu os próprios ombros e da cabeça do mesmo fez um capacete.

Não insistimos em outros pormenores acerca desta primeira tarefa de Héracles, porque todos os episódios relativos ao *Leão de Nemeia*, inclusive a parte simbólica, foram estudados no Vol. I, p. 269. Igualmente se mostrou no Vol. II, p. 154-157, a importância da posse do crânio do inimigo abatido. Quanto à pele, com que o herói cobriu os ombros, além da invulnerabilidade, possuía como toda pele de determinados animais um mana, uma *enérgueia* muito forte, simbolizando, desse modo, a "insígnia da combatividade vitoriosa" do filho de Alcmena.

HIDRA DE LERNA

Como já se mostrou no Vol. I, p. 256, também este monstro com seu simbolismo foi bem estudado, pelo que nos abstemos de fazer repetições inúteis. De-

---

3. As fontes básicas de referência na literatura greco-latina sobre os *Doze Trabalhos* encontram-se na *Ilíada*, VIII, 132ss; XIV, 639ss; XVIII, 117ss; XIX 132ss; Sófocles, *Traquínias*, 1091ss; Eurípides, *Héracles*, 15ss; Teócrito, *Idílios*, 24,82ss; Apol., 2,4,12; Diod., 4,10ss; Verg., *Eneida*, 8,299; Ov., *Metamorfoses*, 9,182ss.

4. *Équidna* foi estudada, inclusive com seu simbolismo, no capítulo XI, 2, do Vol. I.

sejamos tão-somente acrescentar a interpretação simbólica e psicológica de Paul Diel, que nos parece muito pertinente. Para o autor de *Le symbolisme dans la mythologie grecque*, p. 208, "as múltiplas cabeças do monstro de corpo de serpente configuram os vícios múltiplos, nos quais se prolonga o 'corpo' da perversão, a vaidade. Vivendo num pântano, a Hidra é particularmente caracterizada como símbolo dos vícios banais. Enquanto o monstro viver, enquanto a vaidade não for dominada, as cabeças, símbolo dos vícios, renascerão, mesmo que, por uma vitória passageira, se consiga cortar uma ou outra. Para vencer o monstro, Héracles usa a espada, arma de combate espiritual, conjugada ao archote, que cauteriza as feridas, a fim de que, uma vez cortadas, as cabeças não mais possam renascer. O archote simboliza a purificação sublime".

JAVALI DE ERIMANTO

Erimanto é uma escura montanha da Arcádia, onde se escondia um monstruoso javali, que Héracles deveria trazer vivo ao rei de Argos. Com gritos poderosos, o herói fê-lo sair do covil e, atraindo a besta-fera para uma caverna coberta de neve, o fatigou até que lhe foi possível segurá-lo pelo dorso e conduzi-lo ao primo. Ao ver o monstro, Euristeu, apavorado, escondeu-se no jarro de bronze, de que se falou mais acima.

O simbolismo do javali está diretamente relacionado com a tradição hiperbórea, com aquele nostálgico paraíso perdido, onde se localizaria a Ilha dos Bem-Aventurados. Nesse enfoque, segundo comentam J. Chevalier e Alain Gheerbrant, o javali configuraria o poder espiritual, em contraposição ao urso, símbolo do poder temporal. Assim concebida, a simbólica do javali estaria relacionada com o retiro solitário do druida nas florestas: nutre-se da glande do carvalho, árvore sagrada, e a javalina com seus nove filhotes escava a terra em torno da macieira, a árvore da imortalidade. A respeito de toda a simbólica do *javali* já se falou no Vol. II, p. 67-68.

Héracles, apoderando-se do símbolo do poder espiritual, escala mais um degrau no rito iniciático.

CORÇA DE CERINIA

Essa corça de Cerinia, segundo Calímaco, *Hino a Ártemis*, 98ss, era uma das cinco que Ártemis encontrou no monte Liceu. Quatro a deusa as atrelou em seu carro e a quinta a poderosa Hera a conduziu para o monte Cerinia, com o fito de servir a seus intentos contra Héracles. Consagrada à irmã gêmea de Apolo, esse animal, cujos pés eram de bronze e os cornos de ouro, trazia a marca do sagrado e, portanto, não podia ser morta. Mais pesada que um touro, se bem que rapidíssima, o herói, que deveria trazê-la viva a Euristeu, perseguiu-a durante um ano. Já exausto, o animal buscou refúgio no monte Artemísion, mas, sem lhe dar tréguas, Héracles continuou na caçada e, quando a corça tentou atravessar o rio Ládon, na Arcádia, ferindo-a levemente, Alcides logrou apoderar-se dela. Quando já se dirigia a Micenas, encontrou-se com Apolo e Ártemis. Estes tentaram tirar-lhe o animal, mas, afirmando cumprir ordens de Euristeu, o filho de Alcmena conseguiu, por fim, prosseguir seu caminho.

Píndaro apresenta uma versão acentuadamente mística dessa longa perseguição. Consoante o poeta tebano, *Olímpicas*, 3,29ss, Héracles teria seguido a corça em direção ao norte, através da Ístria, chegando ao país dos Hiperbóreos, onde, na Ilha dos Bem-Aventurados, foi benevolamente acolhido por Ártemis.

A interpretação pindárica é como que uma antecipação da única tarefa realmente importante do herói, sua liberação interior. Sua estupenda vitória, após um ano de tenaz perseguição, apossando-se da corça de cornos de ouro e pés de bronze, tendo chegado ao *norte* e ao céu eternamente azul dos *Hiperbóreos*, configura a busca da *sabedoria*, tão difícil de se conseguir. A simbólica dos pés de bronze há que ser interpretada a partir do próprio metal. Enquanto *sagrado*, o bronze isola o animal do mundo profano, mas, enquanto *pesado*, o escraviza à terra.

Têm-se aí os dois aspectos fundamentais da interpretação: o diurno e o noturno dessa corça. Seu lado puro e virginal é bem acentuado, mas o "peso do metal" poderá pervertê-la, fazendo-a apegar-se a desejos grosseiros, que lhe impedem qualquer voo mais alto.

Paul Diel vai um pouco mais longe na hermenêutica da *corça dos pés de bronze*: "A corça, como o cordeiro, simboliza uma qualidade do espírito, que se contrapõe à agressividade dominadora. Os pés de bronze, quando aplicados à sublimidade, configuram a força da alma. A imagem traduz a paciência e o esforço na consecução da delicadeza e da sensibilidade sublime, especificando, igualmente, que essa mesma sensibilidade representada pela corça, embora se oponha à violência, possui um vigor capaz de preservá-la de toda e qualquer fraqueza espiritual"[5] que está bem configurada nos pés de bronze.

De outro lado, embora consagrada a Ártemis, a corça, no mito grego, é propriedade de Hera, deusa protetora do amor legítimo e do himeneu. Símbolo essencialmente feminino, o brilho de seus olhos é, muitas vezes, cotejado com a limpidez do olhar de uma jovem. O *Cântico dos Cânticos* usa o nome da corça numa fórmula de esconjuro, para preservar a tranquilidade do amor:

"Eu vos conjuro, filhas de Jerusalém, pelas gazelas e corças do campo, que não perturbeis nem acordeis a minha amada, até que ela queira" (2,7).

AVES DO LAGO DE ESTINFALO

Numa espessa e escura floresta, às margens do lago de Estinfalo, na Arcádia, viviam centenas de aves de porte gigantesco, que devoravam os frutos da terra, em toda aquela região. Segundo outras fontes, eram antropófagas e liquidavam os passantes com suas penas aceradas, de que se serviam como de dardos mortíferos. A dificuldade consistia em fazê-las sair de seus escuros abrigos na floresta. Hefesto, a pedido de Atená, fabricou para o herói umas castanholas de bronze. Com o barulho ensurdecedor desses instrumentos, as aves levantaram voo e foram mortas com flechas envenenadas com o sangue da Hidra de Lerna.

Uma interpretação evemerista do mito faz dessas aves filhas de um certo herói Estinfalo. Héracles as matou, porque lhe negaram hospitalidade, concedendo-a, logo depois, a seus inimigos, os moliônides, isto é, Ctéato e Êurito.

Com suas flechas certeiras, símbolo da espiritualização, Héracles liquidou as *Aves do lago de Estinfalo*, cujo voo obscurecia o sol. Como o pântano, o lago reflete a estagnação. As aves que dele levantam voo simbolizam o impulso de de-

---

5. DIEL, Paul. Op. cit., p. 209.

sejos múltiplos e perversos. Saídos do inconsciente, onde se haviam estagnado, põem-se a esvoaçar e sua afetividade perversa acaba por ofuscar o espírito.

A vitória do filho de Alcmena é mais um triunfo sobre as "trevas".

ESTÁBULOS DE AUGIAS

Rei de Élis, no Peloponeso, Augias, filho de Hélio, era dono de um imenso rebanho. Mas, tendo deixado de limpar seus estábulos durante trinta anos, provocou a esterilidade nas terras da Elida, por falta de estrume. Para humilhar o primo, Euristeu lhe ordenou que fosse limpá-los.

O herói, antes de iniciar sua tarefa, pediu a Augias, como salário, um décimo do rebanho, comprometendo-se a remover a montanha de estrume num só dia. Julgando impossível a empresa, o rei concordou com a exigência feita. Tendo desviado para dentro dos estábulos o curso de dois rios, Alfeu e Peneu, a tarefa foi executada com precisão e espantosa rapidez. Augias, no entanto, deixou de cumprir a promessa, e, como o herói tomara por testemunha o jovem Fileu, o rei expulsou de seu reino ao filho de Alcmena.

Para se vingar, o herói reuniu um exército de voluntários da Arcádia e marchou contra Élis. Augias, tendo colocado à frente das tropas seus dois sobrinhos, Ctéato e Êurito, os moliônides, conseguiu repelir o ataque de Héracles, que, além do mais, quase perdeu seu irmão Íficles, que foi gravemente ferido em combate. Mais tarde, todavia, quando da celebração dos terceiros Jogos Ístmicos, como os habitantes de Élis tivessem enviado os moliônides para representá-los nos *Agônes*, o herói, como se comentou na *Introdução*, cap. I, os matou numa emboscada. Não satisfeito, organizou uma segunda expedição contra a Élida: tomou a cidade de Élis, matou Augias e entregou o trono a Fileu, que, anteriormente, testemunhara a seu favor. Foi após essa vitoriosa campanha contra Augias que Héracles fundou os *Jogos Olímpicos*, como recorda Píndaro, *Olímpicas*, 10,25s.

Segundo Diel, os estábulos do rei Augias "configuram o inconsciente. A estrumeira representa a deformação banal. O herói faz passar as águas do Alfeu e Peneu através dos estábulos imundos, o que simboliza a purificação. Sendo o rio a imagem da vida que se escoa, seus acidentes sinuosos refletem os acontecimentos da vida 'corrente' [...]. Irrigar o estábulo com as águas de um rio significa purificar a alma, o inconsciente da estagnação banal, graças a uma atividade vivificante e sensata"[6].

Estes seis primeiros Trabalhos de Héracles têm por cenário, já se mostrou linhas acima, em 3, a própria Hélade; os seis últimos, mais difíceis e penosos – afinal a iniciação é um progresso na dor –, levarão o filho de Alcmena para outras paragens. Trata-se, no fundo, de um caminhar em direção a *Thánatos*, conforme se há de mostrar.

TOURO DE CRETA

Minos, rei de Creta, prometera sacrificar a Posídon tudo quanto de especial saísse do mar. O deus fez surgir das espumas um touro maravilhoso. Encantado com a beleza do animal, o rei mandou levá-lo para junto de seu rebanho e sacrificou a Posídon um outro. Irritado, o deus enfureceu o touro, que saiu pela ilha, fazendo terríveis devastações. Foi este animal feroz, que lançava chamas pelas narinas, que Euristeu ordenou a Héracles de trazer vivo para Micenas. Não podendo contar com o auxílio de Minos, que se recusou a ajudá-lo, o herói, segurando o monstro pelos chifres, conseguiu dominá-lo e, sobre o dorso do mesmo, regressou à Hélade. Euristeu o ofertou à deusa Hera, mas esta, nada querendo que proviesse de Héracles, o soltou. O animal percorreu a Argólida, atravessou o Istmo de Corinto e ganhou a Ática, refugiando-se em Maratona, onde Teseu, mais tarde, o capturou e sacrificou a Apolo Delfínio.

Como já se discorreu sobre a simbologia do touro no Vol. II, p. 35ss, resta-nos apenas acrescentar que a vitória de Héracles sobre o touro feroz, que lançava chamas pelas narinas, é o triunfo sobre a força bruta da tendência dominadora.

A cada trabalho o grande herói vai se aperfeiçoando e se encontrando...

---

6. Ibid., p. 207s.

ÉGUAS DE DIOMEDES

Diomedes, filho de Ares e Pirene, o cruel rei da Trácia, possuía quatro éguas, Podargo, Lâmpon, Xanto e Dino, que eram alimentadas com as carnes dos estrangeiros que as tempestades lançavam às costas da Trácia. Euristeu ordenou a Héracles de pôr termo a essa prática selvagem e trazer as éguas para Argos. O herói foi obrigado a lutar com Diomedes, que, vencido, foi lançado às suas próprias bestas antropófagas. Após devorarem o rei, as éguas estranhamente se acalmaram e foram, sem dificuldade alguma, conduzidas a Micenas. Euristeu as deixou em liberdade e as mesmas acabaram sendo devoradas pelas feras do monte Olimpo.

Foi durante a caminhada do herói em direção à Trácia que se passou o episódio da ressurreição de *Alceste*, tema de que se aproveitou Eurípides em sua tragédia homônima, que traduzimos para Bruno Buccini Editor, Rio de Janeiro, 1968. Quando Héracles passou pela Tessália, mais precisamente por sua capital, Feres, o luto se apossara do palácio real. É que o rei, Admeto, tendo sido sorteado pelas Queres para baixar ao Hades, conseguira, por intervenção de Apolo, que as Moiras o poupassem, até novo sorteio, se alguém se oferecesse para morrer em seu lugar. Acontece que a empresa não era fácil e até mesmo os pais de Admeto, já idosos, recusaram-se a fazer tão grande sacrifício pelo filho. Somente *Alceste*, sua esposa, apesar de jovem e bela, num gesto heroico, espontaneamente se prontificou a dar a vida pelo marido. Quando Admeto se preparava para solenemente celebrar as exéquias da esposa, eis que surge Héracles, pedindo-lhe hospitalidade. Não obstante a tristeza e o luto que pesavam sobre o palácio real, o rei de Feres acolheu dignamente o filho de Alcmena. Ao ser informado, um pouco mais tarde, do que se passava, Héracles, apelando para seus braços possantes, dirigiu-se apressadamente para o túmulo da rainha. E foi num combate gigantesco que o grande herói levou de vencida a *Thánatos*, a Morte, arrancando de suas garras a esposa de Admeto, Alceste, mais jovem e mais bela que nunca.

Para Paul Diel, do ponto de vista simbólico, sendo as éguas, no relato em pauta, "símbolo da perversidade, as éguas antropófagas de Diomedes configuram a perversidade que devora o homem: a banalização, causa da morte da alma"[7].

---

7. Ibid., p. 208.

CINTURÃO DA RAINHA HIPÓLITA

Foi a pedido de Admeta, filha de Euristeu e sacerdotisa de Hera argiva, que Héracles, acompanhado por alguns voluntários, inclusive Teseu, seguiu para o fabuloso país das Amazonas, a fim de trazer para Admeta o famoso Cinturão de Hipólita, rainha dessas guerreiras indomáveis. Tal Cinturão havia sido dado a Hipólita pelo deus Ares, como símbolo do poder temporal que a Amazona exercia sobre seu povo. A viagem do herói teve um incidente mais ou menos sério. Tendo feito escala na ilha de Paros, dois de seus companheiros foram assassinados pelos filhos de Minos. É que Nefálion, um dos filhos do rei cretense com a ninfa Pária, havia se estabelecido na ilha supracitada com seus irmãos Eurimedonte, Crises e Filolau e com dois sobrinhos, Alceu e Estênelo. Pois bem, foram esses filhos de Minos que, com seu gesto impensado, provocaram a ira de Héracles, que, após matar os quatro irmãos, ameaçou exterminar com todos os habitantes de Paros. Estes mandaram-lhe uma embaixada, implorando-lhe que escolhesse dois cidadãos quaisquer da ilha em substituição aos dois companheiros mortos. O herói aceitou e, tendo tomado consigo Alceu e Estênelo, prosseguiu viagem, chegando ao porto de Temiscira, pátria das Amazonas. Hipólita concordou em entregar-lhe o Cinturão, mas Hera, disfarçada numa Amazona, suscitou grave querela entre os companheiros do herói e as habitantes de Temiscira. Pensando ter sido traído pela rainha, Héracles a matou. Uma variante relata que as hostilidades se iniciaram, quando da chegada de Alcides. Tendo sido feita prisioneira uma das amigas ou irmã de Hipólita, Melanipe, a rainha das Amazonas concluiu tréguas com o filho de Alcmena e concordou em entregar-lhe o Cinturão em troca da liberdade de Melanipe.

Foi no decorrer dessa luta, relata uma variante, que Teseu, por seu valor e desempenho, recebeu de Héracles, como recompensa, a Amazona Antíope.

No retorno dessa longa expedição, o herói e seus companheiros passaram por Troia, que, no momento, estava assolada por uma grande peste. O motivo do flagelo, já relatado no Vol. II, p. 92, foi a recusa do rei Laomedonte em pagar a Apolo e a Posídon os serviços prestados por ambos na construção das muralhas de Ílion. Enquanto Apolo lançara a peste contra Tróada, Posídon fizera surgir do mar um monstro que lhe dizimava a população. Consultado o oráculo, este revelou que a peste só teria fim se o rei expusesse sua filha Hesíona para ser devorada pelo monstro. A jovem, presa a um rochedo, estava prestes a ser estraçalhada pelo dragão, quando Héracles chegou. O herói prometeu a Laomedonte salvar-lhe a filha, se recebesse em troca as éguas que Zeus lhe ofertara por ocasião do rapto de Ganimedes. O rei aceitou, feliz, a proposta do herói e este, de fato, matou o monstro e salvou Hesíona. Ao reclamar, todavia, a recompensa prometida, Laomedonte se recusou a cumpri-la. Ao partir de Troia, Héracles jurou que um dia voltaria e tomaria a cidade. E o cumpriu, segundo se verá.

Para Paul Diel a vitória de Héracles sobre as Amazonas é extremamente significativa, porquanto se trata de "um símbolo representativo de um dos dois aspectos da escolha nefasta que concerne necessariamente quer à mulher muito dominadora, quer à muito banal. Ora, as Amazonas são simbolicamente caracterizadas como mulheres assassinas de homens: no fundo, desejam substituí-los, rivalizar com os mesmos, opondo-se a eles, combatendo-os, ao invés de completá-los. Já que todo simbolismo se reporta à vida da alma, a Amazona, assassina da alma, é, indubitavelmente, a mulher que se opõe, de maneira doentia, histérica, à qualidade essencial, a única que interessa ao mito: o impulso espiritual. Esse antagonismo embota a força essencial, própria da mulher, a qualidade de amante e de mãe, o calor da alma. Existem, claro está, mulheres cuja força espiritual ultrapassa a da maioria dos homens. A exclusividade da escolha só tem importância para o homem e a mulher dotados de qualidades que ultrapassam a norma e que, para se desenvolver, exigem a complementação; e o que o mito estigmatiza através do símbolo 'Amazona' (o que a mulher neurótica realiza) é a ausência da virtude especificamente feminina e a predominância de uma rivalidade exaltada, puramente imaginativa, com a virtude masculina. O símbolo 'Héracles, vencedor da rainha das Amazonas', exclui da história do herói, atraído pela banalização, o atrativo contagiante de um tipo feminino, que, normalmente, é perigoso para os heróis sentimentais"[8].

Os *Trabalhos* de Héracles, tomados em bloco, configurariam a luta contra a banalização.

---

8. Ibid., p. 207.

Paul Diel preocupou-se, todavia, apenas com o lado "amazônico" da excursão vitoriosa do herói, mas deixou de lado o motivo principal da viagem, a busca do *Cinturão* de Hipólita.

Na realidade, o *cinturão*, conforme nos mostram Chevalier e Gheerbrant, possui um simbolismo muito rico. Vamos tentar sintetizá-lo.

O *cinturão* ou simplesmente o *cinto*, atado em torno dos rins, por ocasião do nascimento, religa o *um* ao *todo*, ao mesmo tempo que liga o indivíduo. Toda a ambivalência de sua simbólica está resumida nestes dois verbos, ligar e religar.

Religando, o cinto dá maior segurança e tranquilidade, reanima, transmite força e poder; *ligando*, acarreta, ao revés, a submissão, a dependência e, por conseguinte, a restrição, escolhida ou imposta, da liberdade. Materialização de um engajamento, de um juramento, de um voto feito, o cinto assume um valor iniciático, sacralizante e, materialmente falando, torna-se uma insígnia visível, as mais das vezes honrosa, que traduz a força e o poder de que está investido seu portador. Para não multiplicar os exemplos, é bastante observar as "faixas" dos judocas, de cores variadas e significativas, os cinturões, em que se penduram as armas e os inumeráveis cintos votivos, iniciáticos e de aparato, mencionados pelas tradições e ritos de todas as culturas.

Na *Bíblia*, o cinto é símbolo de uma união estreita, de um vínculo permanente, no duplo sentido de união na bênção e de tenacidade na maldição (Sl 108,18-19):

> *Vestiu-se de maldição como de veste,*
> *e ela penetrou como água nas suas entranhas,*
> *e como azeite nos seus ossos.*
> *Que ela seja para ele o vestido com que se cobre,*
> *e como o cinto com que se cinge.*

Os judeus celebravam a Páscoa, consoante a ordem de Javé, com um cinto em torno dos rins[9], pois que o *cinto*, como está em Jr 13,1-11, é um elo precioso que une Javé a seu povo.

---

9. CHEVALIER, J. & GHEERBRANT, A. Op. cit., p. 185s.

A composição simbólica do cinturão espelha a vocação de seu portador, configura a humildade ou o poder, designando sempre uma escolha e um exercício concreto dessa escolha. Quando Cristo diz a Pedro que, jovem, ele se cingia, mas um tempo viria em que outro o haveria de cingir (Jo 21,18), isto significa também que Pedro podia outrora escolher seu destino, mas que, depois, ele compreenderia o apelo da vocação:

Em verdade, em verdade te digo: quando eras mais moço, cingias-te e ias aonde desejavas; mas, quando fores velho, estenderás as tuas mãos, outro te cingirá e te levará para onde tu não queres.

O cinto é igualmente apotropaico: protege contra os maus espíritos, como os "cinturões" de proteção em torno das cidades as defendem dos inimigos.

Para Auber, citado por Chevalier e Gheerbrant, "cingir os rins nas caminhadas ou em toda e qualquer ação viva e espontânea significava para os antigos uma prova de energia e, por conseguinte, de desprezo pela frouxidão e indolência; era ainda um sinal de continência nos hábitos e de pureza no coração [...]. Para S. Gregório, cingir os rins era um símbolo de castidade"[10]. É nesse sentido que, ligado à continência, pode-se interpretar o cinto de couro ou corda, usado em certas ordens e congregações religiosas. Mas o símbolo não para por aí, pois que os rins, consoante a *Bíblia*, configuram também não só o *poder* e a *força*, mas igualmente a *justiça*, como diz *Isaías* 11,5:

A justiça será o cinto dos seus lombos e a fé o talabarte de seus rins.

Símbolo de ligar e religar, símbolo de humildade e submissão, símbolo do poder e da justiça, mas igualmente do "poder castrador", símbolo da continência, o Cinturão de Hipólita passou do "poder castrador" para o poder de continência: deixou de ser usado por uma Amazona, para guarnecer os rins de Admeta, sacerdotisa de Hera.

BOIS DE GERIÃO

Quinto Horácio Flaco, numa *Ode*, 2,14,7s, deveras melancólica, nos fala do *tríplice Gerião*, retido para sempre na água sinistra, que será, um dia, transposta

---

10. Ibid., p. 185.

por todos nós... Gerião, filho de Crisaor e, portanto, neto de Medusa, era um gigante monstruoso de três cabeças, que se localizavam num corpo tríplice, mas somente até os quadris. Habitava a ilha de Eritia, situada nas brumas do Ocidente, muito além do imenso Oceano, segundo já se falou no Vol. I, p. 254. Seu imenso rebanho de bois vermelhos era guardado pelo pastor Eurítion e pelo monstruoso cão Ortro, filho de Tifão e Équidna, não muito longe do local onde também Menetes pastoreava o rebanho de Plutão, o deus dos mortos. Foi por ordem de Euristeu que Héracles deveria se apossar do rebanho do Gigante e trazê-lo até Micenas. A primeira dificuldade séria era atravessar o Oceano. Para isso tomou por empréstimo a *Taça do Sol*. Tratava-se, na realidade, de uma *Taça* gigantesca, em que Hélio, o Sol, todos os dias, à noitinha, após mergulhar nas entranhas catárticas do Oceano, regressava a seu palácio, no Oriente. A cessão da Taça por parte de Hélio não foi, entretanto, espontânea. O herói já caminhava, havia longo tempo, pelo extenso deserto da Líbia, e os raios do Sol eram tão quentes e o calor tão violento, que Héracles ameaçou varar o astro com suas flechas. Hélio, aterrorizado, emprestou-lhe sua *Taça*. Chegando à ilha de Eritia, defrontou-se, de saída, com o cão Ortro, que foi morto a golpes de clava.

Em seguida, foi a vez do pastor Eurítion. Gerião, posto a par do acontecido pelo pastor Menetes, entrou em luta com o herói, às margens do rio Ântemo, mas foi liquidado a flechadas. Terminadas as justas, embarcou o rebanho na *Taça do Sol* e reiniciou a longa e penosa viagem de volta, chegando primeiramente a Tartesso, cidade da Hispânia Bética, localizada na foz do rio Bétis. Foi durante todo esse tumultuado retorno à Grécia que se passou a maioria das gestas extraordinárias, que são atribuídas ao filho de Zeus no Mediterrâneo ocidental. Já em sua viagem de ida libertara a Líbia de um sem-número de monstros e, em seguida, para lembrar sua passagem por Tartesso, ergueu duas colunas, de uma e de outra parte, que separa a Líbia da Europa, as chamadas *Colunas de Héracles*, isto é, o Rochedo de Gibraltar e o de Ceuta.

Em seu caminho de volta, foi diversas vezes atacado por bandidos, que lhe cobiçavam o rebanho. Tendo partido pelo Sul e pelas costas da Líbia, Héracles regressou pelo Norte, seguindo as costas da Espanha, e depois as da Gália, passando pela Itália e a Sicília, antes de penetrar na Hélade. Todo esse complicado itinerário do herói estava, outrora, juncado de Santuários a ele consagrados. A todos estavam vinculadas lendas e mitos locais, que mantinham, de certa forma, alguma relação com o episódio do Rebanho de Gerião. Na Ligúria foi atacado por um bando de aborígenes belicosos. Após grande carnificina, o herói, percebendo que não havia mais flechas em sua aljava e, como estivesse em grande perigo, invocou a seu pai Zeus, que fez chover pedras do céu e com estas pôs em fuga os inimigos. Ainda na Ligúria, dois filhos de Posídon, Ialébion e Dercino, tentaram tomar-lhe os bois, mas foram mortos após cruenta disputa.

Continuando seu caminho através da Etrúria, atingiu o Lácio, em cuja travessia, exatamente no local onde se ergueria a futura Roma, foi obrigado a matar o monstruoso e hediondo Caco, cujo mito é relatado pormenorizadamente por Evandro a Eneias (*Eneida*, 8,193-267). Após ser hospedado pelo rei Evandro, o herói prosseguiu viagem, mas em Régio, na Calábria, fugiu-lhe um touro, que atravessou a nado o estreito que separa a Itália da Sicília e foi, desse modo, que miticamente a *Itália* recebeu seu nome, pois que, em latim, *uitulus* significa "vitelo, vitela, bezerro". Héracles foi ao encalço do animal e, para reavê-lo, teve que lutar e matar o rei Érix, deixando-lhe o reino entregue aos nativos, mas profetizando que, um dia, um seu descendente se apoderaria do mesmo. Isto realmente aconteceu, na época histórica, quando um "descendente" de Héracles, o lacedemônio Dorieu, fundou uma colônia, na Sicília, na região dos Élimos.

Finalmente, o herói, com todas as cabeças de gado, encaminhou-se para a Grécia; mas ao tocar a margem helênica do mar Jônio, o rebanho inteiro foi atacado por moscardos, enviados por Hera. Enlouquecidos, os animais se dispersaram pelos contrafortes das montanhas da Trácia. O herói os perseguiu e cercou por todos os lados, mas só conseguiu reunir uma parte. O rio Estrímon, que, por todos os meios, procurara dificultar essa penosa caçada ao rebanho disperso, foi amaldiçoado e é por isso que seu leito está coberto de rochedos, tornando-o impraticável à navegação.

Ao termo dessa acidentada "peregrinação iniciática", o infatigável filho de Alcmena entregou ao rei de Micenas o que sobrara do rebanho, que foi sacrificado a Hera.

Angelo Brelich observa argutamente que o roubo do rebanho e a disputa pelo mesmo têm um sentido religioso e social no mito, grandemente significativo.

Tem razão o autor, ao afirmar que os heróis raramente se dedicam ao furto de tesouros, como Trofônio e os seus, mas sim ao de rebanhos, assunto muito frequente na mitologia heroica. Pausânias, 4,6,3ss, viu bem a origem social do problema, ponderando que a riqueza "naqueles tempos" consistia antes do mais na posse de grandes armentos. Diga-se, aliás, de caminho, que em latim *pecunia*, "dinheiro, riqueza", provém de *pecu*, "rebanho", donde *peculium*, "pecúlio", pequena parte do rebanho doada ao escravo, que guardava o armento; depois, pecúlio tomou um sentido mais lato de propriedade particular; de *pecu* se derivou igualmente, em latim, *peculatus*, concussão, "*peculato*", que seria, fugindo "em parte" aos moldes jurídicos, uma como que rapinagem do suor do rebanho-povo... Acrescente-se logo que, se o latim *grex, gregis* possui também o sentido de "rebanho, manada", *egregius*, "egrégio, importante", é a "grei", a ovelha ou o carneiro de escol, tirado do (*e*) rebanho (*grex, gregis*), como diz o gramático Sextus Pompeius Festus, *De Verborum Significatione*, "Acerca do significado das palavras", 21,20: *unde et egregius dictus e grege lectus*, "donde também egrégio se diz do que foi escolhido *do rebanho (e grege)*".

Voltemos, porém, à pilhagem e à disputa do rebanho, a grande fonte de riquezas, *illo tempore*. Vimos como Héracles, após furtar os bois de Gerião, foi assediado em todo o percurso de seu retorno à Hélade por outras personagens míticas, que tentam arrebatar-lhe o rebanho, como Ialébion e Dercino (Apol., 2,109), o monstruoso Caco e Érix. Grandes acontecimentos míticos, acrescenta Brelich[11], se relacionam com o rebanho, pouco importa que seja com o furto, a defesa ou com a vingança pelo roubo do mesmo. Hesíodo, *Trabalhos e Dias*, 161-163, falando dos heróis criados por Zeus, acrescenta que, na Guerra Tebana, muitos deles "pereceram, lutando em defesa dos rebanhos de Édipo". O litígio entre Anfitrião e Ptérela, segundo se viu, teve por causa o roubo do rebanho de Eléctrion.

O furto de rebanhos, no entanto, se prende igualmente a um motivo de caráter religioso: o casamento. O cometimento central de Melampo em furtar os bois

---

11. BRELICH, Angelo. Op. cit., p. 258ss.

de Fílaco e do filho deste último, Íficlo, era possibilitar que seu próprio irmão Bias obtivesse a mão de Pero, filha de Neleu, em troca do rebanho furtado (*Od.*, XI, 281ss). A exigência de um rebanho como preço da mão de uma jovem aparece igualmente no mito de Ifídamas.

É preciso levar em conta, entretanto, que o rapto de mulheres e o furto de rebanhos, fatos em si mesmos reprováveis e reprovados pela sensibilidade moderna e certamente pelo classicismo grego, eram empreendimentos comuns e normais naquela época de formação dos mitos e espelhavam o hábito real de uma sociedade arcaica de guerreiros nômades. Desse modo, pode-se acreditar que esses roubos e raptos se constituíam, ao contrário, em gestas extraordinárias e dignas de um herói.

No que diz respeito ao simbolismo dessa exaustiva tarefa do herói, Paul Diel julga que a morte de Gerião, o gigante de três corpos, configura a vitória de Héracles sobre o índice de três formas de perversidade: a vaidade banal, a devassidão e a dominação despótica.

BUSCA DO CÃO CÉRBERO

O décimo primeiro Trabalho imposto por Euristeu ao primo foi a κατάβα - σις (katábasis), a "catábase" ao mundo dos mortos, para de lá trazer Cérbero, cão de três cabeças, cauda de dragão, pescoço e dorso eriçados de serpentes, guardião inexorável do reino de Hades e Perséfone. Impedia que lá penetrassem os vivos e, quando isto acontecia, não lhes permitia a saída, a não ser com ordem expressa de Plutão.

Jamais Héracles, como Psiqué, teria podido realizar semelhante proeza, se não tivesse contado, por ordem de Zeus, com o auxílio de Hermes e Atená, quer dizer, com o concurso do que não erra o caminho e da que ilumina as trevas. Pessoalmente, o herói se preparou, fazendo-se iniciar nos Mistérios de Elêusis, que, entre outras coisas, ensinavam como se chegar com segurança à outra vida.

Segundo a tradição mais seguida, o herói desceu pelo cabo Tênaro, na Lacônia, uma das entradas clássicas que dava acesso direto ao mundo dos mortos.

Vendo-o chegar ao Hades, os mortos fugiram espavoridos, permanecendo onde estavam apenas Medusa e Meléagro. Contra a primeira o herói puxou a espada, mas Hermes o advertiu de que se tratava apenas de um *eídolon*, de uma sombra vã; contra o segundo, Héracles retesou seu arco, mas o desventurado Meléagro contou-lhe de maneira tão comovente seus derradeiros momentos na terra, que o filho de Alcmena se emocionou até as lágrimas: poupou-lhe o *eídolon* e ainda prometeu que, no retorno, lhe desposaria a irmã Dejanira. O mito de Meléagro, cuja vida dependia do tempo em que ficasse aceso um tição, e a luta de Héracles com o rio Aqueloo pela mão de Dejanira, já foram relatados, respectivamente, nos Vols. I, p. 274, e II, p. 182.

Mais adiante, encontrou Pirítoo e Teseu, vivos, mas presos às cadeiras, em que se haviam sentado no banquete fatal, assunto de que se tratará no capítulo seguinte. Um pouco mais à frente deparou com Ascálafo e resolveu libertá-lo. Esse Ascálafo, filho de uma ninfa do rio Estige e de Aqueronte, estava presente no jardim do Hades, quando Perséfone, coagida por Hades, comeu um grão de romã, o que lhe impedia a saída do mundo ctônio. Tendo-a denunciado, o filho de Aqueronte foi castigado por Deméter, que o transformou em coruja, segundo se viu no cap. I, 4, do Vol. II. Existe, porém, uma variante: para castigar a indiscrição de Ascálafo, a senhora de Elêusis colocara sobre ele um imenso rochedo. Foi desse tormento que o herói o libertou, embora a deusa tenha, em contrapartida, substituído um castigo por outro, transformando-o em coruja.

Héracles não foi só o maior dos heróis, mas igualmente o mais humano de todos eles. Mais uma vez o encontramos penalizado com a sorte alheia: vendo que no Hades os mortos eram apenas *eídola*, fantasmas abúlicos, resolveu "reanimá-los", mesmo que fosse por alguns instantes. Para tanto, tendo que fazer libações sangrentas aos mortos, imaginou sacrificar algumas reses do rebanho de Hades. Como o pastor Menetes quisesse impedi-lo até mesmo de se aproximar dos animais, o herói o apertou em seus braços possantes, quebrando-lhe várias costelas. Não fora a pronta intervenção de Perséfone, Menetes iria aumentar, mais cedo, o número dos abúlicos do Hades...

Finalmente Héracles chegou diante de Plutão e, sem mais, pediu-lhe para levar Cérbero para Micenas. Hades concordou, desde que o herói não usasse contra o monstro de suas armas convencionais, mas o capturasse sem feri-lo, revestido apenas de sua couraça e da pele do Leão de Nemeia. Héracles agarrou-se com Cérbero e, quase sufocado, o guardião do reino dos mortos perdeu as forças e aquietou-se. Subindo com sua presa, passou por Trezena e dirigiu-se rapidamente para Micenas. Vendo Cérbero, Euristeu refugiou-se em sua indefectível talha de bronze.

Não sabendo o que fazer com o monstro infernal, Héracles o levou de volta a Plutão.

Embora já se tenha dito alguma coisa a respeito do simbolismo de Cérbero, no Vol. I, p. 255-256, voltaremos ainda ao assunto no capítulo sobre Teseu.

A respeito da κατάβασις (katábasis), da "descida" de Héracles ao Hades, sabe-se que esta configura o supremo rito iniciático: a *catábase*, a morte simbólica, é a condição indispensável para uma *anábase*, uma "subida", uma escalada definitiva na busca da ἀναγνώρισις (anagnórisis), do autoconhecimento, da transformação do que resta do homem velho no homem novo. A esse respeito escreveu acertadamente Luc Benoist: "A viagem subterrânea, durante a qual os encontros com os monstros míticos configuram as provações de um processo iniciático, era, na realidade, um reconhecimento de si mesmo, uma rejeição dos resíduos psíquicos inibidores, um 'despojamento dos metais', uma 'dissolução das cascas', consoante a inscrição gravada no pórtico do templo de Delfos: 'Conhece-te a ti mesmo'"[12].

POMOS DE OURO DO JARDIM DAS HESPÉRIDES

Quando do *hieròs gámos*, do casamento sagrado de Zeus e Hera, esta recebeu de Geia, como presente de núpcias, algumas maçãs de ouro. A esposa de Zeus as achou tão belas, que as fez plantar em seu Jardim, no extremo Ocidente. E, como as filhas de Atlas, que ali perto sustentava em seus ombros a abóbada celeste, costumavam pilhar o Jardim, a deusa colocou os pomos e a árvore em que estavam engastados sob severa vigilância. Um dragão imortal, de cem cabeças, filho de Tifão e Équidna, e as três ninfas do Poente, as *Hespérides*, Egle, Eri-

---

12. BENOIST, Luc. *Signes, symboles et mythes*. Paris: PUF, 1975, p. 69.

tia e Hesperaretusa, isto é, a "brilhante, a vermelha e a Aretusa do poente", exatamente o que acontece com as três colorações do céu, quando o sol vai desaparecendo no ocidente, guardavam, dia e noite, a árvore e seus pomos de ouro. A derradeira tarefa do herói incansável consistia, exatamente, em trazê-los a Euristeu. O primeiro cuidado de Alcides foi pôr-se a par do caminho a seguir para chegar ao Jardim das Hespérides e, para tanto, tomou a direção do Norte. Atravessando a Macedônia, foi desafiado por Cicno, filho de Ares e Pelopia, uma das filhas de Pélias. Violento e sanguinário, assaltava sobretudo os peregrinos, que se dirigiam ao Oráculo de Delfos. Após assassiná-los, oferecia-lhes os despejos a seu pai Ares. Em rápido combate o herói o matou, mas teve que defrontar-se com o próprio deus, que pretendia vingar o filho. Atená desviou-lhe o dardo mortal, e o herói, então, o feriu na coxa, obrigando Ares a fugir para o Olimpo.

Depois, através da Ilíria, alcançou as margens do Erídano (rio Pó) e aí encontrou as ninfas do rio, filhas de Zeus e Têmis, as quais viviam numa gruta. Interrogadas por Héracles, elas lhe revelaram que somente Nereu era capaz de informar com precisão como chegar ao Jardim das Hespérides. Nereu, para não indicar o itinerário, transformou-se de todas as maneiras, mas o filho de Zeus o segurou com tanta força, que o deus das metamorfoses acabou por revelar a localização da *Árvore das Maçãs de Ouro*. Das ondas do mar, residência de Nereu, o herói chegou à Líbia, onde lutou com o gigante Anteu, filho de Posídon e de Geia. De uma força prodigiosa, obrigava a todos os que passavam pelo deserto líbico a lutarem com ele e invariavelmente os vencia e matava. Héracles, percebendo que seu competidor, quando estava prestes a ser vencido, apoiava firmemente *os pés na Terra, sua mãe*, e dela recebia *energias redobradas*, deteve-o no ar e o sufocou. Tomou por esposa, em seguida, a mulher da vítima, Ifínoe, e deu-lhe um filho, chamado Palêmon.

Para vingar seu amigo Anteu, os Pigmeus, que habitavam os confins da Líbia e não tinham mais que um palmo de altura, tentaram matar Héracles, enquanto este dormia. O herói, tendo acordado, pôs-se a rir. Pegou os "inimigos" com uma só das mãos e os levou para Euristeu.

Atravessando o Egito, Héracles quase foi sacrificado por Busíris, tido na mitologia grega como o rei do Egito, mas seu nome não aparece em nenhuma das dinastias faraônicas. Seria *Busíris* uma corruptela de *Osíris*?

Acontece que a fome ameaçava o Egito, pelas más colheitas consecutivas e um adivinho de Chipre, Frásio, aconselhou o rei a sacrificar anualmente um estrangeiro a Zeus, para apaziguar-lhe a cólera e fazer que retornasse a prosperidade ao país. A primeira vítima foi exatamente Frásio. Héracles, logo que lá chegou, o rei o prendeu, enfaixou-o, o coroou de flores (como se fazia com as vítimas) e o levou para o altar dos sacrifícios. O herói, todavia, desfez os laços, matou Busíris e a todos os seus assistentes e sacerdotes. Do Egito passou à Ásia e na travessia da Arábia viu-se forçado a lutar com Emátion, filho de Eos (Aurora) e de Titono e, portanto, um irmão de Mêmnon. Emátion quis barrar-lhe o caminho que levava ao Jardim das Hespérides, porque não desejava que Héracles colhesse os Pomos de Ouro. Após matá-lo, o herói entregou o reino a Mêmnon e atravessou, em seguida, a Líbia até o "Mar Exterior"; embarcou na *Taça do Sol* e chegou à margem oposta, junto ao Cáucaso. Escalando-o, libertou Prometeu. Como sinal de gratidão, o "deus filantropo" aconselhou-o a não colher ele próprio as *Maçãs*, mas que o fizesse por intermédio de Atlas. Continuando o roteiro, Héracles chegou ao extremo ocidente e, de imediato, procurou Atlas, que segurava a abóbada celeste sobre os ombros. Héracles ofereceu-se para sustentar o céu, enquanto aquele fosse buscar *As Maçãs*. O gigante concordou prazerosamente, mas, ao retornar, disse ao filho de Zeus que iria pessoalmente levar os frutos preciosos a Euristeu. Héracles fingiu concordar e pediu-lhe apenas que o substituísse por um momento, para que pudesse colocar uma almofada sobre os ombros. Atlas nem sequer desconfiou. O herói, então, tranquilamente, pegou as *Maçãs de Ouro* e retornou a Micenas. De posse das *Maçãs*, Euristeu ficou sem saber o que fazer com elas e as devolveu a Héracles. Este as deu de presente a *Atená, a deusa da Sabedoria*. A deusa repôs as *Maçãs de Ouro* no Jardim das Hespérides, porque a lei divina proibia que esses frutos permanecessem em outro lugar, a não ser no *Jardim dos Deuses*.

Fechara-se o *Ciclo*. A *gnôsis* estava adquirida. E Héracles *quase pronto* para morrer. Agora, sim, já podia chamar-se *Héracles*, isto é, em etimologia popular, *Hera + Kléos*, "a glória de Hera"...

Para Chevalier e Gheerbrant, a *maçã* é realmente apreciada sob vários enfoques diferentes, "mas todos eles acabam convergindo para um ponto comum, quer se trate do *Pomo da Discórdia*, outorgado a Afrodite por Páris; quer dos *Pomos de Ouro do Jardim das Hespérides*, frutos da imortalidade; quer do *Pomo* consumido por Adão e Eva ou do *Pomo do Cântico dos Cânticos*, que traduz, ensina Orígenes, a fecundidade do Verbo divino, seu sabor e seu odor. Trata-se, em quaisquer circunstâncias, da *maçã* como símbolo ou meio de conhecimento, mas que pode ser tanto o fruto da Árvore da Vida quanto o fruto da árvore da Ciência do bem e do mal: conhecimento unitivo, que confere a imortalidade, ou conhecimento distintivo, que provoca a queda"[13].

E. Bertrand, citado pelos autores do *Dictionnaire des symboles*[14], opina que "o simbolismo da *maçã* lhe advém do fato de a mesma conter em seu interior, formado por alvéolos, que envolvem as sementes, uma estrela de cinco pontas, um *pentagrama*, símbolo tradicional da sabedoria. Eis aí o motivo pelo qual os iniciados fizeram do *pomo* o fruto do conhecimento e da liberdade. E, portanto, *comer a maçã* significa para eles um abuso da inteligência para conhecer o mal, um insulto à sensibilidade por desejá-lo e à liberdade, por fazê-lo. O encasulamento do pentagrama, símbolo do homem-espírito, no interior das carnes da maçã, configura, além do mais, a involução do espírito na matéria carnal".

Alexandre Magno, buscando a *Água da Vida*, na Índia, encontrou maçãs que prolongavam a vida dos sacerdotes por quatrocentos anos. "Na mitologia escandinava a *maçã* é tida como o fruto regenerador e rejuvenescedor. Os deuses comem maçãs e permanecem jovens até o *ragna rök*, vale dizer, até o fecho do ciclo cósmico atual"[15].

Para Paul Diel, a *maçã*, por sua forma esférica, significaria, no seu todo, os desejos terrestres ou a complacência nesses desejos. O interdito de Javé teria como objetivo admoestar o homem contra a predominância desses anseios, que o arrastariam para uma vida animal, por uma espécie de regressão, contraponto da vida espiritualizada, sinal, esta sim, de uma evolução progressiva. Semelhan-

---

13. Ibid., p. 776.
14. Ibid., p. 776.
15. ELIADE, Mircea. *Traité d'histoire des religions*. Paris: Payot. 1949, p. 252.

te advertência divina faria com que o homem tomasse conhecimento dessas duas direções: a escolha entre a via dos desejos materiais e a da espiritualidade. A *maçã* seria, pois, o símbolo desse conhecimento e a opção de uma necessidade, a necessidade de escolha.

A escolha de Héracles foi clara: optou pela via do espírito, preparando-se, destarte, para escalar o último degrau, que o levaria aos braços de Hebe, a *Juventude* perpétua. O herói, mesmo assim, ainda teria que esperar um pouco. O último degrau é sempre o mais difícil. Os sofrimentos em *terra* e no *mar* e, por fim, as chamas no monte Eta, lhe dariam o direito de brindar com Zeus à imortalidade!

4

As aventuras secundárias, os πάρεργα (párerga), "as gestas acessórias", praticadas no curso dos Doze Trabalhos, foram quase todas comentadas neste ou em capítulos anteriores, mas teremos que completá-las.

Uma delas, certamente das mais importantes, foi a morte dos *Centauros*, seres monstruosos, metade homens, metade cavalos. Esse episódio da vida tumultuada do herói está ligado ao Terceiro Trabalho, a caçada ao *Javali de Erimanto*.

Quando o filho de Alcmena se dirigia para a Arcádia, passou pela região de Fóloe, onde vivia o Centauro Folo, epônimo do lugar. Dioniso o presenteara com uma jarra de vinho hermeticamente fechada, recomendando-lhe, todavia, que não a abrisse, enquanto Héracles não lhe viesse pedir hospitalidade. Segundo outra versão, a jarra era propriedade comum de todos os Centauros. De qualquer forma, acolheu hospitaleiramente o herói, mas tendo este, após a refeição, pedido vinho, Folo se escusou, argumentando que o único vinho que possuía só podia ser consumido em comum pelos Centauros. Héracles lhe respondeu que não tivesse medo de abrir a jarra e Folo, lembrando-se da recomendação de Dioniso, o atendeu. Os Centauros, sentindo o odor do licor de Baco, armados de rochedos, árvores e troncos avançaram contra Folo e seu hóspede. Na refrega, Héracles matou dez dos irmãos de seu hospedeiro e perseguiu os demais até o cabo Mália, onde o Centauro Élato, tendo se refugiado junto a Quirão, foi ferido por uma flecha envenenada de Héracles, que, sem o desejar, atingiu igualmente o grande educador dos heróis, provocando-lhe um ferimento incurável, conforme se comentou, em nota, no Vol. II, p. 92. Quando se ocupava em sepultar seus companheiros mortos, Folo, ao retirar uma flecha do corpo de um Centauro, deixou-a cair no pé e, mortalmente ferido, sucumbiu logo depois. Após fazer-lhe magníficos funerais, o herói prosseguiu em direção ao monte Erimanto.

Uma outra aventura de "estrada" está vinculada ao Sexto Trabalho, a limpeza dos *Estábulos de Augias*. Banido da Élida pelo rei, Héracles refugiou-se em Óleno, na corte de Dexâmeno. As versões diferem muito, mas todas convergem para um ponto comum: a tentativa do Centauro Eurítion de violar Hipólita ou Mnesímaca, filha de Dexâmeno. Conta-se que o rei dera a filha em casamento ao arcádio Azane. Eurítion, convidado para o banquete das núpcias, tentou raptar a noiva, mas Héracles, chegando a tempo, o matou.

Uma outra versão dá conta de que o herói seduzira Hipólita, mas prometera que, após executar sua tarefa junto a Augias, voltaria para desposá-la. Na ausência de Héracles, Eurítion resolveu cortejar a moça. Dexâmeno, por medo do violento Centauro, não ousou contrariar-lhe a vontade e marcou o casamento. Foi então que o herói chegou e matou a Eurítion, casando-se com Hipólita.

Algumas gestas de Héracles são praticamente independentes do grande ciclo dos *Doze Trabalhos*. Uma delas já havia sido anunciada pelo próprio herói, que prometera regressar a Troia, para vingar-se de Laomedonte, que não lhe dera a recompensa prometida pela libertação de Hesíona, segundo se viu mais acima, por ocasião do retorno de Héracles do país das Amazonas.

Tendo reunido um respeitável exército de voluntários, partiu o filho de Alcmena com dezoito naves de cinquenta remadores cada uma. Uma vez no porto de Ílion, deixou os navios sob os cuidados de uma guarnição, comandada por Ecles, e dirigiu-se para as muralhas de Troia com o grosso de seus soldados.

Laomedonte, estrategicamente, atacou os navios e matou Ecles, mas o herói, voltando rapidamente sobre seus passos, obrigou o rei, como aconteceria "mais tarde" com os Troianos, a refugiar-se por trás das muralhas de Ílion. Isso feito, começou o cerco da cidade, que, aliás, não durou muito, porquanto um dos bravos voluntários da expedição, Télamon, transpôs, por primeiro, as muralhas de Troia. Furioso e já possuído da *hýbris*, por ter sido ultrapassado em valor, o herói investiu sobre o companheiro para matá-lo. Télamon, num gesto rápido, abaixou-se e começou a ajuntar pedras. Intrigado, o filho de Zeus e Alcmena perguntou-lhe o motivo de comportamento tão estranho. Télamon respondeu-lhe, ateniensemente, que reunia pedras para levantar um altar a *Héracles Vitorioso*. Satisfeito e comovido, o herói lhe perdoou a audácia... Tomada a cidade, o *Vitorioso* matou a flechadas a Laomedonte e a todos os seus filhos homens, exceto *Podarces*, ainda muito jovem. Casou Hesíona com Télamon e pôs à disposição da princesa o escravo que a mesma desejasse. Hesíona escolheu seu irmão Podarces e como Héracles argumentasse que aquele deveria primeiro tornar-se escravo e, em seguida, ser comprado por ela, a princesa retirou o véu com que se casara e o ofereceu como resgate do menino. Esse fato explica a mudança de nome de *Podarces* para *Príamo*, o futuro rei de Troia, nome que "miticamente" significaria o "comprado", o "resgatado"[16].

No retorno, o herói se envolveu, melhor dizendo, foi envolvido em duas novas aventuras. Uma, graças a Hera, que, com o indispensável auxílio de Hipno, pôs o esposo Zeus a dormir profundamente e, aproveitando-se disso, levantou uma grande tempestade, que lançou o navio do herói nas costas da ilha de Cós. Os habitantes, pensando tratar-se de piratas, receberam os vencedores de Troia a flechas e pedras. Tal atitude hostil não impediu o desembarque do herói e seus comandados, que, em ação rápida, tomaram a ilha e mataram o rei Eurípilo. Héracles uniu-se, em seguida, à filha de Eurípilo, Calciopeia, e fê-la mãe de Téssalo, cujos filhos, Fidipo e Ântifo, tomarão parte mais tarde na Guerra de Troia. Destruída Ílion, Fidipo e Ântifo estabeleceram-se na Tessália, assim chamada em homenagem a seu pai Téssalo.

Há uma variante que narra o desembarque em Cós de maneira diversa. Na tempestade todos os navios foram tragados pelas ondas, exceto o do herói. Tendo este desembarcado na ilha, encontrou o filho de Eurípilo, Antágoras, que guardava o rebanho paterno. Héracles, com fome, pediu-lhe um carneiro, mas Antágoras propôs o animal como prêmio ao vencedor de uma justa entre os

---

16. Πρίαμος (Príamos), "Príamo", provém possivelmente da raiz *prei*, *pri*, como se pode ver pelo latim *prior*, "anterior", *pri(s)-mo > primus*, "o primeiro, o chefe, o guia"; veja-se o grego πράμος (prámos), πρόμος (prómos), "o que luta na primeira linha, o primeiro, o chefe".

dois. Como a população da ilha julgasse que Antágoras estivesse sendo atacado, avançou furiosa contra o herói. Afogado pela multidão, Héracles refugiou-se na cabana de uma mulher e, travestido, conseguiu fugir, dirigindo-se para a planície de Flegra, onde tomaria parte, ao lado dos deuses, na luta contra os Gigantes, segundo se comentou no Vol. I, p. 222.

Outra vitoriosa expedição de Héracles foi contra Pilos, cujo rei Neleu tinha onze filhos, sendo o mais velho Periclímeno e o caçula, Nestor.

Héracles se havia irritado com Neleu, que se recusara a purificá-lo, quando do assassinato de Ífito, cuja desdita se verá mais abaixo. Periclímeno tivera mesmo a audácia de expulsar o herói da cidade de Pilos, tendo-se a isto oposto unicamente o caçula, Nestor. Diga-se, de passagem, que a vingança de Héracles contra o rei de Pilos vinha-se amadurecendo há muito tempo, porquanto, na guerra contra Orcômeno, Neleu lutara contra Héracles e os Tebanos, por ser genro de Ergino, ou ainda porque o rei de Pilos tentara apoderar-se de uma parte do rebanho de Gerião. Seja como for, o herói tinha motivos de sobra para invadir Pilos e o fez. O episódio principal da guerra foi a luta entre Héracles e Periclímeno. Este possuía por pai "divino" a Posídon, que dera ao filho o dom de transformar-se no que desejasse: águia, serpente, dragão, abelha... Para atacar o filho de Alcmena, Periclímeno metamorfoseou-se em abelha e pousou na correia que lhe prendia os cavalos. Atená, vigilante, advertiu a Héracles da proximidade do inimigo, que foi morto por uma flecha ou esmagado entre os dedos do herói. Durante a batalha, Héracles causou ferimentos em várias divindades: feriu a deusa Hera, no seio, com uma flecha; Ares, na coxa, com a lança, bem como a Posídon e Apolo com a espada.

Tomada Pilos, o filho de Zeus e Alcmena matou a Neleu e a todos os seus filhos, exceto Nestor, que outrora lhe advogara a purificação. Ao filho caçula de Neleu, aliás, consoante uma tradição conservada por Pausânias, foi entregue o reino de Pilos.

Uma terceira expedição do herói foi dirigida contra Esparta, onde reinavam Hipocoonte e seus vinte filhos, os hipocoôntidas, que haviam exilado os herdeiros legítimos do poder, Icário e Tíndaro. O motivo alegado para essa guerra foi de repor no trono de Esparta os dois príncipes injustamente afastados do mesmo, mas havia uma motivação especial por parte de Héracles: vingar a morte violenta de seu sobrinho Eono. Este passeava por Esparta, quando repentinamente, ao passar diante do palácio real, foi atacado por um cão, de que se defendeu, atirando-lhe pedras. Os hipocoôntidas, que certamente já buscavam um pretexto para eliminá-lo, avançaram sobre Eono e espancaram-no até a morte. Existe ainda uma versão que atesta terem sido os hipocoôntidas aliados de Neleu na guerra precedente.

Héracles reuniu seus companheiros na Arcádia e pediu o auxílio do rei Cefeu e de seus vinte filhos. Embora hesitante, o rei com seus filhos seguiu o herói. Foi uma luta sangrenta, mas coroada por grande vitória, embora o herói fosse obrigado a lamentar não apenas a morte de seu aliado o rei Cefeu e de seus filhos, mas igualmente a de seu irmão Íficles. Esmagados os hipocoôntidas e entregue o trono a Tíndaro, Héracles dirigiu-se para o monte Taígeto, onde, no templo de Deméter Eleusínia, foi curado por Asclépio de um ferimento na mão, provocado por um dos hipocoôntidas.

Para comemorar vitória tão importante, mandou erguer em Esparta dois templos, um em honra de Atená e outro em homenagem a Hera, que nenhuma atitude hostil tomara contra ele nesta campanha.

A derradeira expedição do herói se deveu à chamada *aliança com Egímio*, rei dos Dórios.

Este rei era filho de Doro, ancestral mítico e epônimo dos Dórios. Ameaçado em seu reino pelos violentos Lápitas, a cuja frente estava Corono, Egímio apelou para Héracles, já, a essa época, casado com Dejanira e a quem prometeu um terço de seu reino, em caso de vitória. Com grande facilidade o herói livrou Egímio dos Lápitas, mas recusou pessoalmente a recompensa, pedindo-lhe tão somente que a reservasse para os heraclidas, o que, aliás, foi cumprido à risca por Egímio; este, tendo adotado Hilo, filho de Héracles com Dejanira, dividiu seu reino em três partes iguais: seus filhos Dimas e Pânfilo ocuparam as duas primeiras e Hilo, a terceira.

Após essa vitória, Héracles retomou uma velha disputa com um povo vizinho de Egímio, os Dríopes, que habitavam o maciço do Parnaso. É que, expulso de Cálidon, por motivos que veremos mais abaixo, Héracles, ao atravessar o território dos Dríopes em companhia de Dejanira e de Hilo, o menino teve fome. O herói, tendo visto o rei local Teiódamas preparando-se para arar a terra com uma junta de bois, solicitou-lhe comida para Hilo. Face à recusa descortês e desumana do rei, Héracles desatrelou um dos bois, preso ao arado, e o comeu com a esposa e o filho. Teiódamas correu à cidade e retornou com uma pequena tropa. Apesar da disparidade, Héracles, com o auxílio de Dejanira, que foi ferida em combate, conseguiu repelir os Dríopes, matando-lhes o rei. Como os Dríopes tivessem igualmente se aliado aos Lápitas contra Egímio, o herói resolveu ampliar a campanha, sobretudo para vingar também o deus Apolo, cujo santuário havia sido profanado por Laógoras, novo rei dos Dríopes.

Foi uma guerra muito rápida. Com a morte de seu novo soberano e a invasão de Héracles, os Dríopes abandonaram em definitivo o maciço do Parnaso, fugindo em três grupos: o primeiro para a Eubeia, onde fundaram a cidade de Caristo; o segundo para Chipre e o terceiro foi prazerosamente acolhido por Euristeu, o eterno inimigo, que lhes permitiu fundar três cidades em seu território.

Após a vitória sobre os Dríopes, Héracles seguiu para a cidade de Ormínion, no sopé do monte Pélion, para vingar-se de Amintor, que, certa feita, proibira ao herói atravessar-lhe o reino. Héracles matou o rei e apoderou-se de Ormínion. Diodoro expõe uma variante: Héracles pedira em casamento Astidamia, filha de Amintor. Este, por estar o herói unido a Dejanira, não consentiu nas núpcias. Louco de ódio, Héracles tomou a cidade e levou consigo Astidamia, com quem teve um filho, chamado Ctesipo.

<h2 style="text-align:center">5</h2>

Expostas as aventuras principais de Héracles, vinculadas ou não aos *Doze Trabalhos*, vamos agora acompanhá-lo no denominado *ciclo da morte* e da *apoteose*.

Até o momento, como se pôde observar, apesar de nossos esforços em imprimir uma certa ordem na vida atribulada e nas gestas, por vezes, bastante desconexas do herói, tivemos que fazer concessão ao "mito", e à sua intemporalidade, antecipando aventuras e adiando outras. Felizmente, a partir do *ciclo da morte* e da *apoteose*, o mitologema do filho de Alcmena segue em linha mais ou menos reta, partindo de Dejanira, passando por Íole e Ônfale, e terminando nos braços da divina Hebe. É esse itinerário de liberação do inconsciente castrador materno e do encontro da *anima* que vamos perseguir. Diga-se, a bem da verdade, que esse cosimento do mito e de suas inúmeras variantes se deve, antes do mais, aos poetas trágicos que, coagidos a imitar "uma ação séria e completa, dotada de extensão" e com duração de "um período do sol" (Arist., *Poética*, 1449b), souberam dar unidade ao extenso drama final do herói. Pois bem, o fio condutor desse drama é Dejanira e a tragédia, que elaborou a síntese, foi escrita por Sófocles, *Traquínias*, infelizmente pouco citada pelos que se dedicam ao Teatro grego.

O casamento com Dejanira, viu-se na catábase do herói em *Busca do Cão Cérbero*, foi acertado entre Héracles e Meléagro. A séria dificuldade para obter a mão da princesa, isto é, a luta com o rio Aqueloo, já foi por nós exposta no Vol. I, p. 274-275. Após as núpcias, Héracles permaneceu com a esposa por algum tempo na corte de seu sogro Eneu. Perseguido, todavia, pela fatalidade, matou involuntariamente o pequeno copeiro real, Êunomo, filho de Arquíteles, parente de Eneu. Embora aquele tivesse perdoado ao herói a morte do filho, Héracles não mais quis ficar em Cálidon e partiu com Dejanira e com o filho Hilo, ainda muito novinho. Foi durante essa viagem em direção ao exílio em Tráquis, porque, segundo uma variante, o filho de Zeus fora expulso do reino de Eneu, que o herói travou uma terceira e derradeira luta com Nesso. Esse Centauro habitava as margens do rio Eveno e exercia o ofício de barqueiro.

Apresentando-se Héracles com a família, primeiramente o lascivo Centauro o conduziu para a outra margem, e, em seguida, voltou para buscar Dejanira. No meio do trajeto, como se recordasse de uma grave injúria de Héracles, tentou, para vingar-se, violar Dejanira que, desesperada, gritou por socorro. O herói aguardou tranquilamente que o barqueiro alcançasse terra firme e varou-lhe o coração com uma de suas flechas envenenadas com o sangue da Hidra de Lerna. Nesso tombou e, já expirando, entregou a Dejanira sua túnica manchada com o sangue envenenado da flecha e com o esperma que ejaculara durante a tentativa de violação. Explicando-lhe que a túnica seria para ela um precioso talismã, um filtro poderoso, com a força e a virtude de restituir-lhe o esposo, caso este, algum dia, tentasse abandoná-la.

Com a esposa e o filho chegou finalmente a Tráquis, na Tessália, onde reinava Cêix, sobrinho de Anfitrião. Foi durante sua permanência na corte de seu "primo" Cêix que o herói teve que enfrentar um sério dissabor. Como Êurito, rei de Ecália, "o mais hábil dos mortais no arco", tivesse desafiado a Grécia inteira, prometendo a mão de sua filha Íole a quem o vencesse (veja-se nisso a disputa da mão da princesa), Héracles resolveu competir com seu ex-mestre no manejo do arco e o venceu. Não tendo o rei cumprido a promessa, porque, pessoalmente, ou por conselho de todos os filhos, exceto Ífito, temesse que o herói viesse novamente a enlouquecer e matasse a Íole e os filhos que dela tivesse, Héracles resolveu, como sempre, vingar-se.

A respeito dessa guerra de Héracles contra Êurito há várias versões e variantes. Vamos seguir aquela que nos parece mais lógica. Face, pois, à recusa do rei de Ecália, o herói invadiu a cidade e incendiou-a, após matar Êurito e seus filhos, com exclusão de Ífito e Íole, de quem fez sua concubina. Ífito, que herdara o famoso arco paterno, presente de Apolo a seu pai, partira para Messena, onde, na corte do rei Orsíloco, tendo se encontrado com Ulisses, resolveram ambos, como penhor de amizade, trocar as armas: o esposo de Penélope presenteou Ífito com sua espada e lança e este deu a Ulisses o arco divino com o qual, diga-se logo, o herói da *Odisseia* matará, "bem mais tarde", os pretendentes.

Quando Ulisses encontrou Ífito na cidade de Messena, este andava à procura de um rebanho de éguas ou de bois, que Héracles havia furtado ou, segundo outra versão, que o avô de Ulisses, Autólico, o maior de todos os ladrões da mitologia heroica, havia roubado e confiado a Héracles. Este, interrogado por Ífito, não só se recusou a entregar o rebanho, mas ainda o assassinou. Relata uma outra variante que Héracles era apenas suspeito do roubo e que Ífito o procurara para pedir-lhe ajuda na busca do armento. O herói prometeu auxiliá-lo, mas, tendo enlouquecido pela segunda vez, o lançara do alto das muralhas de Tirinto.

Recuperada a razão, o herói dirigiu-se a Delfos e perguntou à Pítia como poderia, dessa feita, purificar-se. Esta simplesmente se recusou a responder-lhe. Ferido de *hýbris*, o filho de Alcmena ameaçou saquear o santuário e, para provar que não estava gracejando, apossou-se da trípode sagrada, sobre que se sentava a Pitonisa, e disse-lhe que iria fundar em outro local um oráculo novo, a ele pertencente. Apolo veio imediatamente em defesa de sua sacerdotisa e travou-se uma luta perigosa entre os dois. Zeus interveio e os separou com seu raio. Héracles devolveu a trípode, mas a Pítia viu-se coagida a dar-lhe a "penitência" pela morte de Ífito e outras "faltas" ainda não purgadas. Para ser definitivamente purificado, deveria vender-se como escravo e servir a seu senhor por três anos; o dinheiro apurado com a transação seria entregue à família de Ífito como preço de sangue. Comprou-o a rainha da Lídia, Ônfale, por três talentos de ouro.

Durante todo esse tempo, Dejanira permaneceu em Tráquis e o herói levou Íole como sua concubina.

A respeito da nova senhora de Héracles existem duas versões. Originariamente, o mito de Ônfale parece localizar-se na Grécia, mais precisamente no Epiro, onde ela aparece como Epônima da cidade de Onfálion. Muito cedo, porém, o mito foi deslocado para a Lídia, onde se revestiu de opulenta e pitoresca indumentária oriental, ampla e sofregamente explorada pelos poetas e artistas da época helenística. Com deslocamento igualmente de um nome próprio grego, a lindíssima Ônfale passou a ser filha de Iárdano[17], rei da Lídia. Segundo outros autores, a princesa seria filha ou viúva do rei Tmolo, que lhe deixara o reino. Sabedora das proezas de seu escravo, impôs-lhe, basicamente, quatro trabalhos, que consistiam em limpar-lhe o reino de malfeitores e de monstros. O primeiro deles foi contra os *Cercopes*, coletivo para designar dois facínoras que empestavam a Lídia, Euríbates e Frinondas, também chamados Silo e Tribalo, filhos de Teia, uma das filhas de Oceano. Teia, aliás, que lhes apoiava o banditismo, mais de uma vez, os pôs de sobreaviso contra um certo herói, chamado Μελαμπῦγος (Melampýgos), "Melampigo", isto é, "de nádegas escuras", vale dizer, com as nádegas cobertas de pelos negros, que, para os antigos gregos, era um sinal de força. Altíssimos e de uma força descomunal, assaltavam os viajantes e, em seguida, os matavam. Um dia em que Héracles dormia à beira de uma estrada, os Cercopes tentaram acometê-lo, mas o herói despertou e, após dominar os

---

17. Na realidade, Ἰάρδανος (Iárdanos), Iárdano, designa em Homero o nome de um rio da Élida (*Il.*, VII, 735) ou de Creta (*Od.*, III, 292) e só a partir de Heródoto, 1,7, ao que parece, é que surge como rei da Lídia, pai de Ônfale.

filhos de Teia, os amarrou de pés e mãos e prendeu cada um deles na ponta de um longo varal. Colocou o pesado fardo sobre os ombros, como se fazia com os animais que se levavam ao mercado e encaminhou-se para o palácio de Ônfale. Foi nessa posição que Silo e Tribalo, vendo as nádegas de Héracles, compreenderam a profecia de sua mãe e pensaram num meio de libertar-se. Descarregaram sobre o herói uma saraivada tão grande de chistes e graçolas apimentadas, que Héracles, coisa que há muito não experimentava, foi tomado de um incrível bom humor e resolveu soltá-los, sob a promessa de não mais assaltarem e matarem os transeuntes.

O juramento, entretanto, não durou muito e os Cercopes voltaram à sua vida de pilhagem e assassinatos. Irritado, Zeus os transformou em macacos e levou-os para duas ilhas que fecham a baía de Nápoles, Próscia e Ísquia. Seus descendentes aí permaneceram e, por isso, na Antiguidade essas duas ilhas eram denominadas *Pithecusae*, "Ilhas dos Macacos".

A segunda tarefa consistia em libertar a Lídia do cruel Sileu, filho de Posídon. Sileu era um vinhateiro, que obrigava os transeuntes a trabalhar de sol a sol em suas videiras e, como pagamento, os matava. Héracles colocou-se a seu serviço, mas, em vez de cultivar as videiras, arrancou-as a todas e se entregou a todos os excessos. Terminada a faina, matou Sileu com um golpe de enxada.

Segundo a tradição, Sileu possuía um irmão, chamado Diceu, o Justo, cujo caráter correspondia ao significado de seu nome. Após a morte do vinhateiro, o herói hospedou-se na casa de Diceu, que criara e educara uma sobrinha muito bonita, filha de Sileu. Enfeitiçado pela beleza da moça, o herói a desposou. Tendo se ausentado por algum tempo, a jovem esposa, não suportando as saudades do marido, e julgando que ele não mais voltaria, morreu de amor.

Regressando, o herói, desesperado, quis atirar-se a qualquer custo na pira funerária da mulher, sendo necessário um esforço sobre-humano para dissuadi-lo de tão tresloucado gesto.

O terceiro trabalho imposto pela soberana da Lídia tinha por alvo a Litierses, filho de Midas, e denominado o *Ceifeiro maldito*. Hospedava gentilmente todo e qualquer estrangeiro que passasse por suas terras e, no dia seguinte, convidava-o a segar o trigo em sua companhia. Se recusasse, cortava-lhe a cabeça.

Se aceitasse, tinha que competir com ele, que saía sempre vencedor e igualmente decapitava o parceiro, escondendo-lhe o corpo numa paveia.

Héracles aceitou-lhe o desafio e tendo-o vencido e mitigado com uma canção, o matou. Uma variante ensina que o herói resolveu matar Litierses, porque este mantinha por escravo a Dáfnis, que percorria o mundo em busca de sua amante Pimpleia, raptada pelos piratas. Ora, como Litierses a houvesse comprado, iria fatalmente matar o pastor Dáfnis, não fora a intervenção do herói, que, além do mais, após a morte do *Ceifador maldito*, entregou-lhe todos os bens a Dáfnis e Pimpleia.

A quarta e última tarefa consistia em livrar a Lídia dos Itoneus, que constantemente saqueavam o reino. Héracles moveu-lhes guerra sangrenta. Apoderou-se de Itona, a cidade que lhes servia de refúgio; após destruí-la, trouxe todos os sobreviventes como escravos.

Face a tanta coragem, pasma com gestas tão gloriosas e vitórias tão contundentes, Ônfale mandou investigar as origens do herói. Ciente de que era filho de Zeus e da princesa Alcmena, de imediato o libertou e se casou com ele, tendo-lhe dado um filho, chamado Lâmon ou, segundo outras fontes, seriam dois os filhos de Héracles com Ônfale: Áqueles (Agelau) e Tirseno. A partir desse momento, terminaram os trabalhos do filho de Zeus e Alcmena. Todo o tempo restante do exílio, agora doce escravatura, Héracles o passou no ócio, nos banquetes e na luxúria. *Apaixonada* pelo maior de todos os heróis, *Ônfale* se divertia revestida da pele do Leão de Nemeia, brandindo a pesada clava de seu amante, enquanto este, indumentado com os longos e luxuosos vestidos orientais da rainha, fiava o linho a seus pés...

Mas essa modalidade de exílio, ao menos para os heróis, costuma terminar rapidamente e, por isso mesmo, o amante de Ônfale preparou-se para a partida.

Desejando, após a vitória sobre Êurito e o fim do exílio, erguer um altar em agradecimento a seu pai Zeus, mandou um seu servidor, Licas, pedir a Dejanira que lhe enviasse uma túnica que ainda não tivesse sido usada, conforme era de praxe em consagração e sacrifícios solenes. Admoestada pelo indiscreto Licas de que o herói certamente a esqueceria, por estar apaixonado por Íole, Dejanira lembrou-se do "filtro amoroso" ensinado e deixado por Nesso, e enviou-lhe a túnica envenenada com o sangue da Hidra de Lerna e com o esperma do Centauro. Ao vesti-la, a peçonha infiltrou-se-lhe no corpo. Alucinado de dor, pegou Licas por um dos pés e o lançou ao mar. Tentou arrancar a túnica, mas esta se achava de tal modo aderente às suas carnes, que estas lhe saíam aos pedaços. Não mais podendo resistir a tão cruciantes sofrimentos, fez-se transportar de barco para Tráquis. Dejanira, ao vê-lo, compreendendo o que havia feito, se matou. O retorno de Héracles assemelha-se, pois, a uma espécie de *Odisseia* ao contrário. Ulisses, remoçado por Atená, recebe o beijo de sua Penélope, sob os primeiros sorrisos da Aurora de dedos cor-de-rosa; Héracles, com as carnes aos pedaços, contempla, já agonizante, o suicídio de sua Dejanira, sob as maldições silenciosas do monstruoso Centauro Nesso.

Após entregar Íole a Hilo, pedindo que com ela se casasse, tão logo tivesse idade legal, escalou, cambaleando, o monte Eta, perto de Tráquis. No píncaro do monte mandou erguer uma pira e deitou-se sobre ela. Tudo pronto, ordenou que se pusesse fogo na madeira, mas nenhum de seus servidores ousou fazê-lo. Somente Filoctetes, se bem que relutante e a contragosto, acedeu, tendo recebido, por seu gesto de coragem e compaixão, um grande presente do herói agonizante: seu arco e suas flechas. Conta-se que, antes de morrer, Héracles solicitou a Filoctetes, única testemunha de seus derradeiros momentos, que jamais revelasse o local da pira. Interrogado, sempre se manteve firme e fiel ao pedido do herói. Um dia, porém, tendo escalado o monte Eta, sob uma saraivada de perguntas, feriu significativamente a terra com o pé: estava descoberto o segredo. Bem mais tarde (é uma das versões) Filoctetes foi punido com uma ferida incurável no mesmo pé[18].

Tão logo as línguas do fogo começaram a serpear no espaço, fez-se ouvir o ribombar do trovão. Era Zeus que arrebatava o filho para o Olimpo.

Acerca dos momentos derradeiros de Héracles neste vale de lágrimas existe uma variante. O herói não teria morrido torturado pela túnica impregnada do

---

18. O ferimento incurável de Filoctetes (devido a outra causa) e a importância do arco e das flechas de Héracles, para a tomada de Troia, constituem o pano de fundo da tragédia de Sófocles, *Filoctetes*, encenada em 409 a.C.

sangue da Hidra e do sêmen de Nesso, mas se teria abrasado ao sol e se teria lançado num regato caudaloso, perto de Tráquis, para extinguir as chamas, morrendo afogado. O ribeiro, em que se precipitara, teve, a partir daí, suas águas sempre quentes. Esta seria a origem das *Termópilas* (águas termais), entre a Tessália e a Fócida, onde existia e existe até hoje uma fonte de água quente.

A morte de Héracles, em ambas as versões, teve por causa eficiente o *fogo*: era preciso, simbolicamente, que o herói se purificasse por inteiro, despindo-se dos elementos mortais devidos à sua mãe mortal Alcmena. Também Deméter tentou imortalizar nas chamas a Demofonte e Tétis a Aquiles, expondo-o ao calor de uma lareira, esquecendo-se apenas de que o segurava pelo calcanhar!

Admitido entre os Imortais, Hera se reconciliou com o herói: simulou-se, para tanto, um novo nascimento de Héracles, como se ele saísse das entranhas da deusa, sua nova mãe imortal. Sófocles, nas *Traquínias*, 1105, compreendeu bem essa mensagem, ao escrever que, na hora da morte, o herói dissera que "se chamava assim (Héracles, 'a glória de Hera') por causa da mais perfeita das mães".

Seu casamento com *Hebe*, deusa da juventude eterna, é apenas uma ratificação da imortalidade do novo imortal. Se Hebe, até então, servia aos Imortais o *néctar* e a *ambrosia*, penhores da imortalidade, a partir de agora ela *se servirá* a Héracles como garantia dessa mesma imortalidade. Uma imortalidade conseguida por seus trabalhos, sua *timé* e sua *areté*, mas sobretudo por seus sofrimentos: τῷ πάθει μάθος (tôi páthei máthos), "sofrer para compreender", escreveu Ésquilo na *Oréstia* (*Agam.*, 177).

<h1 style="text-align:center">6</h1>

"O mais popular de todos os heróis gregos, como atestam a constância e a frequência de seus aparecimentos na tragédia e particularmente na comédia, foi o único celebrado por todos os Helenos". Seu culto abrangeu uma universalidade tal, que até mesmo uma cidade como Atenas, tão cônscia de suas peculiaridades, não só se vangloriava de haver precedido a todo o mundo grego em prestar honras divinas ao herói (Diod., 4,39,1), mas também de lhe haver consagrado mais santuários do que ao herói ateniense Teseu (Eur., *Héracles*, 1324-1333; Plut., *Teseu*, 35,2).

Cabe, por conseguinte, a indagação: será Héracles um *herói* ou um *deus*? Desde que Sófocles (*Traquínias*, 811) o disse "o mais destemido dos homens"[19], ἄριστος ἀνδρῶν (*áristos andrôn*), ou como o apodaram, com ligeiras alterações sinonímicas, Eurípides (*Héracles*, 183), Aristófanes (*Nuvens*, 1049 e *Hino a Héracles*, já citado), a qualidade de herói atribuída a Héracles não sofreu qualquer solução de continuidade. Afinal, não era o herói definido pelos gregos como um ser à parte, ferido de *hýbris*, excepcional, sobre-humano, consagrado pela morte?

Mas, se entre o homem, o *ánthropos*, e o herói, o *anér*, a diferença se mede pela *timé* e a *areté*, o herói e o deus existe aquele abismo insondável, lembrado por Apolo ao fogoso Diomedes na *Ilíada*, V, 441-442: *haverá sempre duas raças distintas, a dos deuses imortais e a dos homens mortais que marcham sobre a terra*. Eis aí, portanto, o grande paradoxo de Héracles: enquanto filho de Zeus e de Alcmena, apesar de tantas gestas gloriosas, teve que escalar o monte Eta para purgar tantos descomedimentos, inerentes "à sua condição de herói" e desvincular-se, nas chamas, do invólucro carnal; enquanto "iniciado", escala apoteoticamente o monte Olimpo e, como renascido de Zeus e Hera, torna-se imortal entre os Imortais, no júbilo dos festins (*Odisseia*, XI, 601-608).

Ἥρως θεός (*Héros theós*), herói-deus, como diz Píndaro, *Nemeias*, 3,22, Héracles se eternizou nos braços de Hebe, a *Juventude* eterna.

Tomados em conjunto, os *Doze Trabalhos* se constituem na *escada* por que sobe o herói até os píncaros do monte Eta, onde realiza o *décimo terceiro*, a vitória sobre a morte. Observe-se, aliás, que as três últimas tarefas do herói configuram um namoro com *Thánatos*. Em Gerião, o grande pastor, "em seus campos brumosos, muito além do ilustre Oceano", está retratado um segundo Hades; seu cão Ortro, de duas cabeças, é irmão de Cérbero, o guardião do reino das sombras, aonde desce Héracles e de onde retorna vitorioso, com o pastor da morte em seus braços; para colher os pomos de ouro, mais uma vez o filho de Alcmena terá que transpor os limites do imenso Oceano (Eurípides, *Hipólito*, 742ss) e penetrar no jardim encantado das Hespérides cantoras (Hesíodo, *Teog.*, 215, 275,517), sedutoras filhas de Nix (Noite) e irmãs das Queres e das Moîras...

---

19. BONNEFOY, Yves. Op. cit., p. 492.

Este derradeiro Trabalho, diga-se de passagem, "numa versão mais antiga, como atesta Bonnefoy, era suficiente para abrir a Héracles o caminho do Olimpo. Sem conflitos. Sem sofrimentos. E, talvez, sem que lhe fosse necessário morrer a morte de um mortal"[20].

Desse modo, tendo arrostado o Além, Héracles venceu a morte e a tradição multiplicou indefinidamente essa vitória, relembrando como o herói feriu ao deus Hades (*Il.*, V, 395ss) ou prendeu *Thánatos* na cadeia de seus braços (Eurípides, *Alceste*, 846s).

Vencer a morte é um sonho do ideal heroico, que concentra todo o valor da vida na "esfuziante juventude", a ἀγλαὴ ἥβη (aglaè hébe); vencer a velha idade, flagelo terrível, que aniquila os nervos e os músculos dos braços e das pernas do guerreiro. Héracles, o Forte, triunfou portanto da velhice, desposando a eterna Juventude.

A época clássica, no entanto, já impregnada de Orfismo, fez que o herói escalasse o Eta, onde se encerra sua carreira mortal sobre uma pira, "como se, para penetrar no Olimpo, o herói tivesse necessidade de conhecer a morte; como se a morte de Héracles negasse nele a mortalidade: morrer, morrer, porém, através do fogo purificador, sobre o monte Eta, onde reina Zeus" (Sófocles, *Traquínias*, 200, 436, 1191; *Filoctetes*, 728s).

De qualquer forma, só o aniquilamento do Héracles humano permitiu a apoteose do filho de Zeus; mas ainda não se deu a devida importância à tensão que constantemente reenvia Héracles da morte dos mortais para a morte que imortaliza[21].

Na *Introdução ao mito dos heróis* já se fez menção de um fato curioso: muitos e grandes heróis, que tantas vezes contemplaram a morte de perto e de frente, e a desafiaram, pereceram de maneira pouco mais que infantil. Parece que, em dado momento, quando Láquesis sorteia o fio da vida, o herói, por mais astuto que seja, perde o itinerário da luz, como Agamêmnon, Aquiles, Ulisses, Teseu... Hé-

---

20. Ibid., p. 494.

21. Ibid., p. 494.

racles, o Forte, não escapou a essa armadilha da Moîra. Sófocles pôs majestosamente em cena a queda, o desabamento do "mais nobre de todos os homens" convertido num objeto de pena e de ignomínia. O maior exterminador de monstros e de *Gigantes* (Píndaro, *Nemeias*, 7,90; Sófocles, *Traquínias*, 1058s; Eurípides, *Héracles*, 177ss) transforma-se num monstro urrante, vítima da crueldade e traição que ele tantas vezes combateu e venceu.

Fica patente no mito de Héracles que a força física é ambivalente, na medida em que ela se apoia apenas na *hýbris*, no excesso, na "démesure". Assim o herói oscila entre o *ánthropos* e o *anér*, entre o homem ou sub-homem, e o herói, o super-homem, sacudido constantemente, de um lado para outro, por uma força que o ultrapassa, sem jamais conhecer o *métron*, a medida humana de um Ulisses, que soube escapar a todas as emboscadas do excesso. Talvez se pudesse ver nesses dois comportamentos antagônicos a polaridade Ares-Atená, em que a força bruta do primeiro é ultrapassada ou "compensada" pela inteligência astuta da segunda.

Desse modo, antes de ser arrebatado para junto dos Imortais, o filho de Alcmena conheceu, mais e melhor que todos os mortais, a humilhação e o aviltamento. Vistos do Olimpo ou do Hades, seus *Trabalhos* são tidos por *gestas ignominiosas* e *destino miserável* (*Il.*, XIX, 133; *Od.*, XI, 618s): o flagelo dos monstros conheceu a escravidão às ordens de Euristeu ou de Ônfale; por duas vezes *Ánoia* ou *Lýssa* dele se apossaram, levando-o a matar os próprios filhos e essa demência não o abandonou a não ser para reduzi-lo à fragilidade de uma criança ou de uma mulher (Eurípides, *Héracles*, 1424).

O grande momento de sua queda, todavia, se inscreve no episódio do ato final em que Dejanira se transmuta em homem e Héracles em mulher[22]. Na tragédia de Sófocles Dejanira se apunhala, como um herói, como Ájax, em vez de se enforcar, morte tipicamente feminina, segundo a tradição (Sófocles, *Traquínias*, 930s), enquanto o herói *grita e chora como uma mulher*, ele, o Forte, o másculo, que, *no in-*

---

22. Leve-se em conta a ideia grega generalizada da fragilidade física da mulher e de sua capacidade de astúcia cruel (Hécuba, Medeia, Clitemnestra, Fedra...). Acentue-se, de outro lado, que o suicídio normal da mulher se praticava por enforcamento (Fedra, Antígona, Jocasta...).

fortúnio, se revela uma simples mulher (Sófocles, *Traquínias*, 1071-1075). E é *uma mulher com um físico de mulher sem nenhum traço de um macho*, que o destrói, *sem mesmo dispor de um punhal* (Sófocles, *Traquínias*, 1062s). Como Δηιάνειρα (Deiáneira), etimologicamente, talvez provenha do v. δηιοῦν (deïũn), "matar, destruir", e ἀνήρ (anér), "homem, marido", e signifique "a que mata o marido", viu-se em Héracles o símbolo de uma vigorosa denegação da fraqueza face à hostilidade materna de Hera, figurando Dejanira como a mãe perversa[23].

Para encerrar esta parte do capítulo, um derradeiro paradoxo do mais jovem imortal do Olimpo. É deveras impressionante a multiplicidade de facetas que o herói assumiu no *lógos* filosófico e a propensão de sábios e intelectuais, desde os Órficos e Pitagóricos, passando pelos Sofistas, em anexar-lhe a figura como modelo exemplar, como *exemplar uirtutis*. "Desse modo, a força bruta passou a ser um terreno inexplorado para o desenvolvimento desse *exemplar uirtutis* e já que o herói escravizado e humilhado pelos prepotentes se tornou um deus, os moralistas viram no seu destino um símbolo da própria condição humana: a encarnação mesma da eficácia do sofrimento". "Sofrer para compreender", já adiantara o religiosíssimo Ésquilo. Um herói, voltado eminentemente para a φύσις (phýsis), para a "natureza", de repente passa a ser dotado de extraordinária capacidade deliberativa, capaz mesmo de "escolher os Trabalhos" e os sofrimentos como norma de vida, tornando-se um campeão do νόμος (nómos), da lei e dos costumes[24]. E o herói se desdobrou, como se fora executar um décimo quarto Trabalho, que seria a busca da ἀρετή (areté), da "virtude estoica".

Antes que os Sofistas se apoderassem desse novo Héracles, todo reflexão, sentado meditativamente em locais solitários ou nas encruzilhadas, o amante da música, o herói da ação energética da força moral, o justo fatigado e sofredor, a hagiografia órfico-pitagórica já transformara o mito em paradigma significativamente edificante.

Coube, todavia, ao sofista Pródico, século V a.C., autor de um apólogo denominado na tradição latina *Hercules in biuio*, "Héracles na encruzilhada", mos-

---

23. SLATER, Ph. E. *Greek Mythology and the Greek Family*. Boston: BUP, 1968, p. 339 e 352.

24. BONNEFOIY, Yves. Op. cit., p. 496.

trar um herói novo, que, com uma constância invencível, sobrepujou todos os obstáculos, para tornar-se digno de uma glória imperecível. Pois bem, foi desse apólogo que se aproveitou Xenofonte para nos dar em seus ᾽Απομνημονεύματα (Apomnemoneúmata), que o escritor latino Aulo Gélio traduziu por *Commentarii*, "Memórias", "Memoráveis", como querem outros, um retrato de corpo inteiro do *novo Héracles*, inteiramente retocado pelo pincel órfico-pitagórico. A alegoria se encontra no livro segundo, capítulo I, 21-33 dos *Memoráveis*, quando do diálogo sobre a temperança entre Sócrates e Aristipo.

Sentado num local solitário, Héracles adolescente pesa as vantagens e os inconvenientes, respectivamente, do caminho da "virtude", ἀρετή (areté), e daquele do "vício", κακία (kakía). Dele se aproximam duas mulheres, que, pela estatura e porte, são hipóstases de duas deusas, cujos nomes são *Areté* e *Kakía*. Como no *Discurso Justo* e no *Discurso Injusto* das *Nuvens*, 889-1114, de Aristófanes, comédia por nós traduzida, cada uma defende sua causa diante do jovem em busca de uma diretriz para sua vida, que está começando. *Kakía*, ricamente indumentada e com olhares gulosos, fala contra todo e qualquer esforço e contenção, e faz uma bela apologia do ócio e do prazer; *Areté*, vestida de branco, de olhar modesto e pudico, disserta com absoluta precisão acerca da felicidade e do bem, mas estes só se alcançam, diz ela, através do trabalho e da fadiga, com o sacrifício e a submissão do corpo à inteligência.

É bem verdade que o prólogo se encerra com a luminosa peroração de Areté, mas o público de Pródico, ou melhor, o público ateniense sabia perfeitamente que o jovem Héracles, em nome da Εὐδαιμονία (Eudaimonía), da *Felicidade*, elegera o caminho estreito dos *Doze Trabalhos*.

Não há dúvida, acentua Bonnefoy, de que este apólogo evidencia temas estranhos àquilo que se constituiu até o século V a.C. no núcleo do mitologema de Héracles. Na referência à escolha dos dois caminhos tem-se reconhecido uma alusão a Hesíodo que, nos *Trabalhos e Dias*, 287-292, já opõe a via da κακότης (kakótes), do vício, da miséria à da ἀρετή (areté), do mérito e do trabalho; a alegoria, igualmente, parece ecoar, no concurso de eloquência entre *Areté* e *Kakía*, uma versão sofística do julgamento de Páris ou Alexandre, para outorga do *Pomo da Discórdia*: apenas um julgamento sem Hera, um julgamento ao contrário, em que o herói prefere *Areté-Atená* a *Afrodite-Kakía*. Um dilema evidentemente desconhecido pelo Héracles do mito, cuja virilidade e descomedimento se ajustam perfeitamente ao auxílio meio à distância de Atená e à presença integral dos prazeres de Afrodite! Por fim, a opção de Héracles está certamente relacionada com a escolha de Aquiles, morrer jovem, mas gloriosamente, ou morrer idoso, como qualquer mortal, tema favorito das escolas atenienses do século V a.C., em que a *Areté* e *Kakía* se dava o sentido tradicional de "bravura" e "covardia"[25].

Uma coisa, todavia, é definitiva: como núcleo do apólogo, bem distante dos órfico-pitagóricos e dos sofistas, baloiçando, como convinha a um herói de seu porte, entre dois polos antagônicos, o herói fez sua escolha e preferiu o que o mito lhe oferecia, uma vida de trabalhos e de dores, mas também de prazeres e desregramentos, quando os *Trabalhos* o permitiam...

Reinterpretando, porém, à maneira órfico-pitagórica, as façanhas do herói numa perspectiva moralizante, que superlativava o esforço, Pródico construiu um Héracles edificante, fazendo esquecer as representações amorais do herói.

No fecho desse longo percurso, triturado pela máquina moralizante órfico-pitagórico-prodiciana, eis um novo Héracles: casto, sábio, modelo de virtude!

Héracles, realmente, se *tornara por fim* o que ele sempre foi, desde o *Hino Homérico* aos estoicos, um ἄριστος ἀνδρῶν (áristos andrôn), "o melhor dos homens". É que, e aqui está a diferença, a expressão *áristos andrôn*, "o maior, o melhor dos heróis", adquiriu, no decorrer dos séculos, a conotação de "o melhor dos homens". Também ἀρετή (areté), que é da mesma família etimológica que ἄριστος (áristos), e que designava originariamente "o valor guerreiro" se enriqueceu paulatinamente com uma carga de interioridade, até tornar-se algo semelhante a que se poderia chamar "virtude".

A história do destino de Héracles acabou por contrair núpcias indissolúveis com a *areté*, adquirindo o herói um perfil de urbanidade e civilidade que Homero e Hesíodo estavam longe de imaginar...

---

25. Ibid., p. 497.

7

Ao mito de Héracles achamos por bem acrescentar este apêndice por julgá-lo apropriado e como um complemento ao estudo do *umbigo*. A respeito do ὀμφαλός (omphalós), do umbigo como *centro do mundo*, como canal de comunicação entre os três níveis, celeste, telúrico e ctônio, já se falou no Vol. II, p. 61-62. Igualmente na p. 97 do mesmo volume se voltou a mencionar o ὀμφαλός τῆς γῆς (omphalòs tês guês), o umbigo como centro de Delfos, vale dizer, como *centro do mundo*, demarcado por vontade de Zeus. Em ambos os capítulos supracitados, a relação de ὀμφαλός (omphalós) com o sexo ficou bem atestada. No capítulo II se aludiu à importância do *umbigo* como *centro*, pelo fato de o muito santo ter criado o mundo como se fora um *embrião* e este crescer a partir do *omphalós*, só se desenvolvendo e espalhando-se depois. Chamamos a atenção, por isso mesmo, para determinadas estatuetas africanas, nas quais a dimensão dada ao umbigo é bem mais importante do que a atribuída ao membro viril, uma vez que é daquele *centro* que provém a vida. No capítulo III fomos mais explícito, procurando relacionar etimologicamente Δελφοί[26] (Delphói), *Delfos*, sede do Oráculo de Apolo, com δελφύς (delphýs), *matriz, útero*, cavidade misteriosa aonde descia a Pitonisa, para tocar o *omphalós*, a "pedra", o umbigo sagrado, que marcava o centro da terra, antes de responder às perguntas dos consulentes. Dizíamos, então, que esse *omphalós* estava carregado de "sentido genital", uma vez que a descida ao útero de Delfos, à "cavidade", onde profetizava a Pítia, e o fato de a mesma tocar o *omphalós*, ali representado por uma pedra, símbolo fálico, configuravam, de per si, uma "união física" da sacerdotisa com Apolo.

Vínhamos, pois, já há algum tempo, perseguindo essa relação umbigo-sexo, quando, em recente viagem ao México, deparamos no gigantesco Museu Antropológico da capital dos astecas com a obra – a um tempo erudita e carregada de bom humor guareschiano – do ítalo-mexicano Tibón.[27] Já a conhecíamos de ci-

---

26. *Delphýs*, "matriz, útero", talvez se relacione com o sânscrito *garbhah*, "uterus, foetus", e com o latim *uulua*, "vulva" (Émile BOISACK, *Dictionnaire étymologique de la langue grecque*. Heidelberg: Carl Winter, 1950, verbete).

27. TIBÓN, Gutierre. *El ombligo como centro erótico*. México: Fondo de Cultura Económica, 1984.

tações, mas, lendo e relendo-a, descobrimos exatamente o que nos faltava, sobretudo, quando a cotejamos com outro livro do mesmo autor[28]: uma explanação, o mais possível documentada, acerca do caráter erótico do umbigo. O motivo por que deslocamos este apêndice para o final do capítulo sobre Héracles é de fácil explicação: o último amor humano do herói foi *Ônfale*. Ora, ʼΟμφάλη (Omphále), Ônfale, "umbigo feminino", *é como se fora* o feminino de ʼΟμφαλός (Omphalós), o "umbigo masculino". Dado o relacionamento íntimo de Héracles com a rainha da Lídia, esta se nos apresenta, no todo, como uma *res erotica*, "uma Ônfale" do herói.

Opina Gutierre Tibón que o *Cântico dos Cânticos*, arbitrariamente atribuído a Salomão, rei de Israel e Judá (cerca de 970-930 a.C.), seja o primeiro monumento literário em que se exalta metaforicamente o umbigo feminino como símbolo de beleza[29]: o *omphalós* merecedor de tão grande encômio é o de Sulamita. Eis o texto bíblico:

Que verás tu na Sulamita senão coros de dança dum acampamento? / Quão belos são os teus pés / no calçado que trazes, ó filha do príncipe! / As juntas de teus músculos são como colares, / fabricados por mão de mestre. Teu umbigo é uma taça feita ao torno, / que nunca está desprovida de licores (Ct 7,1-2).

De qualquer forma, seja qual for a interpretação que se dê ao texto, o *umbigo*, no caso, é apresentado como índice de atração sexual. Não foi, aliás, por

---

28. TIBÓN, Gutierre. *El ombligo, centro cósmico*. México: Fondo de Cultura Económica, 1979.

29. Acerca da origem e do conteúdo dos cinco poemas de que se compõe o *Cântico dos Cânticos*, diz A. VAN DEN BORN, no *Dicionário Enciclopédico da Bíblia*. Petrópolis: Vozes, 1977, p. 237ss, que há opiniões várias e divergentes. A interpretação cultual e mítica que via nos *Cânticos* uma coleção de hinos que celebravam originalmente um *hieròs gámos* de divindades orientais da fertilidade, "coleção essa adotada como lenda festiva para a festa cananeia e israelita primitiva dos ázimos, celebrada na primavera, para cantar o despertar da natureza", vem sendo abandonada em favor de algo bem mais canônico. O *Cântico dos Cânticos* teria um sentido literal, próprio, bem mais profundo: significaria "primeiramente o amor de Javé por seu povo, e depois, *in sensu consequenti*, à luz do cumprimento no NT, o amor de Cristo pela Igreja, o povo de Deus do NT".
A 40ª edição da *Bíblia Sagrada*, São Paulo, Paulinas, 1984, p. 718, resume assim o problema: "Se, porém, (o *Cântico aos Cânticos*) cantasse propriamente amores profanos, não teria sido por certo jamais inserido entre os livros inspirados das Escrituras. Foi, portanto, tradição constante e unânime da Sinagoga judaica, como o é da Igreja cristã, que no *Cântico*, sob a alegoria de amores profanos, celebra-se o amor mútuo entre Deus e seu povo, entre Deus e o fiel piedoso".

escrúpulo de "protesto", mas por injustificada pudicícia, que Martinho Lutero não aceitou a tradução do original hebraico *shorer* por "umbigo" e o transformou em "regaço": *Dein Schoss ist wie ein runder Becher, dem nimmer Getränke mangelt*, isto é: "teu *regaço* é como uma taça redonda em que nunca faltam bebidas".

Se o *ompbalós* de Sulamita é como *uma taça feita ao torno*, redonda e profunda, é porque o "umbigo perfeito, comenta Tibón, deveria ser anular, côncavo, fundo", embora os hebreus, por proibição da Lei, não tenham deixado nenhuma representação do mesmo.

A carência de reprodução iconográfica do umbigo entre os árabes pelo mesmo veto legal que incidia sobre os hebreus não desanimou, no entanto, o infatigável pesquisador mexicano, que, após descobrir que *México*, em náuatle, significa *no umbigo da Lua*, não mais parou com suas buscas onfálicas...

Da cultura hebraica, Tibón se aventura pela vastidão do texto do riquíssimo patrimônio literário oriental das *Mil e uma noites* e da *ars amandi* das sete partes do *Kâma Sûtra*, segundo Mallanaga Vâtsyâyana. Nas primeiras são destacados dois textos em que se exalta eroticamente o *omphalós*: *Seu pescoço recorda o do antílope e seus seios, duas romãs. [...] Seu umbigo poderia conter vários gramas de unguento de benjoim*. Um pouco mais abaixo diz Sherazade: *Seu umbigo poderia conter certa quantidade de almíscar, o mais suave dos aromas* (VIII, 33). E consoante Tibón, que cita o Dr. Woo Chan Cheng, o uso do almíscar no umbigo feminino funciona como afrodisíaco olfativo para o homem[30].

No *Kâma Sûtra* se encontram três passagens que aguçam nossa atenção para o erotismo umbilical. A primeira se acha no capítulo sobre os beijos, onde se afirma que na Índia oriental os amantes beijam as mulheres *também no cotovelo, nos braços e no umbigo*[31]; a segunda referência está no capítulo sobre a arte das carícias, onde se ensina que se deve marcar com as unhas o corpo da amada *no umbigo, nas pequenas cavidades que se formam em redor das nádegas ou então nas virilhas*[32]. O terceiro passo será citado mais adiante.

---

30. TIBÓN, Gutierre. Op. cit., p. 28.

31. VÂTSYÂYANA, Mallanaga. *Kâma Sûtra*. Rio de Janeiro: Império, 1965, p. 33.

32. Ibid., p. 42.

Para não sair tão depressa da cultura asiática, o autor mexicano apresenta e descreve a estátua da deusa de Bali, *Rati* (Umbigo 1), Grande mãe protetora da fertilidade, que se acha estampada na obra de Campbell[33]. *Rati*, "a delícia erótica", é representada com o braço direito segurando os seios, estilizados à maneira de dois falos monstruosos e com a esquerda sustém o ventre prenhe, coroado por um *omphalós* saliente, com dois orifícios, que se assemelham a dois dentes caninos contrapostos. Os olhos semicerrados e o sorriso da deusa, com a boca semiaberta e retorcida para a esquerda, expressam simultaneamente a voluptuosidade e a dor de um parto iminente e contínuo.

Se os gregos visualizavam o belo como *splendor ordinis*, como *mesótes*, como busca do meio-termo, tudo fizeram em sua arte inimitável para "estabelecer as proporções precisas da beleza". E, por isso mesmo, vendo no *omphalós* uma interseção, um balizamento, o limite entre a excitação e o prazer, o grande escultor ateniense Praxíteles, nascido em 390 a.C., insistiu em que o *umbigo* deveria estar exatamente entre os seios e o sexo. Sua Afrodite, denominada *Afrodite de Cnido*, a primeira estátua feminina inteiramente despida no mundo grego, e que ainda é possível "imaginar", graças a uma cópia romana (Umbigo 2), apresenta um *omphalós* perfeito, redondo e profundo, como o da própria Ônfale (Umbigo 3), cuja estátua lindíssima, por sinal, em companhia de Héracles, se encontra no Museu Nacional de Nápoles. Nesse conjunto artístico Héracles-Ônfale, ela com a pele do Leão de Nemeia sobre os ombros e com a clava do herói na mão direita, ele indumentado com o leve e vaporoso traje feminino da rainha, segurando o fuso com a mão direita, é possível ver em Ônfale, personificação do próprio *omphalós*, uma submissão de Héracles ao princípio feminino, uma vez que à cicatriz onfálica poder-se-ia dar um enfoque de dependência inconsciente pré-natal mãe-filho. De outro lado, sendo *andrógino* o umbigo, "nele se fundem os dois sexos, que readquirem no *centro* do corpo sua unidade originária"[34], como nos mostra Platão no *Banquete*, 190-191.

---

33. CAMPBELL, Joseph. *The Mythic Image*. Princeton: PUP, 1974, p. 270.

34. TIBÓN, G. Op. cit., p. 52.

Gustav Jung viu na sizígia Héracles-Ônfale a integração *animus-anima*: "O mito de Héracles apresenta todos os aspectos característicos de um processo de individuação: as viagens em direção aos quatro pontos cardeais, quatro filhos, submissão ao princípio feminino, ou seja, a Ônfale, que simboliza o insconsciente"[35].

A perfeição umbilical, todavia, diga-se de caminho, não está apenas na Índia, na Judeia ou na Grécia, pois o *omphalós* redondo e profundo já se encontra na arte neossumeriana, como atesta a chamada *deusa alada* (Umbigo 4) do Museu do Louvre, dos inícios do segundo milenário a.C.

O *umbigo*, que para Platão é a marca indelével da separação do andrógino primordial (*Banquete*, 190-191) e é por isso que "cada uma das metades pôs-se a buscar a outra", na ânsia de completar-se pelo *centro*, tem conotação bem diversa no homem e na mulher. Tibón sintetiza bem a causa dessa "disparidade": "O umbigo muda de essência, de caráter, quando pertence ao sexo feminino. Como demonstramos nas páginas precedentes, ele é parte do atrativo do corpo da mulher, imprescindível adorno do ventre. Assim como as aréolas masculinas são neutras, meras decorações do tórax, igualmente o é o umbigo viril. A ambivalência mítica do umbigo converge para o âmbito puramente feminino: é um apelo erótico a mais"[36].

Mas não se trata apenas de um apelo erótico a mais, pois que existe também uma "convergência ideal de umbigo e útero", como aliás assinala com precisão o já tantas vezes citado Gutierre Tibón. Quando Ártemis, a pedido de seu irmão gêmeo Apolo, matou a Corônis, que estava grávida de Asclépio, fato por nós comentado no Vol. II, p. 92, o deus da medicina veio ao mundo mediante uma incisão, a partir do *omphalós*, no ventre da amante do ciumento deus de Delfos. Uma gravura anônima do século XVII, estampada por Tibón e intitulada *Aesculapii ortus*, "Nascimento de Esculápio", mostra-nos Asclépio saindo do *umbigo* de Corônis como se fosse do próprio *útero* da desditosa princesa.

---

35. JUNG, C.G. *The Archetypes and the Collective Unconscious*. Princeton: PUP, 1975, p. 324.

36. Ibid., p. 53.

"A crença infantil, comenta o autor, de que as crianças saem do orifício umbilical obedece a um simbolismo arquetípico: a identidade do *omphalós* e do *útero* como *centro* da vida"[37]. E citando a Erich Neumann[38], para quem este simbolismo engloba inconscientemente o da natureza feminina da *Terra*, mãe por antonomásia, o autor conclui sabiamente, ao dizer que, se a Mãe-Terra pare, cada manhã, o Sol, cada noite, a Lua e as estrelas, as plantas e os alimentos, ela é a mãe universal. "O *umbigo*, centro que nutriu o ser humano, em sua existência pré-natal, equivale, pois, ao útero, não apenas da mulher, mas também antropocosmicamente ao do universo"[39].

Até mesmo de um ponto de vista linguístico, a identificação *umbigo-útero* pode ser abonada em várias culturas, como no sânscrito *nábhila*, que tanto pode significar cavidade quanto vulva; *Cuzco*, "umbigo", esclarece Tibón, "en quechua actual equivale a vagina"[40] e *Delphói*, "Delfos", relacionado etimologicamente com *delphýs*, como se disse mais acima, é o grande *centro umbilical* do mundo, exatamente por ser o útero da Terra...

Mas, pelo fato mesmo de ser identificado com o útero, de se constituir em zona erótica, o *omphalós* passou a ter não apenas muitos amigos na literatura e na arte figurada, mas igualmente inimigos implacáveis, que se estendem, pelo menos, de Lutero a Mr. William H. Hays, considerado por Tibón como o onfalófobo, o inimigo número um do umbigo das "outras mulheres"! A história relatada com bastante malícia por Tibón a respeito desse "Mister" é deveras reveladora e edificante!

Nomeado censor do cinema norte-americano, em 1922, Mr. Hays publicou o *Código do Pudor* e proibiu que se exibissem umbigos nos filmes. Os diretores cinematográficos deram tratos à bola e inventaram todos os expedientes possíveis para vedar o pomo da discórdia: cinturões, certamente mais fortes e largos

---

37. Ibid., p. 58.

38. NEUMANN, Erich. *The Great Mother*. Princeton: PUP, 1974, p. 32.

39. TIBÓN, G. Op. cit., p. 58.

40. Ibid., p. 59.

que os de Hipólita, folhas, franjas, rosáceas... Para cima do maldito *omphalós* não havia problema: *Au dessus du nombril pas de pêché*, "acima do umbigo não há pecado", divisa que Tibón diz pertencer a uma seita medieval francesa.

Certo dia, porém, o puritano Mr. Hays foi levado ao tribunal pela esposa, cuja acusação contra o marido estava vinculada a tendências que àquela não se afiguravam muito normais e bem pouco puritanas. Aos meritíssimos juízes igualmente determinadas inclinações do implacável censor lhes pareceram uma total ab-rogação do *Código do Pudor* e concederam o divórcio à peticionária. Antes de deixar de ser Mrs. Hays, a infeliz dama fez a seguinte declaração: "Meu marido, Oríon infatigável, confunde alegremente o umbigo de Vênus com a flor mais pura da procriação". *Sublata causa, tollitur effectus*, supressa a causa, está eliminado o efeito! E Mr. Hays, um "tarado umbilical", divulgado o motivo do divórcio, deixou de exercer sua ditadura censória e o *Código do Pudor* foi arquivado *ad perpetuam rei memoriam*. Foi um triunfo em Hollywood, e o *omphalós*, há tanto tempo reprimido, graças a Mr. Hays, explodiu, tornando-se o símbolo da liberdade cinematográfica[41] e de outras liberdades...

Na arte plástica o melhor exemplo que talvez se conheça do *umbigo diabólico, fonte do pecado*, é o quadro do pintor flamengo Peter Huys (Umbigo 5), citado, estampado e analisado por Tibón[42]. O quadro, que está no Museu do Prado, em Madri, se compõe de um trio: Céu, Purgatório, Inferno. Esta última é a parte que nos interessa: veem-se no "Tártaro" cenas terríveis, em que os condenados são atormentados por demônios sádicos, híbridos entre formas humanas e animais, armados de lanças, tridentes e punhais. Um dos demos força um condenado, já de ventre estufado, a beber; mais abaixo, à esquerda, um outro dianho, com a cabeça coberta por um funil, espeta, com enorme punhal, o *umbigo* de uma segunda vítima, submetida a idêntico suplício, a fim de que a água escorra do ventre intumescido e o castigo possa prosseguir ininterruptamente. O condenado apoia a mão direita num jarro vazio, mas um terceiro demônio, com ca-

---

41. Ibid., p. 70s.

42. Ibid., p. 72ss.

beça de burro, tapa-lhe a boca e ameaça-o com uma faca. Este último condenado, possivelmente, era algum ancestral de Mr. Hays!

Após o divórcio do arqui-inimigo onfálico, os umbigos, livres e triunfantes, passaram até a merecer as honras de concursos em praias de grande frequência nos Estados Unidos, para escolha do umbigo-padrão. Houve dois, que se saiba, ambos em 1971, e as campeãs, segundo se pode ver pelas fotografias, tinham o denominado umbigo da Afrodite de Cnido, isto é, redondo e profundo. Uma das vencedoras ganhou como prêmio, além de uma coroa, como *rainha onfálica*, uma linda joia, de forma quadrada, mas vazada, para que, posta sobre o umbigo, este ficasse à mostra... É o cobrir para ser visto! Daí para cá se criaram todos os tipos de coberturas onfálicas: rosáceas, mãos espalmadas, relógios, folhas... na realidade, coberturas opacas e transparentes, para *cobrir descobrindo o umbigo*.

Nessas alturas há de se pensar: pobre Ônfale, que jamais imaginou que a civilização dos grandes civilizados haveria de transformar o *omphalós*, símbolo místico do centro, símbolo da fecundidade, porque ligado à Grande Mãe, em objeto estético e erótico! Ônfale e os mitólogos podem ficar tranquilos. *Nil noui sub sole*, nada de novo no mundo dos homens, pois que os arquétipos trocam apenas de indumentária, mas são sempre os mesmos: o deus supremo dos astecas, *Tezcatlipoca*, usava sobre o umbigo uma pedra verde, o *jade*, porque esta pedra preciosa é carregada de *Yang*, quer dizer, de energia cósmica, sendo, por isso mesmo, dotada de qualidades *solares, imperiais, indestrutíveis*. Imagem da tríade suprema, o Céu, o Homem e a Terra, o jade é o centro, o *axis mundi*, o eixo do mundo, que os sustenta, fazendo que o UM reúna os *três*. Colocado sobre o *omphalós*, enquanto materialização do princípio *Yang*, o jade preserva e defende o corpo de todas as ameaças e até mesmo da decomposição, figurando assim um apotropismo.

As modernas "ônfales" que, ainda há pouco e para o futuro, "porque tudo retorna", cobriam e cobrirão estética e eroticamente os umbigos, apenas não sabiam e, possivelmente, não compreenderão por que o fazem ou hão de fazê-lo. Um dia, talvez, hão de sabê-lo: afinal, *scire est reminisci*, o conhecimento é reminiscência, consoante Platão. E os arquétipos, de quando em quando, são passados a limpo!

À medida, porém, que o *omphalós* se tornou objeto de concurso, ou melhor, omofagicamente um objeto de consumo, passou a merecer, de acordo com seu formato e tipo de "provocação", ao menos para Mr. Hays, uma nomenclatura apropriada. Assim é que, com Tibón e por dever de ofício, acabei por cooperar para o catálogo, distinguindo os seguintes tipos de *omphalói*:

a) umbigo de *Afrodite de Cnido* ou igualmente o de *Vênus de Milo*: *redondo* e *profundo*, como o de Barbarella (Umbigo 6);

b) umbigo *saliente* ou *convexo*, aliás socialmente condenado por Vâtsyâyana no *Kâma Sûtra*: *não case com mulher de nariz achatado, de umbigo saliente*[43] (Umbigo 7), que talvez merecesse igualmente o apodo de *Bellybutton*, o "botão do ventre", como aparece na estátua da *Nióbida Ferida*, que é réplica de um bronze grego de 440 a.C.;

c) umbigo *ophthalmós*: é o que possui forma de *olho*, com a pálpebra semicerrada (Umbigo 8);

d) umbigo *em grão de café*, que ostenta uma espécie de corte vertical no meio; há os que consideram esse tipo de *omphalós* como o mais belo e erótico da espécie (Umbigo 9);

e) umbigo de *Nefertiti*: é o do tipo horizontal, que, aliás, historicamente falando, é um *omphalós* "recente": a esposa de Amenófis IV ou Akhnaton viveu no século XIV a.C. e o umbigo horizontal mais antigo que descobri é o de uma estatueta calcária, que se encontra no *Naturhistorisches Museum* de Viena; a estatueta em pauta é chamada poeticamente *Vênus de Willendorf* e remonta ao Paleolítico, vale dizer, a 21.000 anos a.C.! (Umbigo 10);

f) umbigo *felinus*: é o vertical, também denominado olho-de-gato, como aparece num mármore do século V a.C. que talvez retrate o *Nascimento de Afrodite* (Umbigo 11); e

g) umbigo *lóxias*, meio torto, dextrogiro ou sinistrogiro, isto é, assimétrico, com rebordo para a direita ou para a esquerda (Umbigo 12), como se pode

---

43. VÂTSYÂYANA, Mallanaga. Op. cit., p. 85.

ver na estatueta de bronze dos fins do século V a.C. e nesta "Ônfale moderna" (Umbigo 13).

E o umbigo dos umbigos, o de *Ônfale*, como seria? Simplesmente como o de Afrodite de Cnido (Umbigo 3).

É conveniente deixar claro que ainda existem outros tipos de *omphaloí*, mas a preocupação foi mostrar, e com uma possível seriedade, que, desde muito cedo, o *umbigo*, além de *centro*, além de *canal da vida* e, certamente, por isso mesmo, passou a configurar também uma forte conotação sexual. Até aqui, porém, era o mito, era o império da Grande Mãe. A sociedade de consumo, no entanto, de início, o tabuizou e reprimiu, mas a liberdade que passou a campear, sobretudo a partir da década dos anos cinquenta, transformou o centro sagrado em centro profano e erótico: Delfos com sua Pitonisa emigrou para as praias com sereias de biquínis. Nascera uma outra onfaloscopia...

Este apêndice sobre a última esposa de Héracles neste mundo, Ônfale e seu *omphalós*, não poderia terminar sem ao menos uma breve referência à exaltação musical do umbigo. De origem africana, como o samba, a *umbigada* é, em princípio, uma dança de roda, em que um dançarino ou dançarina, no meio do círculo formado por certo número de participantes da festa, após executar alguns passos, ao som de determinados instrumentos musicais, dá uma *umbigada* na pessoa que escolhe entre as da roda. A escolhida vai para o meio e as umbigadas se sucedem num crescendo.

Luís da Câmara Cascudo, citando Alfredo de Sarmento, diz o seguinte: "Em Luanda, e em vários outros presídios e distritos, o batuque difere [...]. Consiste também o batuque num círculo formado pelos dançadores, indo para o meio um preto ou uma preta, que, depois de executar vários passos, vai dar uma umbigada (a que chamam *semba*) na pessoa que escolhe entre as da roda, a qual vai para o meio do círculo substituí-lo"[44]. Mais adiante, ensina o próprio Cascudo: "A pancada com o umbigo nas danças de roda, como um convite intimatório para

---

44. CASCUDO, Luís da Câmara. *Dicionário do folclore brasileiro*. Rio de Janeiro: INL, 1954, p. 561.

substituir o dançarino solista, tem a maior documentação para dizer-se de origem africana.

Em Portugal ocorre no fandango e no lundu, como uma *invitation à la danse*, como vemos na punga do Maranhão, nos cocos de roda ou bambelôs e em certos sambas. Também aparece como uma constante, usada por todos os componentes no decurso da dança e não apenas para o convite à substituição. Nesse caso está o batuque paulista, que não é de roda, mas em filas paralelas e as umbigadas são sucessivas"[45]. Os versinhos citados pelo autor sintetizam bem o compromisso erótico da umbigada:

> *São sete menina,*
> *São sete fulô;*
> *São sete umbigada*
> *Certeira qu'eu dou.*

Alceu Maynard Araújo, falando do *batuque*, é muito claro e feliz, ao interpretar a *umbigada* como "representação do ato genésico", isto é, "uma dança do ritual de procriação". Vamos ouvi-lo: "É uma dança do ritual de procriação. Há mesmo uma figuração coreográfica, chamada pelos batuqueiros 'granché', 'grancheno' ou 'canereno', na qual pai não dança com filha, porque *é falta de respeito dar umbigada*; então executam movimentos que nos fazem lembrar a coreografia da 'grande chaîne' (grande corrente) do bailado clássico (*Granché* é mesmo deturpação dos vocábulos franceses, muito usados na dança da *quadrilha*). Evitam o 'incesto', executando o 'cumprimento' ou 'granché', 'pois é pecado (sic!) dançar (e a dança só consiste em umbigadas) nos seguintes casos: pai com filha, padrinho com afilhada, compadre com comadre, madrinha com afilhado, avó com neto ou batuqueiro jovem'. Se porventura, por um descuido, um batuqueiro bate uma umbigada na afilhada, esta lhe diz: 'a bênção, padrinho'. O padrinho mais que depressa vem lhe dando as mãos alternadamente até perto da fileira onde estão os batuqueiros, sem batucar. Esta atitude tomada na dança do batuque, para os 'folcloristas' sem preparação sociológica, é traduzida apenas como 'dança do respeito'. Mas o 'cumprimento' examinado à luz da antropologia cul-

---

45. Ibid., p. 627.

tural mostrará que os batuqueiros fazem o 'granché', porque este evitará o incesto, o que temem praticar. Por isso mesmo é evitado por meio do 'granché', pois aquele tabu sexual é uma observância já encontrada nas sociedades pré-letradas. Só este argumento, sem falar dos movimentos da umbigada, que no fundo são uma representação do ato genésico, nos dá prova suficiente para afirmarmos que o batuque é uma dança do ritual da reprodução"[46].

Como se observa, voltamos ao *omphalós* como *centro* da fecundação, mas, igualmente, mercê do tabu, como centro erógeno e erótico. A proibição da *umbigada* entre pessoas consanguíneas ou aparentadas, para "evitar o incesto", é um sinal claro do tabu do umbigo.

Jorge Amado também colaborou, em *Jubiabá*, para colorir a umbigada: "Agora toda a sala rodava. Os pés batiam no chão, os umbigos batiam nos umbigos, as cabeças se tocavam, estavam todos embriagados, uns de cachaça, outros de música"[47].

Como nas *Antestérias gregas* e nas *Saturnais romanas*, o carnaval, mormente o carnaval carioca, é uma desrepressão total e uma quebra violenta de interditos de ordem social e política. Pois bem, na década dos anos sessenta, gastando os derradeiros momentos de liberdade, o *biguinho*, ainda meio timidamente, ousou botar a cabeça de fora.

João de Barro e Jota Júnior, no carnaval carioca de 1962, "compuseram buliçosa marchinha, caricaturando a moda chamada Saint-Tropez"[48], que consistia em deixar o *biguinho* de fora, o que se constituía, para a época, numa audácia e descomedimento social imperdoável. Eis a marchinha:

> *Ulalá... Ulalá*
> *Você é mais você*

---

46. ARAÚJO, Maynard Alceu. *Documentário folclórico paulista*. São Paulo: Departamento Municipal de Cultura, 1952, p. 11ss.

47. AMADO, Jorge. *Jubiabá*. 26. ed. São Paulo: Martins, 1971, p. 154.

48. ALENCAR, Edigar de. *O carnaval carioca através da música*. Rio de Janeiro: Freitas Bastos, 1965.

Quadro 3

Os filhos de Héracles

Héracles, o Forte ... foi pai de

~ cinquenta filhas de Téspio: cinquenta filhos. Antileon, Hipeu, Êumenes, Creonte, Astíanax, Iobes, Polilao, Arquêmaco, Laomedonte, Euricapis, Euripilo, Antíades, Onesipo, Laômenes, Teles, Eutélides, Hipódromo, Teleutágoras, Cápilo, Olimpo, Nicódromo, Cleolao, Euritras, Homolipo, Átromo, Celeustanor, Ântifo, Alópio, Astíbies, Tigasis, Lêucones, Arquêdico, Dinastes, Mentor, Améstrio, Liceu, Halócrates, Falias, Estrobles, Euríopes, Buleu, Antímaco, Pátroclo, Nefos, Erasipo, Licurgo, Búcolo, Leucipo, Hipózigo, Trepsipas.

~ Mégara — Terímaco, Dêicoon, Creontíades
~ Astíoque — Tlepólemo
~ Parténope — Everes
~ Epicasta — Téstalo
~ Calcíope — Téssalo
~ Auge — Télefo
~ Dejanira — Hilo, Ctesipo, Gleno, Onites (ou Hodites), Macária
~ Ônfale — Áqueles (ou Agelau), Tirseno
~ Astidamia — Ctesipo
~ Autônoe — Palêmon
~ Hebe — Alexíares, Aniceto
~ Meda — Antíoco

Obs.: ~ = Casamento

> *Com umbiguinho de fora*
> *Garota de Saint-Tropez*
>
> *Laranja da Bahia*
> *Tem umbiguinho de fora,*
> *Por que é que você, Maria,*
> *Escondeu o seu até agora...*

Héracles, mesmo sentado meditativamente nas encruzilhadas sofisto-estoicas, coagido a escolher entre *Atená-Areté* e *Afrodite-Kakía*, jamais poderia imaginar que sua *Ônfale* percorresse itinerário tão longo – de Salomão a João de Barro, do *Kâma Sûtra* à *Garota de Saint-Tropez*!

De qualquer forma, a *enérgueia* do herói, após a vitória final, é inesgotável, por isso que ele é o umbigo do mundo, através do qual irrompem as energias que alimentam o cosmo.

# Capítulo IV
O Mito de Teseu

1

TESEU, em grego Θησεύς (Theseús), talvez provenha de um elemento indo-europeu *teu*, "ser forte" > *teues*, "força" > *te(u)s-o* > *teso* > *theso*, isto é, "o homem forte por excelência", que libertou a Grécia de tantos monstros.

Quanto à genealogia do herói ateniense, é bastante verificar o Quadro da p. 24 do Vol. I, e o que a seguir estampamos, para se concluir que o êmulo de Héracles possui em suas veias o sangue divino de três deuses: descende longinquamente de Zeus, está "bem mais próximo" de Hefesto e é filho de Posídon[1].

A árvore genealógica da página seguinte, embora um pouco podada, mostra com mais clareza os dois últimos parentescos do fundador mítico da democracia ateniense.

Herói essencialmente de Atenas, Teseu é o Héracles da Ática. Tendo vivido, consoante os mitógrafos, uma geração antes da Guerra de Troia, dois de seus filhos, Demofoonte e Ácamas, participaram da mesma. Bem mais jovem que o filho de Alcmena, foi-lhe, no entanto, associado em duas grandes expedições coletivas: a busca do Velocino de Ouro e a guerra contra as Amazonas, como se

---

1. As fontes básicas da Antiguidade clássica que servem de referência ou enfocam Teseu são as seguintes: Homero, *Odisseia*, XI, 322ss; 631; Baquílides, 18,16s; Eurípides, *Hipólito Porta-Coroa*, passim; Tucídides, *História da Guerra do Peloponeso*, 2,15; Plutarco, *Teseu*, 3ss; 6ss; 15ss; 24; 26ss; 30s; 35ss; Apolodoro, *Biblioteca*, 3,16,ls; 2,6,3; Pausânias, *Descrição da Grécia*, 1,2,1; 1,27,7; 1,20,3; 1,17,6; 1,44,8; 2,33,1; 2,1,3; 5,11,14; 10,28,2s; 10,29,9; 15,2; 41,7; Diodoro Sículo, *Biblioteca Histórica*, 4,28; 4,59; 4,61; 4,62,4; 6,4; Ovídio, *Metamorfoses*, 7,704ss; 8,174ss; *Heroides*, 10; Higino, *Fábulas* 37, 30 e 241.

Quadro 4

Hefesto ~ {Geia / Atená}

Erictônio ~ Praxítea

Pandíon ~ Zeuxipe

Butes ~ Ctônia

Procne ~ Tereu ~ Filomela

Ítis

Erecteu ~ Praxítea II

Prócris ~ Céfalo

Creúsa ~ Xuto

Diomedes   Aqueu   Íon

Ctônia ~ Butes

Oritia ~ Bóreas

Quíone ~ Posídon

Eumolpo

Cleópatra ~ Fineu

Plexipo   Pandíon III

Orneu

Cécrops II ~ Metadiusa

Pandíon II ~ Pília

Egeu (Posídon)   Palas   Niso   Lico

Teseu   Palântidas

Obs.: ~ = Casamento

mostrou no capítulo anterior. Como todo herói, "o filho de Posídon" teve uma origem deveras complicada. Segundo o mito, Egeu, rei de Atenas, não conseguindo ter um filho com várias esposas sucessivas, dirigiu-se a Delfos para consultar Apolo. A Pítia respondeu-lhe com um oráculo tipicamente "Lóxias", proibindo-lhe "desatar a boca do odre antes de chegar a Atenas". Não tendo conseguido decifrar o enigma, Egeu decidiu passar por Trezena, cidade de Argólida, onde reinava o sábio Piteu. Foi no decorrer do percurso Delfos-Trezena que o rei de Atenas aportou em Corinto, exatamente no momento em que Medeia, no relato de Eurípides, *Medeia*, 663ss, já decidida a matar Creonte, a princesa Creúsa e os próprios filhos, mas sem saber para onde fugir, resolveu tomar a decisão tremenda. É que tendo recebido do rei de Atenas a promessa de asilo, em troca de "fazê-lo gerar uma descendência, por meio de determinados filtros", a desventurada esposa de Jasão encontrou, afinal, a saída tão ansiosamente esperada. Eis suas palavras de júbilo, após o juramento do soberano da cidade de Palas Ataná.

> *Ó Zeus, ó Justiça de Zeus, ó luz de Hélio!*
> *Agora, amigas, bela vitória teremos sobre meus inimigos,*
> *e já estamos a caminho.*
> *Agora tenho esperança de que meus adversários serão castigados:*
> *este homem surgiu quando estávamos a ponto de naufragar,*
> *como porto seguro de minhas resoluções,*
> *porto em que ataremos as cordas da popa,*
> *quando chegarmos à cidade e à acrópole de Palas (Med., 764-771).*

Egeu haveria de lamentar, um pouco mais tarde, como se verá, o asilo inviolável prometido à mágica da Cólquida!

De Corinto o rei de Atenas navegou diretamente para Trezena. Piteu, após ouvir a recomendação da Pítia, compreendeu-lhe, de imediato, a mensagem[2]. Embriagou o hóspede e, mandando levá-lo para o leito, pôs junto dele sua filha Etra. Acontece, todavia, que, na mesma noite em que passara ao lado do rei de Atenas, a princesa tivera um sonho: aparecera-lhe Ataná, ordenando-lhe que fosse a uma ilha bem próxima do palácio real, a fim de oferecer-lhe um sacrifí-

---

2. Segundo alguns intérpretes, a resposta oracular significava que Apolo proibia que o rei, antes de retornar a Atenas, tivesse qualquer contato sexual fosse com que mulher fosse.

cio. Ali lhe surgiu pela frente o deus Posídon, que fez dela sua mulher. Foi desse encontro, nas horas caladas da noite, que Etra ficou grávida de Teseu, que o rei de Atenas sempre pensou tratar-se de um filho seu.

Temendo seus sobrinhos, os palântidas, que lhe disputavam a sucessão, o rei, após o nascimento de Teseu, se preparou para retornar a Atenas, deixando o filho aos cuidados do avô, o sábio Piteu, e a um grande pedagogo, Cônidas, ao qual os atenienses, à época histórica, sacrificavam um carneiro, às vésperas das Θησεῖα (Theseîa), festas solenes em honra de Teseu. Antes de partir, entretanto, escondeu ritualmente, sob enorme rochedo, sua espada e sandálias, recomendando a Etra que, tão logo o menino alcançasse a adolescência, se fosse suficientemente forte para erguer a rocha, retirasse os objetos escondidos e o procurasse em Atenas.

P. Diel oferece, a nosso ver, magnífica interpretação dessa primeira prova iniciática a que será submetido o futuro soberano da Ática.

Depois de ponderar que, como filho de Posídon, no plano mítico, Teseu percorreria o roteiro trágico de todo herói, afirma o mestre francês: "Teseu não seria, por conseguinte, um herói, se porventura sucumbisse sem lutar, se não tivesse uma firme disposição espiritual, se o espírito, sob forma positiva, não fosse igualmente seu pai mítico. Consoante o processo simbólico, mais comumente seguido, Egeu representa simultaneamente o 'pai corporal' e o rei mítico, o espírito. Lega a seu filho as insígnias da sublimidade e da espiritualidade. Obrigado a retornar a Atenas, esconde sob um rochedo sua espada (a arma do herói, combatente espiritual) e suas sandálias (cuja função, na marcha através da vida, é 'armar', proteger o pé, símbolo da alma).

Atingida a adolescência, Teseu se mostrou capaz de seguir o apelo do espírito. O entusiasmo da juventude lhe assegurou força suficiente para erguer a rocha, configuração do peso esmagador da terra (desejo telúrico). Empunhou a espada, calçou as sandálias e foi ao encontro do pai, seu 'pai corporal' e igualmente seu pai mítico. O herói partiu em busca do espírito"[3].

---

3. DIEL, Paul. *Le symbolisme dans la mythologie grecque.* Paris: Payot, 1966, p. 182.

Na realidade, tão logo atingiu a adolescência, após oferecer, segundo o costume, parte de seu cabelo a Apolo, em Delfos, o jovem foi informado por Etra do segredo de seu nascimento e do esconderijo das sandálias e da espada paterna. Sem dificuldade alguma, como Artur ou Sigmund, que arrancaram sua *Nothung*, a (espada) "necessária", de uma pedra ou de uma árvore, o herói ateniense ergueu a rocha e retirou os objetos "necessários" para as provas que iriam começar.

Aconselhado pela mãe e pelo avô a dirigir-se a Atenas por mar, Teseu preferiu a rota terrestre, ao longo do Istmo de Corinto, infestado de bandidos, uma vez que, com o exílio de Héracles na Lídia, junto a Ônfale, salteadores e facínoras até então camuflados, haviam retomado suas atividades... Competia, pois, ao herói ático reiniciar a luta para "libertar-se" e libertar a Grécia de tantos monstros.

2

O primeiro grande encontro foi com Perifetes, um malfeitor cruel, filho de Hefesto e Anticleia. Coxo, apoiava-se numa muleta ou clava de bronze com que atacava os peregrinos que se dirigiam a Epidauro. Teseu o matou e fez da clava uma arma terrível na eliminação de tantos outros bandidos que encontraria pela vida.

Comentando esta primeira vitória do filho de *Posídon*, Paul Diel faz uma observação deveras interessante: "esta arma simbólica, a maça de Perifetes, está destinada a exercer uma função precisa na história de Teseu. É necessário lembrar que o esmagamento sob o peso da terra, de que a clava é uma forma de expressão, pode significar tanto a ruína devida à perversidade quanto sua punição legal. A maça na mão do criminoso é a configuração da perversidade destruidora; manejada pelo herói, converte-se em símbolo da destruição e da perversidade. De posse da arma do malfeitor, Teseu a usará com mais frequência que a espada recebida de Egeu. A clava de Perifetes, porém, não poderá jamais substituir legitimamente a arma 'outorgada pela divindade'. Embora nas mãos de um herói, ela continua a ser uma expressão da brutalidade. A troca de arma é o primeiro sinal de uma transformação secreta que toma corpo na atitude do filho de Etra. A vitória sobre o assassino de Epidauro traduz a advertência ainda latente de que a ligação filial com Posídon não tardará a manifestar-se. De outro lado, também Perifetes é filho de Posídon. Teseu vence e mata, por conseguinte, seu irmão mítico e simbólico; triunfa de seu próprio perigo, mas sua vitória permanece incompleta. Apossando-se da arma do assassino, prepara-se para exercer o papel do vencido[4]. A vitória sobre *Perifetes*, como o próprio nome indica, é a *peripécia* da vida de Teseu: esse triunfo marca o princípio da ruína do herói"[5].

O segundo encontro vitorioso do filho de Etra foi com o perigoso e cruel gigante Sínis que, com músculos de aço, vergava o tronco de um pinheiro até o solo e obrigava os que lhe caíam nas mãos a mantê-lo neste estado. Vencidos pela retração violenta da árvore, os infelizes eram lançados a grande distância, caindo despedaçados. Não raro, Sínis vergava duas árvores de uma só vez e amarrava a cabeça do condenado à copa de uma delas e os pés à outra, fazendo a vítima dilacerar-se.

Submetido à primeira prova, Teseu vergou o pinheiro com tanta força, que lhe quebrou o tronco; e depois subjugou Sínis, amarrou-o e o submeteu à segunda prova, despedaçando-o no ar.

Em honra do arqueador de pinheiros, como lhe chama Aristófanes, *As Rãs*, 966, que era igualmente filho de Posídon, Teseu teria instituído os *Jogos Ístmicos*, considerados como os *agônes* fúnebres de Sínis[6].

Acrescente-se que essa personagem tinha uma filha, chamada Perigune, que se escondera numa plantação de aspargo, enquanto seu pai lutava com Teseu. Unindo-se, depois, ao herói ateniense, foi mãe de Melanipo, que, por sua vez, foi pai de Ioxo, cujos descendentes tinham devoção particular pelos aspargos, aos quais, afinal das contas, deviam o fato de "ter nascido".

Prosseguindo em sua caminhada, o jovem herói enfrentou a monstruosa e antropófaga Porca de Crômion, filha de Tifão e Équidna e que se chamava Feia,

---

4. Diel faz uma aproximação etimológica, aliás indevida e arbitrária, entre *Perifetes* (o que muito fala ou o muito célebre) e *peripécia* (a passagem de um estado a outro contrário). Em todo caso, o objetivo do autor é chamar a atenção para a transformação, a "peripécia" de Teseu.

5. Ibid., p. 184s.

6. Veja-se *Introdução*, cap. 1,7.

nome de uma velha bruxa que a criara e alimentava. O filho de Egeu a eliminou com um golpe de espada.

Consoante Chevalier e Gheerbrant, a *Porca* é o símbolo da fecundidade e da abundância, rivalizando, sob esse aspecto, com a vaca. Divindade selênica, a *Porca* é a mãe de todos os astros, que ela devora e devolve alternadamente, se são diurnos ou noturnos, para permitir-lhes viajar pela abóbada celeste. Desse modo, engole as estrelas, ao aproximar-se a aurora, e as pare novamente ao crepúsculo, agindo de maneira inversa com seu filho, o Sol. Vítima predileta de Deméter, a *Porca* simboliza o princípio feminino, reduzido à sua única prerrogativa de reprodução[7].

No caso em pauta, a *Porca* de *Crômion* configura o princípio feminino devorador.

Tendo chegado às Rochas Cirônicas, Teseu enfrentou o assassino e perverso Cirão. Filho de Pélops ou Posídon, segundo alguns mitógrafos, instalou-se estrategicamente à beira-mar, nas terras de Mégara, nos denominados Rochedos Cirônicos, por onde passava a estrada, ladeando a costa; obrigava os transeuntes a lavarem-lhe os pés e depois os precipitava no mar, onde eram devorados por monstruosa tartaruga.

Teseu, em vez de lavar-lhe os pés, o enfrentou vitoriosamente e jogou-lhe o cadáver nas ondas, para ser devorado pela tartaruga-gigante.

Existe uma variante, segundo a qual Cirão era filho não de Pélops ou Posídon, mas de Caneto e Heníoque, filha de Piteu. Nesse caso, Cirão e Teseu eram primos germanos. Supunha-se, por isso mesmo, que, para expiar esse crime, Teseu fundara, não em honra de Sínis, mas em memória do primo, os *Jogos Ístmicos*.

Para Paul Diel, Cirão é um símbolo muito forte: "Esse gigante monstruoso obrigava os que lhe caíam às mãos, os viajantes (da vida), a lavar-lhe os pés, isto é, forçava-os à servidão humilhante, na qual a banalização mantém os vencidos. O homem, escravo da banalização, é forçado a servir ao corpo, e a exigência de Cirão simboliza esta servidão em seu aspecto mais humilhante. 'Lavar os pés' é

---

7. CHEVALIER, J. & GHEERBRANT, A. Op. cit., p. 980.

um símbolo de purificação. Mas esse ato de purificar a alma morta do monstro banal (banalização – morte da alma)[8], em vez de significar uma autopurificação, vale apenas como um trabalho insensato, simples pretexto para eliminação da vítima.

O monstro (a banalização), sentado no topo de um rochedo, enquanto sua infeliz vítima está absorvida na tarefa humilhante, precipita-a no abismo do mar profundo, onde será devorada por gigantesca tartaruga. O rochedo e os abismos marinhos são símbolos já suficientemente explicados. Quanto à tartaruga, seu traço mais característico é a lentidão de movimentos. Imaginada como monstruosa e devoradora, retrata o aspecto que é inseparável da agitação banalmente ambiciosa: o amortecimento de qualquer aspiração".

A quinta e arriscada tarefa de Teseu foi a luta com o sanguinário Damastes ou Polipêmon, apelidado *Procrusto*, isto é, "aquele que estica". O criminoso assassino usava de uma "técnica" singular com suas vítimas: deitava-as em um dos dois leitos de ferro que possuía, cortando os pés dos que ultrapassavam a cama pequena ou distendia violentamente as pernas dos que não preenchiam o comprimento do leito maior. O herói ático deu-lhe combate e o matou, preparando-se para a sexta vitória contra o herói eleusino Cércion, filho de Posídon ou de Hefesto e de uma filha de Anfíction. O gigante de Elêusis obrigava os transeuntes a lutarem com ele e, dotado de força gigantesca, sempre os vencia e matava. Teseu o enfrentou: levantou-o no ar e, lançando-o violentamente no solo, o esmagou. Cércion é apenas mais um primo liquidado por Teseu, mas Procrusto merece um ligeiro comentário: reduzindo suas vítimas às dimensões que desejava, o "monstro de Elêusis" simboliza "a banalização, a redução da alma a uma certa medida convencional". Trata-se, no fundo, como asseveram, com propriedade, Chevalier e Gheerbrant, da perversão do ideal em conformismo. Procrusto configura a tirania ética e intelectual exercida por pessoas que não toleram e nem aceitam as ações e os julgamentos alheios, a não ser para concordar. Te-

---

8. Ibid., p. 183. Importa lembrar que o termo "banalização", conforme apontou Gaston Bachelard em seu prefácio ao *Symbolysme dans la mythologie grecque*, é empregado por Diel para refletir "o esquecimento das necessidades da alma em favor exclusivo das necessidades do corpo".

mos, assim, nessa personagem sanguinária, a imagem do poder absoluto, quer se trate de um homem, de um partido ou de um regime político[9].

3

Vencida a primeira etapa, derrotados os monstros que a ele se opuseram, do Istmo de Corinto a Elêusis, o herói chegou aos arredores de Atenas. Com tanto sangue parental derramado, Teseu dirigiu-se para as margens do rio Cefiso, o pai de Narciso, onde foi purificado pelos Fitálidas, os ilustres descendentes de um herói epônimo ateniense, Fítalo. Coberto com uma luxuosa túnica branca e com os cabelos cuidadosamente penteados (na realidade indumentado femininamente, como se comentou no capítulo I, 5), o herói foi posto em ridículo por uns pedreiros que trabalhavam no templo de Apolo Delfínio. Sem dizer palavra, Teseu ergueu um carro de bois e atirou-o contra os operários.

Feito isto, penetrou incógnito na sede de seu futuro reino, mas, apesar de não se ter identificado, precedia-o uma grande reputação de destruidor de monstros, pelo que o rei temeu por sua segurança, pois que Atenas vivia dias confusos e difíceis. Medeia, que se exilara na cidade, com o fito de dar a Egeu uma "bela descendência", fizera uso de filtros diferentes: casara-se com o rei e propriamente se apossara das rédeas do governo.

Percebendo logo de quem se tratava, a mágica da Cólquida, sem dar conhecimento a Egeu de quanto sabia, mas, pelo contrário, procurando alimentar-lhe o medo com uma rede de intrigas em torno do recém-chegado, facilmente o convenceu a eliminar o "perigoso estrangeiro", durante um banquete que lhe seria oferecido. Com pleno assentimento do marido, Medeia preparou uma taça de veneno e colocou-a no lugar reservado ao hóspede. Teseu, que ignorava a perfídia da madrasta, mas querendo dar-se a conhecer de uma vez ao pai, puxou da *espada*, como se fosse para cortar a carne, e foi, de imediato, reconhecido por Egeu. Este entornou o veneno preparado pela esposa, abraçou o filho diante de todos os convivas e proclamou-o seu sucessor.

---

9. Ibid., p. 786.

Quanto a Medeia, após ser repudiada publicamente, mais uma vez foi execrada e exilada, dessa feita, para a Cólquida[10].

Existe uma variante, certamente devida aos trágicos, no que se refere ao reconhecimento de Teseu pelo pai. Conta-se que, antes de tentar o envenenamento do enteado, Medeia o mandou capturar o touro gigantesco que assolava a planície de Maratona e que não era outro senão o célebre Touro de Creta, objeto do sétimo Trabalho de Héracles.

Apesar da ferocidade do animal, que lançava chamas pelas narinas, o herói o capturou e, trazendo-o peado para Atenas, ofereceu-o em sacrifício a Apolo Delfínio. Ao puxar a *espada* para cortar os pelos da fronte do animal, como estipulavam os ritos de consagração, foi reconhecido pelo pai.

O episódio da captura do Touro de Maratona é significativo para Diel: capturando e matando o animal, símbolo da dominação perversa, Teseu dá provas de que pode governar e, por isso mesmo, é convidado a compartilhar do trono com Egeu, "seu pai corporal, símbolo do espírito".

Foi durante a caçada desse touro que se passou a estória de *Hécale*, assunto de um poema homônimo de Calímaco de Cirene (310-240 a.C.).

Hécale era uma anciã, que habitava o campo e teve a honra de hospedar o herói na noite que precedeu a caçada ao Touro de Maratona. Havia prometido oferecer um sacrifício a Zeus, se Teseu regressasse vitorioso de tão arrojada empresa. Ao retornar, tendo-a encontrado morta, o filho de Egeu instituiu em sua honra um culto a Zeus Hecalésio.

Se bem que marcado, aliás como todo herói, pela *hýbris* e por um índice normal de enfraquecimento, Teseu, com a captura e morte do Touro de Maratona, provará dentro em breve a todos os seus súditos que a força que subsiste nele re-

---

10. A atitude de *Medeia* em relação a Teseu, embora não se possa justificar, pode ser explicada: temendo, de um lado, que o amor do marido fosse repartido com o filho (Medeia sempre viveu em desamor) e receando, de outro, perder o poder, coisa de que a mulher é muito ciosa, quando o detém, resolveu novamente tomar uma atitude extrema. Quanto ao destino da ex-esposa de Jasão e Egeu, pouco se conhece. Sabe-se, apenas, que, tendo retornado à Cólquida, matou a seu tio Perses, que lhe havia destronado o pai Eetes, que ela, aliás, recolocou no trono.

sulta de sua *timé* e *areté*, vale dizer, de sua ascendência divina. Com o espírito bem armado e a alma protegida, o filho de Posídon soube e saberá, graças à inocência de sua juventude, ultrapassar todas as barreiras que ameaçavam barrar-lhe a caminhada para o "trágico e para a glória". Uma vez reconhecido pelo pai e já compartilhando do poder, teve logo conhecimento da conspiração tramada pelos primos e, de imediato (o herói nasceu para o movimento e para as grandes e perigosas tarefas) se aprestou para a luta. Os Palântidas, que eram cinquenta, inconformados com a impossibilidade de sucederem a Egeu no trono de Atenas, resolveram eliminar Teseu. Dividiram suas forças, como bons estrategistas, em dois grupos: um atacou a cidade abertamente e o outro se emboscou, procurando surpreender pela retaguarda. O plano dos conspiradores foi, todavia, revelado por seu próprio arauto, Leos, e Teseu modificou sua tática: massacrou o contingente inimigo emboscado e investiu contra os demais, que se dispersaram e foram mortos. Relata-se que, para expiar o sangue derramado de seus primos, o herói se exilou, passando um ano em Trezena. Esta é a versão seguida por Eurípides em sua tragédia, belíssima por sinal, *Hipólito Porta-Coroa*. Mas, como o poeta ateniense acrescenta que Teseu levara em sua companhia a Hipólito, o filho do primeiro matrimônio com Antíope, uma das Amazonas, já falecida, bem como a segunda esposa, Fedra, que se apaixonara pelo enteado, dando origem à tragédia, segue-se que a "cronologia" foi inteiramente modificada por Eurípides. Com efeito, colocar a expedição contra as Amazonas antes do massacre dos Palântidas é contrariar toda uma tradição mítica. Em todo caso, como diz Horácio, *Epist.*, 2,3,9-10:

> *Pictoribus atque poetis*
> *quidlibet audendi semper fuit aequa potestas.*

> – Os pintores e os poetas sempre gozaram do direito de usar quaisquer liberdades...

4

Foi por "essa época" que Teseu se viu no dever de enfrentar novo e sério problema. Com a morte de Androgeu, filho de Pasífae e Minos, rei de Creta, morte essa atribuída indiretamente a Egeu – que, invejoso das vitórias do herói cretense nos Jogos que mandara celebrar em Atenas, o enviara para combater o Touro de Maratona – eclodiu uma guerra sangrenta entre Creta e Atenas. A morte de Androgeu se deveria, narra uma variante, não a Egeu, mas aos próprios atletas atenienses, que, ressentidos com tantas vitórias do filho de Minos, mataram-no. Haveria, por outro lado, um motivo político, pois que Androgeu teria sido assassinado por suas ligações com os Palântidas.

De qualquer forma, Minos, com poderosa esquadra, após apossar-se de Mégara, marchou contra a cidade de Palas Atená. Como a guerra se prolongasse e uma peste (pedido de Minos a Zeus) assolasse Atenas, o rei de Creta concordou em retirar-se, desde que, anualmente, lhe fossem enviados sete moços e sete moças, que seriam lançados no Labirinto, para servirem de pasto ao Minotauro. Teseu se prontificou a seguir para Creta com as outras treze vítimas, porque, sendo já a terceira vez que se ia pagar o tributo ao rei cretense, os atenienses começavam a irritar-se contra Egeu.

Relata-se ainda que Minos escolhia pessoalmente os quatorze jovens e dentre eles o futuro rei de Atenas, afirmando que, uma vez lançados inermes no Labirinto, se conseguissem matar o Minotauro, poderiam regressar livremente à sua pátria.

O herói da Ática partiu com um barco ateniense, cujo piloto, Nausítoo, era da ilha de Salamina, uma vez que Menestes, neto de Ciro, rei desta ilha, contava-se entre os jovens exigidos por Minos. Entre eles estava também Eribeia ou Peribeia, filha de Alcátoo, rei de Mégara.

Uma variante insiste que Minos viera pessoalmente buscar o tributo anual e na travessia para Creta se apaixonara por Peribeia, que chamou Teseu em seu auxílio. Este desafiou ao rei de Cnossos, dizendo-lhe ser tão nobre quanto ele, embora Minos fosse filho de Zeus. Para provar a *areté* do príncipe ateniense, o rei de Creta lançou no mar um anel e ordenou ao desafiante fosse buscá-lo. Teseu mergulhou imediatamente e foi recebido no palácio de Posídon, que lhe devolveu o anel. Mais tarde, Teseu se casou com Peribeia, que se celebrizou muito tempo depois como mulher de Télamon, pai de Ájax, personagem famosa da *Ilíada* e da tragédia homônima de Sófocles.

À partida, Egeu entregou ao filho dois jogos de vela para o navio, um preto, outro branco, recomendando-lhe que, se porventura regressasse vitorioso, içasse as velas brancas; se o navio voltasse com as pretas, era sinal de que todos haviam perecido.

Comentando a imposição tirânica do rei de Cnossos em relação às vítimas que eram devoradas pelo Minotauro, diz Paul Diel: "na Antiguidade, Minos foi sempre muito festejado por sua proverbial sabedoria. O mito relata que o rei de Creta venceu os atenienses com o auxílio de Zeus, o que expressa a justiça da causa. Após a vitória, porém, traindo sua habitual sabedoria, impôs a Atenas condições tirânicas, obrigando-a a enviar sete moços e sete moças para serem devorados pelo monstruoso Minotauro, que habitava um Labirinto subterrâneo. [...] Raramente o alcance psicológico do sentido secreto de um mito aparece com tanta clareza através do frontispício fabuloso. *Mino-tauro* significa o touro de Minos. Associando ao nome o símbolo do 'Touro', chega-se, através de *Minotauro*, à dominação perversa exercida por Minos. Obtém-se assim, por simples substituição, a chave para a tradução do episódio, pois se o Minotauro representa a dominação perversa exercida por Minos – pormenor que reflete um estado psíquico do rei – todos os outros aspectos ocultos devem derivar desta interpretação e contribuir para colocá-la em evidência. Ora, esta dominação monstruosa (o Minotauro) é produto de Pasífae e Posídon (legalidade da perversão). O Minotauro é pois 'o filho' da perversão de Pasífae. A dominação perversa de Minos é gerada pela perversão de Pasífae, o que significa, no plano psicológico, que Minos é levado pela esposa a esquecer sua proverbial sabedoria. Mas Pasífae não pode influenciar o rei a não ser por seus conselhos, donde resulta como sentido, tão inesperado quanto evidente, um dado psicológico muito simples, mas que revela, com respeito a razões de Estado e acontecimentos mundiais, uma causa secreta que em vão se procurará nos tratados de história: foi por insistência e conselhos de sua mulher que Minos impôs aos atenienses condições de paz, cuja injustiça tirânica é simbolizada pelos jovens destinados a servir de pasto ao monstro. Poder-se-ia dizer, e até com certa razão, que a dominação perversa se nutre de carne humana. Em outros termos: Posídon, sob forma de touro, e portanto a perversão, sob forma de dominação tirânica, inspira a

Pasífae os conselhos perversos que fazem nascer o Minotauro, a injustiça despótica de Minos. Este, no entanto, envergonha-se do monstro gerado por sua mulher e o esconde aos olhos dos homens. Minos e Pasífae repelem a verdade monstruosa, a dominação perversa do rei que é habitualmente sábio. Escondem a vontade monstruosa no inconsciente: aprisionam o Minotauro no Labirinto.

O construtor do Labirinto foi Dédalo; o que significa que Dédalo, atilado e pérfido, teceu a intriga que anulou a sabedoria de Minos. Por um enganoso raciocínio, deu respaldo aos conselhos de Pasífae, conseguindo assim vencer a resistência e as hesitações do rei. Este raciocínio, ilusório mas aparentemente válido, é uma construção complicada, labiríntica. No labirinto do inconsciente a dominação perversa de Minos, o Touro de Minos, continua a viver. O rei, no entanto, é incessantemente obrigado a opor-se à sua sabedoria, a 'nutrir' sua atitude monstruosa com base em motivos falsos e a 'alimentar' seu remorso obsedante, seu arrependimento não confessado, por um raciocínio ilusório, o que o torna incapaz de reconhecer seu erro e renunciar às condições infligidas aos atenienses. As condições tirânicas realmente impostas encontram-se, nesse caso, substituídas pelo tributo simbólico destinado a alimentar o monstro: o sacrifício anual dos jovens inocentes de Atenas. [...]

O ilogismo do mito, os símbolos 'Minotauro' e 'Labirinto' tornam-se assim reduzidos à verdade psicológica, à realidade, frequente e banal, de uma intriga palaciana. Esta tradução do sentido oculto do nascimento do monstro e da história de sua prisão se patenteia na medida em que se mostra válida para traduzir igualmente o episódio central do mito, isto é, o combate do herói contra o monstro. [...]

Teseu decide, pois, combater o Minotauro, isto é, resolve opor-se à dominação exercida por Minos sobre os atenienses, abolindo a imposição tirânica.

Mas, pelo mesmo fato de o Labirinto, em que está escondido o monstro simbólico, ser o inconsciente de Minos, este adquire, de per si, uma significação simbólica: retrata o "homem" mais ou menos secretamente habitado pela tendência perversa da dominação. Até mesmo o rei Minos, até mesmo o homem dotado de sabedoria (da justa medida) pode sucumbir à tentação dominadora. Esta generalização representativa estende-se igualmente ao herói convocado para lutar contra o monstro. Teseu não se curvará à opressão provinda de outrem, mas enfrentando-a, mesmo vitoriosamente, corre o risco de se tornar prisioneiro da fraqueza banal inerente à natureza humana: a vaidade de acreditar que o descomedimento da justa medida nas relações humanas seria uma prova de força, e assim justificar a tentação de reprimir seus semelhantes com medidas injustas. É pois muitíssimo significativo que o monstro acantonado no Labirinto do inconsciente, sendo irmão mítico de Teseu por descendência de Posídon, constitui o perigo essencial para o herói. Como todo herói que combate um monstro, Teseu, ao se defrontar com o Minotauro, luta contra sua própria falta essencial, contra a tentação perversa que o habita secretamente. [...]

Dois perigos inerentes a esta situação de natureza psíquica aguardam o herói: deverá enfrentar o monstro (a dominação de Minos, que é seu próprio perigo) e terá, se vitorioso, que encontrar o caminho que o conduza para fora do Labirinto, símbolo, *lato sensu*, do perigo das aberrações inconscientes de todo ser humano e, portanto, igualmente de Teseu. Para triunfar, ao mesmo tempo, do adversário e da ameaça de seu inconsciente, Teseu não deve enfrentar a dominação de Minos apoiado em sua própria tentação dominadora (astúcia e mentira), mas na força heroica: a franqueza e a pureza. Sendo o Minotauro símbolo da ação perversa de Minos e das razões inconscientes que lhe toldam o discernimento, o combate para vencer o touro de Minos só pode ser a ação sublime do herói, exatamente o oposto do raciocínio repressor de Minos: a força vitoriosa de um raciocínio válido, suscetível de fazer renascer a sabedoria do rei. Em síntese: nessas forças positivas – na sabedoria de Minos parcialmente persistente e na pureza das intenções de Teseu – reside a única oportunidade de êxito"[11].

Uma vez em Creta, Teseu e os treze jovens foram, de imediato, encerrados no Labirinto, uma complicada edificação construída por Dédalo, com tantas voltas e ziguezagues, corredores e caminhos retorcidos, que, quem ali penetrasse, jamais encontraria a saída.

---

11. DIEL, Paul. Op. cit., p. 188ss.

O amor, porém, torna todo impossível possível! Ariadne, talvez a mais bela das filhas de Minos, se apaixonara pelo herói ateniense. Para que pudesse, uma vez no intrincado covil do Minotauro, encontrar o caminho de volta, dera-lhe um novelo de fios, que ele ia desenrolando, à medida que penetrava no Labirinto. Conta uma outra versão que o presente salvador da princesa minoica fora não um novelo, mas uma coroa luminosa, que Dioniso lhe oferecera como presente de núpcias. Uma terceira variante atesta que a coroa luminosa, que orientou e guiou Teseu nas trevas, lhe havia sido dada por Afrodite, quando o herói desceu ao palácio de Anfitrite para buscar o anel de Minos. Talvez a junção fio e coroa luminosa, "fio condutor e luz", seja realmente o farol ideal para espancar trevas interiores!

Ariadne condicionou seu auxílio a Teseu: livre do Labirinto, ele a desposaria e levaria para Atenas.

Derrotado e morto o Minotauro, o herói escapou das trevas com todos os companheiros e, após inutilizar os navios cretenses, para dificultar qualquer perseguição, velejou de retorno à Grécia, levando consigo Ariadne. O navio fez escala na ilha de Naxos. Na manhã seguinte, Ariadne, quando acordou, estava só. Longe, no horizonte, o navio de velas pretas desaparecia: Teseu a havia abandonado. Esta é a versão mais conhecida e seguida inclusive por Ovídio, nas *Heroides*, 10,3-6:

> *Quae legis, ex illo, Theseu, tibi litore mitto,*
> *unde tuam me uela tulere ratem;*
> *in quo me somnusque meus male prodidit, et tu,*
> *per facinus somnis insidiate meis.*

> – O que lês, Teseu, envio-te daquela praia,
> donde, sem mim, as velas levaram teu barco;
> onde o sono perverso me traiu,
> de que perversamente tu te aproveitaste.

Há variantes: uns afirmam que Teseu abandonou a filha de Minos porque amava outra mulher, Egle, filha de Panopleu. Outros acham que o herói foi forçado a deixá-la em Naxos, porque Dioniso se apaixonara por ela ou até mesmo a teria raptado durante a noite; e, após desposá-la, a teria levado para o Olimpo.

Como presente de núpcias o deus lhe teria dado um diadema de ouro, cinzelado por Hefesto. Tal diadema foi, mais tarde, transformado em constelação. Com Dioniso, Ariadne teria tido quatro filhos: Toas, Estáfilo, Enópion e Pepareto.

De Naxos Teseu navegou para a ilha de Delos, onde fez escala, a fim de consagrar num templo uma estátua de Afrodite, com que Ariadne o havia presenteado. Ali ele e seus companheiros executaram uma dança circular de evoluções complicadas, representando as sinuosidades do Labirinto. Tal rito subsistiu na ilha de Apolo por muito tempo, ao menos até a época clássica.

Triste com a perda de Ariadne, ou castigado por havê-la abandonado, ao aproximar-se das costas da Ática o herói se esqueceu de trocar as velas negras de seu navio, sinal de luto, pelas brancas, sinal de vitória.

Egeu, que ansiosamente aguardava na praia a chegada do barco, ao ver as velas negras, julgou que o filho houvesse perecido em Creta e lançou-se nas ondas do mar, que recebeu seu nome.

Relata-se ainda que o rei esperava o filho no alto da Acrópole, exatamente no local onde se ergue o templo da Vitória Aptera. Ao ver de longe o navio com as velas negras, precipitou-se do penhasco e morreu.

Consoante, mais um vez, a interpretação simbólica de Diel, "a vitória só poderia ser definitiva para o herói na medida em que tivesse sobrepujado seu próprio perigo, quer dizer, após a destruição do monstro existente nele próprio. Diante de tarefa tão essencial, Teseu fracassou. Triunfou tão somente da perversidade de Minos, atacando apenas o monstro no adversário. Um pormenor do combate simbólico, negligenciado até o momento como de pouca importância, mas capaz de esclarecer toda a situação psicológica e resumir-lhe todas as consequências, é o fato de Teseu haver liquidado o Minotauro com a clava que pertencera ao facínora Perifetes. Este traço simbólico mostra que o herói, aceitando o auxílio de Ariadne, usa de uma arma pérfida: seu amor pela princesa é somente pretexto e cálculo, comportando-se ele próprio realmente como um facínora. A arma da vitória, a clava de Perifetes, faz prever que seu triunfo sobre o monstro não traduz um ato de coragem e nem trará benefícios. Se o herói, graças ao poder do amor, soube derrotar a Minos, não se aproveitará, todavia, da vitória conseguida por esse poder, uma vez que este não lhe pertence. Longe de ser heroico, o triunfo sobre o Minotauro não passa de uma façanha perversa, uma traição. Explorou o amor de Ariadne para atingir seus objetivos e logo depois a traiu. Ora, o 'fio de Ariadne' deveria conduzi-lo não apenas para fora do dédalo inconsciente de Minos, mas igualmente para fora do labirinto de seu próprio inconsciente.

Teseu se perde e esse extravio há de decidir toda sua história futura"[12]. Seu amor pela irmã de Ariadne, Fedra, de que se falará mais abaixo, lhe trará sérias consequências.

O príncipe ateniense não deixa Creta como herói, mas como um bandido e traidor. Abandonando a Ariadne, apesar da vitória sobre o Touro de Minos, seu êxito se converte em derrota essencial. Em sua traição a Ariadne se acham conjugados tanto os signos da perversidade dominadora quanto os da perversão sexual. As velas negras, sinal de luto, com que Teseu partiu, tornam-se o símbolo da perversão, insígnia das forças das trevas. O herói navegará de agora em diante sob seu império. Não penetra em Atenas como vencedor e, fato importante, de uma significação mítica profunda, o herói se esquece de içar as velas brancas, que lhe traduziriam a vitória. Egeu, contemplando as velas negras, precipita-se no mar. O rei, enquanto pai corporal, mata-se de desespero, persuadido de que o filho havia corporalmente perecido. O rei, pai mítico, lançando-se nas profundezas das águas, simboliza algo de muito sério: o herói será doravante e definitivamente abandonado pelo espírito, que está introjetado nas profundezas marinhas, símbolo do inconsciente. Outro pai mítico, Posídon, passará a comandar o destino do herói.

5

Após a morte de Egeu, Teseu assumiu o poder na Ática. Realizou o célebre συνοικισμός (synoikismós), *sinecismo*, isto é, reuniu em uma só pólis os habitantes até então disseminados pelo campo. Atenas tornou-se a capital do Estado.

---

12. Ibid., p. 190 e 191.

Mandou construir o Pritaneu[13] e a *Bulé*, o Senado. Promulgou leis; adotou o uso da moeda; instituiu a grande festa das *Panateneias*, símbolo da unidade política da Ática. Dividiu os cidadãos em três classes: eupátridas, artesãos e camponeses. Instaurou, miticamente, em suas linhas gerais, a democracia. Conquistou a cidade de Mégara e anexou-a ao estado recém-criado; na fronteira entre a Ática e o Peloponeso, mandou erigir marcos para separar o território jônico do dórico; e reorganizou em Corinto os Jogos Ístmicos, em honra a seu "pai" Posídon.

Executadas essas tarefas políticas, o rei de Atenas retomou sua vida "heroica". Como Etéocles houvesse expulso de Tebas a seu irmão Polinice, este, casando-se com Argia, filha de Adrasto, rei de Argos, conseguiu organizar sob o comando do sogro a célebre expedição dos *Sete Chefes* (Adrasto, Anfiarau, Capaneu, Hipómedon, Partenopeu, Tideu e Polinice). A expedição foi um desastre: somente escapou Adrasto, que se pôs sob a proteção de Teseu. Este, que já havia acolhido como exilado a Édipo, como nos mostra Sófocles no *Édipo em Colono*, marchou contra Tebas e, tomando à força os cadáveres de Seis Chefes, deu-lhes condigna sepultura em Elêusis.

A tradição insiste numa guerra entre os habitantes da Ática e as Amazonas, que lhes teriam invadido o país. As origens da luta diferem de um mitógrafo para outro. Segundo uns, tendo-se engajado, como se viu no capítulo anterior, na expedição de Héracles contra as Amazonas, Teseu recebera, como prêmio de suas proezas, a amazona Antíope, com a qual tivera um filho, Hipólito. Segundo outros, Teseu viajara sozinho ao país dessas temíveis guerreiras e tendo convidado a bela Antíope para visitar o navio, tão logo a teve a bordo, navegou a toda a vela de volta à pátria. Para vingar o rapto de sua irmã, as Amazonas invadiram a Ática. A batalha decisiva foi travada nos sopés da Acrópole e, apesar da vantagem inicial, as guerreiras não resistiram e foram vencidas por Teseu, que acabou perdendo a esposa Antíope. Esta, por amor, lutava ao lado do marido contra as próprias irmãs.

---

13. *Pritaneu* era um edifício público de Atenas, uma espécie de "Lareira Comum", onde se homenageavam atenienses e embaixadores estrangeiros.

Para comemorar a vitória de seu herói, os atenienses celebravam, na época clássica, as festas denominadas *Boedrômias*.

Existe ainda uma outra variante. A invasão de Atenas pelas Amazonas não se deveu ao rapto de Antíope, mas ao abandono desta por Teseu, que a repudiara, para se casar com a irmã de Ariadne, Fedra. A própria Antíope comandara a expedição e tentara, à base da força, penetrar na sala do festim, no dia mesmo do novo casamento do rei de Atenas. Como fora repelida e morta, as Amazonas se retiraram da Ática.

De qualquer forma, o casamento de Teseu com Fedra, que lhe deu dois filhos, Ácamas e Demofoonte, foi uma fatalidade. Hipólito, filho de Antíope e Teseu, segundo já se assinalou, consagrara-se a Ártemis, a deusa virgem, irritando profundamente a Afrodite. Sentindo-se desprezada, a deusa do amor fez que Fedra concebesse pelo enteado uma paixão irresistível. Repudiada violentamente por Hipólito, e temendo que este a denunciasse a Teseu, rasgou as próprias vestes e quebrou a porta da câmara nupcial, simulando uma tentativa de violação por parte do enteado. Louco de raiva, mas não querendo matar o próprio filho, o rei apelou para "seu pai" Posídon, que prometera atender-lhe três pedidos.

O deus, quando Hipólito passava com sua carruagem à beira-mar, em Trezena, enviou das ondas um monstro, que lhe espantou os cavalos, derrubando o príncipe. Este, ao cair, prendeu os pés nas rédeas e, arrastado na carreira pelos animais, se esfacelou contra os rochedos. Presa de remorsos, Fedra se enforcou. Existe uma variante, segundo a qual Asclépio, a pedido de Ártemis, ressuscitara Hipólito, que foi transportado para o santuário de "Diana", em Arícia, na Itália. Ali, o filho de Teseu fundiu-se com o deus local, Vírbio, conforme se pode ver em Ovídio, *Metamorfoses*, 15,544.

Eurípides compôs duas peças acerca da paixão de Fedra por Hipólito.

Na primeira *Hipólito*, da qual possuímos apenas cerca de cinquenta versos, a rainha de Atenas, num verdadeiro rito do "motivo Putifar", entrega-se inteira à sua paixão desenfreada, declarando-a ela própria ao enteado. Repelida por este, caluniou-o perante Teseu, como se disse linhas atrás, e só se enforcou após a morte trágica de seu grande amor. Na segunda versão, *Hipólito Porta-Coroa*, uma das tragédias mais bem elaboradas por Eurípides, do ponto de vista literário e psicológico, Fedra confidencia à ama sua paixão fatal e esta, sem que a rainha o desejasse, ou lhe pedisse "explicitamente", narra-a a Hipólito, sob juramento. Envergonhada com a recusa do jovem príncipe e temendo que este tudo revelasse ao pai, enforca-se, mas deixa um bilhete ao marido, em que mentirosamente acusa Hipólito de tentar seduzi-la. A imprudente maldição de Teseu provoca a terrível desdita do filho, acima descrita, mas a verdade dos fatos é revelada por Ártemis ao infortunado pai. Com o filho agonizante nos braços, Teseu tem ao menos o consolo do perdão de Hipólito e a promessa de que este há de receber honras perpétuas em Trezena! As jovens, antes do casamento, lhe ofertarão seus cabelos e "o amor de Fedra jamais cairá no esquecimento"! De fato, esse grande amor foi muitas vezes invocado, sobretudo na *Phaedra* de Lúcio Aneu Sêneca e na *Phèdre* de Jean Racine...

Seja como for, o que se evidencia no mito transmutado em tragédia por Eurípides é a superlativação do "*páthos* da paixão".

A respeito especificamente de Fedra e Teseu acentua Paul Diel: "Teseu se perde [...]. Apaixona-se pela irmã de Ariadne, Fedra. Sua fraqueza de espírito sacrifica o amor benéfico à sedução perversa e a arrasta a seu destino. Fedra simboliza a escolha perversa e impura. Não é, como Medeia, a mulher demoníaca, a feiticeira, que embruxa e devora o homem. Fedra representa um outro tipo de sedução perversa e impura: mulher nervosa, histérica, incapaz de um sentimento justo e ponderado, cujo amor-ódio, ora exaltado, ora inibido, usa a força do espírito em função da natureza caprichosa e questionadora de suas exigências. O mito representa esse tipo de mulher frequentemente sob a forma de uma amazona, que luta contra o homem, que lhe mata o espírito"[14].

Para Diel, por conseguinte, o abandono de Ariadne e o casamento posterior de Teseu com Fedra intensificam e apressam-lhe o fim trágico: "O restante do mito é apenas uma ilustração do castigo. Aqui, como em toda parte, a punição não é exteriormente anexada à derrota (à culpa), tornando-se-lhe tão somente a consequência manifesta (a justiça inerente). Ora, a derrota é o começo da bana-

---

14. Ibid., p. 191s.

lização do herói; o castigo será a banalização manifesta [...]. Viu-se que a derrota culposa de Teseu é caracterizada por dois aspectos típicos da perversão banal: a intriga (dominação perversa) e a falsa escolha (sexualidade pervertida). Estes mesmos aspectos determinam, aliás, o destino do casal Minos-Pasífae. O herói ateniense teve, em suma, a mesma sorte que Minos e é por isso que sua vitória sobre o Minotauro foi apenas efêmera. A sabedoria do rei foi arruinada pela influência de Pasífae; o impulso heroico de Teseu será definitivamente destruído pelo que aconteceu com Fedra [...].

O mito do castigo se inicia logo após o retorno do herói. Morto Egeu, o vencedor do Minotauro assume o poder. As consequências da influência de Fedra, ilustradas anteriormente pela ascendência de Pasífae sobre Minos, somente irão surgir depois de certo tempo de incubação. A força heroica do jovem rei de Atenas ainda lhe mantém a auréola de sábio. Ele criou instituições públicas, mas essas realizações intelectuais não poderão substituir o combate do espírito abandonado daqui por diante. A despeito da organização da vida exterior, a corrupção interna do herói há de tornar-se, dentro em pouco, o flagelo da Ática"[15].

6

Alguns episódios da maturidade de Teseu estão intimamente ligados à sua grande amizade com o herói lápita Pirítoo[16]. Conta-se que essa fraterna amizade entre o lápita e o ateniense se deveu à emulação de Pirítoo. Tendo ouvido ruidosos comentários acerca das façanhas de Teseu, o lápita quis pô-lo à prova. No momento, porém, de atacá-lo, ficou tão impressionado com o porte majestoso e

---

15. Ibid., p. 194.

16. Pirítoo é um herói lápita, filho de Zeus e Dia, ou, segundo outros, de Ixíon e da mesma Dia. Desde a *Ilíada*, I, 262ss, Pirítoo, juntamente com Teseu e outros heróis, é considerado como o vencedor dos Centauros, aliás seus meios-irmãos, desde que se adote a variante de sua genealogia como filho de Ixíon, já que este último era igualmente pai dos Centauros com o *eídolon* de Hera, segundo se mostrou no cap. XIII, 2, p. 298s, do Vol. I. Presentes ao casamento de seu meio-irmão com Hipodamia, os Centauros, excitados pelo vinho, tentaram raptar-lhe a noiva, o que deu origem à luta sangrenta entre os lápitas, comandados por Pirítoo, Teseu e outros grandes heróis, e os monstruosos Centauros. A vitória decisiva dos lápitas selou ainda mais a amizade entre Teseu e Pirítoo.

a figura do herói da Ática, que renunciou à justa e declarou-se seu escravo. Teseu, generosamente, lhe concedeu sua amizade para sempre.

Com a morte de Hipodamia, Pirítoo passou a compartilhar mais de perto das proezas de Teseu. Duas das aventuras mais sérias dessa dupla famosa no mito foram o rapto de Helena e a catábase ao Hades, no intuito de raptar também a Perséfone. Os dois episódios, aparentemente grotescos, traduzem ritos muito significativos: o rapto de mulheres, sejam elas deusas ou heroínas, fato comum na mitologia, configura, como se comentou no capítulo VI, 4, p. 119s, do Vol. I, não só um rito iniciático, mas também o importante ritual da vegetação: chegados a seu termo os trabalhos agrícolas, é necessário "transferir a matriz", a Grande Mãe, para receber a nova porção de "sementes", que hão de germinar para a colheita seguinte. A *catábase* ao Hades, igualmente assinalada no capítulo III, 3, deste Volume, simboliza a *anagnórisis*, o autoconhecimento, a "queima" do que resta do homem velho, para que possa eclodir o homem novo.

Voltando ao rapto e à catábase, é bom assinalar que os dois heróis, por serem filhos de dois grandes deuses, Posídon e Zeus, resolveram que só se casariam dali em diante com filhas do pai dos deuses e dos homens e, para tanto, resolveram raptar *Helena* e *Perséfone*. A primeira seria esposa de Teseu e a segunda, de Pirítoo. Tudo começou, portanto, com o rapto de Helena. O herói estava, "à época", com cinquenta anos e Helena nem sequer era núbil. Assustados com a desproporção da idade de ambos, os mitógrafos narraram diversamente esse rapto famoso. Não teriam sido Teseu e Pirítoo os raptores, mas Idas e Linceu, que confiaram Helena a Teseu, ou ainda o próprio pai da jovem espartana, Tíndaro, que, temendo que Helena fosse sequestrada por um dos filhos de Hipocoonte, entregara a filha à proteção do herói ateniense.

A versão mais conhecida é aquela em que se narra a ida dos dois heróis a Esparta, quando então se apoderaram à força de Helena, que executava uma dança ritual no templo de Ártemis Órtia. Os irmãos da menina, Castor e Pólux, saíram-lhes ao encalço, mas detiveram-se em Tegeia. Uma vez em segurança, Teseu e Pirítoo tiraram a sorte para ver quem ficaria com a princesa espartana, comprometendo-se o vencedor a ajudar o outro no rapto de Perséfone. A sorte favoreceu o herói ateniense, mas, como Helena fosse ainda impúbere, Teseu a levou secretamente para Afidna, demo da Ática, e colocou-a sob a proteção de sua mãe Etra. Isto feito, desceram ao Hades para conquistar Perséfone.

Durante a prolongada ausência do rei ateniense, Castor e Pólux, à frente de um grande exército, invadiram a Ática. Começaram a reclamar pacificamente a irmã, mas como os atenienses lhes assegurassem que lhe desconheciam o destino, tomaram uma atitude hostil. Foi então que um certo Academo lhes revelou o lugar onde Teseu a retinha prisioneira. Eis o motivo por que, quando das inúmeras invasões da Ática, os espartanos sempre pouparam a Academia, o jardim onde ficava o túmulo de Academo. Imediatamente os dois heróis de Esparta invadiram Afidna, recuperaram a irmã e levaram Etra como escrava, como já se falou no Vol. I, p. 118. Antes de abandonar a Ática, colocaram no trono de Atenas um bisneto de Erecteu, chamado Menesteu, que liderava os descontentes, particularmente os nobres, irritados com as reformas de seu soberano, sobretudo com a democracia. Muito bem recebidos por Plutão, Teseu e Pirítoo, foram, todavia, vítimas de sua temeridade.

Convidados pelo rei do Hades a participar de um banquete, não mais puderam levantar-se de suas cadeiras. Héracles, quando desceu aos Infernos, tentou libertá-los, mas os deuses somente permitiram que o filho de Alcmena "arrancasse" Teseu de seu assento, para que pudesse retornar à luz. Pirítoo há de permanecer para sempre sentado na *Cadeira do Esquecimento*. Conta-se que, no esforço feito para se soltar da cadeira, Teseu deixou na mesma uma parcela de seu traseiro, o que explicaria terem os Atenienses cadeiras e nádegas tão pouco carnudas e salientes...

O erro fatal dos dois heróis foi o terem se sentado e comido no mundo dos mortos. Como se mostrou no Vol. I, p. 323s, e no Vol. II, p. 257-258, se o *comer* configura fixação, o *sentar-se* implica em intimidade e permanência. As duas atitudes simbolizam, pois, uma inadvertência desastrosa cometida pelo lápita e pelo ateniense.

Deveras grotesca é a interpretação evemerista dessa catábase, relatada por Pausânias. Segundo tal variante, Teseu e Pirítoo, em vez de terem descido ao Hades, haviam realizado uma simples viagem ao Epiro, à corte do rei Hedoneu, cujo nome teria sido confundido com o de Hades... Por "coincidência", a esposa do rei do Epiro chamava-se Perséfone e a filha do casal, Core. Um cão feroz guardava-lhe o palácio: seu nome era Cérbero!

Os heróis apresentaram-se a Hedoneu e pediram-lhe a mão de Core, acrescentando que se casaria com ela aquele que vencesse ao cão Cérbero. Na realidade, o que desejavam, uma vez adquirida a confiança do rei, era raptar-lhe a esposa e filha. Percebendo-lhes as intenções, o soberano mandou metê-los na prisão. Pirítoo, por ser considerado mais desavergonhado e cínico, foi lançado a Cérbero, que o devorou de uma só bocada. Teseu continuou preso. Certo dia, tendo Héracles, grande amigo de Hedoneu, passado pelo Epiro, solicitou ao rei a liberdade de Teseu, que, de imediato, foi solto e regressou a Atenas...

Para Paul Diel, Pirítoo é um aventureiro fanfarrão, que, "prestes a enfrentar Teseu, se declara, por enleio, um seu escravo [...]. Tomando-o por amigo inseparável, o herói de Atenas deixa claro que sua própria 'queda' está próxima e será definitiva [...]. Juntos raptam Helena, mas tratam-na como se fora um espólio, o produto de uma caçada, e é pela sorte que decidem a quem a mesma pertencerá. [...] Teseu, como êmulo de Pirítoo, comporta-se como um autêntico bandido. E não o faz como no episódio de Minos, em que deixa patente a malícia de suas intenções secretas, quando fica bem claro o ruidoso cinismo de seus crimes. A partir desse momento é impossível recuar. A íngreme encosta inclina-se para o abismo. Teseu fracassará no mais profundo dos abismos, o Hades, símbolo da legalidade do inconsciente"[17]. Se Pirítoo fica emaranhado na própria cadeira em que se sentou, Teseu é "salvo", graças a Héracles. Todo o esforço do filho de Alcmena, no entanto, foi em vão: reconduz apenas um "espírito morto" ao mundo dos vivos. A liberação foi passageira. O herói de Atenas desperta unicamente para sucumbir em definitivo. A falsa escolha de Teseu, Fedra, torna-se o instrumento de sua punição.

Omitindo a figura de Pirítoo, o Dr. Henderson é menos severo com o herói ateniense. Comentando-lhe a "descida" ao Labirinto, a morte do Minotauro e o rapto de Ariadne, escreve o psiquiatra norte-americano: "Teseu e Perseu tive-

---

17. Ibid., p. 194s.

ram que vencer seu medo aos demoníacos poderes inconscientes maternos e libertar dos mesmos a uma jovem figura feminina. Perseu cortou a cabeça da Górgona Medusa, que com o olhar terrível transformava em pedra a quantos contemplasse. Em seguida venceu o dragão que guardava Andrômeda. Teseu representa o jovem espírito patriarcal ateniense que arrostou os terrores do Labirinto com seu Minotauro, o qual possivelmente simboliza a decadente Creta matriarcal. Em todas as culturas o labirinto configura uma representação intrincada e confusa do mundo da consciência matriarcal: somente pode atravessá-lo quem está disposto a uma iniciação especial no mundo misterioso do inconsciente coletivo. Após levar de vencida esse perigo, Teseu resgatou Ariadne, donzela sequestrada. Tal resgate simboliza a liberação da *anima* do aspecto devorador da imagem materna. Enquanto não se consegue tal proeza, o homem não pode alcançar sua verdadeira capacidade para relacionar-se com o sexo oposto"[18].

7

Retornando da *outra vida*, o herói encontrou Atenas dilacerada por lutas internas e pelas facções políticas. Entristecido com seus concidadãos e sem mais vigor para lutar, desistiu de tentar reassumir as rédeas do poder.

É precisamente sob esse aspecto que se tem que concordar com Paul Diel: onde estão a *timé* e a *areté* do filho de Posídon? Esgotaram-se no triste abandono de Ariadne e no trágico acidente de Fedra ou dissolveram-se nas trevas do Hades? A *catábase* teria deixado de ser uma escalada para a luz? Assim parece, realmente. Após o abandono criminoso de Ariadne e o funesto casamento com Fedra, Teseu, cego pela calúnia e pelo medo de perder o trono, torna-se tão tirânico, que faz perecer seu próprio filho. Repete-se o sacrifício monstruoso, outrora praticado por Minos contra os atenienses. Tentando extingui-lo, o herói acaba por renová-lo. É a derrocada irremediável.

Desistindo, pois, de lutar, o rei de Atenas, após enviar secretamente seus filhos para Eubeia, onde reinava Elefenor, amaldiçoou Atenas e retirou-se para a

---

18. JUNG, C.G. et al. *Man and his Symbols*. London: Aldus Books, 1969, p. 125.

ilha de Ciros. O rei local, Licomedes, aliás parente do herói, temendo que Teseu reivindicasse a posse da ilha, onde possuía muitos bens, levou-o ao cume de um penhasco, à beira-mar, sob o pretexto de mostrar-lhe o panorama da ilha, e o precipitou, pelas costas, no abismo.

A morte trágica de Teseu, como é de praxe no mundo heroico, talvez configure o *regressus ad uterum* do filho de Etra, que, a essas alturas, como escrava de Helena, fora levada para Troia. Lançado do píncaro de um rochedo ao *mar*, domínio de seu pai Posídon, o herói teve sua catarse final.

Curiosamente, a morte traiçoeira de seu rei não provocou da parte dos atenienses nenhuma reação...

Menesteu, como desejavam os Dioscuros, continuou a reinar em Atenas. Os dois filhos do herói, Ácamas e Demofoonte, participaram da Guerra de Troia como simples combatentes. Com a morte de Menesteu, regressaram a Atenas e retomaram o trono, que de direito lhes pertencia.

Um herói, como já se disse na *Introdução*, só é, as mais das vezes, condignamente reconhecido após a morte, quando se torna *daímon*, um verdadeiro *héros*, um intermediário entre os imortais e os homens.

O rei de Atenas, mais cedo do que se esperava, mostrou a seus ingratos concidadãos que continuava a ser *herói*. Durante a batalha de Maratona, em 480 a.C., contra os persas invasores, como igualmente se comentou na *Introdução*, os hoplitas atenienses perceberam que um herói, de porte gigantesco, combatia à sua frente. Era o *eídolon* de Teseu que, mais uma vez, defendia sua Atenas. Após as guerras greco-pérsicas, o Oráculo de Delfos ordenou aos atenienses que recolhessem as cinzas do herói e lhes dessem sepultura no interior da Pólis. Tão honrosa tarefa coube ao grande general de Atenas, Címon. Este, tendo conquistado a ilha de Ciros, viu uma águia que, pousada sobre um montículo, rasgava a terra com suas unhas aduncas. O general compreendeu bem a significação do prodígio. Mandou escavar o túmulo e encontrou a ossada de um homem de altura gigantesca e junto da mesma uma lança de bronze e uma espada. Essas relíquias foram solenemente transportadas para Atenas e, em meio a grandes festas, se lhes deu sepultura condigna.

Seu túmulo magnífico, na cidade de Palas Atená, tornou-se abrigo inviolável dos escravos fugitivos e dos oprimidos. É que Teseu, em vida, fora o campeão da democracia, o refúgio e o baluarte dos injustiçados.

Em conclusão, muitos dos episódios descritos da saga de Teseu são provas iniciáticas: a penetração no Labirinto e sua luta com o Minotauro são um tema exemplar das iniciações heroicas. Sua união com Ariadne, hipóstase de Afrodite, é, na realidade, uma hierogamia. A catábase ao Hades é o exemplar típico de um *regressus*. Tomadas em bloco, as gestas do décimo rei de Atenas são transposições de um ritual arcaico que marcava o retorno dos efebos à cidade, após as provas iniciáticas a que eram submetidos no campo, nas montanhas ou nas florestas.

Capítulo V
Jasão: o Mito dos Argonautas

1

JASÃO, em grego 'Ιάσων, provém etimologicamente, consoante Carnoy, da raiz indo-europeia *eis-, is-*, que expressa a ideia de *curar*: com efeito, ἴασις (íasis) é *cura*. Como discípulo de Quirão, acentua o filólogo belga, sejam quais forem as aventuras posteriores do herói, Jasão[1] está, ao menos do ponto de vista etimológico, ligado à medicina. O mesmo, aliás, se poderia dizer de seu pai Esão, em grego Αἴσων (Aíson), "o que cura, reanima".

Filho de Esão[2] e de Polímede ou Alcímede, muito menino ainda, sofreu as amarguras do exílio. É que seu pai, legítimo herdeiro do reino de Iolco, fora destronado e condenado à morte por seu meio-irmão usurpador Pélias, filho de Tiro e Posídon. Narra uma outra versão que Esão, já idoso, havia confiado o reino a Pélias, até que Jasão atingisse a maioridade. Educado pelo centauro Quirão, foi instruído, entre outras artes, na iátrica. Completada a *iniciação*, no aprazível

---

1. As principais informações e referências dos autores gregos e latinos acerca de Jasão encontram-se em Homero, *Ilíada*, VII, 469; XXI, 41; *Odisseia*, XII, 72; Hesíodo, *Teogonia*, 992s; Píndaro, *Píticas*, 4 passim; *Nemeias*, 3,93; Eurípides, *Medeia*, passim; Apolônio de Rodes, *Argonáuticas*, 1,5ss; Apolodoro, *Biblioteca*, 1,8,2; 1,9,16.18.2324s; 3,7s; 13; Pausânias, *Descrição da Grécia*, 2,3,8s; 5,9,10.17; Diodoro Sículo, *Biblioteca Histórica*, 4,40s; Ovídio, *Heroides*, 6 e 12; Higino, *Fábulas*, 12 e 13.
2. Esão, como Amitáon e Feres, segundo se estampa no quadro genealógico 5, era filho de Creteu e Tiro. Casado com Polímede, filha de Autólico, era, nesse caso, tio-avô de Ulisses, mas outras versões lhe dão por esposa Alcímede, filha de Fílaco. Tinha como irmão, do lado materno, a Pélias. Este, após apoderar-se do reino de Iolco, que, de direito pertencia a Esão, enviou-lhe o filho em busca do Velocino de Ouro. Ouvindo dizer que os argonautas haviam perecido, livre portanto de Jasão, tentou eliminar-lhe o pai. Esão pediu ao rei para escolher seu próprio gênero de morte e envenenou-se com o sangue de um touro. Uma variante, sobretudo atestada em Ovídio, narra que Esão reviu o retorno do filho e dos argonautas e foi rejuvenescido pelos encantamentos de Medeia.

185

monte Pélion, o herdeiro do trono de Iolco, já com vinte anos, deixou o mestre, desceu o monte e retornou à cidade natal. Sua indumentária era estranha: coberto com uma pele de pantera, levava uma lança em cada mão e tinha apenas o pé direito calçado com uma sandália. O rei, que no momento se preparava para oferecer um sacrifício, o viu e, embora não o tivesse reconhecido, ficou muito assustado, porque se lembrou de um oráculo segundo o qual "deveria desconfiar do homem que tivesse apenas uma sandália", isto é, de um μονοσάνδαλος (monosándalos), como diz Apolodoro.

Jasão permaneceu cinco dias com o pai e no sexto apresentou-se ao tio e reclamou o trono, que, de direito, lhe pertencia. Pélias concordou, desde que Jasão lhe trouxesse da Cólquida o *Velocino de Ouro*, que estava em poder de Eetes. Consoante uma variante, foi o próprio herói que se obrigou a tão grande empresa.

Segundo outras versões, a tarefa imposta a Jasão pelo tio obedeceria a outras razões: quando o herói se apresentou a Pélias para reclamar o trono, o soberano, observando que o sobrinho usava tão somente uma sandália, compreendeu que o perigo anunciado pelo oráculo era iminente. Mandou que Jasão se aproximasse e perguntou-lhe que castigo infligiria, se fosse rei, à pessoa que o ameaçasse. O jovem respondeu que a mandaria conquistar o velocino de ouro; ao que o soberano, de imediato, o despachou para realizar tamanho empreendimento, pois era ele próprio que punha em risco a vida do soberano.

Alguns mitógrafos posteriores, mas sobretudo poetas, julgam que a ideia da conquista do precioso velocino fora sugerida ao herói pela deusa Hera que, profundamente irritada com Pélias, porque este não lhe prestava as honras devidas, queria encontrar um meio de trazer Medeia, a fim de que a mágica da Cólquida o matasse.

Seja qual for o móvel da expedição, o filho de Esão ordenou que um arauto convocasse príncipes e heróis para o magno cometimento.

2

Antes de se comentar a Expedição dos Argonautas, vamos abrir um parêntese para explicar a origem e o destino do velocino de ouro.

Éolo, filho de Hélen e da ninfa Orseis e, por conseguinte, neto de Deucalião e Pirra, tinha doze filhos, um dos quais Átamas, segundo se pode constatar no quadro genealógico no final do capítulo V. Átamas era rei de Orcômeno ou mesmo de Tebas. Seu mito se tornou matéria-prima de várias tragédias, enriquecendo-se, desse modo, com episódios complexos, não raro contraditórios. Casou-se três vezes e é a história desses casamentos que serviu de pretexto para desdobramentos romanescos, de um mito mais antigo. Na versão mais conhecida e que certamente remonta à tragédia *Frixo* de Eurípides, hoje perdida, o rei beócio uniu-se em primeiras núpcias a Néfele, que lhe deu um casal de filhos, Frixo e Hele. Tendo repudiado a primeira esposa, casou-se com Ino, filha de Cadmo, lendário fundador de Tebas. Ino foi mãe igualmente de dois filhos, Learco e Melicertes. Enciumada com os filhos do primeiro matrimônio de Átamas, concebeu o projeto de eliminá-los. Para tanto convenceu as mulheres tebanas que, às escondidas dos maridos, grelhassem todos os grãos de trigo existentes. Semeados estes, não houve brotação. Face a semelhante prodígio, o rei mandou consultar o Oráculo de Delfos. Ino subornou os mensageiros, para que dissessem que a Pítia, para fazer cessar tão grande castigo, exigia o sacrifício de Frixo e, segundo outras fontes, deste e de Hele. Já os dois se encaminhavam para o altar, quando Zeus, ou, conforme outras fontes, Néfele, lhes enviou um carneiro voador de velo de ouro, filho de Posídon e presente de Hermes, que conduziu Frixo até a Cólquida, porque Hele, por causa de uma vertigem, caiu no mar, no estreito chamado, por isso mesmo, *Helesponto*, isto é, Mar de Hele, fato imortalizado por Ovídio, *Fastos*, 3,857s. Tendo chegado à corte de Eetes, na Cólquida, Ásia Menor, foi muito bem recebido pelo soberano, que lhe deu a filha Calcíope em casamento. Antes de retornar à Hélade, Frixo sacrificou o carneiro a Zeus e ofereceu o velo de ouro ao rei, que o consagrou ao deus Ares, cravando-o num carvalho, no bosque sagrado do deus da guerra. Uma outra versão, devida a Higino, conta que Eetes matou a Frixo, seja em função da *auri sacra fames*, seja porque um oráculo lhe havia predito a morte nas mãos de um descendente de Éolo.

De qualquer forma, é esse velocino de ouro que vai dar origem à famosa expedição dos argonautas[3].

---

3. A respeito particularmente dos *Argonautas* e de sua arriscada expedição em busca do Velocino de Ouro as fontes e referências principais são as seguintes: Apolônio de Rodes, *Argonáuticas*, cantos 1 e 2; Ovídio, *Metam.*, 7,1-158; Valério Flaco, *Argonautica*, cantos 1 a 8; Higino, *Fábulas*, 14 a 23.

3

Convocados por um arauto através da Grécia inteira, apresentaram-se mais de cinquenta heróis para participar da arriscada missão. Diferentes *Catálogos*, que, na realidade, diferem muito uns dos outros, conservaram os nomes dos valorosos componentes da expedição. Dois dentre eles são muito importantes, o de Apolônio de Rodes e o de Apolodoro, não só porque fixam o número dos heróis entre cinquenta e cinquenta e cinco, mas sobretudo porque, além de serem independentes entre si, arrolam um número apreciável de nomes, o que refletiria o fundo mais estável e possivelmente mais antigo do mitologema.

Além de Jasão, que comandava a expedição, aparecem Argos, filho de Frixo, ou de Arestor, segundo outros, como construtor do navio, e Tífis, como piloto. Este último recebeu tão honrosa função por ordem de Atená, que lhe ensinou a arte da navegação, até então desconhecida. Com a morte do piloto nas terras dos Mariandinos, na Bitínia, seu posto foi ocupado por Ergino, filho de Posídon. Vinha, em seguida, o músico e cantor da Trácia, Orfeu, cuja função não era apenas a de dar cadência aos remadores, mas ainda, e principalmente, a de evitar, com sua voz divina, a sedução do canto das sereias. Dentre tão célebres protagonistas destacam-se também os adivinhos Ídmon, Anfiarau e, no Catálogo de Apolodoro, o lápita Mopso. Desejosos e preparados para quaisquer *agônes* a nau Argo[4] levava ainda a bordo muitos outros heróis destemidos como Zetes e Cálais, Castor e Pólux, Idas e Linceu e o arauto da expedição, Etálides, um dos filhos de Hermes. Dentre os heróis de "menor porte" é bastante citar Admeto, Acasto, filho de Pélias, Periclímeno, Astério, o lápita Polifemo, Ceneu, Êurito, Augias, Cefeu... Em ambos os Catálogos figura Héracles, mas ligado apenas a um episódio da viagem, o rapto de seu jovem companheiro Hilas pelas ninfas, na Mísia, o que acarretou o desespero do herói, que não mais prosseguiu na expedição.

---

4. 'Αργώ (Argó), *Argo*, palavra derivada de ἀργός (argós), "rápido, ágil, branco", é a rápida, a brilhante. A nau foi construída no porto de Págasas, na Tessália, pelo filho de Frixo, Argos, auxiliado por Atená. O madeirame procedia do monte Pélion, mas, para construir a proa, Atená trouxera uma peça tirada do carvalho sagrado de Dodona, à qual a deusa concedeu o dom da palavra e até da mântica.

O navio Argo foi lançado ao mar, na praia de Págasas, na Tessália, em cerimônia solene e concorrida. Após um sacrifício a Apolo, Jasão içou a vela e Argo singrou em direção à Cólquida. Os auspícios eram favoráveis, pressagiava Ídmon, segundo quem apenas ele dentre os grandes heróis pereceria no trajeto, retornando todos os demais.

A primeira escala foi na ilha de Lemnos, onde se uniram às lemníades, dando-lhes filhos, uma vez que estas haviam assassinado todos os maridos, conforme se comentou no Vol. I, p. 233s. Navegaram, em seguida, em direção à ilha de Samotrácia, e aí, a conselho de Orfeu, todos se iniciaram nos *Mistérios dos Cabiros*[5]. Penetrando no Helesponto, chegaram à cidade de Cízico, na terra dos Delíones. O rei, homônimo da cidade, os recebeu hospitaleiramente, oferecendo-lhes, além de muitos presentes, um grande banquete. Na noite seguinte os argonautas partiram, mas uma grande tempestade fê-los retornar a Cízico. Os Dolíones, não tendo reconhecido os seus hóspedes da véspera e julgando tratar-se de piratas pelasgos, que frequentemente lhes pilhavam a cidade, atacaram-nos com todos os seus homens disponíveis. Travou-se uma grande batalha. Cízico, tendo corrido em defesa dos seus, foi morto por Jasão, que lhe atravessou o peito com a lança. A carnificina continuou, até que, com o nascer do dia, ficou esclarecido o terrível equívoco.

Jasão mandou organizar funerais suntuosíssimos em memória de Cízico e, durante três dias, os argonautas entoaram lamentações fúnebres e fizeram jogos em sua honra. Tendo a jovem rainha Clite se enforcado, por causa da morte do esposo, as ninfas a choraram tão intensamente, que de suas lágrimas se formou a

---

5. Κάβειροι (Kábeiroi), os Cabiros, consoante a tradição mais comum, eram quatro e passavam por filhos de Hefesto e Cabiro ou, segundo outras versões, Hefesto, unindo-se a Cabiro, foi pai de Cadmilo, tendo este gerado os outros três: Axiero, Axioquersa e Axioquerso, identificados respectivamente com Hermes, Deméter, Perséfone e Hades. Seus principais santuários se encontravam na Samotrácia e em Lemnos, Imbros e perto de Tebas. Divindades de "mistérios" não podiam ser invocadas impunemente, a não ser por iniciados. Integravam, normalmente, o cortejo de Hera, a protetora dos amores legítimos, já que o *ápice de uma iniciação*, τέλος ὁ γάμος (télos ho gámos) é exatamente o *casamento*. Após a época clássica, os Cabiros se tornaram, como os Dioscuros, protetores da navegação, daí o conselho de Orfeu, para que os Argonautas se iniciassem nos Mistérios da Samotrácia. Um estudo luminoso sobre os *Cabiros* se encontra na obra já por nós citada de Károly KERÉNYI, *Miti e misteri*, p. 158ss.

fonte Clite. Como nova borrasca os impedisse de partir, os *marinheiros de Argo* (tal é a etimologia de *argonauta*, de 'Αργὼ [Argo], *Argo* e ναύτης [naútes], *marinheiro*) ergueram sobre o monte Díndimon, a cavaleiro de Cízico, uma estátua de Cibele, a Grande Mãe oriental, a mãe dos deuses, a fim de que esta lhes propiciasse um bom tempo. Navegando mais para leste, chegaram às costas da Mísia. Enquanto recebiam presentes de hospitalidade da acolhedora população e preparavam o almoço, Héracles, que havia quebrado o remo, tal a força com que feria as águas, dirigiu-se a uma floresta vizinha, a fim de preparar um outro. O lindíssimo Hilas, que o acompanhava na expedição, se afastou igualmente com a finalidade de procurar água doce para preparar os alimentos e não mais retornou. É que tendo se aproximado de uma fonte, as ninfas náiades, extasiadas com a beleza do jovem, o arrastaram para as profundezas das águas, talvez para imortalizá-lo. Polifemo, tendo-lhe ouvido o grito, correu em seu auxílio. Encontrando a Héracles, que retornava da floresta, ambos se puseram a procurar Hilas. Durante a noite inteira erraram nos bosques e nas florestas e, pela manhã, quando Argo partiu, os dois não estavam a bordo. O destino não permitiu que os dois heróis participassem da conquista do velocino de ouro. Polifemo fundou nas vizinhanças a cidade de Cios e Héracles retornou sozinho às suas grandes tarefas.

Argo, após uma longa travessia, aportou na terra dos bébricos, cujo rei Âmico, um gigante, filho de Posídon, era miticamente o inventor do pugilato. Atacava os adventícios que passassem pela Bitínia e os matava a soco. Tão logo chegaram os argonautas, o brutamontes os desafiou. Pólux aceitou a justa, cujo preço era a vida do vencido. Apesar da estatura e da força brutal de Âmico, Pólux, usando de extrema habilidade e astúcia, o venceu. Não lhe tirou a vida, mas fê-lo prometer, sob juramento, que doravante respeitaria os estrangeiros. Consoante outras versões, houve uma batalha geral entre os argonautas e os bébricos, que, derrotados, fugiram em todas as direções.

Na manhã seguinte Argo retomou seu caminho, mas impelida por grande borrasca, antes de penetrar no Bósforo, a nau ancorou nas costas da Trácia, isto é, na margem europeia do Helesponto, onde reinava Fineu, o mântico cego, filho de Posídon e cujo mito foi narrado no Vol. I, p. 249-250. Os argonautas, após a vitória de Cálais e Zetes sobre as Harpias, foram bem instruídos por Fineu acerca do perigo que para eles representavam as temíveis Ciâneas, os Rochedos Azuis, também denominados *Sindrômades* ou *Simplégades*, vale dizer, "que se entrechocam". Tratava-se, disse-lhes Fineu, de dois recifes móveis, que, à passagem de qualquer coisa entre ambos, fechavam-se violentamente, esmagando fosse o que fosse.

Era necessário, aconselhou-lhes o mântico, fazer-se preceder por uma pomba: se esta cruzasse os terríveis Rochedos Azuis, era sinal de que a *Moîra* lhes permitiria igualmente transpô-los; caso contrário, que desistissem da empresa.

Seguindo à risca a advertência de Fineu, ao se aproximarem das Simplégades, soltaram uma pomba, que conseguiu ultrapassá-las, mas, assim mesmo, ao se fecharem, as Ciâneas cortaram as pontas das penas maiores da cauda da ave. Os argonautas esperaram que os rochedos novamente se abrissem e remaram com todas as forças, logrando atravessá-los. Apenas a popa de Argo, como a cauda da pomba, foi ligeiramente atingida. Após essa passagem vitoriosa, as Simplégades se imobilizaram, porquanto a *Moîra* havia determinado que, no dia em que um navio lograsse passar entre elas, as Sindrômades jamais se fechariam.

Penetrando, desse modo, no Ponto Euxino, no Mar Negro, os heróis da nau Argo chegaram à região dos Mariandinos e foram muito bem recebidos pelo rei Lico. Foi lá que, numa caçada, morreu o adivinho *Ídmon*, ferido por um javali. Faleceu também, entre os Mariandinos, o piloto Tífis, sendo, de imediato, substituído, como já se mencionou, por Ergino.

Prosseguindo em sua viagem, os argonautas atingiram a foz do rio Termodonte, junto ao qual, dizia-se, residiam as Amazonas. Contornando o Cáucaso, navegaram diretamente para a Cólquida, na embocadura do rio Fásis, que marcava o fim de sua viagem de ida...

Antes de se passar às gestas de Jasão na Cólquida, uma palavra sobre a *pomba*, que logrou primeiro transpor o que até então nada havia conseguido ultrapassar, e um ligeiro comentário sobre os Rochedos Azuis.

Consoante J. Chevalier e A. Gheerbrant, a *pomba* é fundamentalmente um símbolo de pureza, de simplicidade e, quando se torna portadora do ramo de oliveira a Noé, configura igualmente a paz, a harmonia, a esperança, o reencontro da felicidade. Como a maioria das representações de animais alados na mesma área cultural, pode-se afirmar que a pomba traduz a sublimação do instinto e, especificamente, de *éros*.

Numa acepção pagã, que valoriza diferentemente a noção de pureza, ela não se opõe ao amor carnal, pois que, como ave de Afrodite, representa a plenitude amorosa de tudo quanto o amante oferece ao objeto de seu desejo.

Todas essas significações, diferentes apenas na aparência, fazem que a pomba acabe por traduzir o que existe de imortal no homem, o *sopro vital*, a psiqué, a *alma*. Em alguns vasos funerários gregos a ave de Afrodite é representada bebendo num pequeno recipiente, que simboliza a fonte da memória. Na iconografia cristã, além da simplicidade, da doçura e da pureza, a pomba simboliza igualmente a alma. O inesquecível cardeal Jean Daniélou, citando S. Gregório de Nissa, diz que "na medida em que a alma se aproxima da luz, torna-se mais bela e toma a forma de uma pomba"[6].

Logrando transpor o vão mortal das Simplégades, a pomba traduz o aprimoramento de um outro nível, a vitória sobre a morte, se bem que algo ainda falte, porquanto as penas maiores foram "queimadas" pelo entrechoque ígneo dos rochedos. A popa de Argo também danificada, embora levemente, pelas Sindrômades, atesta que os heróis ainda não atingiram o nível iniciático desejável.

Quanto às Simplégades, recifes móveis, que se entrechocam, configuram um perigo mortal: ultrapassá-las é fixá-las, vencê-las para sempre, embora, nessa ultrapassagem, sempre se deixe um "pouco do pelo". Mas a ameaça mortal, configurada pelas Ciâneas, e cuja transposição é incerta e irregular, traduz algo fortemente anxiógeno. "O rochedo, o túnel, estão na categoria do terrificante, como o relâmpago, o trovão e a tempestade. A imagem desses rochedos móveis, frequente nos sonhos, traduz o medo de um fracasso, de uma agressão, de uma dificuldade e expressa uma angústia. Esta, no entanto, como prova o mito dos argonautas, pode ser debelada por uma inteligência justa e precavida, pela descoberta da solução e pela aceitação prévia de que se corre um risco, ao menos de deixar

---

6. CHEVALIER, J. & GHEERBRANT, A. Op. cit., p. 269.

"alguns pelos" pelo caminho... A consciência refletida pode, destarte, vencer o terror inconsciente. Cumprida a operação, a causa da angústia se dissipa.

As Simplégades simbolizam, pois, as dificuldades que podem ser dominadas por uma decisão e uma coragem inteligente. Símbolo paradoxal, como o túnel e tantos outros, mostra simultaneamente a dificuldade e a solução, a travessia pelo interior de um obstáculo e ilustra a dialética simbólica, tão frequentemente evocada por Mircea Eliade, da coincidência dos opostos[7].

4

Atingida a Cólquida, os argonautas puderam, finalmente, respirar por alguns dias em paz. A grande tarefa, a conquista do velocino de ouro, cabia ao herói Jasão. Este, de imediato, dirigiu-se à corte de Eetes, irmão de Circe e Pasífae, e pai de Calcíope, Medeia e Apsirto, dando-lhe ciência da missão que o trazia à Ásia. O rei, para livrar-se de um importuno, prontificou-se a devolver-lhe o precioso velocino, desde que o pretendente ao trono de Iolco executasse quatro tarefas, que, diga-se logo, nenhum mortal poderia sequer iniciar, a não ser que a grande faísca de eternidade, o *amor*, que transmuta impossíveis em possíveis, aparecesse! As provas impossíveis para qualquer ser humano eram as seguintes: pôr o jugo em dois touros bravios, presentes de Hefesto a Eetes, touros de pés e cornos de bronze, que lançavam chamas pelas narinas, e atrelá-los a uma charrua de diamante; lavrar com eles uma vasta área e nela semear os dentes do dragão morto por Cadmo na Beócia, presentes de Atená ao rei; matar os gigantes que nasceriam desses dentes; eliminar o dragão que montava guarda ao Velocino, no bosque sagrado do deus Ares.

Perplexo face às tarefas impostas, que teriam que ser realizadas num só dia, de sol a sol, o herói estava pronto para retornar a Iolco, quando surgiu Medeia, mágica consumada, que, apaixonada por ele, talvez por artimanhas da deusa Hera, comprometeu-se a ajudá-lo a vencer todas as provas. Sob juramento solene de casamento e de levá-la para a Grécia, repetindo-se, desse modo, o episódio

---

7. Ibid., p. 913.

de Ariadne e Teseu, Jasão recebeu de Medeia todos os recursos necessários para uma vitória completa. Deu-lhe a filha de Eetes um bálsamo maravilhoso com que o herói untou o corpo e as armas, tornando-os invulneráveis ao ferro e ao fogo. Recomendou-lhe ainda que, tão logo nascessem os gigantes dos dentes do dragão, atirasse, de longe, uma pedra no meio deles. Os monstros começariam a se acusar mutuamente do lançamento da pedra, o que os levaria a lutar uns contra os outros, até se exterminarem por completo.

Tudo aconteceu conforme desejava a paixão de Medeia. Restava apenas vencer o dragão no bosque de Ares. A mágica fê-lo adormecer com seus sortilégios e Jasão o atravessou com sua lança, apossando-se do velocino de ouro. Face à recusa de Eetes, que se negou a cumprir a promessa feita, e ainda ameaçou incendiar a nau Argo, Jasão fugiu com Medeia, que levara seu jovem irmão Apsirto como refém.

Quando o rei descobriu a fuga de Jasão e Medeia com o velocino, pôs-se imediatamente ao encalço da nau Argo. Medeia, que previra essa perseguição, esquartejou Apsirto, espalhando-lhe os membros em direções várias. Eetes perdeu muito tempo em recolhê-los e, quando terminou a dolorosa tarefa, era tarde demais para perseguir a "ligeira" nau Argo. Assim, com os membros ensanguentados do filho, Eetes velejou até o porto mais próximo, o de Tomos, na foz do rio Íster, e ali os enterrou. Antes de regressar à Cólquida, porém, enviou vários navios em perseguição dos argonautas, advertindo seus tripulantes de que, se regressassem sem Medeia, pagariam com a vida em lugar dela.

Segundo uma outra versão, Eetes enviara Apsirto com um exército em perseguição dos fugitivos, mas tendo-se este adiantado muito, deixando o exército para trás, Jasão o teria assassinado, traiçoeiramente, com auxílio de Medeia, no templo de Ártemis, na embocadura do Íster, isto é, do Danúbio inferior.

Seja como for, os argonautas navegaram em direção ao Danúbio e, subindo o majestoso rio, chegaram ao Adriático, pois, à época da elaboração dessa variante do mito, o Íster era considerado como uma artéria fluvial, que ligava o Ponto Euxino ao Adriático. Zeus, irritado com a morte de Apsirto, enviou uma grande tempestade, que desviou a Argo de sua rota. Foi então que a nau começou a falar e revelou a cólera do deus, acrescentando que esta perseguiria os argonautas, até que fossem purificados por Circe. Foi assim que a nau subiu o rio Erídano (Pó) e o Ródano, através da região dos lígures e dos celtas. De lá, retomou o Mediterrâneo e, costeando a Sardenha, chegou à ilha de Eeia, reino de Circe. A mágica e tia de Medeia purificou os argonautas e manteve uma longa entrevista com a sobrinha, mas se recusou peremptoriamente a hospedar Jasão em seu palácio. Da ilha de Circe, Argo retomou seu curso errante, mas a partir de então, guiada por Tétis, a pedido de Hera, atravessou sem incidentes maiores o Mar das Sereias. É que Orfeu entoou ao som de sua lira uma canção tão bela, que os argonautas não lhes deram a menor atenção ao canto mavioso e mortal. Apenas Butes se deixou "encantar" e a nado chegou aos rochedos dessas mágicas antropófagas. Afrodite, todavia, o salvou e transportou para Lilibeu, na costa ocidental da Sicília. Passando por Cila e Caribdes, chegaram à ilha de Corcira, hodiernamente Corfu, reino dos Feaces, governado por Alcínoo e sua esposa Arete. Lá, algo de sério e grave aguardava os argonautas. Uma nau, enviada por Eetes, em perseguição aos fugitivos, chegara antes de Argo à ilha de Alcínoo. Os súditos de Eetes, sobretudo porque estavam com a vida em jogo, pressionaram violentamente o rei, para que lhes entregasse Medeia. O soberano, após consultar Arete (ao que parece, como se pode observar "mais tarde" na *Odisseia*, o regime vigente em Corcira era bem matriarcal), respondeu-lhes que entregaria a filha de Eetes, desde que ela, uma vez examinada, ainda fosse virgem. Mas, se a mesma já fosse mulher de Jasão, deveria permanecer com ele.

Arete, secretamente, fez saber a Medeia a decisão do casal real e Jasão se apressou em fazer da noiva sua mulher. Desse modo, Medeia permaneceu com o esposo. Os nautas da Cólquida, não ousando retornar à pátria, radicaram-se em Corcira e os argonautas retomaram os caminhos do mar. Tão logo deixaram a ilha dos Feaces, violenta borrasca os lançou contra os Sirtes, dois perigosos recifes na costa norte da África. Tiveram, com isso, que transportar sobre os ombros a nau Argo até o lago Tritônis. Graças ao deus do Lago, Tritão, os destemidos marinheiros encontraram uma saída pelo mar e navegaram em direção a Creta. Na ilha de Minos, os nautas de Argo foram, a princípio, impedidos de desembarcar pelo monstruoso gigante Talos, de que se falou no Vol. I, p. 184s, só o conseguindo graças aos sortilégios de Medeia, que, tendo descoberto o ponto vulnerável do corpo do monstro, provocou-lhe a morte. Para agradecer a vitória sobre Talos, ergueram um santuário a Atená minoica e, ainda pela manhã, voltaram ao bojo macio do mar. Repentinamente, porém, foram envolvidos por uma noite escura e misteriosa e ninguém mais tinha noção de onde estava. Jasão implorou Febo Apolo para que lhes mostrasse a rota em meio à total escuridão. O deus ouviu-lhe a súplica e lançou uma fresta de luz que, como um farol, guiou a nau Argo até uma das ilhas Espórades, onde lançaram âncora.

A essa ilha deram o nome de 'Ανάφη (Anáphe), nome interpretado em etimologia popular como ilha da "Revelação". A derradeira escala de Argo foi na ilha de Egina. Daí, contornando a ilha de Eubeia, chegaram finalmente a Iolco, completando um périplo de quatro meses.

De imediato, Jasão levou a nau Argo para Corinto e a consagrou a Posídon, como ex-voto.

O mitologema de *Jasão* e dos *argonautas*, cuja redação é anterior à da *Odisseia*, como se depreende das palavras de Circe a Ulisses, ao descrever-lhe o perigo que representavam as Πλαγκταί (Planktái), as *Planctas* (*Odiss.*, XII, 59-61), os ameaçadores recifes *errantes*, que só a altaneira *nau Argo, que todos celebram, conseguiu atravessar, em seu regresso do reino de Eetes* (*Odiss.*, XII, 69-70), acabou por tornar-se muito popular, formando um vasto *ciclo*.

Como os poemas homéricos, as gestas dos bravos argonautas serviram de matéria-prima a poemas épicos como as *Argonáuticas*, em quatro cantos, do poeta da época alexandrina Apolônio de Rodes (295-215 a.C.) e *Argonautica*, igualmente poema épico, em oito cantos, do vate latino da época imperial, século I, d.C., Caio Valério Flaco Setino Balbo[8], a poemas de cunho lírico, como as

---

8. O poeta latino da época dos Flávios, Caio Valério Flaco (45-88 d.C., datas prováveis), deixou incompleto seu poema épico *Argonautica*, que possivelmente abrangeria dez ou doze cantos. Chegaram até nós oito cantos (5.593 versos hexâmetros), mas o oitavo se interrompe bruscamente no meio, exatamente no verso 467, no momento da fuga de Jasão e Medeia. A respeito do poeta escreveu Quintiliano (*Inst. Or.*, 10,1): *Multum in Valerio Flaco nuper amisimus*, "recentemente perdemos muito com a morte de Valério Flaco", testemunho que, de um lado, mostra que o poeta deve ter falecido durante o reinado de Vespasiano e, de outro, que a obra de Valério não era considerada, como por vezes se apregoa, uma fria imitação de Apolônio de Rodes.

cartas 6 e 12 das *Heroides* de Ovídio e as tragédias, como a portentosa *Medeia* de Eurípides (séc. V a.C.).

5

Consagrada, em Corinto, a nau Argo a Posídon, Jasão retornou a Iolco e entregou o velocino de ouro a Pélias. A partir desse momento são muitas as tradições e variantes. Afirmam alguns mitógrafos que Jasão assumiu o poder em Iolco, em lugar do tio, e viveu tranquilamente em seu reino, tendo com Medeia apenas um filho, Medeio, conforme a *Teogonia*, 1001, o qual foi entregue aos cuidados de Quirão. Outros atribuem-lhe uma filha, Eriópis, a de "olhos grandes". A tradição trágica nomeia dois, Feres e Mérmero. Diodoro aumenta o número para três: Téssalo, Alcímenes e Tisandro.

A versão mais seguida, no entanto, é a que aponta Medeia como a grande "vingadora de Iolco". A mola mestra da ação criminosa da mágica da Cólquida seria seu amor por Jasão. Pélias lhe ofendera gravemente o marido: usurpara o trono, que de direito lhe pertencia; induzira-lhe o pai Esão ao suicídio, obrigara-o a buscar o velocino de ouro e, conforme algumas versões, recebido este, recusara-se a devolver-lhe o trono, como havia prometido.

Para vingar os crimes e ultrajes de Pélias, a terrível mágica resolveu eliminá-lo. Convenceu as filhas do usurpador, menos a Alceste, ainda muito menina, de que poderiam facilmente rejuvenescer o pai, já muito avançado em anos, se o fizessem em pedaços e o deitassem a ferver num caldeirão de bronze em meio a uma composição mágica, cujo segredo somente ela conhecia. Para provar sua arte, Medeia tomou um velho cordeiro (outros afirmam que foi Esão) e, usando o processo acima descrito, transformou-o num cordeirinho ou o velho pai de Jasão num Esão jovem e robusto. As pelíades, sem hesitar, despedaçaram o pai e cozinharam-lhe os pedaços, conforme a receita de Medeia. Como Pélias não ressuscitasse, transidas de horror, fugiram para a Arcádia.

Com a morte do rei, Jasão e Medeia, com os filhos do casal, Feres e Mérmero, foram banidos de Iolco por Acasto.

Há uma variante, segundo a qual Medeia, disfarçada numa sacerdotisa de Ártemis, deixou sozinha a nau Argo e dirigiu-se a Iolco. Tendo convencido as filhas de Pélias a cozinhar-lhe os membros, fez vir Jasão, que entregou o trono a Acasto, uma vez que este o acompanhara, contra a vontade do pai, na perigosa expedição dos argonautas. A seguir tal versão, o exílio em Corinto foi voluntário.

Eetes, filho de Hélio e da oceânida Perseida, recebera do pai o reino de Corinto, mas deixou o trono vacante para reinar na Cólquida, cuja capital era Fásis, às margens do rio do mesmo nome. Eetes se casara com Eurilite ou com a nereida Neera, com a oceânida Idíia ou ainda, segundo algumas versões, com sua própria sobrinha, a terrível Hécate. Seja como for, filha de *Hécate* ou sobrinha de *Circe*, *Medeia* conhecia profundamente os segredos da bruxaria e dos sortilégios.

"À época" em que se passa o "drama de Medeia", Corinto é governada por Creonte, filho de Liceto, que é preciso não confundir com o segundo Creonte, o tebano, filho de Meneceu, e irmão da infortunada Jocasta.

Jasão e Medeia, expulsos de Iolco, viviam em paz em Corinto, quando o rei Creonte concebeu a ideia de casar sua filha Glauce ou Creúsa com o herói dos argonautas. Jasão, sem tergiversar, aceitou o enlace real e repudiou Medeia, que foi banida de Corinto pelo próprio soberano. Implorando-lhe o prazo de um só dia, sob o pretexto de se despedir dos filhos, a feiticeira da Cólquida teve tempo suficiente para preparar a mortal represália. Enlouquecida pelo ódio, pela dor e pela ingratidão do esposo, resolveu vingar-se tragicamente, enviando à noiva de Jasão, por intermédio de seus filhos Feres e Mérmero, um sinistro presente de núpcias. Tratava-se de um manto ou de um véu e de uma coroa de ouro, impregnados de poções mágicas e fatais. A própria Medeia, na tragédia homônima de Eurípides[9], deixa bem claro o poder terrível de semelhantes adornos:

> *Se ela aceitar estes atavios e com eles se engalanar,*
> *perecerá horrivelmente e, com ela, quem a tocar:*
> *tal o poder dos venenos com que ungirei meus presentes* (Med., 787-789)

---

9. Veja-se a análise que fizemos desta tragédia de Eurípides em *Teatro grego: Tragédia e comédia.* 3. ed. Petrópolis: Vozes, 1985, p. 63ss.

Vaidosa, Glauce, sem hesitar, não apenas aceitou, mas igualmente se ataviou com o lindíssimo véu e a coroa de ouro, prenúncio da coroa real, que, em breve, luziria sobre sua fronte jovem e bela... A princesa, todavia, teve apenas tempo de se ornamentar. De imediato, um fogo misterioso começou a devorar-lhe as carnes e os ossos. O rei, que correra em socorro da filha, foi envolvido também por esse incêndio inextinguível, que os transformou rapidamente num monte de cinzas.

Não parou aí a vindita louca da filha de Eetes. Também os filhos morrerão pelas mãos da própria mãe, para que Jasão sofra uma solidão mais aterradora do que aquela que lhe desejara:

> *Mas aqui mudo minha maneira de falar*
> *e gemo sobre o que terei de fazer a seguir:*
> *matarei meus filhos queridíssimos e ninguém pode salvá-los.*

> *E, quando tiver aniquilado toda a família de Jasão,*
> *sairei desta terra, expulsa pelo assassinato de meus filhos*
> *queridos, e pelo crime horrendo que tiver ousado cometer.*
> (*Med.*, 790-796).

Mortos Creonte e Creúsa e incendiado o palácio real, Medeia assassinou os próprios filhos no templo de Hera e, num carro alado, presente de seu avô Hélio, o Sol, puxado por dois dragões ou duas serpentes monstruosas, fugiu para Atenas. Este exílio na pólis de Palas Atená, prodigalizado por Egeu, conforme se mostrou no capítulo anterior, acabou igualmente de maneira dolorosa para o rei de Atenas e para a própria princesa da Cólquida. É que Medeia, em tudo que fazia, sempre colocou a *paixão* como fio condutor de suas ações. Ela própria o afirma na tragédia euripidiana: θυμὸς δέ κρείσσων τῶν ἐμῶν βουλευμάτων (thymòs dè kreísson tôn emôn buleumáton) – a paixão é mais forte em mim do que a razão (*Med.*, 1079).

Existe uma versão segundo a qual a morte dos filhos pela própria mãe teria sido uma "criação" de Eurípides. Na realidade, a tradição mais seguida no mito é a de que Feres e Mérmero teriam sido lapidados pelos habitantes de Corinto pelo fato de terem levado a Glauce os presentes fatídicos de Medeia.

Uma variante, certamente tardia, atesta que Medeia, após matar, na Cólquida, a seu tio Perses e repor Eetes no trono, segundo se viu igualmente no capítulo anterior, não teria morrido; mas transportada para os Campos Elísios ou para a Ilha dos Bem-Aventurados, se teria consorciado com o divino Aquiles. É bem verdade que, após gravitar na *Odisseia* entre os εἴδωλα (eídola) abúlicos do Hades, o grande herói da *Ilíada* fora também promovido à Ilha dos Bem-Aventurados. Aí o encontramos casado ora com Ifigênia ora com Helena (e mais uma vez o pacífico Menelau ficou *solitarius*) ou ainda com a filha de Hécuba, Políxena, imolada sobre o túmulo do herói, mas sua união com Medeia é estranha. Seria um par sumamente antitético!

Quanto a Jasão, desejoso de regressar a Iolco, se aliou a Peleu, inimigo figadal de Acasto, por culpa da esposa deste, Astidamia, a que se fez referência na *Introdução*, 5, e, com auxílio dos Dioscuros, destruiu a cidade, assumindo o poder, que, logo depois, passou para seu filho Téssalo.

O frágil e indeciso Jasão, todavia, não foi esquecido. Ovídio, nas *Heroides*, fez que duas apaixonadas suspirassem de saudades e de ódio pelo conquistador do velocino de ouro.

A carta 6, *Hypsipyle Iasoni*, de "Hipsípila a Jasão", é o desabafo da rainha das Lemníades, a quem o herói seduzira e deixara grávida de gêmeos na passagem pela ilha de Lemnos em direção à Cólquida[10]. Hipsípila exprobra a Medeia, "feia e estrangeira, estrangeira cruel", que lhe roubara o amante. Apesar de tudo, ainda acredita na força do amor, já que "o amor crê em tudo": *credula res amor est* (*Her.*, 6,21).

Embora tenha feito promessa solene de voltar a Lemnos, a rainha sabe que "ele é volúvel e mais indeciso que as auras primaveris" e que não cumprirá o compromisso assumido.

Em todo caso, serve-lhe de lenitivo o saber que "Medeia lhe ganhou o namorado com ervas feiticeiras, quando o amor deve ser conquistado com beleza e dignidade":

---

10. O roteiro e quase todos os trechos traduzidos que estampamos nesta carta são extraídos da edição das *Heroides* do prof. Walter Vergna, por nós prefaciada e mais de uma vez citada.

... Male quaeritur herbis,
Moribus et forma conciliandus, amor (Her., 6,93-94).

Ameaça vingar-se, "prometendo ser para Medeia mais cruel do que a própria Medeia": *Medeae Medea forem...* (Her., 6,151).

Mas a promessa de vingança fica apenas na promessa. Na citada edição das *Heroides* o Prof. Walter Vergna acentua que "Mais uma vez a vingança, através de ameaças, é ofuscada pela força do amor"; e transcreve a seguir dois versos que em algumas edições antecedem o texto original. Trata-se de um dístico muito significativo, que põe a descoberto o grande amor da neta de Dioniso pelo ingrato e volúvel herói dos argonautas:

Lemnias Hypsipyle, Bacchi genus, Aesone nato
Dicit, et in uerbis pars quota mentis erat.

– Hipsípila de Lemnos, descendente de Baco, dirige-se ao filho de Esão e em cada palavra põe um pedaço de sua alma.

A carta 12, *Medea Iasoni*, de "Medeia a Jasão", é uma missiva bem ao estilo da tragédia euripidiana: a princesa da Cólquida, abandonada pelo marido, que se enamorou de Creúsa ou do trono de Corinto, explode primeiro em saudades e paixão... Depois contrapõe seu amor total à ingratidão do marido e passa dos gemidos às mais terríveis ameaças: enquanto houver ferro, fogo e ervas venenosas sua ira e vingança não se extinguirão. Em suas palavras, os vocábulos "fogo e chamas" mudam de acepção, quando soprados pelo amor ou pelo ódio:

Est aliqua ingrato meritum exprobrare uoluptas;
Hac fruar: haec de te gaudia sola feram (Her., 12,21-22).

– É como que um prazer censurar o ingrato
pelo prazer recebido; deixa-me gozar este prazer,
o único que ainda obterei de ti.

Apesar de tudo, apesar de todo ressentimento, o amor e as chamas não se apagam, porque não se podem ocultar:

Perfide, sensisti, quis enim bene celat amorem?
Eminet indicio prodita flamma suo (Her., 12,37-38).

> – Tu, infame, percebeste minha paixão. Quem é capaz
> de ocultar o amor? É uma chama que irrompe,
> traída por seus próprios indícios.

Tudo fizera por ele: traiu o pai, abandonou mãe e irmã, matou o próprio irmão. E mais: entregou-se a ele.

O marido, que ela salvara, agora está sendo acariciado por outra mulher. É
contra Glauce primeiramente que se ergue a ira de Medeia, mas, enquanto exis-
tirem chamas e ervas venenosas, ninguém escapará a seu ódio e vingança:

> *Rideat et Tyrio iacet sublimis in ostro:*
> *Flebit et ardores uincet adusta meos!*
> *Dum ferrum flammaeque aderunt sucusque ueneni,*
> *Hostis Medeae nullus inultus erit* (*Her.*, 12,179-182).

> – Que ela se ria e permaneça sobranceira na púrpura
> de Tiro. Um dia chorará, consumida por um fogo
> mais abrasador do que este que me devora!
> Enquanto houver ferro, chamas e ervas venenosas,
> nenhum inimigo de Medeia escapará à sua vingança!

E jura, por fim, que irá até onde o ódio puder conduzi-la:

> *Quo feret ira sequar...*
> *Viderit ista deus, qui nunc mea pectora uersat* (*Her.*, 12,209-211).

> – Irei até onde me arrastar o ódio,
> seja disto testemunha o deus que agora revolve
> os tormentos no meu peito!

Consoante alguns mitógrafos, Jasão pereceu tragicamente em Corinto.

Um dia de muito calor, descansava sob a nau Argo, que havia sido retirada
do mar para conserto e uma viga da nau, caindo sobre ele, o matou.

Duas ilhas, certamente, o choraram: Lemnos e Avalon...

6

Comentando o mito dos argonautas, Yves Bonnefoy faz duas observações
importantes: a primeira sobre o espaço geográfico percorrido pela nau Argo e a

segunda acerca de Medeia. Vamos sintetizá-las, antes de se passar com Paul Diel a uma visão simbólica do conjunto, sobretudo a um enfoque de Jasão e Medeia.

Para o poeta e mitólogo francês, "a história dos argonautas oscila entre a Demanda do Graal e as Instruções Náuticas, mas ambas acabam por confundir-se no emaranhado das narrativas de caráter erudito, através das quais seguimos as gestas de Jasão na leitura das epopeias de Apolônio de Rodes ou de Valério Flaco. A análise estatigráfica discute a quantidade de recifes, desde as vias comerciais pré-helênicas, assinaladas pelos arqueólogos, do Ponto Euxino ao Báltico, até as crônicas da derradeira colonização que empreenderam as cidades gregas em direção ao horizonte de Tânais, isto é, do rio Don, o maior mercado dos bárbaros além de Panticapeion, como afirma Estrabão, 7,4,5. As viagens de Ulisses recordam *a altaneira nau Argo, conhecida de todos* e, quando a mágica Circe traça para o herói da *Odisseia* e seus companheiros o longo caminho do retorno, o terror das Planctas já havia feito congelar o sangue nas veias dos argonautas e foi com o auxílio de Hera que Jasão conseguiu ultrapassar a passagem tortuosa, a via intransponível, onde se confundem água e fogo, céu e terra. A geografia, no entanto, não possui no mito dos argonautas um plano de significação, que seria, aliás, hipertrofiado: a busca do velocino de ouro se inscreve num périplo, num percurso de espaço em que a viagem de retorno estrutura o itinerário de ida e estimula o trabalho da memória, que assinala para cada gesta o seu local exato e sua posição no espaço organizado"[11].

Quanto a Medeia, Bonnefoy tem a respeito da mesma um enfoque muito original. "A proteção de Hera ao herói se exerce através de Medeia, sem a qual Jasão não teria executado as tarefas impostas pelo rei da Cólquida. Filha de Eetes, confundem-se nela o poder de Hélio, o Sol, e as forças da noite. A princesa da Cólquida pertence a um elenco de mulheres versadas em magia e em poderes ocultos. Como Agamede, Hecamede ou Perimede, é imaginosa, dotada de uma inteligência solerte e astuciosa, graças à qual todas as forças, por maiores que sejam, são vencidas. Uma inteligência que age não por dissimulação ou embustes, visando à eficácia imediata, mas pelos meandros da magia, pelo emprego de er-

---

11. BONNEFOY. Yves et al. *Dictionnaire des mythologies*, 2 vols. Paris: Flammarion, 1981, p. 65.

vas e de filtros, pela mobilização dos poderes da noite. Medeia é uma mulher com a força da *métis*, mas sua aliança com Jasão não é o casamento de Zeus com Métis, sua primeira esposa, que lhe outorgou o poder. As magias de Medeia abrem a Jasão o caminho para a conquista do velocino de ouro, talismã cuja perda significa para Eetes a destruição do poder real (Diodoro, 4,47), mas que não confere de imediato ao herói o acesso ao poder, usurpado por Pélias. Sem Medeia, porém, Jasão jamais reporia o trono de Iolco nas mãos dos filhos de Éolo. A aliada, todavia, pode tornar-se uma inimiga tanto mais perigosa quanto para ela o casamento é algo contra a natureza.

Em algumas tradições (Diodoro, 4,45s) Medeia tem por mãe Hécate, filha de Perses, nascida nas montanhas do Tauro e que sempre viveu longe da cultura e da civilização, nas extensões desérticas, perseguindo o homem e recolhendo mil ervas venenosas, geradas pela terra. Como sua mãe, que é igualmente a de Circe, Medeia só pode reinar nos desertos, nas montanhas, nas florestas selvagens. As terras incultas são o domínio que lhe fornece os instrumentos de seu poder: venenos e remédios. Trata-se de uma feiticeira, dotada de uma violência inquieta, de paixões que queimam, de mudanças súbitas de humor, de uma constante melancolia e de uma duplicidade criminosa, que se volta contra aqueles aos quais ela mais ama.

Uma das características mais salientes desta mágica é a de dedicar-se a perigosas operações culinárias. Seu instrumento de trabalho, sua arma, no entanto, não é o espeto, mas o caldeirão, a panela, onde se colocam para ferver os pedaços de carne que se separam da vítima do sacrifício. A contradição, porém, é dupla: primeiramente, porque na Grécia a preparação da carne não era ofício de mulher; segundo, porque só os homens podiam ser cozinheiros e sacrificadores; a panela pertence, portanto, àquele que possui o espeto e a faca.

Medeia, desse modo, arroga-se um privilégio masculino. Sua cozinha tem uma aparência de altar de sacrifício, mas se apresenta sob a forma inversa do local em que se abate um animal. É a vida que deve sair de seu caldeirão, como de um ventre feminino, uma vida renovada, como aquela que ela própria prometeu às filhas de Pélias, mostrando-lhes um cordeirinho saído do caldeirão de bronze, onde fora colocado em pedaços. O caldeirão, todavia, foi o meio usado para matar a Pélias e escondê-lo no ventre da terra.

Assim como a feiticeira é uma cozinheira perigosa, da mesma maneira ela parece incapaz de gerar. Em Corinto, a filha de Hécate se apresenta como a Errante, a que se deixa levantar nos ares, como se o ter vindo de um mundo selvagem lhe interditasse qualquer fixação, qualquer afinidade com a terra cultivada e o espaço consagrado à família. Seus filhos são feridos de maldição: a mãe os escondeu no santuário de Hera, ou, antes, eles já nasceram mortos, ou, por outra, cada vez que Medeia dava à luz um filho, ela se apressava em enterrá-lo. O degolamento dos meninos na versão de Corinto renova o sacrifício monstruoso de seu irmão Apsirto"[12].

Como fez com relação a Teseu, segundo se mostrou no capítulo anterior, Paul Diel analisa as façanhas e o comportamento de Jasão como uma progressiva *banalização* (veja-se, no que respeita à significação deste termo, a nota 8 da p. 164 supra). Em outras palavras: buscando o velocino de ouro, símbolo do poder espiritual, o herói acabou por destruir-se, porque, usando egoística e cinicamente do poder mágico de Medeia, voltou-se para a intriga e para a perversão. Apegou-se aos valores da terra em vez de buscar os méritos do espírito. Reprimiu-se ao invés de purificar-se, substituindo a *anagnórisis* pela *hýbris*.

Vejamos, com alguns enxertos nossos, o que mais tem Paul Diel a dizer sobre a interpretação do mito de Jasão[13].

Observa o autor citado que na busca do velocino de ouro está congregada a maioria dos heróis ameaçados de banalização. Entre eles se destacam Orfeu, Héracles, Teseu e Jasão. Embora nenhum deles apresente a vaidade excessiva dos heróis sentimentais, a ameaça que pesa sobre os mesmos é o impulso da dominação perversa e a intemperança, isto é, a incapacidade de escolha justa e de ligação durável. É exatamente esse perigo que, sobressaltando a cada um em particular, os uniu numa empresa comum de liberação. A importância do cometimento encontra-se expressa no significado do próprio nome *argonautas*, "marinheiros de Argo" e, sendo *Argo* a nave *branca*, este símbolo *branco*, a pureza, deveria conduzi-los à catarse, à purificação. Reunindo, pois, o *ouro* do velocino e o

---

12. Ibid., p. 66.

13. DIEL, Paul. Op. cit., p. 171ss.

branco de Argo, tem-se que o objetivo da empresa é a conquista da força do espírito, a verdade, e da pureza da alma. Some-se ao *dourado* e ao *branco* o carneiro, que é o mesmo que o *cordeiro*, configuração da ternura, da bondade, do amor e também da pureza em seu mais alto grau. O velo de ouro está suspenso numa árvore, imagem da vida, mas é guardado por um *dragão*: é preciso matar a perversão, para que se tenha a posse do tesouro sublime. O dragão é um monstro que possui a força brutal do leão ou do touro. Aos indícios de vaidade e de perversão, que lhe são inerentes, acrescente-se a perversão sexual: com frequência o monstro aparece como guardião de uma virgem ou está prestes a devorá-la.

Para conquistar a força da alma que determina uma escolha justa, indício de uma ligação duradoura, o herói terá que superar o seu "dragão interno", o perigo existente nele mesmo, a exaltação imaginária dos desejos dispersos, ameaça configurada externamente pelo dragão, que impede o acesso à virgem.

Constantemente no mito o dragão é também o guarda de um tesouro. No símbolo "tesouro" se reencontra a significação sublime do dourado, o que faz que, no mito dos argonautas, o *ouro-tesouro* seja substituído pelo velo de ouro. A cor dourada é um símbolo solar, mas o *ouro-moeda* é um sinal de perversão, da exaltação impura dos desejos. Matando o dragão, o herói poderá encontrar o tesouro sublime, mas pode igualmente arrebatá-lo sob sua significação perversa.

Em síntese, é assim que se apresenta o tema secreto em torno do qual se encontram centrados todos os índices simbólicos do mito.

Enfrentando o dragão fabuloso, em busca do velo de ouro, os argonautas devem superar suas próprias ameaças, retratadas pelo monstro ou, apesar de uma vitória aparente, correrão o risco de cair na tentação que deveriam combater.

Substituindo o velo de ouro, imagem da pureza, pelo símbolo mais geral do tesouro em sua significação equívoca, surge claramente a ameaça: os argonautas expor-se-ão ao fracasso quanto ao plano essencial de sentido oculto e, ao invés de conquistarem o tesouro sob sua configuração sublime, encontrá-lo-ão em seu significado pervertido.

O chefe dos heróis da Argo é Jasão. Seu objetivo inicial não é a busca do velo de ouro. Essa demanda é somente uma condição a ser cumprida, a fim de recuperar o trono de seu pai. Mas, se o velo é de ouro, surge, de imediato, um problema: conquistado o "tesouro", com que espírito o herói exercerá o poder? Se encontrar o velocino de ouro sob seu sentido sublime, purificando-se de sua aspiração dominadora, seu reinado será justo; se, ao revés, descobri-lo sob seu signo pervertido, isto é, se ceder à tentação perversa, seu reino será marcado pela injustiça. Do êxito ou do fracasso essencial do herói dependerá a sorte de seu país e este é, sob o plano simbólico, a configuração do mundo inteiro. Jasão, pretendente ao trono, torna-se, desse modo, uma figura representativa, um símbolo, cuja significação é de importância fundamental: a sorte do mundo entregue ao governo dos homens, cujas atitudes podem ser justificáveis ou injustificáveis, uma vez avaliadas de acordo com as exigências essenciais da vida.

O reino injusto e injustificável se apresenta diante do espírito, do ponto de vista simbólico, como uma usurpação e a tarefa heroica de Jasão pode ser assim formulada: combater de modo sublime o usurpador, buscando o velo de ouro, a fim de não tornar-se ele próprio um tirano.

Esão, o rei legítimo, foi destronado por Pélias. Ainda menino, salvo do tio intruso, foi entregue ao centauro Quirão, símbolo da banalização. Adulto, o herói retornou a Iolco, com o fito de recuperar o trono, ocupado por um rei usurpador. A situação do jovem príncipe é análoga à de Édipo: quer governar o mundo, apesar de sua tendência à banalização, devida em parte à sua educação.

O oráculo havia predito ao rei que desconfiasse do homem que usasse apenas uma sandália. Com um pé descalço, Jasão apresentou-se ao tio.

A sandália que falta é a tradução do espírito desprotegido, de uma incompletude. O pé descalço do herói é uma nova imagem do homem "coxo", deformado pela educação. Assim caracterizado, não poderá ele ascender ao poder legítimo, a não ser que supere essa carência. Pélias declara-se disposto a abdicar, desde que o sobrinho lhe traga o velo de ouro, símbolo da banalidade vencida.

Tal exigência do rei significa que o herói deverá provar que é digno do poder a que aspira. Deverá superar a "desordem física", o pé descalço, e adquirir a insígnia da vitória espiritual e sublime. É verdade que a exigência de Pélias, que é um usurpador, estabelece tal condição por deslealdade, pois espera que o sobrinho morra na empresa, mas a conquista do troféu possui um aspecto simbolicamente sublime. Na realidade, a incumbência imposta corresponde a uma dupla significação do rei: se Pélias nada exigisse além de uma tarefa qualquer, supostamente perigosa e irrealizável, estaria se declarando apenas um tirano usurpador, o homem intrigante. O trabalho exigido, todavia, é o combate heroico, que em todos os mitos é impingido pelo rei simbólico, o espírito. O rei Pélias, que por traição estabelece tal prova, apresenta-se, no plano mítico, substituído pela exigência sublime, suscetível de caracterizar a situação essencial.

Não se sentindo suficientemente forte para realizar sozinho o feito excepcional, Jasão mandou convocar outros heróis e, sobre a nau Argo, navegaram rumo à Cólquida. Mas o caminho do mar é a rota da vida e os perigos estão à vista. A nau Argo deverá encontrar exatamente o centro, ao atravessar as terríveis Simplégades, ou dois recifes móveis, que se chocam contra tudo que ouse passar entre eles. As Sindrômades são o Cila e o Caribdes da existência. A terra esmagadora, estampada no rochedo, sendo o símbolo da banalização, os dois recifes espelham a dupla ameaça que paira sobre qualquer empresa: a intemperança e a tirania. A nau Argo escapa por pouco da emboscada, mas, presságio funesto, uma parcela da popa é arrancada.

Eetes, soberano da Cólquida, novo representante do rei mítico, recebe Jasão cordialmente, mas condiciona a entrega do velo de ouro à vitória sobre o dragão. A autorização para enfrentar o monstro, todavia, está subordinada a tarefas preliminares, que esclarecem ainda mais a situação do herói e a natureza do empreendimento. O rei entrega ao herói os dentes de um dragão, o primeiro a ser eliminado por Cadmo, um herói vencedor. Jasão deverá atrelar a uma charrua dois touros de pés de bronze, que vomitam chamas pelas narinas e com eles arar um campo, onde serão semeados os dentes do dragão de Cadmo.

A colheita dessa semeadura só podendo ser funesta, o herói deverá mostrar-se capaz de dominar o perigo.

O conjunto destas tarefas preliminares representa uma imagem bem específica da luta contra a tendência à dominação perversa, de que o aspirante ao trono terá primeiro que purificar-se. O herói deverá mostrar não apenas que tem méritos para se apossar do velo de ouro e assumir o poder, mas ainda, em razão da força que o anima, de permanecer como um digno detentor do troféu conquistado. Desse modo, o comportamento do pretendente ao trono na realização dessas provas simbólicas há de caracterizar-lhe não somente a atitude atual, mas também suas intenções secretas que, sublimes ou perversas, nortearão sua vida inteira e seu reino futuro.

"Arar a terra" significa "torná-la fecunda", quer dizer, governar de maneira fecunda a terra, o país. "Arar a terra com a ajuda de touros domados" significa fazer prova de força sublime, de sabedoria, que por si só assegura o reino fecundo, uma vez que a sabedoria "doma" o perigo e a tentação do abuso brutal, inerentes ao poder. Representações da força brutal, os touros traduzem a dominação perversa. Seu sopro é a chama devastadora. O atributo "bronze acrescentado ao símbolo pé" é uma imagem constante no mito grego, que serve para espelhar um estado anímico. Atribuídos aos touros, os pés de bronze retratam o traço marcante da tendência dominadora, a ferocidade e o endurecimento do espírito.

Com auxílio de Medeia, que por ele se apaixonara, como Ariadne por Teseu, e que lhe deu um bálsamo maravilhoso, que o tornou invulnerável, o que configura o próprio amor da princesa, Jasão consegue domar os touros, arar a terra e semear os dentes do dragão. O amor converteu o impossível em possível, mas é necessário examinar as "intenções" de Jasão para com Medeia. Prometeu-lhe casamento, mas até onde se confundiriam no herói o amor e o "servir-se" do amor? As tarefas ainda a serem executadas responderão a essa inquietante interrogação. De outro lado, a filha de Eetes e de Hécate é uma bruxa, uma feiticeira, ligada à noite e aos poderes malignos da terra, às ervas venenosas. Com essa união, com esse tipo de sizígia, o egoísmo e a intriga perversa conjugados aos poderes ctônios, o reino de Jasão é o prenúncio de um grande fracasso da justiça e do espírito e seu casamento com a princesa da Cólquida pressagia a tragédia.

Dotado de forças heroicas, mas com o respaldo das "forças ctônias", Jasão domina os touros, mas a prova só está cumprida pela metade e, a fim de traduzir com exatidão as intenções e as atitudes do herói, o mito repete a exigência sublime expressa em sua totalidade por nova imagem. O reino futuro do filho de Esão só será fecundo na medida em que ele procure assegurar-lhe a paz e a justiça. A força sublime do herói, ainda não manifestada, deverá vencer não apenas a força brutal dos touros, mas igualmente a dos gigantes, dos "homens de ferro" que nascerem dos dentes semeados do dragão.

Todo reino, uma vez estabelecido e governado com justiça, torna-se inevitavelmente objeto de ciume, "semeia" a inveja, os dentes do dragão. Desta semente nasce a colheita monstruosa, os "homens de ferro", que se erguem contra o pacificador, ansiosos por estabelecer a dominação perversa à custa do governante. Semelhante tendência se revelará tanto mais ameaçadora quanto mais marcado pela sabedoria for o reino: a justa medida e a moderação dele emanadas são interpretadas como fraqueza, suscetível de encorajar os adversários.

Semeando os dentes do dragão, outrora heroicamente vencido, e liquidando os "homens de ferro", Jasão deverá provar que está igualmente capacitado para tornar-se um rei vencedor e que tem fibra para usar de energia e justiça contra qualquer germe de desordem e sedição. Mas, prognóstico sinistro, o herói se mostra combalido nesta terceira parte das provas. Seu triunfo sobre a evidência ameaçadora não se concretiza graças à sua força sublime. Em lugar da justiça, ele usa, aconselhado pelo poder ctônio de Medeia, a intriga. Faz o que em todos os tempos realizaram os tiranos com o fito de vencer os adversários: dividir e desunir para reinar.

O mito expressa bem o fato, narrando que Jasão lançou uma pedra no meio dos gigantes, que não tardaram a se massacrar, alegando cada um estar sendo atacado pelo outro. O símbolo traduz a mais diáfana das realidades: a pedra, a terra petrificada, o rochedo são igualmente símbolos da banalização, consequência da exaltação intrigante das aspirações terrenas. Os adversários são surpreendidos pelo obstáculo imprevisto, indício das falsas promessas que, "lançadas" com astúcia, exasperam a inveja. Nesse fogo de massacre, cada um se sente ameaçado pela inveja exaltada do outro, esperando cada qual tirar proveito da querela nascente. Não é raro que adversários temíveis, mordidos de raiva e de emulação, se lancem uns contra os outros e se destruam. Semelhante vitória de "intrigante", de Jasão, que arremessa as pedras ou que, consoante a significação oculta, se propõe a assegurar o reino futuro pela intriga, uma tal vitória possui apenas um valor efêmero e banal. A maquinação não pode vencer a violência em caráter definitivo. Trata-se de um emaranhado perverso que reina sobre o mundo e que, incessantemente, conduz às explosões de violência.

A ideia que se tem das três tarefas iniciais é a de que Jasão percorreu muito rapidamente o caminho que, da intenção sublime, ameaça arrastá-lo para uma futura realização banal. A advertência que desde o início pesa sobre suas faça-nhas tornou-se clara sobretudo na vitória duvidosa do herói sobre os "homens de ferro". O perigo que o ronda, no entanto, não se tornou insuperável, uma vez que as três provas preliminares têm unicamente o sentido de um presságio em relação ao comportamento futuro e não o determinam em definitivo. A derrota essencial do filho de Esão, que encerrou as tarefas iniciais, se apresenta sob o as-pecto de um êxito exterior, o que lhe assegura o direito de tentar apoderar-se do velocino de ouro. As portas para a vitória decisiva e essencial continuam aber-tas. Tudo depende da maneira como ele há de enfrentar o último prélio.

Vencendo em combate heroico o monstro, guardião que impede qualquer aproximação com a sublimidade, bem como sua fraqueza secreta, a tentação do-minadora do dragão não mais poderá se realizar. É que, sendo ele o símbolo su-premo de sua própria perversidade, se morto heroicamente, há de transfor-mar-se no símbolo da libertação total.

Jasão, todavia, se limitará uma vez mais a lutar contra o monstro com o ex-pediente da astúcia. O mito não faz referência alguma a armas que lhe tenham sido emprestadas pelas divindades, imagens da força da alma, para sua justa com o dragão. Nada indica também que o herói tenha solicitado o concurso de seus companheiros. Confiando muito pouco em suas próprias forças, recorre mais uma vez ao auxílio da mágica Medeia. Semelhante consórcio nem é uma escolha justa nem tampouco uma ligação da alma. A impureza se escamoteia nesse episódio sob a forma de cálculo. Unindo-se à feiticeira, o argonauta dei-xa-se subjugar pelas forças ctônias. É exatamente esse tipo de dominação que ele deveria evitar a qualquer preço. Sucumbindo aos sortilégios da mágica e à tentação de lutar com sua ajuda, o herói prepara-se para assegurar o reino e a au-toridade, com o respaldo das forças "demoníacas" de seu inconsciente e não pelo combate da purificação. A partir dessa resolução, o resultado do empreen-dimento está fadado à ruína.

Enfraquecido, o pretendente ao trono não mata o monstro em luta heroica, imagem de sua própria perversão, que ele deveria vencer. Medeia, com seus fil-tros, o adormece e ingloriamente Jasão o liquida e se apossa do velo de ouro.

O poder mágico detido e utilizado por Medeia é a imagem da insolência face ao espírito e às suas exigências, bem como a pretensão de realizar as intenções mais exaltadas, a perversão dominadora, graças ao desencadeamento inescrupuloso dos desejos. Diametralmente oposto à vitória heroica, este êxito perverso implica, falando de maneira simbólica, um "pacto" com os demônios, aos quais é preciso vender a alma.

O sentido da expedição converteu-se num gracejo. O troféu que confere o direito ao trono é subtraído, em vez de ser conquistado com denodo. Aparentemente, em sentido verbal, Jasão cumpriu as tarefas impostas, mas, em sentido simbólico, ele se esquivou do trabalho interior e heroico: a catarse. O fecho do mito só pode traduzir esse estado interior culpável do herói decaído. As imagens finais materializam o castigo.

Eetes, exigindo as tarefas-provas, configurou o rei mítico e, como tal, nega a Jasão o direito de levar o troféu da sublimidade.

Rebelando-se contra o interdito real, foge com Medeia, conduzindo o velo de ouro.

O rei acossa os ladrões do tesouro espiritual, mas, sendo ele um símbolo do espírito vingador, a perseguição simbólica, consoante sua verdade profunda, não se passa no plano exterior: realiza-se espiritualmente no foro íntimo de Jasão, como um sentimento de culpabilidade. Seguindo esta linha de raciocínio, a fuga diante de Eetes significa a repressão da culpa, pois o recalque nada mais é do que a escusa face ao espírito acusador. Tal significação se ajusta igualmente ao rapto do velo de ouro. "Recalcar sua falta" é sinônimo de se vangloriar com a sublimidade imerecida, extorquida. Todos os pormenores da imagem simbólica da fuga devem contribuir para ratificar este significado oculto: a culpa e sua repressão.

Para ajudar o falso herói a escapar, Medeia usa de uma astúcia monstruosa: assassina seu próprio irmão Apsirto e lança-lhe os pedaços no mar. Eetes, ocupado em recolhê-los, se atrasa na perseguição aos fugitivos. Na medida em que o rei da Cólquida configura o espírito acusador, Apsirto traduz simbolicamente o "filho do espírito", que é a verdade. Na imagem da fuga, a verdade em pauta concerne ao estado da alma de Jasão e esse estado é a culpa e a tentativa de reprimi-la.

O homicídio de Apsirto é uma variante do símbolo típico do "filho sacrificado". O sacrifício expiatório do "filho do espírito" é uma imagem de extrema complexidade, que encontra sua expressão mais alta no relato histórico cristão, quando o mundo inteiro, configurado no povo eleito e culpado, sacrificou criminosamente o "filho do espírito", o homem inocente, espelho da verdade, cuja vida era sentida como uma censura insuportável. É claro que o mito em questão nada possui em comum com a verdade cristã, infinitamente mais vasta e profunda, a não ser o fato de espelhar igualmente a iniquidade que reina no mundo. Não se trata de estabelecer um paralelismo, que só poderia ser artificial, mas unicamente de ressaltar que o episódio da fuga do casal assassino contém uma alusão ao sacrifício monstruoso. Este não é mais executado pelo mundo culpado, que vive sob o reino do demônio, mas pela feiticeira, inspiradora das tentações "demoníacas" do inconsciente e que se mostra ansiosa por assegurar o reino do herói humilhado, como aliás, diga-se de caminho, agiu com o rei de Atenas, Egeu. Medeia arrasta o amante a sacrificar o inocente, o filho do espírito acusador, a verdade. Culpado, o herói humilhado não se curva ao espírito da verdade, não toma conhecimento de sua falta, não sacrifica ao espírito sublime. Lança e projeta sua culpa sobre o inocente que deve resgatá-la como bode expiatório. Espera, desse modo, poder escapar, por força dessa evasiva imaginária, às consequências de seus atos.

Medeia corta o "filho" assassinado, a verdade sacrificada, em pequenos pedaços: fragmenta a verdade sobre a culpa de Jasão e oferece ao espírito acusador um punhado de pequenas escusas mentirosas, imagens da repressão, acreditando, destarte, retardar a "perseguição" e silenciar o delito do amante, através de seus conselhos e encorajamentos. A mágica incita-o a usar, excessiva e monstruosamente, de processos perversos de evasão, isto é, a projeção de culpa e a repressão. Assim agindo, consegue destruir-lhe o espírito sob a forma de remorso, o único que poderia salvá-lo, condenando-o, em definitivo, à perdição.

Assim como o simbolismo dos trabalhos escamoteados retratam a futura atitude perversa de Jasão, que há de caracterizar-lhe o reino, igualmente a fuga traduz, em sua verdade profunda, os efeitos da derrota essencial da expedição catártica, consequências que hão de marcar toda a vida futura do herói humilhado.

Jasão entrega o velo de ouro a Pélias e assume o poder. Suas falhas e deficiências no cumprimento das condições impostas fazem prever a natureza perversa e dominadora de seu reino, o que não impede a possível realização externa de uma hábil administração, ao menos por algum tempo.

A história testemunha, através de inúmeros exemplos, aliás sempre repetidos, o sentido secreto do mito, cujo herói mais representativo é Jasão. Sua perversidade converte-se, no plano essencial, em flagelo que devasta o país, o mundo: as astúcias, de que tanto se aproveitou, voltaram-se contra ele próprio. Vítima de intrigas, foi afinal expulso de Iolco.

Todo o seu governo, no entanto, foi caracterizado pela influência nefasta e crescente da feiticeira, símbolo da perversão banal. Os delitos se acumularam. É bastante relembrar aquele bem conhecido, que tanto concorreu para acelerar o fim desastroso do herói derrotado. Para fugir à bruxaria funesta, Jasão tentou abandonar Medeia. A mágica, transmutada em Erínia, matou seus próprios filhos. Já que todas as personagens do mito possuem, em última análise, valor simbólico, pode-se ver nesse crime hediondo, consoante o simbolismo "criança, fruto da atividade sublime ou perversa", a imagem da desolação e do aniquilamento, que são os únicos a subsistir, uma vez passada a dominação pervertida. Configurando as forças destruidoras do inconsciente, a mágica, de que Jasão se quis servir para alcançar a vida sublime, é o instrumento fatal de sua punição e de seu sofrimento.

Jasão morreu quando descansava sob a nau Argo, atingido por uma viga, caída do próprio barco, que deveria tê-lo conduzido a uma vida heroica.

A nau é o símbolo das promessas juvenis de sua vida, das gestas de aparência heroica, que lhe conquistaram a glória. O herói vencido desejou repousar à sombra de sua glória, por acreditar que ela seria suficiente para justificar-lhe a vida inteira. Caindo em ruínas, a Argo, símbolo da esperança heroica da juventude de Jasão, converte-se em símbolo da ruína final de sua vida. A viga é uma transformação da clava. É o esmagamento sob o peso morto, o castigo da banalização.

Ao passar em revista o pensamento de Diel sobre o mito de Jasão, convém insistir em que o mito é um feixe de símbolos e *uma interpretação* é apenas *uma das interpretações*. Outras que surjam só podem concorrer para o enriquecimento do mitologema, neste caso tão vasto e tão doloroso.

Quadro 5

A família de Jasão

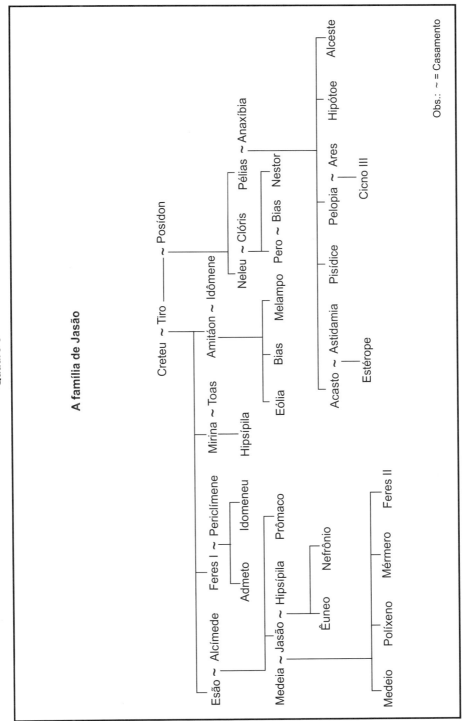

Obs.: ~ = Casamento

Quadro 6

Deucalião e Pirra: os ancestrais dos Eólios

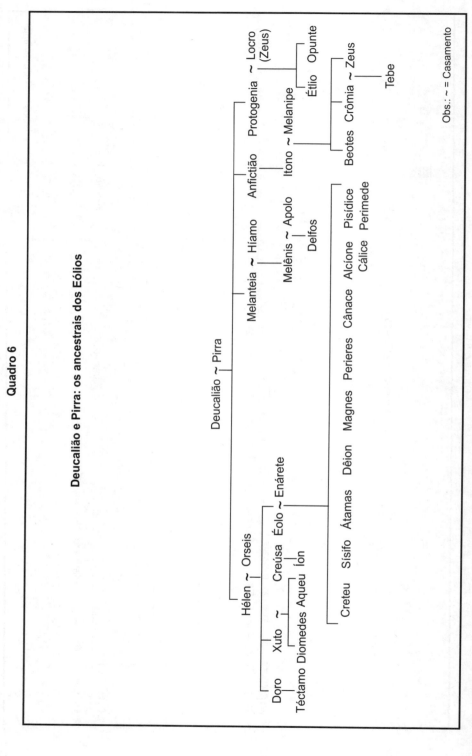

Obs.: ~ = Casamento

# Capítulo VI
Belerofonte e a luta contra Quimera

1

BELEROFONTE, em grego Βελλεροφόντης (Bellerophóntes), significaria, etimologicamente, segundo Albert Carnoy, "aquele que é cheio de força". O primeiro elemento *bel-* seria uma raiz indo-europeia com o sentido geral de *potência*, *vigor*, como o sânscrito *bala-*, que teria o mesmo significado. Tal acepção poderia ainda ser verificada através do comparativo grego βελτίων (beltíon), "mais forte, melhor". A final -φόντης (phóntes) equivaleria, talvez, a "abundante, cheio de".

Proveniente da casa real de Corinto, o herói é filho de Posídon, seu *godfather*, mas tem por "pai humano" a Glauco, filho de Sísifo, conforme se pode verificar no quadro genealógico[1] da página seguinte.

Sua mãe, quer se chame Eurímede ou Eurínome, é uma das filhas de Niso, rei de Mégara.

Após os ritos iniciáticos de praxe, o herói iniciou suas aventuras, mas a primeira delas foi trágica. Matou, sem o querer – é o tema do famoso φόνος ἀκούσιος (phónos akúsios), de que se falou mais de uma vez – a seu próprio irmão, cujo nome varia muito nas tradições: uns chamam-no Delíades, outros Píren,

---

1. As fontes antigas para um melhor conhecimento do herói são basicamente as seguintes: *Ilíada*, VI, 155-205; 216-226; Píndaro, *Olímpicas*, 13,87s; *Ístmicas*, 7,44s; Apolodoro, *Biblioteca*, 1,9,3; 3,1ss; Pausânias, *Descrição da Grécia*, 2,2,3-5; 4,1-3; 27,2; 3,18,13; Diodoro Sículo, *Biblioteca Histórica*, 6,7; Higino, *Fábulas*, 56; 157; 243; 273; Horácio, *Odes*, 4,11,25ss; 1,27,24; 3,7,13ss.

Quadro 7

Autólico

Éolo ~ Enárete

Anticléia ~ ———————————— Sísifo ~ Mérope

Ulisses

Eurímede ~ Glauco I — Órnito — Tersandro — Halmo
ou
Eurínome

Íobate

Filônoe ~ Belerofonte — Foco — Toas — Haliarto — Corono — Crisógone ~ Posídon — Crise ~ Ares

Isandro — Hipóloco — Laodamia ~ Zeus — Demofonte — Crises — Flégias

Glauco II

Sarpédon

Mínias

Obs.: ~ = Casamento

epíteto que estaria etimologicamente relacionado com a fonte de Pirene[2], e ainda Alcímenes ou Bélero. Este último nome serve de base para a etimologia popular de *Belerofonte*, o assassino (*phóntes*) de *Bélero*, que, neste caso, seria um tirano de Corinto.

Exilado, segundo o costume, dirigiu-se a Tirinto, onde foi purificado pelo rei local, Preto. Foi durante sua permanência na corte de Tirinto que lhe aconteceu terrível desventura. A esposa do rei, Anteia, como lhe chama Homero, *Il.*, VI, 160, ou Estenebeia, consoante os trágicos, se apaixonou perdidamente pelo hóspede. No relato homérico, *Il.*, VI, 160-180, bastante dramático por sinal, a rainha "deixou-se dominar por uma paixão furiosa" (ἐπεμήνατο – epeménato) por Belerofonte. Repelida por este, Estenebeia acusou falsamente o filho de Glauco de tentar violentá-la (outro exemplo do *motivo Putifar*). Tal era o *furor eroticus* da rainha, que chegou mesmo a ameaçar a Preto, caso o rei não matasse o "sedutor". Embora enfurecido com o hóspede, o soberano de Tirinto teve escrúpulo em eliminar aquele a quem havia purificado.

Enviou-o, pois, a seu sogro Ióbates, rei da Lícia, com uma carta em que solicitava desse morte ao portador. Não desejando violar a sagrada hospitalidade e porque também já havia sentado à mesa para comer com ele, o que estabelecia para os antigos uma profunda identidade, submeteu-o às já conhecidas tarefas, cuja finalidade é a purificação e a consequente individuação do efebo. Pouco importa se as "provas iniciáticas" são apresentadas, no mito, como um meio de se castigar, afastar ou de se eliminar o herói, como fez Euristeu com Héracles, Pélias com Jasão e tantos outros exemplos: a finalidade dos Trabalhos impostos é sempre a catarse, "a sujeição do invólucro carnal", como diria Plotino.

Para não manchar suas mãos e, ao mesmo tempo, desejando satisfazer e cumprir a mensagem do genro, Ióbates ordenou a Belerofonte que matasse Qui-

---

2. O mito explica diversamente a origem da célebre fonte de *Pirene* em Corinto. Pirene, filha do deus-rio Asopo, unindo-se a Posídon, foi mãe de Leques e Quêncrias, heróis epônimos dos dois portos da grande cidade marítima. Mas, como Ártemis, acidentalmente, matara a Quêncrias, *Pirene* chorou tanto, que suas lágrimas formaram a fonte de seu nome. Existe uma variante: a fonte de *Pirene* teria sido um presente do rio Asopo a Sísifo, como recompensa de um grande benefício que este lhe prestara segundo se mostrou no capítulo XI, 1, do Vol. I, p. 238. É que Sísifo revelara a Asopo a identidade do raptor de Egina, filha do deus-rio, sequestrada por Zeus.

mera. Em grego, Χίμαιρα (Khímaira) significa, ao que parece, cabra, mas uma *cabra* que teve apenas um "inverno", χεῖμα (kheîma), isto é, cabritinha.

Como se mostrou no Vol. I, p. 254, Tifão e Équidna, além do cão Ortro, de Cérbero, Hidra de Lerna, Fix e Leão de Nemeia, geraram também a *Quimera*. Trata-se de um monstro híbrido, com cabeça de leão, corpo de cabra e cauda de serpente e, segundo outros, de três cabeças: uma de leão, a segunda de cabra e a terceira de serpente e que lançava chamas pelas narinas. Criada por Amisódaro, rei da Cária, vivia em Patera, devastando o país e sobretudo devorando os rebanhos.

Certo de que o herói jamais retornaria de tão perigosa missão, Ióbates ficou tranquilo em relação, principalmente, ao pedido de seu genro Preto.

Os deuses, no entanto, vieram em auxílio do inocente filho de Glauco. Segundo a versão mais seguida, Atená entregara-lhe, já selado, o cavalo Pégaso, a cujo respeito já se falou no mesmo Vol. I, p. 253s. Outras tradições, porém, relatam que o cavalo alado fora um presente de Posídon ao herói, ou ainda que este encontrara o animal bebendo na fonte de Pirene.

De qualquer forma, foi cavalgando Pégaso que Belerofonte obteve sua primeira grande vitória: o cavalo divino elevou-se no ar e, de um só golpe, o jovem paladino matou Quimera. Ióbates enviou-o então contra os Sólimos, como narra Homero, *Il.*, VI, 184s. Estes Sólimos habitavam nas vizinhanças da Lícia e, como filhos de Ares, eram ferozes e belicosos. Facilmente o herói os venceu. O rei, dessa feita, deu-lhe incumbência bem mais séria e arriscada: defrontar-se com as temíveis Amazonas. Montando Pégaso, o filho de Glauco dirigiu-se para o país das perigosas guerreiras e fez um grande massacre. Face a tão retumbantes vitórias, o soberano da Lícia reuniu um numeroso grupo dos mais bravos de seus guerreiros e ordenou-lhes que fizessem uma emboscada e liquidassem o aguerrido cavaleiro. Nenhum dos soldados regressou à corte: Belerofonte matou-os a todos.

Reconhecendo, afinal, que seu hóspede era de origem divina e admirando-lhe as gestas, mostrou ao herói a carta de Preto, solicitando-lhe, ao mesmo tempo, que permanecesse em seu reino. Deu-lhe a filha Filônoe em casamento e, ao morrer, legou-lhe o trono.

Um herói, quando caluniado ou injustamente punido, jamais deixa de vingar-se, pois que a represália faz parte intrínseca de sua natureza, de sua *timé* aviltada. Não podia ser diferente com Belerofonte. Assim que terminou as quatro tarefas impostas porIóbates, voou com Pégaso para Tirinto. Preto procurou ganhar tempo, a fim de que sua esposa Estenebeia pudesse fugir, furtando o cavalo alado. A rainha cavalgou pouco tempo, porque Pégaso a lançou fora do arnês, atirando-a no mar. Seu corpo, recolhido por pescadores, não muito distante da ilha de Melos, foi trasladado para Tirinto. Uma outra tradição narra que, ciente do retorno do herói, a esposa de Preto se fez matar.

É lamentável que se tenha perdido a tragédia de Eurípides, *Estenebeia*, que dramatizava precisamente esse fecho das aventuras de Belerofonte, após suas retumbantes vitórias na Lícia.

2

Com Filônoe o herói teve três filhos, Isandro, Hipóloco e Laodamia. Esta, unindo-se a Zeus, foi mãe do grande Sarpédon[3].

O mais cruel e terrível infortúnio do herói não foram as provas, as tarefas, os trabalhos com que foi sobrecarregado. Afinal, "as provas" visavam a temperá-lo para a vida, mas, por uma espécie de fatalidade, essas mesmas tarefas, uma vez concluídas vitoriosamente, despertam-lhe o monstro latente adormecido em seu interior, a *hýbris*, que o levou inexoravelmente à ultrapassagem do *métron*, ao descomedimento. E a pior das *hýbreis* é aquela em que o *herói*, sob o impulso

---

3. Existe, no mito, uma certa dificuldade "cronológica" para se identificar Sarpédon, uma vez que há três personagens, que talvez se possam reduzir a duas, com o mesmo nome. O primeiro é um herói do ciclo cretense, um gigante, filho de Posídon e morto por Héracles. O segundo é o filho de Zeus e Europa e, por conseguinte, irmão de Minos e Radamanto. Deixando Creta, certamente em companhia da mãe, emigrou para a Ásia Menor, onde fundou Mileto e reinou. O terceiro é o *Sarpédon* da *Ilíada*, chefe de um grupo de lícios que lutaram bravamente ao lado dos Troianos, até que seu comandante perecesse às mãos de Pátroclo, tendo-se travado um grande combate em torno de seu cadáver. Para distinguir o Sarpédon cretense daquele que participou da Guerra de Troia, Diodoro Sículo construiu uma nova genealogia: Sarpédon, o cretense, filho de Europa, emigrou para a Lícia. Um filho seu, chamado Evandro, casou-se com uma filha de Belerofonte, Deidamia ou Laodamia; desse enlace nasceu o segundo Sarpédon, neto do primeiro e que lutou em Troia.

de sua *timé* e *areté*, que afinal são outorga de um *deus*, seu *godfather*, seu ancestral, se lança na competição com o *divino* ou até mesmo na loucura de desejar ultrapassá-lo! O "conhece-te a ti mesmo" e o "ser o sonho de uma sombra" da poesia pindárica não foram gravados ou escritos para os heróis, para os *ándres*, mas para os simples mortais, os *thnetói*, que não conhecerão a Ilha dos Bem-Aventurados, mas as "trevas e lama" do Hades, onde patinarão como *eídola*, como fantasmas abúlicos!

Belerofonte sonhou alto demais. Cavalgando seu corcel alado, o herói ferido de orgulho, após tantas vitórias memoráveis, conquistadas com o respaldo divino, tentou nada mais nada menos que escalar o Olimpo. Zeus, que vela pela ordem cósmica, fulminou-o, lançando-o por terra, fazendo-o *regredir ao telúrico*, à "banalização". Se, ao revés, enquanto herói, Belerofonte guardasse a moderação, estaria munido da bússola que o guiaria para a ilha de Avalon, donde, tranquilamente, poderia escalar qualquer Olimpo...

Ainda bem que a Lícia e Corinto honraram-no como *herói*, como *dáimon*, como intermediário entre os homens e os deuses. Apesar do silêncio do mito, é bem possível que Belerofonte, "recuperando os sentidos", tenha escalado, como Héracles, um monte bem mais acessível, um Eta e, extinta a chama da *hýbris* na chama da *dor*, tenha sido convidado por seu *godfather* a ocupar alguma outra Ilha Branca, onde a dor e os sofrimentos não se justificam mais.

Quanto a Pégaso, por ser um cavalo alado, símbolo, portanto, do desnivelamento, da "imaginação criativa e de sua elevação sublime", foi arrebatado aos céus e metamorfoseado em constelação.

3

Paul Diel comenta o mito de Belerofonte em duas partes, aparentemente distintas, mas que se integram, já que uma é, as mais das vezes, o corolário da outra. Começa pela vitória do herói sobre Quimera e conclui com a "conquista da virgem", o casamento do grande paladino com a filha de Ióbates. Vamos seguir-lhe o roteiro, fazendo aqui e ali algumas achegas e digressões. "Poder-se-ia ter a impressão", afirma Diel, "de que a imaginação exaltada, causa primeira da deformação psíquica, não encontraria exemplo mais claro do que o estampado no mito de Ixíon"[4]; este, pensando ter junto a si a deusa Hera, apertou em seus braços um fantasma de nuvens, à imagem da esposa de Zeus, o que traduz a exaltação para uma sublimidade sem consistência. "O símbolo da imaginação exaltada, no entanto, é bem mais concentrado e bem mais evidente ainda no mito de Belerofonte, que, sob muitos aspectos, se assemelha ao mitologema de Ixíon, servindo-lhe de parte complementar.

O herói deveria lutar contra um monstro terrível: a *Quimera*, cujo nome já define bem essa figura mítica. Seria impossível compreender, com mais clareza, que o perigo maior a combater por parte do homem, e que o mito externa sob a forma de um monstro casualmente encontrado, é, na realidade, o inimigo quimérico, algo muito sério que ameaça toda a nossa vida: a imaginação perversamente exaltada, o perigo monstruoso que todo ser humano possui latente dentro de si mesmo. É mais do que evidente que 'Quimera' e 'imaginação perversa' são sinônimos. O fato de que, neste mito, Belerofonte deve pelejar contra o monstro quimérico, imagem transparente da deformação psíquica, evidencia com nitidez uma verdade: os inimigos combatidos pelos heróis míticos são os monstros que povoam o inconsciente.

É graças, porém, a este símbolo 'Quimera', que se podem elucidar a natureza da imaginação perversa e sua completa definição. Psicologicamente falando, a imaginação perversa se compõe de desejos exaltados, provenientes das três pulsões ampliadas. Ora, em Quimera encontram-se conjugadas, pela primeira vez, as formas diferentes com que se pode revestir a exaltação imaginativa. A Quimera com o corpo de cabra ou bode e com as cabeças de leão, bode e serpente, coloca-nos diante de símbolos típicos. O mito não poderia exprimir com mais clareza as três formas de perversão imaginativa: a vaidade – perversão espiritual configurada na serpente –, a perversão sexual, representada pelo bode, e a perversão social com tendência dominadora, cujo símbolo é o leão.

---

4. A respeito de Ixíon e de seu terrível engano com Hera, já se falou no capítulo XIII, 2, do Vol. I, p. 298s.

A perversão dominadora, expressa pela vez primeira no mito por um dos símbolos mais típicos, desempenhará um papel predominante, não apenas neste mitologema, mas ainda como ameaça exterior dirigida contra o herói, como um perigo que lhe é inerente: a forma específica de sua vaidade, da revolta final contra o espírito, razão de sua queda definitiva.

A história que precede o relato mítico não apresenta Belerofonte como alguém culpado, mas como um homem inocente, vítima da perversão do mundo, da intriga dominadora. Ora, essa intriga não é mais que a exaltação imaginativa e quimérica, que faz com que a luta do herói, inicialmente inocente, seja simbolizada por sua vitória passageira sobre Quimera. O triunfo, no entanto, não poderia envaidecê-lo e, com isso, condená-lo à derrocada final, se, a despeito de sua aparente inocência, o vencedor do monstro não trouxesse inoculado em si mesmo o gérmen da perversão, pronto para eclodir, apesar de todos os seus esforços de elevação e de seu êxito efêmero. Trata-se de uma situação humana, que, certamente, pode ser considerada como típica, encontrando-se a mesma sublinhada por um traço simbólico: o pai mítico de Belerofonte é Posídon, o que significa que as emanações psíquicas projetadas no herói pelo deus são muito fortes. Este deus, conforme já se mostrou no mito de Teseu, e se há de ver mais claramente, configura a legalidade da perversão. Pela legalidade psíquica, um homem como Belerofonte sucumbe à perversão: é que o filho de Glauco, vencedor, quando se lhe oferece oportunidade, é combatente fervoroso do espírito, tem tudo para resistir à dominação perversa do mundo, mas é muito facilmente arrastado a ultrapassar a força legítima, a medida sensata, o que o torna incapaz de dominar em definitivo o 'monstro' essencial, a vaidade culposa. É que a sombra de Posídon pesava demasiadamente forte sobre o condutor de Pégaso. A intriga do mundo, que ameaça o herói ainda inocente, é relatada no próprio mito.

Hostil a Belerofonte e temendo-o por ciumes, Preto o enviou para a Lícia, com uma mensagem em que solicitava a Ióbates que matasse o portador. Não querendo violar as leis da hospitalidade, o rei o mandou combater Quimera, que lhe devastava o reino, certo de que seu hóspede pereceria na luta. Vencedor da primeira prova e de outras três, supracitadas, desposou a filha do soberano e, mais tarde, assumiu as rédeas do governo.

A história do monstro que devasta um país é frequente no mito: simboliza o reino nefasto de um governante pervertido, tirânico ou fraco. Substituindo-se Quimera pela significação psicológica, a exaltação imaginativa sob as duas formas já mencionadas, isto é, a intriga do mundo circundante e a pureza ameaçada de Belerofonte, tem-se como resultado o sentido oculto que, no início da grande gesta, mercê de sua inocência, o fez levar de vencida a intriga arquitetada contra ele. Mas, com a perda de sua força essencial e com o servir-se da força perversa, a violência e a intriga, a fim de manter-se no poder, o herói acabou por ceder à imaginação.

Esse tipo de história, certamente sob múltiplas formas, existe nos mitos de todos os povos: um jovem herói estrangeiro chega à corte de um rei, liberta o país de seus inimigos internos e externos e desposa a filha do soberano.

O acontecimento mítico possui tantas semelhanças com os hábitos daqueles tempos recuados, que não se pode deixar de atribuir-lhe um lastro histórico.

A história, entretanto, satisfaz ainda mais às possibilidades da alma humana, quando a mesma relata que, uma vez no poder, o herói perde sua simplicidade, o sentimento da σωφροσύνη (sophrosýne), do meio-termo, da justa medida e, envaidecido com suas vitórias, deixa-se arrastar para os loucos empreendimentos de conquista. Quando não perece na guerra, é destituído do poder e consome o resto de seus dias no tormento estéril do remorso pelos erros cometidos e pela loucura.

Menos prolixo que a história, que transborda em pormenores acidentais, o mito se concentra nos motivos recônditos dos relatos intemporalmente típicos e põe a descoberto alguns temas sempre significativos para a alma humana, graças à força condensadora de sua expressão simbólica.

A dificuldade maior do combate, para o qual Belerofonte é convocado, está enfatizada no seguinte índice simbólico: todo homem muito imprudente, ao aproximar-se do monstro quimérico, é por ele devorado, o que realmente não se pode negar, quando se trata da exaltação imaginativa.

Os deuses, todavia, enviaram ao herói o cavalo alado Pégaso, certamente o auxílio mais eficaz ou talvez o único eficiente na peleja contra Quimera, a imaginação perversa, porquanto Pégaso configura a imaginação sublime e objetiva que eleva o homem a regiões mais altas.

O cavalo é a imagem da impetuosidade dos desejos, mas, se se tratasse apenas de exprimir a impetuosidade, a simbolização poderia ter escolhido muitos outros animais. Um símbolo é uma condensação expressiva e precisa. O cavalo traduz os desejos exaltados, porque é o quadrúpede sobre que se senta o homem, como os desejos muito facilmente exaltados são o assento biológico, o fundamento da animalidade do ser espiritual, que é o homem. Se este doma e dirige o cavalo, deve ser capaz, igualmente, de refrear os desejos. A façanha da liberação das paixões pode, neste contexto, ser traduzida por uma outra imagem: abandonar a 'besta', descer do cavalo, para ficar ereto sobre seus próprios pés. Pôr-se em pé seria então sinônimo de 'força da alma'. O equilíbrio, mercê da posição ereta, é um dos traços mais característicos do homem. O pé converte-se, desse modo, em símbolo da alma, significação que será atestada, em seguida, em muitas passagens. O ser humano inseparavelmente ligado ao cavalo é, antes do mais, um monstro mítico: o Centauro. Mas, a ter que se separar temporariamente do animalesco (da impetuosidade dos anseios que aniquilam o espírito), melhor seria recuperar a energia primitiva desses mesmos desejos, purificando e elevando-os ao nível sublime, o que é simbolicamente representado pelas asas, que permitem ao cavalo erguer-se no ar.

O cavalo alado traduz o oposto da imaginação perversa, quer dizer, o pensamento criativo e sua real ascensão. Nessa escalada, o homem, esquecendo suas necessidades imediatas e corporais, aspira somente a satisfazer seu desejo essencial. É a sublimação dessas necessidades ou, ao menos, de sua impetuosidade, que impede, 'que combate' a multiplicação quimérica dos apetites e, por conseguinte, também a exaltação imaginativa a respeito dos mesmos.

Atená, imagem da combatividade sublime, enviando Pégaso a Belerofonte para combater Quimera, mostra que o homem não está em condições de vencer sozinho a exaltação imaginativa, a não ser com o respaldo de energias espirituais e sublimes que o elevem acima do perigo da perversão.

É sobre o cavalo alado que o herói luta contra Quimera. Sua inspiração realmente sublime e sua inocência ingênua permitem-lhe o triunfo sobre o perigo que o ameaça. A elevação sublime, porém, é apenas um estado passageiro da alma humana. O homem deve descer à terra. Seus desejos corporais assim o exigem. Ocupando-se com eles, ei-lo, porém, novamente ameaçado pelo perigo quimérico que o incita a exaltá-los. O verdadeiro herói é o que sabe resistir nesta luta contínua, equilibrando-se nos dois planos: o nível da elevação sublime e o plano da vida concreta. Eis aí o ideal grego da harmonia dos desejos"[5]. Mas, por haver atingido a sublimidade nos momentos de elevação, o herói, acreditando-se um ser extraordinário, converte-se, por isto mesmo, em presa fácil da exaltação quimérica. O espírito vitorioso, em função mesmo de seu triunfo, está sempre ameaçado de transformar-se em espírito vencido. A *timé* e a *areté*, sufocadas pela *hýbris*, fazem do herói vencedor uma vítima da vaidade e da exaltação quimérica.

Foi desse modo que a mais estupenda das vitórias transformou-se para Belerofonte na mais arrogante das loucuras. O herói revoltou-se contra o espírito. Teve a audácia de querer conquistar o Olimpo, a sede do espírito, pela força das armas, escudando-se em Pégaso. Embriagado por suas vitórias e conquistas, acreditou-se mais forte que Zeus e todos os deuses reunidos, os quais simbolizam a lei que impõe ao ser humano o *métron*, a *sophrosýne*, a medida justa de suas aspirações e esforços. O orgulho de Ixíon foi matizado de perversão sexual, a vaidade de Belerofonte o foi de perversão dominadora, sob sua forma mais arrogante e audaciosa.

4

Paul Diel não fecha sua análise na "conduta" de Belerofonte. Amplia-a um pouco mais, para captar um outro ângulo muito importante do mito de muitos heróis: a "conquista da virgem". Na realidade, o casamento de um vencedor de grandes e difíceis tarefas com a jovem princesa, exposta ou não a um monstro, aparece, sob variações e camuflagens diversas, em vários mitos importantes, bastando citar os de Héracles, Jasão, Perseu, Teseu, Belerofonte...

---

5. DIEL. Paul. Op. cit., p. 88ss.

Em todas as lendas[6] e mitos, seus respectivos heróis, após gestas atrevidas e perigosas, podem ou sucumbir em definitivo, como Siegfried na lenda nórdica, ou vencer espetacularmente. Nas lendas, porque estas alimentam as esperanças da vida e compensam deficiências psíquicas, os heróis normalmente se consagram como grandes campeões e tudo acaba em lua-de-mel, sob as bênçãos generosas de Afrodite; nos mitos, ao revés, por serem estes expressão simbólica da vida real, raros são os triunfadores. Mesmo que o herói, por uma vitória passageira, liquide o monstro e despose a virgem, pode perfeitamente perecer, decorrido, por vezes, um lapso de tempo, como é o caso de Teseu, Jasão, Belerofonte...

Assim como o monstro configura não apenas a ameaça latente no estado pervertido do mundo circundante, mas sobretudo o perigo intrínseco da psiqué, a perda da pureza, de igual maneira a virgem simboliza não só a pureza a conquistar, mas também uma união da alma com o ser feminino, parceiro da vida. A escolha adequada deste último é traduzida pela verdade mítica como condição decisiva de uma existência sadia.

Desse modo, diz Paul Diel, "o tema do jovem par, herói em missão e virgem a conquistar" se inserem na ilustração mítica não somente como sentido da vida do homem e da mulher, mas também como uma abrangência de todos os aspectos da existência. Aos combates espirituais do homem-herói, cujo significado é a elevação na medida de suas forças (pulsão evolutiva), se aglutina o auxílio fecundante que lhe traz ou deveria trazer o impulso do amor (pulsão sexual), a fim de lhe encorajar a resistência às seduções e ameaças circundantes (pulsão social).

No mito em pauta, o monstro da impureza, que Belerofonte deve matar para conquistar a filha do rei-hospedeiro, está retratado por Quimera; mas é claro que esse tipo de monstro pode ser representado por muitas outras figuras míticas, que traduzem a imaginação exaltada, a perversão psíquica. Dentre elas, uma das mais frequentes é o dragão, que se tornou também uma imagem típica das lendas, até mesmo cristãs, como a de S. Jorge, o Perseu batizado, o cavaleiro andante, vencedor de monstros e libertador de virgens cativas.

---

6. Veja-se, no capítulo II, 1 e nota, do Vol. I, p. 37ss a diferença estabelecida entre *lenda* e *mito*.

"O elo significativo entre o monstro que se deve eliminar e a virgem a ser libertada aparece com frequência reforçado, graças à imagem do dragão, guarda da virgem e do tesouro. Pode, todavia, acontecer que o perigo psíquico, a exaltação monstruosa, permaneça subentendida e não esteja estampada na história mítica pela imagem explícita do monstro-dragão.

Levando-se em conta a multiplicidade dos elementos, poder-se-á encontrar a urdidura desse tema mítico fundamental até mesmo em Ixíon e Tântalo. No primeiro caso, a 'virgem a ser conquistada' é substituída por Hera, a esposa de Zeus, rei-hospedeiro; no mitologema de Tântalo, a mesma é representada pelo filho 'a ser sacrificado'. Tais substituições são simbolicamente consequentes, porquanto a luxúria de Ixíon e o sacrifício de Tântalo[7] traduzem a impureza de seus heróis, sua incapacidade de conquistar a virgem. Igualmente no mito de Édipo, a 'filha virgem' aparece substituída pela mãe, símbolo da terra, *terra-mater*, *matéria*, que é incestuosamente desejada, imagem da exaltação dos desejos *terrestres*. A dupla homem-mulher, o par herói-virgem terá que se unir na pureza.

A sizígia da combatividade e da pureza, todavia, não se reduz apenas à garantia do desenvolvimento do casal, pois que este há de prolongar-se no filho. Com efeito, o par, plenamente realizado, converte-se nos 'pais míticos' do filho, como verdadeiros forjadores da alma pura e do espírito destemido da criança.

Assim, esse tema fundamental dos mitos, o 'herói em missão' e a 'virgem a conquistar', em luta com o espírito pervertido do mundo, configurado pelo rei que governa, transmuta-se amplamente na expressão simbólica não só da vida de um indivíduo, mas igualmente do desenvolvimento histórico através das gerações. Cada vez que brota uma vida nova, surge a esperança heroica e cada adolescente, em graus diferentes de intensidade, a agasalha em si. Ferido, todavia, pela impureza da exaltação quimérica, alimentada por pais incapazes de exercer o papel mítico de educadores da alma, a esperança perde sua força de resistência, estiola-se e não resiste aos assaltos do mundo intrigante e da inércia da perversão"[8].

---

7. O mito de Tântalo, que sacrificou a seu próprio filho Pélops, foi exposto no capítulo V, 4, do Vol. I, p. 83ss.

8. DIEL, Paul. Ibid., p. 89ss.

O exemplo sublime da combatividade pura tem sua mais alta e profunda expressão no cristianismo. O "herói" divino foi enviado pelo rei dos Céus, o Deus único, imagem do ideal supremo. Não foi ele mandado para libertar este ou aquele país, mas o universo inteiro. Filho de Deus, o "filho do homem" travou e venceu o combate definitivo contra todas as perversões, configuradas pelo "príncipe do mundo", Satã, símbolo supremo da exaltação quimérica. Sendo Ele a pureza perfeita e absoluta, não teve necessidade de conquistar a virgem-esposa, símbolo igualmente da pureza. Este novo "rei", ~~~~~~~~~~~~~~~~, é puro por sua própria essência e puro por seu nascimento, o que se exprime pela verdade da virgem-mãe.

O mito grego, ao contrário, não alcançou o ideal da elevação perfeita. Bastou-lhe descobrir, através da história simbólica do herói vencedor, o meio de exprimir seu ideal, o ideal da justa medida, do meio-termo, da *sophrosýne* e da harmonia das pulsões. Já foi *muito*, mas faltou-lhe o *fecho*.

CAPÍTULO VII
Faetonte: uma ascensão perigosa

1

O mito de Faetonte está estreitamente vinculado ao de seu pai *Hélio*, a cujo respeito já se falou, de passagem, no Vol. II, p. 87. Hélio, que provém da raiz indo-europeia *â-suel-io*, "brilhante", donde o latim *sol*, que postula, certamente, uma forma **swôl*[1], para os antigos configurava o Sol divinizado. Segundo alguns, era um *deus*, segundo outros, um *dáimon*, um "demônio". É que, como se verá, assimilado por Apolo, tornou-se um simples intermediário entre os deuses e os mortais.

Filho de *Hiperíon*, isto é, do que "olha mais de cima" e de Teia, conforme se pode ver no quadro genealógico do Vol. II, p. 19, o deus Sol pertence à geração dos Titãs. Trata-se, pois, de uma divindade muito antiga, mas sem grande projeção no mito, talvez mesmo por ser um *titã*. Já na *Odisseia*, XII, 127ss, o deus aparece tão somente como senhor, na ilha Trinácria, de rebanhos de vacas e ovelhas, que de tão gordas nem mais se reproduziam. Tendo os companheiros de Ulisses devorado algumas dessas vacas, Hélio não teve forças para castigá-los e, por isso mesmo, pediu a Zeus que o fizesse, *Odisseia*, XII, 377ss, ameaçando, sem muita convicção, deixar de espargir sua luz sobre o mundo para iluminar os mortais. Tinha por irmãos a Eos (Aurora) e Selene (Lua). Com Perseis, filha de Oceano e Tétis, foi pai da mágica Circe, de Eetes, pai de Medeia, de Pasífae

---

1. ERNOUT, A. & MEILLET, A. *Dictionnaire étymologique de la langue latine*. 4. ed. Paris: Klincksieck, 1959, verbete *sol*.

e de Perses. De sua união com Clímene nasceram as helíades[2] e *Faetonte*[3]. Representado como um jovem de grande beleza com a cabeça cercada de raios, percorria o céu num carro de fogo ou numa taça gigantesca, como se viu no mito de Héracles, capítulo III, 3, de incrível velocidade, tirada por quatro cavalos: Pírois, Eoo, Éton e Flégon, isto é, fogo, luz, chama e brilho. Cada manhã, precedido pelo carro da Aurora, avançava impetuosamente, derramando a luz sobre o mundo dos vivos. Chegava, à tarde, ao Oceano, ao "poente", onde banhava seus fatigados corcéis. Repousava num palácio de ouro e, pela manhã, após ter-se purificado no bojo do mar, recomeçava pelo "oriente" seu trajeto diário. Jung descreve esse itinerário e a luta de Hélio com o dragão-monstro do mar de maneira simples e profunda. "Todas as manhãs um herói-deus nasce do mar; conduz o carro do sol. No ocidente, a grande mãe o aguarda e o herói-deus é por ela devorado, ao cair da noite. No ventre de um dragão, ele atravessa as profundezas do mar da meia-noite. Após terrível combate com a serpente da noite, ele renasce, novamente, na aurora"[4].

De certa forma Rank complementa a observação de Jung: "Se o herói se identifica com o Sol, não é somente porque este nasce a cada dia, mas também porque desaparece diariamente tragado pelas entranhas da terra, o que corresponde ao desejo primordial de união com a mãe-noite"[5].

Muito cedo, entretanto, Hélio se tornou uma divindade secundária e foi, aos poucos, sendo substituído por Febo Apolo, transformando-se o descendente dos Titãs num mero serviçal dos deuses. Tal fato se deve, em parte, a antigas

---

2. As *helíades*, quer dizer, filhas de Hélio, eram cinco: Mérope, Hélie, Febe, Etéria, Dioxipe ou Lapécia.

3. Acerca de Hélio e seu filho Faetonte, as informações mais antigas estão na *Odisseia*, III, 1; X, 138; XII, 127ss; 260ss; 374ss; Hesíodo, *Teogonia*, 371ss; 957; 986ss; Píndaro, *Olímpicas*, 7,58; Eurípides, *Troianas*, 439; Apolodoro, *Biblioteca*, 1,2,2; 4,3; 6; 9,1; 25; 3,1,2; 14,4; Pausânias, *Descrição da Grécia*, 1,4,1; 2,3,2; Diodoro Sículo, *Biblioteca Histórica*, 5,23,56; Higino, *Fábulas*, 152, 154, 156, 183, 250; Ovídio, *Metamorfoses*, 2,1-381; 4,167ss.

4. JUNG, C.G. citado por Patrick MULLAHY. *Édipo: Mito e complexo*. Rio de Janeiro: Zahar, 1975, p. 175s [Tradução de Álvaro Cabral].

5. RANK, Otto. *The Trauma of the Birth*. London: Routledge and Kegan Paul, 1947, p. 150.

concepções sobre a forma do mundo. A taça de Hélio, deslocando-se da Índia, sobrevoava o Oceano que cercava a Terra, o que se constituía numa caminhada bem mais curta. Os progressos da astronomia estabeleceram para o percurso do Sol o trajeto diurno, que percorre a abóbada celeste, bem mais longo e difícil. Com isto os cavalos de Hélio foram aposentados e Febo Apolo assumiu o comando da Luz.

2

FAETONTE, em grego Φαέθων (Phaéthon), provém, tudo faz crer, de φάος (pháos), "luz", como se pode deduzir através de φαεινός (phaeinós), "brilhante", que remonta à raiz *bhâ*, *bhau*, "faiscar, brilhar".

Filho de Hélio e Clímene, segundo se mencionou acima, Faetonte foi educado pela mãe, em total desconhecimento de quem era seu pai. Ao atingir os inícios da adolescência, a mãe contou-lhe que seu genitor era Hélio, o Sol. Querendo certificar-se da revelação materna, dar uma resposta condigna aos que dele zombavam por dizer-se filho do Sol e sobretudo desejoso de conhecer o pai, resolveu procurá-lo.

Ovídio, em suas *Metamorfoses*, 2,1-328, nos deixou em tom majestoso e dramático o relato dessa busca, do juramento temerário de Hélio e sobretudo do descomedimento e morte trágica de Faetonte. Vamos seguir, de maneira mais ou menos livre, o texto das *Metamorfoses*, encaixando-lhe, aqui e ali, algumas citações da obra criativa de Edith Hamilton[6]. Começaremos pela descrição do palácio do Sol e pela acolhida de Hélio ao filho; passaremos, em seguida, à audaciosa gesta do herói e fecharemos com sua morte violenta nas mãos de Zeus. Logo depois estamparemos a análise de Paul Diel.

O palácio de Hélio era realmente fulgurante: brilhava o ouro, cintilava o marfim, reluziam as portas de prata. "Por dentro e por fora tudo dardejava luz, resplandecia e tremeluzia. Era sempre meio-dia; a meia luz sombria nunca tur-

---

6. HAMILTON, Edith. *A Mitologia*. 3. edição. Lisboa: Publicações Dom Quixote, 1983, p. 187ss [Tradução de Maria Luísa Pinheiro].

vava a claridade; a escuridão e a noite eram desconhecidas. Muito poucos mortais poderiam resistir durante algum tempo àquele brilho imutável de luz, mas também apenas poucos teriam conseguido descobrir o caminho que levava até lá". O mortal Faetonte, na ânsia de conhecer o pai, o conseguiu. Escalando árduas e longas encostas, viu-se repentinamente mergulhado na luz. Parou, porque o esplendor do palácio paterno o cegava e queimava. Sentado num trono de esmeraldas, Hélio, que tudo vê, divisou na luz o próprio filho e lhe falou com ternura: "Que vens fazer aqui, que buscas, Faetonte, meu filho e minha glória?" O jovem herói respondeu ofegante: "Luz do imenso universo, Hélio, *pai*, se me permites assim falar, se minha mãe Clímene não me contou ficções, dá prova de que és verdadeiramente meu pai, para que a incerteza em que vivo, aqui se acabe". Tendo retirado a coroa de luz incandescente, para que o jovem pudesse se aproximar, abraçou-o longamente, acrescentando: "Tu és meu filho e Clímene disse-te a verdade, mas, para que não duvides de minha palavra, pede-me o que quiseres. Tomo por testemunha de minha promessa aquele por quem juram os deuses, o Estige, o rio infernal, que nunca vi". Faetonte, sem hesitar, pediu-lhe para reger, por um dia, o Carro do Sol. Arrependeu-se o pai do juramento feito: "Falei temerariamente; confesso que esta é a única coisa que gostaria de te recusar. Perigoso é teu desejo. Pedes algo imenso, muito superior às tuas forças, uma carga pesada em demasia para teus tenros anos. Tu és mortal e imortal é aquilo a que aspiras. Desejas o que ainda não foi concedido aos deuses! O próprio senhor do Olimpo, que lança os raios com sua destra, jamais rolou pelos céus a taça do Sol! De saída, filho, a estrada aérea é tão árdua e íngreme, que os próprios cavalos, frescos, da noite, com grande dificuldade a escalam. A meio do percurso, a altitude é tanta, que o mar e as terras, quando de lá os contemplo, me assustam e o coração se me aperta no peito. E a descida é tão precipitada, e é preciso tão grande firmeza, que lá embaixo, nas ondas, a tremer, Tétis me espera. E pensas que lá em cima encontrarás bosques, cidades de imortais e ricos templos? Viaja-se através de perigos e de monstros. Terás que passar pelo cornígero *Touro*, pelo arco tessálio do *Sagitário*, pelas garras do fero *Leão*, pelas tesouras do *Escorpião* e pelos curvos braços de *Câncer*. Nem penses ser fácil governar meus indômitos corcéis, que lançam chamas pela boca e pelas ventas!"

Todas as sensatas e realistas ponderações de Hélio de nada valeram. Faetonte ardia em aspirações e perspectivas arrojadas e gloriosas: guiaria em triunfo ginetes fogosos que nem o próprio Zeus seria capaz de controlar...

Pela manhãzinha, quando a Aurora de dedos cor-de-rosa abriu as portas purpurinas do rútilo Oriente, quando o tropel das estrelas já ia fugindo da Estrela da manhã e a lua desmaiada deixou o céu inteiramente livre, as Horas prepararam os insofridos corcéis. Refeitos pela ambrosia, os quadrúpedes mastigavam o freio de ouro, inquietos e prontos para a partida. Hélio arrancou do coração alguns conselhos: não uses chicote, meu filho. Controla os animais na rédea, com toda a firmeza de que fores capaz: por si mesmos são ágeis e frenéticos. Ungiu o rosto do filho com um unguento sagrado, para que as chamas não o crestassem, e colocou-lhe na fronte a coroa radiosa. Era o momento da última advertência: não corras rasteiro à terra, nem levantes voo até o céu. Caso contrário, incendiarás o planeta ou abrasarás o céu. Voa *no meio* e correrás seguro!

Faetonte subiu à taça imensa, que mal sentiu o peso juvenil. De pé, ufano, o herói empunhou as rédeas. Os velozes frisões de Hélio, rinchando sôfregos, feriam o chão com os cascos. Tétis, desconhecendo o destino do neto, abriu-lhes toda a amplidão do céu. Os cavalos partiram, rasgando as névoas e ferindo o ar. O peso, todavia, era muito leve e diferente daquele a que estavam habituados a arrastar pelo campo azul do firmamento. Percebendo que não a guiava a mão segura de um deus, a quadriga deixou a rota costumeira e precipitou-se desordenada para baixo e para cima, para a esquerda e para a direita. "O próprio Vento do Oriente foi ultrapassado e deixado para trás, as patas dos cavalos voavam por entre as nuvens baixas, sobre o Oceano, como se atravessassem uma névoa marítima, e, depois sempre para cima, sempre mais para cima, nos ares límpidos, subindo às alturas máximas do céu. De repente, porém, operou-se uma alteração – o carro começou a guinar fortemente para um lado e para o outro; a velocidade era cada vez maior; Faetonte perdera o *controle!*...” O mísero e incauto jovem empalideceu e um súbito pavor lhe entorpeceu os membros. Seus olhos banhados em luz contemplavam a noite. Que poderia fazer agora? Deixava atrás de si vastos céus e céus mais vastos se desdobravam diante dele. Com as mãos esmorecidas nem segurava nem soltava as rédeas. Estremeceu, ao divisar as feras imensas espetadas no céu! Vendo o horrendo Escorpião alastrar seus braços curvos pelo espaço, gotejando sua peçonha mortal, e contemplando-lhe o serpear hostil da aguçada cauda, deixou, por fim, tombar as rédeas das mãos. Os corcéis dispararam. Abalroaram as estrelas e atropelaram os montes! Alastrou-se um vasto incêndio. Inflamaram-se as nuvens e fenderam-se as terras. Arderam cidades, rios, montes e florestas. A Faetonte agora só era dado ver fogo e fumo. Como se se encontrasse no bojo de uma fornalha voraz, o herói foi envolvido dentro da taça por um calor insuportável. Cobriu-o um manto imenso de fumo e de cinzas.

A Terra, no entanto, a grande deusa, a mãe de tudo, pávida e convulsa, pediu a Zeus o fim de tão grande catástrofe. O pai dos deuses e dos homens, que vela dia e noite pela estabilidade da ordem cósmica, ouviu-lhe o pranto e a prece. Com a anuência de todos os imortais, subiu ao píncaro do Olimpo e de lá desferiu seu raio certeiro contra o insolente auriga, lançando-o morto no espaço em cataclismo. Extinguiu-se o fogo no próprio fogo! Espantaram-se os indômitos ginetes e, sacudindo o jugo, fizeram em pedaços o Carro de Hélio. Rédeas, bridões e rodas em chamas espalharam-se no vasto espaço incandescente. Como um rasto de estrela cadente, Faetonte desceu de roldão pelo ar. Longe da terra natal, o herói tombou em chamas no caudaloso Erídano[7] que lhe extinguiu as labaredas e arrefeceu-lhe o corpo mutilado.

As náiades da Hespéria recolheram-lhe o cadáver e condignamente o sepultaram.

No túmulo colocaram a seguinte inscrição:

> Hic situs est Phaethon, currus auriga paterni
> Quem si non tenuit, magnis tamen excidit ausis.

> – Aqui repousa Faetonte, o condutor audaz do carro paterno,
> ao qual se não pôde guiar, ao menos pereceu em gesta gloriosa.

Por um dia, mergulhado na dor, Hélio teria deixado a terra mergulhada nas trevas, não fora o clarão das labaredas que ainda crepitavam.

---

7. Rio mais ou menos fabuloso, localizado no extremo oeste ou norte da Europa, por vezes identificado com o rio Pó.

Suas irmãs, as helíades, choraram-no tanto, que nesse mesmo local, às margens do Erídano, foram metamorfoseadas em choupos,

> *Onde, embora árvores, continuam a chorar*
> *e cada lágrima, ao cair, enrijecida pelo sol,*
> *transforma-se em âmbar.*

Às lágrimas e soluços das helíades ajuntaram-se as do jovem rei da Ligúria, *Cisne*, que, saudoso de seu íntimo amigo Faetonte, encheu de lamentações e gemidos as margens verdejantes, as correntes e as florestas que circundavam o Erídano. Aos poucos, no entanto, se lhe adelgaçou a voz, seus cabelos converteram-se em alvas penas e o corpo todo se emplumou. Ei-lo agora uma ave. Chamou-se a si mesmo *cisne*. Temeroso dos raios de Zeus, seu voo não alcança as alturas do céu. Prefere a branda fresquidão dos vastos lagos, a água que afoga e extingue os coriscos divinos.

3

O mito de Faetonte talvez possa servir de padrão significativo para as terríveis consequências da *hýbris* descontrolada, da suprema *démesure*, da perigosa ultrapassagem do *métron*.

Não é outro o "tom" da análise elaborada por Paul Diel a respeito desse auriga embriagado de descomedimento.

"Faetonte é filho de Hélio, deus do sol. Para bem se compreender o sentido dessa filiação, que desvenda o significado oculto do mito, é necessário levar em conta o que representa especificamente o deus Hélio.

Todas as qualidades positivas são retratadas por deuses solares. Existem, todavia, na Grécia, duas divindades que simbolizam mais explicitamente o sol: Hélio e Apolo. Ambos o representam, mas sob dois aspectos diferentes. Hélio simboliza o sol real, que preside ao ciclo das estações, à vegetação, à fecundação e à produtividade do solo. O sol, entretanto, não é adorado somente como astro real, que ajuda a provocar a eclosão dos frutos da terra. A simbolização mítica é caracterizada por uma tendência geral em transpor a produtividade exterior e vegetativa para um plano psíquico e moral. Desse modo, os frutos da terra convertem-se no símbolo dos 'frutos' da alma, dos desejos e de sua espiritualização-sublimação. Sob esse enfoque, o sol transmuta-se em índice da produtividade da alma, da harmonia das aspirações. Ora, o mito grego retrata a força suprema do espírito e da alma, a verdade e o amor através de duas divindades supremas: Zeus e Hera. Como consequência, miticamente falando, os filhos dessas qualidades excelsas são a sabedoria e a harmonia, estampadas em Atená e Apolo.

O fato de ser filho de Hélio deixa entrever que Faetonte não buscará a riqueza espiritual, a harmonia e o saber, mas uma produtividade extrovertida. O mito do filho de Hélio enfocará um tipo de homem bem diferente de Tântalo. Este aspira à fecundidade interior, ao desenvolvimento das potencialidades. Seu erro foi a busca excessiva, sem levar em conta suas forças limitadas. No mitologema de Tântalo, embora o herói tivesse em mira a tarefa essencial, a formação do caráter, a ausência da ajuda simbólica de Apolo e Atená se explica pela carência no herói, no plano psicológico, do saber e da harmonia.

Faetonte, ao contrário, por não ser descendente de Apolo, mas de Hélio, não ambiciona a harmonia espiritual, mas a fecundidade exterior, em proveito do mundo. Essa obra exteriorizada, no entanto, será de origem espiritual, uma vez que toda divindade solar, enquanto pai mítico de um homem, configura uma qualidade do espírito. É exatamente isto que se elucidará mais abaixo.

Relata o mito que Faetonte, ao saber de sua origem divina, saiu em busca de seu pai Hélio. Quer dizer: no momento em que se lhe despertou o espírito, naquela idade do entusiasmo, quando o adolescente se conscientiza de seus atributos, quando aquele que possui a qualidade positiva configurada pela divindade reconhece pela vez primeira ser seu 'filho', é que Faetonte foi à procura do pai. Em outros termos: o herói se apresta em usar de suas qualidades produtivas.

Há, todavia, no mito um aspecto significativo: para Faetonte a busca do 'Pai' não obedece a motivação alguma interna, mas à indignação contra aqueles que o censuravam de vangloriar-se inoportunamente, dizendo-se 'filho do Sol', homem-espírito. O herói visa à 'produtividade', tentando comprovar sua identidade. Não é, pois, uma decisão interna, o amor por seu pai-espírito, que lhe fundamenta a decisão, mas esta, desde o início, é movida pela necessidade de brilhar e de impor-se. Faetonte se apressa em tornar-se espiritualmente produtivo, a fim de provocar a admiração por sua origem e seus feitos. A vaidade o espreita, desde a partida.

A alegria, ao ver o filho, faz que Hélio jure atender-lhe a qualquer pedido. O filho do Sol não julga exagerado solicitar ao pai que lhe permita guiar-lhe o carro, mesmo durante um só dia. Todo o intuito secreto de Faetonte está condensado no simbolismo deste pedido e a tradução da imagem é a chave para se compreender o caráter do herói e, por conseguinte, a explicação psicológica do mito. A solicitação do jovem filho de Clímene não possui a obscuridade analógica habitual dos símbolos, mas parece, à primeira vista, conter a nitidez de uma simples metáfora poética.

O *sol* prodigaliza à terra a fertilidade e a luz, donde, para o herói – filho de uma divindade solar –, fecundar e iluminar o mundo são um desejo natural, mas que não pode ser exaltado. Segundo a dimensão natural de suas qualidades, o filho de Hélio se julga fadado a ser portador da iluminação espiritual. Mas, pelo fato mesmo de ser mortal, ele próprio terá necessidade de receber primeiro a luz, símbolo da verdade. Seu espírito seria, por assim dizer, apenas um espelho da verdade, apto a captar-lhe, quando muito, os raios esparsos, a fim de concentrá-los e refleti-los, isto é, tornar-se fecundo dentro das limitações de seus próprios atributos. Faetonte não aceita, porém, o esforço paciente de elucidação progressiva, que é tarefa própria do espírito humano. Seu pedido expressa o mais insensato dos projetos: alicerçado em suas próprias forças, pretende garantir ao mundo a fonte mesma de toda a luz. Não duvida que possa mostrar-se à altura da 'qualidade' ideal, cujo símbolo é seu pai, guia do carro solar. A presunção do herói é substituir a seu genitor mítico, figura imortal, porque símbolo do processo ininterrupto de iluminação e de fecundação. Não satisfeito com os limites de 'filho' mortal, pretendeu fazer-se de deus, igualando-se à divindade. Aí está, sob novo aspecto, a falta de Tântalo. O pedido de Faetonte configura o excesso de vaidade, cuja vítima, bem mais cedo do que se esperava, foi ele próprio.

Esse tipo de vaidade que ambiciona iluminar espiritualmente a vida, quer dizer, combater o erro a ponto de pretender salvar o mundo, é um dos aspectos mais frequentes da exaltação, relativamente ao espírito. À medida que se remexe a psiqué doente até os recônditos da motivação secreta, essa tarefa exaltada pode ser detectada em diversos níveis de intensidade e de disfarce em um bom número de estados de deformação psíquica e encontra sua explosão manifesta em certas formas megalômanas de vaidade delirante.

Desse modo, como ficou bem claro no mito de Tântalo, o perigo fundamental será sempre a exaltação insensata no que diz respeito à mais essencial das 'produções' no decorrer da formação do caráter, que é a formação da individualidade. De outro lado, é precisamente na medida em que esta circunstância primordial de toda produtividade fecunda se acha negligenciada, que a busca da obra exterior se transforma facilmente em manifestação de vaidade. O desejo de Faetonte exprime bem o fato, desde que, em lugar de enfocá-lo sob a luz diáfana da metáfora poética, seja o mesmo analisado em toda a sua profundidade simbólica. O cavalo, já se viu, traduz a impetuosidade dos desejos, tornando-se, destarte, a imagem dos anelos indômitos, um reflexo da imaginação perversa. O cavalo alado, ao revés, retrata a sublimação dos mesmos. Antes de subir no carro do Sol e empunhar as rédeas dos fogosos ginetes, o herói deveria ter aprendido primeiro a dominá-los, a sublimar ele próprio os seus anelos. Somente esta sublimação poderia tê-lo preservado das consequências de seu pedido insensato e perigoso.

Apesar das súplicas de Hélio, o filho se recusou peremptoriamente a ouvir as ponderações do deus solar, do espírito. Repugna-lhe submeter-se aos conselhos paternos. Seu escopo é aparecer e realizar obra deslumbrante e desmesuradamente grande. Segundo o mito, Hélio se comprometeu sob juramento; consoante o sentido oculto, a qualidade espiritual, quando obliterada pela exaltação, torna-se impotente face a aspirações absurdas. Faetonte se apossa do Carro, atrela os ginetes e faz sair o sol, a luz, do palácio de ouro de seu pai. Muito rapidamente, porém, tornou-se manifesta sua incapacidade de controlar a quadriga. A taça gigantesca desvia-se da rota. O sol-luz, a verdade que o herói governa, deixa seu caminho pré-fixado. Desgovernada, *erra* ao acaso. O roteiro traçado por Faetonte é o do *erro*. A taça, conduzida à deriva, deixa a região sublime e se aproxima em demasia da terra: vale dizer, a verdade de que se faz guia o filho de Hélio está contaminada de desejos terrestres, de impurezas. A luz brilhante transmuta-se em chama devoradora. Em vez de fecundar, abrasa a terra.

Zeus, símbolo supremo do espírito, restabelece a ordem. Lançando seu raio contra Faetonte, põe-lhe fecho à obra destruidora. Trata-se de nova simbolização do tema central. O relâmpago iluminador, o esclarecimento espiritual, inflama o homem de maneira sublime, suscita-lhe entusiasmo e alegria produtiva; a afronta ao espírito, porém, a exaltação insensata do atributo espiritual transforma o dom em punição, a claridade em raio.

Lançado fora do carro, longe do caminho do espírito-sol, Faetonte é arremessado sobre a terra, envolto nas chamas destruidoras por ele próprio ateadas.

No mito do filho de Hélio, cujo tema, consoante seu sentido oculto, é a elaboração vaidosa, que transforma a verdade em erro, o culpado não é o único a ser punido. A chama devoradora se espalha e atinge todos os mortais. Este simbolismo realça um aspecto capital da perversão do espírito. O fogo destruidor traduz o castigo que é inevitavelmente inerente à corrupção vaidosa da verdade, ao delito culposo. O que, na realidade, se difunde é a culpa; e por suas consequências funestas (a chama destruidora) são atingidos quantos participaram do delito do herói (autor do crime), deixando-se influenciar pela falta provocada pelo mesmo. O delito essencial, o erro sobre o sentido da vida (a única de que falam os mitos), disseminado pelo espírito falso, se enraíza na psiqué de seus semelhantes e os ofusca com falsos julgamentos, vale dizer, com razões pseudoespirituais. Esses engodos explodem sob formas insensatas e até mesmo absurdas. O erro separa, exalta subjetivamente, isola as pessoas, ou as reúne, parcialmente, no calor do entusiasmo falso e destrutivo, como é o fanatismo. As razões perversas, vaidosamente justificadas, inconscientemente ocultas e convertidas em culpabilidade recalcada e obsedante, manifestam-se sob a forma de acusações mútuas. Disto resulta o desprezo recíproco, o ódio, a agressão. É, desse modo, que a falta essencial, criada pela exaltação sentimental do falso herói do espírito e por sua incapacidade qualitativa, transforma-se pela terra inteira. Forma-se, destarte, um círculo vicioso, que não é apenas intrapsíquico, mas que abrange igualmente o mundo e suas gerações"[8].

---

8. DIEL, Paul. Op. cit., p. 72ss.

Acrescente-se, para fecho deste capítulo, que o *Carro do Sol* simboliza, desde tempos pré-históricos, segundo acentuam Chevalier e Gheerbrant[9], o *deslocamento do astro* ao longo de uma curva que liga, através da abóbada celeste, as duas linhas opostas do horizonte, nascente e poente. Este carro, puxado por cavalos velocíssimos, tornar-se-á o de Hélio, Mitra, Átis, quando estas e outras divindades se identificarem com o deus solar. Para a religião monoteísta judaica, tudo quanto evocasse antigos cultos e ritos solares deveria ser destruído. Quando o piedoso rei Josias "renovou a aliança com o Senhor", tornou ainda mais radical sua reforma iniciada anteriormente e empreendeu uma verdadeira caçada aos ídolos, altares e santuários consagrados aos deuses dos gentios. O *carro* e os *cavalos do Sol* merecem uma referência precisa em 2Rs 23,11: Josias "tirou também os cavalos que os reis de Judá tinham consagrado ao sol, à entrada do templo do Senhor, perto da pousada do eunuco Natanmelec, que estava em Farurim, e queimou as carroças do sol".

Sobrou da catástrofe o carro de *Apolo*, que, ultimamente, voltou a circular pilotado por novos heróis...

---

9. CHEVALIER, J. & GHEERBRANT, A. Op. cit., p. 209.

Capítulo VIII
Os Labdácidas: o Mito de Édipo

1

LABDÁCIDAS[1] é um termo genérico para designar os descendentes de Lábdaco, antigo rei de Tebas, em grego Λάβδακος (Lábdakos), que se procura explicar etimologicamente pela raiz *lep*, do verbo λέπειν (lépein), "esfolar". Segundo uma tradição, o rei de Tebas fora despedaçado pelas Mênades ou Bacantes. O étimo é discutível, e Marie Delcourt sugere outra explicação, conforme se mostrará mais adiante.

Para se chegar a Lábdaco e a seu desditoso neto Édipo é preciso recuar um pouco. Como no Vol. II, p. 247ss, já se falou do rapto de Europa por Zeus e da procura desta por seus irmãos, o que levaria à fundação de Tebas, vamos resu-

---

1. As fontes mais antigas que se conhecem acerca de cada um dos *labdácidas*, exceto as que se referem a Édipo, são as que se seguem. AGENOR: Heródoto, *Histórias*, 2,44; 4,147; 6,46ss; Apolodoro, *Biblioteca*, 2,1,4; 3,1; Diodoro Sículo, *Biblioteca Histórica*, 5,59,lss; Pausânias, *Descrição da Grécia*, 5,25,12; Ovídio, *Metamorfoses*, 2,838; 3,51.97.257; Higino, *Fábulas*, 6; 178; 179. CADMO: Homero, *Odisseia*, V, 333ss; Hesíodo, *Teogonia*, 935ss; Píndaro, *Píticas*, 3,152ss; *Olímpicas*, 2,38ss; Heródoto, *Id.*, 4,147; Eurípides, *Fenícias*, 822ss; 930ss; *Bacantes*, 1330ss; Apolônio de Rodes, *Argonáuticas*, 4,516ss; Apolodoro *Id.*, 3,1,1; 4,1; 5,2; 5,4ss; Diodoro Sículo, *Id.*, 4,2,lss; 5,47ss; 48; 49; 5,59,2ss; Estrabão, *Geografia*, 1,46; 7,326; Nono, *Dionisíacas*, 1,140ss; 350ss; Pausânias, *Id.*, 3,1,8; 15,8; 24,3; 4,7,8; 7,2,5; 9,5,lss; 10,1; 12,lss; 16,3ss; 26,3-4; 10,17,4; 35,5; Ovídio, *Id.*, 3,6ss; 4,563ss; Higino, *Id.*, 6; 178; 179. POLIDORO: Hesíodo, *Id.*, 978; Heródoto, *Id.*, 5,59; Eurípides, *Fenícias*, 8; *Bacantes*, 43; 213; Apolodoro, *Id.*, 3,4,2; 3,55; Diodoro Sículo, *Id.*, 4,2; 19,53; Nono, *Id.*, 5,210ss; 46,259; Pausânias, *Id.*, 2,6,2; 9,5,3ss; Higino, *Id.*, 179. LÁBDACO: Sófocles, *Édipo em Colono*, 221; *Antígona*, 594; Heródoto, *Id.*, 5,59; Eurípides, *Fenícias*, 8; Apolodoro, *Id.*, 3,5,5; Pausânias, *Id.*, 2,6,2; 9,5,4ss; Higino, *Id.*, 76. LAIO: Sófocles, *Édipo Rei*, passim; Heródoto, *Id.*, 5,59ss; Eurípides, *Fenícias*, passim; Apolodoro, *Id.*, 3,5,5; 7ss; Plutarco, *Vidas Paralelas*, 33; Pausânias, *Id.*, 4,8,8; 9,2,4; 5,6-12; 15; 26,3-4; 9,5,2.3.5.6; 10,5,3-4; Estácio, *Tebaida*, 7,354ss; Higino, *Id.*, 9; 66; 76.

Quadro 8

Tebas: Os Cadmeus

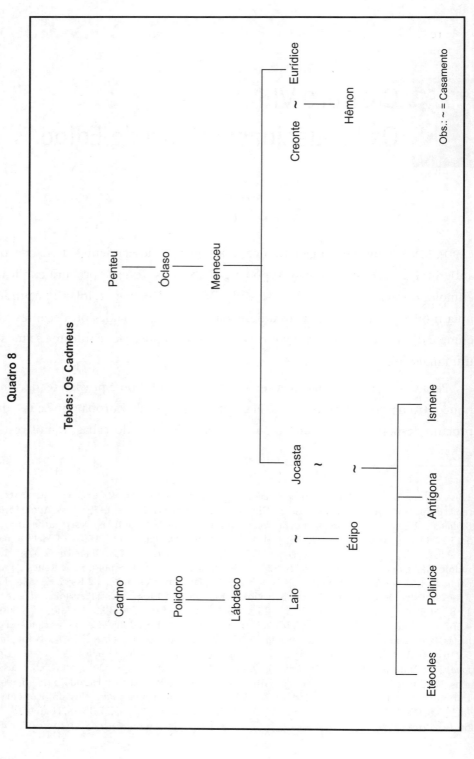

mir e realçar aqui apenas os dados principais, a fim de que se tenha uma visão global do mitologema.

Com o rapto de Europa por Zeus-Touro, Agenor, rei da Fenícia, ignorando a identidade de quem lhe arrebatara a filha, ordenou a seus três filhos mais velhos, Fênix, Cílix e Cadmo que a procurassem por todo o mundo conhecido e que não regressassem sem ela. Os três príncipes iniciaram imediatamente a busca, mas, decorrido algum tempo, percebendo que sua tarefa era inútil e como não pudessem regressar à corte paterna, em Tiro ou Sídon, começaram a fundar colônias, onde se estabeleceram.

Cadmo fixou-se na Trácia com sua mãe Telefassa. Morta esta, o herói consultou o oráculo e este lhe ordenou que abandonasse em definitivo a procura da irmã e fundasse uma cidade. Para tanto deveria seguir uma vaca até onde ela caísse de cansaço. Pondo-se a caminho, Cadmo, após atravessar a região da Fócida, encontrou uma vaca, marcada nos flancos com um disco branco, configuração da Lua. Seguiu-a por toda a Beócia e, quando o animal se deitou de fadiga, compreendeu que se cumpria o oráculo. Mandou os companheiros a uma fonte vizinha, consagrada a Ares, em busca de água para as abluções, mas um dragão os matou. O filho de Agenor conseguiu liquidar o monstro e, a conselho de Atená, semeou-lhes os dentes, do que nasceram gigantes ameaçadores, aos quais deu o nome de *Spartói*, os "Semeados".

Cadmo atirou pedras no meio deles e os gigantes, ignorando quem os provocava, acusaram-se mutuamente e se mataram. Sobreviveram apenas cinco: Equíon (que mais tarde se casou com Agave, filha de Cadmo), Udeu, Ctônio, Hiperenor e Peloro, os quais, juntamente com Cadmo, formarão o núcleo ancestral da aristocracia tebana.

A morte do Dragão, símbolo do próprio deus Ares, tinha que ser expiada: Cadmo, futuro rei de Tebas, durante oito anos serviu ao deus como escravo. Terminado o rito iniciático, Zeus lhe deu como esposa Harmonia, filha do mesmo Ares. Desse enlace nasceram Ino (Leucoteia), Agave, Sêmele e Polidoro. Já idosos, Cadmo e Harmonia abandonaram Tebas em condições misteriosas. O trono teria sido ocupado por Polidoro, mas, consoante a tradição mais seguida, Cadmo deixara o reino a seu neto Penteu, filho de Agave e do *Spartós* Equíon.

De qualquer forma, é do casamento de Polidoro e Nicteis (ou Antíope) que nasce Lábdaco, pai de Laio e avô de Édipo.

Lábdaco é, através de sua mãe Nicteis ou Antíope, filha de Nicteu, neto de Ctônio, um dos *Spartói*. Como o futuro rei de Tebas tivesse apenas um ano quando lhe faleceu o pai Polidoro, o trono foi ocupado interinamente por Nicteu. Este, tendo-se matado, seu irmão Lico assumiu o poder, até a maioridade do filho de Nicteis.

O reinado de Lábdaco foi marcado por uma guerra sangrenta contra o rei de Atenas, o célebre Pandíon I, pai de Procne e Filomela, em cujo governo Dioniso e Deméter tiveram permissão para ingressar "miticamente" na Ática. Na luta contra Lábdaco, por uma questão de fronteiras, Pandíon, com o precioso auxílio do rei da Trácia, Tereu, desbaratou as tropas tebanas. Como recompensa, Tereu obteve por esposa a filha do rei de Tebas, Procne, cujas desventuras já se narraram no Vol. II, p. 42. Consoante uma tradição conservada por Apolodoro, Lábdaco foi, como Penteu, despedaçado pelas Bacantes, por se ter também oposto à introdução do culto de Dioniso em Tebas.

Com a morte prematura de Lábdaco, seu filho Laio, por ser ainda muito jovem, não pôde assumir as rédeas do governo e, mais uma vez, Lico tornou-se regente; mas, dessa feita, por pouco tempo, porque foi assassinado por seus sobrinhos Anfião e Zeto[2].

---

2. Lico, segundo se viu linhas acima, era irmão de Nicteu e, portanto, tio da lindíssima Antíope, a quem Zeus, sob forma de sátiro, fez mãe dos gêmeos Anfião e Zeto. Grávida e porque temia a cólera de Nicteu, fugiu de casa e refugiou-se em Sicione, na corte do rei Epopeu. Desesperado com a fuga da filha, Nicteu, após encarregar a seu irmão de vingá-lo, matou-se. Lico marchou contra Sicione, matou Epopeu e levou Antíope de volta a Tebas. Foi na viagem de Sicione a Tebas, em Elêuteras, que as crianças nasceram. O regente de Tebas mandou expô-las numa elevada montanha, mas os pastores locais as recolheram e criaram.
Em Tebas, Antíope foi acorrentada e era tratada como escrava. Certa noite, no entanto, as correntes caíram-lhe misteriosamente das mãos e a princesa foi em busca dos filhos e os encontrou numa humilde choupana. Não a tendo reconhecido, entregaram-na a Dirce, esposa de Lico, a qual lhe fora ao encalço. Um dos pastores, que os havia recolhido, revelou-lhes a identidade de Antíope; e os gêmeos, após libertarem a mãe, assassinaram a Lico e Dirce, apossando-se do trono de Tebas. Por causa da morte de Dirce, Dioniso enlouqueceu Antíope, que, ferida da *manía* báquica, percorreu a Grécia inteira, até que foi curada e desposada por Foco, herói epônimo da Fócida.

Laio, com a morte violenta do tio, fugiu precipitadamente de Tebas e buscou asilo na corte de Pélops, o amaldiçoado filho de Tântalo, consoante se mostrou no Vol. I, p. 89.

Laio, todavia, herdeiro não apenas do trono de Tebas, mas sobretudo de algumas mazelas de "caráter religioso" de seus antepassados, particularmente de Cadmo, que matou o Dragão de Ares, e de Lábdaco, que se opôs ao deus do êxtase e do entusiasmo, cometeu grave *hamartía* na corte de Pélops. Desrespeitando a sagrada hospitalidade, cujo protetor era Zeus, e ofendendo gravemente Hera, guardiã severa dos amores legítimos, raptou o jovem Crisipo, filho de seu hospedeiro. Agindo contrariamente ao κατὰ τὸ ὀρθόν (katà to orthón), ao que é "justo e legítimo", para empregar a expressão de Heródoto (1,96), o futuro rei dos Tebanos acabou ferindo os deuses e praticando um amor *contra naturam*. Miticamente, a pederastia se iniciava na Hélade. Segundo uma variante, Édipo matara conscientemente a seu pai Laio, porque ambos disputavam a preferência do belo filho de Pélops. Este execrou solenemente a Laio, o que, juntamente com a cólera incontida de Hera, teria gerado a maldição dos Labdácidas. Crisipo, envergonhado, matou-se.

O reinado de Anfião e Zeto foi um desastre, em função especificamente da *hýbris* de ambos. Tendo desposado Níobe, filha de Tântalo, Anfião terminou seus dias nas mãos de Apolo, que o liquidou juntamente com os filhos. Conforme uma variante, com a morte dos filhos por Apolo e Ártemis, Anfião enlouquecera e tentara incendiar um templo de Apolo. O deus o atravessou com uma flecha.

Quanto a Zeto, por seu vigor físico e violência, causas comuns da ultrapassagem do *métron* e da *hýbris*, teve certamente um fim tão ou mais trágico que seu irmão gêmeo, pois que, segundo o mito, morreu de "desgosto pungente" ao saber que seu filho único perecera igualmente às mãos de Apolo.

2

Com o desaparecimento dos usurpadores Anfião e Zeto, Laio finalmente subiu ao trono de Tebas. Segundo a tradição, o novo soberano se teria casado com

Epicasta, nome que já aparece na *Odisseia*, XI, 271ss, como mãe e desditosa esposa de Édipo[3].

O nome *Jocasta*, filha de Meneceu, aparece a partir de Sófocles, *Édipo Rei*, 950ss. Segundo as variantes, os pulmões do mito, Jocasta não foi a primeira esposa de Laio. O rei de Tebas se teria casado em primeiras núpcias com Euricleia, filha de Ecfas, e *dela tivera Édipo*. Epicasta foi a segunda esposa. Donde, a seguir tal versão, "viva e atuante" *no mito*, Édipo, após a morte de Laio, desposou a *madrasta* Epicasta e não sua *própria mãe*, que aliás já havia falecido... Pelo texto de Homero não consta igualmente que Édipo rasgara os olhos, tivera filhos com Jocasta e fora levado por Antígona para o bosque sagrado das Eumênides, em Atenas. O texto traduzido de Homero mostra ao revés que, morta Epicasta, Édipo continuou a reinar sobre os Cadmeus. Mas todos esses fatos, enfoques e variantes serão comentados mais abaixo, inclusive a união do filho de Laio com a própria mãe. Desejamos, tão somente, mais uma vez, e à guisa de "memento", observar, como se frisou no Vol. I, cap. I, p. 26, que sempre houve um liame muito forte, na Grécia, entre mito e literatura, já que esta, por motivos que não interessa repisar aqui, tinha por matéria-prima, não raro obrigatória, o mitologema. E como já acentuamos no capítulo supracitado, ao plasmar o material mítico, o poeta ou artista não se pautava unicamente por critérios religiosos, mas obedecia também, e isso é fácil de compreender, a ditames estéticos. As obras de arte, e entre elas as obras literárias, impõem exigências específicas. Muitas vezes, entre narrar um mito, que é uma práxis sagrada, e compor uma obra de arte, ainda que alicerçada no mito, vai uma enorme distância. Mas a redução do mito a uma

---

3. Na evocação dos mortos, *Odisseia*, XI, 271-280, Ulisses, entre muitos outros *eídola*, viu também o da mãe de Édipo. Vale a pena traduzir os dez hexâmetros de Homero:
Vi também a mãe de Édipo, a bela Epicasta.
Ela, sem o saber, cometeu um grande crime,
casando-se com o filho, que a desposou após matar e despojar o pai.
Os deuses rapidamente fizeram que a notícia circulasse entre os homens.
Édipo, todavia, apesar de tantos sofrimentos por funestos desígnios dos deuses,
continuou a reinar sobre os Cadmeus, na muito amada Tebas.
Ela, porém, desceu à mansão de Hades, de sólidas portas,
depois de atar, dominada pela dor, um laço a uma alta viga,
deixando ao filho, como herança, inúmeros sofrimentos
com que as Erínias punem os delitos cometidos contra uma mãe.

obra literária tem outra consequência no que respeita à documentação mitológica: o mito vive em variantes, e nelas se contém; e a obra de arte de conteúdo mitológico forçosamente reflete apenas uma dessas variantes. Dado o imenso prestígio alcançado pela poesia na Hélade, a versão do poeta, ao narrar o mito, impunha-se à consciência pública: instituía-se dessarte o *mito canônico*, com abandono das demais variantes, talvez de menor eficácia do ponto de vista artístico, mas nem por isso de menor importância do ponto de vista religioso.

E foi isto exatamente o que aconteceu com o mito de Édipo. Dada a beleza da tragédia *Édipo Rei* e a autoridade olímpica de Sófocles, o mito por ele *poetizado* passou a ser a cartilha por onde se reza e se psicanalisa! Temos consciência plena de que o mito de Édipo não deixou de existir, por ter sido revestido de arco-íris pelo gênio poético de Sófocles. Não se está acusando ou condenando a obra de arte. Ao contrário: ao passar pela ourivesaria das musas sofocleanas, o mito do filho de Laio tornou-se mais uma pedra preciosa que se engastou no anel urobórico do mitologema de Édipo. Sabemos que *mythus idem est*, que o mito continua o mesmo, mas, e isto é importante, continua como uma das variantes que o grande vate ateniense privilegiou. Assim, e é o que se irá fazer, não nos basearemos apenas na tragédia *Édipo Rei* para expor-lhe o mito. Se assim fizéssemos (e é o que mais comumente se vê) seria reduzir o mitologema a uma única variante, por sinal vestida a rigor pela arte incomparável de Sófocles. Dela nos serviremos *também*, mas encaixaremos igualmente na exposição do mito as demais versões, por certo muito pouco poéticas, mas, por isso mesmo, tão ou mais importantes do que a utilizada e genialmente recriada pelo trágico ateniense. Como acertadamente observou Lévi-Strauss, o mito deve ser definido "pelo conjunto de todas as suas versões", uma vez que o mesmo se compõe do conjunto de suas variantes[4].

Laio é, pois, o rei de Tebas e, após a morte da primeira esposa, uniu-se a Epicasta. Na versão sofocleana, todavia, encontramo-lo casado com Jocasta. A partir desse momento, o mito de Laio e Jocasta confunde-se com o de Édipo, que

---

4. LÉVI-STRAUSS, Claude. *Antropologia estrutural Um*. Rio de Janeiro: Tempo Brasileiro, 1976, p. 250.

está condenado antes mesmo de nascer, ao menos nas tradições anteriores a Sófocles, a matar o pai e desposar a própria mãe.

3

LAIO, em grego Λάιος (Láios), talvez possa se aproximar etimologicamente de λαιός (laiós), "esquerdo", desajeitado, cambaio. Teria o rei alguma deformação física? O fato é que não apenas a etimologia de *Laio*, mas também a de *Lábdaco*, nos interessam muito, porque contribuem para explicar a de Édipo, que nos leva diretamente ao problema da *criança exposta*.

Consoante Marie Delcourt[5], a exposição de recém-nascidos tem sua origem num rito que visa à exclusão de seres maléficos, bem como a provas iniciáticas. Esses seres natos ou nascituros são considerados maléficos, porque constituem uma ameaça ao rei, à *pólis* e à comunidade inteira. Em todo caso, a exposição no mar ou numa montanha, segundo se verá depois, obedece a um ordálio, a um juízo divino: o herói se livra da morte e, de bode expiatório nas origens – exposto que foi para sanar *hamartía* ancestral –, converte-se em salvador de seu povo. É necessário, porém, conforme acentua Delcourt, não reduzir tanto a temática dos mitos de crianças expostas. Na maioria destas o caráter maléfico não aparece ou é introduzido mais tarde com o fito de justificar psicologicamente cada um dos aspectos de que se compõe o mitologema. De um lado, pois, está a *criança deformada*, que, considerada como maldição, é exposta para conjurar desgraças futuras ou afastar a esterilidade; de outro, o recém-nascido, que, embora perfeito fisicamente, é exposto no mar ou num monte, porque, segundo um oráculo, sua existência ameaçaria o rei ou a cidade. Acrescente-se, por fim, que o tema do mergulho no mar ou da educação na montanha deve remontar a antigas provas iniciáticas, cuja significação mais comum é a introdução do jovem na classe dos adultos. Simbolicamente, a inclusão num cofre ou a exposição na montanha é um rito iniciático que implica um *regressus ad uterum*, um novo nascimento

---

5. DELCOURT, M. *Oedipe ou la Légende du conquérant*. Paris: Les Belles Lettres, 1981, p. 19ss.

com nome novo e um acréscimo de poder. O herói salvo, uma vez crescido, assume uma atitude hostil e vitoriosa contra a família que o expôs.

Esta ligeira introdução ao longo tema da *criança exposta* (assunto, aliás, já desenvolvido em parte no Vol. I, p. 89) objetiva ligar etimologicamente *Édipo* à sua exposição, que, por sinal, é uma espécie de herança. Com efeito, *Lábdaco*, segundo Delcourt, significaria *coxo*, pois que seu nome estaria ligado a *Labda*, mera variante de *lambda* (λ, nome da décima primeira letra do alfabeto grego). *Labda*, consoante Heródoto, *Hist.* 5,92, era filha de Anfíon, rei de Tebas, e mãe de *Cípselo*, tirano de Corinto. Ora, *Cípselo* é assim chamado por etimologia popular, porque fora exposto numa κυψέλη (kypséle), "cofre, vaso cilíndrico", denominado mais tarde "o cofre de Cípselo".

Com respeito à etimologia de *Labda* (Lábdaco) temos uma pista preciosa no *Etymologicum Magnum*, verbete βλαισός (blaisós), "com os pés voltados para fora": "*labda*: cambaio, paralisado: aquele que tem os pés voltados para fora, semelhante à letra Λ. É por isso que a mulher de Eécion, mãe de Cípselo, rei de Corinto, era chamada Lambda"[6]. Na realidade, *Labda* e *Lábdaco* eram certamente alcunhas, que, pela própria forma, atestam não apenas sua origem popular, mas também designam uma anomalia[7]. *Labda* e *Lábdaco* são, pois, respectivamente, a mãe e o avô de dois recém-nascidos, considerados maléficos mesmo antes do nascimento, e por isso mesmo condenados à morte.

Desse modo Labda, Lábdaco, Cípselo e Édipo não seriam nomes, mas cognomes, que designariam, para os dois primeiros, uma deformidade, e, para os dois últimos, um episódio relativo à sua libertação. E era assim, frisa Delcourt, que "os gregos compreendiam e interpretavam *Kýpselos* e *Oidípus*". O mito de Cípselo e Édipo, pensa a autora, se origina do hábito de se exporem os re-

---

6. λάβδα. βλαισός, παραλυτικός ὁ τοὺς πόδας ἐπὶ τὰ ἔξω διεστραμμένος καὶ τῷ Λ στοιχείῳ ἐοικώς. διὰ τοῦτο καὶ Λάμβδα ἐκαλεῖτο ἡ γυνὴ μὲν Ἠετίωνος, μήτηρ δὲ Κυψέλου τοῦ Κορίνθου τυράννου.

7. DELCOURT, M. Op. cit., p. 20, citando M. Fohalle e confirmando-lhe a opinião com a autoridade de Antoine Meillet (*Introduction à l'étymologie comparée des langues indo-européennes*, p. 99), lembra que a vogal *a*, relativamente rara em indo-europeu, figura principalmente em nomes de caráter popular, e, em particular, em nomes de enfermidades.

cém-nascidos deformados. Mas, acrescenta ela, como ambos são vitoriosos e os antigos não podiam admitir que seus heróis fossem fisicamente deficientes, atribuiu-se o defeito físico maléfico a um antepassado próximo: no caso do rei de Corinto, a Labda, e no do rei de Tebas, a Lábdaco e Laio, cuja etimologia popular traduziria "o esquerdo, o cambaio". Fica, pois, justificada, ao menos do ponto de vista "religioso e etimológico", a exposição de Édipo.

Voltemos ao casamento de Laio e Jocasta. As tradições arcaicas relativas ao oráculo que anunciava a morte de Laio por Édipo são desconhecidas. A mais antiga delas se encontra em Ésquilo, na tragédia *Os Sete contra Tebas*, encenada em 476 a.C., bem antes, portanto, de *Édipo Rei*. Em *Os Sete contra Tebas*, 745-748, diz-se apenas que "por três vezes, em Pito, seu santuário profético, centro do mundo, Apolo revelara a Laio que ele deveria morrer sem filhos, se quisesse salvar a cidade (Tebas)". A predição de Delfos nada diz a respeito do casamento de Édipo com Jocasta. Igualmente, em Eurípides, na tragédia *Fenícias* (408 a.C.?), cujo assunto é o mesmo que em *Os Sete contra Tebas*, o oráculo pítico prevê a morte de Laio e a luta dos filhos de Édipo pelo reino de Tebas; mas não há referência oracular alguma ao casamento deste com a mãe. Na realidade, em *Édipo Rei* há dois oráculos: um nos versos 711ss, em que Jocasta narra ao filho e esposo como um "falso oráculo" predissera a Laio que ele seria assassinado pelo próprio filho; e outro nos versos 791ss, em que Édipo diz a Jocasta que o mesmo Febo Apolo lhe vaticinara que ele desposaria a mãe e mataria o pai. Como se observa, a distância entre as duas predições da Pítia é de cerca de vinte e um anos, porquanto a primeira foi feita a Laio, após o nascimento do filho, e a segunda diretamente a Édipo, pouco antes de matar o pai e casar-se com a mãe, tornando-se rei de Tebas.

Cronologicamente, o primeiro a reunir os dois vaticínios, superpondo-os anacronicamente e atribuindo-os a uma revelação de Apolo a Laio, mas antes do nascimento de Édipo, foi Nicolau de Damasco (séc. IV d.C.), em cujo Frag. 15 se lê: "O deus diz a Laio que ele teria um filho que o mataria e se casaria com a própria mãe".

Embora ameaçado por três vezes pelo Oráculo de Delfos, conforme se mostrou linhas atrás, Laio assim mesmo resolveu ter um filho com Jocasta. Nascido o menino, o rei, lembrando-se do veto de Apolo, apressou-se em livrar-se do mesmo. Há duas versões bem diferentes na exposição de Édipo. Na primeira, o futuro rei de Tebas é colocado num cofre e lançado ao mar, mas salva-se porque o λάρναξ (lárnaks) chegou a Corinto ou Sicione. Parece ser esta uma das tradições mais antigas, de resto bem atestada na cerâmica, num escólio aos versos 26 e 28 das *Fenícias* de Eurípides e na Fábula 66 de Higino[8]. Acrescente-se, além do mais, como faz notar agudamente Delcourt, que a exposição na água deve ser a mais antiga das duas, primeiro porque não é mencionada pelos poetas trágicos; segundo, ela não se presta para explicar o nome do exposto. A exposição sobre um monte, no caso específico de Édipo, tornou-se a preferida, já que, através da mesma, se passou a ter um sinal específico (os pés inchados ou os calcanhares perfurados) para um reconhecimento futuro e um *aítion*, um motivo, que lhe explicasse o nome. Na segunda, ele é simplesmente abandonado no monte Citerão.

Na versão de Sófocles, *Édipo Rei*, 718s, Laio ligou os pés do menino e mandou expô-lo num monte deserto, que sabemos pela própria tragédia ter sido o Citerão.

Curioso é que Sófocles não menciona o motivo da exposição, mas Ésquilo e Eurípides o explicitam. O autor de *Os Sete contra Tebas*, 742s, fala da falta antiga e Eurípides diz ainda com mais clareza que se trata do amor criminoso de Laio por Crisipo. Em Sófocles, *Édipo Rei*, 718, Laio amarrou o menino pelos tornozelos antes de mandar expô-lo. Em outras versões a criança tem os calcanhares perfurados por um gancho e os pés atados por uma correia. De qualquer forma, seguindo ainda o raciocínio de Marie Delcourt, "os pés inchados se constituem num absurdo, qualquer que seja o ângulo de análise. Um recém-nascido abandonado no mar ou num monte está sujeito à morte, com os pés amarrados ou livres. Vários gramáticos antigos pressentiram o problema e tentaram solucio-

---

8. O *escólio* (comentário para esclarecer um texto clássico) aos versos 26 e 28 das *Fenícias* diz: "Relata-se que lançaram Édipo no mar, após ter sido colocado num cofre; ele chegou a Sicione e lá foi criado" (v. 26). "Contam alguns (mitógrafos) que, lançado no mar dentro de um cofre, o menino foi dar nas praias de Corinto" (v. 28). A Fábula 66 de Higino reza assim: "Periboca, esposa do rei Pólibo, quando estava lavando roupa junto ao mar, recolheu, com o consentimento do marido, a Édipo que havia sido exposto".

ná-lo: um escólio ao v. 26 das *Fenícias* explica que os pais de Édipo o mutilaram, a fim de que o menino não fosse recolhido e educado. Com efeito, na época histórica, pessoas às quais não se podia atribuir qualquer intenção filantrópica recolhiam entre os meninos abandonados os que lhe pareciam perfeitos e robustos, e entre as meninas as que prometiam ser belas"[9].

Os "pés inchados" ou "furados" até Sófocles jamais serviram de sinal de identificação. Na *Odisseia*, como se viu, os deuses revelam a Epicasta a identidade do marido, mas não se fala em sinais que levassem a semelhante reconhecimento.

A verdade é que somente a partir de Sófocles (*Édipo Rei*, 1030-1036) é que surgem as cicatrizes como sinal de reconhecimento e justificativa etimológica. Em versões tardias da tragédia atribui-se o nome de Forbas ao Mensageiro, o pastor de Corinto, que recolhe o filho de Jocasta e mais tarde lhe vai revelar o significado das cicatrizes que trazia nos calcanhares. Vale a pena lembrar uma ponta do diálogo entre o Mensageiro e Édipo:

Mensageiro ("Forbas") – *Naquele dia, meu filho, eu fui teu salvador.*

Édipo – *De que desgraça era vítima, quando me recolheste?*

Mensageiro – *As junturas de teus pés poderiam testemunhá-lo.*

Édipo – *Ai de mim! Para que relembrar tão antiga ignomínia?*

Mensageiro – *Fui eu quem soltou os ferros que atravessavam teus pés.*

Édipo – *Certamente carrego desde a infância tão vergonhosa afronta.*

Mensageiro – *A semelhante circunstância deves o nome que tens.*

(*Édipo Rei*, 1030-1036)

Após Sófocles, *Oidípus*, "Pé-Inchado" (ou "Pés-Inchados"?), "exibe ainda suas cicatrizes como sinal de reconhecimento em dois resumos, sem indicação de fonte"[10]. O primeiro é a Fábula 230 do chamado Segundo Mitógrafo do Vati-

---

9. Ibid., p. 24.

10. Ibid., p. 24.

cano, cujo teor é o seguinte: "um dia, quando Édipo se calçava, sua mãe viu-lhe as cicatrizes e, reconhecendo o filho, gemeu desesperadamente". O segundo é a Fábula 67 de Higino: "O velho Menetes[11], que havia exposto Édipo, reconheceu-o como filho de Laio pelas cicatrizes nos tornozelos".

No denominado "Resumo de Pisandro", de época tardia, Jocasta reconhece primeiro *o assassino* pelas armas de Laio, e em seguida *seu filho Édipo*, pelas fraldas e colchetes encontrados com o palafreneiro de Sicione, que salvou o menino, que lá chegara num cofre.

Seja como for, a não ser no plano simbólico, o sinal dos pés inchados ou perfurados de Édipo constituem um absurdo em matéria de reconhecimento. Não é possível que Jocasta, após tantos anos de casamento, não tivesse visto os pés deformados do filho e marido! Somente a literatura tardia os viu e valorizou...

Mas, como acentua Delcourt, quando um grande artista ou dramaturgo como Sófocles repete um episódio simultaneamente absurdo e supérfluo como este, é que o fato lhe deve ter sido imposto por uma mitopeia anterior[12].

4

Criado pelo pastor de Corinto, segundo uma variante, o qual o recebera do pastor de Laio no monte Citerão, ou encontrado por Peribeia junto às praias do mar em Corinto e levado para a corte de seu marido e rei local Pólibo, ou ainda conduzido para a mesma corte pelo pegureiro Forbas, o fato é que Édipo, na maioria das versões, foi criado e educado na corte de Corinto como filho de Pólibo e Mérope (nome de Peribeia na versão de Sófocles, *Édipo Rei*, 775, 990), que não tinham descendentes. Observe-se, de caminho, que Pólibo em outras versões aparece como rei ora de Corinto, ora de Sicione ou Atédon e ainda de Plateias.

---

11. Esse Menetes ou Menécio talvez fosse uma personagem do *Édipo* de Eurípides e figurasse em alguma mitopeia influenciada por *Édipo Rei*, porque raramente os trágicos dão nomes a personagens episódicas, cuja presença serve apenas à economia da peça, exceto, como frisa Delcourt, se esses nomes equivalem a um adjetivo, como *Copreu* ou *Lico*.

12. Ibid., p. 26.

Uma infância e adolescência tranquilas prenderam o "futuro" sucessor de Pólibo à corte de Corinto; mas, tão logo atingiu a maioridade, o jovem príncipe, por motivos que variam muito, abandonou seus pais adotivos.

A tradição mais antiga é a de que Édipo saíra de Corinto em busca de uns cavalos que haviam sido furtados do reino de seu pai. Mais tarde os trágicos introduziram motivos psicologicamente mais complicados. A mais conhecida é a de *Édipo Rei*, 779ss: num banquete, um dos convivas, após ingerir muito vinho, chamou-lhe πλαστός (plastós), vale dizer, um filho postiço. Apesar da indignação dos "pais" pelo insulto, Édipo não se conformou e, às escondidas, partiu para Delfos. Em vez de receber da Pítia uma resposta à pergunta que lhe fizera, a sacerdotisa de Apolo o expulsou do templo sagrado, vaticinando-lhe algo terrível: ele estava condenado a matar o pai e unir-se à própria mãe. Não mais regressando a Corinto, por terror de que o oráculo se cumprisse, dirigiu-se, guiado pelos astros, para algum lugar da terra onde jamais se cumprissem as tremendas profecias de Apolo... Foi exatamente nesse percurso *para algum lugar*, ao atingir um trívio (*Édipo Rei*, 1398s) na encruzilhada de Pótnias, marco de separação entre Delfos e Dáulis, que Édipo se encontrou com uma carruagem que lhe vinha em sentido contrário.

Tratava-se de Laio com sua comitiva. Ao todo, de acordo com o texto de *Édipo Rei*, 152, cinco pessoas: o rei, o arauto, um cocheiro e dois escravos. O cocheiro e o próprio rei, no relato de Édipo, quiseram afastá-lo do caminho, *com o emprego de violência* (πρὸς βίαν [pròs bían], diz o texto, *Édipo Rei*, 805]. Como se estivesse *fora de si*, tomado *pela cólera* (δι'ὀργῆς [di'orguês], *Édipo Rei*, 807), Édipo, usando seu *terceiro pé*, o bastão, o que permitia a um deformado ficar "em pé", feriu mortalmente o cocheiro; o rei, que estava à espreita, golpeou-o duas vezes na cabeça com o aguilhão. A reação foi instantânea: com um só golpe de bastão o herói prostrou a Laio. Em seguida liquidou os demais componentes da comitiva real... Isto ele pensava! Um dos escravos, exatamente aquele que outrora o conduzira ao Citerão, salvou-se com a fuga. Jocasta recebeu por ele a notícia da morte do esposo, mas recebeu-a totalmente incorreta e mentirosa: o rei e três de seus acompanhantes haviam sido mortos por salteadores. O escravo que fugiu, permitindo que um forasteiro matasse a todos os outros da comitiva, mentiu por vergonha, adulterando o acidente; e, para ocultar sua covardia, afirmou que a carruagem fora atacada por bandoleiros.

Seus recalques pesaram-lhe tanto, que suplicou à rainha que o mandasse para o campo, a cuidar do rebanho. Existe uma variante veiculada por Nicolau de Damasco, talvez no Frag. 15, segundo a qual Laio partira para Delfos em companhia de Epicasta e encontrou casualmente em Orcômeno a Édipo, que vinha de Corinto, de onde partira ἐπὶ ζήτησιν ἵππων (epì dzétesin híppon), a fim de recuperar os cavalos furtados a Pólibo. Os dois viajantes disputaram a passagem. O "filho de Pólibo" matou o arauto e a Laio, que veio em socorro de seu servidor, mas poupou a Epicasta. Em seguida, o príncipe se escondeu nas montanhas. A rainha enterrou ali mesmo os mortos e retornou a Tebas. Édipo, após algum tempo, seguiu de Orcômeno para Corinto, entregando a "seu pai" a carruagem e os animais pertencentes a Laio. O restante do mito segue a versão tradicional.

Uma parte do Oráculo de Delfos estava cumprida. Faltava a segunda para formar o σύμβολον (symbolon), o "encaixe".

Antes, porém, de se prosseguir com Édipo em sua busca, voltemos a Tebas. Lá deixamos o casal Laio-Jocasta. O rei já recebeu seu quinhão, mas vamos ver por que se dirigia ao Oráculo de Delfos e pela quarta vez.

Tudo parecia tranquilo em Tebas, após a "morte" de Édipo, quando repentinamente a cidade é assolada por um monstro, a Esfinge, que se postara às portas de Tebas e devorava a quantos não lhe decifrassem o enigma, ou, segundo outros, dois enigmas. Como a flor da juventude tebana estivesse sendo destruída diariamente pelo flagelo, Laio resolveu ir a Delfos para saber como livrar a cidade de tamanha desgraça. Foi essa viagem que ensejou o encontro mortal com o filho outrora exposto.

Antes de retornar em definitivo a Édipo, teremos que resolver, ou melhor, completar o comentário a dois problemas sérios: a justa mortal entre Laio e seu filho e a vitória deste sobre a Esfinge.

Acerca da luta entre o rei de Tebas e Édipo, isto é, entre o filho e o velho rei pela posse do trono, já se falou bastante amplamente no Vol. I, p. 86-88. Vamos, por agora, apenas reiterar as ideias centrais e ampliar um pouco as que nos parecem mais significativas. O mesmo faremos ao abordar a vitória do herói sobre a Esfinge, o casamento com Jocasta e o desfecho do mito no *Édipo em Colono*. O mito de Édipo como um todo simbólico será focalizado no fim do presente capítulo. Nossos guias aqui e lá serão particularmente Sófocles, M.A. Potter, Marie Delcourt e as variantes mais significativas do mitologema.

Consoante a pesquisadora belga, uma vez mandado expor pelo pai, Édipo certamente haveria de desforrar-se do mesmo. Os poetas, no entanto, e, acrescentemos, sobretudo os trágicos, disfarçaram o caráter vingativo do acontecimento: primeiro, lançaram pai e filho numa luta, numa justa, sem se conhecerem; segundo, minimizaram a responsabilidade do herói no momento do golpe fatal, uma vez que Laio o agredira primeiro. Além do mais, insiste a autora, os poetas "poderiam ter ido ainda longe nesse mascaramento, fazendo com que Édipo, por exemplo, matasse a Laio, como Perseu a Acrísio, isto é, de maneira desastrada e inteiramente involuntária. Tal fato não diminuiria a responsabilidade do herói em face dos deuses, porque para estes o que conta não é a intenção criminosa, mas o ato em si. De outro lado, se isto acontecesse, o encadeamento psicológico dos acontecimentos seria mais facilmente admitido. Ora, se os poetas não agiram assim, é porque o tema do parricídio lhes foi imposto por uma tradição mais antiga, que estampava entre pai e filho uma hostilidade bem mais forte do que aquela que subsiste nas obras do século V a.C. Semelhante conflito não se encaixa na moldura dos mitos de exposição. Provém, isto sim, de um contexto mítico diferente, a luta entre Pai e Filho"[13].

Esse antagonismo está presente em inúmeros mitologemas de todas as culturas. Potter, aliás citado por Delcourt, numa obra de longo fôlego[14], tentou encontrar um denominador comum para essa rivalidade secular. Segundo o pesquisador britânico, esta se origina de costumes primitivos: exogamia, matriarcado, poliandria, poligamia, liberdade sexual pré-matrimonial e divórcio, que, uma vez deixados para trás, reaparecem como extraordinários e se inscrevem

---

13. Ibid., p. 66s.

14. POTTER, M.A. *Sohrab and Rustem. The epic theme of a combat between father and son, a study of its genesis and use in literature and popular tradition.* London: Oxford University Press, 1902, passim.

num contexto histórico. Desse modo, pai e filho podem defrontar-se incognitamente. Só após a morte de um deles é que o sobrevivente, por meio de algum sinal, toma conhecimento da identidade do adversário. Assim, as circunstâncias acessórias são amplamente analisadas pelos mitógrafos, com a finalidade de tor-ção do filho longe do pai. Consoante Potter, é normalmente mulher grávida, tornando-se mais raro que se separe a cri-uito pequena. A seguir tal esquema, a história tem seu pon-rio âmbito familiar. Desse modo, a luta que termina com a filho resulta simplesmente de um estado social anterior iormente elaborado no seio da família.

e em parte com a argumentação de Potter, Delcourt acha lema foi omitido: o *conflito de gerações*, a cujo respeito fala-Capítulo V do Vol. I, p. 86-88.

blema para Delcourt se equaciona da seguinte maneira: o uer seja entre pai e filho, avô e neto ou entre pai e preten-sa é sempre uma luta pelo poder, cujo desfecho é invaria-mais jovem. Essa disputa entre *pai* e *filho*, ao que tudo in-rito, o combate de morte que, nas sociedades primitivas, uceder ao velho rei. Mas, desde que a sucessão patrilinear ente, surgiu o contexto familiar com todos os problemas rentes. Destarte, na justa de morte que se travava pela su-ntes possíveis foram introduzidas, a fim de mitigar o im-mitivos. Jamais um poeta trágico pôs em cena um parri-ipo mata a Laio e Telégono a Ulisses, a ação é simples-mprimento de um oráculo. No caso específico de Édipo, e a atenuante *oráculo* era insuficiente, transformaram a ente de caminho. Desse modo, o parricídio ou é substi-estronamento, ou é realizado, mas como resultante de a o respaldo de um oráculo. Em ambos os casos, porém, em cena o mais horrendo dos crimes aos olhos da patri-despeito, no entanto, de seu horror pelo parricídio, os vezes que tratar em público de uma hostilidade de fato entre homens de gerações diferentes, o que patenteia a importância que possuíam a *sucessão por morte* na pré-história grega e o peso das velhas tradições. Os testemunhos mais curiosos desse rito arcaico se encontram nas *teogonias*, de onde a morte está ausente porque os deuses eram imortais, mas nas quais há sangue, mutilação e violência, conforme tentamos mostrar nas p. 200-203 e 354-356 do Vol. I.

A luta de morte entre o velho e o novo rei reflete o simbolismo da fecundação. Em verdade, um rei envelhecido já é, de certo modo, um soberano deposto, pois a função do rei, por ser ele de origem divina, é *fecundar* e manter viva e atuante sua *força mágica*. Perdido o vigor físico, ou não mais funcionando a força mágica, o rei terá que ceder seu posto a um jovem capaz de manter acesa a chama da fecundação e da fertilidade dos campos, uma vez que, num plano mágico, o poder fecundador do monarca está ligado à fertilidade da terra. Donde se conclui que a sucessão por morte fundamenta-se no princípio da incapacidade, por velhice, de exercer a função real. A razão, repita-se, é de ordem mágica: quem perdeu a força física não pode transmiti-la à natureza por via de irradiação, como deveria e teria que fazer um rei.

Eis, em síntese, a visão, a leitura deste mitema por parte de M.-A. Potter e Marie Delcourt.

Com semelhante enfoque, que aliás é lógico do ponto de vista da autora, ela aproveita para discordar de Sigmund Freud e dizer que o método de abordagem do mito de Édipo por parte do pai da psicanálise é inteiramente diverso daquele de Potter. Enquanto este estuda os episódios periféricos do mitologema, o psiquiatra austríaco se coloca de cheio e de imediato no coração do problema, que é o *conflito*.

Para uma ideia mais clara da extensão e profundidade das consequências de semelhante conflito, passemos em revista o que Freud tem a dizer a este respeito.

"Se para os modernos o *Édipo Rei* tem o mesmo fascínio que para os contemporâneos de Sófocles, o fato decorre não do contraste entre o destino e a vontade humana, mas da natureza toda particular do material temático revelador dessa oposição. Talvez em nosso íntimo se faça ouvir uma voz que nos manda aceitar o poder arrebatador do destino em Édipo, poder que não nos comove em tragédias outras como *Die Ahnfrau*[15]. Haveria de fato, na trama de Édipo, um motivo capaz de explicar a força daquele comando: somos levados a imaginar que a sina de Édipo poderia ter sido a nossa, e que a maldição do oráculo recaísse sobre nós. É possível que o primeiro impulso sexual da criança se dirija para a mãe, como para o pai se volta o primeiro sentimento de ódio, conforme atestam os sonhos. Édipo, que mata o pai e desposa a mãe, realiza um dos sonhos de nossa infância. Mas nós outros, mais felizes do que ele, na medida em que não nos tornamos neuróticos, logramos desviar do alvo materno os impulsos sexuais e nos libertamos do ciúme em relação ao pai. A nós adultos nos repele o confronto com uma personagem que realizou um desejo interdito, mas que foi nosso na infância; e tal repulsa se faz com o mesmo ímpeto com que foram recalcados os anseios infantis. O poeta, desvendando a falta cometida por Édipo, nos faz voltar os olhos para o nosso íntimo e reconhecer os impulsos, que sobreexistem, ainda que recalcados. E o contraste na fala do coro nos atinge, fere o nosso orgulho e abala as certezas que acalentamos desde a infância:

> *'Eis Édipo, que decifrou os famosos enigmas,*
> *poderoso e invejado de todos. Em que terrível abismo*
> *de infortúnio sucumbiu!'*

Como o próprio Édipo, vivemos inscientes dos desejos que ferem nossas convicções éticas, aos quais nos sujeita a natureza. Conhecendo-os, preferimos apagar da memória as cenas de nossa infância"[16].

---

15. *Die Ahnfrau*, "A Avó", peça em cinco atos do dramaturgo austríaco Franz Grillparzer (1791-1872). Trata-se do que se convencionou chamar *drama fatalista* (Schicksalstragödie). Nessas tragédias fatalistas, o *deus ex machina*, uma espécie de fatalidade cega, como a *Moîra* grega, pesa sobre as personagens como verdadeira maldição. Na peça em apreço estão presentes todos os ingredientes do gênero: "a falta, o parricídio, o incesto possível, o bandido cavalheiresco e, mais que tudo, o espectro de uma *avó* que aparece cada vez que uma desgraça atinge a família". Trata-se, com efeito, de terrível flagelo que atingiu a família dos Condes de Borotin. Uma antiquíssima *avó* do último Conde de Borotin foi surpreendida pelo marido e apunhalada nos braços do amante e, por isso mesmo, todos os seus descendentes, até o último, pagarão pelo adultério cometido. O fantasma da *avó* não descansará, enquanto toda a família não for exterminada.

16. O texto de Sigmund Freud está em *La Science des rêves*. Paris: Presses Universitaires de France, p. 198-199, citado por Erich Fromm. In: *Le langage oublié – Introduction à la compréhension des rêves, des contes et des mythes*. Paris: Payot, 1953, p. 159-160 [Tradução de Simone Fabre].

Comentando essa passagem de Freud, acrescenta Erich Fromm:

"A concepção do Complexo de Édipo, tão magnificamente apresentada por Freud, tornou-se uma das pedras angulares de seu sistema psicológico. Aí está, segundo ele, a chave de uma autêntica compreensão da história e da evolução da religião e da ética. Assegurava que o *Complexo de Édipo* constitui o mecanismo fundamental do desenvolvimento da criança, e que nele estão a causa do desenvolvimento patológico e o 'cerne das neuroses'.

A referência aqui é ao mito de Édipo, tal como o apresenta a tragédia de Sófocles *Édipo Rei*"[17].

Carl Gustav Jung, sem negar a teoria do *Complexo de Édipo*, deu-lhe outra dimensão. "Embora reconhecendo o muito que devia a Freud", Jung recusou-se a aceitar *in totum* a importância exclusiva que o pai da psicanálise atribuía ao trauma infantil, à preponderância da sexualidade ou à universalização de suas implicações psicológicas.

Na realidade, a diferença entre as concepções junguiana e freudiana do *Complexo de Édipo* decorre, entre outros fatores, da revisão da teoria da *libido*.

Vejamos o que nos diz Mullahy ao tratar dessa revisão:

"Em *The Psychology of the Unconscious*, surgida em 1912, Jung advoga uma completa revisão do conceito de libido. Uma visão 'descritiva' ou freudiana é posta em confronto com uma interpretação 'genética' ou junguiana. Pelo prisma descritivo, o instinto sexual é apenas um entre muitos, porém dotado de caráter especial. Neste sentido, a libido pode ser 'deslocada'; e, quando represada, é capaz de refluir para outros canais. Os instintos não sexuais podem receber 'afluxos' da libido.

Pela interpretação 'genética' considera-se que os múltiplos instintos, inclusive o sexual, são oriundos de uma como unidade, a 'libido primordial'. A teoria da evolução sustenta que um sem-número de funções complexas, hoje destituídas de qualquer caráter sexual, eram originalmente derivações do impulso geral

---

17. FROMM, Erich. Op. cit., p. 162 (v. nota 16).

de propagação da espécie. Na ascensão ao longo da escala zoológica ocorreu um importante desvio de energia do instinto de procriação. Assim, por exemplo, uma parte da energia despendida na produção de óvulos e de esperma foi 'transposta' para a criação de mecanismos de atração e proteção da prole. Tais mecanismos mantêm-se graças a uma libido diferenciada especial. Classificar de sexual esta energia deslocada e 'dessexualizada' seria tão impróprio quanto pretender que a catedral de Colônia, por exemplo, seja uma 'formação mineralógica' só porque se utilizaram pedras em sua construção"[18].

E mais adiante acrescenta que, "tendo chegado a tal conceito de libido, Jung rejeita categoricamente a ideia de que atividades tais como a sucção do seio materno tenham qualquer caráter sexual. Em vez disso, sustenta que durante a lactância só ocorre a função nutritiva, que a um tempo proporciona alimento e prazer. E posto que o sugar o seio materno proporciona satisfação e prazer, é petição de princípio afirmar-se que a sucção tenha caráter sexual. A experiência do prazer, qualquer que seja ele, não é sinônima de sexualidade ou de prazer sexual. Se supusermos que o sexo e a fome coexistem lado a lado, estaremos projetando a psicologia dos adultos na vida mental e na experiência da criança. E se existe algum instinto sexual nessa quadra da vida, deve tratar-se sem dúvida de um instinto embrionário. Afirmar que o impulso do prazer tem caráter sexual equivale a dizer que a fome é também um desejo sexual só porque 'busca' o prazer através da satisfação"[19].

Insistindo em que a sexualidade do inconsciente é tão somente um símbolo, e que sua referência é prospectiva e não retrospectiva, Jung não atribui uma significação muito grande ao incesto como tal. Refere ele que, "em princípio, a coabitação 'com uma velha' dificilmente seria preferida às relações sexuais com uma mulher jovem. A mãe só *psicologicamente* parece ter adquirido significação incestuosa"[20]. A base mesma do desejo incestuoso tem sua origem no anelo de regredir à infância, ou seja, de retornar ao aconchego da proteção paterna e con-

---

18. MULLAHY, Patrick. *Oedipus – Myth and Complex*. New York: Hermitage, 1952, p. 131-132.

19. Ibid., p. 133.

20. JUNG, C.G. *The Psychology of the Unconscious*. New York: Dodd, Mead & Company, 1927, p. 145.

fundir-se com o organismo materno para voltar a nascer. Assim, se a um objetivo real "retirarmos" a libido sem nenhuma compensação "real", isto é, sem nada oferecer que ocupe o lugar da libido – processo esse que Jung chama de introversão –, as consequências serão graves e inevitáveis para o indivíduo. A libido, uma vez recalcada, irá reativar formas prematuras de adaptação à vida. E o adulto, dessa forma, não irá necessariamente encontrar muitas dificuldades na vida antes que sejam despertadas as suas mais antigas, inigualadas e imperecíveis recordações infantis: a primeira e fundamental relação por ele experimentada com respeito aos pais. Afirma-se ainda que a religião organizada oferece uma reanimação regressiva e sistematizada da imagem dos pais, ao mesmo tempo proporcionando uma paz e proteção cuja origem está na experiência pregressa com os pais. A par disso, os sentimentos místicos religiosos envolvem vivências e recordações inconscientes aureoladas de ternura que remontam à primeira infância.

O fato de a Escola de Zurique não atribuir ao incesto um significado especial, como o fez a Escola de Viena, ou de reinterpretá-lo, não quer dizer que Jung não o aceite. Muito pelo contrário, ele insiste em que não abandonamos o desejo incestuoso. "Na religião", diz ele, "e através dos símbolos religiosos, cometemos inconscientemente o incesto. A religião já não representa mais um ideal ético; seus símbolos, ritos e cerimônias consubstanciam uma transformação inconsciente do desejo de incesto. Céu e terra convertem-se em pai e mãe. O povo existente na terra aparece como filhos, irmãos e irmãs. E assim permanecemos crianças e satisfazemos, sem o saber, os nossos anseios incestuosos.

A humanidade não se conforma, sem renitência, em ser despojada da certeza esperançosa da infância, quando as pessoas vivem como apêndices dos pais, inconsciente e instintivamente, sem noção consciente do *eu*. O homem também reagiu com profunda animosidade à interrupção brutal da harmonia que caracteriza a existência animal, na qual não vigoram interdições morais de qualquer espécie. E tal interrupção foi marcada, entre outras coisas, pela proibição do incesto e pelas leis do casamento"[21].

---

21. Ibid., p. 260-267.

Eis, em síntese, o que pensa Jung sobre o incesto. Não se trata, portanto, na psicologia analítica junguiana, de se negar o *Complexo de Édipo*, mas de atribuir-lhe uma nova dimensão.

Já Erich Fromm é por demais severo no julgamento da teoria freudiana. Indaga ele se Freud "teria razão ao sustentar que o mito (o de *Édipo Rei* na versão de Sófocles) confirma a tese de que todo menino acalente desejos incestuosos inconscientes, com o corolário do ódio ao pai, de modo a confirmar-se a teoria e justificar-se a denominação de *Complexo de Édipo*. Um exame mais detido da questão, no entanto, levanta algumas dúvidas sobre o postulado freudiano. A questão mais pertinente é a seguinte: sendo justa a interpretação freudiana, seria de esperar que o mito nos dissesse que Édipo encontrou Jocasta sem a saber sua mãe, que se tomou de amores por ela e em seguida matou a quem desconhecia ser o próprio pai. Mas o mito nada revela nesse sentido, nem nos fornece qualquer indicação de que Édipo tenha sido atraído por Jocasta ou que por ela se haja apaixonado. A única razão apontada para o casamento de Édipo e Jocasta é que a rainha, por assim dizer, estava ligada ao trono. Será lícito, portanto, admitir que um mito cujo tema central é a relação incestuosa entre mãe e filho omita totalmente o elemento de atração que deveria aproximar os dois protagonistas? De todos os pontos é esse o mais importante, sobretudo se nos lembrarmos que, nas versões mais antigas do oráculo, a predição do casamento de Édipo só aparece mencionada uma única vez: na versão de Nicolau de Damasco, que no parecer de Karl Robert tem por base uma fonte relativamente recente.

Ademais, Édipo é descrito como o herói intrépido e sábio que se converte em benfeitor de Tebas. Como entender que esse mesmo Édipo pudesse cometer o que aos olhos de seus contemporâneos era o mais odioso dos crimes? Tem-se respondido que a essência mesma da concepção grega de tragédia está em que os fortes e os poderosos são de súbito abatidos pelo infortúnio. Resta examinar se a presente interpretação é satisfatória ou se outra melhor se nos oferece.

A questão que acabamos de examinar é suscitada por uma meditação sobre o *Édipo Rei*. Se limitarmos o nosso exame a apenas essa tragédia, sem levar em conta as duas outras peças da trilogia de Sófocles – *Édipo em Colono* e *Antígona* –, não chegaremos a qualquer resposta decisiva. Mas pelo menos nos será possível formular legitimamente uma hipótese: *a de que o mito pode ser entendido não como o símbolo do amor incestuoso entre mãe e filho, mas como símbolo da revolta do filho contra a autoridade paterna na família patriarcal; e que o enlace de Édipo e Jocasta vale apenas como elemento secundário, como indicação da vitória do filho que, ao assumir o lugar do pai, assume também todas as prerrogativas paternas* (grifos na presente transcrição).

A validade desta hipótese pode ser comprovada por um estudo do mito de Édipo em suas múltiplas versões, e particularmente na versão apresentada por Sófocles nas duas outras peças que perfazem a trilogia: *Édipo em Colono* e *Antígona*"[22].

Prosseguindo em sua análise do mito de Édipo em sua crítica à teoria freudiana do *Complexo de Édipo*, mas agora com base na "trilogia", Erich Fromm argumenta que o tema fundamental nas três tragédias é o conflito entre pai e filho, devendo-se, por isso mesmo, descartar a interpretação freudiana de que o antagonismo entre ambos em *Édipo Rei* seja a rivalidade inconsciente provocada pelos "anelos incestuosos de Édipo". Com efeito, se em *Édipo Rei* este mata a Laio, que tentara tirar-lhe a vida; se em *Édipo em Colono* o mesmo Édipo dá livre curso a seu ódio e rancor contra os filhos Etéocles e Polinice; se em *Antígona* está presente o conflito entre Hêmon e seu pai Creonte; se não existe nenhum vislumbre de incesto entre os filhos de Édipo e Jocasta e entre Hêmon e sua mãe Eurídice, deve-se concluir que também em *Édipo Rei* o verdadeiro problema é a controvérsia entre pai e filho, e não o incesto. Aplicando à sua análise a tese brilhante de Johann Jakob Bachofen, *Das Mutterrecht*, "O Matriarcado", em que se estuda o matriarcado como força político-social da ginecocracia, isto é, do poder senhorial feminino, Fromm infere que a hostilidade *pai-filho*, que é realmente uma constante na "trilogia" sofocleana, deve ser compreendida como uma investida da derrotada ordem matriarcal, representada por Édipo, Hêmon, Antígona...,

---

22. Só se pode falar de trilogia aqui no caso, *latissimo sensu*, ao menos cronologicamente, uma vez que *Antígona* talvez tenha sido encenada entre 442-441 a.C.; *Édipo Rei* talvez após 430 a.C. e *Édipo em Colono* o foi em 401 a.C., após a morte do poeta. Ordenando as três tragédias "tematicamente" em *Édipo Rei, Antígona, Édipo em Colono*, poder-se-ia, assim mesmo, *lato sensu*, chamá-las uma trilogia. Veja-se a análise que fizemos desta "trilogia" em *Teatro grego, Tragédia e comédia*. Petrópolis: Vozes, 1986, p. 45ss.

contra a vitoriosa sociedade patriarcal, alicerçada em Laio, Jocasta, Creonte... Personagens claramente ligadas às deusas-mães ctônias, aos lugares a estas consagrados, como o santuário de Deméter na cidade beócia de Eteono, onde havia igualmente um santuário dedicado a Édipo; ao bosque sagrado das Erínias, agora convertidas em Eumênides, em Colono, onde por sinal Édipo desaparecerá tragado pela Terra-Mãe; e ainda à *caverna*, símbolo do útero materno, aonde Antígona foi lançada viva.

Não há dúvida de que a segunda parte do comentário de Fromm está correta quando conclui com Bachofen que o antagonismo e a hostilidade entre *pai* e *filho* (que podem ser igualmente entre *avô* e *neto*, como entre Acrísio e Perseu) devem ser entendidos como um conflito de gerações, como a luta entre o velho e o novo rei, e sobretudo como uma contestação do matriarcado agonizante pelo patriarcado vitorioso. Também aplicamos esta análise à trilogia esquiliana *Orestia* e à "trilogia" de Sófocles acima citada, aliás com base em Bachofen e no próprio Erich Fromm[23]. Este é, igualmente, o ponto de vista da erudita Marie Delcourt, conforme vimos expondo. Esta é *mais uma leitura* entre as muitas que se podem fazer do *Édipo Rei*, vale dizer, apenas uma das possíveis interpretações do *mito na tragédia*, e não uma análise psicológica.

Conrad Stein, que faz preceder a obra de Delcourt, *Oedipe ou la Légende du conquérant*, de um estudo sobre o *Édipo Rei* segundo Freud, fala com muita argúcia da "subordinação da coisa literária à coisa analítica"[24], já que se está fazendo uma análise psicológica, no caso elaborada por Freud. Parece que Fromm confundiu as duas coisas.

No tocante à primeira parte da apreciação do mesmo autor a respeito do *Complexo de Édipo*, há uma pergunta que é considerada por ele como muito significativa. Trata-se, o que é verdade, da ausência total, no mito, de uma atração de Édipo por Jocasta: se a interpretação de Freud fosse correta, como explicar que o herói se apaixonou pela rainha de Tebas sem saber que a mesma era sua mãe?

---

23. FROMM, Erich. Op. cit., p. 162-163 (v. nota 188).

24. BRANDÃO, Junito de Souza. *Teatro grego: Tragédia e comédia*. 3. ed. Petrópolis: Vozes, 1986, p. 45ss.

Para se responder a esta pergunta basta que se faça do mito uma *leitura sincrônica*. Desaparecendo a ideia de tempo linear, o mito surgirá como uma totalidade e, admitindo-se que "os primeiros impulsos sexuais sejam dirigidos à mãe", teremos um "Édipo permanente". Além do mais, Jocasta figura na análise psicológica como um τόπος συμβολικός (topos symbolikós), como um "lugar simbólico", o que, de resto, neutraliza outra observação sem muito sentido: a de que o herói, vencedor da Esfinge, teria preferido uma jovem a uma mulher já meio idosa...

Feito este corte, aliás um pouco longo, mas necessário para se posicionarem divergências e convergências no tocante ao conflito pai-filho e suas consequências, voltemos à argumentação de Delcourt.

Opondo-se radicalmente à teoria freudiana, a pesquisadora belga vai bastante além: insurge-se contra a tese que postula para o mito uma elaboração inconsciente. Talvez se possa ver em semelhante atitude uma reação contra a tendência invasora e a popularidade crescente da interpretação psicanalítica em matéria de mitologia. Suas afirmações, nesse sentido, são contundentes: "Seja-me permitido dizer, por agora, que, se as tendências psíquicas fizeram que se fixassem certos temas míticos, por lhes ter dado vivacidade e uma popularidade excepcionais, eu não acho que essas tendências psíquicas os tenham criado. Em segundo lugar, em vez de insistir acerca do ciume sexual do menino, julgo que se deveria dar ênfase à impaciência com que o filho adulto suporta a tutela de um pai envelhecido. A hostilidade entre ambos me parece muitas vezes provocada menos por uma *libido* recalcada do que pela vontade de governar. Se isto é correto, temos o direito de associar ao mito de Édipo outros contos, como o de Pélops, em que um pai luta contra o pretendente de sua filha. E o tema central, no caso em pauta, não é mais a justa entre pai e filho, mas um conflito de gerações"[25].

Quando, mais tarde, a temática penetrou no âmbito da família organizada, criaram-se todas as atenuantes possíveis para transportar o antagonismo entre pai e filho num duelo de desconhecidos: a criança fora exposta e a morte do pai passou, por isso mesmo, a ter o respaldo de um oráculo...

---

25. DELCOURT, Marie. Op. cit., XIX.

Já é tempo, entretanto, de retomarmos com Édipo a sua (ou nossa?) caminhada fatídica.

5

Temendo que a previsão da Pítia se cumprisse, horrorizado com a ideia de "matar o pai" e se unir à própria mãe, por via das dúvidas, "o filho de Pólibo e Peribeia" (Mérope, segundo Sófocles) resolveu não mais regressar a Corinto e tomou resolutamente o caminho de Tebas. Esta, no momento, estava assolada por um grande flagelo. Um monstro, a *Esfinge*, postada no monte Fíquion, às portas da cidade, devorava a quantos não lhe decifrassem o enigma, que mais tarde se transformou em dois enigmas, corno se verá, embora só um tenha sido proposto a Édipo. Muitos jovens tebanos, inclusive Hêmon, filho de Creonte, irmão de Jocasta e regente do trono desde a morte de Laio, já haviam servido de pasto à "cruel cantora", assim chamada não propriamente porque formulasse os enigmas em versos hexâmetros, mas por ser uma alma-pássaro, segundo se mostrou no Vol. I, p. 260, ela cantava para encantar.

A respeito da Esfinge já se disse o suficiente no Vol. I, p. 258-266. Ampliaremos um ou outro aspecto e enfatizaremos unicamente alguns dados, para que se possa dar unidade ao mitema.

Ccmo se viu no supracitado Vol. I, p. 258, houve uma aproximação devida à etimologia popular entre a *Fix* hesiódica e "tebana" e a *Esfinge*. É que, a par de Φίξ (Phíks), Fix, parece ter existido uma forma Σφίξ (Sphíks), Sfix, que, muito cedo, por etimologia popular, à base da simples sonoridade, passou a fazer parte da família de σφίγγειν (sphínguein), "envolver, apertar, comprimir, sufocar", donde o substantivo Σφίγξ (Sphínks), Esfinge[26]. Esta aproximação "etimológica" contribuiu muito para fazer da Esfinge um monstro opressor, um *pesadelo*, um íncubo, função que complementa sua atribuição primitiva que era de *alma penada*. Consoante Marie Delcourt, o ser mítico (monstro feminino com rosto e, por vezes, seios de mulher, peito, patas e cauda de leão e dotado de asas) que os

---

26. Ibid., p. 68.

gregos denominaram Esfinge, foi por eles criado com base em duas determinações superpostas: a realidade fisiológica, isto é, o pesadelo opressor, e o espírito religioso, quer dizer, a crença nas almas dos mortos representadas com asas. Estas duas concepções acabaram por fundir-se, uma vez que possuíam e ainda possuem certos aspectos comuns, principalmente o caráter erótico e a ideia de que, quando se dominam os pesadelos, os íncubos e fantasmas, o vencedor recebe, como dádivas dos mesmos, tesouros, talismãs, reinos e uma consorte real.

A Esfinge é, pois, a junção de dois aspectos: o pesadelo opressor e o terror infundido pelas almas dos mortos.

Na realidade, a Esfinge pertence simultaneamente a duas categorias de seres, que correspondem a dois enfoques diferentes: irmã de Efialtes, o monstro é um pesadelo, um *demônio opressor*; irmã das Sereias, a "cruel cantora" é uma *alma penada*. Com efeito, Sereias, Queres, Erínias, Harpias, as Aves do Lago de Estinfalo... são, em princípio, *almas dos mortos*. Assim como existem várias Sereias, teria havido várias *Esfinges*. O mito de Édipo, no entanto, *privilegiou de tal forma uma delas, que as demais caíram no esquecimento*. E, por isso mesmo, graças à literatura, todas as imagens mais ou menos diferentes, relativas à Esfinge, cristalizaram-se em torno da *mulher-leão* alada... Pois bem, todos esses seres possuem um traço comum: são ávidos de *sangue* e de *prazer erótico*.

Nos monumentos mais recentes, todavia, a Esfinge aparece sempre associada a Édipo, uma vez que, nos mais antigos, segundo se mostrou na mesma p. 259s do Vol. I, ela surge *sempre* como *demônio devorador, erótico e opressor*. Foi graças à literatura que a "cruel cantora" perdeu seu caráter de íncubo. Uma nota da *Suda*, no entanto, uma passagem de *Os Sete contra Tebas* de Ésquilo e uma referência de Pausânias ainda nos mostram alguns vestígios do antigo monstro erótico opressor: na *Suda*, verbete Μεγαρικαὶ σφίγγες (Megarikaì sphíngues), "Esfinges megáricas", lê-se: "Esfinges megáricas: é assim que são chamados os prostituídos. Daí talvez o nome de *esfinctes* com que são designados os efeminados". Na tragédia de Ésquilo *Os Sete contra Tebas*, 541-543, assim é descrito o escudo de Partenopeu (um dos sete chefes) que estampava uma *Esfinge:*

> A Esfinge devoradora *de carne crua, cuja imagem,*
> *cinzelada em relevo e fixada por pregos, brilha intensamente:*
> *a Fix tem sob ela um dos Cadmeus.*

Devoradora e *sob ela* definem perfeitamente o caráter antigo do monstro: *devorador* e *íncubo*.

Pausânias, na *Descrição da Grécia*, 5,11,2, comentando uma composição que decorava os pés do trono de Zeus em Olímpia, assim se expressa: "sob cada um dos pés dianteiros (do trono de Zeus) jazem crianças tebanas arrebatadas pelas Esfinges".

Como se vê, foi a literatura que transformou a Fix num monstro inquiridor, sem tirar-lhe, todavia, o apetite...

A presença hostil da Esfinge às portas de Tebas é diversamente explicada. Consoante Eurípides, nas *Fenícias*, 810, foi o deus Hades ou Plutão quem a colocou ali, fato que lhe marcaria apenas o funesto aspecto da morte; talvez o responsável tenha sido o violento Ares, ainda irritado com a morte do Dragão por Cadmo; outros dizem, segundo dois escólios das *Fenícias*, 934 e 1031, que foi Dioniso, que jamais perdoou a oposição de Penteu e dos Cadmeus, "seus irmãos", à penetração do culto do "êxtase e do entusiasmo" em Tebas... A explicação mais aceita, entretanto, e é a adotada por Apolodoro, *Biblioteca*, 3,5,8, e pelo "Resumo de Pisandro", é de que o flagelo fora enviado pela deusa Hera, a fim de punir o amor *contra naturam* de Laio por Crisipo. Desse modo a protetora dos amores legítimos teria imposto aos *Tebanos* um παράνομος ἔρως (paránomos éros), a saber, um outro "amor criminoso", um íncubo-papão, que só *comia jovens, desde que fossem belos*, como foi o caso de Hêmon, filho de Creonte.

De qualquer forma, a *Esfinge* devorava a quantos não lhe respondessem ao *enigma* proposto.

Com respeito a *enigma*, em grego αἴνιγμα (aínigma), do v. αἰνίσσεσθαι (ainíssesthai), "falar por meios-termos, dizer veladamente, dar a entender", significa, etimologicamente, "o que é obscuro ou equívoco". Consoante Delcourt, o que é uma realidade, os gregos tinham verdadeira fascinação por enigmas, cuja decifração se transformava nas reuniões sociais numa demonstração de habilidade e talento. Ateneu (séc. II-III d.C.) consagrou todo o livro X do *Dipnosofistas* (Banquete de sábios) à interpretação de adivinhas.

No tocante à origem, admite-se que o *enigma* seja um tema muito antigo, que certamente estava relacionado com um *casamento*, já que existem numerosos contos em que o herói conquista a princesa com resposta precisa a uma questão difícil; mas, assim mesmo, o *enigma* seria a terceira etapa, já depurada, de algo muito mais violento. A primeira seria um *corpo-a-corpo* com o monstro; a segunda, a *posse sexual*, presumindo-se, não obstante, uma luta prévia; e a terceira seria o *enigma*. Qualquer das três "provas", todavia, vencido o monstro, dava ao herói a posse de tesouros, de um reino e a mão da Princesa. Marie Delcourt acha que talvez a ordem da luta do "íncubo contra o 'conquistador' deveria ser outra: o sexo, os golpes e a inquirição e acrescenta que é inútil investigar qual a realidade mais arcaica que se esconde sob o questionamento imposto a Édipo". Tal interrogatório "faz parte da mitopeia primitiva, que era bem mais rica do que aquela a que os poetas deram colorido e beleza. Igualmente, o tema do corpo-a-corpo não é, como eu havia pensado, mais recente que o amplexo aplicado ao jovem pelo íncubo e mais antigo que o enigma. As velhas tradições ofereciam certamente as três variantes. Os poetas escolhiam aquela que melhor satisfizesse a seus desígnios"[27]. E, mais adiante, pondera que o *adversário monstruoso* é uma soma de significados superpostos e, no caso específico da Esfinge, essas significações são claras. Quer se trate de um íncubo ou de uma inquiridora, a Esfinge é simultaneamente uma alma penada. As asas, o talento musical, a ciência e a insaciabilidade estabelecem sua ligação com o mundo das sombras. Quanto ao combate entre o jovem e o monstro, Delcourt acredita tratar-se de uma reminiscência de provas iniciáticas por que passava todo adolescente, reservando-se as mais terríveis e difíceis para os futuros chefes[28]. De qualquer forma, e esta é a *communis opinio*, o tema da Esfinge questionadora *só aparece a partir do mito tebano de Édipo* e sua vulgarização se deveu à literatura, particularmente à grande tragédia de Sófocles, *Édipo Rei*.

Em geral os monstros, segundo Delcourt, questionam mais a memória do que a inteligência de seu interlocutor. Perguntam, as mais das vezes, determina-

---

27. Existem ainda outras formas em grego, atestadas por Hesíquio (séc. VI d.C.) em seu 'Ονοματολόγος (Onomatológos), *Catálogo*, verbete Βίκας (Bíkas), conforme a *Suda*, verbete, e por uma passagem de Platão, *Crátilo*, 414a, que diz o seguinte: "Como também a *Esfinge*: em lugar de *Fix*, chamam-na *Esfinge*".

28. Ibid., p. 128.

dos *nomes* ou *segredos* e, não raro, o herói ou inimigo, para não morrer, deve conhecer "o nome esotérico de certos seres ou coisas". Frequentemente o questionado deve saber o *nome* de seu questionador. Aquele, porém, dificilmente pode ser retido na memória e é necessário que se tenha muita sorte ou a intervenção de seres sobrenaturais, para que as sílabas mágicas possam ser lembradas. Mas, se seu nome for corretamente pronunciado, o monstro desaparece ou é reduzido à impotência.

No mito de Édipo acontece algo de significativo: a Esfinge não pergunta ao filho de Laio pelo nome *dela*, mas pelo *dele*.

Recordemos o enigma[29]: "Existe um bípede sobre a terra e quadrúpede, com uma só voz, e um trípode, e de quantos viventes que vagueiam sobre a terra, no ar e no mar, é o único que contraria a natureza; quando, todavia, se apoia em maior número de pés, a rapidez se enfraquece em seus membros". A segunda versão, bem mais simples, é a seguinte: "Qual o animal que, possuindo voz, anda, pela manhã, em quatro pés, ao meio-dia, com dois e, à tarde, com três?" Respondendo corretamente que era o *homem*, Édipo está muito sutilmente fornecendo não seu nome *individual*, mas o de sua *espécie*. Que significaria essa resposta? Marie Delcourt chama a atenção para o fato de que na palavra *Oidípus* em grego compreenderia *dípus*, "dois pés" e, desse modo, o nome próprio do iniciando expressaria o nome comum da espécie. Existe igualmente uma tradição segundo a qual Édipo decifrara o enigma sem pronunciar a resposta: à pergunta da Esfinge ele tocou a *fronte* e o monstro compreendeu que o jovem se designava a si próprio para responder à questão proposta. Nos versos 533-535 dos *Trabalhos e Dias*, Hesíodo compara o *homem* idoso e portanto arqueado a uma *trípode*, τρί-πους (*trípus*), de *três pés*, que é o *homem* no seu entardecer:

> *Então os mortais, semelhantes a um* tripé,
> *com o dorso arqueado e os olhos fincados na terra,*
> *vagueiam curvados para escapar à branca neve.*

---

29. Ibid., p. 140.

É bem possível que a adivinha acerca de que são *dois*, *três*, *quatro* tenha circulado por longo tempo antes de penetrar no mito de Édipo, em função da assonância Οἰδίπους (Oidípus), δίπους (dípus), τρίπους (trípus), τετράπους (tetrápus), isto é, Édipo, de dois, três, quatro pés[30]. É bom relembrar que Οἰδίπους (Oidípus), "o de pés inchados", o deformado, já é um *homem* τρίπους (trípus), "de três pés", por apoiar-se num bordão. Jogando com seu próprio nome, Édipo conseguiu vencer a Esfinge.

De um ponto de vista simbólico, o enigma pode ser interpretado como uma prova iniciática, uma vez que, sendo o íncubo uma alma penada, tudo o que tange à outra vida, apesar do pouco que se conhece dos Mistérios, comporta uma série de perguntas e respostas. O iniciado deverá conhecer o segredo dos nomes e das coisas, a fim de que possa, em seu longo caminhar através das emboscadas das trevas, *sair para a luz*. Outros veem no *aínigma* a transposição da agonia que acompanha certos pesadelos e determinados sonhos: como se luta, às vezes, para sacudir o monstro constritor ou para encontrar, nos sonhos, a palavra certa, decifrar textos ilegíveis e responder a determinadas perguntas! O alívio do *despertar* seria a resposta correta...

Não parece fora de propósito acrescentar que existem, em todas as culturas denominadas impropriamente primitivas, enigmas relativos apenas à conquista de uma bela esposa, como se a mulher já não fosse de per si um *aínigma*, aliás καλὸν αἴνιγμα! Estão neste caso as questões propostas ao rei Salomão pela rainha de Sabá "que foi experimentá-lo com enigmas" e "não houve nenhum que o rei ignorasse e sobre o qual lhe não respondesse" (1Rs 10,1-3). Ignora-se, infelizmente, o conteúdo desses enigmas. Sem sair da *Sagrada Escritura*, pode-se afirmar que, em geral, os enigmas do Antigo Testamento são propostos sob a

---

30. Vamos apresentar duas versões do célebre enigma: a primeira, dos inícios do séc. IV a.C., é a mais antiga de que se tem notícia até o momento; a segunda, tardia, é uma redução didática da anterior. No século IV a.C., Teodectes, poeta que se tornou famoso na época, substituiu em sua tragédia *Édipo* o enigma das fases da vida pelo do *Dia* e da *Noite*, segundo o testemunho de Ateneu, *Dipnosofistas*, 10,451f: "São duas irmãs: a primeira gera a segunda e esta, que a gerou, é gerada pela primeira". A resposta é o *Dia* e a *Noite*, devendo-se, porém, recordar que ʽΗμέρα (Heméra), *Dia*, e Νύξ (Nyks), *Noite*, são femininos em grego e que, na *Teogonia* de Hesíodo, segundo se mostrou no cap. IX, p. 191, do Vol. I, o *Dia* é gerado pela *Noite* e esta, em seguida, é parida pelo *Dia*.

forma de parábola, quer dizer, uma equação entre uma imagem e uma ideia abstrata, muito semelhantes a sonhos que se devem interpretar, como os que se encontram em Ez 17, Dn 8, Gn 40–41. "Nos tempos modernos", o mais significativo conjunto de enigmas, com vistas à mão da princesa, é o que a bela Turandot propunha a seus pretendentes. A quarta narrativa das *Sete Imagens* de Mohammed-Yusuf, chamado Nizami de Gangia, autor do século XII, relata a história da lindíssima Turandot, encerrada num castelo encantado. Seus pretendentes deveriam reunir quatro condições para tê-la como esposa: ser honestos, vencer os guardas misteriosos do castelo, apoderar-se de um talismã e conseguir o consentimento do pai da futura mulher. Muitos já haviam tentado e seus crânios enfeitavam as ameias do castelo... Um corajoso príncipe, no entanto, orientado pelos conselhos do pássaro Simurg, conseguiu vencer as três primeiras dificuldades. O pai consentiu no casamento, desde que o pretendente resolvesse três enigmas que a princesa lhe proporia. Turandot enviou ao pretendente duas pérolas. De imediato, este compreendeu a simbologia: "A vida se assemelha a duas gotas de água" e mandou de volta as pérolas com três diamantes, o que significava que "a alegria podia prolongar-se". Turandot devolveu as duas pérolas com os três diamantes, mas acrescentou-lhes açúcar. A interpretação do herói foi a seguinte: "a vida é uma mistura de desejos e prazeres". Adicionou leite na caixa em que estavam as joias e a reenviou à futura esposa com o enigma inteiramente solucionado: "como o leite absorve o açúcar, assim o verdadeiro amor absorve o desejo". E Turandot deu-se por vencida.

Acerca desse tema Carlo Gozzi (1720-1806) escreveu uma peça tragicômica em cinco atos, que há de servir de inspiração à composição musical de Karl M. Weber (1786-1826) e às óperas *Turandot* de Ferruccio Busoni (1866-1924) e de Giacomo Puccini (1858-1924), esta última, aliás, terminada por Franco Alfano e Vicenzo Tommasini.

Édipo derrotou, pois, a Esfinge com a resposta: *é o homem*. A vitória do herói tebano não teve o auxílio dos deuses: ele a eliminou sozinho. Perseu, na luta contra as Górgonas, além do cavalo Pégaso e de armas e talismãs que lhe emprestaram os deuses, teve o respaldo das ninfas; Héracles, na busca dos pomos de ouro do Jardim das Hespérides, foi assistido por Nereu e Prometeu. Belerofonte o foi por Atená ou Posídon. Édipo, ao revés, sem a assistência de qualquer *deus ex machina*, venceu a Esfinge de Tebas, não porque recebera qualquer auxílio divino, não porque adivinhava, não porque *podia*, mas porque *sabia*. E "sabia demais". Esse tipo de saber, aliás, provocar-lhe-á a derrocada.

Para se justificar, todavia, o *saber* de Édipo não é necessário construir etimologia por assonância como fazem o seguro Michel Foucault[31] et al., postulando como primeira parte do composto Οἰδί-πους (Oidí-pus) a forma οἶδα (oîda), denominado "perfeito segundo" de εἴδω (eído), "eu vejo, eu sei", com cujo infinitivo (F)ιδεῖν ((F)ideîn), "ver, saber" se relaciona o latim *uidere*, "ver". O primeiro elemento do substantivo Οἰδί-πους (Oidí-pus), Édipo, tem por base o v. οἰδεῖν (oideîn), "inchar" e nada tem a ver com *oîda*, "eu sei".

O próprio título da grandiosa tragédia de Sófocles, Οἰδίπους Τύραννος (Oidípus Týrannos), *Édipo Rei*, conforme acentua Foucault[32], já é um índice de que Édipo, através do *saber*, chegou a τύραννος (týrannos)[33], isto é, ao *poder*. O *saber* de Édipo é um saber de *iniciação* e o iniciado triunfa pelo que *sabe* e não pelo que *pode*.

Derrotada, a "cruel cantora" precipitou-se no abismo. Outras versões dão-lhe um fim diferente: no *lécito* (vaso pequeno) chamado de Boston, Édipo liquida o monstro a golpes de clava ou talvez com seu bordão; num *aríbalo* (vaso pequeno semelhante a uma bolsa), encontrado na ilha de Chipre, a Esfinge, caída aos pés do herói, recebe o golpe de misericórdia; em Apolodoro, 3,5,7,8 e Diodoro, 4,6 ela se mata de desespero.

---

31. FOUCAULT, Michel. *A verdade e as formas jurídicas*. Cadernos da PUC, n. 16. Rio de Janeiro: Divisão de Intercâmbio e Edições, 1974, p. 32.

32. Ibid., p. 32ss.

33. Τύραννος (Týrannos), fonte de nosso vocábulo *tirano*, não possuía em grego a conotação que adquiriu posteriormente em outras línguas. O tirano era, as mais das vezes, um líder de índole democrática que, proveniente da aristocracia, se unia à classe média e ao povo para protegê-los contra os nobres. A julgar por Atenas (Pisístrato), Corinto (Cípselo), Siracusa (Hierão) e Samos (Polícrates), a tirania incentivou a agricultura; despendeu grandes somas em construções públicas, dando oportunidade de trabalho a centenas de operários; apoiou as competições, incentivou a formação musical e atlética do povo grego, acolheu em suas luxuosas cortes poetas e artistas. Psicologicamente, no entanto, como se verá, no caso de Édipo, a *insegurança do poder* acabará por destruir o *saber* do tirano.

Com a morte trágica de Laio, já que o trono não poderia ser ocupado por mulher, no caso Jocasta, Creonte, irmão da rainha, assumiu o poder. Mas, como a luta e a vitória sobre um monstro são coroadas com a conquista de um reino e o casamento com a princesa ou rainha, "o povo tebano" exigiu que o destruidor da Esfinge, como salvador de Tebas, ocupasse o trono dos Labdácidas. Creonte facilmente abriu mão do sólio tebano, ou porque se sentisse mais à vontade e exercesse de igual maneira o poder juntamente com Édipo e Jocasta, sem as preocupações e apreensões impostas pelo cetro, como ele próprio confessa em *Édipo Rei*, 581 e 584ss, ou por gratidão ao vencedor da "cruel cantora", que lhe devorara o filho Hêmon. Ao trono se seguiu o casamento com a rainha... Nas *Fenícias* de Eurípides, 47ss, Jocasta narra como *seu irmão Creonte lhe prometera a mão àquele que decifrasse o enigma da virgem engenhosa e como, por acaso, fora Édipo quem compreendera os cantos da Esfinge.*

Durante anos Édipo e Jocasta viveram felizes. Se no relato homérico o casal não possuía filhos, em *Édipo Rei* tem quatro: Etéocles, Polinice, Antígona e Ismene. Uma família tranquila, se as Erínias o tivessem permitido... Foi então que novo e terrível flagelo se abateu sobre a pólis dos Labdácidas.

E as *Erínias* de Laio, as terríveis punidoras do sangue parental derramado, por que demoraram tanto a manifestar-se? Como agudamente observa Marie Delcourt, se nas versões mais antigas do mito deve ter havido uma luta encarniçada entre Laio e Édipo, como se explica que este último não tenha sido perseguido pelas Erínias de seu pai, como o foi Fênix (*Il.*, IX, 454ss), pelo simples fato de haver, a pedido de sua mãe enciumada, possuído a amante do pai? Em Homero, segundo se mostrou, só funcionam as Erínias maternas, mas Píndaro, nas *Olímpicas*, 2,3,45ss (o que parece ser uma crítica ao bardo da *Ilíada* e da *Odisseia*) faz que as *Vingadoras* liquidem para sempre os descendentes masculinos dos Labdácidas:

> *A terrível Erínia viu o parricídio*
> *e fez perecer uma raça destemida:*
> *os filhos de Édipo reciprocamente se deram a morte.*

"É que entre Homero e Píndaro a concepção das Erínias evoluiu: no primeiro elas parecem perseguir apenas aqueles contra os quais são invocadas; no segundo, converteram-se em potências morais"[34], que punem o sangue parental derramado. Desse modo, "o tema da cólera do morto, a qual não aparece em Homero, mas que é formalmente sugerida por Píndaro, ocupa todo o início de *Édipo Rei*. Por que Tebas novamente é assolada por uma peste? Simplesmente porque o assassino de Laio não foi punido. Mas quem é o criminoso? A temática da peça é precisamente a busca do parricida. O incesto é descoberto por acréscimo. Religiosamente falando, o mesmo não desempenha papel algum importante na tragédia"[35].

No auge de sua realeza e poder, Édipo é convocado pelo povo para novamente salvar a cidade. O soberano, cônscio de suas responsabilidades, já enviara seu cunhado Creonte a consultar o Oráculo de Delfos. A resposta de Apolo foi direta e incisiva: a nódoa que mancha Tebas é o assassino de Laio, cuja busca e captura são energicamente ordenadas pelo rei com imprecações aterradoras. Afinal, o assassino do antigo rei de Tebas é igualmente séria ameaça à pessoa do rei atual e portanto ao *poder*. Aliás, no áspero diálogo que Édipo mantém com o adivinho cego Tirésias, *o que sabe*, e com seu cunhado Creonte, a ideia fixa do vencedor da Esfinge é de que Tirésias serve de instrumento a Creonte: ambos desejam tomar-lhe o *poder*! É que, não tendo como descobrir quem matou a Laio, Édipo, a conselho de seu cunhado, mandou vir o *mántis*, o adivinho de Tebas, que, mergulhado na escuridão de sua cegueira, tudo sabia por dádiva de Zeus, embora Sófocles a atribua a Apolo. Tirésias procura esquivar-se do cerrado interrogatório do marido de Jocasta e só à custa dos insultos recebidos, acusado que foi de mentor da morte de Laio e de aspirar ao *poder* juntamente com Creonte, é que acabou revelando a dolorosa verdade: Édipo matara o próprio pai e vive em sórdida comunhão com os seres que lhe são mais caros. Em outros termos, está casado com a própria mãe e é pai de seus irmãos... O diálogo com Creonte ainda é mais violento. A tônica é sempre a mesma: a ambição, o mando, a sede do *poder* cegaram o irmão de Jocasta! Como judiciosamente enfatiza Foucault "somente em *Édipo em Colono* se verá um Édipo cego e miserável gemer ao

---

34. Ibid., p. 73.

35. Ibid., p. 73.

longo da peça, dizendo: 'Eu nada sabia, os deuses me pegaram em uma armadilha que eu desconhecia'. Em *Édipo Rei* ele não se defende de maneira alguma ao nível de sua inocência. Seu problema é apenas o *poder*. Poderá guardar o *poder?* É este *poder* que está em jogo do começo ao fim da peça"[36]. Guindado ao trono, sem direito "consanguíneo" ao mesmo, mas com respaldo do povo, por causa de alguma façanha memorável, o *týrannos*, detentor do *saber*, não admite ser despojado do *poder*, que acaba por cegá-lo, extirpando-lhe o *saber*.

Foi necessária a intervenção enérgica da rainha para que o marido e o irmão interrompessem o violento duelo verbal em que se empenhavam "acerca do poder", o ponto nevrálgico da *insegurança* de Édipo. Procurando tranquilizar o marido, Jocasta põe em dúvida o *saber* de Tirésias: afinal o Oráculo não predissera que Laio seria assassinado pelo próprio filho? Se este, tão logo nasceu, foi exposto, e se o rei foi morto num trívio por bandoleiros, onde está a veracidade dos adivinhos, porta-vozes do Oráculo? E acrescenta enfática: "Dessa feita Apolo não realizou a predição: nem o menino matou o pai, nem Laio foi assassinado pelo filho, algo terrível que tanto temia" (*Édipo Rei*, 720-722). A fala da rainha, no entanto, em vez de aquietar, incendiou a alma do esposo: o rei fora assassinado num *trívio*... E mais adiante outros pormenores fornecidos por Jocasta levam Édipo a um quase desespero: a chacina tivera por cenário a Fócida, na encruzilhada de Delfos e Dáulis; Laio estava, na ocasião do crime, com uma idade equivalente à de Édipo no momento, era alto, muito parecido com o rei atual; viajava numa carruagem com uma escolta de cinco homens e tudo se passara pouco antes de o herói ter sido proclamado rei: as coincidências eram muito claras: o pavor transtornou a fisionomia do vencedor da Esfinge! Só lhe restava uma saída, uma *derradeira esperança*, como ele próprio confessa (*Édipo Rei*, 771): o fato fora narrado à rainha e aos Tebanos por um servo que fugira ao massacre e ele afirmara que o rei e o restante de sua comitiva haviam sido mortos por salteadores estrangeiros. Se o escravo confirmasse a versão, o rei de Tebas estaria fora de quaisquer suspeitas. O rei, porém, não se tranquiliza: quer ver de imediato e in-

---

36. Ibid., p. 33.

terrogar pessoalmente o escravo de Laio, que estava longe, no campo, pastore-
ando os rebanhos.

A partir da concisa, mas clara narrativa de Jocasta, Édipo não mais buscou o *assassino de Laio*, mas passou a buscar-se *a si próprio*. Mordido pela inquietação e o remorso, desfilou para a rainha um longo *flashback*, desde sua infância feliz na corte
de Pólibo, em Corinto, até o dia em que, chamado de filho postiço por um bêbado,
decidiu buscar a verdade no Oráculo de Delfos, que lhe vaticinou o assassinato do
pai e o casamento com a própria mãe... Afastando-se o mais possível de Corinto,
matou no trívio a pessoa descrita pela esposa, bem como a seus acompanhantes...
Se o escravo não confirmasse que o rei de Tebas fora morto por vários assaltantes,
estaria condenado a matar *seu pai Pólibo* e a se casar com *sua mãe Mérope*!

Por instantes o negro céu de Tebas tornou-se azul. Um mensageiro de Corinto (o mesmo que o recolhera no Citerão) vem anunciar a morte de Pólibo e
dizer que o Istmo inteiro fizera do rei de Tebas o seu rei. E os Oráculos, para que
serviam? Pólibo está morto e não foi pelas mãos do rei dos Tebanos! O júbilo de
Édipo é incontido, mas persiste uma certa preocupação: Mérope, sua mãe, ainda
vive, Jocasta o reanima:

> *Quanto a ti, não deves temer o conúbio com tua mãe:*
> *quantos mortais já não compartilharam*
> *em sonhos o leito materno.*
>
> (*Édipo Rei*, 980-982)

Édipo, todavia, não precisava temer uma possível união com Mérope, pois
que esta, segundo o mensageiro de Corinto, não era a mãe do herói... Jocasta se retirou. Tudo estava demasiado claro para ela: enforcou-se no palácio. Édipo foi até
o fim. Só depois de *achar-se* nos pungentes diálogos com os dois pastores, o de Tebas, que o expusera, e o de Corinto, que o recolhera, é que se deu por vencido:

> *Ai de mim! Tudo se desvendou.*
> *Ó luz, oxalá possa contemplar-te pela última vez!*
> *Ficou bem claro que eu não deveria ter nascido de quem nasci,*
> *Não deveria viver com quem vivo e matei*
> *a quem não deveria matar!*
>
> (*Édipo Rei*, 1182-1185)

Como um louco, penetrando no palácio, onde pendia o corpo de sua mãe e esposa e, arrancando-lhe das vestes os alfinetes de ouro com que a rainha se adornava, com eles rasgou os próprios olhos.

Sua súplica derradeira a Creonte foi que este o exilasse imediatamente.

Eis em síntese a lindíssima versão poética de Sófocles.

É oportuno acrescentar que em outras variantes do mito Jocasta não reconhece o filho-esposo através da narrativa do escravo de Corinto, mas, segundo o "Resumo de Pisandro", pelo boldrié e pela espada de Laio, que estavam em poder do mesmo. É sabido que o vencedor se apossava das armas do vencido, não pelo valor que estas possuem, mas pelo *mana* que das mesmas irradia. O infortunado filho de Jocasta, no relato homérico, segundo se viu, "despojou" a Laio. Outras variantes insistem em que o reconhecimento se fizera através das cicatrizes dos pés inchados e deformados de Édipo. No que tange à morte trágica da rainha, Marie Delcourt defende uma hipótese sumamente interessante: o suicídio da filha de Meneceu teria sido um *ato de vingança* contra Édipo. Para a autora, com efeito, "Epicasta parece ter-se matado para vingar-se do filho e não por desespero, como a Jocasta trágica. Como se explicaria tal fato? Um ódio tão grande implica uma mitopeia diferente da que é relatada pelos trágicos. A Jocasta de Sófocles é antes mulher de Édipo que viúva de Laio; Epicasta, ao revés, fica ao lado de Laio contra o filho. Quando se examina mais atentamente o texto homérico, observa-se que Epicasta desposou o filho sem conhecê-lo, mas nada se diz a respeito da ignorância de Édipo"[37]. Este, na *Odisseia*, é caracterizado como "vencedor maldito", que reina sobre Tebas "pela vontade funesta dos deuses", mas cujo destino é "sofrer muitos males".

O suicídio de heróis e particularmente de heroínas por ódio e vingança é fato comum no mito: *Ájax*, que se matara por vergonha e ódio, se recusa, por rancor a Ulisses, a dirigir-lhe a palavra, quando da invocação dos mortos (*Odisseia*, XI, 563ss); igualmente Dido, em Vergílio, *Eneida*, 6, 469ss, faz ouvidos moucos às ternas palavras e desculpas de Eneias, cena que parece ser uma imita-

---

37. Ibid., p. 74.

ção da narrativa homérica citada; também *Fedra*, por ódio, vergonha e vingança contra Hipólito, se mata, arrastando o jovem e inocente filho de Teseu a um fim trágico (Eurípides, *Hipólito*, 1286ss).

Embora, no relato homérico, Édipo não se cegue e continue a reinar sobre os Tebanos, em Sófocles, além do exílio solicitado a Creonte e imposto pelas próprias imprecações do herói no início da tragédia, o filho de Jocasta (*Édipo Rei*, 1270ss) vazou os próprios olhos, a fim de que os mesmos *não mais lhe testemunhassem as misérias e crimes*.

Do ponto de vista simbólico, todavia, a cegueira que Édipo se infligiu possui um sentido mais profundo. As trevas externas geram a luz interna. A ἀναγνώρισις (anagnórisis), "a ação de reconhecer" e de reconhecer-se começa efetivamente a existir quando se deixa de olhar de fora para dentro e se adquire a visão de dentro para fora. Mergulhado externamente nas trevas, o herói se encontrou. Se Édipo, porque *sabia*, conquistou o *poder*, a hipertrofia desse mesmo *poder* sufocou-lhe o *saber*. Sua cegueira estabeleceu em definitivo a ruptura entre o *saber* e o *poder*: cego, o herói agora *sabe*, mas não *pode*. Não mais, como deixa claro Foucault, estamos na época dos *týrannoi*, dos *tiranos*, mas na era de Péricles, no século da democracia, que não *sabe*, mas *pode*. Tanto que em *Édipo Rei* os únicos a *saber*, além dos deuses e os adivinhos, são os humildes, os pastores, que não *podem*, mas *sabem*[38]. Por isso mesmo, em sua tragédia *Antígona*, que é um confronto entre a consciência individual e o despotismo sofístico, Sófocles mostrou com muita clareza que a característica básica de sua personagem central, *Antígona*, é o direito de opor uma verdade sem poder a um poder sem verdade.

Voltemos, porém, a Édipo. Cego e condenado ao exílio, mercê de suas próprias imprecações lançadas contra o "assassino de Laio", o príncipe permaneceu ainda em Tebas por algum tempo. O poder passou a ser exercido por Etéocles e Polinice, que, por duas vezes, o tendo desacatado e injuriado, acabaram por ser amaldiçoados pelo pai. Este, além do mais, vaticinou que ambos morreriam violentamente, lutando um contra o outro, assunto já tratado na *Tebaida* e que Ésquilo retomará em sua tragédia *Os Sete contra Tebas*. Expulso da cidade pelos

---

38. Ibid., p. 40s.

filhos, Édipo, guiado por Antígona, errou por longo tempo através da Grécia, até que um dia, na lindíssima tragédia imaginada por Sófocles, *Édipo em Colono*, chegou ao demo de Colono, onde nascera o grande dramaturgo ateniense. Como nesse "bairro" de Atenas houvesse um bosque consagrado às Eumênides, o peregrino reconheceu que era este o local apontado pelo Oráculo como o término de seus sofrimentos e humilhações. Inteligentemente, Sófocles fez coincidir a chegada de Édipo ao demo ático de Colono com o início da famosa expedição dos *Sete contra Tebas*[39]. Como a presença do herói decidiria, consoante o Oráculo, o êxito da luta, Creonte, em nome dos Tebanos, e Polinice, vêm pedir o auxílio de Édipo. Ao primeiro o filho de Jocasta repele, tendo a Teseu por protetor, e ao segundo rechaça e amaldiçoa mais uma vez.

Após prometer a Teseu, que lhe concedera asilo, a proteção de Atenas contra toda e qualquer invasão tebana (*Édipo em Colono*, 605-623 e 1533-1536), uma vez que possuir o sepulcro do herói significava ter uma muralha inexpugnável contra os inimigos externos, Édipo se prepara para o grande mergulho.

"Troveja Zeus ctônio". Após trocar a indumentária, fazer as abluções rituais e recomendar as filhas a Teseu, encaminhou-se, acompanhado apenas pelo rei de Atenas, para seu leito de morte: a terra se abriu suavemente e Édipo *retornou ao seio materno*. A uma pergunta do corifeu, o Mensageiro dá a seguinte resposta (*Édipo em Colono*, 1583-1584):

Corifeu – *Morreu o infortunado?*

Mensageiro – *Saiba que Édipo conquistou uma vida que não tem fim.*

Sofrer para compreender, diria Ésquilo. O Citerão foi redimido por Colono.

É difícil "coordenar" o mito de Édipo, por ser ele um daqueles que chegaram até nós em "transposições literárias". Claude Lévi-Strauss viu bem e assim expressou o problema: "O mito de Édipo chegou-nos em redações fragmentárias e tardias, que são todas transposições literárias, mais inspiradas por um cui-

---

39. Etéocles e Polinice haviam combinado que cada um ocuparia alternadamente por um ano o trono de Tebas. Findo o primeiro ano, Etéocles se recusou a entregar o poder a seu irmão Polinice, originando-se daí a chamada expedição dos *Sete contra Tebas*. Sob o comando de Adrasto, sogro de Polinice, sete heróis empreenderam uma expedição contra Tebas, na qual, como profetizara Édipo, morreram lutando um contra o outro Etéocles e Polinice.

dado estético ou moral do que pela tradição religiosa ou o uso ritual, se é que tais preocupações tenham alguma vez existido a seu respeito"[40]. De qualquer forma, o mito continua!

Édipo é o herói que se encontrou na fuga. Perfazendo uma longa caminhada, o filho de Laio e Jocasta fechou o mandala: de Tebas ao Citerão, deste a Corinto, da corte de Pólibo a Delfos, do Oráculo de Apolo ao trívio, da morte de Laio ao monte Fíquion, da vitória sobre a Esfinge ao casamento com Jocasta e do reencontro com o saber ao mergulho final no seio da Grande Mãe, Édipo completou o *círculo urobórico*.

Everardo Rocha escreveu com propriedade a esse respeito: "Se quisermos visualizar o percurso traçado pelo caminho de Édipo, fugindo do destino e reencontrando-o para dolorosamente cumpri-lo, podemos perceber que Édipo acaba por dar uma volta completa num círculo. Sua vida pode ser expressa num esquema circular que demonstra o paradoxo de sua existência: quanto maior a tentativa de fuga, mais próximo está o encontro"[41]. O autor estampou, em seguida, o que denominou "O Caminho de Édipo" e que nós chamaríamos o *Uróboro Iniciático de Édipo*:

Quadro 9

---

40. Ibid., p. 245.
41. ROCHA, Everardo P. Guimarães. *O que é mito*. São Paulo: Brasiliense, 1985, p. 59s.

6

O *Mito de Édipo*[42] tem merecidamente recebido múltiplas interpretações. Desde Sófocles, em que a tragédia "política" *Édipo Rei* visaria "também à condenação do *týrannos* sofista, passando pela versão de Bachofen, em que se chocam o matriarcado agonizante e o vitorioso patriarcado até as "versões mais modernas" do ódio e do amor em Sigmund Freud, da libido primordial em Jung, do mito da origem em Lévi-Strauss, da busca da verdade em Michel Foucault, o fato é que o mito de Édipo tem sempre alguma coisa que ainda não foi dita. Basta ler estudos bem recentes, como os que se estampam em *O Enigma em Édipo Rei*[43] e nos *Cadernos de Psicanálise*[44], para se concluir que Édipo se transforma como Proteu e se remitifica sempre que abordado. Cresce, avoluma-se e cada tradução se transmuta em novo mito. Se Édipo decifrou o enigma da Esfinge, "o homem" ainda não conseguiu desvendar o enigma de Édipo.

Algo se disse acerca dos enfoques sobretudo de Freud, Jung, Erich Fromm e Michel Focault, mas deixamos, de propósito, para encerrar este capítulo, a visão panorâmica do mito de Édipo elaborada por Paul Diel. Apresentaremos, pois, uma síntese da interpretação de Diel[45], introduzindo-lhe, todavia, para efeito de maior clareza, algumas alterações e acréscimos.

"O Oráculo de Delfos predisse a Édipo que ele mataria o pai e desposaria a própria mãe. A primeira parte de tão funesto presságio já está presente (substituindo-se *pai* por *avô*) no mito de Perseu; e tudo quanto se disse àquele respeito

---

42. Acerca especificamente de *ÉDIPO*, as referências e fontes mais antigas são basicamente as citadas no corpo do capítulo. Vamos reuni-las para efeito apenas de consulta. Homero, *Il.*, XXIII, 676ss; *Od.*, XI, 271ss; Píndaro, *Olímpicas*, 2,42ss; Ésquilo, *Os Sete contra Tebas*, 745ss; Heródoto, *Histórias*, 5,59; Sófocles, *Édipo Rei*, passim; *Édipo em Colono*, passim; Eurípides, *Fenícias*, 7ss; 940ss; Apolodoro, *Biblioteca*, 3,5,7ss; Diodoro Sículo, *Biblioteca Histórica*, 4,64ss; Estrabão, *Geografia*, 8,380; Pausânias, *Descrição da Grécia*, 1,28,7; 30,4; 2,20,5; 36,8; 4,3,4; 8,8; 5,19,6; 9,2,4; 5,10ss; 9,5; 18,3ss; 25,2; 26,2; 4; 10,5,3s; 17,4; Higino, *Fábulas*, 66; 67; Estácio, *Tebaida*, 1,61; Ateneu, *Dipnosofistas*, 10,456b.

43. BRANDÃO, Jacyntho Lins et al. Op. cit., passim.

44. *Édipo Revisitado*. In: *Cadernos de Psicanálise*. Ano VII, n. 5. Rio de Janeiro: Semente, 1985, passim.

45. DIEL, Paul. Op. cit., p. 154ss.

é válido igualmente para o mito do infortunado filho de Laio. Por ser o Oráculo equívoco, isto é, 'lóxias', Édipo matará seu pai carnal e toda a fabulação dramática se baseia neste fato. O herói, todavia, assassinará também seu pai mítico e é sobre tal simbolismo que se fundamenta o sentido oculto do mitologema.

Existe, no entanto, uma diferença fundamental entre Édipo e Perseu. A mãe do primeiro, Jocasta, não foi fecundada por Zeus. Édipo não é descendente do pai dos deuses e dos homens, o 'enviado' do espírito. A Pítia não diz que ele será um vingador mítico: a predição permanece equívoca sob esse aspecto, tornando-se impossível deduzir de imediato se o herói matará o pai mítico sob sua significação positiva ou negativa.

Mas Laio, advertido por Apolo e temendo que o filho, uma vez adulto, o depusesse do trono e o assassinasse, mandou expô-lo num monte, com o fito de eliminá-lo. A exposição, que afasta a criança de seus verdadeiros pais, é o primeiro índice da importância que os pais míticos, o pai-espírito e a mãe-terra possuirão para elucidar o sentido velado do mitologema. Uma outra diferença considerável entre Édipo e Perseu é que Laio, antes de abandonar o filho no monte Citerão, mandou cortar-lhe os tendões ou perfurar-lhe os calcanhares".

Já se viu no Vol. I, p. 355, que também Tifão cortou os tendões dos pés de Zeus, inutilizando-o por completo. Símbolo típico, o pé configura a alma: seu estado e sua sorte. O mito compara, destarte, o caminhar do homem pela vida com sua atitude psíquica. Com efeito, os atributos "ferido, calçado com uma única sandália" como Jasão, acrescentam ao símbolo uma qualidade particular que lhe orienta, de modo preciso, a interpretação. É o caso de Aquiles, cujo pé vulnerável configurava a vulnerabilidade de sua alma: a propensão do herói à cólera causou-lhe, por fim, a ruína. Toda a força e violência do gigante Talos, conforme se viu no Vol. I, p. 184s, terminaram por completo, quando Medeia, descobrindo-lhe o ponto vulnerável, cortou-lhe uma pequena veia na parte inferior da perna.

Os tendões cortados do herói tebano traduzem, pois, um enfraquecimento dos recursos da psiqué, uma deformação psíquica que há de caracterizar a vida inteira da personagem. Diferentemente de Zeus, Édipo permanecerá um mutilado. Sua alma somente poderá ser curada pela força de Zeus, pai mítico de todos os homens. O filho de Laio só se reerguerá através do impulso da espiritualização.

Diga-se aliás, de passagem, que esse reencontro consigo mesmo, essa espiritualização tão almejada, o herói os conquistou, ao menos dramaticamente, na tragédia de Sófocles *Édipo em Colono*. Certamente o "sofrer para compreender" esquiliano produziu através do autor de *Édipo Rei* seu esperado efeito catártico. Veremos isto no fecho desta exposição.

A importância da mutilação na história do filho de Jocasta encontra-se estampada no próprio nome do herói. Como se mostrou, Οἰδίπους (Oidípus) significaria *o de pés inchados*, supostamente por lhe terem mutilado os tendões. "Ora, esse *pé inchado* retrataria a psiqué inflada pela vaidade, daí a impossibilidade que tem Édipo de perfazer com tranquilidade a caminhada através da existência: sua alma permanecerá ferida. Ora, o homem psiquicamente mutilado é o neurótico. Édipo, conforme se verá, é o símbolo heroico do homem em geral, mais ou menos psiquicamente deformado, oscilando entre neurose e banalização; e o preço da vitória sobre esta é a queda nas garras da neurose".

Caracterizado como um *odd number*, um aleijado, a situação do herói está perfeitamente definida. O homem psiquicamente mutilado, cuja psiqué ferida se inclina para a neurose, é esmagado entre as engrenagens das duas possibilidades que o Oráculo de Delfos deixou bem claras. Édipo, na realidade, desejava combater e levar de vencida o espírito negativo, mas seu temor excessivo em face da inclinação perversa fê-lo fracassar e cair no erro que procurava evitar. Não ousando reconhecer e confessar a própria fraqueza, atacá-la de frente e sublimá-la, o herói a recalcou e somatizou. "Sacrificou o espírito positivo, o espírito da verdade, a verdade em função de si mesmo. O neurótico cometeu, assim, um erro trágico: tentando fugir do destino, o cumpriu. Símbolo do neurótico, Édipo converte-se igualmente em vítima do erro trágico: seu pai real, Laio, possui, do ponto de vista do plano simbólico, o significado da banalização. O herói o mata por excesso de neurose e converte-se em culpado para com o espírito positivo.

Perdendo-se cada vez mais na aventura da existência, 'desposando a Terra-Mãe', desencadeando, com isso, seus desejos neuroticamente exaltados, ele não encontra outra saída para escapar ao somatório de culpas, a não ser 'matar' seu pai mítico sob sua forma verídica: o espírito".

O que esperava ser o meio de escapar à culpabilidade, vale dizer, não matar seu pai real e mítico, transforma-se no motivo que o conduz ao parricídio. Esperando fugir à *Moîra*, não mais regressando para junto do pastor de Corinto, para não matar o próprio pai, acabará por cumprir inelutavelmente as predições da Pítia.

O símbolo dos tendões cortados permite, desse modo, precisar a postura espiritual e mítica do herói, anunciada pelo oráculo. Mas tal configuração traduz igualmente a atitude de Édipo em relação a seu pai real. "Uma das causas típicas da neurose é o comportamento dos pais que, incapazes de detectar as carências psíquicas dos filhos, preparam-lhes as enfermidades da alma. O mito enfatiza suficientemente a insensibilidade de Laio. Ora, a indiferença dos pais e, em consequência, o sentimento de abandono por parte da criança, são precisamente os índices típicos da educação deficiente que altera os dotes da alma, quer dizer, que 'corta os tendões'. Em cada neurótico as causas da deficiência se estampam codeterminadas pela história de sua primeira infância. Édipo, já se mostrou através de uma variante do mito, foi educado fora do lar paterno por um pastor que o encontrou e adotou como filho. Seu verdadeiro pai, pela tentativa mesma de fazê-lo perecer, tornou-se responsável e está na raiz da enfermidade psíquica do filho. Havendo o mito indicado com clareza a marca indelével deixada por Laio no filho, e tendo sido suficientemente elucidada pelos símbolos a situação da criança neurótica, pode-se concluir que o pastor não é mais que o substituto do rei de Tebas. Seu papel de educador não passa de um fato real sem importância para a simbolização, deixando a fabulação de insistir sobre o assunto.

Édipo já adolescente, instruído pelo oráculo da sina que o aguardava e, convencido de que o pastor era seu pai, o abandonou, temendo ser coagido pela fatalidade a cumprir a predição. Dirigiu-se para Tebas, onde reinava Laio".

A região se encontrava devastada pela Esfinge, que devorava a quantos não lhe decifrassem o enigma. Como todo monstro ou flagelo que assola uma cidade, a Esfinge traduz os resultados funestos para os domínios de um rei perverso. Laio, ignorando que a solução do enigma haveria de apontá-lo como culpado, promete considerável recompensa a quem libertasse a cidade do monstro que a destruía. Caminhando em direção a Tebas, o herói resolveu enfrentar a "cruel cantora". As circunstâncias portanto de sua decisão não o caracterizam como herói libertador. Miticamente falando, ele não é um "enviado da divindade", pois que, além de ambicionar a recompensa prometida por Laio, não está revestido da armadura suprema simbolicamente outorgada pelo divino: a força da espiritualização-sublimação. Sua arma de confiança é a sutileza do intelecto.

Antes de chegar a Tebas, porém, fugindo ao destino, Édipo está prestes a cumpri-lo. Passando por um trívio, encontra-se com uma carruagem que lhe barra a passagem. Profundamente irritado com a ordem de desviar-se, num acesso de raiva, o herói mata com seu bastão de peregrino o condutor do carro. A façanha está longe de ser heroica. Édipo ignora que a vítima é o rei de Tebas. Continuando seu caminho, vai ao encontro da Esfinge; e, consequência muito clara do reino nefasto, o monstro sobrevive ao rei.

"O encontro de Édipo com Laio merece um comentário mais preciso. Mesmo que se levasse em conta apenas o relato mítico, sem aprofundá-lo simbolicamente, a vaidade de Édipo está bem retratada. A ordem de afastar-se para que a carruagem do rei pudesse passar o põe de tal maneira colérico, que o futuro rei de Tebas perde completamente o controle. É de se supor que o rei viajasse sem as insígnias do poder; caso contrário, Laio estaria acompanhado de sua guarda e a ação criminosa teria sido repelida ou vingada. Nesse encontro fatídico, por conseguinte, o rei aparece como 'um qualquer', o que naturalmente intensifica ainda mais a cólera do jovem príncipe. Em função de seus pés mutilados, o vencedor da Esfinge não pôde afastar-se com a rapidez ordenada. A enfermidade contraída em seus primeiros dias de vida desperta com toda a amargura acumulada e com toda a vaidade gerada pelo recalque da consciência de sua mutilação e de sua supercompensação imaginativa. Além do mais, ter que ceder sempre 'o caminho' a não-importa-quem, a todos, enfim, deve ter sido o tormento e a humilhação mais profunda da criança adotada, mais ou menos tolerada. Se se substitui o estado de pé mutilado, que impede o filho de Jocasta de ceder rapidamente o caminho pelo simbolismo da significação psicológica, aparece com nitidez a situação de um neurótico, não importa qual. Seu ódio latente é alimentado por sua psiqué mutilada desde a juventude. A incapacidade de movimentar-se livremente pela estrada da vida, 'a enfermidade', torna-se suportável tão somente pelo consolo falso e imaginativo da vaidade. Sua alma machucada, no entanto, apresenta-se vulnerável a toda e qualquer afronta e nada fere mais profundamente a psiqué doentia de um neurótico que ser tratada, não importa por quem, sem a devida consideração. Eis por que Édipo não permitirá ser tratado com desprezo e responderá a semelhante ofensa com incrível violência, em razão de um motivo suplementar, que, por mais decisivo que seja, reflete apenas o outro lado de sua hipersensibilidade nervosa. Tendo decidido confrontar-se com a Esfinge, Édipo se deleita em sua imaginação por desempenhar o papel de herói, persuadido de que fadado a escalar o mais alto grau de realização espiritual: acredita-se um libertador da cidade, símbolo do mundo. Este é um traço marcante, talvez o mais característico do neurótico adolescente: reprimido e sofredor em função de sua própria deficiência, projeta sua enfermidade psíquica no meio circundante, exagerando assim, através da denúncia, a insatisfação sempre atual da vida humana. Transformando a própria incapacidade em autossuficiência, arvora-se em um predestinado reformador do mundo. Explica-se, destarte, por que o herói não cedeu espaço à carruagem de Laio nem permitiu que o menosprezassem. Afinal, alimenta secretamente o projeto de realizar o que ninguém tentara antes: defrontar-se com a Esfinge, libertar a cidade e o mundo do flagelo que os oprimia.

Na medida em que o monstro configura a culpa do soberano de Tebas, torna-se patente que 'rei e Esfinge' são, do ponto de vista simbólico, duas figuras que desenvolvem um mesmo tema. O mito, que o estampa, frisa-lhe a importância por uma repetição que permite enfatizar a atitude claudicante do herói. Assim, sua vitória, primeiro sobre o rei, e depois sobre a Esfinge, é um triunfo aparente. O crime cometido no trívio e a investida furiosa contra o pai configuram, num plano simbólico, uma primeira alusão ao propósito vaidoso de Édipo de decifrar o enigma da Esfinge: a culpa de Laio, o erro banal do mundo [...]". Como toda e qualquer cavidade (antro do dragão, inferno) o trívio é o símbolo do inconsciente e a luta que ali se trava é projeção de um combate que se desencadeia no inconsciente de Édipo. Ora, todo conflito psíquico se reduz à discórdia inicial entre o espírito e a matéria, sublimação e perversão. Semelhante conflito se resolve no plano da consciência e da função harmonizante, traduzida pelas divindades olímpicas, pelo auxílio que as mesmas prodigalizam ou recusam, consoante o mérito do ser humano, isto é, segundo sua escalada em busca da espiritualização-sublimação. "O crime perpetrado no trívio, porém, mostra que Édipo está longe de resolver conscientemente seu conflito intrapsíquico: este, de natureza inconsciente, permanece, por enquanto, insolúvel. A discórdia inicial, reduzida a um conflito inconsciente, degrada-se, por efeito da força da exaltação imaginativa, colocando-se entre dois polos antagônicos: a materialização e a espiritualidade exaltadas, a primeira pela banalização e a segunda pela neurose. Todo neurótico carrega secretamente consigo esse conflito, que se pode traduzir pela elevação exaltada (recalque dos desejos) e queda banal (desencadeamento dos mesmos). O encontro com Laio configuraria esse conflito 'assassino', a ambivalência perversa que dilacera a alma do 'coxo', do neurótico? É preciso não perder de vista que a arma empregada nos combates míticos, no caso em pauta, a arma do crime, possui uma significação simbólica: a arma caracteriza tanto o herói quanto o inimigo com que se luta. Uma vez que o adversário mítico reflete o perigo interior do herói, a arma torna-se representativa da situação conflituosa como as asas para Ícaro, o escudo para Perseu. A arma do crime assinala claramente a problemática de Édipo: coxo, o herói precisa de um bastão para permanecer de pé ou caminhar. Ver-se-á mais adiante, no 'combate' com a Esfinge, que é uma repetição significativa da luta com Laio, a grande importância desse 'permanecer de pé'. O bastão serve de apoio ao herói. A muleta corrige de maneira inábil a enfermidade do pé mutilado: a vaidade, muleta psíquica, é o corretivo desajeitado da alma mutilada. Édipo, por conseguinte, o neurótico, só permanece psiquicamente de pé, apoiando-se na muleta de sua vaidade e é esta que o torna agressivo: usa do bastão-muleta, a vaidade, tanto para atacar quanto para suprimir em si mesmo, para recalcar, para 'matar' seu próprio adversário interior, sua própria tentação banal".

Com efeito, a arma assassina torna-se igualmente característica para o adversário assassinado. Usado para matar, o bastão se equivale à clava, que traduz simbolicamente a ruína da banalidade. O rei assassinado com o bastão-clava é o tirano banal. As desgraças que devastam a região de Tebas, configuradas pela Esfinge, são a submissão aflitiva e a sedição, bem como os índices da desordem pública, isto é, a devassidão e a vaidade banal com suas consequências: o embrutecimento, a preguiça e a intriga. "Simbolicamente, a violência contra o rei Laio é apenas a caricatura de uma luta heroica, retratando tão-somente um combate mítico, partícipe de uma significação típica que faz do perigo interior o monstro ou inimigo exteriormente combatido. A tradução do mitologema deve eliminar essa exteriorização simbólica, já que, em virtude desta, qualquer personagem da fabulação perde sua individualidade.

As ações individuais, quer sejam do herói ou de seus adversários, são apenas um meio com que se expressa a perspectiva geral do funcionamento psíquico. O rei-pai converte-se em pai mítico sob sua forma negativa. Mutilador da alma, ele é o símbolo da alma mutilada do herói. Representante da banalidade convencional, torna-se a configuração generalizada da tendência à banalização. Adversário de Édipo, Laio espelha a adversidade interior do mesmo. O rei-pai, assassinado no trívio, não em virtude de um combate heroico, mas de um crime, representa a tendência inconsciente de Édipo, do neurótico, que se inclina para uma desinibição banal. O crime traduz a atitude do neurótico relativamente à tentação que o atormenta (que o tiraniza) e que o mesmo deseja suprimir (matar) por força de sua exaltação vaidosa para com o espírito. O verdadeiro crime de Édipo tem um valor simbólico. Ele mata o pai não apenas sob seu aspecto real, mas sob a forma do pai mítico negativo e o assassina como um coxo de alma, usando seu bastão-vaidade. O herói torna-se, destarte, culpado para com o espírito e prepara-se para cumprir o oráculo, não só conforme a aparência da fabulação (a morte do pai real), mas ainda segundo seu simbolismo profundo.

Disposto a resolver perversamente o conflito de sua alma, desejando 'matar' sua contratentação culposa (que sobreviverá como sobreviveu o enigma da culpa do rei, a Esfinge), o herói avança em direção à aventura decisiva de sua vida.

A fim de escapar ao tormento de sua culpabilidade crescente, não lhe resta afinal outra saída, se não cumprir integralmente o oráculo de eliminar em si mesmo o espírito acusador, a saber, o pai mítico sob sua forma positiva".

Após a morte de Laio, um novo elemento de predição oracular, cujo cumprimento é uma consequência do desaparecimento do rei, domina o mitologema: Édipo desposará sua própria mãe.

Espalha-se a notícia da morte do soberano. Sem sucessor, o trono e a mão de Jocasta são prometidos a quem libertar a cidade do monstro, liberando-a simultaneamente da desordem e do flagelo.

"Matando em Laio o reino da perversidade, o herói já venceu a Esfinge, mero símbolo duplicado da perversidade do rei, configurado em toda a sua monstruosidade.

A Esfinge, metade mulher metade leão, traduz, desse modo, a devassidão e a dominação perversa. Em certas representações, a cauda do monstro termina em forma de cabeça de serpente, espelhando assim, como Quimera, a deformação das três pulsões. Diferencia-as o fato de que esta última reproduz a exaltação imaginária dos desejos que destroem a psiqué, enquanto a Esfinge exprime esta mesma exaltação sob sua forma ativa, ou melhor, banalmente agitada, convertendo-se no perigo que assola o mundo. Todos os atributos da 'cruel cantora' são índices de banalização: só pode ser vencida pelo intelecto, pela sagacidade, contraponto do embrutecimento banal. Sentada num rochedo, símbolo da terra, prende-se ao mesmo, como se estivesse fixada nele, traduzindo não somente a ausência de elevação, mas igualmente a indolência e languidez banal [...]. Apesar das asas, ao contrário das de Pégaso, que traduzem a perversão sublimada, as da Esfinge de nada lhe servem.

Uma vez derrotada pelo intelecto, decifrado o enigma, a brutalidade não mais dispõe de assento e a Esfinge é obrigada a lançar-se do alto do rochedo e esmagar-se contra a terra e, como o mito o relata, o monstro é tragado pelo abismo, outros tantos símbolos da banalização vencida [...]".

O enigma, conhecido de todos, é muito simples: "Qual o ser que anda de manhã com quatro patas, ao meio-dia com duas e, à tarde, com três e que, contrariamente à lei geral, é mais fraco quando tem mais pernas?"

O enigma da perversidade só poderia ter uma solução: *o homem*, porquanto é a única criatura suscetível de perversão. É significativo que no enigma da Esfinge o homem é considerado como animal. A banalização reduz o homem a seus instintos mais abjetos, visualizando-o como simples irracional. A brutalização banal reconduz o homem à besta. Característica de grande importância é que o enigma, cuja solução é proposta a Édipo, diga respeito ao pé, símbolo da alma, tema central do mito. O próprio enigma da banalização, do espírito que morre, deixa claro que o homem deveria estar de pé, acima da animalidade. Ora, Édipo, em função da enfermidade psíquica, configuração de sua deficiência física, deve ter-se arrastado por longo tempo, na infância, sobre os quatro membros; e mesmo na idade adulta não conseguia manter-se de pé. "Mais que homem-herói, um jovem envelhecido, estado típico de todo neurótico, o filho de Jocasta defronta-se com a Esfinge e seu enigma da vida, apoiando-se num bastão, seu terceiro pé. A inquirição do monstro é formulada a cada ser humano, mas é adaptada particularmente a Édipo: o enigma da banalização alude à enfermidade do príncipe, índice de sua neurose. As duas deformações psíquicas são interdependentes e cada uma delas só se torna compreensível em função de seu complemento. Explicaria tal fato a solução dada por Édipo, ao menos sob sua forma verbal, ao enigma da vida proposto pela Esfinge, obrigando-a a precipitar-se do rochedo?

A verdade é que todo neurótico pressente o perigo da banalização, mas só o entrevê afetivamente por excesso de aversão canalizada sobretudo contra a banalização convencional. O conhecimento afetivo encontra-se em todo neurótico mais ou menos intelectualizado e delineia com frequência os fundamentos de sua concepção de vida. Nada exaspera tanto o neurótico quanto o comportamento do homem convencionalmente banal e coisa alguma realça e infla tanto o potencial de sua vaidade quanto o cotejo permanente de si mesmo com sua 'contraimagem' perversa, desagradável e igualmente desvalorizada. O neurótico, ao mesmo tempo em que condena o banalizado, ataca e 'mata-o' incessantemente pelo excesso de sua desvalorização. Esse conhecimento íntimo do enigma da banalização, atribuído à clarividência parcial da aversão excessiva, tem seu fecho na percepção puramente verbal e intelectual, desprovida de qualquer força de liberação [...]".

Édipo, o neurótico, não percebe que o enigma da Esfinge alude à sua própria deformação, não se dando conta de que ele mesmo é o homem que deve ficar de pé, para que se chegue à verdadeira solução da pergunta da Esfinge. Para compreender perfeitamente não apenas o enigma da banalização, bem como a mais enigmática verdade da vida oculta no mesmo, era necessário que o herói tivesse uma visão mais penetrante do que a de sua afetividade intelectualizada, vale dizer, o espelho do espírito, arma outorgada simbolicamente pela divindade, a força da espiritualização-sublimação. "Só a clarividência do espírito poderia revelar a Édipo que o enigma da Esfinge é o reflexo de sua própria fraqueza, de sua falta vital. Dela o herói permanecerá vítima, apesar de sua vitória aparente sobre a banalização convencional e seus reflexos: o rei culpado e a imagem monstruosa do mesmo, a Esfinge".

Com a morte de Laio, o trono de Tebas está vago. Por força da vitória aparente sobre o monstro, o herói adquire o direito de ocupá-lo, como libertador de Tebas. Assumindo o poder, Édipo se casa com Jocasta.

Realizou-se, no mito, a segunda parte da predição oracular.

"Consoante o sentido latente, no entanto, o cumprimento do oráculo não se teria devido a um simples acidente, mas ao desenvolvimento da atividade sublime ou perversa do herói. O incidente 'casar-se com a mãe' é unicamente o índice simbólico dessa atividade, o índice revelador de sua sublimidade ou perversidade. No plano simbólico, a rainha-mãe deve possuir uma significação miticamente profunda. Se Laio configura o pai mítico sob forma negativa, o espírito pervertido, Jocasta espelha a mãe mítica, a terra, mas igualmente sob forma simbolicamente negativa. 'Desposar a mãe' torna-se sinônimo de apego excessivo à terra. Édipo liga-se à Terra-Mãe, símbolo, no caso, dos desejos exaltados. Elevado ao poder, o herói defronta-se com a alternativa secreta de sua vida: o enigma subjacente de toda a sua existência, o conflito intrapsíquico entre a neurose e a banalização não pode tardar a encontrar sua solução perversa ou sublime. O simbolismo da mãe desposada denuncia a natureza perversa da solução. Uma vez no trono, o filho de Laio julga que poderia realizar o sonho de sua adolescência: acredita-se o libertador sublime da cidade, símbolo do mundo. Seduzido, todavia, pelo poder, concretiza apenas o sonho perverso, conseguindo liberar unicamente seus próprios desejos. Fracassa, desse modo, precisamente numa perversidade que, por estar carregada de traços dionisíacos e titanescos, é apenas uma forma dessa mesma banalização que o ímpeto da juventude desejou combater. Desposando a Terra-Mãe, ele continuará a matar o pai mítico, o espírito: esta é a significação legal do oráculo e o caminho para sua realização integral. Édipo, entretanto, não resiste à tentação do poder. Abraçando-o em sua mãe, tradução dos prazeres, não o fará como Laio, homem banal, mas como alguém inibido por sua própria culpabilidade recalcada. A desordem e o flagelo continuarão a prosperar na cidade. Discórdia e ciume a devastarão, não mais semeados pela intriga banal, mas pelo capricho, a instabilidade, a carência de continuidade e unidade de direção, características do neurótico. O monstro vencido é substituído por novo flagelo. A peste assola a cidade, símbolo das consequências funestas da perversão, que arruma o país".

Tirésias proclama que a peste, que dizima a cidade, aponta para um grande criminoso oculto. A opinião do vidente é mais de ordem mágica que mítica e não abrange em toda a sua profundidade a significação latente e psicológica. A culpa de um só homem, por mais grave que seja, não provoca a desgraça de um país, a não ser que o culpado seja o soberano e a mazela uma consequência de seu governo. Cego por sua vaidade, o rei não pode e não quer compreender uma verdade tão clara e terrível. Para salvar a cidade, ordena a busca do criminoso.

Através desse ato, a história de Laio se repete e se reflete na história do filho. O comportamento de Édipo é apenas uma variante do de Laio, em idêntica situação. Foi este último quem propôs uma recompensa àquele que decifrasse o enigma. "Este é comparável ao 'espelho da verdade', em que todo homem deveria se reconhecer. A Esfinge, aparentada com a Quimera, lembra igualmente Medusa. A solução de seu enigma chama-se 'homem', todos os homens, inclusive Laio e Édipo. O enigma de cada uma das formas da perversão, retratada pelos monstros míticos, visa em primeiro lugar a um homem preciso, aquele que desejaria vencer o monstro e que, seduzido e cego pela vaidade, será devorado. Para ser psicologicamente concreta e vitalmente eficaz, a solução adequada não é o homem em geral, nem tampouco todos os homens. O enigma aponta pessoalmente para cada ser humano. A solução é 'eu mesmo'. Cada homem em diferentes níveis é presa do espírito perverso, a vaidade cega. 'Resolver o enigma' converte-se destarte em sinônimo de 'conhece-te a ti mesmo'. É a significação do sorriso da Esfinge, simultaneamente misterioso e irônico.

Como outrora diante do enigma da Esfinge, Édipo, agora, face ao novo flagelo, a peste, desconhece a alusão pessoal que o designa em primeiro lugar. A exemplo de Laio, o novo rei deixa a outrem a tarefa de esclarecer o novo enigma. Ao contrário, porém, do banalizado convencional, o neurótico, mesmo quando se banaliza, prossegue, do mais recôndito de sua psiqué, a sofrer com sua culpa.

Recalcada, esta conserva uma certa tendência a escalar novamente o consciente e exigir sua própria dissolução. A história mítica do neurótico seria incompleta se ela negligenciasse o mais significativo dos conflitos, a luta entre a tendência ao recalque e a tendência à sublimação. A psiqué neurótica mantém-se, em realidade, ininterruptamente atormentada por causa da indecisão desse conflito. Segundo sua própria natureza, o mito, imagem condensada da realidade, concentra essa luta no episódio final do desfecho.

As pesquisas realizadas não tardam em se orientar e a apontar o verdadeiro culpado. Começa então o processo de Édipo, processo psicológico de transformação da culpa secreta em verdade exteriorizada, que coloca o herói diante de sua plena responsabilidade".

Surgem indícios de todas as partes, acusando a Édipo. O tormento da culpabilidade começa a manifestar-se gradualmente, revelando-se ao herói sob sua forma monstruosa. A visão de seu próprio erro se lhe impõe tão subitamente, que o rei de Tebas se torna incapaz de suportar a terrível verdade. Se, na realidade, ele era um filho adotivo, segundo afirma o pastor que o socorreu, se o homem assassinado no trívio era seu pai, a rainha desposada seria sua mãe e o oráculo se teria realizado por acaso e ele seria, ao menos, uma vítima inocente. Mas o que o rei não pode admitir, mercê do estado enfermo e aterrorizado de sua alma e da vaidade cega, é a culpabilidade essencial, cujo símbolo é sua sorte exterior. Conforme este sentido profundo, o destino do filho de Jocasta não é um mero acaso, mas consequência de uma falta. A verdadeira causa do horror e do desespero que dele se apossaram se deve ao fato de que tudo aquilo que lhe foi revelado, abstração feita da cortina simbólica, resultou de sua própria vontade: Édipo matou o espírito, a fim de usufruir os prazeres terrenos. Traiu o que julgava ser a mola-mestra da vida: as aspirações de sua juventude.

O adivinho Tirésias, representante da verdade, porque enviado do espírito, acusa publicamente o rei e obriga-o a reconhecer os próprios delitos, para que a cidade se purifique e se livre da peste. Édipo o expulsa. A mãe-esposa Jocasta, em face da tremenda revelação, se enforca. Do ponto de vista simbólico, a morte da Terra-Mãe, configuração dos desejos exaltados, significa que os prazeres terrenos abandonam a Édipo, que, inibido pelo horror, não mais consegue usufruí-los. O rei, no entanto, continua a questionar e recusa não mais a realidade de sua falta, mas o reconhecimento da mesma. Teima em fechar os olhos do espírito.

"O espelho da verdade é colocado diante dele, mas, em vez de reconhecer o erro, o herói rasga os próprios olhos. Este gesto, expressão do desespero levado ao paroxismo, é ao mesmo tempo a recusa definitiva de ver. Estanca-se a visão interior. A falta é recalcada em lugar de ser sublimada. O remorso e o pânico não mais puderam transformar-se em arrependimento salutar. A cegueira vaidosa é completa, a luz interior se extingue, morre o espírito. Édipo mata o pai mítico, não apenas sob forma negativa e de maneira simbólica, como fez com Laio; mas, liquidando em si mesmo a visão da verdade, o herói aniquila o espírito positivo e o assassina realmente. O filho de Jocasta mata o 'pai de todo homem' assim chamado pelo mito, porque é o espírito que dá sentido e direção à vida humana.

É somente neste momento que, consoante seu significado profundo, o oráculo se realizou plenamente".

A profunda verdade psicológica do oráculo, porém, não se esgotou no cumprimento de uma das duas soluções possíveis da situação conflitante do neurótico. A história mítica deste último permaneceria incompleta se ele espelhasse unicamente o quadro dos estados sucessivos da perversão, negligenciando a possibilidade de saná-la.

Édipo realizou exteriormente o destino predito, mas trata-se de um neurótico que continua a viver e a sofrer. É precisamente a amplitude de seu desespero em face dos erros cometidos que se mostra propícia a estimular o retorno para um impulso sublime, o único capaz de fornecer o remédio. A condição da cura é a transformação do remorso estéril em arrependimento salutar, da cegueira recalcada em lucidez interior. Como já se viu muitas vezes, o mito costuma concentrar duas significações em uma só imagem. A interpretação deve, por isso mesmo, para evitar arbitrariedade, seguir métodos extremamente precisos. Não só a introdução de duplo sentido deve partir da imagem mítica, mas, além disso, as duas significações devem ser diametralmente opostas, completando-se pela analogia de contraste. Mais que tudo, a introdução do significado complementar há de seguir a exigência indiscutível de um índice fornecido pelo mito.

Todas essas condições se acham perfeitamente realizadas no simbolismo dos olhos vazados, havendo assim necessidade de inversão da situação primeira. Configurando o remorso estéril e a cegueira recalcada, o símbolo do vazamento dos olhos exprime com precisão igualmente o significado oposto de um despertar do arrependimento salutar e da lucidez introvertida. Nessa acepção, Édipo fura os olhos por arrependimento sublime de se ter abandonado, de haver assassinado o espírito e de haver desposado a terra, cujos olhos contemplam tão somente a sedução. Cega-se para afastar-se do mundo e de suas seduções, para mergulhar em si mesmo, a fim de se reconciliar com o espírito traído.

Esta segunda interpretação é indiscutivelmente exigida pela variante do mito que relata ter sido Édipo, cego, conduzido por Antígona para Colono, onde se encontrava o santuário das Eumênides.

A configuração do refúgio no bosque dessas divindades é, em sentido profundo, a repetição do motivo simbólico dos olhos vazados. Tal reiteração enfatiza a importância da dupla significação. Essas deusas "benevolentes" traduzem, na realidade, um aspecto simbólico de dupla interpretação, cujo significado oculto torna-se idêntico àquele dos olhos furados. O aspecto complementar da imagem "Eumênides" é representado pelas Erínias. Aquelas são Erínias, sob o aspecto benfazejo. As Erínias espelham a culpa recalcada e destrutiva, o tormento do remorso; as Eumênides traduzem esta mesma culpa, mas conscientizada e assumida, convertida em sublimidade produtiva e arrependimento liberador. O simbolismo que substitui aquele dos olhos furados assinala pois que o doente da alma, o neurótico, cego pelo recalque, atormentado pela culpa, perseguido pelas Erínias, não pode curar-se a não ser que se torne cego para as seduções e se conscientize da culpa. Em termos simbólicos, o culpado liberta-se da culpa, das Erínias, refugiando-se junto às Eumênides, cujo santuário em Atenas possuía o mesmo poder salutar que o templo de Apolo com sua divisa: *Conhece-te a ti mesmo*. A imagem mítica, colocando Édipo em Colono, mostra que o herói, embora simbolicamente cego para o mundo, tornou-se realmente lúcido em função de si próprio.

Vencedor perverso da perversidade, acabou por triunfar de maneira sublime do próprio perigo, a perversão. Refugiado em Colono, mata o pai mítico em si mesmo, o espírito perverso, e desposa a mãe mítica sob sua forma inocente. Sobrepuja a determinação oriunda das circunstâncias de sua infância e supera o destino anunciado pelo oráculo, realizando simultaneamente a predição, compreendida como símbolo mítico, em toda a amplitude de sua significação oculta.

Símbolo do neurótico e de seus conflitos, bem como do homem capaz de desvario e de regeneração, Édipo, arrastado por sua fraqueza na queda, mas arrancando deste mesmo desmoronamento a força da elevação, acabou por tornar-se uma imagem de herói vencedor. Mergulhando no seio da Grande Mãe, Édipo afinal se encontrou. De flagelo de Tebas transformou-se em Ἥρως (Héros), em "protetor", em defensor de Atenas.

"Os deuses gregos não eram bons nem justos, eram belos", diz com muita profundidade o Dr. Paulo Blank. Quem sabe, porém, se esses mesmos deuses, quando o mortal *se encontra*, deixam de ser apenas *belos*, para se tornarem também *bons* e *justos?*

Capítulo IX
Ulisses: o Mito do Retorno

1

A Guerra de Troia não se fechou com *os funerais de Heitor, domador de cavalos* (Il., XXIV, 804). Após a morte do grande herói de Ílion por Aquiles, a luta ainda se arrastou miticamente por mais um ano.

Ainda havia muito sangue para correr e muitas lágrimas para se derramarem.

Para se conquistar em definitivo a rica fortaleza da Ásia Menor, três dentre outras providências eram urgentes: obter os ossos de Pélops, talismã indispensável à vitória; arrancar das entranhas da cidadela o *Paládio* e convencer Filoctetes a reintegrar-se aos aqueus, porque, sem as flechas de Héracles, que estavam em poder daquele, Troia jamais poderia ser tomada, consoante as predições de Heleno[1]. Segundo se falou no capítulo I, 8, como os despojos dos heróis, contrariamente ao costume geral, são sepultados no interior da pólis, para santificá-la e defendê-la, apossar-se de seus ossos é debilitar e desguarnecer a cidade. Quanto ao *Paládion*, como se acentuou no Vol. II, p. 25, era uma estatueta de Atená, que, durante dez anos, apesar da inimizade da deusa pela cidade de Troia, a defendeu das investidas dos gregos. Foi, pois, necessário que Ulisses e Diomedes a subtraíssem, com a cumplicidade do silêncio de Helena, que os vira penetrar na

---

1. Heleno, filho de Príamo e Hécuba, era irmão gêmeo de Cassandra e possuía o dom divinatório, que lhe fora outorgado por Apolo. Quando da morte de Páris, Deífobo, seu irmão mais jovem, se casou com Helena. Heleno, que a amava, retirou-se para o monte Ida. O adivinho do exército grego, Calcas, tendo predito que só Heleno poderia anunciar de que modo Troia poderia ser tomada, Ulisses conseguiu, com sua solércia costumeira, apoderar-se do *mántis* de *Ílion* e obrigá-lo a indicar as condições para a derrota da cidade. Uma delas, prognosticara Heleno, era a presença de Filoctetes com as flechas de Héracles.

fortaleza. Filoctetes, o grande herói da Tessália e herdeiro das flechas de Héracles, fora abandonado na ilha de Lemnos, a conselho de Ulisses, por ter sido vítima de uma ferida aparentemente incurável, provocada pela mordidela de uma serpente na ilha de Tênedos, conforme se mostrou no Vol. I, p. 87. O herói estava profundamente magoado com os helenos e foi tarefa muito difícil levá-lo de volta aos combates contra a cidade de Heitor. A missão, no relato da tragédia *Filoctetes* de Sófocles, foi confiada a Ulisses e Neoptólemo, filho de Aquiles, que, com o auxílio do *deus ex machina* Héracles, conseguiram convencê-lo a prestar seus serviços novamente ao exército aqueu. Em outras versões, Ulisses e Diomedes apoderaram-se de suas armas pela astúcia e, desse modo, inerme, o herói foi obrigado a acompanhá-los. Conta-se ainda que se apelou para seu patriotismo e dever, prometendo-se-lhe, ao mesmo tempo que, uma vez em Troia, seria curado da repugnante ferida pelos filhos de Asclépio, Macáon e Podalírio, o que, de resto, aconteceu.

Nessas alturas, Aquiles já fora morto por uma flecha de Páris, aliás guiada por Apolo, e o raptor de Helena, logo depois, ferido mortalmente, desceu à mansão de Hades para explicar lá embaixo por que fora tão pouco herói na Guerra de Troia...

Satisfeitas todas as condições, os aqueus se prepararam para conquistar e destruir a grande Ílion. Com o fito de evitar derramamento de sangue heleno, Ulisses, inspirado por Atená, imaginou o genial estratagema do cavalo de madeira, introduzido na cidade, "pejado de guerreiros, que saquearam Troia".

Trata-se do gigantesco *Cavalo de Troia*, cuja descrição sumária nos dá Homero (*Od.*, VIII, 493-520), mais tarde comoventemente ampliada por Públio Vergílio Marão em sua *Eneida*, 2,13-267[2].

Era o décimo ano da sangrenta Guerra de Troia. Destruída e incendiada a opulenta cidadela de Ílion, os heróis gregos se aprestaram para o longo e difícil regresso a seus respectivos reinos. Entre eles estava o solerte Ulisses.

---

2. A respeito do *Cavalo de Troia* veja-se o Vol. I, p. 110s.

Quadro 10

Ulisses: ancestrais e descendentes

Obs.: ~ = Casamento

Dêion ~ Diomeda

Hermes ~ Quíone

Céfalo

Autólico ~ Anfítea

Perseu

Calcomedusa ~ Arcísio

Ébalo ~ Gorgófone

Laerte ~ Anticleia

Ésimo

Icário ~ Peribeia

~ Evipe

~ Calídice

Penélope ~

~ Calipso

Calisto

Sínon

A filha de Toas ~

Ulisses

~

Telêmaco   Arquesilau   Polipetes

Leontófono

Circe   Polipetes   Leôntofron

Nausítoo   Nausínoo

Telégono   Ágrio   Latino   Áuson   Romo   Anteias   Ardeias   Cassífones   Cassífone

2

Claro está que o vocábulo grego 'Οδυσσεύς (Odysseús) não poderia ser a fonte primeira de nosso *Ulisses*. É que, a par de *Odysseús*, existe em grego a forma dialetal Οὐλίξης (Ulíkses), que, através do latim *Ulixes*, nos deu *Ulisses*[3]. Como todo herói, o rei de Ítaca teve um nascimento meio complicado. Desde a *Odisseia* a genealogia de Odisseu é mais ou menos constante: é filho de Laerte e de Anticleia, mas as variantes alteraram-lhe sobremodo os antepassados mais distantes. É assim que, do lado paterno, seu avô, desde a *Odisseia*, chamava-se Arcísio, que era filho de Zeus e de Euriodia. Do lado materno o herói tinha por avô a Autólico, donde seu bisavô era nada mais nada menos que Hermes, segundo se pode observar no quadro genealógico no início deste capítulo, embora o mesmo se apresente com algumas variantes, o que é comum no mito.

Se bem que desconhecida dos poemas homéricos, existe uma tradição segundo a qual Anticleia já estava grávida de Sísifo[4], quando se casou com Laerte. Ulisses nasceu na ilha de Ítaca, sobre o monte Nérito, um dia em que sua mãe fora ali surpreendida por um grande temporal. Semelhante anedota deu ensejo a um trocadilho sobre o nome 'Οδυσσεύς (Odysseús), cuja interpretação estaria contida na frase grega Κατὰ τὴν ὁδὸν ὗσεν ὁ Ζεύς (Katà tèn hodòn hýsen ho Dzeús), ou seja, "Zeus chovia sobre o caminho", o que impediu Anticleia de

---

3. São tantas as referências a *Ulisses*, que talvez fosse mais didático sintetizá-las e dividi-las em quatro fases, como o fez, entre outros, Pierre GRIMAL, *Dictionnaire de la mythologie grecque et romaine*, Paris: PUF, 1979, p. 468s.

Nascimento de Ulisses: *Il.*, X, 266ss; *Od.*, XI, 85; XV, 363ss; XVI, 119ss; XIX, 395; 416; 482s; XXIV, 270; 517; Sófocles, *Ájax*, 190; *Filoctetes*, 417; 448; 623s; Eurípides, *Ciclope*, 104; Apolodoro, *Biblioteca*, 1,19,16; Ovídio, *Metamorfoses*, 13,144ss; Higino, *Fábulas*, 200; 201; Ateneu, *Dipnosofistas*, 4,158d.

Adolescência e Juventude: *Od.*, II, 46ss; 172ss; IV, 689ss; XIX, 428ss; XXI, 2ss; Sófocles, *Ájax*, 1111ss; Xenofonte, *Cineg.*, 1,2; Apolodoro, *Biblioteca*, 3,10,8ss; Ovídio, *Metamorfoses*, 13,36; Higino, *Fábulas*, 81; 95; 96.

Guerra de Troia: *Il.*, I, 308ss; 439ss; II, 637; III, 205ss; 206; IV, 329ss; 494ss; V, 669ss; VI, 30ss; IX, 169ss; X, 137ss; 272ss; 526-579; XI, 139ss; 310ss; 396ss; 767ss; *Od.*, IV, 244ss; 271ss; 342ss; VIII, 75ss; 219ss; IX, 159; XI, 508ss; XVII, 133ss; Sófocles, *Filoctetes*, 5; Eurípides, *Hécuba*, 238ss; Aristóteles, *Poética*, 23; Ovídio, *Met.*, 13,193ss; Higino, *Fábulas*, 101; 102.

Retorno a Ítaca: *Od.*, passim; Hesíodo, *Teogonia*, 111ss; Ésquilo, *Agamêmnon*, 814ss; Eurípides, *Ciclope*, 141; 412; 616; Dionísio de Halicarnasso, 1,72: 12,16; Ovídio, *Met.*, 14,223ss; *Íbis*, 567ss; Higino, *Fábulas*, 125; 126; 127; Partênio de Niceia, *Erótica*, 2; 3; 12; Plínio, *História Natural*, 5,28.

4. Consoante o mito, Autólico, considerado o maior e o mais bem-sucedido *larápio* da Antiguidade, havia furtado uma parte do rebanho do mais *inescrupuloso* e astuto dos mortais, Sísifo. Foi durante a permanência deste na corte de Autólico, aonde fora reclamar seu rebanho, que Anticleia se entregara ao "hóspede" de seu pai.

descer o monte Nérito. A *Odisseia*, XIX, 406-409, no entanto, cria outra etimologia para o pai de Telêmaco: o próprio Autólico, que fora a Ítaca visitar a filha e o genro e lá encontrara o neto recém-nascido, "por ter-se irritado (ὀδυσσάμενος) com muitos homens e mulheres que encontrara pela terra fecunda", aconselhou aos pais que dessem ao menino o nome de Ὀδυσσεύς (Odysseús), uma vez que o epíteto lembra de fato o verbo ὀδύσσομαι (odýssomai), "eu me irrito, eu me zango". Na realidade, ainda não se conhece com precisão a etimologia de *Odysseús*, apesar dos esforços de Albert Carnoy[5], que, isolando a final *-eus*, frequente nos nomes de heróis, postula o radical λυκjο- (lykjo-), derivado de λυκ-, que significa *luminoso*, o que justificaria semanticamente o sacrifício das vacas do deus Hélio (Sol), bem como o cegamento do ciclope Polifemo com um tronco de oliveira incandescido, como fez o *Lug* céltico com Balor. Desse modo, conclui o filólogo belga, seria possível identificar λυκjο- (lykjo-) com o deus germânico *Loki*, cuja vinculação com o fogo é evidente: a base etimológica seria então o indo-europeu *lug-io* a par de *luk-io*[6].

Filho de Sísifo, o mais astuto e atrevido dos mortais, neto de Autólico, o maior e mais sabido dos ladrões e ainda bisneto de Hermes, o deus também dos ardis e trapaças, o *trickster* por excelência, Ulisses só poderia ser mesmo, ao lado da inteligência exuberante, da coragem e da determinação, um herói πολύμητις (polýmetis), cheio de malícia e de habilidade e um πολύτροπος (polýtropos), um solerte e manhoso em grau superlativo.

Educado, como tantos outros nobres, pelo centauro Quirão, ainda muito jovem o herói de Ítaca deu início às suas aventuras. Durante uma curta permanência na corte de seu avô Autólico participou de uma caçada no monte Parnaso e foi ferido no joelho por um javali. A cicatriz, pouco acima do joelho, produzida pela mordidela da fera, se tornou indelével e servirá como sinal de reconhecimento, quando o egrégio neto de Autólico regressar a Ítaca (*Od.*, XIX, 392ss). Pausânias relata com precisão que a luta entre o herói e o javali, com o consequente ferimento daquele, se passara exatamente no local em que se construiu o Ginásio de Delfos, igualmente no monte Parnaso.

A mando de Laerte, Ulisses dirigiu-se a Messena, para reclamar uma parte do rebanho de seu pai, que lhe havia sido furtada. Na corte do rei Orsíloco, ten-

---

5. CARNOY, Albert. *Dictionnaire étymologique de la mythologie gréco-romaine*. Louvain: Éditions Universitas, 1976.

6. Veja-se a opinião discordante de Walde-Hofmann. *Lateinisches etymologisches Wörterbuch*. Heidelberg: Carl Winter/Universitätsbuchhandlung, 1938, II, 811.

do-se encontrado com Ífito, filho de Êurito e herdeiro do famoso arco paterno, os dois heróis resolveram, como penhor de amizade, segundo já se relatou no capítulo III, 5, trocar de armas. O futuro rei de Ítaca presenteou Ífito com sua espada e lança e este deu a Ulisses o arco divino com que o esposo de Penélope matará mais tarde os soberbos Pretendentes.

Completada a δοκιμασία (dokimasía), as primeiras provas iniciáticas, traduzidas na morte do *javali*, símbolo da aquisição do poder espiritual e da obtenção do *arco*, imagem do poder real e da iniciação dos cavaleiros, Ulisses recebeu de seu pai Laerte – que se recolheu, certamente por inaptidão ao poder – o reino de Ítaca, com todas as suas riquezas, consistentes sobretudo em rebanhos.

O rei, obrigatoriamente, no entanto, se completa no casamento. Cortejou, por isso mesmo, em primeiro lugar, a Helena, filha de Tíndaro; mas, percebendo que o número de pretendentes era excessivo, voltou-se para a prima da futura esposa de Menelau, Penélope, filha de Icário. Esta união lhe traria tantas vantagens (Ulisses sempre foi um homem prático) quantas lhe proporcionaria a união com Helena. A mão de Penélope foi conseguida ou por gratidão de Tíndaro, como se verá em seguida, ou, como é mais provável, por uma vitória obtida pelo herói numa corrida de carros instituída por seu futuro sogro entre os pretendentes da filha. De qualquer forma, o pai de Helena sempre foi muito grato a Ulisses por um conselho que este lhe dera. Como o número de pretendentes à mão de Helena fosse muito grande, o rei de Ítaca sugeriu a Tíndaro que os ligasse por dois juramentos, como se viu no Vol. I, p. 90s: respeitar a decisão de Helena, quanto à escolha do noivo, ajudando-o a conservá-la; e se o eleito fosse, de alguma forma, atacado ou gravemente ofendido, os demais deveriam socorrê-lo.

Pressionada pelo pai a permanecer em Esparta com o marido, Penélope, dando provas de seu amor conjugal, preferiu, como era desejo de Ulisses, seguir com ele para Ítaca. Diga-se, aliás, de passagem, que, apesar de Esparta ter sido considerada sobretudo à época clássica como a cidade das mulheres virtuosas e corretas e de Penélope, através da *Odisseia*, ser apontada como símbolo da fidelidade conjugal, existem outras versões, como veremos, que a acusam formalmente de haver traído o marido tanto antes quanto após o retorno do mesmo.

Seja como for, do casamento com o rei de Ítaca, Penélope foi mãe de Telêmaco. Este ainda estava muito novinho, quando chegou ao mundo grego a triste notícia de que Páris raptara Helena e de que Menelau, valendo-se do juramento dos antigos pretendentes à mão de sua esposa, exigia de todos o cumprimento da solene promessa, para que pudesse vingar-se do príncipe troiano. Embora autor intelectual do famoso juramento, o rei de Ítaca, não por falta de coragem, mas por amor à esposa e ao filho, procurou de todas as maneiras fugir ao compromisso assumido. Quando lhe faltaram argumentos, fingiu-se louco. Em companhia de seu primo, o astuto e inventivo Palamedes, Menelau dirigiu-se a Ítaca. Lá encontraram Ulisses, que havia atrelado um burro e um boi a uma charrua e abria sulcos nos quais semeava sal. Outros dizem que tentava arar as areias do mar.

Palamedes, todavia, não se deixou enganar com o embuste e colocou o pequenino Telêmaco diante das rodas do arado. Ulisses deteve os animais a tempo de salvar o menino. Desmascarado, o herói dedicou-se inteiro à causa dos atridas, mas nunca perdoou a Palamedes e no decurso da Guerra de Troia vingou-se cruel e covardemente do mais inteligente dos heróis da Hélade[7].

Acompanhado de Miisco, que Laerte lhe dera como conselheiro, e com a missão de velar sobre o filho em Troia, Ulisses se engajou na armada aqueia. De saída, acompanhou Menelau a Delfos para consultar o oráculo e, logo depois, em companhia do mesmo Menelau e de Palamedes, participou da primeira embaixada a Troia com o fito de resolver pacificamente o incidente do rapto de Helena. Em seguida foi em busca de Aquiles, que sua mãe Tétis havia escondido, mas cuja presença e participação, segundo o adivinho Calcas, eram indispensáveis para a tomada de Ílion. Conforme se mostrou no Vol. I, p. 114s, e no capítu-

---

7. *Palamedes*, em grego Παλαμήδης (Palamédes) que Carnoy faz provir de παλαμο-μήδης (palamo-médes) e este último elemento de μήδεσθαι (médesthai), "inventar, imaginar, ocupar-se de", como o latim *mederi*, "cuidar de", donde *Palamedes* é a *inteligência inventiva* por excelência. Filho de Náuplio e Clímene, foi educado pelo centauro Quirão. Dedicou-se aos atridas de maneira extremada antes e durante a Guerra de Troia. Além de haver participado de duas embaixadas a Ílion, a primeira com Menelau e Ulisses e a segunda com Menelau, Ulisses, Diomedes e Ácamas, no sentido de recuperar Helena e evitar a guerra, prestou inúmeros serviços à armada grega, sobretudo encorajando os soldados aterrorizados por presságios desfavoráveis, entre os quais um eclipse. Ulisses, todavia, não se esquecera do aviltamento que lhe impusera Palamedes. Tendo aprisionado um troiano, obrigou-o, sob ameaça, a escrever uma carta e apresentá-la como se tivesse vindo de Príamo. Dizia-se na missiva que Palamedes se oferecera ao rei de Ílion para trair os gregos. Subornou, além do mais, um escravo do herói para que colocasse grande quantidade de ouro sob o leito do acusado e, em seguida, fez que a carta chegasse às mãos de Agamêmnon. Este entregou o filho de Náuplio aos gregos, que o lapidaram ou, segundo outra versão, Ulisses e Diomedes convenceram-no a descer num poço e cobriram-no rapidamente com pedras e terra, esmagando o companheiro.
A Antiguidade atribuía a Palamedes a invenção dos caracteres do alfabeto ou ao menos de alguns deles e a disposição dos mesmos na ordem em que ainda estão. Para criar o Y inspirou-se, conta-se, no voo dos grous. Diz-se igualmente que inventou os números, difundiu o uso da moeda, calculou a duração dos meses consoante a trajetória dos astros e criou o jogo de damas e o de dados.
Seu pai Náuplio tudo fez para vingar-lhe a inocência: maquinou para que as mulheres dos principais chefes gregos se ligassem a amantes e, por meio de falsos sinais, conseguiu que o principal comboio aqueu, que regressava de Troia, se despedaçasse contra os rochedos nas vizinhanças do cabo Cafareu, ao sul da ilha de Eubeia.

lo I, 4, do presente Volume, Tétis, sabedora do triste destino que aguardava seu filho, levou-o secretamente para a corte de Licomedes, na ilha de Ciros, onde o herói passou a viver como linda donzela "ruiva" no meio das filhas do rei, com o nome falso de *Pirra*, já que o herói tinha os cabelos louro-avermelhados. Disfarçado em mercador, o astuto Ulisses conseguiu penetrar no gineceu do palácio de Licomedes. As moças logo se interessaram pelos tecidos e adornos, mas *Pirra*, a "ruiva", tendo voltado sua atenção exclusivamente para as armas, Ulisses pôde com facilidade identificá-lo e conduzi-lo para a armada aqueia. Conta uma outra versão que o filho de Tétis se deu a conhecer porque se emocionou, ouvindo os sons bélicos de uma trombeta.

Ainda como embaixador, o rei de Ítaca foi enviado juntamente com Taltíbio, arauto de Agamêmnon, à corte de Chipre, onde reinava Cíniras, que, após o incesto involuntário com sua filha Mirra, conforme se viu no Vol. I, p. 229s, fora exilado de Biblos e se tornara o primeiro rei da grande ilha grega do mar Egeu, onde introduziu, aliás, o culto de Afrodite. Cíniras prometeu enviar cinquenta naus equipadas contra os Troianos, mas, usando de um estratagema, mandou apenas uma.

Reunidos finalmente os reis helenos, a armada velejou rumo a Tróada, mas, não conhecendo bem a rota, a grande frota, sob o comando de Agamêmnon, abordou em Mísia, na Ásia Menor e, dispersados por uma grande tempestade, os chefes aqueus regressaram a seus respectivos reinos. Somente oito anos mais tarde congregaram-se novamente em Áulis, porto da Beócia. O mar, no entanto, permanecia inacessível aos audazes navegantes, por causa de prolongada calmaria. Consultado, o adivinho Calcas explicou que o fenômeno se devia, conforme se falou no Vol. I, p. 229, à cólera de Ártemis, porque Agamêmnon, matando uma corça, afirmara que nem a deusa o faria melhor do que ele. A ultrapassagem do *métron* por parte do rei de Micenas era grave e, para suspender a calmaria, Ártemis exigia, na palavra do adivinho, o sacrifício da filha primogênita do rei, Ifigênia.

Foi nesse triste episódio, maravilhosamente repensado por Eurípides em sua tragédia *Ifigênia em Áulis*, que Ulisses continuou a mostrar sua inigualável astúcia e capacidade de liderança.

Agamêmnon, a conselho de seu irmão Menelau e de Ulisses, enviara à esposa Clitemnestra, em Micenas, uma mensagem mentirosa, solicitando-lhe que conduzisse Ifigênia a Áulis, a fim de casá-la com o herói Aquiles. Mas, logo depois, horrorizado com a ideia de sacrificar a própria filha, tentou mandar uma segunda missiva, cancelando a primeira. Menelau, todavia, interceptou-a e Clitemnestra, acompanhada por Ifigênia e o pequenino Orestes, chega ao acampamento aqueu.

O solerte rei de Ítaca, percebendo as vacilações de Agamêmnon e os escrúpulos de Menelau no tocante ao cumprimento do oráculo, excitou os chefes e a soldadesca aqueia contra os atridas, que se viram compelidos a sacrificar a jovem inocente. Não fora a pronta intervenção de Ártemis, que substituiu Ifigênia por uma corça, fato comum no *mito do sacrifício do primogênito*, Agamêmnon, Menelau e Ulisses teriam agravado ainda mais sua *hýbris*, já bastante intumescida. Ainda bem que, no mundo antigo, se levavam em conta os atos e não as intenções!

Uma derradeira intervenção da argúcia e bom senso do herói, antes da carnificina de Troia, pode ser detectada na correta interpretação do oráculo relativo à cura de Télefo[8] por Aquiles. O esposo de Penélope demonstrou com precisão absoluta que o restabelecimento da saúde do rei de Mísia teria que ser operado "pela

---

8. Télefo, em grego Τήλεφος (Télephos), talvez de φαίνειν (pháinein), "aparecer, brilhar" ou um composto, cujo primeiro elemento seria o indo-europeu *bha*, "*brilhar*". Trata-se, ao que parece, de uma antiga divindade luminosa. Filho de Héracles e de Auge, "a brilhante", foi concebido num templo da deusa Atená.

É que Áleo, rei de Tégea, pai de Auge, fora advertido por um oráculo de que, se a filha tivesse um filho, este mataria os tios, os aléadas, e reinaria em seu lugar. De imediato, o rei consagrou a filha à deusa virgem Atená e proibiu-lhe casar, sob pena de morte. Mas Héracles, passando por Tégea, a caminho do reino de Augias, embebedou-se num banquete que lhe fora oferecido por Áleo, e violentou-a no próprio templo da deusa. Quando o rei soube da gravidez da princesa, temendo a realização do oráculo, mandou que Náuplio, o grande navegante e pai de Palamedes, a expusesse no mar. Na viagem para Náuplia nasceu Télefo. Compadecido de Auge e do recém-nascido, Náuplio vendeu-os a um mercador de escravos, que os levou para Mísia. O rei local, Teutras, que não tinha filhos, desposou Auge e adotou Télefo. Segundo uma variante, somente Auge fora vendida e Télefo, exposto num monte da Arcádia, fora alimentado por uma corça, tendo, mais tarde, encontrado sua mãe em Mísia.

Com a morte de Teutras, que lhe dera a filha Argíope em casamento, o filho de Héracles herdou-lhe o trono. Quando da primeira tentativa aqueia de velejar para Troia e de seu desembarque em Mísia, Télefo lutou bravamente contra os invasores, matando a muitos deles, mas acabou sendo ferido na coxa pelo grande Aquiles. Oito anos se haviam passado e agora os gregos estavam reunidos em Áulis; Télefo continuava, no entanto, padecendo dores terríveis, porque a ferida produzida pela lança de Aquiles não cicatrizara. Consultado o oráculo, Apolo declarou que "quem o tinha ferido o curaria". Como os aqueus não soubessem como chegar a Tróada, Télefo, coberto de andrajos, foi-lhes ao encontro e prontificou-se a guiá-los, desde que Aquiles o curasse. Como o filho de Tétis não soubesse como agir, Ulisses interpretou sabiamente o oráculo: Télefo seria curado pelo instrumento que o ferira e não por quem o manejara. Curado pela ferrugem da lança de Aquiles, o rei de Mísia cumpriu a promessa: guiou a armada grega até Tróada, limitando-se a isto seu papel na Guerra de Troia.

Na versão da tragédia *Télefo* (que tanto Aristófanes condena, *As Rãs*, 1080ss), de Eurípides, Télefo, tendo chegado a Áulis, foi preso como espião. A conselho de Clitemnestra, todavia, agarrou o pequenino Orestes e ameaçou matá-lo, se o maltratassem. Conseguiu assim ser ouvido e curado, segundo se mostrou no Vol. I, cap. V, p. 90.

lança e não pelo filho de Tétis". Este colocou um pouco da ferrugem de sua arma predileta sobre o ferimento de Télefo, que imediatamente o teve cicatrizado.

3

Consoante o *Catálogo das Naus* (*Il.*, II, 637) Ulisses levou a Troia doze navios lotados com heróis, soldados e marujos provenientes das ilhas de Cefalênia, os magnânimos cefalênios; de Ítaca, de Nérito, de Egílipe, de Zacinto e de Same...[9]

Considerado por todos como um dos grandes heróis, sempre participou do conselho dos chefes que sitiariam Ílion. Na rota para Troia aceitou o desafio do rei de Lesbos, Filomelides, e o matou na luta. Esse episódio, recordado pela *Odisseia*, IV, 343s, foi reinterpretado posteriormente como um verdadeiro assassinato cometido por Ulisses e seu parceiro inseparável em tais casos, o violento Diomedes. Em Lemnos, durante um banquete dos chefes aqueus, ainda segundo a *Odisseia*, Ulisses e Aquiles discutiram asperamente: o primeiro elogiava a prudência e o segundo exaltava a bravura. Agamêmnon, a quem Apolo havia predito que os aqueus se apossariam de Troia, quando reinasse a discórdia entre os chefes helenos, viu no episódio o presságio de uma rápida vitória. Os mitógrafos posteriores deturparam o fato e atribuíram a querela a Agamêmnon e Aquiles, primeiro sintoma da grave contenda entre estes dois heróis, o que se constituirá no assunto da *Ilíada*. Foi ainda em Lemnos ou numa ilhota vizinha, chamada Crises, que, a conselho de Ulisses, os chefes aqueus resolveram abandonar Filoctetes, segundo já se comentou no início deste capítulo. Um outro acontecimento desconhecido pelos poemas homéricos é a denominada segunda missão de paz a Troia: tendo a frota grega chegado à ilha de Tênedos, bem em frente à fortaleza de Príamo, Menelau e Ulisses dirigiram-se novamente a Ílion na tentativa de resolver o grave problema do rapto de Helena de maneira pacífica e honrosa. Dessa feita, porém, foram muito mal recebidos, porque Páris e seus partidários não só recusaram quaisquer propostas de paz, mas ainda, por intermédio de seu amigo Antímaco, o raptor de Helena tentou amotinar o povo para que matasse a Menelau e certamente também a Ulisses. Salvou-os o prudente Antenor, conselheiro de Príamo e amigo de alguns chefes aqueus.

---

9. A respeito das numerosas ilhas citadas por Homero, no *Catálogo das Naus*, e de sua difícil identificação, veja-se o magnífico trabalho de Thomas W. ALLEN, *The Homeric Catalog of Ships*. Oxford: Oxford University Press, 1921, p. 82ss.

Com isso a guerra se tornou inevitável. Foi ainda por sugestão do pacifista Antenor que se tentou obter a decisão acerca da permanência em Troia de Helena e dos tesouros roubados à corte de Menelau ou de seu retorno a Esparta por meio de um combate singular entre Páris e Menelau. Mas, como nos mostra a *Ilíada*, III, 347ss, no momento em que o atrida estava para liquidar o inimigo, Afrodite o envolveu numa nuvem e o levou de volta para o tálamo perfumado de Helena! Pândaro, aliado dos Troianos, rompe sacrilegamente as tréguas e lança uma seta contra Menelau. Recomeçou a sangrenta seara de Ares, que haveria de se prolongar por dez anos.

Pois bem, por todo esse tempo o heroísmo e a astúcia de Ulisses brilharam intensamente. Durante todo o cerco de *Ílion* o rei de Ítaca mostrou extraordinário bom senso, destemor, audácia, inteligência prática e criatividade.

Convocavam-no para toda e qualquer missão que demandasse, além de coragem, sagacidade, prudência e habilidade oratória. Πολυμήχανος (Polymékhanos), "industrioso, fértil em recursos", é o epíteto honroso, que lhe outorga Atená logo no canto segundo: *Il.*, II, 173.

É assim que sua solércia e atividade diplomática se desdobram desde os primeiros cantos do poema. Foi o comandante da nau que conduzia uma hecatombe a Apolo e levava a bela Criseida de volta a seu pai Crises; organizou o combate singular entre Páris e Menelau; na assembleia dos soldados reduziu Tersites[10] ao silêncio e, com um discurso inflamado, revelando um grande presságio, per-

---

10. Homero nos dá na *Ilíada*, II, 212-244, um retrato de corpo inteiro de *Tersites*, o mais feio, covarde e atrevido dos Helenos que lutaram em Troia. *Tersites*, em grego Θερσίτης (Thersítes), talvez provenha de θέρσος (thérsos), forma eólia de θρασύς (thrasýs), e significaria "o impertinente, o descarado". Era coxo, de pernas tortas, corcunda e calvo. Inimigo figadal dos reis aqueus, não lhes poupava críticas, justas e injustas. Quando Agamêmnon, para testar seus comandados, sugeriu levantar o cerco de Troia, Tersites não só acolheu prontamente a proposta, mas também, numa arenga violenta e cáustica contra o atrida, por pouco não disseminou a sedição e a desordem no acampamento grego. Ulisses, que procurava reanimar os chefes e os soldados, tendo-o ouvido, após responder-lhe ao discurso, surrou-o violentamente com seu cetro de ouro, batendo-lhe nos ombros e na corcunda, até esguichar o sangue. Tersites, apavorado, sentou-se e começou a chorar. A soldadesca explodiu em gargalhadas, o que muito serviu para desarmar os ânimos e aliviar a tensão. Em outra ocasião, quando a linda rainha das Amazonas, Pentesileia, caiu sob os golpes de Aquiles, ficou tão bela na morte, que o herói de Ftia se comoveu até as lágrimas. Tersites ridicularizou-lhe a ternura e ameaçou furar a ponta de lança os olhos da rainha morta. Aquiles, num acesso de raiva (coisa comum aos heróis), matou-o a murros, tendo depois que purificar-se na ilha de Lesbos.

suadiu os aqueus a permanecerem em Tróada, quando o desânimo já se apossara de quase todos eles (*Il.*, II, 284-332).

Participou igualmente, acompanhado de Fênix e Ájax, da embaixada junto a Aquiles, para que este, uma vez desagravado por Agamêmnon, voltasse ao combate (*Il.*, IX, 163-170), o que, ainda dessa feita, não aconteceu, apesar do belo e convincente discurso do rei de Ítaca (*Il.*, 225-306).

Em parte através da *Odisseia* e sobretudo de poetas posteriores, ficamos sabendo de outras missões importantes do mais astuto dos Helenos. Como a guerra se prolongasse além do esperado, Ulisses, em companhia de Menelau, dirigiu-se à corte de Ânio, rei e sacerdote de Delos, como atesta Vergílio na *Eneida*, 3,80. Esse Ânio, filho de Apolo e de Reá, a "Romã", era pai de três filhas: *Elaís*, *Espermo* e *Eno*, cujos nomes lembram, respectivamente, óleo, trigo e vinho. Como houvessem recebido de seu ancestral Dioniso o poder de fazer surgir do solo esses três produtos indispensáveis, os chefes aqueus, dado o prolongamento da guerra, mandaram buscá-las. De bom grado as filhas do rei de Delos acompanharam os embaixadores gregos, mas, já cansadas de uma tarefa incessante, fugiram. Perseguidas pelos Helenos, pediram proteção a Dioniso, que as metamorfoseou em pombas. Por isso mesmo, na ilha de Delos, era proibido matar pombas.

Além da já citada incumbência de trazer Filoctetes de volta às fileiras aqueias, Ulisses, juntamente com Fênix ou Diomedes, foi encarregado de trazer da ilha de Ciros a Neoptólemo, filho de Aquiles e de Deidamia, segundo se comentou no Vol. I, capítulo VI, p. 109s, e cuja presença, após a morte de Aquiles, era também imprescindível para a queda de *Ílion*, segundo vaticinara Heleno.

Os feitos do rei de Ítaca durante a Guerra de Troia não se reduzem, todavia, a embaixadas. Audacioso, destemido e sobretudo caviloso, o herói arriscou muitas vezes a vida em defesa da honra ofendida da família grega.

Numa sortida noturna e perigosa, ele e Diomedes, no chamado episódio da *Dolonia* (*Il.*, X, 454-459), obtêm dupla vitória. Dólon, espião troiano, é aprisionado pelos dois heróis aqueus. Após revelar tudo quanto os dois desejavam saber, Diomedes, impiedosamente, apesar das súplicas de Dólon, cortou-lhe a cabeça. Guiados pelas informações do troiano, penetraram no acampamento inimigo e surpreenderam dormindo o herói trácio Reso, que viera em auxílio dos

Troianos no décimo ano da guerra. Mataram-no e levaram-lhe os brancos corcéis, rápidos como o vento (*Il.*, X, 494-514). Conta-se que a audaciosa expedição dos dois bravos aqueus contra Reso fora inspirada pelas deusas Hera e Palas Atená, pois um oráculo predissera que, se Reso e seus cavalos bebessem da água do rio Escamandro, o herói trácio seria invencível.

O tema da morte desse herói foi retomado no séc. IV a.C. na tragédia *Reso*, que durante longo tempo foi erradamente incluída entre as peças de Eurípides.

Desejando penetrar como espião em Ílion, para não ser reconhecido, fez-se chicotear até o sangue por Toas, filho de Andrêmon e chefe de um contingente etólio, consoante o *Catálogo das Naus*. Ensanguentado e coberto de andrajos, apresentou-se em Troia como trânsfuga. Conseguiu furtivamente chegar até Helena, que, após a morte de Páris, estava casada com Deífobo e a teria convencido a trair os Troianos. Relata-se igualmente (o que certamente faz parte do romanesco) que Helena teria denunciado a Hécuba, rainha de Troia, a presença de Ulisses, mas este, com suas lágrimas, suas manhas e palavras artificiosas, teria convencido a esposa de Príamo a prometer que guardaria segredo a seu respeito. Desse modo foi-lhe possível retirar-se ileso, matando antes as sentinelas que vigiavam a entrada da fortaleza.

Quando da morte de Aquiles e da outorga de suas armas *ao mais valente dos aqueus*, *Ájax Télamon*, o Grande Ájax, o mais forte e destemido dos gregos, depois do filho de Tétis, disputou-as com Ulisses nos jogos fúnebres em memória do pelida. Face ao embaraço de Agamêmnon, que não sabia a qual dos dois premiar, Nestor, certamente por instigação de Ulisses, aconselhou que fossem interrogados os prisioneiros troianos; e estes, por unanimidade, afirmaram que o rei de Ítaca fora o que mais danos causara a Troia. Inconformado com a derrota, aliás injusta, e ferido em sua *timé*, Ájax, num acesso de loucura, massacrou um pacífico rebanho de carneiros, pois acreditava estar matando os gregos, que lhe negaram as armas do pelida. Voltando a si, compreendeu ter praticado atos de demência e, envergonhado, mergulhou a própria espada na garganta.

Outra versão, talvez mais antiga, atesta que, após a queda de Ílion, Ájax pediu a morte de Helena como pena de seu adultério. Tal proposta provocou a ira dos atridas. Ulisses, com sua solércia, salvou a princesa e conseguiu que a mesma fosse devolvida a Menelau. Logo após este acontecimento, o destemido Ájax solicitou, como parte dos despojes, que lhe fosse entregue o Paládio, a pequena estátua de Atená, dotada de propriedades mágicas. Por instigação, mais uma vez, de Ulisses, os atridas não lhe atenderam o pedido.

O filho de Télamon fez-lhes, então, graves ameaças. Assustados, Agamêmnon e Menelau cercaram-se de guardas, mas, no dia seguinte, pela manhã, Ájax foi encontrado morto, varado com a própria espada.

Sófocles, em sua tragédia *Ájax*, sem inocentar Ulisses, procura desviar o infortúnio da personagem para sua *hýbris*, seu descomedimento intolerável, sobretudo em relação a Atená, que pune o filho de Télamon com a loucura. Dessa maneira, a grande deusa estaria prestando homenagem a seu protegido Ulisses.

Este, porém, porta-se com mais dignidade que a deusa da inteligência. Quando esta, para mostrar a extensão da desgraça de Ájax e o poder dos deuses, pergunta a Ulisses se, porventura, conhece um herói mais judicioso e valente, a resposta do filho de Laerte não se faz esperar:

> *Não, não conheço nenhum e, embora seja meu inimigo,*
> *lamento seu infortúnio. Esmaga-o terrível fatalidade.*
> *Em seu destino entrevejo meu próprio destino.*
> *Todos quantos vivemos, nada mais somos*
> *que farrapos de ilusão e sombras vãs.*
>
> (*Ájax*, 121-126)

Que se julgue neste passo de Sófocles a Ulisses, o mortal, e a imortalidade de Palas Atená!

O maior cometimento de Ulisses na Guerra de Troia foi, sem dúvida, o já referido e genial estratagema do *Cavalo de Troia*, objeto das descrições de Homero (*Od.*, VIII, 493-520) e Públio Vergílio Marão (*Eneida*, 2,13-267).

Não se esgotam aqui, todavia, as gestas e a crueldade do sagaz Ulisses. Foi o primeiro a sair da *machina fatalis*, a fim de acompanhar Menelau, que apressadamente se dirigiu à casa de Deífobo, para se apossar de Helena; e, segundo uma versão, o rei de Ítaca impediu o atrida de assassinar ali mesmo sua linda esposa. Conforme outra variante, Ulisses salvou-a da morte certa: escondeu-a e esperou que a cólera dos helenos se mitigasse, evitando que a rainha de Esparta fosse lapidada, como desejavam alguns chefes e a soldadesca. Foi um dos responsáveis diretos pela morte do filho de Heitor e Andrômaca, o pequenino Astíanax, que, no saque de Troia, foi lançado de uma torre. Por instigação de Ulisses, a filha caçula de Príamo e Hécuba, Políxena, foi sacrificada sobre o túmulo de Aquiles por seu filho Neoptólemo ou pelos comandantes gregos. Tal sacrifício, complementar do de Ifigênia, teria por finalidade proporcionar ventos favoráveis para o retorno das naus aqueias a seus respectivos reinos. Consoante outra versão, Aquiles, que amara Políxena em vida, apareceu em sonhos ao filho e exigiu o sacrifício da filha de Príamo. Na tragédia de Eurípides, *Hécuba*[11], Políxena arranca-

---

11. *Hécuba*, em grego Ἑκάβη (Hekábe), para cuja etimologia se propõe um elemento ἑκα (héka) "à vontade, à farta", e βοῦς (bûs), "vaca", que, na linguagem familiar, se emprega, às vezes, por "mulher e mãe", dada a fecundidade da rainha de Troia. Na *Ilíada*, XVI, 718-719, Hécuba, a segunda esposa de Príamo, é filha de Dimas, rei da Frígia, mas em Eurípides, que gostava muito de inovar também em matéria de genealogia, tornou-se filha de Cisseu, rei da Trácia, transformando-se esta última na preferida dos trágicos.
Em Homero a figura de Hécuba é apagada e secundária: intervém, certa feita, para moderar o ímpeto bélico de Heitor, chorar sobre seu cadáver e suplicar à deusa Atená que afaste a desgraça iminente que ameaçava Troia. A partir das *Epopeias Cíclicas*, porém, e particularmente dos trágicos, Hécuba se agigantou, aparecendo como o símbolo da majestade e da dor.
Célebre por sua fecundidade, conta-se que teve dezenove filhos, número que Eurípides ampliou para cinquenta, mas o prudente Apolodoro o reduziu a dezesseis. Entre eles os mais célebres e conhecidos foram: Heitor, o mais velho; Páris ou Alexandre, Deífobo, Heleno, Polidoro, Pâmon, Polites, Ântifo, Hipônoo, Troilo, Creúsa, Laódice, Políxena e Cassandra. Quando da queda da cidadela, Hécuba já havia perdido quase todos os filhos, mas um deles, Polidoro, com muito ouro de Troia, havia sido confiado por Príamo a Polimnestor, rei de Quersoneso da Trácia. Com a destruição de Ílion e a morte de seu rei, o rei de Quersoneso, para se apoderar da riqueza, matou Polidoro e lançou-lhe o cadáver nas ondas do mar. O corpo do jovem troiano, no entanto, foi arremessado pelas vagas nas praias da Tróada no momento em que Hécuba, que coubera por sorte a Ulisses na partilha dos escravos troianos, embarcava em direção a Ítaca. Tendo reconhecido o corpo do filho, a alquebrada rainha de Ílion decidiu vingar-se. Mandou um dos servidores chamar urgentemente Polimnestor sob o pretexto falso de que sabia onde se escondia um tesouro nas ruínas de Troia, o qual escapara à pilhagem dos conquistadores. Movido pela ganância, o rei acorreu inerme, acompanhado de dois filhos. Hécuba, auxiliada pelas cativas troianas, arrancou-lhe os dois olhos, enquanto as servas lhe matavam os filhos. Para punir a rainha, os aqueus resolveram lapidá-la e conta-se que, apesar de certa vez, como já se falou, ter sido salvo por ela, Ulisses atirou-lhe a primeira pedra.
Mais tarde, sob o monte de pedras, em lugar de seu cadáver, encontraram uma cadela com olhos de fogo. Reza uma outra tradição que Hécuba foi transformada em cadela, quando fugia dos companheiros de Polimnestor, que procuravam vingá-lo ou ainda que a metamorfose se operou na nau de Ulisses, quando da viagem para Ítaca, tendo a cadela Hécuba se precipitado nas ondas do mar. O mito de *Polidoro* foi igualmente tratado por Vergílio, *Eneida*, 3,41ss.

da dos braços da rainha por Ulisses, aliás com anuência da própria vítima, que preferia a morte à escravidão (*Hécuba*, 346-378), é degolada por Neoptólemo sobre o túmulo paterno.

4

Ainda fumegavam as cinzas de Troia, quando os reis aqueus, que haviam sobrevivido aos fios da *Moîra*, aprestaram-se para o νόστος (nóstos), o longo "retorno" ao lar. Uns eram aguardados com sofreguidão, com lágrimas de júbilo e com muita saudade; outros, pela instigação vingativa de Náuplio ou pelos próprios acontecimentos que precederam ou se seguiram à guerra, eram esperados com ódio e com as lâminas afiadas de machadinhas homicidas. Penélope e sua prima Clitemnestra são o termômetro da polaridade desse imenso πόθος (póthos), desse insofrido "desejo da presença de uma ausência".

Dada a controvérsia entre os dois atridas a respeito do momento propício para o regresso, Menelau, apressado e desejoso de afastar Ílion de sua memória, partiu primeiro com sua Helena e com o velho e sábio Nestor (*Od.*, III, 141-145). As naus de Ulisses singraram na esteira branca e salgada dos navios dos dois heróis aqueus. Na ilha de Tênedos, porém, como se malquistasse com ambos, retornou a Tróada e se reuniu a Agamêmnon, que lá permanecera por mais uns dias, a fim de conciliar com presentes as boas graças da sensível deusa Atená. Quando Agamêmnon desfraldou suas velas, o prudente Ulisses o seguiu, mas uma grande borrasca os separou e o filho de Laerte abordou na Trácia[12], na região dos *Cícones*[13]. Penetrando em uma de suas cidades, Ísmaro, o herói e seus marujos, numa incursão digna de piratas, a pilharam e passaram-lhe os habitan-

---

12. O longo retorno de Ulisses que se pretende traçar é baseado na *Odisseia*, mas é conveniente não esquecer que o mito sofreu muitas alterações e foi enriquecido, ao longo do tempo, com muitas variantes e adições. Vamos tentar reuni-las e, na medida do possível, distribuí-las no corpo da exposição.

13. Os *Cícones*, Κίκονες (Kíkones), tribo belicosa da Trácia, tinham por herói epônimo a Cícon, filho de Apolo e de Ródope. Participaram da Guerra de Troia como aliados de Príamo, o que justifica a destruição de uma de suas cidades por Ulisses. Consoante o mito, foi entre eles que Orfeu se iniciou nos mistérios de Apolo e foi igualmente, mais tarde, despedaçado por suas mulheres.

tes a fio de espada. Somente pouparam a um sacerdote de Apolo, Marão, que, além de muitos presentes, deu ao rei de Ítaca doze ânforas de um vinho delicioso, doce e forte. Com este precioso licor de Baco será embriagado o monstruoso ciclope Polifemo. Num contra-ataque rápido os Cícones investiram-se contra os gregos, que perderam vários companheiros.

Novamente no bojo macio de Posídon, os aqueus singraram para o sul e dois dias depois avistaram o cabo Maleia, mas um vento extremamente violento, vindo do norte, lançou-os ao largo da ilha de *Citera* e durante nove dias erraram no mar piscoso, até que, no décimo, chegaram ao país dos *Lotófagos*, que se alimentavam de flores (*Od.*, IX, 82-84). Três marujos aqueus provaram do *loto*[14], "o fruto saboroso, mágico e amnéstico", porque lhes tirou qualquer desejo de regressar à pátria.

> *É aquele que saboreava o doce fruto do loto,*
> *não mais queria trazer notícias nem voltar,*
> *mas preferia permanecer ali entre os Lotófagos,*
> *comendo loto, esquecido do regresso.*
>
> (*Od.*, IX, 94-97)

A custo o herói conseguiu trazê-los de volta e prendê-los no navio. Dali partiram de coração triste, e chegaram à terra dos ciclopes, tradicionalmente identificada com a Sicília:

---

14. *Loto.* em grego λωτός (lotós), é, segundo A. Carnoy, *Dictionnaire étymologique des noms grecs de plantes*, Louvain, Publications Universitaires, 1979, verbete *lotos*, um empréstimo ao semítico (hebraico *lot*, "mirra, suco odorífero"). Os gregos, não se sabe muito bem o motivo, usaram o termo *lotós*, "loto", para designar uma série de vegetais muito diferentes.
Parece que o "lódão" ou "lodo" (*Celtis australis*) representa o ponto de partida dessas várias designações. De um lado, o *lódão* segrega um óleo, como a jujubeira, o cinamomo, o cravo-da-índia, denominados *lotós*; de outro, ele é uma excelente forragem, como o meliloto, o trevo (*Lotus carniculatus*) e o *Trifolium fragiferum*... Muitas dessas plantas possuem um suco odorífero e são usadas em medicina como emolientes, o que as aproxima da mirra. Quanto ao *lótus do Egito* (nenúfar), é bom acrescentar que o mesmo possuía tubérculos com um sabor doce como o fruto da jujubeira, mas nada tem a ver com o "loto homérico": o primeiro é uma planta aquática que floresce nos pântanos, o segundo é um fruto saboroso.
Seja como for, o país dos *Lotófagos* possivelmente se localizaria "em algum lugar" da costa da África do Norte.
No tocante aos efeitos amnésticos do *loto*, só mesmo uma explicação evemerista da passagem poderia dar conta dos mesmos: após "nove dias" baloiçando nas vagas, os três companheiros de Ulisses, muito bem tratados pelos Lotófagos, tinham mesmo que esquecer, ao menos por algum tempo, a hora do regresso "às cascas de nozes" e à fúria de Posídon...

> *Dali continuamos viagem, de coração triste,*
> *e chegamos à terra dos soberbos ciclopes,*
> *infensos às leis, que, confiados nos deuses imortais,*
> *não plantam, nem lavram, mas tudo*
> *lhes nasce sem semear nem lavrar.*
>
> (*Od.*, IX, 105-109)

Deixando a maioria de seus companheiros numa ilhota, o experimentado rei de Ítaca, com apenas alguns deles, embicou sua nau para uma terra vizinha. Escolheu doze entre os melhores e resolveu explorar a região desconhecida, levando um odre cheio do vinho de Marão. Penetrou numa "elevada gruta, à sombra de loureiros", redil de gordos rebanhos, e lá aguardou, para receber de quem quer que habitasse a caverna os dons da hospitalidade.

Só à tardinha chegou o ciclope Polifemo:

> *Era um monstro horrendo, em nada semelhante*
> *a um homem que come pão, mas antes a um pico*
> *alcandorado de altos montes, que aparece isolado dos outros.*
>
> (*Od.*, IX, 190-192)

Polifemo[15] já havia devorado seis de seus marujos, quando Ulisses, usando de sua costumeira solércia, embebedou-o com o vinho forte de Marão e vazou-lhe o olho único que possuía no meio da fronte. Sem poder contar com o auxílio de seus irmãos, que o consideraram louco, por gritar que *Ninguém* o havia cegado (foi este realmente o nome com que o astuto esposo de Penélope se apresentara ao gigante), o monstro, louco de dor e de ódio, postou-se à saída da gruta, para que nenhum dos aqueus pudesse fugir. O sagaz Ulisses, todavia, engendrou novo estratagema e, sob o ventre dos lanosos carneiros, conseguiu escapar com seus companheiros restantes do antropófago filho de Posídon[16].

---

15. Como no Vol. I, cap. X, p. 214ss, já falamos dos *ciclopes*, do mito de *Polifemo* e de sua simbologia, aqui apenas complementamos o mitologema para dar unidade às gestas de Ulisses.

16. Acerca das aventuras de Ulisses na gruta de Polifemo, Eurípides nos deixou um bem elaborado drama satírico, *O Ciclope* (o único que chegou completo até nós), cuja tradução, com introdução e notas, publicamos recentemente com o título de *Teatro grego. Eurípides-Aristófanes: O Ciclope, As Rãs, As Vespas*. Rio de Janeiro: Espaço e Tempo, 1987.

Salvos do bronco Polifemo, os helenos navegaram em direção ao reino do senhor dos Ventos, a ilha *Eólia*, possivelmente Lípari, na costa oeste da Itália meridional:

> *Chegamos então à ilha Eólia. Ali habitava Éolo,*
> *filho de Hípotes, caro aos deuses imortais,*
> *numa ilha flutuante, cingida em toda a volta*
> *por infrangível muralha de bronze...*
>
> (Od., X, 1-4)

Éolo[17] acolheu-os com toda a fidalguia e durante um mês os hospedou. Na partida, deu ao rei aqueu um odre que continha o curso dos ululantes ventos. Em liberdade ficara apenas o Zéfiro que, com seu hálito suave, fazia deslizar as naus no seio verde de Posídon. Durante nove dias as naus aqueias avançaram alimentadas pelas saudades de Ítaca. No décimo já se divisavam ao longe os lumes que faiscavam na terra natal. O herói, exausto, dormia. Julgando tratar-se de ouro, os nautas abriram o odre, o cárcere dos perigosos ventos... Imediatamente terrível lufada empurrou os frágeis batéis na direção contrária. Ulisses, que despertara sobressaltado, ainda teve ânimo para uma reflexão profunda:

> *Mas eu que despertara, refletia*
> *em meu irrepreensível espírito se devia morrer,*
> *lançando-me nas ondas ou se permaneceria*
> *em silêncio e continuaria entre os vivos.*
> *Resolvi sofrer e ir vivendo...*
>
> (Od., X, 49-53)

E voltou à ilha de Éolo. De lá expulso como amaldiçoado dos deuses, Ulisses retornou às ondas do mar e chegou no sétimo dia a Lamos, cidade da Lestrigônia, terra dos gigantes e antropófagos *Lestrigões*, povos que habitavam (o assunto é muito discutido) a região de Fórmias, ao sul do Lácio, ou o porto siciliano de Leontinos... Tribos de canibais, sob a ordem de seu rei, o gigante e antropófago Antífates, precipitaram-se sobre os enviados do herói de Ítaca, devorando logo um deles. Arremessando, em seguida, blocos de pedra sobre a frota ancora-

---

17. A respeito dos *Ventos* e de sua belíssima simbologia já se falou no Vol. I, cap. XII, p. 283ss.

da em seu porto, destruíram todas as naus, menos a de Ulisses, que ficara mais distante:

> Depois, de cima dos rochedos, lançaram sobre nós pedras imensas.
> Levantou-se logo das naus o grito medonho dos que morriam
> e o estrépito das naus que se partiam. E os Lestrigões,
> cortando os homens como se fossem peixes,
> levavam-nos para um triste banquete.
>
> (Od., X, 121-124)

Agora, com um único navio e sua equipagem, o herói fugiu precipitadamente para o alto-mar e navegou em direção à ilha de *Eeia*, cuja localização é totalmente impossível: identificá-la com Malta ou com uma ilha situada na entrada do Mar Adriático é contribuir para enriquecer a fantástica geografia mítica de Homero.

Relata-nos o poeta (*Od.*, X, 135ss) que, tendo chegado a esta ilha fabulosa, residência da feiticeira Circe, filha de Hélio e Perseida e irmã do valente Eetes, Ulisses enviou vinte e três de seus nautas para explorarem o lugar. Tendo eles chegado ao palácio deslumbrante da maga, esta os recebeu cordialmente; fê-los sentar-se e preparou-lhes uma poção. Depois, tocando-os com uma varinha mágica, transformou-os em animais "semelhantes a porcos"[18]. Escapou do encantamento apenas Euríloco que, prudentemente, não penetrara no palácio da bruxa. Sabedor do triste acontecimento, o herói pôs-se imediatamente a caminho em busca de seus nautas. Quando já se aproximava do palácio, apareceu-lhe Hermes, sob a forma de belo adolescente, e ensinou-lhe o segredo para escapar de Circe: deu-lhe a planta mágica *móli* (de cuja etimologia, simbologia e "cristianização" se falou no Vol. II, p. 194-195) que deveria ser colocada na beberagem venenosa que lhe seria apresentada. Penetrando no palácio, a bruxa ofereceu-lhe logo a bebida e tocou-o com a varinha. Assim, quando a feiticeira lhe disse toda confiante:

---

18. Na realidade, em momento algum Homero diz explicitamente que os nautas aqueus foram transformados em porcos. Na *Od.*, X, 239-240, fala-se que os companheiros do herói "ficaram com a cabeça, voz, pelo e feitio de porco" e nos versos 282-283 se repete que os mesmos, "no palácio de Circe foram encerrados, como se fossem porcos, em seguras pocilgas". Melhor talvez seria dizer que os afoitos marinheiros foram metamorfoseados em animais diversos, cada um de acordo com seus instintos.

Máscara mortuária de ouro do rei **Agamêmnon**. Museu Nacional de Atenas.

Hefesto forja novas armas para **Aquiles**. Arte grega.

Perseu, assistido por **Atená**, corta a cabeça de **Medusa**. Vaso grego.

Perseu liberta **Andrômeda**. Mural de Pompeia. Museu Nacional de Nápoles.

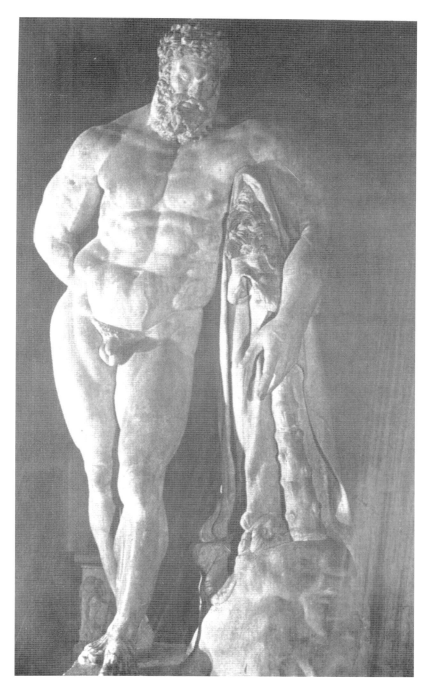

Héracles. Réplica grega de uma estátua de bronze de Lisipo do século IV a.C. Mármore do século II a.C. Museu Nacional de Nápoles.

Héracles vence e mata o **Leão de Nemeia**. Bandeja de prata. Biblioteca Nacional de Paris.

Héracles apodera-se da Corça de pés de bronze. Vaso grego. Museu do Louvre

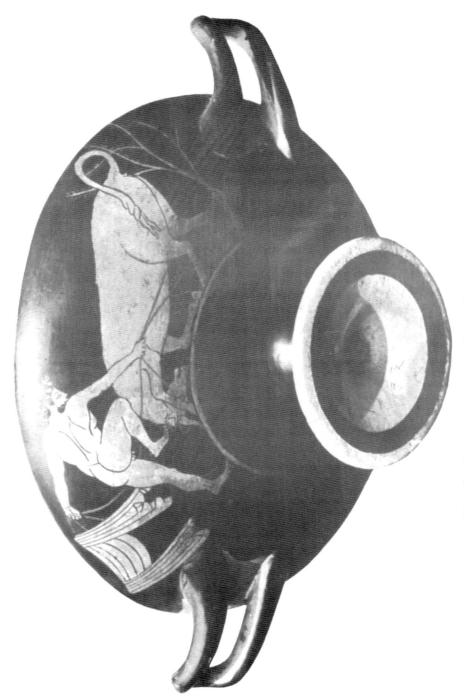

Héracles domina o Touro de Creta. Vaso grego. Museu do Louvre.

Héracles luta com o **Cão Cérbero**. Ânfora de Andócides. Museu do Louvre.

Héracles traz Cérbero do Hades e apresenta-o a **Euristeu**, que se esconde num vaso de bronze. Vaso de Cere (Cidade da Etrúria). Museu do Louvre.

Héracles segura o Globo Terrestre, enquanto **Atlas** lhe traz os Pomos de ouro. **Atená** posta-se atrás do herói. Mármore de 470-460 a.C. Museu de Olímpia.

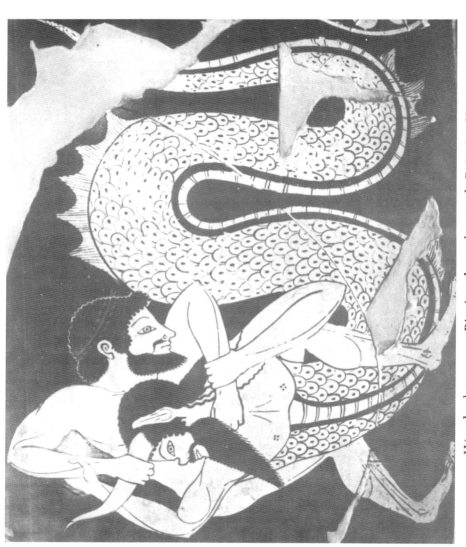

Héracles luta com o Rio Aqueloo pela mão de Dejanira. Vaso grego.

Héracles transportando os Cercopes para a corte de Ônfale.

Héracles e o **Centauro Nesso**. Pintura mural de Pompeia.

O Centro da Terra, marcado pelo *Omphalós* (Umbigo). Delfos.

Umbigo 1

Umbigo 2

Umbigo 3

Umbigo 4

Umbigo 5

Umbigo 6

Umbigo 7

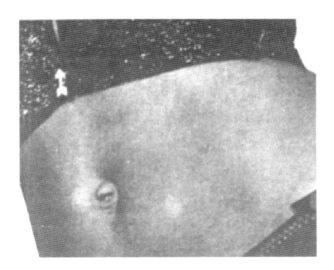

Umbigo 8

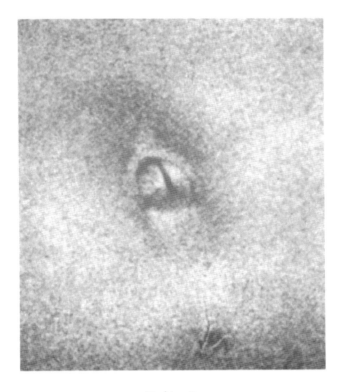

Umbigo 9

Umbigo 10

Umbigo 11

Umbigo 12

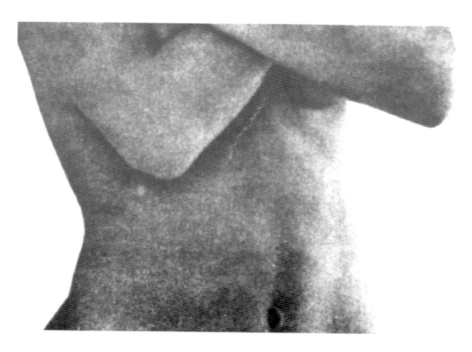

Umbigo 13

Teseu mata o Minotauro.

Teseu é reconhecido por seu pai Egeu. Baixo-relevo de Vila Albani, Roma.

Ariadne abandonada por **Teseu** na ilha de Naxos. Pintura mural de Herculano. Museu Britânico.

A construção da **Nau Argo**. Baixo-relevo antigo de Vila Albani, Roma.

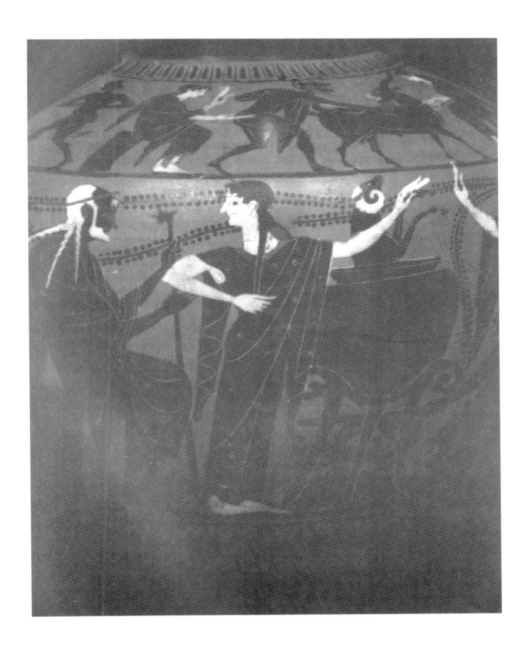

Medeia, rejuvenescendo um carneiro, mostra a **Pélias** como ele próprio poderia readquirir a juventude. Século VI a.C. Museu Britânico.

Belerofonte, cavalgando **Pégaso**, mata a monstruosa **Quimera**. Meados do século V a.C. Museu Britânico.

A **Esfinge**. Estátua arcaica, encontrada em Esparta.
Museu Nacional de Atenas.

Édipo e a Esfinge. Brasão etrusco.

Cabeça de Ulisses. Mármore da época helenística, fins do século II ou inícios do século I a.C. Museu Arqueológico Nacional de Sperlonga.

Ulisses obriga a mágica **Circe** a restituir a forma humana a seus companheiros. Urna funerária do século IV a.C. Museu de Orvieto.

Ulisses vasa o olho do Ciclope Polifemo. Museu de Elêusis.

Ulisses ouve o canto das Sereias. Vaso grego do século V a.C.

Euricleia lava os pés de Ulisses. Arte etrusca.

Cassandra é assassinada por Clitemnestra. Arte grega.

Vai agora deitar com os outros companheiros na pocilga

(*Od.*, X, 320)

grande foi sua surpresa, ao ver que a magia não surtira efeito. De espada em punho, como lhe aconselhara Hermes, o herói exigiu a devolução dos companheiros e acabou ainda usufruindo por um ano da hospitalidade e do amor da mágica. Diga-se logo que desses amores, conforme a tradição, nasceram Telégono e Nausítoo.

Antes de se enfunarem novamente as velas da nau de Ulisses, dois breves comentários se fazem necessários. O primeiro se refere à transformação de seres humanos em animais, fato comum em todas as culturas. Verifiquemos o que nos diz Marie-Louise von Franz a esse respeito: "Em primeiro lugar, cumpre-nos examinar o que significa para um ser humano ser convertido em animal. Diferentes animais têm diferentes comportamentos instintivos; se um tigre se comportasse como um esquilo, chamar-lhe-íamos neurótico. Para um ser humano, ser transformado em animal significa estar fora de sua própria esfera instintiva, alienado dela, e devemos, portanto, atentar para o animal específico em questão. Vejamos o caso do asno: este é um dos animais do deus Dioniso. Na Antiguidade, ele era considerado um animal muito sensual, conhecido também por sua perseverança e pretensa estupidez. É um animal de Saturno e tem as qualidades saturninas. No final da Antiguidade, Saturno era considerado o deus dos judeus e, nas disputas entre cristãos e não cristãos, tanto os cristãos como os judeus eram acusados de adorar o asno. Por conseguinte, ser transformado em asno implicava ser dominado por tais qualidades, isto é, ter caído sob o impulso de um complexo específico que impõe tal comportamento. Na história de Apuleio[19], é obviamente o impulso sexual que está em primeiro plano [...]. Assim, ser convertido num animal não é viver de acordo com os próprios instintos, mas ser parcialmente dominado por um impulso instintivo unilateral que perturba o equilíbrio humano"[20].

---

19. A respeito da obra de Lúcio Apuleio, *Metamorfoses*, em que o jovem Lúcio é transformado em asno e em cujo bojo se encontra intercalada a novela de *Eros e Psiqué*, veja-se o Vol. II, cap. VIII, *Eros e Psiqué*.

20. VON FRANZ, Marie-Louise. *O significado psicológico dos motivos de redenção nos contos de fadas*. São Paulo: Cultrix, 1985, p. 48s [Tradução de Álvaro Cabral].

Assim, de acordo com a interpretação da Dra. von Franz, os companheiros de Ulisses, transformados em animais semelhantes a porcos, ficaram fora de sua órbita instintiva humana, assumindo os instintos dos animais diversos em que foram metamorfoseados, "cada um segundo as tendências profundas de seu caráter e de sua natureza". Mas, como se tornaram *semelhantes a porcos*, ὥστε σύες (hóste sýes), como diz Homero (*Od.*, X, 283), significa que os nautas aqueus estavam dominados pela gula, pela voracidade e pela luxúria exacerbada.

Com efeito, o porco simboliza "as tendências obscuras sob todas as suas formas de ignorância, da gula, da luxúria, do egoísmo" e da imundície.

A segunda observação refere-se à ingestão de determinadas plantas apotropaicas, como a célebre *móli*, o φάρμακον ἐσθλόν (phármakon esthlón), o "antídoto eficaz", que evita seja o ser humano transformado em animal; ou de efeito terapêutico, como *lírios* e *rosas*, que atuam de modo inverso: o metamorfoseado em animal recupera sua forma humana.

Consoante ainda à Dra. von Franz, "o tema do ser humano que se converte em animal e só pode ser redimido comendo flores aparece em todo o mundo. As flores podem ser lírios, não necessariamente rosas, dependendo do país onde a história é contada"[21]. No fecho das *Metamorfoses* de Apuleio, Lúcio, que havia se convertido em asno, recupera a forma humana comendo um ramo de *rosas* vermelhas que estava sendo levado por um sacerdote durante uma procissão de iniciados nos mistérios de Ísis e Osíris.

Conforme enfatizam os autores do *Dictionnaire des symboles*, "S. João da Cruz faz da flor a imagem das virtudes da alma e o buquê que as reúne é o símbolo da perfeição espiritual"[22]. A flor é idêntica ao Elixir da vida e a floração é o retorno ao *centro*, à unidade, ao estado primordial. A rosa, particularmente, traduz a alma, o coração, o amor. É possível contemplá-la como um mandala e considerá-la como o centro místico. A rosa vermelha, por sua relação com o sangue derramado, converte-se na imagem de um renascimento místico. Comendo *rosas*

---

21. Ibid., p. 47.

22. CHEVALIER, J. & GHEERBRANT, A. Op. cit., p. 447.

vermelhas, Lúcio não apenas retomou sua forma humana, mas também se fez iniciar nos mistérios de Ísis e Osíris. Pode-se, desse modo, concluir que determinadas flores, por sua beleza e perfume, atuam como poderosa terapia catártica, fazendo com que "asnos e porcos", ingerindo-as, retornem a seu estado primeiro, agora remoçados e mais altos, como diz Homero a respeito dos companheiros de Ulisses.

Afinal, após um ano de ociosidade, Ulisses partiu. Não em direção a Ítaca, mas à outra vida, ao mundo ctônio. Todo grande herói, já o sabemos desde o capítulo I deste volume, não pode completar o Uróboro, sem uma κατάβασις (katábasis), sem uma descida "real" ou simbólica ao mundo das sombras. Foi a conselho de Circe que Ulisses, para ter o restante de seu itinerário e o fecho de sua própria vida traçados pelo adivinho cego Tirésias, navegou para os confins do Oceano:

> *Ali está a terra e a cidade dos Cimérios,*
> *cobertas pela bruma e pelas nuvens:*
> *jamais recebem um único raio do sol brilhante.*
>
> (*Od.*, XI, 14-16)

A catábase do rei de Ítaca foi "simbólica". Segundo se enfatizou no Vol. I, p. 136s, ele não desceu à outra vida, ao Hades. Deixando a nau junto aos bosques consagrados a Perséfone e, portanto, à beira-mar, andou um pouco para abrir um fosso e fazer sobre ele as libações e os sacrifícios rituais ordenados pela maga. Tão logo o sangue das vítimas negras penetrou no fosso, "os corpos astrais, os *eídola* abúlicos*" (exceto o *eídolon* de Tirésias, que talvez guardasse lá embaixo seu *nóos*, seu "espírito perfeito"), recompostos temporariamente, vieram à tona:

> *...o sangue negro corria e logo as almas dos mortos,*
> *subindo do Hades, se ajuntaram.*
>
> (*Od.*, XI, 36-37)

O herói pôde, assim, ver e dialogar com muitas "sombras", particularmente com Tirésias, que lhe vaticinou um longo e penoso caminho de volta e uma morte tranquila, longe do mar e em idade avançada...

Antes de regressarmos ao mundo dos vivos, uma pergunta: onde ficaria, na geografia homérica, o país dos Cimérios, mergulhado numa bruma eterna?

Consoante Ley e De Camp, "aquela bruma eterna, que, como consta, cobre a região, pode-nos levar a situá-la em certo trecho das costas marroquinas, conhecido por suas brumas espessas no verão e no outono, o *mare tenebrosum* de Plínio, ou, então, trata-se simplesmente do tempo que reina habitualmente no Atlântico [...]. Para um navegador acostumado aos verões mediterrâneos sem nuvens, o Atlântico com seu céu frequentemente coberto, seus furacões em todas as estações, pode parecer um domínio assustador..."[23]

Outros autores preferem brincar de esconder com a geografia fantástica do poeta grego e situam os Cimérios *num extremo ocidente* ou nas planícies que se estendem ao norte do Mar Negro... Assim é que, ora os *Cimérios* são tidos como ancestrais dos celtas ora dos citas da Rússia meridional. Outros julgam que se trata de um povo de mineiros, que vivia em galerias subterrâneas e que somente à noite saía para sua cidade, localizada quer na Europa central quer na Grã-Bretanha, quem sabe nas brumas de Avalon... Talvez tenha concorrido para esta última hipótese o fato, segundo consta, de os gregos receberem estanho da Inglaterra, naturalmente por meio de numerosos intermediários. Daí se teria gerado a confusão geográfica.

De volta, ainda uma pequena permanência na ilha de Eeia e, após ouvir atento e aterrorizado as informações precisas de Circe acerca das *sereias*, dos monstros *Cila* e *Caribdes* e da proibição de se comerem as vacas e ovelhas de Hélio na ilha *Trinácria*, o esposo de Penélope partiu para novas aventuras, que vão arrastá-lo na direção do oeste. Seu primeiro encontro seria com os perigosos rochedos das *sereias*, cuja localização é extremamente difícil. Existem realmente três rochedos ao longo das costas italianas, na baía de Salerno. Segundo se diz, encontraram-se ossadas humanas em grutas existentes no interior desses penhascos, mas é preciso não esquecer que exatamente o maior deles, Briganti, foi durante os séculos XIII e XIV uma sólida base de piratas... É preferível, por isso mesmo, localizá-los, *miticamente*, no Mediterrâneo Ocidental, não muito distante de Sorrento!

---

23. LEY, W. & De CAMP, Sprague. *Da Atlântida ao Eldorado*. Belo Horizonte: Itatiaia, 1961, p. 63 [Tradução de Iria Longo Renault].

Circe preveniu bem o herói de que as *sereias* antropófagas, de que já se tratou no Vol. I, p. 258ss, tentariam encantá-lo com sua voz maviosa e irresistível: atirá-lo-iam nos recifes, despedaçando-lhe a nau e devorariam todos os seus ocupantes. Para evitar a tentação e a morte, ele e seus companheiros deveriam tapar os ouvidos com cera. Se, todavia, o herói desejasse ouvir-lhes o canto perigoso, teria que ordenar a seus nautas que o amarrassem ao mastro do navio e, em hipótese alguma, o libertassem das cordas.

Quando a nau ligeira se aproximou do sítio fatídico, diz Homero, a ponto de se ouvir um grito, as sereias iniciaram seu cântico funesto e seu convite falaz:

> *Aproxima-te daqui, preclaro Ulisses, glória ilustre dos aqueus!*
> *Detém a nau para escutares nossa voz. Jamais alguém*
> *passou por aqui, em escura nave, sem que primeiro*
> *ouvisse a voz melíflua que sai de nossas bocas.*

> *Somente partiu após se haver deleitado com ela*
> *e de ficar sabendo muitas coisas. Em verdade sabemos tudo...*
>
> (*Od.*, XII, 184-189)

No Vol. I, p. 260ss, ao falar da Esfinge, deu-se uma ideia da "natureza" das *sereias*, mas nada se disse acerca de seu mito e de sua simbologia. Vamos, agora, resumidamente, preencher estas duas lacunas. Filhas do rio Aqueloo e de Melpômene ou de Estérope ou ainda, numa variante mais recente, nascidas do sangue de Aqueloo ferido por Héracles, na célebre disputa por Dejanira (Vol. I, p. 274s), as *sereias* eram, a princípio, duas: Partênope[24] e Lígia; depois, três: Pisínoe, Agláope e Telxiépia, também denominadas Partênope, Leucósia e Lígia; por último, quatro: Teles, Redne, Molpe e Telxíope. Jovens muito belas, participavam do cortejo de Core ou Perséfone. Quando Plutão a arrebatou, suplicaram insistentemente aos deuses que lhes concedessem asas, para que pudessem procurá-la na terra, no mar e no céu. Deméter, irritada, por não terem impedido o rapto de Perséfone, trans-

---

24. Partênope, em grego Παρθενόπη (Parthenópe), provém de παρθένος (parthénos), "virgem". lançou-se ao mar juntamente com suas irmãs, mas seu corpo foi dar nas costas de *Nápoles*, onde se lhe ergueu um túmulo, tomando a cidade o nome de *Partênope*. Uma outra tradição conta que Partênope era uma jovem belíssima, originária da Frígia e que se apaixonara perdidamente por Metíoco. Não desejando romper o voto de castidade, para se punir cortou os cabelos e se exilou na Campânia, consagrando-se a Dioniso. Ofendida, a deusa Afrodite transformou-a em sereia. trans-

formou-as em monstros. Segundo uma variante, Afrodite lhes tirou a esfuziante beleza e as metamorfoseou pelo fato de as mesmas desprezarem os prazeres do amor. Meio mulheres e meio pássaros ou com a cabeça e tronco de mulher e peixe da cintura para baixo, as Sereias tornaram-se demônios marinhos. Frias da cintura para baixo, por serem peixes, desejando o prazer, mas não podendo usufruí-lo, *atraíam e prendiam os homens para devorá-los*, o que, aliás, está de acordo com sua etimologia. Com efeito Σειρήν (Seirén), sereia, provém certamente de σειρά (seirá), "liame, nó, laço, cadeia". Hábeis músicas e cantoras (Partênope dedilha a lira; Leucósia canta e Lígia toca flauta), cantavam para encantar, tornando-se, como a Esfinge, um pesadelo opressor, um *cauchemar*.

Certamente sob a influência da religião egípcia, que representava a alma dos mortos sob a forma de um pássaro com cabeça humana, a sereia era considerada como a alma do morto que não "completou seu destino", transmutando-se, por isso mesmo, numa *Seelenvogel*, numa alma-pássaro, num vampiro opressor. Embora as especulações escatológicas pós-clássicas tenham feito delas divindades da outra vida, que encantavam com sua música e voz os eleitos da Ilha dos Bem-Aventurados, e é sob este aspecto que elas figuram sobre alguns sarcófagos, a tradição foi mais forte: as sereias simbolizam a sedução mortal. Cotejando-se a vida com uma viagem, as sereias traduzem as emboscadas, provenientes dos desejos e das paixões. Como se originam de elementos indeterminados do *ar* (pássaros) ou do *mar* (peixes), configuram criações do inconsciente, dos sonhos alucinantes e aterradores em que se projetam as pulsões obscuras e primitivas do ser humano. Foi necessário, por isso mesmo, que Ulisses se agarrasse à dura realidade do mastro, que é o centro do navio e o eixo vital do espírito, para escapar das ilusões da paixão.

Falando mais especificamente da transformação de seres humanos em animais e da lenda de determinadas sereias na Irlanda, assim se expressa a Dra. von Franz: "Penso que, numa civilização cujas linhas dominantes são as religiões budista e judaico-cristã, é provável que certos instintos sejam reprimidos para o nível animal, já que existe uma tendência para destruir certos aspectos; por exemplo, a *anima* aparece como um animal porque não é aceita"[25].

---

25. Ibid., p. 73.

Vencida a sedução das sereias, os aqueus remaram a toda velocidade para escaparem de dois escolhos mortais, *Cila*[26] e *Caribdes*[27]. A localização dos temíveis penhascos em que se escondiam os dois monstros é tradicionalmente defendida como o estreito de Messina, situado entre a Itália e a Sicília. Outros, porém, como Estrabão, acham que a difícil passagem é o estreito de Gibraltar, por contar "com uma quantidade de turbilhões verdadeiramente perigosos". Seja como for, os formidáveis recifes, que ladeavam um dos dois estreitos, camuflavam as devoradoras Cila e Caribdes: quem escapasse de uma, fatalmente seria tragado pela outra. A conselho de Circe, para não perecer com todos os seus companheiros, o herói preferiu passar mais próximo de Cila. Mesmo assim, perdeu seis de seus melhores nautas.

De coração triste, o herói navegou em direção à ilha de Hélio Hiperíon, identificada miticamente com Trinácria, isto é, com a Sicília, onde por força dos ventos permaneceu um mês inteiro. Acabada a provisão, os insensatos marinheiros, apesar do juramento feito, sacrificaram as melhores vacas do deus. Quando novamente a nau aqueia voltou às ondas do mar, Zeus, a pedido de Hélio, levantou uma imensa procela e terríveis vagalhões, que, de mistura com os raios celestes, sepultaram a nave e toda a tripulação no seio de Posídon. Apenas Ulisses, que não participara dos sacrílegos banquetes, escapou à ira do pai dos deuses e dos homens.

Agarrando-se à quilha, que apressadamente amarrara ao mastro da nave, o rei de Ítaca deixou-se levar pelos ventos...

---

26. Na *Odisseia*, *Cila* passa por filha da deusa Crateis e do deus marinho Fórcis. Outras tradições dão-lhe por pais Forbas e Hécate ou ainda Tifão e Équidna. Pela lindíssima Cila apaixonou-se o imortal e feio Glauco. Como não fosse correspondido, solicitou a Circe que, por sua vez, o amava, um filtro de amor. A maga aproveitou a oportunidade para se vingar da rival: atirou ervas mágicas na fonte em que se banhava a jovem e esta imediatamente foi transformada num monstro de seis cabeças, com três fileiras de dentes cada uma, doze pés e com seis cães medonhos em torno da cintura. Habitava uma caverna tenebrosa sob um altíssimo rochedo e devorava a quantos lhe passassem ao alcance.

27. Frente a Cila estava *Caribdes*, filha de Geia e de Posídon, que era de uma voracidade insaciável. Quando Héracles passou pelo estreito que separa a Itália da Sicília com o rebanho de Gerião, Caribdes lhe roubou várias reses e as devorou. Zeus, como punição, após fulminá-la, lançou-a no mar, transformando-a num monstro, que habitava sob uma figueira brava junto a um penhasco. Três vezes por dia Caribdes absorvia grande quantidade de água, devorando tudo que nela estivesse ou flutuasse e outras tantas vezes vomitava apenas a água.

Partindo dali errei por nove dias; na décima noite

os deuses conduziram-me para a ilha de Ogígia,

onde mora Calipso, de linda cabeleira...

(*Od.*, XII, 447-449)

A ilha de Ogígia, como quase todas as paragens oníricas da *Odisseia*, tem sido imaginada quer na região de Ceuta, na costa marroquina, em frente a Gibraltar, quer na ilha da Madeira. Apaixonada pelo herói, a deusa o reteve por dez anos; por oito, segundo alguns autores; por cinco, consoante outros ou apenas por um... De seus amores teriam nascido dois filhos: Nausítoo (que também figura como filho do herói e Circe) e Nausínoo.

Por fim, penalizado com as saudades de Ulisses, Zeus atendeu às súplicas de Atená, a protetora inconteste e bússola do peregrino de Ítaca, e enviou Hermes à ninfa imortal, para que permitisse a partida do esposo de Penélope. Embora lamentasse sua imortalidade, pois desejava morrer de saudades de seu amado, Calipso pôs-lhe à disposição o material necessário para o fabrico de pequena embarcação. No quinto dia, quando a Aurora de dedos cor-de-rosa começou a brincar de esconder no horizonte, Ulisses desfraldou as velas. Estamos novamente em pleno mar, guiados pela luz dos olhos garços de Atená. Posídon, no entanto, guardava no peito e na lembrança as injúrias feitas a seu filho, o ciclope Polifemo, e descarregou sua raiva e rancor sobre a frágil jangada do herói:

Assim dizendo, Posídon reuniu as nuvens, empunhou o tridente

e sacudiu o mar. Transformou todos os ventos em procelas

e, envolvendo em nuvens a terra e o mar,

fez descer a noite do céu.

(*Od.*, V, 291-294)

Sobre uma prancha da jangada, mas segurando contra o peito um talismã precioso, o véu, que, em meio à borrasca, lhe emprestara Ino Leucoteia[28], o náu-

---

28. Ino, segundo comentário feito no Vol. II, cap. IV, 3, era casada com o rei Átamas. Após o dramático nascimento de Dioniso, Hermes o recolheu e levou, às escondidas, para a corte desse rei. Irritada com a acolhida ao filho adulterino de Zeus, Hera enlouqueceu o casal. Ino lançou seu filho caçula, Melicertes, num caldeirão de água fervendo, enquanto o rei, com um venábulo, matava o mais velho, Learco, confundindo-o com um veado.

Ino, em seguida, atirou-se ao mar com o cadáver de Melicertes. As divindades marinhas, todavia, apiedaram-se da infeliz e transformaram-na numa Nereida, com o nome de *Leucoteia*, "a Deusa Branca", talvez *a luz da manhã*, Melicertes tornou-se igualmente deus, com o epíteto de Palêmon, convertendo-se mãe e filho em protetores dos navegantes, sobretudo quando em grandes procelas.

frago vagou três dias sobre a crista das ondas. Lutou com todas as forças até que, nadando até a foz de um rio, conseguiu pisar terra firme. Derreado de fadiga, recolheu-se a um bosque e Palas Atená derramou-lhe sobre os olhos o doce sono... Havia chegado à ilha dos Feaces, uma como que ilha de sonhos, uma espécie de Atlântida de Platão. Chamavam-na Esquéria, mais tarde identificada com Corfu.

Por inspiração de Atená, a princesa Nausícaa, filha dos reis de Esquéria, Alcínoo e Arete, dirige-se ao rio para lavar seu enxoval de casamento. Após o serviço, começou a jogar com suas companheiras. Despertado pela algazarra, o herói pede a Nausícaa que o ajude. Esta envia-lhe comida e roupa, pois o rei de Ítaca estava nu, e convida-o a visitar o palácio real. Os Feaces, que eram como os Ciclopes, aparentados com os deuses, levavam uma vida luxuosa e tranquila e, por isso mesmo, Alcínoo ofereceu ao herói uma hospitalidade digna de um rei.

Durante um lauto banquete em honra do hóspede, o aedo cego Demódoco, por solicitação do próprio rei de Ítaca, cantou, ao som da lira, o mais audacioso estratagema da Guerra de Troia, o ardil do cavalo de madeira, o que emocionou profundamente o mais astuto dos aqueus. Vendo-lhe as lágrimas, Alcínoo pediu-lhe que narrasse suas aventuras e desditas. Com o famoso e convicto Εἴμ' Ὀδυσσεύς (Eím' Odysseús), *eu sou Ulisses*, o herói desfilou para o rei e seus comensais o longo rosário de suas gestas gloriosas, andanças e sofrimentos na terra e no mar, desde Ílion até a ilha de Esquéria.

No dia seguinte, o magnânimo soberano de Esquéria fez com que seu ilustre hóspede, que recusou polidamente tornar-se seu genro, subisse, carregado de presentes, para uma das naus mágicas dos Feaces:

> *Ela corria com tanta segurança e firmeza,*
> *que nem mesmo o falcão, a mais ligeira das aves,*
> *poderia segui-la.*
>
> (*Od.*, XIII, 86-87)

Com tal velocidade, os marujos de Alcínoo em uma noite alcançaram Ítaca, aonde o saudoso Ulisses chegou dormindo. Colocaram-no na praia com todos os presentes, que habilmente esconderam junto ao tronco de uma oliveira.

Posídon, todavia, estava vigilante, e, tão logo a nau ligeira dos Feaces, em seu retorno, se aproximava de Esquéria, transformou-a num rochedo, para cumprir velha predição.

5

Aproveitemos o sono do herói e vejamos, nestes seus vinte anos de ausência, o que aconteceu e ainda acontecia na amada Ítaca, *bem visível ao longe, onde se ergue o arborizado e esplêndido monte Nérito* (*Od.*, IX, 21-22). Quando Ulisses partiu para Troia, seu pai Laerte, presumivelmente ainda forte e válido, já não mais reinava. Com o falecimento da esposa Anticleia, consumida pelas saudades do filho, agora já alquebrado e amargurado com os desmandos dos pretendentes à mão de Penélope, passou a viver no campo, entre os servos e, numa estranha espécie de autopunição, a cobrir-se com andrajos, a dormir na cinza junto ao fogo, no inverno, e sobre as folhas no verão. *Telêmaco*, em grego Τηλέμαχος (Telémakhos), "o que combate, o que atinge à distância", foi, na versão homérica, o único filho de Ulisses com Penélope. Ainda muito criança, quando o pai partiu para a guerra, ficou aos cuidados de Mentor, grande amigo do herói. Todos os episódios relativos à sua meninice e começos da adolescência se encontram nos quatro primeiros cantos da *Odisseia* e suas maquinações e luta ao lado do pai contra os soberbos candidatos à mão de Penélope se estendem do canto XV ao XXIV.

Aos dezessete anos, percebendo que os pretendentes assediavam cada vez mais sua mãe e sobretudo dilapidavam impiedosamente os bens do rei ausente, tentou afastá-los. Atená, no entanto, agiu rapidamente, porquanto os pretendentes, por julgarem que o jovem príncipe era o grande obstáculo à decisão da rainha na escolha de um deles, tramavam eliminá-lo. Foi assim que, por conselho da deusa de olhos garços, Telêmaco partiu para a corte de Nestor, em Pilos, e depois para junto de Menelau e Helena, em busca de notícias do pai.

Deixemo-lo, por enquanto, na corte do fulvo Menelau e retornemos a Ítaca. Após tantos anos de ausência, todos julgavam que o filho de Laerte não mais existia. Cento e oito pretendentes, nobres não apenas de Ítaca, mas oriundos igualmente de ilhas vizinhas, Same, Dulíquio, Zacinto, todas possessões de Ulisses. A princípio, de simples cortejadores da esposa do herói passaram a senhores de seu palácio e de sua fazenda. Arrogantes, autoritários, violentos e pródigos com os bens alheios, banqueteavam-se diariamente na corte do rei de Ítaca, exigindo o que de melhor houvesse em seu rebanho e em sua adega. Os subordinados do palácio, fiéis a Ulisses, eram humilhados e quase todas as servas foram reduzidas a concubinas.

Penélope[29] aparece, na realidade, bastante retocada na *Odisseia*. Tradições locais e posteriores nos fornecem da esposa de Ulisses um retrato muito diferente do que nos é apresentado no poema homérico. Neste ela desponta como o símbolo perfeito da fidelidade conjugal. Fidelidade absoluta ao herói, ausente durante vinte anos. Dentre quantas tiveram seus maridos empenhados na Guerra de Troia foi das únicas que não sucumbiu "aos demônios da ausência", como diz expressivamente Pierre Grimal. Forçada pelos pretendentes a escolher entre eles um novo marido, resistiu o quanto pôde, adiando sucessivamente a indesejada eleição. Quando não lhe foi mais possível tergiversar, arquitetou um estratagema, que ficou famoso: prometeu que escolheria um deles para marido, tão logo acabasse de tecer a mortalha de seu sogro Laerte, mas todas as noites desfazia o que fizera durante o dia. O logro durou três anos, mas, denunciada por algumas de suas servas, começou a defender-se com outros ardis...

Ulisses despertou de seu longo sono e Atená postou-se a seu lado. Disfarçado por ela em andrajoso e feio mendigo, o herói encaminhou-se para a choupana do mais fiel de seus servos, o porcariço Eumeu. Era preciso, por prudência, sem se dar a conhecer, ficar a par de quanto se passava em seu palácio. Telêmaco, guiado pela bússola da deusa de olhos garços, também está de volta. Pai e filho se encontram e se reconhecem na tapera do porcariço. Iniciam-se os planos para o extermínio dos pretendentes. Se a fidelidade de Eumeu agradou tanto ao herói, não menos havia de emocioná-lo uma outra, de feição bem diversa e inesperada. Trata-se do cão *Argos*:

> *E um cão, que estava deitado, erguendo a cabeça,*
> *eriçou as orelhas: era Argos que o paciente Ulisses havia*
> *criado antes de ir para a sagrada Ílion [...].*

> *Abandonado na ausência de seu senhor, rolava diante do portal*
> *sobre os estrumes das mulas e dos bois.*
> *Ali estava deitado Argos, comido das carraças.*

---

29. Albert CARNOY, op. cit., verbete *Pénélope*, acha que dificilmente se poderia separar Πηνελόπη (Penelópe), "Penélope", de πηνέλοψ (penélops), "um tipo de ave aquática de cores brilhantes". Para o mestre de Louvain esse palmípede possui um nome visivelmente derivado de *pano-*: "pântano, brejo", donde se poderia concluir pela existência de um laço íntimo entre *Odysseús* (deus do fogo) e *Penélope*, igualmente uma forma do deus do fogo indo-europeu (*Hefesto*), que era "filho das águas" (*apâm napât*). *Penélope* seria, pois, o *fogo* que nasceu da *água*.

> *Vendo aproximar-se Ulisses, agitou a cauda e baixou a cabeça.*
> *Faltaram-lhe forças para chegar até onde estava seu senhor.*
> *Este, voltando a cabeça, chorou...*
>
> (*Od.*, XVII, 291-304)

Argos estava morto. Havia-o matado a saudade. A recepção dos humildes, Eumeu e Argos, contrastou profundamente com a grosseria com que o orgulhoso Antínoo, o mais violento dos pretendentes, recebeu no palácio de Ulisses ao mendigo Ulisses.

Insultado e obrigado a lutar com o mendigo Iro para divertimento de todos, o herói teria sofrido novos vexames, não fora a intervenção segura de Telêmaco e a hospitalidade de Penélope, que o acolheu e com ele manteve um longo diálogo, temperado de fidelidade e de saudades de Ulisses:

> *Saudades de Ulisses me consomem docemente o coração.*
> *Os pretendentes apressam minhas núpcias:*
> *eu me defendo com ardis.*
>
> (*Od.*, XIX, 136-137)

O zelo da hospitalidade da rainha, todavia, quase pôs a perder o plano minuciosamente traçado por Ulisses e Telêmaco. A velha e fidelíssima ama do herói, Euricleia, ao lavar-lhe os pés, por ordem de Penélope, reconheceu-o por uma *cicatriz* na perna:

> *Esta cicatriz, pois, reconheceu-a a anciã, tão logo o tocou*
> *e apalpou com a palma da mão e, largando-lhe o pé,*
> *a perna bateu na bacia: o bronze cantou e, inclinando-se*
> *a bacia, a água entornou-se...*
>
> (*Od.*, XIX, 467-470)

Imposto silêncio à velha ama, Ulisses, depois de banhado e ungido, retomou o diálogo com a sensata Penélope.

Aproximava-se, porém, a hora da vingança. Atená, a de olhos garços, inspirou à rainha de Ítaca a ideia de apresentar aos pretendentes o *arco* de seu esposo para celebração do certame que daria início ao morticínio.

Ouçamos a proposta de casamento de Penélope:

> *Escutai-me, ilustres pretendentes [...] não podeis apresentar*
> *outro pretexto, a não ser o desejo de me tomar por esposa.*
> *Ânimo, pois, pretendentes: o prêmio do combate está à vista!*
>
> *Apresentarei o grande arco do divino Ulisses e aquele que,*
> *tomando-o nas mãos, conseguir armá-lo mais facilmente,*
> *e fizer passar uma flecha pelo orifício dos doze machados,*
> *a este eu seguirei...*
>
> (*Od.*, XXI, 68-77)

A conquista da esposa por parte de um herói jamais é gratuita. Como se mostrou no capítulo I, 5, deste volume, o "pretendente" deve superar grandes obstáculos e arriscar a própria vida, até mesmo para reaver sua *metade perdida*. Admeto, Pélops, Jasão, Menelau, Héracles e tantos outros são exemplos vivos de "pretendentes" que empenharam a própria alma na conquista de um grande amor.

Chegou, pois, o momento culminante da *prova do arco*, que testaria o mérito dos candidatos à mão de Penélope.

O orgulhoso Antínoo comanda o certame:

> *Levantai-vos em ordem, companheiros,*
> *da esquerda para a direita.*
>
> (*Od.*, XXI, 141)

Todos tentaram em vão... A insolência e a altivez dos soberbos pretendentes foram quebradas pelo arco de Ulisses: nenhum deles conseguiu, ao menos, retesá-lo. O arco obedeceria e se curvaria (e veremos por quê) apenas à vontade de seu senhor.

Pela insistência de Penélope e a firmeza das palavras de Telêmaco, embora exasperados, os pretendentes se viram compelidos a permitir que o mendigo Ulisses experimentasse o inflexível arco:

> *[...] o astuto Ulisses, contudo, apenas tomou e inspecionou*
> *em todos os sentidos o grande arco,*
> *armou-o sem dificuldade alguma.*
> *[...] Dos pretendentes, porém, se apossou uma grande mágoa*
> *e mudaram de cor...*
> (*Od.*, 404-412)

O filho de Laerte disparou o dardo, que não errou nenhum dos machados, desde o orifício do primeiro. Despojando-se dos andrajos, despiu-se também o herói do homem do mar. Tem-se agora novamente o homem na guerra: começou o extermínio dos pretendentes. Antínoo foi o primeiro:

> *A flecha atravessou-lhe a garganta delicada e saiu pela nuca.*
> *Ferido de morte, ele tombou de costas e a taça caiu-lhe das mãos.*
>
> (*Od.*, XXII, 15-18)

E a negra morte desceu sobre os olhos de um a um dos príncipes de Ítaca e das demais possessões de Ulisses. Dos servos foram poupados tão somente quatro. Doze escravas impudentes que, na longa ausência do senhor, envergonharam-lhe o palácio, foram enforcadas:

> *Elas só com os pés estrebucharam durante instantes,*
> *que, na verdade, não foram longos.*
>
> (*Od.*, XXII, 473)

Não foi realmente para efeitos retóricos que Marco Túlio Cícero chamou de *pintura a poesia de Homero!*[30]

Ao paciente Ulisses faltava ainda uma prova. Penélope ainda resistia. O velho marinheiro, agora remoçado graças a um toque mágico de Atená, conhecia, somente ele e a esposa, alguns sinais desconhecidos dos outros mortais. Era a prova do reconhecimento do leito conjugal:

> *[...] se realmente este é Ulisses que retorna ao lar,*
> *nós nos reconheceremos com mais facilidade que ninguém.*
>
> (*Od.*, XXIII, 107-109)

De fato era Ulisses. O rei de Ítaca descreveu minuciosamente o leito conjugai, que ele próprio fizera e adornara. O grande sinal era o pé da cama, construído com um tronco de *oliveira*, na Grécia, "símbolo da força, da fecundidade, da recompensa, da paz". Na tradição judaico-cristã a imagem da paz está configurada pela pomba que traz a Noé, no fim do dilúvio, um *ramo de oliveira*. Na lingua-

---

30. *Traditum est etiam Homerum caecum fuisse at eius picturam, non poesin uidemus* (*Tusc.*, 5,39,14). – Conta-se igualmente que Homero foi cego, mas seus poemas são antes pintura que poesia.

gem medieval converteu-se também em tradução do ouro e do amor. Escreve Angelus Silesius: "Se me for dado contemplar em tua porta um tronco dourado de *oliveira*, chamar-te-ei imediatamente casa de Deus". *Axis mundi*, eixo do mundo, árvore ancestral na tradição islâmica, a oliveira reflete o homem universal, o Profeta. Associado à luz, o azeite doce alimenta os candeeiros. Assim é que, no esoterismo ismaelita, a oliveira no cimo do Sinai espelha o Imã, convertendo-se simultaneamente no *axis mundi*, no Homem universal e na fonte da luz[31].

E realmente era Ulisses...

> *[...] e a Penélope, no mesmo instante, desfaleceram os joelhos*
> *e o coração amante, reconhecendo os sinais que Ulisses*
> *dera sem hesitar. Correu direta para ele com as lágrimas nos olhos*
> *e lançou os braços em torno de seu pescoço...*
>
> (*Od.*, XXIII, 205-208)

Talvez fosse prudente acrescentar que não mais estamos em pleno mar, mas em plena madrugada, no palácio de Ulisses, em Ítaca... E como uma só madrugada é muito pouco para matar saudades de vinte anos de ausência, Atená, a deusa de olhos garços, ante a ameaça da aproximação pouco discreta da Aurora de dedos cor-de-rosa, deteve-a em pleno oceano e simplesmente prolongou a noite...

Tangidas para o Hades pelo caduceu de Hermes as almas dos pretendentes, então Ulisses e Penélope... ainda não! Grande maioria dos habitantes de Ítaca levantou-se em armas para vingar seus filhos e parentes.

O herói, seu filho Telêmaco, Laerte e mais uns poucos, capitaneados por Atená, enfrentaram os vingadores. A carnificina teria sido grande, não fora a intervenção da própria deusa:

> *Filho de Laerte, da estirpe de Zeus,*
> *Ulisses fecundo em recursos, suspende o combate [...].*
> *Assim falou Atená e ele obedeceu de coração alegre.*
> *Depois, entre as duas partes, foi celebrado*
> *um pacto solene para os tempos futuros,*
> *obra de Palas Atená, filha de Zeus, portador da égide.*
>
> (*Od.*, XXIV, 542-547)

---

31. CHEVALIER, J. & GHEERBRANT, A. Op. cit., p. 699.

Ulisses e Penélope... Bem, Ulisses e Penélope, como tudo neste vale de lágrimas, *não* foram felizes para sempre!

É verdade que o adivinho Tirésias prognosticara um fim tranquilo e bem distante do mar para o rei de Ítaca; é igualmente exato que também na *Odisseia* tudo acaba na doce paz imposta por Palas Atená, mas estes dois enfoques não são os únicos.

A épica, sobretudo, por sua própria estrutura, conduz o herói para um desfecho feliz. Homero, na *Odisseia*, fechou genialmente a longa *nostalgia*, peregrinações e lutas de seu protagonista com um hino ao amor, à fidelidade de Penélope e com um eloquente tratado de paz, mas o mito continua em outras variantes e tradições para além da epopeia. Retrata outro estado de coisas e prossegue pelos misteriosos labirintos da vida.

Antes, porém, de retomar a caminhada com o grande herói, um ligeiro comentário a respeito de *três sinais* muito significativos que lhe marcam a identidade.

Se, de um lado, o astuto e destemido personagem da *Odisseia* pode ser considerado como hábil marinheiro, ancestral dos nautas errantes dos mares do Ocidente, e suas gestas como um autêntico périplo iniciático, de outro, Ulisses é, em grau superlativo, *o herói do mito do retorno do esposo*, após prolongada e acidentada ausência. Um homem partiu para uma longa viagem... A esposa lhe permanecerá fiel e, após alguns incidentes, o reconhecerá. Eis que o marido retorna envelhecido, disfarçado, pouco importa. Embora com variações de uma versão à outra, três sinais lhe garantem e atestam a identidade. Vejamos a versão homérica: apenas o marido é capaz de armar o arco que possuía; somente ele sabe, em comum com a esposa, como foi construído o leito conjugal; enfim, o marido tem uma cicatriz de que unicamente a mulher tem conhecimento.

Pois bem, o poeta grego utilizou os três sinais em três cenas de grande poder dramático, invertendo-lhes, todavia, a ordem, alterando o conteúdo, variando as circunstâncias. Apenas o sinal relativo ao leito nupcial foi empregado para reconhecimento do esposo. Os outros dois o foram, conforme já se viu, para outras finalidades.

O primeiro destes é a *cicatriz* resultante da mordidela de um *javali*. A cicatriz é como se fora uma "minimutilação", o que, em termos xamânicos, colocava seu portador bem próximo do sagrado e dos próprios deuses. Talvez nenhum herói homérico tenha sido tão bafejado pela amizade divina quanto Ulisses. Bastaria citar o respaldo e a proteção que lhe deram Hermes e Atená para se concluir que o rei de Ítaca era um valido dos imortais. Além do mais, a cicatriz se originou da mordidela de um *javali*, cujo simbolismo é antiquíssimo, segundo se mostrou no Vol. II, p. 67-68. O mito desse animal faz parte da tradição hiperbórea, onde o mesmo configura o poder espiritual, o que, de resto, estabelece uma união mais sólida entre o esposo de Penélope e os deuses.

O sinal que aparece em segundo lugar na *Odisseia* é "o poder de armar o arco", que, há vinte anos, dormia empoeirado e silencioso na câmara mais recôndita do palácio real de Ítaca. Após as tentativas frustradas de cento e oito pretendentes, o único que conseguiu retesá-lo foi Ulisses. A explicação é simples. Certas armas possuem um *mana*, uma *energia* poderosa que lhes advêm de sua origem. Além do mais, as coisas têm nome. E como se comentou no capítulo I, 4, passo em que citamos Luís da Câmara Cascudo, "o nome é a essência da coisa, do objeto denominado. Sua exclusão extingue a coisa. Nada pode existir sem nome, porque o nome é a forma e a substância vital. No plano utilitário as coisas só existem pelo nome". Conhecer o nome de alguém ou da coisa é dispor da pessoa ou da coisa. Aí está a segunda parte da explicação. Somente o herói conhecia o *nome* de seu arco e, por isso mesmo, pôde conversar com ele e facilmente armá-lo!

Diz o texto homérico que Ulisses, ao receber o arco, "o inspecionou em todos os sentidos", passando-o de mão em mão, isto é, dialogando com ele.

Quanto ao mana e à energia que possuem as armas é oportuno lembrar com Marie Delcourt[32] que o objeto arrebatado ao inimigo ou a simples posse do mesmo confere uma dignidade a seu detentor, como as armas de Aquiles ou as flechas de Héracles, tornando-se a posse dos mesmos um símbolo de investidora. É que normalmente essas armas têm uma origem divina, como as de Héracles e as de Aquiles, forjadas por Hefesto. Desse modo, o caráter mágico das armas con-

---

32. DELCOURT, Marie. Op. cit., p. 71.

quistadas ou possuídas tem uma larga implicação nos mitos em que a vitória é prometida não a este ou àquele herói, mas a seu arco ou à sua espada, seja quem for que tenha "forças" para dominá-los.

Ora, o arco de Ulisses vinha de Êurito, que o recebera de Apolo. De origem divina, depositário, portanto, de uma energia poderosa, não apenas outorgava dignidade a quem o detivesse, mas sobretudo era fator de vitória para quem pudesse manejá-lo.

Telêmaco deixa esse fato bem claro: se conseguisse armar o arco, sua mãe jamais sairia do palácio em companhia de um dos pretendentes[33].

A respeito do *arco* e da *flecha* a Dra. von Franz escreveu uma página brilhante que merece ser resumida: "Existe uma antiga lenda acerca da invenção do arco e da flecha, uma lenda ancestral. Conta-se que havia um antepassado do arco, cuja esposa era a corda, a qual com seus braços o rodeava sempre pelo pescoço, num abraço eterno. Eles assim se mostravam aos seres humanos e foi por isso que o homem aprendeu a fazer o arco e a flecha para atirar. Os dois desapareceram, então, na terra. Assim, para a invenção do instrumento completo, houve primeiro um material da fantasia arquetípica profundamente inconsciente e foi isso que, segundo conta a própria história, suscitou a invenção. Estou convencida de que a maioria das grandes invenções do homem foram deflagradas por semelhante material oriundo de fantasias arquetípicas. São sempre atribuídas a poderes e a magia divinos, não só a motivos utilitários, pois sabia-se que tinham sua origem nos impulsos do inconsciente. A maior parte das grandes criações do presente surgiu inicialmente através dos sonhos e de impulsos instintivos"[34].

Assim concebidos, o arco e a flecha refletem a sizígia do amor. É esta, com efeito, a conclusão da psiquiatra junguiana: "Laurens van der Post possui um pequeno arco-e-flecha feito pelos bosquímanos do deserto de Kalahari. Ali, se um jovem está interessado numa jovem, ele faz esse arco-e-flecha. Os bosquímanos podem

---

33. *Od.*, XXI, 114ss.

34. VON FRANZ, Marie-Louise. Op. cit., p. 90.

armazenar gordura em suas nádegas, a qual forma uma saliência, e em épocas difíceis eles podem viver dessa reserva de gordura. O jovem dispara a flecha para atingir essa parte do corpo da moça. Ela retira-a e olha para ver quem a atirou; se aceita as atenções do rapaz, vai até ele e devolve-lhe a flecha, mas, caso contrário, quebra-a e calca-a aos pés. Eles ainda usam o arco de Cupido! Vemos por que razão Cupido, o deus do amor da Antiguidade, tinha um arco-e-flecha".[35]

E semelhantemente compreendemos por que apenas Ulisses era capaz de armar seu arco e disparar as flechas, não só para liquidar os pretendentes, mas sobretudo para reconquistar seu grande amor.

A análise da Dra. von Franz é realmente penetrante: "Podemos interpretar a flecha psicologicamente como uma projeção, o projétil. Se projeto o meu *animus* num homem é como se uma parte de minha energia psíquica fluísse para esse homem e, ao mesmo tempo, me sentisse atraída por ele. Isso atua como uma flecha, uma quantidade de energia psíquica que é muito penetrante. De súbito, ela estabelece uma conexão. A flecha dos bosquímanos do deserto de Kalahari diz à moça: 'A libido da minha *anima* tocou em você', e ela aceita ou não. Mas a jovem não guarda a flecha, ela devolve-a; isto é, ele tem de receber de volta a projeção, mas, através dela, uma relação humana foi estabelecida. Todo o simbolismo do casamento está aí contido"[36].

O terceiro sinal recai sobre o segredo da construção do leito conjugal. O grande mistério consistia, já se mencionou, num tronco de *oliveira*, árvore sagrada, configuração da fecundidade, que servia de suporte ao leito conjugal, cuja simbologia é uma real *complexio oppositorum*, uma reunião dos opostos.

Para Chevalier e Gheerbrant o leito traduz "a restauração no sono e no amor, mas funciona igualmente como o local da morte. Leito do nascimento, leito conjugal e leito de morte são objeto de um cuidado todo especial e de uma espécie de veneração por serem o centro sagrado da vida em seu estágio fundamental"[37]. Consa-

---

35. Ibid., p. 92.

36. Ibid., p. 92.

37. Ibid., p. 578.

grado aos Gênios[38] ancestrais, recebia, por isso mesmo, em Roma, o nome de *lectus genialis*, "leito nupcial". Partícipe da dupla significação da vida, o leito comunica e absorve a vida. Em várias culturas primitivas colocavam-se sob o leito os grãos da sementeira e sobre o mesmo a mortalha. Configurando o elo entre a união sexual e o trabalho agrícola, o homem funciona em relação ao mesmo como o gênio da água, o dispensador da chuva, e a mulher como o receptáculo do sêmen caído do céu. No *Antigo Testamento* a conjugação entre leito nupcial, símbolo da vida, e leito de morte, é bem atestada: *Rubem, meu primogênito, tu, a minha fortaleza, e o princípio da minha dor; o primeiro nos dons, o maior no império, tu te derramaste como a água, não crescerás, porque subiste ao leito de teu pai e profanaste o seu tálamo* (Gn 49,3-4). Também Jacó, em seu leito de agonia, a fim de falar aos filhos, sentou-se e colocou os pés para fora do leito e tendo-se novamente deitado, expirou (Gn 49,32).

Reconhecendo seu leito conjugal, o rei de Ítaca se reencontra com o gênio de seus ancestrais e continua a desempenhar a função sagrada da fecundação.

6

Na realidade, Ulisses e Penélope *não* foram felizes para sempre. Desvinculando os reis de Ítaca da idealização épica, vamos retomar-lhes a trajetória míti-

---

38. *Genius*, "Gênio" é uma noção, uma "entidade" muito difícil de se precisar. Em si, os *gênios* na mitologia romana são seres imanentes não apenas a cada indivíduo, mas a cada lugar, a cada instituição, como a cidade, a tribo, a sociedade.

Surgem ao mesmo tempo que o homem, o lugar ou a coisa a que estão ligados e têm por função essencial conservar-lhes a existência. Protetores do nascimento, presidem ao casamento e, por isso mesmo, havia um *gênio* do leito nupcial com o fito de provocar a fecundidade do casal. Personificação do ser, o *gênio* pessoal acompanha cada homem como se fora seu duplo, seu demônio, seu anjo da guarda, seu conselheiro e sua intuição, a voz de uma consciência suprarracional.

Mais que princípio da fecundidade (uma vez que *genius*, que é da mesma família etimológica que o grego γένος, "guénos", raça, nascimento, era interpretado como *qui gignit*, o que gera), o *gênio*, consoante Georges Dumézil, configurava a personalidade divinizada do homem, bem como um duplo do *eu* e até mesmo como um ser distinto que protege o ser.

Foi preciso, no entanto, uma longa evolução da consciência para se chegar à conclusão de que o gênio ou os gênios eram aspectos da personalidade de cada ser humano com seus conflitos internos, tendências, pulsões e ideais.

Curioso, entre os romanos, é que normalmente para a mulher o *gênio* era substituído por *Juno*: se para cada homem existia um *gênio*, para cada mulher havia uma *Juno*.

ca. Consoante uma velha tradição, para expiar o massacre dos pretendentes, Ulisses, após um sacrifício a Plutão, Perséfone e Tirésias, partiu a pé e chegou ao país dos Tesprotos, no Epiro. Ali, como lhe recomendara Tirésias, sacrificou a Posídon, a fim de apaziguar-lhe a cólera pelo cegamento de Polifemo. Acontece que a rainha da Tesprótida, Calídice, apaixonada pelo herói, ofereceu-lhe metade de seu reino. Da união "temporária" do esposo de Penélope com a rainha do Epiro nasceu Polipetes. Algum tempo depois, com a morte de Calídice, deixou o reino a Polipetes e retornou a Ítaca, para os braços de Penélope, que dele tivera um segundo filho, Poliportes. Existe uma variante, segundo a qual o herói, acusado veementemente pelos pais dos pretendentes, submeteu o caso à decisão de Neoptólemo, que, cobiçando-lhe as possessões, condenou-o ao exílio. Refugiando-se na Etólia, na corte do rei Toas, desposou-lhe a filha e faleceu em idade avançada, o que confirmaria a predição de Tirésias (*Od.*, XI, 134-136). Esses banimentos que se seguem a um derramamento de sangue são fatos comuns e bem atestados no mito dos heróis, conforme se mostrou no capítulo I, 8, do presente volume. Visam, em última análise, a purificá-los de suas mazelas e de suas permanentes ultrapassagens do *métron*. A parte romanesca que, via de regra, se agrega ao mitologema, pertence ao mundo da fantasia, à criatividade dos mitógrafos antigos e, não raro, a tradições locais. Afinal, ter tido um herói do porte de Ulisses como rei, ancestral ou simplesmente como hóspede ou exilado, falava alto demais, para que se deixasse de formar um autêntico novelo de variantes e tradições locais. Uma delas, muito curiosa por sinal, nos conduz até a Itália em companhia do senhor de Ítaca.

Este, no curso de suas longas viagens, ter-se-ia encontrado com o troiano Eneias que, sob a proteção de Afrodite, sua mãe, buscava erguer a Nova Troia, a futura pátria dos Césares. Reconciliaram-se os dois e Ulisses penetrou também na Itália, estabelecendo-se na Tirrênia, nos domínios etruscos, onde fundou trinta cidades. Com o epíteto de *Nanos*, que significaria *Errante* em língua etrusca, lutou denodadamente contra os nativos para consolidar seu reino. Teria falecido em idade provecta na cidade etrusca de Gortina, identificada na Itália com Cortona. A morte do herói, em sua terra natal, ter-se-ia devido a um engano fatal. É que, tendo sabido por Circe quem era seu pai, Telégono partiu à procura de Ulisses. Desembarcou em Ítaca e começou a devastar os rebanhos que encontrava. O velho e alquebrado herói saiu em socorro dos pastores, mas foi morto pelo filho.

Quando este tomou conhecimento da identidade de sua vítima, chorou amargamente e, acompanhado de Penélope e Telêmaco, transportou-lhe o corpo para a ilha de sua mãe Circe. Lá, certamente, com suas magias, a senhora da ilha de Eeia fez que Telégono desposasse Penélope e, ela própria, Circe, se casou com Telêmaco... Afora esses desdobramentos, aliás bem pouco românticos, o que se deseja acentuar é não apenas a substituição do *velho rei*, impotente e destituído de seus poderes mágicos, pelo *jovem soberano*, cheio de vida e de energia, mas ainda a morte violenta do herói. No tocante à permuta do velho rei pelo jovem, uma vez que, da fecundação da rainha depende a fertilidade de todas as mulheres, da terra e do rebanho, já se tratou no Vol. I, p. 209. A respeito da morte violenta da maioria dos heróis, é conveniente enfatizar mais uma vez que, se o herói, por sua própria essência, tem um nascimento difícil e complicado; se sua existência neste mundo é um desfile de viagens perigosas, de lutas, de sofrimentos, de desajustes, de incontinência e de descomedimentos, o derradeiro ato de seu drama, a morte violenta, se constitui no ápice de sua prova final. Mas é exatamente esse desfecho trágico que lhe outorga o título de *herói*, transformando-o no verdadeiro "protetor" de sua cidade e de seus concidadãos, conforme se viu no capítulo I, 4 e 9 deste volume.

É verdade que só se conhece oficialmente um santuário de Ulisses em Esparta, mas, se a mágica Circe, segundo uma tradição, colocou Penélope e Telégono na Ilha dos Bem-Aventurados, é bem possível que lá igualmente esteja Ulisses, certamente em companhia da maga de Eeia...

Para encerrar este capítulo, uma palavra sobre *Penélope*. De acordo com as melhores referências, a rainha de Ítaca era filha de Icário e da náiade Peribeia. Seu casamento com o protagonista da *Odisseia* oscila entre duas tradições. A primeira delas se reporta à influência de Tíndaro, tio de Penélope, o qual, desejando recompensar Ulisses por seus hábeis conselhos por ocasião da disputa da mão de Helena, como se viu no Vol. I, p. 90s, fê-lo desposar a filha de Icário, seu irmão. Outra versão é a de que Penélope fora o prêmio outorgado ao herói por ter sido ele o vencedor numa corrida de carros. O amor da rainha de Ítaca pelo esposo, como já se viu, manifestou-se muito cedo: quando coagida a escolher entre residir junto ao pai em Esparta, uma vez que o casamento matrilocal era de praxe, e seguir o marido, preferiu partir para a longínqua ilha de Ítaca. Tão grande e decantada foi a fidelidade da princesa espartana ao esposo ausente por vinte anos, que, se ela mereceu a mais rica adjetivação feminina de Homero; e se de seus lábios saíram as mais duras palavras que os pretendentes poderiam ouvir de uma mulher (*Od.*, XXI, 331ss), ele, em função dessa mesma lealdade, tornou-se digno de um santuário em Esparta, famosa pela honradez de suas mulheres.

A partir de Homero, a fidelidade de Penélope se converteu num símbolo universal, perpetuado pelo mito e sobretudo pela literatura. Públio Ovídio Nasão dedicou a primeira carta de amor de suas célebres *Heroides* à fidelidade da rainha de Ítaca. Após manifestar a solidão, as saudades que a consumiam e uma pontinha de ciúmes, escreveu o que muito deve ter inflado a vaidade masculina de Ulisses: seria dele para sempre!

> *[...] tua sum, tua dicar oportet;*
> *Penelope coniux semper Ulixis ero.*
>
> (Her., 1,83-84)

> Sou tua e faço questão de ser chamada tua. Penélope será sempre a esposa de Ulisses.

Essa imagem de Penélope, contudo, está longe de corresponder a muitas tradições pós-homéricas. Na longa ausência do esposo, a rainha teria praticado adultério com todos os pretendentes e um deles seria pai do deus Pã. Outros mitógrafos julgam que Pã seria filho dos amores da esposa de Ulisses com o deus Hermes. Uma versão mais tardia insiste em que Ulisses, tendo sido posto a par da infidelidade da mulher, a teria banido. Exilada primeiramente em Esparta, seguiu depois para Mantineia, onde morreu e onde se lhe ergueu um belo túmulo. Uma variante atesta que o herói a matara para puni-la do adultério com o pretendente Anfínomo, pelo qual, mesmo na *Odisseia*, Penélope mostra acentuada preferência.

Curioso no mito é que não se discute *a fidelidade de Ulisses*! O número dos filhos adulterinos do herói era tão grande, que os genealogistas, à época de M. Pórcio Catão, confeccionaram com eles títulos de nobreza para todas as cidades latinas da Itália... Possivelmente, àquela época, *illo tempore*, adultério era do gênero feminino!

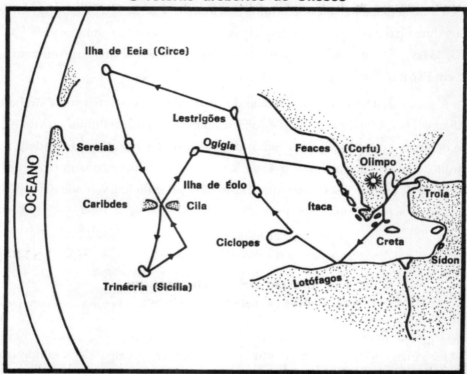

O retorno urobórico de Ulisses

Capítulo X
Uma heroína forte: Clitemnestra

1

No capítulo III do Vol. I de *Mitologia grega*, quando se falou da Grécia e de seu mito, mostramos que *illo tempore*, a saber, a partir do Neolítico II, entre 3000-2600 a.C., a divindade que lá imperava era a Grande Mãe, cujas estatuetas representavam *deusas* de formas volumosas e esteatopígicas. Iniciamos, portanto, e teríamos historicamente que fazê-lo, pelo *feminino* e gostaríamos de fechar nossos estudos sobre mito grego com o *feminino*, com uma heroína de personalidade forte, *Clitemnestra*, vítima como todas as mulheres helênicas de uma organização político-social e religiosa que remonta à família indo-europeia, em cujo seio imperava o despotismo machista.

Sabemos melhor que ninguém quantas vezes já se mencionou essa heroína nos três volumes de *Mitologia grega*, mas o que agora pretendemos é juntar-lhe os membros esparsos, a fim de apresentá-la inteira, sofrida, mas grandiosa e destemida[1].

Κλυταιμνήστρα (Klytaimnéstra), Clitemnestra, etimologicamente representaria um composto: κλυτή (klyté), "ilustre, famosa" e o elemento *-mnêstra*, compreendido como feminino de μνηστήρ (mnêstér) "a que corteja", signifi-

---

1. As principais referências a Clitemnestra na literatura greco-latina encontram-se na *Il.*, I, 113; IX, 142ss; *Od.*, I, 32ss; III, 193ss; 303-305; IV, 529-537; XI, 404-434; Ésquilo, *Oréstia: Agamêmnon*, *Coéforas* e *Eumênides*, passim; Sófocles, *Electra*, passim; Eurípides, *Electra, Helena, Orestes, Ifigênia em Áulis*, passim; Apolodoro, *Biblioteca*, 3,10,6ss; Pausânias, *Descrição da Grécia*, 2,16,7; 18,2; 22,3s; 31,4; 3,19,6; 8,34,1ss; Higino, *Fábula*, 77; Quintiliano, *De Institutione Oratoria* (Formação do Orador), 8,53.

345

cando, pois, *Clitemnestra* a "famosa galanteadora". Tal etimologia, defendida por Carnoy[2], parece não estar muito de acordo com as atitudes da rainha de Micenas. Como existe a forma paralela Κλυταιμήστρα (Klytaiméstra), talvez se pudesse interpretar este último nome como a "célebre por sua habilidade", como o faz Hofmann em seu Dicionário etimológico da língua grega (*Etymologisches Wörterbuch des Griechischen*, 193).

Entre um nascimento complicado e uma morte tragicamente violenta, como é de praxe para a maioria dos heróis, decorre a vida agitada e sofrida da esposa de Agamêmnon.

Como se mostrou no Vol. I, p. 117s, foi dos amores de Zeus-Cisne e de Nêmesis-Gansa ou de Leda que nasceu a rainha de Micenas.

Nêmesis, a deusa da justiça distributiva, que traduz, por isso mesmo, a indignação pela injustiça praticada, símbolo, por conseguinte, da punição divina, despertou os desejos de Zeus. Para fugir ao pai dos deuses e dos homens, a deusa se metamorfoseou em gansa. O deus se transformou em cisne e a ela se uniu. Em consequência dessa conjunção, Nêmesis pôs um ovo que foi escondido num bosque inviolável. Encontrado por um pastor, foi entregue a Leda, esposa de Tíndaro, rei de Esparta. Desse ovo sagrado nasceu Helena. A tradição, no entanto, que faz da esposa de Tíndaro mãe de Helena, narra o mito de maneira análoga. Para escapar às investidas de Zeus, Leda se teria igualmente transformado em gansa, mas o senhor do Olimpo, sob a forma de cisne, a ela se uniu. Como já estivesse grávida de Tíndaro, Leda pôs dois ovos: do formado pela semente de Zeus nasceram Helena e Pólux, imortais, e do outro, Castor e Clitemnestra, mortais. Nesse caso, como é de praxe no mito, os chamados Διόσκουροι (Dióskuroi), os Dioscuros, "filhos de Zeus", Castor e Pólux, bem como Helena e Clitemnestra teriam por pai a Tíndaro e por *godfather* a Zeus...

Antes mesmo das núpcias solenes de Helena e Menelau, o rei e senhor de Micenas passou a cortejar Clitemnestra, que, à época, já estava casada com Tântalo II, filho de Tieste, inimigos mortais dos dois atridas Menelau e Agamêm-

---

2. Carnoy, A. Op. cit., verbete *Klytaimnéstra*.

non. Este traiçoeiramente assassinou Tântalo e ao filho recém-nascido de Clitemnestra, obrigando-a, em seguida, a aceitá-lo como marido. Perseguido pelos Dioscuros, o despótico rei de Argos conseguiu refugiar-se na corte de seu sogro, o conciliador Tíndaro, que a custo conteve a sede de vingança dos filhos. A contragosto e profundamente magoada, Clitemnestra seguiu para Micenas. Desse enlace, que começou sob maus auspícios, vieram ao mundo Ifianassa e Laódice, mais tarde chamadas respectivamente *Ifigênia* e *Electra*; *Crisótemis* e *Orestes*[3].

Reinava a paz na Argólida. De repente, um fato grave abalou o reino de Esparta: o príncipe troiano Páris ou Alexandre raptara Helena, esposa de Menelau. Tendo outorgado o pomo da discórdia a Afrodite, que por ele competia com Hera e Atená, recebera como recompensa da deusa do amor a "paixão" incontrolável da filha de Zeus, segundo se expôs no Vol. I, p. 113. Apesar das tentativas do rei de Esparta de resolver de maneira pacífica a injúria perpetrada pelo filho de Príamo, exigindo tão somente o retorno de Helena e os tesouros levados para Ílion, nada se conseguiu e a guerra se tornou inevitável. Como todos os reis da Hélade estivessem ligados por juramento a Menelau, organizou-se uma formidável expedição, cujo comandante-em-chefe era o rei de Micenas, Agamêmnon. Numa primeira tentativa, a frota helênica não conseguiu chegar a Tróada, porque, dispersados por tremenda borrasca, os chefes aqueus tiveram que regressar a seus respectivos reinos. Foi no decorrer dessa malograda expedição dos heróis helênicos que Télefo, rei da Mísia, por onde passara a frota grega, foi ferido por Aquiles. Esse fato será mais tarde aproveitado por Clitemnestra num primeiro esboço de vingança contra Agamêmnon, segundo se verá mais abaixo. Oito anos depois reuniram-se novamente em Áulis, cidade e porto da Beócia, de onde partiriam para vingar a afronta a Menelau.

O mar, todavia, repentinamente se tornou inacessível aos navegantes, mercê de uma estranha calmaria. Consultado o adivinho Calcas, este explicou que o fenômeno se devia à cólera da irascível Ártemis, porque Agamêmnon, numa caçada, tendo matado uma corça, afirmara que nem a deusa o faria melhor que ele

---

3. Para se ter uma ideia completa do *génos* maldito dos atridas, veja-se o quadro genealógico estampado no Vol. I, p. 83.

ou, segundo uma variante, a corça morta era propriedade da irmã de Apolo. A única maneira de apaziguar a deusa e ter ventos favoráveis, prognosticara Calcas, era sacrificar-lhe Ifigênia, filha mais velha dos reis de Micenas.

Tratava-se de uma exigência terrível. Menelau, no entanto, com a ideia fixa de recuperar a linda Helena, pressionava o irmão. A princípio, o rei parecia resistir:

> *Não, não sacrificarei minha filha!*
> *Contra toda a justiça não obterás satisfação,*
> *castigando uma péssima esposa, enquanto*
> *eu me consumirei em lágrimas, dias e noites,*
> *culpando-me de um crime e de uma injustiça*
> *contra os filhos que gerei.*
>
> (Eur., *If. Ául.*, 396-399)

Após muita relutância, o hesitante Agamêmnon, instigado por Ulisses e pelo frouxo e também indeciso Menelau, acabou por consentir no sacrifício da inocente Ifigênia. O bem comum o exigia!

Estavam em jogo o prestígio, a reputação, e, mais que tudo, a vaidade do comandante-em-chefe, do ποιμὴν λαῶν (poimèn laón), na expressão homérica, "o pastor de povos" da imensa armada grega!

Em Áulis recomeçam as dores de Clitemnestra.

Uma mensagem mentirosa foi mandada à esposa: que se enviasse Ifigênia a Áulis para desposar Aquiles, o mais renomado dos heróis aqueus. Aguardavam-na, todavia, as núpcias da morte...

As súplicas da filha dilaceraram o coração paterno:

> *Aperto teu joelho, como se fora um ramo de suplicante,*
> *abraço-o com o corpo que minha mãe para ti deu à luz.*
> *Não me faças morrer antes da hora. É doce contemplar a luz.*
> *Não me obrigues a ver o que existe nas trevas.*
>
> (*If. Ául.*, 1216-1219)

O rei de Micenas, porém, já estava por demais comprometido. Tomara a intempestiva decisão de imolar a filha, e agora, sob a pressão violenta da soldadesca, enlouquecida pela oratória do solerte Ulisses, já não mais poderia recuar.

Banhada com as lágrimas da dor incomensurável de Clitemnestra, a jovem princesa foi sacrificada a Ártemis. Não importa que a deusa tenha substituído a vítima humana por uma corça: Ifigênia não mais retornaria ao lar, em vida de seus pais.

O olhar de ódio e de repugnância com que a rainha fixa Agamêmnon, ele só o veria muitos anos depois, em Micenas...

Ao pedido de Ifigênia para que não quisesse mal ao rei, pai e esposo, Clitemnestra respondeu secamente:

É necessário que, por tua causa, ele corra perigos terríveis...
(If. Ául., 1456)

O sacrifício de Ifigênia em Áulis reacendeu o rancor e o desprezo da filha de Tíndaro por seu real consorte. As velas das naus aqueias se inflaram com o sangue de Ifigênia e as lágrimas de Clitemnestra! Os vingadores de Helena rasgaram o seio azul de Posídon em direção a Tróada, mas o destino de Agamêmnon, o poderoso atrida, "pastor de povos", estava selado...

Egisto, filho de Tieste com sua própria filha Pelopia, buscava há muito uma oportunidade para vingar-se dos filhos de Atreu, Agamêmnon e Menelau, seus primos e inimigos figadais. Esse rancor antigo remonta ao massacre dos filhos de Tieste por seu irmão Atreu. Massacre e banquete, porquanto Atreu serviu ao irmão as carnes dos filhos que Tieste tivera com uma náiade, segundo se mostrou no Vol. I, p. 89s. Também Náuplio, pai de Palamedes, inconsolável e profundamente ferido com a morte covarde do filho por ordem de Agamêmnon ou segundo outra versão nas mãos de Ulisses e Diomedes, tudo maquinava para vingar-lhe a inocência. Seu ódio se estendera a todos os chefes gregos e por isso mesmo engendrou primeiro um estratagema para perdê-los, quando regressavam de Troia: por intermédio de falsos sinais conseguiu que muitas naus aqueias se despedaçassem contra os rochedos nas vizinhanças do cabo Cafareu, ao sul da ilha de Eubeia. Não satisfeito, tudo fez para que todas as esposas dos heróis ausentes se ligassem amorosamente a outros príncipes, e eram muitos e antigos os pretendentes... Parece que só escapou Penélope!

Ajudado por Náuplio, direta ou indiretamente, Egisto acabou conquistando a esposa de Agamêmnon.

É bem verdade que Clitemnestra já algum tempo, ainda em Áulis, dera mostras de haver iniciado um plano meticuloso de desforra contra o marido.

Quando da primeira expedição grega, a armada dispersada por uma tempestade chegou a Mísia, o rei Télefo lutou com bravura contra os aqueus em defesa de seus domínios, mas acabou sendo gravemente atingido por Aquiles. Como o oráculo declarasse que o soberano só poderia ser curado pela espada do filho de Tétis, o rei aguardou com paciência que os helenos se reunissem de novo em Áulis e para lá se dirigiu. Preso como espião, conseguiu, orientado por Clitemnestra, tomar como refém o pequenino Orestes, e ameaçou matá-lo, caso Agamêmnon não o mandasse libertar imediatamente e não convocasse o conselho para ouvi-lo. Engolindo em seco a humilhação, o poderoso rei de Micenas foi obrigado a satisfazer a todas as pretensões de Télefo, que afinal foi curado pela ferrugem da espada de Aquiles e regressou em paz a seu reino.

Conta-se ainda que a decisão de unir-se a Egisto se deveu ao fato de Clitemnestra ter sido informada de que o esposo estava de tal modo apaixonado por Criseida, que provocara a ira de Apolo e o afastamento de Aquiles da luta contra Ílion. Uma outra variante dá conta da paixão do rei de Micenas por Cassandra.

Ambas as versões podem ter cooperado para a deliberação da filha de Tíndaro e servido de respaldo, mas a decisão final eclodiu de um ódio amadurecido e desprezo profundo de Clitemnestra por Agamêmnon. Ela jamais perdoou ao marido o assassinato de Tântalo II, o massacre covarde de seu filho recém-nascido, um casamento despótico e violento e mais que tudo o sacrifício da jovem e inocente Ifigênia.

Buscou, por isso mesmo, o apoio do atormentado e violento filho de Tieste, Egisto, que odiava ao rei Agamêmnon tanto quanto ela.

2

Como vimos, além de Ifigênia, Agamêmnon e Clitemnestra eram pais de Electra, Crisótemis e Orestes. Crisótemis já aparece na *Ilíada*, IX, 145 e 287, simplesmente como filha do rei de Argos: foi oferecida a Aquiles em casamento por Agamêmnon, a fim de que o filho de Tétis voltasse ao combate, proposta aliás que foi recusada, mas não está ligada à tempestade que desabará sobre o palácio de Argos. Na tragédia *Electra* de Sófocles, Crisótemis surge como participante do "drama", mas comporta-se de maneira muito semelhante a Ismene de *Antígona*. Ambas, Crisótemis e Ismene, têm a mesma filosofia de vida: *para se viver livremente é necessário curvar-se diante dos poderosos... Electra*, como Antígona, é de outra têmpera. Dobrar-se, nunca! Seu ódio pela mãe e por Egisto fundamentava-se a princípio na repulsa pelo adultério de Clitemnestra e na repugnância que sentia por Egisto, que, além de inimigo antigo e irreconciliável, ocupava o trono de Agamêmnon, que, longe do lar, combatia em Troia. Esse rancor aumentou por força das reclamações da rainha, que acusava diariamente a filha de haver salvo a vida de Orestes, única ameaça futura à estabilidade dos amantes! Realmente Electra preservara o irmão de morte certa nas mãos de Egisto. É que o caçula dos Atridas, carregando o fardo das *hamartíai*, das faltas de dois *géne*, conforme se expôs no Vol. I, p. 95ss, estava destinado a vingar todos os descomedimentos dos novos reis de Micenas. Ora, essa ultrapassagem do *métron*, que já era ancestral, intensificara-se no presente com o adultério público e notório de Clitemnestra com Egisto. Temendo-o pelo passado, pelo presente e em função de planos futuros (o assassinato de Agamêmnon), Egisto, que dominara a alquebrada rainha, teria sem dúvida eliminado o menino, não fora a pronta intervenção de Electra, que o enviou clandestinamente para a Fócida, onde foi criado como filho na corte de Estrófio, cunhado de Agamêmnon.

O antagonismo entre os reis de Micenas e a corajosa Electra chegara a tal ponto, que a jovem princesa passou a ser tratada no palácio como escrava, o que mais ainda lhe acendeu a cólera e o desejo de vingança.

Após os dez longos anos da sangrenta Guerra de Troia, "o pastor de povos" foi um dos únicos chefes helênicos que atravessou incólume o cabo Cafareu e as tempestades que tragaram ou dispersaram pelo reino azul de Posídon tantas naus aqueias.

Sua chegada a Micenas foi um triunfo. A seu lado, na carruagem, sentava-se num mutismo ameaçador uma das presas que lhe coubera na divisão do rico espólio de Troia, a profetisa Cassandra.

Clitemnestra fingida e astutamente recebeu o rei com todas as honras devidas a um herói triunfador. Na belíssima recriação poética de Ésquilo, na primeira tragédia de que se compõe a trilogia *Oréstia*, a rainha acolhe o esposo com palavras perpassadas de cinismo, fazendo-o caminhar sobre um tapete de púrpura – símbolo do sangue que seria derramado – até o interior do palácio, onde, com a ajuda de Egisto, o sacrifica. Homero apresenta na *Odisseia* duas versões para a morte violenta do rei de Micenas. Na primeira, desejando inocentar os deuses das mazelas dos homens, atribui-a tão-somente a Egisto. Este, se bem que avisado por Hermes de que a morte de Agamêmnon provocaria a vingança de Orestes, teimou em executá-la:

> *Ah! Grandes deuses! Como os homens incriminam os imortais.*
> *Afirmam que de nós procedem os males, quando eles,*
> *por sua própria loucura e contra a vontade do destino,*
> *sofrem calamidades, foi o que aconteceu a Egisto,*
> *que, contrariando o fado, uniu-se à legítima esposa do Atreu,*
> *a quem assassinou no regresso, apesar de saber*
> *que o aguardava morte violenta.*

> (*Od.*, I, 32-37)

Na segunda versão, quem fala é o *eídolon* de Agamêmnon. Quando Ulisses, na evocação aos mortos, quis saber do rei de Micenas quem o levara tão vigoroso ainda para as trevas do Hades, o "pastor de povos" explicou-lhe que não perecera por vontade de Posídon nem tampouco em combates, mas por astúcia e perfídia de Egisto e Clitemnestra:

> *Quem perpetrou minha morte e meu destino foi Egisto,*
> *que, com ajuda de minha perniciosa mulher, após me convidar*
> *a sua casa para um banquete, matou-me, como se abatesse*
> *um boi na manjedoura.*

> (*Od.*, XI, 409-411)

Em seguida, continua Agamêmnon, Clitemnestra assassinou covarde e brutalmente a Cassandra, *cujos gritos de dor jamais deixaram de ecoar-me nos ouvidos...*

Ésquilo, em sua tragédia *Agamêmnon*, já por nós citada, seguindo por certo uma outra variante, responsabiliza diretamente Clitemnestra pela morte de Agamêmnon: envolveu-o numa rede e vibrou-lhe dois golpes. O terceiro, com a vítima já abatida, ofereceu-o a Zeus salvador:

> *Descarreguei-lhe dois golpes. Com dois gemidos*
> *ele caiu por terra. Apliquei-lhe então um terceiro,*
> *oferenda votiva a Zeus salvador dos mortos, o Zeus ctônio.*
>
> (*Ag.*, 1384-1387)

Os anciãos, que formam o *Coro* da tragédia, ameaçam vingar golpe por golpe a morte do rei. A filha de Tíndaro responde altaneiramente em nome de *Ate*, a cegueira da razão, e das *Erínias*, as vingadoras do sangue parental derramado: a morte de seu esposo é uma resposta ao sacrifício de Ifigênia. Enquanto Egisto estiver a seu lado, não há o que temer!

Com esta afirmação final a rainha de Argos reconhecia Egisto não apenas como seu legítimo esposo, mas ainda como o novo senhor do fatídico palácio de Micenas:

> *Não, pela justiça que hoje vingou minha filha,*
> *por Ate e pelas Erínias, às quais sacrifiquei este homem,*
> *jamais o terror inquietante penetrará neste palácio,*
> *enquanto aqui estiver Egisto para acender o fogo de meu lar*
> *e manifestar-me como dantes a sua benevolência.*
>
> (*Ag.*, 1432-1436)

A uma nova interpelação do *Coro*, ela ratifica sua atitude:

> *Não creio indigna a sua morte. Não foi ele*
> *quem deu guarida em sua casa à morte pérfida?*
> *Minha filha, a filha que dele tive, minha Ifigênia*
> *tão chorada – o destino que lhe atribuiu, ele o mereceu.*
> *Que não se vanglorie, pois, no Hades. Pagou com a morte*
> *de espada o crime que cometeu primeiro.*
>
> (*Ag.*, 1521-1529)

Segundo se mostrou em *Teatro grego*[4], a *Oréstia*, no fundo, se constitui num vasto debate entre o *Matriarcado*, configurado principalmente por Clitemnestra e as Erínias, e o *Patriarcado*, traduzido sobretudo em Agamêmnon, Electra, Orestes, Apolo e Atená. Uma luta de morte entre as deusas-mães ctônias, as *Erí-*

---

4. BRANDÃO, J. de Souza. *Teatro grego: Tragédia e comédia.* 3ª ed. Petrópolis: Vozes, 1986, p. 22ss.

nias, e os deuses "novos" olímpicos, Zeus e Apolo. Um torneio dialético entre o Hades trevoso e o Olimpo, entre as Erínias e Apolo, coadjuvado por Atená, a que nasceu sem mãe, das meninges de Zeus...

Para as *Erínias* a morte de Agamêmnon é de somenos importância: a rainha Clitemnestra não se ligava a ele pelo *ius sanguinis*, pelo direito consanguíneo e estava de outro lado vingando o sangue derramado de *sua* filha Ifigênia. A morte do rei, no entanto, do ponto de vista do patriarcado, foi um crime abominável, mercê da posição política, social e religiosa do homem. Tal fato justifica também, de um outro ângulo, o ódio e a sede de desforra de Electra.

Ferido, o patriarcalíssimo Apolo ordena a Orestes, ainda, junto ao rei Estrófio, na Fócida, que mate a própria mãe e o amante dela, Egisto, adúltero e agora criminoso vulgar, porque se apossara, através de delitos graves, de um reino que de direito e de fato não lhe pertencia.

Nas *Coéforas*, segunda tragédia da trilogia *Oréstia*, o Coro traduz a importância jurídica e religiosa do homem, quer dizer, do patriarcado:

> *Quando se trata de um pai, a quem se deve a vida,*
> *a lamentação dos seus o persegue ampla, irresistível*
> *e esmagadoramente.*

> (*Coéf.*, 329-331)

Orientado por Apolo, Orestes, acompanhado de seu primo Pílades, filho de Estrófio, encaminha-se resolutamente para Argos. Clitemnestra, assaltada por visões noturnas, provocadas pelo *eídolon* do esposo assassinado, ordena que Electra se dirija ao túmulo de Agamêmnon, onde deverá fazer libações para apaziguar a psiqué irritada do marido. Foi junto ao túmulo paterno que os irmãos se reencontraram e combinaram a sangrenta represália contra Clitemnestra e seu amante Egisto:

> *É uma lei que as gotas de sangue espargidas no solo*
> *reclamam um novo sangue. O assassínio apela para as Erínias,*
> *a fim de que, em nome das primeiras vítimas,*
> *elas tragam nova vingança sobre a vingança.*

> (*Coéf.*, 400-404)

Para conseguir seu intento, Orestes, com a ajuda e respaldo de Pílades e empurrado pelo ódio da irmã, emprega o conhecido estratagema mítico, em que o "morto" anuncia a própria morte. Iniciando seu plano de cumprimento da justiça patriarcal, apresentou-se à sua mãe como um "estrangeiro" vindo da Fócida e encarregado por Estrófio de anunciar a morte de Orestes. A rainha, livre do medo de ver seus crimes punidos pela inexorável lei do *génos*, rejubila-se numa irônica tristeza com a morte do filho:

> *Agora é Orestes, cujos bons fados o arrancaram*
> *do lodaçal ensanguentado – Orestes a derradeira esperança*
> *de uma grande alegria, capaz somente ele de salvar o Palácio...*
> *aparece e se eclipsa...*
>
> (*Coéf.*, 696-699)

Mandado informar de imediato pela esposa, Egisto, que estava no campo, acorre pressuroso ao palácio para se inteirar de tão auspiciosos acontecimentos. Foi o primeiro a tombar sob os golpes de Orestes:

> *Ai! Ai de mim! Meu senhor foi morto. Ai!*
> *Três vezes Ai! Egisto não mais existe. Abri logo,*
> *tirai os ferrolhos das portas do gineceu.*
> *É de um homem forte que precisamos, mas não*
> *para socorrer a quem não mais existe.*
>
> (*Coéf.*, 875-880)

A morte da rainha foi realmente dramática. Vale a pena transcrever uma ponta do diálogo final entre mãe e filho:

Orestes – *Buscava exatamente a ti. Este já prestou contas.*

Clitemnestra – *Morreste, meu queridíssimo e corajoso Egisto?*

Orestes – *Amavas este homem? Descansarás então no mesmo túmulo. Assim, nem mesmo na morte o trairás.*

Clitemnestra – *Não faças isto, meu filho! Respeita, filho, o seio em que tantas vezes dormiste, sugando o leite com que te alimentavas!*

Orestes – *Pílades, que devo fazer? Poderia matar minha mãe?*

> (*Coéf.*, 892-899)

Tratava-se de uma ordem de Apolo. Empurravam-lhe o punhal, além do mais, o olhar imperativo e frio de Electra, bem como as palavras encorajadoras de Pílades.

Orestes decidiu-se: cumpriria o mandato de Lóxias, recordando para quantos pudessem ouvi-lo a longa história da falência das *Erínias*, a vitória pela força do macho sobre a fêmea:

> Orestes – *Segue-me. Quero degolar-te junto dele.*
> *Enquanto vivia, tu o preferiste a meu pai.*
> *Dorme, pois, com ele na morte:*
> *amaste este homem, odiando a quem devias amar.*
>
> (*Coéf.*, 904-907)

Prestes a ser degolada, as palavras da rainha são uma terrível ameaça ao filho:

Clitemnestra – *Vê bem. Cuidado com as cadelas furiosas de uma mãe!*
> (*Coéf.*, 924)

Essas "cadelas furiosas", isto é, as *Erínias*, miticamente as vingadoras do sangue parental derramado, sintetizam o próprio *eídolon* da mãe assassinada que atua sobre o matricida de forma compulsivamente arrasadora. Públio Vergílio Marão (70-19 a.C.), inspirado talvez em Ésquilo e Eurípides, mostra em sua *Eneida* que as Erínias traduziam a psiqué enfurecida de Clitemnestra:

> *aut Agamemnonius scaenis agitatus Orestes,*
> *armatam facibus matrem et serpentibus atris*
> *cum fugit ultricesque sedent in limine Dirae.*
>
> (*En.*, 4,471-474)

> – ou como Orestes, filho de Agamêmnon, que se representa
> em cena fugindo de sua mãe armada de archotes
> e de negras serpentes, enquanto as Fúrias
> vingadoras o cercam nos limiares.

Assassinando a própria mãe, Orestes é imediatamente "envolvido" pelas *Erínias* que só ele vê. Picado pelo aguilhão das "cadelas", dirige-se como um louco para o *omphalós*, o umbigo do Oráculo de Delfos, para ser purificado pelo patriarcalíssimo deus Apolo.

Enquanto o matricida dialogava com Apolo no interior do templo, as *Erínias* caíram em sono profundo... Mas lá estava o infatigável *eídolon* de Clitemnestra para aferroá-las e despertá-las:

> Clitemnestra – *Ouvi-me: nestes lamentos vai o grito de minha alma.*
> *Despertai, deusas ctônias. Do fundo de vossos sonhos*
> *sou eu Clitemnestra que vos chamo.*
>
> (*Eum.*, 114-116)

Orestes não conseguira libertar-se das "cadelas"! Apolo tomou, por isso mesmo, a única providência cabível: instituiu um julgamento ultrapatriarcal para o matricida, cujo crime seria apreciado pelo *Areópago*, o augusto tribunal ateniense. Seus advogados seriam o próprio deus de Delfos e Atená, a que nasceu sem mãe, das meninges de Zeus...

As *Erínias* (o *eídolon* de Clitemnestra) argumentaram ameaçadoramente e os votos dos doze íntegros magistrados atenienses terminaram empatados. Atená, a patriarcal, não se perturbou. Ela teria a palavra final. Seu discurso é tipicamente "falocrático":

> Atená – *A mim pertence a última palavra.*
> *Juntarei meu voto aos que são a favor de Orestes.*
> *Não tive mãe que me desse à luz.*
> *Sou a favor do homem, pelo menos até o casamento.*
> *Com todas as minhas forças sou pelo pai. Desse modo,*
> *não levarei em consideração o assassinato de uma mulher,*
> *que matou o esposo, guardião de seu lar. Para que Orestes*
> *seja absolvido, basta que haja empate nos sufrágios.*
>
> (*Eum.*, 734-741)

E, com efeito, era bastante que os votos dos juízes humanos se igualassem, porque a deusa colocou na urna o *calculus Mineruae*, o "voto de Minerva", capaz de dirimir quaisquer dúvidas em julgamentos...

Livre "exteriormente" das *Erínias*, quitado da pena, mas não da culpa, o matricida atormentado por suas *erínias internas* pede orientação a Apolo acerca do que lhe caberia fazer a seguir. A Pítia respondeu-lhe que, para libertar-se da *manía*, da loucura, da "opressão interna" do *eídolon* de Clitemnestra, deveria dirigir-se a Táurida, na Ásia Menor. Lá teria que descobrir e apossar-se da estátua de Ártemis, cuja guardiã era Ifigênia, sua irmã, que fora arrebatada no momento de ser imolada por Agamêmnon.

Não parece difícil, seguindo os meandros do mitologema, esboçar um juízo de valor acerca de Clitemnestra e Electra. Ambas são vítimas do despotismo patriarcal. A rainha de Micenas é coagida a desposar aquele que lhe trucidou o marido e o filho recém-nascido. Como se isso não bastasse, o novo senhor deixou-se arrastar pela *hýbris* e ofendeu a vingativa deusa Ártemis. No intento de apaziguar-lhe a cólera e ter ventos favoráveis para uma empresa gigantesca, onde brilharia a vaidade pessoal do comandante-em-chefe, atraiu mentirosamente a esposa até Áulis. Em vez de núpcias solenes com Aquiles, a rainha assistiu ao sacrifício de sua filha Ifigênia. A união Clitemnestra-Egisto não é apenas um ato de vindita de ambos contra Agamêmnon, mas, em relação à filha de Tíndaro, tem-se a impressão de tratar-se de uma busca desesperada de apoio e segurança para sua carência afetiva. Diga-se, de passagem, que a decisão de Clitemnestra de unir-se a Egisto custou muito caro à sua honorabilidade. Como sua irmã Helena, raptada por Páris, a esposa de Agamêmnon transformou-se na literatura em prostituta vulgar. Ainda no século I d.C., ao menos em Roma, o nome da rainha de Micenas era sinônimo de mulher fácil, que vendia por bagatela o próprio corpo. Marco Fábio Quintiliano (séc. I d.C.) , em sua obra *De Institutione Oratoria* (Formação do Orador), explicando o conceito de "alegoria", afirma que o orador Célio, comparando Clódia[5] a Clitemnestra, dizia ser aquela uma *quadrantariam Clytaemnestram* (*Inst. Orat.*, 8,53) isto é, *uma Clitemnestra que se possui por um preço ínfimo.*

ELECTRA, em grego Ἠλέκτρα (Eléktra), da raiz indo-europeia *ulek*, sânscrito *ulkâ*, "meteoro, incêndio", é a brilhante, a que se incendeia e incendeia de

---

5. Clódia, possivelmente irmã do caudilho P. Clódio, inimigo de Cícero, celebrizou-se em Roma não apenas por seu fausto e devassidão, mas ainda pelo grande número de amantes e maridos, a muitos dos quais matou, segundo consta, para herdar-lhes a fortuna. Foi a grande paixão do poeta Caio Valério Catulo (séc. I a.C.), que a imortalizou sob o pseudônimo (sem nenhuma conotação pejorativa) de Lésbia. Ao que parece, à época dos atormentados amores de Catulo por Clódia, esta ainda estava casada com M. Célio Rufo, a quem aliás tentou envenenar, conforme o discurso de Marco Túlio Cícero em defesa de Célio (*Pro Caelio*, 13, 15, 16, 20, 22, 23, 26, 29 e 32).

ódio... Com seu temperamento forte rebelou-se contra a mãe por ter-se unido ao maior inimigo da família, e, fato grave, ainda em vida de Agamêmnon. Egisto, que dominara a angustiada Clitemnestra, transformou-lhe a filha numa verdadeira escrava do palácio. Na tragédia *Electra,* de Eurípides, a princesa de Argos é obrigada a casar-se com um humilde camponês. Além da repressão, a humilhação. Já que se está falando da intrépida irmã de Orestes, talvez não fosse de todo fora de propósito transcrever a interpretação de J. Chevalier e A. Gheerbrant a respeito do que Jung denominou *Complexo de Electra*:

"O complexo de Electra, tal como o conceitua a psicanálise, corresponde ao complexo de Édipo, porém com matizes femininos. Não é Electra quem mata a própria mãe: ela induz o irmão Orestes ao matricídio, guiando-lhe a mão armada com o punhal. Depois de uma fase em que se fixa afetivamente sobre a mãe, na primeira infância, a menina apaixona-se pelo pai e tem ciumes da própria mãe. Em seguida, se o pai não lhe corresponde aos anseios, ou ela tende a virilizar-se para seduzir a mãe, ou então, repelindo o casamento, inclina-se para o homossexualismo. Como quer que seja, Electra simboliza uma paixão dirigida aos pais, até igualá-los pela morte. Neste como que equilíbrio fúnebre, implorando aos deuses 'justiça contra a injustiça', Electra recompõe o símbolo do mito e restaura a Harmonia requerida pelo Destino"[6].

De qualquer forma, com Clitemnestra se fecha simbolicamente o destino da mulher grega. Seu grande mérito, a partir de então, como gostosamente diz o meticuloso Iscômaco a Sócrates (Xenofonte, *Econômico*, 7,28,35) seria *nada ver, nada ouvir a seu redor, nada comentar e muito menos perguntar...* Alienada e submissa, sua função precípua era dar ao marido, o mais depressa possível, um herdeiro, óbvia e gramaticalmente do sexo masculino...

3

Como se está fechando este *terceiro volume* com uma heroína, a *mulher Clitemnestra*, creio não ser de todo improcedente fazer uma referência ao trabalho

---

6. CHEVALIER, J. & GHEERBRANT, A. Op. cit. p. 394.

sério e profundo de Jean Shinoda Bolen[7]. Para esta arguta psiquiatra norte-americana cada uma das deusas é projeção dos arquétipos do sexo feminino, estampando, por isso mesmo, cada mulher uma ou mais características que aparecem em uma deusa ou em mais de uma. Para individualizar bem esses arquétipos, Shinoda divide as seis deusas olímpicas[8] em três grupos básicos, havendo, no entanto, indiscutíveis inter-relações entre eles. O primeiro conjunto é formado pelas três grandes deusas virgens, isto é, por *Atená*, *Ártemis* e *Héstia*. São as denominadas "deusas invulneráveis", porque jamais se deixaram dominar e reprimir por seus pares masculinos olímpicos ou por quaisquer mortais. O segundo núcleo é constituído por *Hera* e *Deméter-Core* ou *Deméter-Perséfone*[9]: são as "deusas vulneráveis", por terem sido humilhadas, violentadas e raptadas por seus ilustres esposos e amantes. *Afrodite* fecha os "arquétipos". Trata-se, na feliz caracterização da psiquiatra supracitada, de uma deusa "alquímica", por estar sujeita a múltiplas transmutações.

Vamos repassar brevemente cada uma das seis imortais e tentar com o auxílio indispensável da obra da Dra. Shinoda Bolen levantar-lhes os arquétipos e trazê-los de volta às suas legítimas detentoras, as mulheres. Em seguida procuraremos "encaixar" nos mesmos as duas heroínas, as duas mulheres, de que vimos tratando neste capítulo: *Clitemnestra* e a indomável *Electra*.

Comecemos pelas "vulneráveis". *Hera*, a sétima esposa de Zeus, a "esposa canônica", após trezentos anos de lua-de-mel, foi patriarcalmente vítima dos amores extraconjugais do marido. Uma pletora de amantes mortais e imortais preencheu a ociosidade dos dias intermináveis do senhor do Olimpo. De Demé-

---

7. *Goddesses in Everywoman*. New York: Harper & Row, 1984.

8. É conveniente recordar que os grandes deuses olímpicos eram a princípio doze: seis deuses (Zeus, Hades, Posídon, Apolo, Ares, Hefesto) e seis deusas (Atená, Ártemis, Héstia, Hera, Deméter-Core ou Deméter-Perséfone e Afrodite), o que patenteia um certo equilíbrio entre "patriarcado e matriarcado", expressão aliás que usamos apenas *lato sensu*. Mais tarde, todavia, o Olimpo foi "masculinamente" inflacionado: Hermes, Dioniso e até Héracles sentaram-se entre os imortais, desequilibrando a balança...

9. A junção Deméter-Core, ou Deméter-Perséfone, é uma consequência da conjunção mãe-filha. Κόρη (Kóre), a jovem, é a semente (Perséfone), que, plantada no seio da terra (Deméter), dá vida a novos frutos num ciclo contínuo.

ter a Leto (entre outras) às ninfas e destas a simples "mortais" (ao menos no mito popular), como Dânae, Europa, Alcmena, Leda, Sêmele... nenhuma deusa, ninfa ou mortal, que Zeus desejou, pôde escapar-lhe ao *furor eroticus*. Tantas infidelidades fizeram de Hera, a guardiã dos amores legítimos, uma divindade de fisionomia séria, dura e de temperamento irritadiço e explosivo. Quanto mais humilhada e reprimida por seu real consorte, tanto mais ciumenta e vingativa se tornava, movendo tenaz perseguição contra as amantes e filhos adulterinos do pai dos deuses e dos homens. Companheira fiel e leal, não poderia admitir que seu marido lhe desonrasse o epíteto de protetora inconteste do casamento e, portanto, dos amores legítimos.

A mulher que possui o arquétipo de Hera sente-se "incompleta", desamparada e carente sem um companheiro. Casando-se, faz do marido, a quem é fiel em grau superlativo, o centro de todas as suas atenções. O trabalho dentro ou fora do lar não lhe diz muito: o tempo há que ser dedicado a *seu rei*, que se constitui para ela em prioridade absoluta. Excelente esposa, é excelente mãe, uma vez que os filhos lhe completam o universo doméstico.

Como faz do casamento o dia mais feliz de sua vida e do marido o centro de sua existência, não pode admitir que qualquer contratempo lhe venha perturbar a doce paz do lar. A uma traição do cônjuge ela responde, as mais das vezes, não com outra, mas com uma profunda amargura. Torna-se, de imediato, mal-humorada, irritadiça e nervosa. A sequência de infidelidades ou a separação arrastam-na para a mais profunda depressão, que pode até mesmo provocar a tragicamente denominada *Síndrome de Medeia*, cuja vingança sangrenta contra os filhos por causa da perfídia de seu esposo Jasão se mostrou no capítulo V deste volume.

A vulnerável Hera-mulher traduz, pois, a fidelidade consumada, mas que não desculpa arranhões em seu *hieròs gámos*, quer dizer, na sacralidade de seu matrimônio.

Deméter e *Core* ou *Perséfone* complementam e completam o rol das *vulneráveis*. Após várias experiências matrimoniais, Zeus forçou Deméter a unir-se a ele. Dessa paixão unilateral nasceu Core ou Perséfone. Como se isto não bastasse, a deusa da terra cultivada, a deusa-mãe por excelência, foi cortejada por Posídon. Para fugir aos fogosos desejos do deus-cavalo, ela disfarçou-se em égua, mas o futuro deus do mar, tomando a forma de garanhão, fê-la mãe do cavalo Aríon e de uma filha (possivelmente um ser monstruoso), cujo nome só era conhecido pelos Iniciados nos Mistérios de Elêusis. O povo dava-lhe o simples epíteto de Δέσποινα (Déspoina), a Senhora, conforme se narrou no Vol. I, p. 300. A grande dor e paixão de Deméter, todavia, foi o rapto de sua filha Core por Hades ou Plutão, rei do mundo das trevas, nas entranhas da terra, segundo se expôs no mesmo Vol. I, p. 305ss. Esse rapto provocará uma longa busca de Core por Deméter e, em seguida, uma total reclusão desta última até que a filha lhe fosse devolvida ao menos por oito meses a cada ano. Além da violência do rapto, Core sofreu uma outra no reino dos mortos: Plutão, para mantê-la no mundo das sombras, obrigou-a a comer uma semente de romã.

Como já se falou exaustivamente no supracitado Vol. I, p. 284ss do mito das "duas deusas", do rapto de Core e de seu simbolismo e consequências, vamos relembrar aqui apenas que Deméter é a terra rasgada pela charrua patriarcal. Em seu seio ferido será plantada a semente, mas Κόρη (Kóre), Core, o novo fruto, será raptada e levada para as trevas estéreis do Hades. Foi necessária uma atitude passiva, mas corajosa, a reclusão de Deméter, negando-se a gerar novos frutos, para que a "semente Perséfone", escondida por certo tempo no seio da mãe-terra, dela emergisse para gerar novos e sadios rebentos.

Como acentua com precisão Jean Shinoda Bolen, "estas três deusas (Hera, Deméter e Perséfone) em seus respectivos mitos foram raptadas, dominadas à força ou humilhadas por seus pares divinos. Cada uma sofreu as consequências dolorosas do rompimento ou da desonra de uma ligação amorosa. E cada uma reagiu a seu modo: Hera, com a violência, o ódio e o ciume; Deméter e Perséfone, com a depressão. Cada qual, porém, estampou sintomas que se podem caracterizar psicologicamente como doença. Mulheres em que se manifestam esses arquétipos são também vulneráveis"[10].

Deméter é indiscutivelmente o arquétipo materno. Traduz o instinto maternal realizado por inteiro na gravidez ou no esforço total para alimentar física,

---

10. Op. cit., p. 132.

psicológica ou espiritualmente os seus semelhantes. Esse poderoso arquétipo pode delinear o caminho de uma mulher através da vida; pode se constituir num impacto significativo para os outros, mas pode de igual maneira predispô-la à depressão, quando sua necessidade de "nutrir" for impedida ou rejeitada. A mulher-Deméter se realiza de maneira concreta na maternidade, mas essa maternidade pode não ser biológica. Assim, esse tipo de mulher, quando não se casa ou não tem filhos, embala seus sonhos maternos profissionalmente como professora, assistente social, conselheira, terapeuta, pediatra, mas a ideia central é sempre a de estar "aleitando".

Quando Plutão raptou Core, Deméter se *retraiu* e a terra deixou logo de produzir seus frutos. De modo idêntico o aspecto destrutivo da terra-mãe consiste numa *passiva retração*, ao contrário de Hera e Ártemis, que *ativamente* comandam a vingança através do ódio e da perseguição implacável a seus opositores e inimigos. Deprimida, a mulher-Deméter "enclausura-se" e deixa sem "aleitamento" aqueles que a cercam ou que dela dependem.

Core foi raptada, violentada e humilhada por Plutão. No Hades tornou-se *Perséfone*, quer dizer, uma deusa madura, como esposa de Hades e rainha dos mortos, mas sempre pronta para atender a quantos dela necessitassem.

Diferente de Hera e Deméter, que traduzem padrões arquetípicos solidamente acoplados a uma ternura instintiva, Core-Perséfone, como uma personalidade-padrão, mostra-se muito submissa.

Quando é Core-Perséfone que estrutura a personalidade, ela predispõe a mulher não para agir, mas para ser conduzida por outrem, vale dizer, para ser complacente na ação e passiva nas atitudes. Perséfone, enquanto *Core*, faz que a mulher tenha com frequência o comportamento de uma *puella*, de uma jovem, de uma menina. Na realidade, a filha de Deméter se polariza como *Core*, a jovem, e como *Perséfone*, a *deusa madura*, rainha do Hades. Esta dualidade está igualmente estampada em dois padrões arquetípicos: a Core-mulher, uma espécie de *puella aeterna*, e a Perséfone-mulher, mais adulta, mais amadurecida, sem deixar, porém, como filha de Deméter, de ser uma incansável prodigalizadora. Não raro, os dois aspectos se aglutinam numa só mulher.

As três "invulneráveis", como já se adiantou, são Atená, Héstia e Ártemis.

ATENÁ, nascida das meninges de Zeus, "a filha do pai", identifica-se como deusa da inteligência, da paz, das artes e dos artistas, sobretudo dos tecelões e artesãos. Era a única das olímpicas a aparecer armada: usava capacete, escudo e lança. Para manter a paz, configurada pela oliveira, árvore que lhe era consagrada, estava sempre pronta para ostensivamente defender a tranquilidade de sua querida cidade de Atenas e de todos os helenos. Estrategista, conservadora e apegada às soluções práticas, simboliza a mulher que se rege mais pela razão do que pelos arrebatamentos afetivos. Mais refletida que impulsiva, a mulher-Atená age mais como *animus*. Diferentemente de Ártemis e de Héstia, prefere a companhia dos homens, aos quais não raro serve de segura e discretíssima confidente. Atená protegia de preferência os grandes heróis, segundo nos é dado observar na *Ilíada* em relação a Aquiles; na *Odisseia*, onde se converte na bússola de Ulisses em seu longo e tumultuado retorno aos braços de Penélope e na *Oréstia* de Ésquilo, em que se postou ao lado de Orestes, para defendê-lo do assédio das Erínias. A mulher-Atená configura-se mais como amiga e íntima dos homens do que das mulheres. Tem uma forte atração pelo poder e pelo mando, o qual para ela é "o melhor afrodisíaco", na expressão um pouco exagerada do ex-Secretário de Estado Norte-Americano Henry Kissinger, citado por Shinoda. Por isso mesmo, para esse tipo de mulher, o sexo, por vezes, é mais uma das funções físicas, quando não, um "ato calculado". Desse modo, a mulher-Atená, apesar de sua estreita ligação com os "heróis", pode tornar-se com mais facilidade uma homossexual, característica que procura a todo custo mascarar com o sigilo.

HÉSTIA é propriamente uma deusa *anônima*, por isso que ἑστία (hestía) designa aquilo que ela representa, a *lareira*. Como se mostrou no Vol. I, p. 291ss, Héstia é a *lareira* em sentido estritamente religioso ou, por outra, é a personificação da *lareira* colocada como um verdadeiro *mandala* (antigamente a lareira era redonda) no *centro* do altar; depois, sucessivamente, da *lareira* no meio da habitação, da *lareira* da cidade, da *lareira* da Grécia; da *lareira* como fogo central da terra; enfim, da *lareira* do universo.

Embora Afrodite, o amor que não se aquieta, tenha desencadeado os apetites de Apolo e Posídon, Héstia soube resistir-lhes e obteve de Zeus a prerrogativa de guardar a virgindade para sempre. Jamais foi estatuada ou pintada, por já estar retratada de corpo inteiro no lume vivo no centro da casa, do templo e da cidade. Héstia é uma espécie de presença tátil na chama que ilumina e aquece.

Enquanto os outros deuses viviam num vaivém constante, Héstia manteve-se *solitária, silenciosa* e *extaticamente sedentária* no vasto Olimpo. Nada, porém, é possível fazer sem ela. Era uma onipresença, do berço ao túmulo. Ao nascer, a criança era purificada sobre sua lareira; ao casar, as "tochas de Héstia" iluminavam o caminho dos nubentes, que, ao penetrar em seu novo lar, acendiam a *lareira*; ao morrer, o corpo era consumido cataticamente pelas chamas da mais pura das deusas. Em Roma, com o epíteto de Vesta, seu fogo sagrado, ciosamente guardado pelas *Vestais*, unia todos os cidadãos numa só e mesma família.

A presença da deusa Héstia no lar e no templo era fundamental para a vida do dia a dia.

Como presença arquetípica na personalidade da mulher, a deusa do fogo sagrado proporciona-lhe inteireza e totalidade, alicerçadas numa profunda experiência subjetiva.

Solitária e tranquila, Héstia é o fogo que alimenta os "interiores". Sua presença no arquétipo da mulher faz que esta execute suas tarefas domésticas mais como uma atividade significativa e prazerosa do que como uma incumbência árdua e desagradável. A boa ordem e arrumação de sua casa traduzem-lhe a profunda harmonia e equilíbrio interior. A mulher-Héstia foge às aglomerações, à política, aos aplausos, às disputas e querelas. Introvertida e amante da solidão, é autossuficiente, diferenciando-se singularmente, sob esse aspecto, de Core-Perséfone. Arredia e "monástica", prefere sorrir "para dentro". Como sabe cultivar o silêncio, tem grande facilidade para concentrar-se. Em geral é muito piedosa e pode consagrar a vida a ordens ou congregações religiosas, cuja norma básica sejam o silêncio, a reflexão e a meditação.

O sexo para ela não é algo essencial. Quando existe, é necessário primeiro "iniciá-la". Excelente dona-de-casa, ótima "companheira", não considera as possíveis infidelidades do marido como um problema de crucial importância.

ÁRTEMIS, filha de Zeus e Leto, é a irmã gêmea de Apolo. Do mito dos irmãos da ilha de Delos já se falou o suficiente no Vol. II, capítulo 2. Tendo nascido antes de Apolo e ajudado a mãe nos trabalhos de parto, ficou tão horrorizada com o que sofreu Leto, que pediu ao pai o privilégio de permanecer para sempre virgem. Deusa da caça e da lua, é representada com vestes curtas, pregueadas, com os joelhos descobertos, à maneira das jovens espartanas. Como Apolo, a quem muitas vezes está associada no mito e no culto, carrega o arco e a aljava cheia de setas temíveis e certeiras. Como deusa da lua, empunha tochas e, por vezes, tem a cabeça encimada pelo astro da noite e coroada de estrelas. Acompanhada pelas ninfas e pelas virgens hiperbóreas, percorre selvas e montanhas. De seu séquito fazem parte igualmente vários animais selvagens, que lhe simbolizam as qualidades: veados, corças, lebres, leoas, javalis... O *urso* traduz bem seu papel de protetora das moças. As jovens púberes consagradas à "deusa selvagem" eram chamadas ἄρκτοι (árktoi), ou seja, *ursas*, durante a adolescência.

Ártemis, como deusa da caça e da lua, era a personificação da total independência do espírito feminino. O arquétipo por ela representado capacita a mulher a buscar seus objetivos em terreno de sua livre escolha, conferindo-lhe uma habilidade inata para, através da competição, afastar de seu caminho a quantos lhe desejam embargar os passos.

A deusa caçadora é o protótipo da divindade que desconhece obstáculos. Embrenha-se nas florestas e vai em busca de sua presa. Vigorosa e destemida, a irmã de Apolo traduz qualidades idealizadas por mulheres ativas que não levam em conta as opiniões masculinas.

A mulher-Ártemis, com frequência, se deixa atrair por homem que possua atributos estéticos, criativos e saudáveis ou pendores musicais, como seu irmão Apolo. Não se deixa, todavia, seduzir pelo patriarcal *Me Tarzan, you Jane*, como agudamente faz notar Shinoda. Prefere *viver* com um homem a *casar-se* com ele. Para ela o casamento espelha com precisão seu conteúdo semântico em latim, *iugum*, jugo, dependência, prisão... Para ela o sexo muitas vezes é mais um esporte recreativo e uma experiência física do que uma intimidade emotiva. Normalmente se frustra no casamento e separa-se, mas prossegue buscando seu *Apolo*, até que encontre alguém que lhe respeite o espírito independente, inquieto, competitivo e compartilhe de seu temperamento contestador. O lar não lhe causa muita preocupação. Vive mais *lá fora*, lutando em quaisquer *selvas* por suas ideias e ideais. Excelente mãe, mas não exageradamente carinhosa, educa os filhos dentro de um enfoque de liberdade e independência, ensinando-lhes desde cedo como defender-se das múltiplas *feras* que encontrarão pelos caminhos e descaminhos da vida.

Sua independência, ditada por seu espírito feminista, predispõe-na a ser agitada e participante de movimentos que visem a *qualquer libertação*.

O homem, que não conseguiu desenvolver em si mesmo essas características da mulher-Ártemis, fica fascinado com tanta energia, inteireza e força de vontade. "Coloca-a, por isso mesmo, num pedestal, em função de qualidades que ele não tem e julga incomuns no sexo feminino"[11].

A deusa do amor total encerra *estes arquétipos.*

Para Homero AFRODITE é filha de Zeus e da ninfa Dione. Consoante Hesíodo, porém, como se enfocou no Vol. I, p. 226ss, a deusa nasceu de uma *espumarada*, resultante do esperma de Úrano, mutilado por Crono. Essa origem dupla da mãe de Eros não é estranha à diferenciação que se estabeleceu entre Afrodite *Urânia* e *Pandêmia*, significando esta última etimologicamente a "venerada por todo o povo" e, em seguida, com discriminação filosófica e moral, "a popular, a vulgar". Platão, no *Banquete*, 180s, estabelece uma rígida dicotomia entre a *Pandêmia*, a vulgar, a inspiradora de amores comuns, carnais, e a *Urânia*, a celeste, a inspiradora de um amor etéreo, superior. Esse "amor urânico", desligando-se da beleza do corpo, eleva-se até a beleza da alma, para atingir a *Beleza* em si, que é partícipe do eterno.

Para uma visão da grande divindade do amor como arquétipo, no entanto, essas distinções não têm, aqui no momento, maior importância.

Afrodite é a deusa da beleza e do amor. Embora tenha características em comum, como não poderia deixar de ser, tanto com as deusas *vulneráveis* (Hera, Deméter-Core ou Deméter-Perséfone) quanto com as virgens, as *invulneráveis* (Atená, Héstia, Ártemis), a deusa do amor não pode ser classificada em nenhum dos dois grupos. A mãe de Eros assemelha-se às *vulneráveis*, porque também ela

---

11. Ibid., p. 63.

foi mãe, rasgada, por conseguinte, pela charrua patriarcal, e confraterniza com as *invulneráveis*, porque jamais se deixou dominar nem tampouco humilhar por seu marido ou amantes divinos e humanos. Afrodite, como observa Shinoda, é uma deusa *alquímica*, sujeita, por isso mesmo, a múltiplas transmutações. Com efeito, para chegar ao *ouro*, símbolo também do *amor*, é necessário que a matéria inferior se despoje das gangas impuras até atingir uma pureza total. Na realidade, o *ouro* é o "aperfeiçoamento de metais inferiores".

Pois bem, χρυσή (khrysé), *áurea, de ouro*, é um epíteto comum da deusa do *amor*, segundo se pode ver na *Ilíada*, III, 64 e em várias outras passagens dos poemas homéricos.

O arquétipo de Afrodite rege o fascínio da mulher pelo amor, a beleza, a sensualidade, a sexualidade. Assim, sob o império de Eros, a mulher pode tornar-se criativa e fecunda.

A mulher-Afrodite é ágil, alegre, expedita. Desse modo, tudo quanto não a envolve emocionalmente não lhe interessa. Ama o movimento e a versatilidade. Sua vocação está voltada para a *arte*: música, dança, literatura, teatro...

Casa-se, via de regra, movida pela paixão e sexualidade, mas raramente suas uniões são estáveis. Vive buscando o homem ideal, o *ouro* afinal... Quando o encontra, segura-o e guarda-o só para si! Se ele "falha", arma-se com o arquétipo de Hera e parte com destemor, segundo se mostrou no Vol. I, p. 229, para a vingança e a destruição de suas rivais.

Apesar de ser considerada pelos filhos como "mãe carismática", sente dificuldade em lhes dar a atenção merecida, pois a vida de uma mulher-Afrodite é uma espécie de moto-contínuo. Para ela Eros é práxis...

Em síntese: se em Hera a ênfase deve recair na *esposa*; em Deméter, na *mãe*; em Core-Perséfone, numa *extrema submissão e dependência*; em Atená, no *homem da casa*; em Héstia, na pacífica e silenciosa *guardiã do lar*; em Ártemis, na *rebeldia e participação*, Afrodite pode ser etiquetada como o *amor-em-ação*.

O que se procurou mostrar, de maneira sucinta, com base em *Goddesses in Everywoman*, é que as características fundamentais de cada mulher estão em conexão estreita com a deusa ou as deusas a que ela se assemelha.

A Dra. Jean Shinoda Bolen, após estudar e analisar exaustivamente as seis grandes deusas olímpicas, encaixou-as em *vários* arquétipos, pois que a *mulher* não reflete apenas uma deusa e nem tampouco uma deusa reproduz apenas um arquétipo... A maior das feministas da Antiguidade clássica, Safo de Lesbos (séc. VII a.C.), já confessava:

εὔκαμπτον γὰρ ἄει τὸ θῆλυ

(eúkampton gàr áei to thêly)

– Como é versátil a alma da mulher! (1,27,13).

Públio Vergílio Marão (séc. I a.C.), sensível e bom conhecedor da psicologia feminina, como demonstrou sobretudo no canto quarto de sua *Eneida* (em que Dido se mata por amor a Eneias) é mais explícito:

> ... *Varium et mutabile semper femina.*
>
> (*En.*, 4,569-570)
>
> – A mulher é sempre vária e instável...

Assim sendo, vamos estampar com um ou outro retoque e dividindo-o em dois o "quadro arquetípico" elaborado pela Dra. Shinoda e, em seguida, tentaremos "enquadrar" no mesmo *Clitemnestra* e *Electra*.

Que cada uma depois busque por conta própria o seu espaço na *tabela* organizada pela psiquiatra norte-americana. Se alguém, no entanto, após se encaixar em um, dois ou mais arquétipos, quiser *mudar* e passar para arquétipos até mesmo contrários, poderá fazê-lo sem o menor risco e constrangimento... As deusas são muito compreensivas e, além do mais, elas próprias, como mulheres, já mudaram tantas vezes de posição!

Nesse verdadeiro emaranhado de padrões e características, que individualizam deusas e *mulheres*, onde colocar *Clitemnestra* e *Electra*?

Clitemnestra amava seu primeiro esposo Tântalo II, assassinado de maneira covarde por Agamêmnon. Coagida pela força, casou-se com o rei de Micenas e deu-lhe quatro filhos: Ifigênia, Crisótemis, *Electra* e Orestes. Foi-lhe fiel, até que atraída mentirosamente por Agamêmnon a Áulis, em vez de assistir às núpcias de Ifigênia, chorou-lhe amargamente a morte, pois "a noiva" foi sacrificada a

Ártemis. Uniu-se então, e de certo por vingança, a Egisto, que acabou sendo por ela amado, segundo confissão da própria rainha de Micenas, ao chamar o amante, morto por Orestes, de *meu queridíssimo e corajoso Egisto*, conforme se mostrou neste mesmo capítulo. Face a todas estas humilhações, violências e repressões, a esposa de Agamêmnon é uma *vulnerável* e partícipe inconteste dos arquétipos de Hera, com sinais bastante claros da *Síndrome de Medeia*. Alguns lampejos dos arquétipos de Afrodite podem ser ainda observados na personalidade de Clitemnestra.

Electra é a "virgem indomável", que se rebelou contra a mãe por se ter unido a Egisto. Inconformada, passou a "caçá-los" dentro do próprio palácio com as flechas envenenadas de sua crítica ferina. Seu ódio e repugnância pelos novos reis chegaram ao clímax, quando, ajudada por Egisto, Clitemnestra assassinou traiçoeiramente Agamêmnon. O retorno de seu irmão Orestes incendiou-lhe ainda mais o desejo de vingança. Foi ela quem guiou com argumentos decisivos a espada com que o caçula dos atridas decapitou a rainha e o intruso Egisto. *Electra* traduz em larga escala os arquétipos de Ártemis: feroz, destemida e contestadora, luta sem desfalecimentos até a vitória final, mesmo que deixe pedaços de si mesma nos espinheiros e sarçais...

Após uma longa odisseia que se iniciou no *neolítico* e terminou no *Complexo de Electra*, chegamos realmente à conclusão de que o mito é inesgotável.

Fechando este terceiro e último volume de *Mitologia grega*, evocamos como testemunho dessa perenidade da Hélade e de seu mito a profunda reflexão de Murilo Mendes, poeta e prosador culto e versátil: "Mas, talvez acima de tudo, a Grécia possui uma força inesgotável: sua mitologia, que constitui ao mesmo tempo sistema cosmogônico, transposição figurada de fatos reais, reservatório sempre renovado de arquétipos e símbolos. Haverá nesta terra muitas coisas maiores que a mitologia grega, na sua capacidade de contaminar poetas e pensadores? Dai-me uma fábula grega, um 'mitologema', e eu recriarei o mundo".[12]

---

12. MENDES, Murilo. *Transístor – Antologia de prosa*. Rio de Janeiro: Nova Fronteira, 1980, p. 231.

I – QUADRO GERAL DAS SEIS DEUSAS OLÍMPICAS

DEUSAS E SUAS ATRIBUIÇÕES	NATUREZA	FUNÇÃO ARQUETÍPICA
Hera Deusa do casamento	Deusa vulnerável	Esposa Símbolo da fidelidade
Deméter Deusa da terra cultivada	Deusa vulnerável	Mãe Nutridora
Core-Perséfone Jovem e rainha do Hades	Deusa vulnerável	Dependência materna Mulher receptiva
Atená Deusa da inteligência e das artes	Deusa virgem, invulnerável	"Filha do pai" Racional e estrategista
Héstia Deusa da lareira e do templo	Deusa virgem, invulnerável	Símbolo da catarse Mulher recatada, religiosa e solícita
Ártemis Deusa da caça e da lua	Deusa virgem, invulnerável	Irmã Participante e competidora Feminista e contestadora
Afrodite Deusa da beleza e do amor	Deusa alquímica	Sensual e amante Mulher criativa

II – TABELA DAS SEIS DEUSAS OLÍMPICAS SOB ENFOQUE JUNGUIANO

DEUSAS	VISÃO PSICOLÓGICA JUNGUIANA	DIFICULDADES PSICOLÓGICAS	PONTOS DE APOLO
Hera	Normalmente extrovertida Normalmente sensível Normalmente carinhosa	Ciumenta, vingativa, rancorosa, inábil em romper uma relação destrutiva	Fiel, capaz de manter para sempre os compromissos assumidos
Deméter	Normalmente extrovertida Normalmente sensível	Depressiva, introvertida, dependente como agente da nutrição, inábil em planejar a gravidez	Habilitada para a maternidade e para a nutrição, generosa
Core-Perséfone	Normalmente introvertida Normalmente sensível	Depressiva, manipulável, voltada para a fantasia	Receptiva, imaginosa, sonhadora
Atená	Normalmente extrovertida Definitivamente reflexiva Normalmente pouco sensível	Distante emocionalmente, astuciosa, carente de empatia	Ágil em pensar com acerto, objetiva na solução de problemas, sempre disposta a formar sólidas alianças com os homens
Héstia	Definitivamente introvertida Normalmente sensível e intuitiva Normalmente recatada	Distante emocionalmente, socialmente carente	Amante da solidão, espiritualmente criativa
Ártemis	Normalmente extrovertida Normalmente intuitiva Normalmente sensível	Distante emocionalmente, cruel, rancorosa	Hábil na consecução de seus objetivos, autônoma, independente, amiga das mulheres
Afrodite	Definitivamente extrovertida Definitivamente sensível	Pródiga em relacionamentos amorosos, promíscua, lenta em avaliar consequências	Sagaz em desfrutar da beleza e do amor, sensual e criativa

Complementação bibliográfica dos volumes I e II

Além da bibliografia estampada nos Volumes I e II, estamos acrescentando algumas obras por nós consultadas na redação de *Mitologia grega* e que, por um motivo ou outro, deixaram de figurar nos dois primeiros volumes.

ADKINS, A.W.H. *Merit and Responsibility. A Study in Greek Values*. Oxford: Oxford University Press, 1960.

ALLINSON, G. Francis. *Menander. The Principal Fragments*. Cambridge: Harvard University Press, 1951.

AMANDRY, P. *La mantique apollinienne à Delphes*. Paris: E. de Boccard, 1950.

BARDON, Henry. *La littérature latine inconnue*. Tomes I e II. Paris: Klincksieck, 1956.

BAILEY, Alice. *Les travaux d'Hercule*. Genève: Edit. Lucis, 1982.

BESSMERTNY, A. *L'Atlantide. Exposé des hypothèses relatives à l'énigme de l'Atlantide*. Paris: Payot, 1952.

BOLEN, Jean Shinoda. *Goddesses in Everywoman*. New York: Harper and Row, 1984.

BOUZON, Emanuel. *As Leis de Eshnunna*. Petrópolis: Vozes, 1981.

BRANDÃO, Jacyntho Lins et al. *O enigma em Édipo Rei*. Belo Horizonte: Imprensa Universitária, 1985.

CARDOSO, Ciro Flamarion S. *A Cidade-Estado antiga*. São Paulo: Ática, 1985.

CASSIRER, Ernst. *Linguagem e mito*. São Paulo: Perspectiva, 1972.

CASTELLI, E. *La critica della demitizzazione*. Padova: Cedam, 1972.

CAUSSIN, J.J.A. *L'expédition des Argonautes*. Paris: Moutardier Libraire, 1976.

COENEN, Lothar. *Dicionário internacional de teologia do Novo Testamento*. 4 vols. São Paulo: Vida Nova, 1984.

DEL CORRAL, L. Diez del. *La función del mito clásico en la literatura contemporánea*. Madrid: Gredos, 1952.

CRAWFORD, M. & WHITEHEAD, D. *Archaic and Classical Greece*. Cambridge: Cambridge University Press, 1983.

DANZEL, Th. W. *Magie et science secrète*. Paris: Payot, 1949.

DAVIES, J.K. *Democracy and Classical Greece*. Glasgow: Collins, 1984.

DELATTE, A. *Le Cycéon*. Paris: Les Belles Lettres, 1955.

DELEBECQUE, E. *Le cheval dans l'Iliade*. Paris: Klincksieck, 1964.

DEVEREUX, George. *Reality and Dream*. New York: A. Books, 1969.

DIRAT, M. *L'hýbris dans la tragédie grecque*. 2 vols. Lille: Université de Toulouse, 1973.

DUCHEMIN, J. *Pindare, Poète et prophète*. Paris: Les Belles Lettres, 1955.

EBELING, E. *Altorientalische Texte zum Alten Testament*. Berlin: H. Gressmann, 1926.

EGGER, Caroli. *Lexicon nominum uirorum et mulierum*. Roma: Societas Libraria "Studium", MCMLVII.

EHRENBERG, V. *Sophocles and Pericles*. Oxford: Oxford University Press, 1954.

FAURE, Paul. *La vie quotidienne en Crète au temps de Minos*. Paris: Hachette Littérature, 1973.

FESTUGIÈRE, A.-J. *Hippocrate. L'Ancienne Médecine*. Paris: Klincksieck, 1948.

_____ *Personal Religion among the Greeks*. Los Angeles: California University Press, 1957.

FROBENIUS, Leo. *Mythologie de l'Atlantide*. Paris: Payot, 1949.

GOETHE, Johann Wolfgang von. *Fausto*. Belo Horizonte: Itatiaia, 1981 [Tradução de Jenny Klabin Segall].

GLOTZ, G. *La solidarité de la famille dans le droit criminel en Grèce*. Paris: Albin Michel, 1904.

GRANOF, Wladimir. *La pensée et le féminin*. Paris: Ed. de Minuit, 1976.

GREENE, W.C. *MOIPA. Fate, Good and Evil in Greek Thought*. Cambridge: Cambridge University Press, 1974.

GRIMAL, Pierre. *La mythologie grecque*. Paris: PUF, 1953.

HOUSE, Patrick. *Ève, Eros, Eloim. La femme, l'érotisme, le sacré*. Paris: Denoel, 1982.

HOHENHEIM, Aureolus Philippus Theophrastus Brombastus von (Paracelsus). *Liber de nymphis, sylphis, pygmalis et salamandris et de ceteris spiritibus*. Barcelona: Obelisco, 1983.

IRIGARAY, Luce. *Ce sexe qui n'en est pas un*. Paris: Ed. de Minuit, 1977.

_____ *Speculum, de l'autre femme*. Paris: Ed. de Minuit, 1979.

ITHURRIAGUE, Jean. *Les idées de Platon sur la condition de la femme au regard des traditions antiques*. Paris: Librairie Universitaire J. Gamber, 1931.

JACQUOT, Jean et al. *Le théatre tragique*. Paris: C.N.R.S., 1965.

JAEGER, W. *La teología de los primeros filósofos griegos*. México: Fondo de Cultura Económica, 1952.

JESI, Furio. *Mito*. Milano: Istituto Editoriale Internazionale, 1973

JUNG, C.G. *Four Archetypes: Mother, Rebirth, Spirit, Trickster*. Princeton: Bollingen Series, 1969.

KIRK, G.S. *Homer and the Oral Tradition*. London: Cambridge University Press, 1976.

_____ *Myth: its meaning and functions in ancient and other cultures*. London: Cambridge University Press, 1970.

KNOX, B.M.W. *The Heroic Temper. Studies in Sophoclean Tragedy*. Berkeley: Sather Classical Lectures, 1966.

LEACH. Edmund et al. *The Structural Study of Myth and Totemism*. London: Tavistock Publications, 1976.

LEAL, José Carlos. *A natureza do conto popular*. Rio de Janeiro: Conquista, 1985.

LÉVI-STRAUSS, Claude. *Mythologiques: Le cru et le cuit*. Paris: Plon, 1964.

MALRAUX, André et al. *Des bas-reliefs aux grottes sacrées*. Paris: Gallimard, 1954.

MAGUEIJO, Custódio. *Introdução ao grego micênico*. Lisboa: Instituto Nacional de Investigação Científica, 1980.

MASSON, Olivier. *Les inscriptions cypriotes syllabiques*. Paris: Ed. de Boccard, 1961.

MEIER, Christian. *Introduction à l'anthropologie politique de l'Antiquité classique*. Paris: PUF, 1984.

MIREAUX, E. *Les poèmes homériques et l'histoire grecque*. Paris: Albin Michel, 1948.

MOULINIER, L. *Le pur et l'impur dans la pensée des grecs, d'Homère à Aristote*. Paris: Klincksieck, 1952.

MUGLER, Ch. *Deux thèmes de la cosmologie grecque: Devenir cyclique et pluralité des mondes*. Paris: Klincksieck, 1966.

MURRAY, Oswin. *Early Greece*. Glasgow: Collins, 1983.

NESTLE, W. *Historia del espíritu griego*. Barcelona: Ariel, 1961.

NETO, Fausto Antônio. *Cordel e a ideologia da punição*. Petrópolis: Vozes, 1979.

NICEV, A. "La faute tragique dans l'Oedipe Roi de Sophocle". In: *Annuaire de l'Université de Sofia*. Faculté de Philologie, 55/2, 1962.

PAGE, D.L. *History and the Homeric Iliad*. Berkeley: Sather Classical Lectures, 1959.

PÉPIN, R. *Quintus Serenus, Liber Medicinalis*. Paris: Klincksieck, 1952.

PICKARD-CAMBRIDGE, A.W. *Dithyramb, Tragedy and Comedy*. Oxford: Oxford University Press, 1927.

_____ *The Dramatic Festivals of Athens*. Oxford: Oxford University Press, 1953.

PIGANIOL, André. *Recherches sur les jeux romains. Notes d'archéologie et d'histoire religieuse*. Strasbourg: Librairie Istra, 1923.

PORTAL, Frédéric du. *Los símbolos de los egipcios*. Barcelona: Obelisco, 1981.

PULQUÉRIO, Manuel de Oliveira. *Problemática da tragédia sofocliana*. Coimbra: Imprensa de Coimbra, 1968.

ROCHA, Guimarães Everardo P. *Magia e capitalismo*. São Paulo: Brasiliense, 1985.

_____ *O que é mito*. São Paulo: Brasiliense, 1985.

ROSE, H.J. et al. *La notion du divin, depuis Homère jusqu'à Platon*. Genève: Bollingen Foundation, 1954.

ROUSTANG, François. *Un destin si funeste*. Paris: Ed. de Minuit, 1976.

RUYER, Raymond. *La gnose de Princeton*. Paris: Librairie Fayard, 1974.

SAPHOUAN, Mustapha. *La sexualité féminine*. Paris: Seuil, 1976.

SELLIER, Philippe. *Le mythe du Héros*. Paris: Bordas, 1973.

SLATER, E. Philip. *The Glory of Hera. Greek Mythology and the Greek Family*. Boston: Beacon Press, 1971.

SOLMSEN, F. *Hesiod and Aeschylus*. Ithaca: Cornell University Press, 1949.

_____ *Plato's Theology*. Ithaca: Cornell University Press, 1942.

TOMPROPOULOS, Marie. *Description complète d'Olympie*. Atenas: C. Cacoulides, Librairie et Editeur, 1974.

TRYPANIS, A. Constantine. *The Penguin Book of Greek Verse*. London: Penguin Books, 1971.

VIAN, F. *La guerre des géants. Le mythe avant l'époque hellénistique*. Paris: Klincksieck, 1966.

WALTERS, H.B. *A Guide to the Select Greek and Latin Inscriptions* (*British Museum*). London: Printed by Order of the Trustees, 1929.

WHITMAN, C.H. *Sophocles. A Study of Heroic Humanism*. Cambridge: Cambridge University Press, 1962.

Índice onomástico

Observações: 1) As palavras ou expressões gregas transliteradas para caracteres latinos aparecem em grifo. O mesmo ocorre com nomes de obras ou palavras de língua estrangeira. 2) Os números em índice referem-se às notas de rodapé.

A

Abas 76s
Abdero 65
Abraão 31
Acaia 49, 58
Ácamas 157, 176, 183, 307[7]
Acarnenses 57
Acasto 38, 188, 197, 200, 215
Acrísio 21, 62, 76-78, 90, 258, 267
Acrópole 173, 175
Actéon 25, 60
Acusilau 35
Adão 122
Admeta 106, 113
Admeto 37, 109, 188, 215, 333
Adônis 40
Adrasto 46, 67, 89, 175, 283[39]
Adriático 194, 320
Aédon 62
Aérope 60
Afidna 180
África 61, 195
África do Norte 317[14]
Afrodite 20, 26, 34[29], 42, 57s, 72,
    122, 141, 145, 150, 172s, 176, 184,
228, 308, 311, 325[24], 326, 341, 347,
    360, 360[8], 364, 367, 371s
Afrodite de Cnido 145, 149-151
Afrodite-Kakía 141, 155
Afrodite Pandêmia 367
Afrodite Urânia 367
Agamedes 63
Agamêmnon 43, 53, 60, 65, 89, 307[7],
    308-310, 311[10], 312s, 316, 345[1],
    346-354, 356, 358s, 369s
Agamêmnon 135, 304[3], 352s
Agave 245
Agelau 133, 154
Agenor 75, 77, 86, 243[1], 245
Agesilau 56
Agesilau 56
Ágis 48[38]
Aglaia 76s
Agláope 325
Agraulo 27
Agrauro, santuário de 27
Agrigento 34[28]
Ágrio 303
Ájax 27, 43, 53, 60, 138, 168, 281,
    304[3], 312-314

Ájax Oileu 55, 63
Ájax Telamônio 64
Akhnaton 150
Alá 31
Alceste 37, 68, 109, 197, 215
Alceste 68, 137
Alceu 91, 93, 95, 110
Alcides 30, 94, 97, 105, 110, 120
Alcímede 185, 185[2], 215
Alcímenes 197, 219
Alcínoo 195, 329
Alcínoo, Ilha de 195
Alcíone 216
Alcmena 52, 59s, 62, 93-100, 103, 105, 107-110, 115, 118, 123-126, 128, 130, 133, 135s, 138, 157, 180s, 361
Alcméon 62
Álcon 45
Aleno 118
Alexandre 59, 66, 140, 315[11], 347
Alexanor 51
Alexíares 154
Alfeu 60, 107
Alópeco 55
Alópio 154
Altêmenes 62,68
Amazona Antíope 110
Amazonas 59, 110s, 124, 157, 167, 175s, 191, 220, 311[10]
Amenófis IV 32, 150
Améstrio 154
Amiclas 37
Âmico 190
Amintor 57, 128
Amisódaro 220
Amitáon 185[2], 215
Amon 32, 85
Anaxíbia 215
Anaxo 93

Anco Márcio 88
Andaina 53
Andrêmon 313
Androgeu 167
Andrômaca 37, 68, 315
Andrômeda 85s, 90s, 93, 182
Anfião 37, 62, 246, 246[2], 247
Anfiarau 26, 44, 46, 48-50, 62, 68, 175, 188
Anfictião 88, 216
Anfíction 164
Anfídamas 62
Anfíloco 48
Anfíon 251
Anfípolis 43
Anfítea 303
Anfitrião 20, 46, 60, 62, 94s, 95[1], 96-99, 116, 130
Anfitrite 172
Aniceto 154
Anio 312
Ánoia 138
Anpu 38[30]
Anquínoe 75, 77
Anquises 20, 23, 46, 57s
Anteia 219
Anteias 303
Ântemo 114
Antenor 310
Anteu 47, 120
Antia 76
Antíades 154
Antícira 51
Anticleia 60, 161, 218, 303s, 303[4], 330
Antífates 319
Ântifo 154, 315[11]
Antigo Testamento 23, 274, 340
Antígona 20, 65, 68, 244, 266, 277, 283, 299, 351

Antígona 65, 68, 138[22], 243[1], 265, 266[22], 351

Antíleon 154

Antímaco 154, 310

Antimaquia 36

Antínoo 332-334

Antíoco 154

Antíope 63, 167, 175, 246, 246[2]

Antíope, Amazona 110

Antiquíreo 51

Apatúrias, festa das 27

Apocalipse 102

Apolo 8, 20, 33, 34[29], 45, 45[34], 48, 48[37], 49, 50[40], 51, 61, 63, 66, 69, 72, 76, 96, 100, 102, 105, 109s, 126, 128, 130s, 136, 142, 146, 159, 159[2], 161, 173, 216, 238, 247, 252s, 256, 278s, 286, 299, 301[1], 302, 310s, 316[13], 317, 338, 348, 350, 353s, 356, 360[8], 364-366

Apolo Delfínio 36, 108, 165s

Apolo, Febo 196, 232s

Apolo, Oráculo de 142, 284

Apolo Peéon 50

Apolo Ptóos 49

Apolo Sarpédon 49

Apolodoro 16, 23, 30, 35, 37, 46, 46[36], 47, 52, 56-65, 99, 102, 103[3], 116, 157[1], 185[1], 186, 188, 217[1], 232[3], 246, 271, 276, 285[42]

Apolônio de Rodes 11, 64, 185[1], 187[3], 188, 196, 196[8], 203, 243[1]

Apomnemoneúmata 140

Apsirto 64s, 193s, 205, 212

Aptera, Vitória 173

Apuleio 321s

Áqueles 133, 154

Aqueloo, Rio 37, 47, 118, 129

Aqueronte 118

Aqueu 158, 216

Aquiles 11, 20, 25s, 30, 36, 43, 50, 51-54, 59, 63s, 66-68, 72, 89, 135, 137, 141, 200, 286, 301s, 307s, 309[8], 310[10], 310-315, 337, 347-350, 358, 364

Arábia 121

Arcádia 104-107, 127, 197, 309[8]

Arcas 47, 54s

Arcísio 303s

A'rdea 91

Ardeias 303

Ares 42, 65, 109s, 120, 126, 138, 187, 193, 215, 218, 220, 245, 271, 311, 360[8]

Ares, Dragão de 247

Arestor 188

Arete 195, 329

Areté-Atená 140, 155

Aretusa 120

Argia 175

Argíope 309[8]

Argo 188, 188[4], 189-192, 194-198, 202s, 205s, 208, 214

Argólida 54, 75s, 103, 108, 159, 347

Argonautas 37, 185s, 187[3]

Argonáutica 187[3], 196[8]

Argonáuticas 64, 185[1], 187[3], 196, 243[1]

Argos 45, 54, 56, 76, 78, 89s, 95-97, 100s, 104, 109, 175, 188, 188[4], 331, 347, 350, 353s, 359

Ariadne 26, 59, 172-174, 176s, 181s, 184, 194, 209

Arícia 176

Aríon 362

Aristeu 52

Aristides 43

Aristipo 140

Aristófanes 33s, 57, 136, 162, 309[8], 318[16]

Aristômaco 51, 55

Aristômenes 48

Aristóteles 49, 53, 62, 62[49], 129, 304[3]

Arquédico 154

Arquêmaco 154

Arquesilau 303

Arquíteles 129

Ártemis 27, 35, 55, 60, 72, 105s, 146, 176s, 194, 198, 219[2], 247, 308s, 347, 349, 358, 360, 360[8], 363-372

Ártemis, Hino a 105

Ártemis Órtia 179

Artemísion, Monte 105

Artur 21, 161

Ascálafo 118

Asclépio 20, 25s, 51, 127, 146, 176, 302

Ásia 121, 193

Ásia Menor 187, 221[3], 301, 308, 388

Asopo 219[2]

Asopo, Rio 219[2]

Astério 188

Astíanax 154, 315

Astíanax de Mileto 59

Astíbies 154

Astidamia 38, 93, 128, 154, 200, 215

Astíoque 154

Atalante 47, 56, 79

Átamas 36, 53, 186, 216, 328[28]

Ate 353

Atédon 255

Atená 55, 63, 72, 83s, 90, 97, 100, 102, 106, 117, 120s, 126, 134, 138, 141, 158s, 188, 188[4], 193, 220, 226, 238, 245, 276, 301, 309[8], 311, 314s, 315[11], 328s, 330-337, 347, 353, 357, 360, 360[8], 363s, 367s, 371s

Atená, Areté- 141, 155

Atená, Palas 159, 168, 184, 199, 313s, 316, 329

Atená Minoica 196

Atená Peônia 50

Atenas 24-28, 20[20], 34[29], 36, 42s, 59, 88, 135, 157, 159[2], 160, 165-170, 172, 174s, 175[13], 176, 178, 180-184, 199, 213, 246, 248, 276[33], 283s, 299

Ateneu 47, 59, 271, 274[30], 285, 304[3]

Athená Phratría 27

Ática 108, 157, 160, 168, 173-176, 178-180, 246

Átis 242

Atlântico 324

Atlântida 329

Atlas 48[38], 119, 121

Aton 32

Atreu 60, 89, 349, 352

Atridas 351

Átromo 154

Auge 60, 154, 309[8]

Augias 64, 107, 124, 188, 309[8]

Augias, Estábulos de 107, 124

Áulis 308, 309[8], 347-350, 358, 369

Aurora 121, 134, 231, 235, 328, 335

Áuson 303

Autólico 46, 48, 51, 60, 64, 130, 185[2], 218, 303s, 304[4], 305

Automedusa 93, 99

Autônoe 154

Autônoo 42

Avalon 202

Avalon, Brumas de 324

Avalon, Ilha de 222

Axiero 189[5]

Axioquersa 189[5]

Axioquerso 189[5]
Azane 47, 124
Azuis, Rochedos 191

B

Babilônia 18, 39
Bacante 243, 246
Bacantes 65, 243[1]
Bácis 51
Baco 123, 201, 317
Balbo, Caio Valério Flaco Setino 196, 196[8]
Bali 145
Báltico 203
Bambaras 40
Banquete 33, 33[27], 37, 100, 145s, 367
Banquete de Sábios 271
Baquílides 157[1]
Bata 38[30]
Bato 56, 61
Belerofonte 38s, 42, 45, 57, 217-220, 221[3], 221-228, 275s
Belo 75, 77, ,86
Bem-Aventurados 200
Bem-Aventurados, Ilha dos 68, 104, 200, 222, 326, 342
Beócia 51, 193, 245, 308, 347
Beotes 216
Bética, Hispânia 114
Bias 215
Bíblia 112s
Biblioteca 157[1], 185[1], 217[1], 232[3], 243[1], 271, 285[42], 304[3], 345[1]
Biblioteca Histórica 13[2], 157[1], 185[1], 217[1], 232[3], 243[1], 285[42]
Biblos 308
Bitínia 190
Bizâncio 57
Boedrômias 176

Bois de Gerião 113
Bóreas 158
Bósforo 190
Branca, Ilha 222
Briganti 324
Brumas de Avalon 324
Búcolo 154
Buddha 23, 23[17]
Búfago 59
Buleu 154
Bura 48
Busíris 120
Butes 158, 195

C

Cabiro 189[5]
Cabiros 189[5]
Cabiros, Mistérios dos 189
Cabo Cafareu 307[7], 349, 351
Cabo Mália 123
Cabo Tênaro 117
Caco 115s
Cadmeus 244, 248[3], 248, 270s
Cadmilo 189[5]
Cadmo 37, 54, 59, 193, 208, 243[1], 244s, 247, 271
Cafareu, Cabo 307[7], 349, 351
Caio Valério Catulo 358[5]
Caio Valério Flaco Setino Balbo 196, 196[8]
Calábria 115
Cálais 188, 190
Calcas 26, 48s, 51, 188, 301[1], 307s, 347
Calcíope 36, 154, 187, 193
Calciopeia 125
Calcomedusa 303
Caledônia 62
Cálice 216

Calídice 303, 341
Cálidon 89, 129
Calímaco 105, 166
Calíope 34[29]
Calipso 303, 328
Calisto 55, 303
Camiro 37
Campânia 325[24]
Campos Elísios 200
Cânace 60, 216
Câncer 234
Caneto 163
Cântico dos Cânticos 106, 122, 143, 143[29]
Cão Cérbero 117, 129
Capaneu 65, 175
Cápilo 154
Cária 220
Caribdes 195, 208, 324, 327s, 327[27], 344
Caristo 128
Cassandra 48[38], 60, 63, 301[1], 315[11], 350-352
Cassífone 303
Cassífones 303
Cassiopeia 85s
Castor 20, 44, 46, 59, 98, 179, 188, 346
Catálogo 272[27]
Catálogo das Naus 310, 310[9], 313
Catreu 62
Catulo, Caio Valério 358[5]
Cáucaso 121, 191
Cécrops 27, 35, 54s, 88
Cécrops II 158
Cedrias 44
Cefalênia, Ilhas de 310
Céfalo 25, 62, 158, 303
Cefeu 85s, 127, 188

Cefiso, Rio 165
Ceifeiro Maldito 132
Cêix 130
Céleo 55
Celeustanor 154
Célio 358
Ceneu 35, 68, 188
Centauro 25s, 51, 129, 134
Centauro Élato 123
Centauro Eurítion 124
Centauro Folo 123
Centauro Nesso 134
Centauro Quirão 22, 305, 307[7]
Centauros 123, 178[16]
Cérbero 23, 103, 117, 136, 220
Cérbero, Cão 117s, 129
Cércion 164
Cercopes 131s
Cerinia 105
Cerinia, Corça de 105
Cerinia, Monte 105
Céu 121, 148s
Ceuta 328
Ceuta, Rochedo de 114
Chipre 89, 121, 128, 308
Chipre, Ilha de 276
Ciâneas 22, 191s
Cibele 40, 190
Cícero, Marco Túlio 33[27], 358[5]
Cíclades 78
Ciclopes 55, 58[47], 76, 305, 329
Ciclopes 58[47], 304[3], 318[16]
Cicno 38, 120
Cicno III 215
Cícon 316[13]
Cícones 316, 316[13]
Cila 208, 324, 327, 327[27], 328, 344
Cilícia 49

Cílix 245

Cimérios 323s

Címon 183

Cinegética 25, 304[3]

Cíniras 308

Cios 190

Cípselo 37, 251, 276[33]

Cirão 44, 163

Circe 193, 195s, 198, 203s, 231, 303,
    320, 320[18], 323s, 327, 327[26], 328,
    341, 344

Circe, Ilha de 195

Cirene 61, 158

Cirônicas, Rochas 163

Cirônicos, Rochedos 163

Ciros, Ilha de 36, 89, 183, 312

Cisne 237

Cisne, Zeus- 346

Cisseu 315[11]

Citera, Ilha de 317

Citerão 253, 256, 280, 283s

Citerão, Monte 35, 98, 253, 255, 286

Citéron 65

Çiva 39

Cízico 189s

Cleolac 154

Cleomedes de Astipaleia 45

Cleômenes 54

Cleômenes 48[38]

Cleópatra 158

Clícia 57

Clímene 232, 234, 239, 307[7]

Clio 34[29]

Clite 189

Clitemnestra 20, 60, 65, 89, 138[22], 308,
    309[8], 316, 345, 345[1], 346-359, 369s

Clitemnestra-Egisto 358

Clódia 358, 358[5]

Clódio, P. 358[5]

Clóris 215

Cnido, Afrodite de 145, 149s

Cnossos 168

Codro 56

Coéforas 345[1], 354

Coéforas 28, 354, 356

Colono 267, 283s, 299

Colono, Édipo em 243[1], 258, 265, 266[22],
    278, 283, 285[42], 287

Cólquida 22, 159, 166[10], 186s, 189,
    191, 193-200, 203, 208s, 212

Colunas de Héracles 114

Comatas 80, 80[4]

Cometo 95, 95[1]

Complexo de Electra 359

Cônidas 25, 160

Copreu 100, 255[11]

Corça de Cerinia 105

Corcira 195

Core 181, 325, 360, 363

Core, Deméter- 360, 360[9], 367

Core-Perséfone 363, 365, 368, 371s

Corebo 46[35]

Corfu 195, 329, 344

Corinto 21, 45, 64, 159, 175,
    196-198, 199, 201s, 205, 217, 219,
    219[2], 222, 251-253, 253[8], 254-257,
    276[33], 280s, 284, 288

Corinto, Istmo de 108, 161, 165

Corônis 20, 146

Corono 127, 218

Cortona 341

Cós 51, 125

Cós, Ilha de 36

Craníon 45

Crateis 327[26]

Crátilo 13, 272[27]

Creonte 95, 99, 154, 159, 198s, 244, 266s, 269, 271, 277s, 281, 283

Creontíades 154

Creso 50

Creta 108, 131[17], 167, 169, 173s, 182, 195, 221[3]

Creta, Ilha de 35s

Creta, Touro de 108, 166

Creteu 185[2], 215s

Creúsa 158s, 198, 201, 216, 315[11]

Crisaor 84, 114

Crise 218

Criseida 311, 350

Crises 110, 218, 310s

Crisipo 61, 247, 253, 271

Crisógone 218

Crisótemis 347, 350, 369

Cristo 113

Crômia 216

Crômion, Porca de 162s

Crônida 95

Crono 47, 68, 367

Crotona, Mílon de 59

Ctéato 64, 106s

Ctesipo 128, 154

Ctônia 48[37], 158

Ctônio 245s

Cuzco 147

D

Dafne 48[38]

Dáfnis 133

Damasco 252

Damastes 164

Dâmiso 57

Dânae 75, 77s, 82s, 90s, 361

Danaides 47, 63, 76, 76[1]

Dânao 75s, 76[1], 77

Daniel 275

Danúbio 194

Dario 41

Dáulis 256, 279

Dáunia 89

De Institutione Oratoria 345[1], 358

Dédalo 170s

Dêicoon 154

Deidamia 221[3], 312

Deífobo 301[1], 313s, 315[11]

Dêion 216, 303

Dejanira 37, 47, 66, 118, 127-129, 131, 133s, 138, 154, 325

Delfinio, Apolo 109, 165s

Delfos 42, 45, 48, 48[37], 49, 66, 119s, 130, 142, 147, 158s, 187, 216, 252, 256s, 279, 284, 307, 356

Delfos, Ginásio de 305

Delfos, Oráculo de 8, 42, 100, 183, 187, 252, 257, 278, 280, 285, 287, 356

Delfos-Trezena 159

Delíades 217

Delos 29, 48, 312

Delos, Ilha de 173, 365

Deméter 35[29], 53, 118, 163, 189[5], 246, 267, 325, 360, 360[9], 363, 368, 371s

Deméter-Core 360, 360[9], 367

Deméter Eleusínia 127, 135

Deméter-Perséfone 360, 360[9], 363

Demódoco 57, 329

Demofonte 135, 176, 218

Demofoonte 157, 183

Dercino 115s

Descrição da Grécia 13[2], 157[1], 185[1], 217[1], 232[3], 243[1], 271, 285[42], 345[1]

Destino 359

Deucalião 56, 186, 216

Deus Pã 343

Deusas Olímpicas 371s

Deuteronômio 32

Dexâmeno 124
Dia 178[16]
Diana 176
Dias, Trabalhos e 116, 140, 273
Diceu 132
Diceu, o Justo 132
Díctis 90
Dido 281, 369
Dimas 127, 315[11]
Dinastes 154
Díndimon, Monte 190
Dino 83, 109
Diodoro 43, 47, 56, 65, 128, 197, 204, 276
Diodoro 51s
Diodoro Sículo 157[1], 185[1], 217[1], 221[3], 232[3], 243[1], 285[42]
Diomeda 303
Diomedes 43, 53, 55, 65, 89, 109, 136, 158, 216, 301, 307[7], 310, 312, 349
Diomedes, Éguas de 109
Dione 367
Dionisíacas 35, 243[1]
Dionísio de Halicarnasso 304[3]
Dioniso 31, 34[29], 35, 40, 51s, 58, 91, 123, 172s, 201, 246, 246[2], 271, 312, 321, 325[24], 328[28], 360[8]
Dioscuros 44, 46, 52s, 58, 183, 200, 346s
Dioscuros Afetérios 45
Diotimo 100
Dioxipe 232[2]
Dipnosofistas 59, 271, 274[30], 285[42], 304[3]
Dirce 246[2]
2Reis 242
Dodona 188[4]
Dólon 312

Dolonia 312
Don, Rio 203
Dorieu, Lacedemônio 115
Dórios 127
Doro 127, 216
Dragão 209, 245, 271
Dragão de Ares 247
Dríopes 127
Dríops 53
Dulíquio 330

E
Éaco 60, 88
Eanes 62
Eantias, Festas 27
Ébalo 303
Ecália 46, 98, 130
Ecfas 248
Ecles 124
Eco 34[29]
Econômico 24, 359
Édipo 21, 37, 58, 60-62, 65, 79, 116, 175, 229, 243[1], 244-246, 248[5], 253, 253[9], 254s, 255[11], 256-262, 265-270, 272-274, 276, 276[33], 277-284, 285[44], 286-299, 353
Édipo em Colono 66, 243[1], 258, 265, 266[22], 278, 282, 285[42], 286
Édipo Rei 243[1], 248s, 252-256, 256[11], 262, 265s, 272, 276-280, 285, 285[42], 287
Eécion 251
Eeia 342
Eeia, Ilha de 195, 320, 324, 342, 344
Eetes 166[10], 186s, 193-196, 200, 203s, 208s, 212, 231, 320
Efebia 28
Efebos 25-27

Efialtes 270
Éforos 48[38]
Egeu 20s, 55, 65, 158, 160, 163, 165,
   166[10], 167-169, 173s, 178, 199,
   213, 308
Egílipe 310
Egímio 127s
Egina 219[2]
Egina, Ilha de 43, 88, 195
Egisto 20s, 60, 79, 349-355, 357s, 370
Egisto-Clitemnestra 358
Egito 23, 31s, 75-77, 120s, 317[14], 351
Egle 119, 172
Éguas de Diomedes 109
Elaís 312
Élato, Centauro 123
Electra 347, 350s, 353-356, 358, 360,
   369s
Electra 28, 345[1], 351
Eléctrion 62, 91, 93-95, 95[1], 116
Elefenor 182
Eleusínia, Deméter 127
Elêusis 26, 34[29], 51s, 52[41], 82, 118,
   164, 175
Elêusis, Mistérios de 46, 117, 362
Elêuteras 246[2]
Élida 107, 124, 131[17]
Élis 107
Elísios, Campos 200
Emátion 121
Empédocles 34[28]
Enárete 216, 218
Endímion 47
Eneias 20, 22s, 43, 46, 51, 57, 72, 91,
   115, 341, 369
Eneida 34[29], 35, 46, 51, 57, 91, 97,
   98[3], 115, 281, 302, 312, 314, 315[11],
   356, 369
Eneu 60, 62, 129

Enio 83
Eno 312
Enômao 35, 37, 47, 64, 89
Enópion 57, 60, 173
Eólia 215
Eólia, Ilha de 319
Éolo 186, 204, 216, 218, 319
Éolo, Ilha de 319, 344
Eono 127
Eoo 232
Eos 121, 231
Épafo 75, 77
Epicasta 154, 248, 248[3], 249, 254, 257,
   281
Epidauro 51, 161
Epígonos 53
Epiro 89, 131, 180, 341
Épito 65
Epopeias Cíclicas 315[11]
Epopeu 246[2]
Equetleu 42
Équetlo 42
Équidna 103, 103[4], 114, 119, 162, 220,
   327[26]
Equíon 245
Erasipo 154
Erecteu 27, 60, 65, 158, 180
Ergino 99, 126, 188, 191
Eribeia 168
Erictônio 80, 158
Erídano 120, 236
Erídano, Rio 195
Erifila 62
Erimanto 57, 104
Erimanto, Javali de 104
Erimanto, Monte 124
Erínia 214, 265
Erínias 248[3], 267, 270, 277, 299, 353s,
   356s, 364

Erínias-Eumênides 54
Eriópis 197
Eritia 114, 119s
Eritia, Ilha de 114
Érix 47, 115s
Eros 11, 85, 321[19], 367, 368
Erótica 304[3]
Errante 341
Esão 185, 185[2], 197, 201, 209, 211, 215
Escamandro 313
Escorpião 234, 236
Esculápio 146
Esfinge 103, 257, 268-272, 272[27], 273, 275-276, 279, 285, 288-296, 325
Esfinge de Tebas 276
Esfinges 270
Ésimo 303
Espanha 114
Esparta 24s, 27s, 43, 45, 57[45], 67, 78, 89, 126s, 179, 306, 311, 315, 342s, 346-347
Espermo 312
Espórades, Ilhas 196
Esquéria 329
Esquéria, Ilha de 329
Ésquilo 11, 28, 50, 62, 76[1], 135, 139, 252s, 270, 282, 285[42], 304[3], 345[1], 351-352, 356, 364
Estábulos de Augias 107, 124
Estácio 47, 243[1], 285[42]
Estáfilo 51, 173
Estenebeia 76-78, 219, 221
Estênelo 45, 91, 95, 97, 110
Ésteno 84
Estérope 215, 325
Estesícoro 47, 52, 57, 57[45]
Estige 234
Estige, Rio 118

Estinfalo 62, 106
Estinfalo, Lago de 106, 270
Estoicos 141
Estrabão 49, 51, 203, 243[1], 285[42], 327
Estrímon, Rio 115
Estrobles 154
Estrófio 351, 354
Eta 137, 222
Eta, Monte 65, 123, 134, 136s
Etálides 188
Etéocles 20, 46, 63, 175, 244, 266, 277, 282, 283[39]
Eteono 267
Etéria 232[2]
Etiópia 85
Étlio 216
Etólia 49, 89, 341
Etólia, Titormo da 59
Éton 232
Etra 159-162, 180, 183
Etrúria 115
Eubeia 128, 182, 307[7]
Eubeia, Ilha de 196, 349
Eubuleu 53
Eumedes 45
Êumenes 154
Eumênides 248, 267, 283, 299, 345[1]
Eumênides 50, 61, 357
Eumeu 331
Eumolpo 25s, 53, 98, 158
Êuneo 215
Êunomo 62
Eunosto 38
Euríale 85
Euríbates 131
Eurícapis 154
Euricleia 57, 248, 332
Eurídice 65, 77s, 266
Eurilite 198

Euríloco 320
Eurímede 217-218
Eurimedonte 110
Eurínome 217-218
Euriodia 304
Euríopes 154
Eurípides 11, 29, 38, 50, 52, 56, 58[47], 63, 65, 68, 103[3], 109, 135-138, 157[1], 159, 167, 176s, 185[1], 187, 197, 198[9], 199, 221, 232[3], 243[1], 252s, 255[11], 271, 277, 282, 285[42], 304[3], 308, 309[8], 313, 315, 315[11], 318[16], 345[1], 348, 356, 359
Eurípilo 36, 51, 125, 154
Euristeu 97, 100s, 104s, 107-110, 114, 117, 119-121, 128, 138, 219
Eurítion 62, 114, 124
Eurítion, Centauro 124
Êurito 46, 53, 64, 98, 106s, 130, 133, 188, 306, 338
Euritras 154
Europa 20, 59, 114, 221[3], 236[7], 243, 324, 361,
Eutélides 154
Eutimo de Locros 45
Euxino, Ponto 191, 194, 203
Evandro, 115, 221[3]
Eveno, 57, 129
Everes 154
Evipe 303
Êxodo 23, 31
Ezequiel 275

F
Fábula 254
Fábulas 13[2], 63[50], 66, 157[1], 185[1], 187[3], 217[1], 232[2], 243[1], 385[42], 304[3], 345[1]
Fabulae 63[50]

Faetonte 231s, 232[3], 233-240
Falias 154
Fanes 39
Farurim 242
Fásis 191, 198
Fastos 36
Feaces 46, 195, 329, 344
Feaces, Ilha dos 195, 329
Febe 232[2]
Febo Apolo 196, 232s
Fedra 38, 65, 138[22], 167, 174, 176-178, 181s, 282
Fedro 100
Feia 162
Fenícia 245
Fenícias 242[1], 252s, 253[8], 254, 277, 285[42]
Fênix 25, 38, 57, 277, 312
Feres 109, 185[2], 197-199, 215
Feres II 215
Festa das Apatúrias 27
Festa das Fratrias 28
Festa das Hiperbóreas 29
Festas Eantias 27
Festo 35
Fílace 44
Fílaco 42, 60, 117, 185[2]
Fileu 107
Filoctetes 56, 134, 134[18], 301s, 301[1], 310, 312
Filoctetes 56, 134[18], 137, 302, 304[3]
Filolau 110
Filomela 158, 246
Filomelides 310
Filônoe 218, 220s
Filônome 38, 79[3]
Fineu 83, 158, 190s
Fíquion, Monte 269, 284
Fitálidas 165

Fítalo 165
Fix 269-271, 272[27]
Flaco, Quinto Horácio 113
Flaco, Valério 187[3], 203
Flégias 218
Flégon 232
Flegra 126
Fócida 245, 246[2], 279, 351, 354
Foco 51, 62, 65, 89[17], 218, 246[2]
Folo 123
Folo, Centauro 123
Fóloe 123
Fonte de Pirene 219[2]
Forbas 25, 254s, 327[26]
Fórcis 83, 327[26]
Fórmias 319
Fórmio 57
Frásio 121
Fratrias, Festa das 28
Frígia 315[11], 325[24]
Frinondas 131
Frixo 187s, 187[4]
Frixo 187
Ftia 57, 89[17]
Ftiótida 89, 89[17]
Fúrias 356

G

Gália 114
Ganimedes 61, 67, 111
Gansa-Nênesis 346
Gautama Sakyamuni 23, 23[17]
Geia 33, 119s, 158, 327[27]
Gelanor 75
Genélope 47
Gênesis 38, 102, 275
Gênios 340
Geografia 243[1], 285[42]
Geórgicas 65

Gerião 47, 56, 113-118, 126, 136, 327[27]
Gerião, Bois de 113
Gibraltar 327s
Gibraltar, Rochedo de 114
Gigante 114
Gigantes 53[42], 126, 138
Ginásio de Delfos 305
Glauce 198s, 202
Glauco 48, 65, 217-220, 224, 327[26]
Glauco II 218
Gleno 154
Górgaso 51
Gorge 60
Gorgófone 91, 303
Górgona Medusa 182
Górgonas 79, 84, 84[10], 86, 275
Gortina 341
Grã-Bretanha 324
Grande Mãe 149, 151, 179, 190, 284,
    300, 345
Grécia 11, 13, 38, 41, 45, 48s, 95,
    114s, 130s, 146, 157, 161, 172,
    188, 193, 204, 246[2], 248, 283, 334,
    345, 364, 370
Grécia, Descrição da 13[2], 157[1], 185[1],
    217[1], 232[3], 243[1], 271, 285[42]
Greco-Pérsicas, Guerras 183
Gregório, S. 113
Greias 83, 84[10]
Guerra de Troia 157, 183, 221[3]
Guerras Greco-Pérsicas 183
Guerra Tebana 116

H

Hades 14, 25, 27, 35, 42, 59, 67, 76,
    84, 98, 102, 109, 117-119,
    136-138, 179-182, 184, 189[5], 200,
    222, 271, 302, 323, 335, 352s,
    360[8], 362s, 371

Haliarto 218
Halicarnasso 304[3]
Halmo 218
Halócrates 154
Hamadríada 60
Harmonia 37, 245, 359
Harpias 190, 270
Hebe 67, 95, 123, 129, 135, 154
Hécale 166
Hecalésio, Zeus 166
Hecamede 203
Hécate 198, 204s, 209, 327[26]
Hécuba 56, 138[22], 200, 301[1], 313, 315, 315[11]
Hécuba 21, 56, 304[3], 315, 315[11]
Hedoneu 180
Hefesto 11, 102, 106, 157s, 161, 164, 173, 189[5], 193, 331[29], 337, 360[8]
Heitor 38, 43, 51, 53, 65, 68, 302, 315[11]
Hélade 13, 48s, 61, 67, 101, 108, 114, 116, 187, 247, 249, 307, 347, 370
Hele 187
Hele, Mar de 187
Heléboro 51
Hélen 216
Helena 20, 52, 57[45], 59, 68, 89, 179, 181, 183, 200, 301[1], 306, 307s, 307[7], 310s, 313s, 316, 330, 342, 346s, 349, 358
Helena 345[1]
Helênicas 45, 52
Helenos 49[39], 102, 135, 301, 301[1], 311[10], 312, 315[11]
Helesponto 187, 189s
Helíades 232[2]
Hélie 232[2]
Hélio 33, 91, 107, 114, 159, 198s, 231s, 232[2], 232[3], 233-236, 238-240, 305, 320, 324, 327

Hélio, Ilha de 327
Hemítea 21, 51
Hêmon 65, 244, 266, 269, 271, 277
Heníoque 163
Hera 11, 21, 30, 42, 51, 60, 85, 91, 93s, 96s, 99, 105s, 108, 110, 113, 115, 119, 121, 125-127, 135s, 139s, 178[16], 186, 189[5], 193s, 199, 203, 205, 223, 223[4], 229, 247, 271, 313, 313[28], 347, 360, 360[8], 362s, 367s, 370-372
Héracles 20s, 27s, 30, 36s, 42, 44-49, 51s, 52[41], 54, 55[43], 57-60, 62-65, 67, 75, 91, 93-101, 103-111, 114-121, 123-134, 134[18], 135-143, 145s, 151, 154s, 157, 166, 175, 180s, 188, 190, 205, 219, 221[3], 222, 227, 232, 275, 301s, 301[1], 309[8], 325, 325[24], 333, 337, 360[8]
Héracles 63, 93s, 135, 138, 343
Héracles Vitorioso 123
Héracles-Ônfale 145s
Héracles, Colunas de 114
Héracles, Hino a 136
Hermafrodito 34
Hermes 45, 64, 83s, 90, 97, 102, 117, 187s, 189[5], 303-305, 320s, 328, 328[28], 335, 337, 343, 360[8]
Heródoto 13[2], 55, 67, 131[17], 243[1], 247, 251, 285[42]
Heródoto 15, 29, 42, 56, 67
Heroides 63, 157[1], 172, 185[1], 197, 200s, 200[10], 343
Hesíodo 11, 38, 41, 56, 68, 116, 136, 140s, 185[1], 232[3], 243[1], 273, 274[30], 304[3], 367
Hesíona 111, 124s
Hesíquio 272[27]
Hesperaretusa 120

Hespéria 65, 236
Hespérides 119, 136
Hespérides, Jardim das 119-121, 275
Héstia 360, 360[8], 363-365, 367s, 371s
Híamo 216
Hidra 103s, 134
Hidra de Lerna 103, 106, 130, 134, 220
Hierão 276[33]
Hieto 51
Higiia 50
Higino 11, 13[2], 36, 49, 65, 157[1], 185[1], 187, 187[3], 217[1], 243[1], 253, 253[8], 225, 285[42], 304[3], 345[1]
Hilas 188, 190
Hilo 127, 129, 134, 154
Himeneu 34, 34[29]
Hino a Ártemis 105
Hino a Héracles 136
Hino Homérico a Apolo 49
Hiperbóreas, Festa das 29
Hiperbóreos 105
Hiperenor 245
Hiperíon 231, 327
Hipermnestra 76s
Hipéroco 42
Hipeu 154
Hípica 25
Hipno 125
Hipocoonte 45, 126, 179
Hipócrates 24
Hipodamia 35, 37, 47, 53, 89, 179, 178[16]
Hipódromo 154
Hipólita 59, 110, 112s, 124, 148
Hipólito 29, 38, 45, 52, 65, 72, 79[3], 136, 167, 176s, 282
Hipólito 52, 176, 282
Hipólito Porta-Coroa 29, 38, 157[1], 167, 176

Hipóloco 218, 221
Hipómedon 175
Hipômenes 56
Hipônoo 315[11]
Hípotes 319
Hipótoon 53
Hipózigo 154
Hipsípila 200, 215
Hipsípila a Jasão 200
Hipsípila de Lemnos 201
Hispânia Bética 114
História da Guerra do Peloponeso 157[1]
História Natural 304[3]
Histórias 13[2], 243[1], 251
Histórica, Biblioteca 157[1], 185[1], 217[1], 232[3], 243[1], 285[42]
Hodites 154
Homem 149, 335
Homero 11, 25, 41, 43, 49, 57, 64, 67 131[17], 141, 157[1], 185[1], 219, 243[1], 248[3], 277, 285[42], 302, 310[9], 311[10], 314, 315[11], 320, 320[18], 321s, 325, 334, 334[30], 336, 343, 352, 367
Homolipo 154
Horácio 167, 217[1]
Horas 235
Horeb 31
Hypsipyle Iasoni 200

I

Ialébion 115s
Íamo 49
Iápix 51
Iárdano 131, 131[17]
Iásio 46
Íaso 50
Iasoni, Medea 201
Íbico 47
Icário 306, 342

Ícaro 291

Idas 47, 59, 65, 179, 188

Idíia 198

Idílios 103[3]

Ídmon 188s, 191

Idômene 215

Idomeneu 43, 215

Ifianassa 77s, 347

Ífícles 21, 60, 93, 96-98, 100, 107, 127

Ífíclo 60, 117

Ifídamas 117

Ifigênia 200, 308, 315, 347-350, 358, 369

Ifigênia em Áulis 308, 345[1], 348s

Ifigênia em Táuris 50

Ifínoe 77s, 120

Ífis 35

Ífito 64, 126, 130s, 306

Ilha Branca 222

Ilha da Madeira 328

Ilha de Alcínoo 195

Ilha de Avalon 222

Ilha de Cefalênia 310

Ilha de Chipre 276

Ilha de Circe 195

Ilha de Ciros 36, 89, 183, 308

Ilha de Citera 317

Ilha de Cós 36, 125

Ilha de Creta 35

Ilha de Delos 173, 365

Ilha de Eeia 195, 320, 324, 342, 344

Ilha de Egina 43, 88, 196

Ilha de Éolo 319, 344

Ilha de Eritia 114

Ilha de Esquéria 329

Ilha de Eubeia 196, 349

Ilha de Hélio 327

Ilha de Ítaca 304, 343

Ilha de Lemnos 189, 200, 302

Ilha de Leuce 67

Ilha de Melos 221

Ilha de Minos 195

Ilha de Naxos 172

Ilha de Ogígia 328

Ilha de Paros 110

Ilha de Quios 60

Ilha de Rodes 44

Ilha de Salamina 27, 168

Ilha de Samotrácia 189

Ilha de Sérifo 21, 78, 86, 90s

Ilha dos Bem-Aventurados 68, 104, 200, 222, 326, 342

Ilha dos Feaces 195, 329

Ilha dos Macacos 132

Ilha Eólia 319

Ilha Trinácria 231, 324

Ilhas Espórades 196

Ilíada 13[2], 27, 37, 42s, 46, 49[39], 50-52, 55, 58, 61s, 64-66, 68s, 89[17], 97, 103[3], 136-138, 168, 178[16], 185[1], 200, 217[1], 219s, 221[3], 277, 310s, 315[11], 345[1], 350, 364, 368

Ílion 69, 110, 124, 301, 301[1], 302, 307, 307[7], 310-313, 316, 316[11], 329, 331, 347, 350

Ilíria 120

Ilítia 11, 96

Imã 335

Imbros 189[5]

Índia 30, 122, 144, 146, 233

Inferno 148

Infernos 23, 31, 180

Inglaterra 324

Ino 48, 53, 63, 245, 328[28]

Ino Leucoteia 328

Io 56, 62, 75, 77

Ióbates 76, 218, 220-222, 224

Iobes 154

Iolau 46, 93, 99
Iolco 22, 185, 193, 196, 200, 204, 207
Íole 129-131, 133s
Íon 158, 216
Ioxo 162
Írenos 25
Irlanda 326
Iro 332
Isaac 31
Isaías 113
Isandro 218, 221
Iscômaco 24, 359
Ísis 31, 35, 322
Ísmaro 316
Ismene 20, 244, 277, 351
Ísquia 132
Israel 23, 31, 102, 143
Íster 194
Ístmicas 44, 55[43], 57, 217[1]
Ístmicos, Jogos 107, 163, 175
Istmo de Corinto 108, 154, 165
Ístria 105
Ítaca 304, 304[3], 305-310, 312-314,
    314[11], 317-321, 323-330, 332,
    334-337, 340-342, 344s
Ítaca, Ilha de 304, 342
Itália 57[45], 80[4], 89, 91, 114s, 176,
    319, 327, 327[27], 341, 344
Ítis 158
Itona 133
Itoneus 133
Itono 216
Ixíon 60, 62, 68, 178[16], 223, 223[4],
    224, 227, 229
Izanagi 39s

J
Jacinto 45[34], 61
Jacó 31, 102, 340
Jardim das Hespérides 119-122, 275

Jasão 22, 25, 30, 37, 53, 64, 159,
    166[10], 185, 185[1], 188s, 191, 193s,
    196s, 197[8], 199-204, 219, 227, 286
Jasão, Hipsípila a 200
Jasão, Medeia a 201
Javali de Erimanto 104, 123
Javé 23, 32, 112, 122
Jeremias 112
Jerusalém 101, 106
João 30
Jocasta 20, 65, 138[22], 198, 244, 248s,
    252s, 255, 257, 265-269, 277,
    280-284, 286s, 289, 292, 294s, 297
Jogos Ístmicos 107, 163, 175
Jogos Olímpicos 44, 46s, 107
Jogos Pan-Helênicos 45
Jônio, Mar 115
José 38
Josias 242
Judá 143, 242
Judeia 146
Judeus 112
Juízes 31
Júlio Pólux 24
Juno 97
Juventude 123, 137

K
Kakía 140s
Kakía, Afrodite 141, 155
Kalahari 338
Kâma Sûtra 144, 155
Karna 79
Kore 360[9]

L
Labda 251s
Labdácidas 243, 243[1], 247, 277

Lábdaco 243, 243[1], 244, 246s, 250s
Labirinto 168, 170-172, 181, 184
Lacedêmon 78
Lacedemônio 78
Lacedemônio Dorieu 115
Lacedemônios, República dos 28
Lácio 91, 115, 319
Lacônia 48[38], 52, 89, 117
Ládon 105
Laerte 303, 304-307, 316, 330s, 334s
Lago de Estinfalo 106, 270
Lago de Lerna 91
Laio 48, 61s, 244, 246-248, 250-253,
  255-259, 266s, 271, 273, 277-281,
  284, 286-292, 295s, 298
Lambda 251
Lâmon 133
Lamos 319
Lâmpon 109
Laodamia 218, 221, 221[3]
Laódice 315[11], 347
Laódico 42
Laógoras 128
Laomedonte 110s, 124s, 154
Laômenes 154
Lapécia 232[2]
Lápitas 127s
Láquesis 137
Larissa 90
Latino 303
Leão de Nemeia 103, 119, 133, 145,
  220
Learco 187, 328[28]
Lebadia 44
Leda 20, 346, 361
Lemnos 189[5], 200s, 310
Lemnos, Hipsípila de 201
Lemnos, Ilha de 189, 200
Leontófono 303

Leôntofron 303
Leos 167
Lépreon 58
Lepreu 58
Leques 219[2]
Lerna 103
Lerna, Hidra de 103, 106, 129, 134,
  200
Lerna, Lago de 91
Lésbia 351[5]
Lesbos 37, 310, 311[10]
Lesbos, Safo de 369
Lestrigões 344
Lestrigônia 319
Leto 29, 35, 60, 361, 365
Leuce, Ilha de 67
Leucipe 35
Leucipo 35, 59, 154
Lêucofris 79[3]
Lêucones 154
Leucósia 325
Leucoteia 245, 328[28]
Leucoteia, Ino 328
Líbia 75, 77, 114, 120, 132
Licáon 65
Licas 133s
Liceto 198
Liceu 154
Liceu, Monte 105
Lícia 76, 219, 220-222, 221[3], 224
Lício, Apolo 76
Lico 158, 191, 246, 246[2], 255[11]
Lícofron 49, 52, 55
Licomedes 36, 183, 308
Licurgo 45, 58, 154
Licurgo 28
Lídia 89, 131, 131[17], 143, 161
Lígia 325
Ligúria 115, 237

Lilibeu 195

Linceu 59, 76s, 179, 188

Lino 25, 46, 98

Lípari 319

Lisipe 77s

Litierses 132s

Livro dos Mortos 31

Locro 216

Loto 317[14]

Lotófagos 317, 317[14], 344

Lóxias 159, 356

Lua 33, 147, 245

Lúcio 322

Lyssa 138

M

Macacos, Ilha dos 132

Macáon 51, 302

Macareu 60

Macária 154

Macedônia 120

Madeira, Ilha da 328

Mãe, Grande 149, 151, 179, 190, 284, 300

Mãe-Terra 68, 147, 267, 295, 297

Magnes 216

Maldito, Ceifeiro 132

Maleia 317

Mália, Cabo 123

Malos 49

Manoá 31

Mantineia 343

Maomé 31

Mar das Sereias 195

Mar de Hele 187

Mar Jônio 115

Mar Negro 191, 324

Marão 317s

Marão, Públio Vergílio 314, 356, 369

Maratona 41, 51, 108, 166, 183

Maratona, Touro de 166, 168

Márcio, Anco 88

Marco Túlio Cícero 358[5]

Marpessa 47

Mateus 30

M. Célio Rufo 358[5]

Meda 154

Medea Iasoni 191

Medeia 37, 51, 53, 64, 138[22], 159, 165, 166[10], 177, 186, 193-214, 196[8], 231, 286, 370

Medeia 185[1], 185[2], 197-199

Medeia a Jasão 191

Medeio 197, 215

Mediterrâneo 114, 195

Mediterrâneo Ocidental 324

Médon 56

Medusa 75, 78, 84s, 86, 90, 90[18], 114, 118, 296

Medusa, Górgona 182

Megapentes 77s, 90

Mégara 44, 62s, 99s, 154, 163, 168s, 175, 217

Melampigo 135

Melampo 215

Melanipe 110, 216

Melanipo 162

Melanteia 216

Meléagro 53, 118, 129

Melênis 216

Melicertes 35, 45, 45[34], 53, 187, 328[28]

Melos, Ilha de 221

Melpômene 324

Mêmnon 121

Memoráveis 140

Memórias 140

Mênades 91, 243

Meneceu 198, 244, 248, 281

Menécio 255[11]

Menelau 11, 43, 64, 68, 89, 200, 305s, 306[7], 307-311, 329, 332, 346-349

Menestes 168

Menesteu 48, 180, 183

Menetes 114, 118, 255, 255[11]

Menor, Ásia 187, 221[3]

Mentor 154, 329

Meríones 43

Mérmero 197-199, 215

Mérope 21, 218, 232[2], 255, 269, 280

Méropes 36

Messena 45, 130, 304

Messênia 48, 53

Messina 326

Mestor 91, 95[1]

Metadiusa 158

Metamorfoses 13[2], 35, 51, 65, 103[3], 157[1], 176, 187[3], 232[3], 233, 243[1], 304[3], 321[19], 322

Metíoco 325[24]

Métis 204

Micenas 89, 93, 95[1], 97, 100, 105, 108s, 114s, 118, 121, 308, 346-353, 358, 369s

Midas 132

Miisco 307

Mil e uma noites 144

Mileto 221[3]

Mileto, Astíanax de 59

Milo, Vênus de 150

Mílon de Cortona 59

Mínias 55, 218

Minoica, Atená 196

Minos 20, 108, 110, 167-174, 178, 181s, 221[3]

Minos, Ilha de 195

Minos, Touro de 170, 174

Minotauro 26, 66, 167-173, 178, 181s, 184

Mirina 215

Mirra 308

Mírtilo 64

Míscelo 56

Mísia 188, 190, 308s, 347, 350

Mistérios 52

Mistérios da Samotrácia 189[5]

Mistérios de Elêusis 46, 117, 362

Mistérios dos Cabiros 189

Mito do Retorno 301

Mitra 242

Mnesímaca 124

Moîra 138, 261[15], 288, 316

Moîras 109, 136

Moisés 23, 31, 79

Molíones 64

Molo 56

Molpe 325

Montanhas do Tauro 204

Monte Artemísion 105

Monte Cerinia 105

Monte Citerão 35, 98, 253, 255, 286

Monte Díndimon 190

Monte Erimanto 124

Monte Eta 123, 134, 136s

Monte Fíquion 269, 284

Monte Ida 301[1]

Monte Liceu 105

Monte Nérito 304, 330

Monte Olimpo 109, 136

Monte Parnaso 305

Monte Pélion 128, 188[4]

Monte Sinai 23, 335

Monte Taígeto 127

Mopso 26, 48s, 65, 188

Morte 64, 109

Musas 34[29], 37, 61, 80[4]

N

Nanos 340
Nápoles 132, 324[24]
Narciso 34[29], 165
Nasão, Públio Ovídio 342
Natanmelec 242
Náuplia 308[8]
Náuplio 306[7], 308[8], 315, 349
Naus, Catálogo das 309
Nausícaa 328
Nausínoo 327
Nausítoo 168, 320, 327
Naxos 172
Naxos, Ilha de 172
Neera 198
Nefálion 110
Néfele 187
Nefertiti 150
Nefos 154
Nefrônio 215
Negro, Mar 191, 322
Neleu 21, 117, 126s, 215
Nemeia 46s, 119, 133
Nemeia 145
Nemeia, Leão de 103, 119, 133, 145, 220
Nemeias 38, 47, 60, 65, 97, 136, 185[1]
Nêmesis 346
Nêmesis-Gansa 346
Nemeus 44
Neoptólemo 36, 42, 63, 66, 89, 302, 311, 314s, 340
Nereida 327[28]
Nereu 120, 275
Nérito 303
Nérito, Monte 303s, 329
Nesso 129, 133s
Nesso, Centauro 134
Nestor 25, 126, 215

Nicandro 58
Niceia, Partênio de 303[3]
Nicódromo 154
Nicolau 252, 257
Nicômaco 51
Nicteis 246
Nicteu 246, 246[2]
Nileu 56
Nilo 75
Ninfas 90, 188
Ninfas do Poente 119
Níobe 37, 62, 247
Niso 158, 217
Nissa, S. Gregório de 192
Nix 136
Noé 191, 333
Noites, Mil e uma 144
Nono 35, 243[1]
Norte 18
Nova Troia 340
Numa Pompílio 88
Nuvens, As 136, 140

O

Oceano 114, 131, 136, 231-233, 235, 321
Ocidental, Mediterrâneo 323
Ocidente 114, 119s, 335
Óclaso 244
Ode 113
Odin 58
Odisseia 43, 45s, 49[39], 52, 55, 57, 59, 65, 67, 130, 134, 136, 145, 157[1], 185[1], 195s, 200, 203, 217[1], 231, 232[3], 242[1], 248, 248[3], 254, 277, 281, 303-305, 309, 311, 315[12], 325[26], 326[26], 327, 329s, 335s, 341s, 352, 364, 370
Odisseu 303
Ofeltes 45[34], 65

Ofeltes-Arquêmoro 44
Ogígia, 328
Ogígia, Ilha de 327
O Justo, Diceu 132
Olênio 62
Óleno 118
Olímpia 37, 44, 46, 46[35], 47, 66, 271
Olimpíada 46[35]
Olímpicas 16, 64, 94, 105, 107, 217[1], 232[3], 243[1], 277, 284[42]
Olimpo 11, 22, 33, 57, 67s, 91, 95, 120, 134, 136s, 172, 222, 227, 234, 236, 346, 354, 360, 360[8], 365
Olimpo, Monte 109, 136
Onesipo 154
Ônfale 36, 129, 131, 131[17], 132s, 138, 143, 145s, 149, 151, 154s, 161
Ônfale, Héracles- 145
Onfálion 131
Onites 154
Onomástico 26
Ópis 60
Opunte 216
Oráculo 18, 279s, 283
Oráculo de Apolo 142, 284
Oráculo de Delfos 8, 42, 50, 100, 120, 183, 187, 252, 257, 278, 280, 285, 287, 356
Oráculos 280
Orcômeno 99, 126, 187, 257
Oresínio 51
Orestes 43, 53, 55, 65, 72, 307s, 308[8], 342, 347, 350-357, 359, 364, 369s
Orestes 345[1]
Oréstia 135, 345[1], 352-354, 364
Orfeu 48, 65, 188s, 189[5], 195, 205, 314[13]
Orfismo 137
Oriente 114, 232, 235

Orígenes 122
Oríon 55, 57s, 60
Oritia 158
Ormínion 128
Orneu 158
Órnito 218
Oropo 44
Orseis 186, 216
Orsíloco 130, 304
Órtia 27
Órtia, Ártemis 179
Ortro 103, 114, 136, 220
Osíris 31, 120, 321
Oto 55
Ouro, Pomos de 119-121
Ouro, Velocino de 157, 185
Ovídio 11, 13[2], 35, 51, 63, 65, 157[1], 172, 176, 185[1], 185[2], 187, 187[3], 197, 200, 231[3], 233, 243[1], 303[3]
Óxilo 58, 60, 62

P
Pã 342
Pã, deus 342
Págasas 188[4], 189
Paládio 301
Palamedes 64, 306, 306[7], 349
Palântidas 158, 160, 167s
Palas 158s
Palas Atená 159, 168, 184, 199, 312s, 328, 334
Palêmon 120, 154, 327[28]
Palene 35
Pâmon 314[11]
Panaceia 50
Pândaro 310
Pandêmia 367
Pandêmia, Afrodite 367
Pandíon I 158, 246

Pandíon II 158
Pandíon III 158
Pânfilo 127
Panopleu 172
Panópolis 35
Panticapeion 203
Paralelas, Vidas 243[1]
Parcas 23
Páris 21, 43, 53, 57[45], 59, 66, 79, 122, 140, 305, 310, 312, 314, 347, 358
Parnaso, Monte 304
Parnasso, Maciço do 128
Paros 110
Paros, Ilha de 110
Partênio de Niceia 303[3]
Partênope 154, 324, 324[24]
Partenopeu 175, 270
Páscoa 112
Pasífae 48, 48[38], 167, 169s, 178, 193, 231
Patera 220
Pátroclo 43, 46, 51, 62, 65, 154, 220[3]
Pausânias 11, 13[2], 26s, 29, 36s, 42, 46, 46[36], 48[38], 51-54, 56, 58s, 62-65, 116, 126, 157[1], 180, 185[1], 217[1], 232[3], 243[1], 270, 285[42]
Peã 50[40]
P. Clódio 358[5]
Peéon 50[40]
Pefredo 83
Pégaso 57, 84, 220s, 224-227, 275, 293
Peleu 20, 25, 37-39, 47, 53, 62, 65, 89, 89[17], 200
Pélias 21s, 47, 120, 185[1], 185s, 197s, 204, 207s, 213, 215, 219
Pelida 312
Pélion 25, 128, 186
Pélion, Monte 128

Pelopia 20, 60, 120, 215, 349
Peloponeso 100, 102, 107, 175
Peloponeso, História da Guerra do 157[1]
Pélops 37, 45[34], 47, 55, 61s, 64, 66, 89, 100, 163, 229[7], 247, 268, 301, 332
Peloro 245
Penélope 38, 47, 55, 60, 130, 134, 305, 308, 315, 317, 323, 327, 329s, 330[29], 331-336, 339-342, 364
Peneu 107
Pentesileia 310[10]
Penteu 65, 244-246, 271
Pepareto 173
Peribeia 168, 255, 269, 341
Periboca 253[8]
Péricles 282
Periclímene 215
Periclímeno 126, 188
Perieres 216
Perifetes 161s, 162[4], 173
Perigune 162
Perimede 203, 216
Pero 117, 215
Perséfone 53, 59, 117s, 179s, 189[5], 322, 324, 340, 360, 360[8], 361-363
Perséfone, Core- 363, 365, 368s
Perséfone, Deméter- 360, 360[8], 360[9], 367
Perseida 198, 319
Perses 91, 166[10], 200, 204, 232
Perseu 20s, 42, 53, 62, 72, 75, 77-84, 86, 90[19], 91, 93s, 95[1], 181s, 227s, 258, 267, 275, 285s, 291
Phaedra 177
Phèdre 177
Phrátrios 27
Pigmeus 120
Pílades 354-356
Pília 158

Pilos 126, 329

Pilumno 91

Pimpleia 133

Píndaro 11, 13, 13^2, 30, 37, 47, 55^{43}, 60, 64s, 94, 97, 99, 105, 107, 136, 138, 185^1, 217^1, 232^3, 243^1, 277, 285^{42}

Píren 219

Pirene 109, 219, 219^2, 220

Pirene, Fonte de 219^2

Pirítoo 59, 118, 178, 178^{16}, 179-181

Pírois 232

Pirra 36, 186, 216, 307

Pirro 36

Pisa 88

Pisandro 37

Pisídice 215s

Pisínoe 324

Pisístrato 276^{33}

Piteu 159s, 163

Pítia 100, 130s, 142, 159, 187, 252, 256, 269, 284, 286, 357

Píticas 30, 37, 47, 60, 185^1, 243^1

Píticos 44s

Píton 45, 45^{34}, 49

Pitonisa 48^{37}, 49, 130, 142, 151

Planctas 196

Platão 11, 13, 33, 33^{27}, 34^{28}, 59, 100, 145, 149, 272^{27}, 328, 367

Plateias 43, 255

Plexipo 158

Plínio 303^3, 323

Plotino 67, 219

Plutão 85, 90, 114, 117s, 180, 271, 324, 340, 362s

Plutão 135

Plutarco 13^2, 28, 30, 36, 42s, 48^{35}, 52^{41}, 53, 56, 60, 157^1

Pó, Rio 14, 120, 236^7

Podalírio 51s, 302

Podarces 125

Podargo 109

Poente, Ninfas do 119

Poética 62^{49}, 129, 303^3

Polemócrates 51

Pólibo 21, 253^8, 255-257, 269, 280, 284

Policéfalo 56

Polícrates 276^{33}

Polidectes 21, 78, 90

Polidoro 243^1, 244-246, 314^{11}

Polifemo 55, 188, 190, 304, 316s, 317^{15}, 317^{16}, 318, 327

Polilao 154

Polímede 185, 185^2

Polimnestor 314^{11}

Polinice 20, 46, 63, 175, 244, 266, 277, 282s, 283^{39}

Polipêmon 164

Polipetes 340

Poliportes 340

Polites 314^{11}

Política 53

Políxena 200, 314, 314^{11}

Políxeno 215

Pólux 20, 40, 44, 46, 59, 180, 188, 190, 346

Pomos de Ouro 119s

Pompeia 34^{29}

Pompílio, Numa 88

Ponto Euxino 191, 303

Porca de Crômion 162s

Porta-Coroa, Hipólito 157^1, 167, 176

Posídon 20, 44, 72, 75, 77, 79^3, 84s, 95^1, 102, 108, 110, 115, 120, 126, 132, 157-164, 167-169, 171s, 174-176, 182s, 185, 187s, 190,

196s, 215, 217s, 219², 220, 221³,
224, 276, 316, 316¹⁴, 317, 326²⁷,
327s, 340, 349, 360⁸, 364
Pótnias 256
Praxítea 158
Praxítea II 158
Praxíteles 145
Pretendentes 130
Prétidas 77
Preto 51, 76-78, 90, 219-221, 224
Príamo 63, 125, 125¹⁶, 301¹, 306⁷,
309, 312, 314, 314¹¹, 347
Pritaneu 175¹³
Pro Caelio 358⁵
Procne 158, 246
Prócris 60, 62, 158
Procrusto 164
Pródico 139-141
Prômaco 214
Prometeu 9, 15, 22, 37, 121, 275
Próscia 132
Protesilau 44, 48
Proteu 285
Protogenia 216
Psâmate 60
Psiqué 11, 85, 116, 320
Ptah 32, 39
Ptérela 95, 95¹, 96, 116
Ptóos 49
Públio Ovídio Nasão 342
Públio Papínio Estácio 47
Públio Vergílio Marão 302, 313,
316s, 356, 369
Purgatório 148
Putifar 38, 38³⁰, 79³

Q

Quêncrias 219²
Queres 109, 136, 270

Quersoneso 314¹¹
Quicreu 42
Quilárabis 45
Quimera 103, 217, 220, 222-226, 228,
293, 296
Quintiliano 196⁸, 345¹
Quinto Horácio Flaco 113
Quíone 158
Quios, Ilha de 60
Quirão 25, 30, 46, 51s, 57, 72, 123,
185, 197, 207
Quirão, Centauro 22, 25

R

Radamanto 20, 98, 221³
Rãs, As 162, 328⁸, 316¹⁵
Rati 145
Reá 311
Rebis 40
Redne 324
Régio 115
Rei, Édipo 243¹, 248s, 252-255, 255¹¹,
256, 260, 262, 265s, 266²², 267,
272, 276-280, 282, 285, 285⁴², 287
Remo 79
República 59
República dos Lacedemônios 28, 67
Reso 21, 43, 51, 65, 311
Resumo de Pisandro 255, 271, 281
Rig-Veda 39
Rio Aqueloo 37, 118, 129, 324
Rio Asopo 219²
Rio Cefiso 165
Rio Don 203
Rio Erídano 195
Rio Estige 118
Rio Estrímon 119
Rio Pó 120
Rochas Cirônicas 163

Rochedo de Ceuta 114

Rochedo de Gibraltar 114

Rochedos Azuis 191

Rochedos Cirônicos 163

Ródano 195

Rodes 11, 37

Rodes, Apolônio de 64, 185[1], 187s, 196, 196[8], 203, 243[1]

Rodes, Ilha de 44

Ródope 315[13]

Roma 11, 23, 88, 115, 339, 358, 358[5], 365

Rômulo 79

Rufo, M. Célio 358[5]

Rumpelstilz 32

Rússia 323

S

Sabá 274

Sábios, Banquete de 271

Safo 37

Safo de Lesbos 369

Sagitário 234

Sakya 23[17]

Salamina 42s, 89

Salamina, Ilha de 27, 168

Salerno 323

Salomão 143, 155, 274

Salmoneu 65

Same 309, 329

Samos 276[33]

Samotrácia 189

Samotrácia, Ilha de 189

Samotrácia, Mistérios da 189[5]

Sansão 31

Santuário de Agraulo 27

Sardenha 195

Sarpédon 20, 48, 218, 221, 221[3]

Saturno 320

Selene 33, 48[38], 102, 231

Semeados 245

Sêmele 245, 361

Semíramis 79

Sereias 270, 326

Sereias, Mar das 195

Sérifo, Ilha de 21, 78, 86, 90s

Sérvio Túlio 88

Sete Contra Tebas, Os 252s, 270, 282s, 283[39], 285[42]

S. Gregório de Nissa 113, 192

Shakti 39

Sibila de Cumas 23

Sicília 59, 114s, 195, 326

Sicione 67, 246[2], 253, 253[8]

Sículo, Diodoro 157[1], 185[1], 217[1], 221[3], 232[3], 285[42]

Sídon 245

Sigmund 161

Sileu 59, 342

Silo 131s

Simão 30

Simônides 47

Simplégades 22, 191-193, 208

Sinai, Monte 23, 319

Sindrômades 191s, 208

Sínis 44, 162

Sínon 303

Sinope 49

Siprete 35

Siracusa 276[33]

Sirtes 195

Sísifo 60, 64, 68, 216-218, 219[2], 303, 303[4], 304

Síton 35

Sócrates 24, 140, 359

Sófocles 11, 28, 56, 58, 66s, 103[3], 124[18], 129, 135s, 137s, 168, 175, 243[1], 248-250, 253-255, 258, 260,

262, 265-267, 269, 272, 276, 278,
281-283, 285[42], 287, 302, 303[3],
313, 345[1], 351
Sofronistas 25
Sol 33, 114, 147, 163, 199, 231-234,
238
Sólon 28[20]
Sorrento 323
Spartói 245s
Suda 35, 52, 270, 272[27]
Sulamita 143
Suplicantes, As 76[1]

T
Tafos 95. 95[1], 96
Taígeto, Monte 127
Tálamas 48[38]
Talos 195, 286
Taltíbio 307
Tâmiris 61
Tanagra 56, 59
Tânais 203
Tântalo 61, 64, 68, 89, 229, 229[7], 238s,
240, 247
Tântalo II 346, 350, 369
Tarquínio, O Antigo 88
Tarquínio, O Soberbo 88
Tarso 57
Tártaro 68, 148
Tartesso 114
Táurida 358
Tauro, Montanha do 204
Tebaida 47, 243[1], 282, 285[42]
Tebana, Guerra 116
Tebanos 95, 126, 247, 271, 279s
Tebas 41, 95s, 98s, 175, 187, 189[5],
243-246, 246[2], 247-249, 251, 257,

265, 267, 269-271, 276s, 279-281,
283[39], 284s, 288-291, 295
Tebas, Esfinge de 276
Tebas, Os Sete Contra 252s, 270,
282s, 283[39], 285[42]
Tebe 216
Téctamo 216
Tégea 43, 55, 308[8]
Tegeia 179
Teia 131s, 231
Teiódamas 128
Télamon 43, 62, 65, 89, 89[17], 124s, 312s
Telamônio 43, 53
Telefassa 245
Télefo 52, 56, 60, 79s, 154, 308,
308[8], 347, 350, 358
Telégono 259, 320
Telêmaco 304-306, 329-332, 334,
337-341
Teles 154, 324
Teleutágoras 154
Telxiépia 324
Telxíope 324
Têmenos 62
Têmis 120
Temiscira 110
Temisto 62
Temístocles 43
Tênaro, Cabo 117
Tênedos 79[3], 302, 309, 315
Tenes 21, 38s, 79, 79[3]
Tentâmides 90
Têntaro 98
Teoclímeno 49[39]
Teócrito 44, 80, 103[3]
Teócrito 59
Teodectes 274[30]
Teógenes de Tasos 45

Teógnis 37

Teogonia 56, 136, 185[1], 197, 232[3], 243[1], 274[30]

Tereu 158, 246

Terímaco 154

Térmio 62

Termodonte 191

Termópilas 135

Terra 15, 120, 147, 149, 233, 236

Terra, Mãe 147, 267, 287, 295

Tersandro 218

Tersites 56, 310, 310[10]

Teseu 20s, 26, 26[18], 27, 30, 36, 38, 42, 44s, 52, 52[4], 53, 59, 63, 66, 72, 108, 110, 118s, 135, 137, 157, 157[1], 158-162, 162[4], 163-166, 166[10], 167s, 170, 171-178, 178[16], 179-184, 194, 205, 209, 224, 227

Teseu 36, 42, 52, 52[41], 59, 135, 162[4]

Téspio 59, 98s, 154

Tesprótida 340

Tesprotos 340

Tessália 109, 125, 130, 135, 188[4], 189, 302

Téssalo 125, 154, 197, 200

Téstalo 154

Testamento, Antigo 274

Tétis 20, 36s, 47, 51, 57, 72, 135, 195, 231, 234s, 306-308, 308[8], 309, 350

Teucro 89

Teutras 308[8]

Thánatos 64, 68, 108s, 136s

Theriaká 58

Théseia 26, 26[18]

Theseîa 26, 26[18]

Tiamat 39

Tideu 55, 60, 62, 175

Tieste 20, 60, 337, 346, 349

Tifão 103, 114, 119, 162, 220, 286, 326[26]

Tífis 188, 191

Tígasis 154

Tilfusa 49

Tíndaro 126s, 179, 305, 341, 346s, 349s, 353, 358

Tirésias 35, 48, 57, 96s, 278s, 296s, 322, 335, 340

Tirinto 51, 76, 85, 90, 130, 219, 221

Tiro 21, 185[2], 202, 215, 245

Tirrênia 340

Tirreno 91

Tirseno 133, 154

Tisandro 197

Titãs 231s

Títio 60

Titono 121

Titormo da Etólia 59

Tito Tácio 88

Tlepólemo 44, 154

Tmolo 131

Toas 173, 215, 312, 340

Tomos 194

Touro 108, 234

Touro de Creta 108, 166

Touro de Maratona 166, 168

Touro de Minos 169-171, 174

Touro, Zeus 245

Toxeu 63

Trabalhos e Dias 116, 140, 273

Trácia 43, 61, 109, 115, 188-190, 245, 314[11], 315, 315[13]

Traquínias 103[3], 129, 135-137

Tráquis 129-131, 134

Trepsipas 154

Trezena 28, 45, 119, 159, 167, 176s

Trezena, Delfos 159

Tribalo 131s
Trinácria 323, 326
Trinácria, Ilha 231, 323
Triptólemo 26, 53
Trismegisto 97
Tritão 56, 195
Tritônis 195
Tróada 110, 307s, 311, 314[11], 315, 347
Trofônio 44, 68, 116
Troia 21, 36, 38, 41, 51, 57[45], 110s, 124s, 134[18], 183, 221, 301, 301[1], 302, 302[2], 303[3], 305s, 306[7], 307-310, 310[10], 313[11], 328s, 330, 340, 349, 351
Troia, Guerra de 157, 183, 221[3]
Troianas 232[3]
Troianos 123, 221[3], 307, 310, 312, 314
Troilo 63, 314[11]
Tucídides 57, 157[1]
Túlio, Sérvio 88
Túrio 80[4]
Tzetzes 55

U
Udeu 245
Ulisses 31, 36, 38, 43, 45-49, 51, 55, 55[44], 57, 59s, 64, 66, 130, 134, 137s, 185[2], 196, 203, 218, 231, 248[3], 281, 301, 301[1], 302s, 303[3], 304-306, 306[7], 307s, 308[8], 309s, 310[10], 311-314, 314[11], 315, 315[12], 316[14], 317, 317[15], 318-322, 324-342, 364
Urânia 34[29]
Urânia Afrodite 367
Úrano 367

V
Valério Flaco 49, 187[3], 196
Vâtsyâyana 150

Velhas 83
Velocino 193
Velocino de Ouro 22, 157, 185
Vênus 148
Vênus de Milo 150
Vergílio 35, 91, 97, 132, 281, 302, 314[11]
Vespas, As 317[16]
Vespasiano 196[8]
Vesta 365
Vestais 365
Vidas Paralelas 243[1]
Vingadoras 277
Vírbio 176
Vitória Áptera 173
Vitorioso, Héracles 125

X
Xanto 109
Xenofonte 13[2], 24, 28, 67, 140, 303[3], 359
Xerxes 42-43
Xuto 158, 216

Y
Yang 39
Yin 39

Z
Zacinto 309, 330
Zéfiro 318
Zetes 188, 190
Zeto 62, 246, 246[2], 247
Zeus 17, 20, 33s, 37s, 44, 47, 48[38], 50, 61, 63, 65s, 68, 75, 77s, 82, 93-97, 98, 103, 111, 114-117, 119-121, 123, 125s, 129, 131-134, 136s, 142, 157, 159, 166, 168s, 178[16], 179, 187, 194, 204, 216, 218, 219[2], 221, 221[3], 222s, 227, 229,

231, 233, 235-238, 241, 243, 245, 246[2], 247, 271, 278, 283, 286, 303, 326, 327[28], 334, 346s, 353s, 357, 360[8], 361, 364s, 367

Zeus-Cisne 346

Zeus Hecalésio 166

Zeus Herquio 63

Zeus-Touro 245

Zeuxipe 158

Índice analítico

Observações: 1) As palavras ou expressões gregas transliteradas para caracteres latinos aparecem em grifo. O mesmo ocorre com nomes de obras ou palavras de língua estrangeira.

2) Os números ligados por hífen indicam que o assunto tratado no verbete continua nas páginas indicadas.

3) Os números em índice referem-se às notas de rodapé.

A

Ação
– amor-em-A.: característica da mulher-Afrodite 368, 370
    v. tb. Afrodite (arquétipos de); deusas/mulher (projeções...)
Adefagia
– A. dos heróis 59, 61
    v. tb. sexualidade (apetite sexual de heróis); heróis (atividades...)
Adivinho 48
    v. tb. mântica
Adolescência
– arquétipo do herói na fase da A. 8
Adultério
– A. de heróis 59s
    v. tb. adefagia

– A. feminino 343
    v. tb. fidelidade (de Penélope); Ulisses (mito de)
Afrodite
– arquétipos de A. 370
    v. tb. deusas/mulher (projeções...)
Agonística 25, 27, 41, 44, 46s
    v. tb. heróis (atividades...)
Água
– exposição de crianças na A. 80
    v. tb. Perseu (mito de)
Alma 192
    v. tb. pomba
– A. penada 269s
    v. tb. Esfinge (vitória de Édipo sobre a)
– força da A. 106

v. tb. bronze (pés de); corça (de Cerinia)

– morte da A. 164

v. tb. pés (lavar os); purificação; banalização; Teseu (mito de)

– necessidades da A. 164[8]

v. tb. corpo (necessidades do); banalização

– redução da A. 164

v. tb. banalização

Altar 15

v. tb. sacrifícios (aos deuses e aos heróis); lareira

Alteridade

– herói da A. 8

v. tb. heróis (importância e simbolismo dos); individualidade

Amor(es)

– A.-em-ação: característica da mulher-Afrodite 368, 370

v. tb. Afrodite (arquétipos de); deusas/mulher (projeções...)

– plenitude amorosa 192

v. tb. pomba

– poder do A. 198, 209

v. tb. Medeia (proteção de M. a Jasão); Jasão (mito de)

– proteção aos A. legítimos 361

v. tb. Hera (arquétipos de); deusas/mulher (projeções...)

Anábase 119

v. tb. catábase; Cérbero (busca do cão); autoconhecimento

Anagnórisis 119, 179, 205

v. tb. autoconhecimento; anábase; catábase (de Teseu ao Hades)

Androginismo 33s, 36, 38-41

– A. de heróis 34, 36, 56

v. tb. físico (características físicas dos heróis); travestismo; hierogamia Animal(ais)

– transformação de seres humanos em A. 320, 325

v. tb. porco (simbolismo do); asno (simbolismo do); Ulisses (mito de)

Ánoia

– Á. de Héracles 99

v. tb. demência/raiva/furor (de Héracles)

Antídoto

– A. eficaz 321

v. tb. Móli (efeitos da); Transformação (de seres humanos em animais)

Apoteose

– ciclo da morte e da A. de Héracles 128, 137

v. tb. Héracles (mito de)

Archote

– simbolismo do A. 104

v. tb. purificação (superior); Hidra (de Lerna)

Arco 305

v. tb. poder (real); Ulisses (mito de)

– simbolismo do poder de armar o A. 335-337

v. tb. Ulisses (mito de)

Areté 21, 24, 83, 167s, 222, 227
   tb. excelência (do herói); virtudes
   (do herói)
– atributo dos heróis 68
   v. tb. *timé*; *métron*; *complexio* (*oppositorum* dos heróis)
Argo 188[+]
   v. tb. rápido; brilhante; Jasão (mito de)
Argonautas
– mito dos A. 185, 192, 202s
– – interpretação do mito 205-214
   v. tb. Jasão (mito de)
Ariadne
– fio condutor de A. 172, 174
   v. tb. coroa (luminosa); labirinto (simbolismo do); Teseu (mito de)
Arma(s)
– propriedade de certas A. 336-338
   v. tb. arco (simbolismo do poder de armar o)
Arquétipo(s)
– funções arquetípicas das deusas 371
   v. tb. deusas (projeções...)
– projeções dos A. do sexo feminino 360-372
   v. tb. deusas/mulher (projeções...)
Ártemis
– arquétipos de A. 365-369
   v. tb. deusas/mulher (projeções...)
Asno
– simbolismo do A. 321
   v. tb. porco (simbolismo do); trans-

formação (de seres humanos em animais)
Astúcia
– A. de heróis 63-65
   v. tb. ladroagem (de heróis); heróis (atividades...)
Atená
– arquétipos de A. 368
   v. tb. deusas/mulher (projeções...)
Atração
– A. sexual 143
   v. tb. umbigo (simbolismo do)
Atribuição(ões)
– A. das deusas 371
   v. tb. deusas/mulher (projeções...)
Atridas
– *génos* maldito dos A. 347[3]
Augias
– estábulos de A. 106-108
   v. tb. Héracles (doze trabalhos de)
Autoconhecimento 119, 179
   v. tb. *anagnórisis*; catábase; anábase; Cérbero (busca do cão)
Ave(s)
– A. do lago de Estinfalo 106
   v. tb. Héracles (doze trabalhos de)

B

Banalização 163s, 164[8], 177s, 205
   v. tb. pés (lavar os); purificação; alma (morte da); Teseu (mito de); Jasão (mito de)

- significado da B. 293-297
  v. tb. Édipo (mito de)

Belerofonte
- mito de B. 217-223
- interpretação do mito 222-230
- - vitória de B. sobre Quimera 222-228
- - conquista da virgem 227-230

Bibliografia
- fontes bibliográficas greco-latinas
  para o mito de:
- - Belerofonte 217[1]
- - Clitemnestra 345[1]
- - Édipo 243[1]
- - Faetonte 232[3]
- - Jasão 185[1]
- - Teseu 157[1]
- - Ulisses 304[3]

Bode 224
  v. tb. perversão (sexual); Quimera
  (interpretação...)

Boi(s)
- B. de Gerião 113-117
  v. tb. Héracles (doze trabalhos de)

Branca
- cor B. 205s
  v. tb. pureza; catarse; purificação;
  Jasão (mito de)

Brilhante 188[4]
  v. tb. Argo; rápido; Jasão (mito de)

Bronze
- câmara de B. 79-82
  v. tb. Perseu (mito de P. e Medusa)
- simbolismo dos pés de B. 106
  v. tb. corça (de Cerinia)

C

Cabelo
- corte do C. 25-30
  v. tb. iniciação (formação iniciática
  do herói)

Cabiros
- mistérios dos C. 189, 189[5]
  v. tb. navegação (protetores da); Jasão (mito de)

Calcanhar(es)
- C. perfurados 253
  v. tb. pés (inchados); Édipo (mito de)
- perfurar os C. 286-288
  v. tb. deformação (psíquica); Édipo
  (mito de)

Câmara
- C. de bronze 79-82
  v. tb. Perseu (mito de P. e Medusa)

Cão
- busca do C. Cérbero 117-119
  v. tb. Héracles (doze trabalhos de)

Carro
- C. do Sol 242
  v. tb. Faetonte (interpretação do
  mito de)

Casa
- "homem-da-C.": característica da
  mulher-Atená 364, 368
  v. tb. Atená (arquétipos de); deusas
  (projeções...)

Casamento
- C. de Medeia com Jasão 195
  v. tb. Jasão (mito de)

– *C.-iugum* 366
  v. tb. Ártemis (arquétipos de); deusas/mulher (projeções...)
– mistério do C. 40
  v. tb. hierogamia
– proteção ao C. 361
  v. tb. Hera (arquétipos de); deusas/mulher (projeções...)
Castração
– complexo de C. 60
  v. tb. Íficlo (complexo de); adefagia
Catábase 27, 119
  v. tb. iniciação (formação iniciática do herói); anábase; Cérbero (busca do cão); autoconhecimento
– C. de Teseu ao Hades 178-182
  v. tb. Teseu (mito de)
– C. de Ulisses 322-324
  v. tb. Ulisses (mito de)
Catarse 205
  v. tb. pureza; branca (cor); purificação; Jasão (mito de)
Cauchemar 326
  v. tb. pesadelo (opressor); Sereias (mito e simbolismo das)
Cavalo
– C. alado 226
– simbolismo do C. 225s, 239-241
  v. tb. Pégaso (simbolismo de); Belerofonte (interpretação do mito)

Cegueira
– C. de heróis 57s
  v. tb. físico (características físicas dos heróis)
– simbolismo da C. 282, 298-300
  v. tb. saber/poder (ruptura entre); Édipo (mito de)
Centro
– C. do mundo 142
  v. tb. *omphalós*; umbigo (simbolismo do)
Cérbero
– busca do cão C. 117-119
  v. tb. Héracles (doze trabalhos de)
Cerinia
– corça de C. 105s
  v. tb. Héracles (doze trabalhos de)
Chuva
– C. de ouro 79, 82
  v. tb. Perseu (mito de P.)
Cicatriz
– simbolismo da C. 332, 336
  v. tb. Ulisses (mito de)
Cinturão
– C. da rainha Hipólita 110-113
  v. tb. Héracles (doze trabalhos de)
– simbolismo do C. 112s
  v. tb. ligar; religar
Círculo
– C. urobórico de Édipo 284
  v. tb. Édipo (mito de)

Clava
- C./maça de Perifetes 161s, 173s
  v. tb. Teseu (mito de)
Cleromancia 48[37]
  v. tb. mântica
Clitemnestra
- mito de C. 345-360
- partícipe dos arquétipos de Hera 369s
  v. tb. Hera (arquétipos de)
Comer 180-182
  v. tb. fixação; sentar-se; permanência; Teseu (mito de)
Complexio
- *C. oppositorum* 40, 339
  v. tb. conjugação (dos opostos); hierogamia; opostos (reunião dos); leito (simbolismo do L. nupcial)
- *C. oppositorum* dos heróis 54-58, 67-73
  v. tb. conjugação (dos opostos); heróis (atividades...)
Complexo
- C. de Édipo 256-268
  v. tb. conflito (entre pai e filho); Édipo (mito de)
- C. de Electra 359
  v. tb. Clitemnestra (mito de)
Conflito
- C. entre pai e filho 253-268
  v. tb. complexo (de Édipo); Édipo (mito de)
Conjugação
- C. dos opostos 40
  v. tb. *complexio* (*oppositorum*); hierogamia

Conquista
- C. da donzela 85-90
  v. tb. reino (posse do); Perseu (iniciação de)
Consciência
- C. individual e coletiva 7
  v. tb. mitos (importância dos)
Consumação 16
  v. tb. sacrifícios (aos deuses e aos heróis); oblação; holocausto
Corça
- C. de Cerinia 105s
  v. tb. Héracles (doze trabalhos de)
Cordeiro 206
  v. tb. pureza; dourada (cor); ouro; velocino (de ouro); Jasão (mito de)
Core
- arquétipos de C.-Perséfone 361-363, 368
  v. tb. Deméter (arquétipos de); deusas/mulher (projeções...)
Coroa
- C. luminosa 172
  v. tb. fio (condutor de Ariadne); labirinto (simbolismo do); Teseu (mito de)
Corpo
- necessidades do C. 164[8]
  v. tb. alma (necessidades da); banalização
Creta
- touro de C. 108
  v. tb. Héracles (doze trabalhos de)

Criança(s)

– exposição de C. 79-82, 249-252, 286
   v. tb. recém-nascidos (exposição de);
   Perseu (mito de); Édipo (mito de)

– exposição de Édipo 253, 258
   v. tb. Édipo (mito de)

Cura 185
   v. tb. *íasis*; Jasão (mito de)

Curar

– arte de C. 49-52
   v. tb. iátrica

D

Daímones 14
   v. tb. demônios; seres (categorias de)

Defeito(s)

– D. físicos de heróis 54, 56-58
   v. tb. físico (características físicas
   dos heróis)

Defensor 13
   v. tb. herói (definição etimológica
   de); *héros*; guardião

Deformação

– D. banal 107
   v. tb. estrumeira; estábulos (de Augias)

– D. psíquica 223, 228, 286-288, 290
   v. tb. imaginação (exaltada/perver-
   sa); calcanhares (perfurar os); tendões (cortados); pés (inchados); Belerofonte (mito de); Édipo (mito de)

– – D. psíquica de Édipo 293-300
   v. tb. neurose (Édipo: símbolo neurótico); Édipo (mito de)

Delfos

— *umbigo/omphalós* de D. 356
   v. tb. Clitemnestra (mito de)

Demência

– D. de Héracles 99
   v. tb. *ánoia*/raiva/furor (de Héracles)

Deméter

– arquétipos de D. 361-363, 369
   v. tb. Core-Perséfone (arquétipos
   de); deusas/mulher (projeções...)

Demônio(s) 14
   v. tb. *daímones*; seres (categorias de)

Dependência

– extrema D.: característica da mu-
   lher-Core (Perséfone) 361-363, 368
   v. tb. Core-Perséfone (arquétipos
   de); deusas/mulher (projeções...)

– submissão e D. 112
   v. tb. ligar; cinturão (simbolismo do)

Descendência

– D. dos heróis 20
   v. tb. heróis (atividades...)

Descomedimento 83, 237
   v. tb. *hýbris*

Despotismo

– D. patriarcal 359
   v. tb. patriarcado/matriarcado (luta
   entre); Clitemnestra (mito de)

Deusas

– atribuições, natureza e funções arquetípicas 371

– projeções dos arquétipos do sexo
   feminino 359-375

Deus(es) 13
v. tb. seres (categorias de); divindades
– D. *ex machina* 261[15]
Dificuldade 192
v. tb. rochedo; túnel; solução; Jasão (mito de)
Diomedes
– éguas de D. 109
v. tb. Héracles (mito de)
Direito
– D. consanguíneo 354
v. tb. Clitemnestra (mito de)
Divindade(s)
– D. ctônias 14
v. tb. herói (origem do); homens (célebres)
– auxílio das D. aos heróis 82s
v. tb. Perseu (iniciação de)
Dokimasía 306
v. tb. iniciação (provas iniciáticas); Ulisses (mito de)
Dominação
– D. perversa 169s, 178
v. tb. perversão (banal); sexualidade (pervertida); Fedra (casamento de); inconsciente (de Minos); Minotauro (simbolismo do)
Donzela
– conquista da D. 82-90
v. tb. reino (posse do); Perseu (iniciação de)
Dourada
– cor D. 206
v. tb. ouro; velocino (de ouro); cordeiro; Jasão (mito de)

Doze
– número D. 101s
v. tb. três (número); quatro (número); Héracles (doze trabalhos de)
Dragão
– simbolismo do D. 206
v. tb. Jasão (mito de)

E
Édipo
– mito de E. 243-285
– – os labdácidas 243-247
– – complexo de E. 256-267
– – vitória de E. sobre a Esfinge 269-277
– interpretação do mito 285-299
Educação
– E. ateniense 24s
v. tb. vida (etapas da V. humana)
Efebia 25-30
v. tb. iniciação (formação iniciática do herói)
Egoísmo 322
v. tb. porco (simbolismo do)
Égua(s)
– E. de Diomedes 109
v. tb. Héracles (doze trabalhos de)
Eídolon 354, 356s
v. tb. Clitemnestra (mito de)
Electra
– complexo de E. 359s
v. tb. Clitemnestra (mito de)
– partícipe dos arquétipos de Ártemis 370
v. tb. Ártemis (arquétipos de)

Energia
– E. de certas armas 336s
  v. tb. mana (de certas armas); arco
  (simbolismo do poder de armar o)
Enérgueia
– pele com E. 103
  v. tb. leão (de Nemeia)
Eonomancia 48[37]
  v. tb. mântica
Erimanto
– javali de E. 104
  v. tb. Héracles (doze trabalhos de)
Escatologia
– E. do herói 67s
  v. tb. *páthos/morte* (do herói)
Esfinge
– simbolismo da E. 288, 290, 292s
  v. tb. Édipo (mito de); Enigma
– vitória de Édipo sobre a E. 269-276
  v. tb. Édipo (mito de)
Espiritual
– perversão E. 223
  v. tb. Quimera (interpretação...)
Esposa
– característica da mulher-Hera 361,
  368
  v. tb. Hera (arquétipos de); deusas/
  mulher (projeções...)
– conquista da E. 333
  v. tb. Ulisses (mito de)
Estábulo(s)
– E. de Augias 107
  v. tb. Héracles (doze trabalhos de)

Estagnação 106
  v. tb. pântano; lago; Estinfalo (aves
  do lago de)
Estinfalo
– aves do lago de E. 106
  v. tb. Héracles (doze trabalhos de)
Estrumeira
– simbolismo da E. 107
  v. tb. deformação (banal); estábulos
  (de Augias)
Estupro
– E. de heróis 59s
  v. tb. adefagia
Excelência
– E. do herói 21
  v. tb. *areté*; virtudes (dos heróis)
Exposição
– E. de crianças 79s, 249s, 286
  v. tb. Perseu (mito de); recém-nascidos (exposição de); Édipo (mito de)
– E. de Édipo 253, 258
  v. tb. Édipo (mito de)

F

Faetonte
– mito de F. 233-237
– interpretação do mito 237-241
Fecundação
– F. dos campos 260
  v. tb. fertilidade (dos campos);
  conflito (entre pai e filho)
Fecundidade 339
  v. tb. oliveira (simbolismo da)

– F. exterior 237s
  v. tb. harmonia (espiritual); Faetonte (interpretação do mito)
Fedra
– casamento de Teseu com F. 176-178
  v. tb. Teseu (mito de)
Fêmea 39s
  v. tb. macho; androginismo
Feminino 33, 40s, 345
  v. tb. masculino; androginismo; Clitemnestra (mito de)
– projeções dos arquétipos do sexo F. 360-372
  v. tb. deusas/mulher (projeções...)
Fertilidade
– F. da terra 82
  v. tb. chuva (de ouro)
– F. dos campos 260
  v. tb. fecundação (dos campos); conflito (entre pai e filho)
Fidelidade
– F. de Penélope 342s
  v. tb. adultério (feminino); Ulisses (mito de)
Filho
– conflito entre pai e F. 256-268
  v. tb. complexo (de Édipo); Édipo (mito de)
Fio
– F. condutor de Ariadne 172, 174
  v. tb. coroa (luminosa); labirinto (simbolismo do); Teseu (mito de)
Físico
– características físicas dos heróis 53-58
  v. tb. heróis (atividades...)

Fixação 180s
  v. tb. comer; sentar-se; permanência; Teseu (mito de)
Flecha
– simbolismo da F. 337-339
  v. tb. arco (simbolismo do poder de armar o)
Flor(es)
– efeito e simbolismo das F. 322
  v. tb. móli (efeitos da); transformação (de seres humanos em animais)
Fogo 26s
  v. tb. iniciação (formação iniciática do herói)
Força
– F. da alma 106
  v. tb. bronze (pés de); corça (de Cerinia)
– F. e poder 112
  v. tb. religar; cinturão (simbolismo do)
Formação
– F. iniciática do herói 21-24
  v. tb. heróis (atividades...)
Fratria 28, 28[20]
Fuga
– F. de Jasão 194
– – simbolismo da F. de Jasão 213
  v. tb. provas (submetidas a Jasão); trabalhos (escamoteados por Jasão); perversidade (de Jasão)
Furor 99
– F. de Héracles 99
  v. tb. *lýssa*/raiva/demência (de Héracles)

G

Gámos
– *hieròs G.* 361
  v. tb. matrimônio (sacralidade do);
  Hera (arquétipos de); deusas/mulher
  (projeções...)
Gênio(s)
– funções dos G. 340[38]
  v. tb. leito (simbolismo do L. conjugal)
Génos 351
  v. tb. Clitemnestra (mito de)
– *G.* maldito dos atridas 347[3]
  v. tb. Clitemnestra (mito de)
– lei do *G.* 355
  v. tb. Clitemnestra (mito de)
Gerião
– bois de G. 113-117
  v. tb. Héracles (doze trabalhos de)
Gigantismo
– G. de heróis 54s
  v. tb. físico (características físicas
  dos heróis)
Grécia
– definição da estrutura, funções e
  prestígio religioso do herói na G. 13
Guardiã
– G. do lar: característica da mulher-
  Héstia 364s, 368
  v. tb. Héstia (arquétipos de); deusa/
  mulher (projeções...)
Guardião 13
  v. tb. herói (definição etimológica
  de); *héros*; defensor

Guerra
– G. de Troia 301s, 310-316
  v. tb. Ulisses (mito de)
Gula 322
  v. tb. porco (simbolismo do)

H

Hamartía 247, 250, 351
  v. tb. labdácidas; Édipo (mito de);
  Clitemnestra (mito de)
Harmonia
– H. espiritual 238s
  v. tb. fecundidade (exterior); Faetonte (interpretação do mito)
Helena
– rapto de H. 179-181
  v. tb. mulheres (rapto de); Teseu
  (mito de)
Hélio
– mito de H. 231-233
– simbolismo de H. 237
Hepatoscopia 48[37]
  v. tb. mântica
Hera
– arquétipos de H. 361, 368
  v. tb. deusas/mulher (projeções...)
Héracles 93-142
– aventuras secundárias 122-128
– ciclo da morte e da apoteose
  128-142
– doze trabalhos 101-123
– – aves do lago de Estinfalo 106
– – bois de Gerião 113-117

– – busca do cão Cérbero 117-119

– – cinturão da rainha Hipólita 110-113

– – corça de Cerinia 105s

– – éguas de Diomedes 109

– – estábulos de Augias 107s

– – Hidra de Lerna 103s

– – javali de Erimanto 104

– – leão de Nemeia 103

– – pomos de ouro do Jardim das Hespérides 119-123

– – touro de Creta 108

– nascimento, infância e educação 94-100

Herói(s)

– atividades e características fundamentais do H. 19-73

– Belerofonte 217-222

– Clitemnestra 345-360

– definição etimológica de H. 13

– Édipo 243-284

– Faetonte 233-237

– fontes bibliográficas greco-latinas para o mito dos H. 13[2]

– Héracles 93-142

– importância e simbolismo dos H. 7-9

– Jasão 185-214

– nascimento complicado e morte violenta dos H. 346, 351-357

– origem do H. 13-19

– Perseu 75-91

– suicídio de H. 281s

– Teseu 154-184

– Ulisses 301-344

Heroína

– H. de personalidade forte 345

  v. tb. Clitemnestra (mito de)

Héros 13

  v. tb. herói (definição etimológica de); guardião; defensor

Hespérides

– pomos de ouro do Jardim das H. 119-123

  v. tb. Héracles (doze trabalhos de)

Héstia

– arquétipos de H. 364s, 368

  v. tb. deusas/mulher (projeções...)

Hidra

– H. de Lerna 103s

  v. tb. Héracles (doze trabalhos de)

Hierogamia 25s, 32-41, 82

  v. tb. iniciação (formação iniciática do herói); androginismo

– H. proveniente da mulher 86-89

  v. tb. mulher (efeito benéfico...)

– comprovação do fecho iniciático 86s

  v. tb. Perseu (iniciação de)

Hipólita

– cinturão da rainha H. 110-113

Holocausto 15s

  v. tb. sacrifício(s) (aos deuses e aos heróis); oblação

Homem(ns) 13s, 33-35

  v. tb. seres (categorias dos); mulher; androginismo

– H. célebres 14
v. tb. herói (origem do); divindades (ctônias)
– "H.-da-casa"; característica da mulher-Atená 364, 368
v. tb. Atená (arquétipos de); deusas/mulher (projeções...)
– perversidade devoradora do H. 109s
v. tb. éguas (de Diomedes)
– sentido da vida do H. e da mulher 228
v. tb. virgem (conquista da)
– transformação de seres humanos em animais 320-323
v. tb. porco (simbolismo do); asno (simbolismo do); Ulisses (mito de)
Homicídio(s)
– H. dos heróis 61-64
v. tb. heróis (atividades...)
– simbolismo do H. de Apsirto 194, 212s
v. tb. Jasão (mito de)
Homossexualismo 34, 359, 364
v. tb. androginismo; Electra (complexo de); Atená (arquétipos de)
– H. de heróis 60s
v. tb. adefagia
Honorabilidade
– H. pessoal 21
v. tb. *timé*; virtudes (dos heróis)
Hýbris 83, 166, 205, 221s, 227, 237, 247, 309, 358
v. tb. descomedimento; labdácidas; Belerofonte (mito de); Faetonte

(interpretação do mito de); Ulisses (mito de); Clitemnestra (mito de)

I

Íasis 185
v. tb. cura; Jasão (mito de)
Iátrica 25, 27, 41, 50-53
v. tb. heróis (atividades...)
Íficlo
– complexo de I. 60
v. tb. castração (complexo de); adefagia
Ifigênia
– sacrifício de I. 347-349
v. tb. núpcias (de morte); Clitemnestra (mito de)
Ignorância 322
v. tb. porco (simbolismo do)
Imaginação
– I. exaltada/perversa 222-227
v. tb. deformação (psíquica); Belerofonte (interpretação do mito)
Impotência
– I. sexual 60s
v. tb. adefagia
Imundície 322
v. tb. porco (simbolismo do)
Incesto 263-265
v. tb. instinto (sexual); libido (teoria da); complexo (de Édipo)
– I. de heróis 59-61
v. tb. adefagia; Édipo (complexo de)

Inconsciente
– I. de Minos 171
  v. tb. dominação (perversa); labirinto (simbolismo do); Teseu (mito de)
Incubação
– mântica por I. 48, 48[37], 50s
– oráculo por I. 48[38]
Individualidade 8
  v. tb. heróis (importância e simbolismo dos); alteridade (herói da)
Iniciação
– I. de Héracles 101-142
  v. tb. Héracles (mito de)
– I. de Perseu 82-91
  v. tb. Perseu (mito de)
– formação iniciática do herói 21-53
  v. tb. heróis (atividades...)
– morte: último grau iniciático do herói 65s
  v. tb. morte (do herói)
– provas iniciáticas 306
  v. tb. *dokimasía*; Ulisses (mito de)
– rito iniciático 250
  v. tb. criança (exposta); Édipo (mito de)
– separação-I.-retorno dos heróis 21-25, 85s
  v. tb. ritos (de iniciação); heróis (atividades...)
– uróboro iniciático de Édipo 284
  v. tb. Édipo (mito de)
Insegurança
– I. do saber leva à destruição do poder 276[33], 278s
  v. tb. Édipo (mito de)

Instinto
– I. maternal 362s
  v. tb. Deméter (arquétipos de); deusas/mulher (projeções...)
– I. sexual 262-265
  v. tb. libido (teoria da); incesto-complexo (de Édipo)
Iugum
– casamento-I. 366
  v. tb. Ártemis (arquétipos de); deusas/mulher (projeções...)

J
Jardim
– pomos de ouro do J. das Hespérides 119-122
  v. tb. Héracles (doze trabalhos de)
Jasão
– mito de J. 185-214
– – interpretação do mito 205-214
  v. tb. Argonautas (mito dos)
Javali
– J. de Erimanto 104
  v. tb. Héracles (doze trabalhos de)
– simbolismo do J. 306, 336
  v. tb. poder (espiritual); cicatriz (simbolismo da); Ulisses (mito de)
Jogo(s)
– J. nacionais 44s
  v. tb. agonística
– J. fúnebres 46
Jugo
– casamento-J. 366
  v. tb. Ártemis (arquétipos de); deusas/mulher (projeções...)

K

Katábasis 323
  v. tb. catábase (de Ulisses); anábase

L

Labdácidas
– a família dos L. 243-247
  v. tb. Édipo (mito de)
Labirinto 27
  v. tb. iniciação (formação iniciática do herói)
– simbolismo do L. 169-171, 181
  v. tb. Minotauro (simbolismo do); Teseu (mito de)
Ladroagem
– L. dos heróis 63
  v. tb. astúcia (de heróis); heróis (atividades...)
Lago
– simbolismo do L. 106
  v. tb. pântano; estagnação; Estinfalo (aves do L. de)
Lar
– guardiã do L.: característica da mulher-Héstia 364s, 368
  v. tb. Héstia (arquétipos de); deusas/mulher (projeções...)
Lareira 15
  v. tb. sacrifícios (aos deuses e aos heróis); altar; Héstia
Lavar
– L. os pés 163s
  v. tb. purificação; banalização; alma (morte da); Teseu (mito de)

Leão 223
  v. tb. perversão (social); Quimera (interpretação...)
– L. de Nemeia 103
  v. tb. Héracles (doze trabalhos de)
Lei
– L. do *génos* 354
  v. tb. Clitemnestra (mito de)
Leito
– simbolismo do L. conjugal 334, 339s
  v. tb. Ulisses (mito de)
Lenda
– diferença entre L. e mito 228
Lerna
– Hidra de L. 103s
  v. tb. Héracles (doze trabalhos de)
Libido
– teoria da L. 262s, 268
  v. tb. complexo (de Édipo)
Ligar
– simbolismo de L. 112s
  v. tb. religar; cinturão (simbolismo do)
Lírio 322
  v. tb. flores (efeito e simbolismo das)
Literatura
– liame entre mito e L. 248s
  v. tb. Édipo (mito de)
Loucura
– L. de Orestes 356-358
  v. tb. *manía* (de Orestes); Clitemnestra (mito de)

Luta

– L. dos heróis 40-44
  v. tb. trabalhos (dos heróis); heróis (atividades...)

Luxúria 322
  v. tb. porco (simbolismo do)

Lýssa

– L. de Héracles 99
  v. tb. raiva/furor/demência (de Héracles)

M

Maça

– M. (clava) de Perifetes 161s, 173
  v. tb. Ariadne (fio condutor de); Teseu (mito de)

Maçã

– simbolismo da M. 121-123
  v. tb. pomo; Hespérides (pomos de ouro do Jardim das)

Machina

– *deus ex M.* 261[15]

Machismo

– despotismo machista 345
  v. tb. feminino

Macho 39s
  v. tb. fêmea; androginismo

Mãe

– característica da mulher-Deméter 361-363, 368
  v. tb. Deméter (arquétipos de); deusas/mulher (projeções...)

– instinto maternal 362s
  v. tb. Deméter (arquétipos de); deusas/mulher (projeções...)

Magia

– M. e poderes ocultos 203-205
  v. tb. Jasão (mito de)

Mana

– M. de certas armas 336s
  v. tb. energia (de certas armas); arco (simbolismo do poder de armar o)

Manía

– M. de Orestes 356s
  v. tb. loucura (de Orestes); Clitemnestra (mito de)

Mântica 25, 27, 41, 48-50
  v. tb. heróis (atividades...)

– divisão da M. 48[37]

Masculino 33, 40s
  v. tb. feminino; androginismo

Matriarcado

– herói matriarcal 8
  v. tb. heróis (importância e simbolismo dos)

– labirinto: representação da consciência matriarcal 181
  v. tb. labirinto (simbolismo do)

– luta entre o patriarcado e o M. 353s
  v. tb. Clitemnestra (mito de)

– vitória do patriarcado sobre o M. 235
  v. tb. conflito (entre pai e filho)

Matrimônio

– sacralidade do M. 361

   v. tb. *gámos* (*hieròs*); Hera (arquétipos de); deusas/mulher (projeções...)

Medeia

– casamento de M. com Jasão 195

– magia e poderes ocultos de M.
   203-205

   v. tb. Jasão (mito de)

– proteção de M. a Jasão 193, 209-211

– síndrome de M. 361

   v. tb. Hera (arquétipos de); deusas/
   mulher (projeções...)

Medusa

– mito de Perseu e M. 75-91

– olhar petrificador de M. 84

   v. tb. Perseu (iniciação de)

Meio-termo 225, 227s

   v. tb. *sophrosýne*; Belerofonte (interpretação do mito de)

Mestre(s)

– M. dos heróis 25s

   v. tb. heróis (atividades...)

Métron 221, 227, 237, 247, 308, 341,
   351

   v. tb. labdácidas; Belerofonte (mito
   de); Faetonte (interpretação do
   mito de); Ulisses (mito de); Clitemnestra (mito de)

– transgressão do M. pelos heróis 54,
   68

   v. tb. heróis (atividades...); *areté*;
   complexio (*oppositorum* dos heróis)

Minotauro

– simbolismo do M. 169-172

   v. tb. labirinto (simbolismo do);
   Teseu (mito de)

Mistério(s)

– M. do casamento 40

   v. tb. hierogamia

– M. dos Cabiros 189, 189[5]

   v. tb. navegação (protetores da); Jasão (mito de)

Mito(s)

– M. de Belerofonte 217-223

– M. de Clitemnestra 345-360

– M. de Édipo 243-285

– M. de Faetonte 233-238

– M. de Hélio 231-234

– M. de Héracles 93-142

– M. de Jasão 185-214

   v. tb. Argonautas (mito dos)

– M. de Perseu e Medusa 75-91

– M. de Teseu 157-184

– M. de Ulisses 301-344

   v. tb. retorno (mito do)

– M. dos Argonautas 185-214

   v. tb. Jasão (mito de)

– diferença entre lenda e M. 228

– importância dos M. 7

– liame entre M. e literatura 248-250

   v. tb. Édipo (mito de)

Moderação 222

   v. tb. Belerofonte (mito de)

Móli

– efeitos da M. 320-322

   v. tb. antídoto (eficaz); flores (efeito e simbolismo das); transformação (de seres humanos em animais)

Monomaquia 43s
  v. tb. trabalho/luta (dos heróis)

Monosândalos 186
  v. tb. sandália; pé (simbologia do P. descalço); Jasão (mito de)

Morte
– M. da alma 163
  v. tb. pés (lavar os); purificação; banalização; Teseu (mito de)
– M. de Teseu 183
  v. tb. *uterum* (*regressus ad U.* de Teseu)
– M. do herói 65-68
  v. tb. *páthos* (do herói)
– M. violenta de heróis 342, 346, 351-357
  v. tb. Ulisses (mito de); nascimento (complicado de heróis); Clitemnestra (mito de)
– ciclo da M. e da apoteose de Héracles 128-142
  v. tb. Héracles (ciclo...)
– núpcias de M. 347-350
  v. tb. Ifigênia (sacrifício de); Clitemnestra (mito de)

Mulher(es) 33-35
  v. tb. homem; androginismo
– M. dominadora/banal 111
  v. tb. cinturão (da rainha Hipólita)
– M. possuidora do arquétipo de
– – Afrodite 367s
– – Ártemis 365-367
– – Atená 364
– – Core-Perséfone 363
– – Deméter 362s
– – Hera 360
– – Héstia 364s
  v. tb. deusas (projeções...)
– destino da M. grega 358s
  v. tb. Clitemnestra (mito de)
– efeito benéfico da hierogamia proveniente da M. 86-89
  v. tb. hierogamia
– projeções dos arquétipos do sexo feminino 360-372
  v. tb. Hera/Deméter/Core-Perséfone/Atená/Héstia/Ártemis/Afrodite (arquétipos de)
– rapto de M. 179-182
  v. tb. Helena (rapto de); Teseu (mito de)
– sentido da vida do homem e da M. 228-230
  v. tb. virgem (conquista da)
– vulnerabilidade das M. 360-363
  v. tb. Hera/Deméter/Core-Perséfone (arquétipos de)

Mundo
– centro do M. 142
  v. tb. *omphalós*; umbigo (simbolismo do)

N
Nanismo
– N. de heróis 54s
  v. tb. físico (características físicas dos heróis)

Nascimento

– N. complicado de heróis 20s, 342, 346

   v. tb. morte (violenta de heróis); heróis (atividades...)

Natureza

– N. das deusas 371

   v. tb. deusas (projeções...)

Navegação

– protetores da N. 189[5]

   v. tb. Cabiros (mistérios dos); Jasão (mito de)

Nemeia

– leão de N. 103

   v. tb. Héracles (doze trabalhos de)

Neurose

– Édipo: símbolo neurótico 293-300

   v. tb. deformação (psíquica); Édipo (mito de)

Nome

– mudança do N. 25-27, 30-32

   v. tb. iniciação (formação iniciática do herói)

Nóstos 316

   v. tb. retorno (mito do)

Núpcias

– N. de morte 347-350

   v. tb. Ifigênia (sacrifício de): Clitemnestra (mito de)

O

Oblação 15

   v. tb. sacrifícios (aos deuses e aos heróis); holocausto

Oculto(s)

– poderes O. de Medeia 203-205

   v. tb. Jasão (mito de)

Ódio

– leva ao suicídio 281s

   v. tb. heróis (suicídio de); Édipo (mito de)

Olimpíada 46[35]

   v. tb. jogos (nacionais); agonística

Oliveira

– simbolismo da O. 334, 339

   v. tb. leito (simbolismo do L. conjugal); Ulisses (mito de)

Olhar

– O. petrificador de Medusa 84

   v. tb. Perseu (iniciação de)

Olhos

– O. vazados 299

   v. tb. cegueira (simbolismo da); Édipo (mito de)

Omphále 143

   v. tb. *omphalós*; umbigo (simbolismo do)

Omphalós 142-152

   v. tb. centro (do mundo); umbigo (simbolismo do)

– O. de Delfos 356

   v. tb. umbigo (de Delfos); Clitemnestra (mito de)

Opressão

– pesadelo opressor 326

   v. tb. *cauchemar*; Sereias (mito e simbolismo das)

Orestes
- loucura/*mania* 356-358
  v. tb. Clitemnestra (mito de)
Origem(ns)
- O. dos heróis 13-22
  v. tb. heróis (atividades...)
- tempo das O. 69s
  v. tb. *tempus* (*illud*); *complexio* (*op-positorum* dos heróis)
Ouro 205
  v. tb. dourada (cor); velocino (de ouro); cordeiro; Jasão (mito de)
- O.-moeda 206
- O.: símbolo do amor 368s
  v. tb. Afrodite (arquétipos de); deusas/mulher (projeções...); perversão; tesouro (simbolismo do); Jasão (mito de)
- chuva de O. 79, 82
  v. tb. Perseu (mito de)
- pomos de O. do Jardim das Hespérides 119-123
  v. tb. Héracles (doze trabalhos de)
- velocino de O. 186s, 193-197, 205-207
  v. tb. Jasão (mito de)

P

Pai
- conflito entre P. e filho 256-261
  v. tb. complexo (de Édipo); Édipo (mito de)
Pântano
- simbolismo do P. 106
  v. tb. lago; estagnação; Estinfalo (aves do lago de)

Parentesco
- P. de Belerofonte 218
- P. de Deucalião e Pirra 216
- P. de Édipo 244
- P. de Héracles 93s, 159
- P. de Jasão 215
- - P. de Jasão e Esão 185[2]
- P. de Perseu 77
- P. de Teseu 157
- P. de Ulisses 303
Parricídio 259
  v. tb. conflito (entre pai e filho)
Participação
- característica da mulher-Ártemis 365-368
  v. tb. Ártemis (arquétipos de); deusas/mulher (projeções...)
Passagem
- rito de P. 29s
  v. tb. separação (rito de); iniciação (formação iniciática do herói)
Páthos
- P. do herói 65-68
  v. tb. morte (do herói)
Patriarcado
- herói patriarcal 8
  v. tb. heróis (importância e simbolismo dos)
- luta entre o P. e o matriarcado 353s, 357-360
  v. tb. Clitemnestra (mito de)
- vitória do P. sobre o matriarcado 266
  v. tb. conflito (entre pai e filho)

Paz 191
v. tb. pomba

Pé(s)
– P. inchados 253, 286-289
v. tb. calcanhares (perfurados); deformação (psíquica); Édipo (mito de)
– lavar os P. 163s
v. tb. purificação; banalização; alma (morte da); Teseu (mito de)
– simbolismo do P. descalço 186, 207s
v. tb. sandália; *monosándalos*; Jasão (mito de)
– simbolismo dos P. de bronze 105
v. tb. corça (de Cerinia)

Pégaso
– simbolismo de P. 225-227
v. tb. cavalo (simbolismo do); Belerofonte (interpretação do mito)

Pele
– P. com *enérgueia* 103
v. tb. leão (de Nemeia)

Perifetes
– maça/clava de P. 161s, 173s
v. tb. Teseu (mito de)

Peripécia 162, 162[4]
v. tb. Teseu (mito de)

Permanência 180s
v. tb. sentar-se; comer; fixação; Teseu (mito de)

Perséfone
– arquétipos de Core-P. 361-363, 368
v. tb. Deméter (arquétipos de); deusas/mulher (projeções...)

Perseu
– mito de P. e Medusa 75-91
– – genealogia de P. 75-78, 91
– – iniciação de P. 82-91

Personalidade
– evolução e estruturação da P. 7
– heroína de P. forte 345
v. tb. Clitemnestra (mito de)
– presença do herói na P. 8
v. tb. heróis (importância e simbolismo dos)

Perversão 206
v. tb. ouro (-moeda); tesouro (simbolismo do); Jasão (mito de)
– P. banal 178
v. tb. dominação (perversa); sexualidade (pervertida); Fedra (casamento de Teseu com)
– P. do espírito 239-241
v. tb. Faetonte (interpretação do mito de)
– P. espiritual, sexual, social 223
v. tb. vaidade; serpente; bode; leão; imaginação (exaltada/perversa); Quimera (interpretação...)

Perversidade
– P. de Jasão 209-211, 213s
v. tb. provas (submetidas a Jasão); trabalhos (escamoteados por Jasão); fuga (simbolismo da F. de Jasão)
– P. devoradora do homem 109
v. tb. éguas (de Diomedes)

Pesadelo 269
v. tb. Esfinge (vitória de Édipo sobre a)

– P. opressor 326
 v. tb. *cauchemar*; Sereias (mito e simbolismo das)

Pirene
– origem da fonte de P. 219[2]
 v. tb. Belerofonte (mito de)

Piromancia 48[37]
 v. tb. mântica

Poder(es)
– P. absoluto 165
 v. tb. banalização
– P. de Édipo 276-279
 v. tb. saber (de Édipo); Esfinge (vitória de Édipo sobre a)
– P. espiritual 306
 v. tb. javali; Ulisses (mito de)
– P. espiritual/temporal 104
 v. tb. javali (de Erimanto); urso
– P. ocultos de Medeia 203-205
 v. tb. Jasão (mito de)
– P. real 306
 v. tb. arco; Ulisses (mito de)
– força e P. 112
 v. tb. religar; cinturão (simbolismo do)
– insegurança do saber leva à destruição do P. 276[33], 278s
 v. tb. Édipo (mito de)
– ruptura entre saber e P. 282
 v. tb. cegueira (simbolismo da)
– simbolismo do P. de armar o arco 333, 336-339
 v. tb. Ulisses (mito de)

Polifagia
– P. dos heróis 58s
 v. tb. heróis (atividades...)

Pomba
– simbolismo da P. 191s
 v. tb. pureza; paz; amor; alma; Jasão (mito de)

Pomo(s)
– P. de ouro do Jardim das Hespérides 119-123
 v. tb. Héracles (doze trabalhos de)
– simbolismo do P. 121-123
 v. tb. maçã; Hespérides (pomos de ouro do Jardim das)

Porca
– simbolismo da P. 162s
 v. tb. Teseu (mito de)

Porco
– simbolismo do P. 320-323
 v. tb. asno (simbolismo do); transformação (de seres humanos em animais)

Posse
– P. do reino 85-90
 v. tb. donzela (conquista da); Perseu (iniciação de)

Probidade
– suma P. 53
 v. tb. herói (atividades...)

Profeta 48
 v. tb. mântica

Projeção(ões)
– P. dos arquétipos do sexo feminino 360-372
   v. tb. deusas/mulher (projeções...)

Proteção
– P. de Medeia a Jasão 194
   v. tb. Jasão (mito de)

Prova(s)
– P. submetidas a Jasão 193s, 209-211
   v. tb. perversidade (de Jasão); trabalhos (escamoteados por Jasão); fuga (de Jasão)

Punição
– P. sofrida por Héracles 99s

Pureza 191s, 205s
   v. tb. pomba; branca (cor); catarse; purificação; Jasão (mito de)

Purificação 163-165, 205
   v. tb. pés (lavar os); banalização; alma (morte da); Teseu (mito de); pureza; branca (cor); catarse; Jasão (mito de)

– P. superior 103s
   v. tb. archote (simbolismo do); Hidra (de Lerna)

Putifar
– motivo P. 38, 38[30], 79[3]

Q

Quatro
– número Q. 101
   v. tb. três (número); doze (número)

Quimera
– vitória de Belerofonte sobre Q. 220
– interpretação desta vitória 222-228
   v. tb. Belerofonte (mito de)

Quiromancia 48[37]
   v. tb. mântica

R

Raiva
– R. de Héracles 99
   v. tb. *lýssa*/furor/demência (de Héracles)

Rápido 188[4]
   v. tb. arco; brilhante; Jasão (mito de)

Rebeldia
– característica da mulher-Ártemis 365-368
   v. tb. Ártemis (arquétipos de); deusas/mulher (projeções...)

Recém-nascido(s)
– exposição de R. 250s
   v. tb. criança (exposta); Édipo (mito de)
– exposição de Édipo 253, 258

Regressus
– R. *ad uterum* de Teseu 183
   v. tb. morte (de Teseu)

Reino
– posse do R. 85-90
   v. tb. donzela (conquista da); Perseu (iniciação de)

Religar
- simbolismo de R. 112s
  v. tb. ligar; cinturão (simbolismo do)
Retorno
- R. urobórico de Ulisses 344
  v. tb. Ulisses (mito de)
- mito do R. 316-330
  v. tb. *nostos*; Ulisses (mito de)
- separação-iniciação-R. dos heróis 21-25, 86
  v. tb. ritos (de iniciação); heróis (atividades...)
Rito(s)
- R. de iniciação dos heróis 21-25, 26-53
  v. tb. iniciação (formação iniciática do herói)
- R. de passagem/separação 29s
  v. tb. iniciação (formação iniciática do herói)
- R. iniciático 250
  v. tb. criança (exposta); Édipo (mito de)
Rochedo
- simbologia do R. 192
  v. tb. túnel; dificuldade; solução; Jasão (mito de)
Rosa 322
  v. tb. flores (efeito e simbolismo das)

S
Sabedoria
- herói da S. 8
  v. tb. heróis (importância e simbolismo dos)

Saber
- S. de Édipo 275-279
  v. tb. poder (de Édipo); Esfinge (vitória de Édipo sobre a)
- insegurança do S. leva à destruição do poder 276[33], 277-279
  v. tb. Édipo (mito de)
- ruptura entre S. e poder 282
  v. tb. cegueira (simbolismo da)
Sacralidade
- S. do matrimônio 255
  v. tb. Hera (arquétipos de); deusas/mulher (projeções...)
Sacrifício(s)
- S. aos deuses e S. aos heróis 15s
  v. tb. altar; lareira
- S. de Ifigênia 348s
  v. tb. núpcias (de morte); Clitemnestra (mito de)
Sandália 186, 207s
  v. tb. pé (simbolismo do P. descalço); *monosándalos*; Jasão (mito de)
Sangue
- direito consanguíneo 354
  v. tb. Clitemnestra (mito de)
Sarpédon
- distinção entre os três S. 221[3]
  v. tb. Belerofonte (mito de)
Sedução
- S. perversa 176-179
  v. tb. Fedra (casamento de Teseu com); Teseu (mito de)

Sentar-se 180s
v. tb. permanência; comer; fixação;
Teseu (mito de)

Separação
– S.-iniciação-retorno dos heróis
21-25, 85s
v. tb. ritos (de iniciação); heróis
(atividades...)
– rito de S. 29s
v. tb. passagem (rito de); iniciação
(formação iniciática do herói)

Ser(es)
– categorias de S. 13s
v. tb. deuses; heróis; homens

Sereia(s)
– mito e simbolismo das S. 324-327
v. tb. Ulisses (mito de)

Serpente 223
v. tb. vaidade; perversão (espiritual);
Quimera (interpretação...)

Serviço
– missão de prestar S. 19s
v. tb. heróis (atividades)

Sexo
– instinto sexual 262-265
v. tb. libido (teoria da); incesto-complexo (de Édipo)
– projeções dos arquétipos do S. feminino 360-372
v. tb. deusas/mulher (projeções...)

Sexual
– perversão S. 223
v. tb. Quimera (interpretação...)

Sexualidade
– S. pervertida 178
v. tb. dominação (perversa); perversão (banal); Fedra (casamento
de Teseu com)
– apetite sexual de heróis 59-61
– atração sexual 143
v. tb. umbigo (simbolismo do)

Síndrome
– S. de Medeia 361
v. tb. Hera (arquétipos de); deusas/
mulher (projeções...)

Sinecismo 174
v. tb. Teseu (mito de)

Social
– perversão S. 223
v. tb. Quimera (interpretação...)

Sol
– carro do S. 241
v. tb. Faetonte (interpretação do
mito)
– qualidades do S. 239
v. tb. Hélio (simbolismo de); Faetonte (interpretação do mito)

Solução 192
v. tb. rochedo; túnel; dificuldade;
Jasão (mito de)

Sombra
– conflito do herói com a S. 73, 73[57]
v. tb. umbra; herói (atividades...)

Sophrosýne 225-227
v. tb. meio-termo; Belerofonte (interpretação do mito)

Submissão
– S. e dependência 112
  v. tb. ligar; cinturão (simbolismo do)
– S. feminina 363
  v. tb. Core-Perséfone (arquétipos
  de); deusas/mulher (projeções...)
– extrema S.: característica da mulher-
  Core (Perséfone) 360-363, 368
  v. tb. Core-Perséfone (arquétipos
  de); deusas/mulher (projeções...)
Suicídio
S. de heróis 280s
  v. tb. ódio; vingança; Édipo (mito de)
Superioridade
– S. dos heróis em relação aos homens
  53s
  v. tb. herói (atividades...)

T

Tartaruga
– simbolismo da T. 164
  v. tb. Teseu (mito de)
Tempo
– T. das origens 68s
  v. tb. *tempus* (*illud*); *complexio* (*oppositorum* dos heróis)
Tempus
– *illud T.* 68s
  v. tb. tempo (das origens); *complexio* (*oppositorum* dos heróis)
Tendão(ões)
– T. cortados 286-288
  v. tb. deformação (psíquica); Édipo
  mito de)

Teriomorfismo
– T. de heróis 54s
  v. tb. físico (características físicas
  dos heróis)
Terra
– fertilidade da T. 82
  v. tb. chuva (simbolismo da C. de
  ouro)
Teseu
– mito de T. 157-184
Tesouro
– simbolismo do T. 206s
  v. tb. ouro (velocino de); Jasão
  (mito de)
Timé 21, 24, 83, 167, 221, 227
  v. tb. honorabilidade (pessoal); virtudes (dos heróis)
– atributo dos heróis 68s
  v. tb. *areté*; *métron*; *complexio* (*oppositorum* dos heróis)
Tirano 276[33]
  v. tb. *týrannos*
Touro
– T. de Creta 108
  v. tb. Héracles (doze trabalhos de)
Trabalho(s)
– T. dos heróis 41-44
  v. tb. luta (dos heróis); heróis (atividades...)
– T. escamoteados por Jasão 193s

– – simbolismo dos T. escamoteados 209-211

    v. tb. provas (submetidas a Jasão); perversidade (de Jasão); fuga (simbolismo da F. de Jasão)

– doze T. de Héracles 101-123

    v. tb. Héracles

Transformação

– T. de seres humanos em animais 320-322

    v. tb. porco (simbolismo do); asno (simbolismo do); Ulisses (mito de)

Travestismo 25s, 32-39

    v. tb. iniciação (formação iniciática do herói); androginismo

Três

– número T. 101

    v. tb. quatro (número); doze (número)

Troia

– guerra de T. 301-303, 310-316

    v. tb. Ulisses (mito de)

Túnel 192

    v. tb. rochedo; dificuldade; solução; Jasão (mito de)

Týrannos 276[33]

U

Ulisses

– mito de U. 301-344

    v. tb. retorno (mito do)

Umbigo

– U. de Delfos 356

    v. tb. Clitemnestra (mito de)

– simbolismo do U. 142-155

Umbra 73[57]

    v. tb. sombra (conflito do herói com a)

Uróboro

– U. iniciático de Édipo 284

    v. tb. Édipo (mito de)

– complemento do U. 323s

    v. tb. catábase (de Ulisses)

– retorno urobórico de Ulisses 344

    v. tb. Ulisses (mito de)

U

Urso

– símbolo do poder temporal 104

    v. tb. javali (de Erimanto); poder (espiritual/temporal)

Uterum

– *regressus ad U.* de Teseu 182

    v. tb. morte (de Teseu)

V

Vaidade 223

    v. tb. serpente; perversão (espiritual); Quimera (interpretação...)

Vegetação

– ritual da V. 179

    v. tb. Helena (rapto de)

Velocino

– V. de ouro 186s, 193-197, 205-207

    v. tb. Jasão (mito de)

Vida
- etapas da vida humana 24-26
 v. tb. educação (ateniense)
Vingança
- V. de Belerofonte 221
 v. tb. Belerofonte (mito de)
- leva ao suicídio 281
 v. tb. heróis (suicídio de); Édipo
 (mito de)
Virgem
- conquista da V. 227-229

-- simbolismo da V. 227-229
 v. tb. Belerofonte (interpretação do
 mito)
Virtudes
- V. dos heróis 21
 v. tb. herói (atividades...); *timé*;
 areté
Vulnerabilidade
- V. das mulheres 360-363
 v. tb. Hera/Deméter/Core-Perséfone
 (arquétipos de); deusas/mulher
 (projeções...)

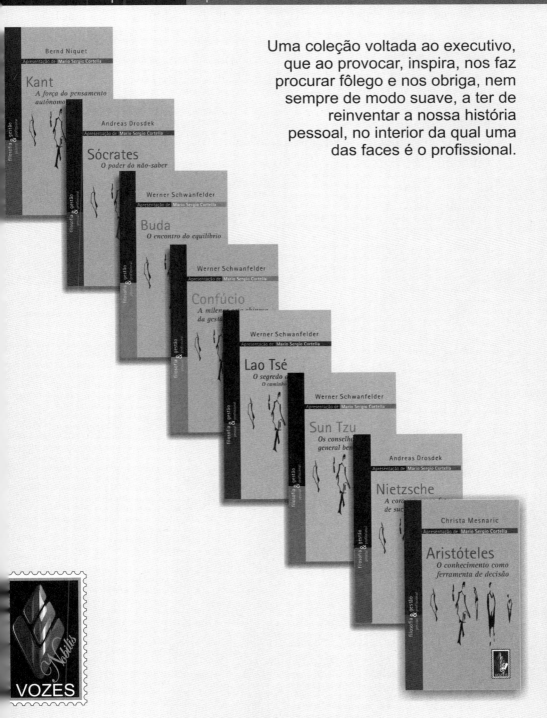

CULTURAL
Administração
Antropologia
Biografias
Comunicação
Dinâmicas e Jogos
Ecologia e Meio Ambiente
Educação e Pedagogia
Filosofia
História
Letras e Literatura
Obras de referência
Política
Psicologia
Saúde e Nutrição
Serviço Social e Trabalho
Sociologia

CATEQUÉTICO PASTORAL
Catequese
Geral
Crisma
Primeira Eucaristia

Pastoral
Geral
Sacramental
Familiar
Social
Ensino Religioso Escolar

TEOLÓGICO ESPIRITUAL
Biografias
Devocionários
Espiritualidade e Mística
Espiritualidade Mariana
Franciscanismo
Autoconhecimento
Liturgia
Obras de referência
Sagrada Escritura e Livros Apócrifos

Teologia
Bíblica
Histórica
Prática
Sistemática

REVISTAS
Concilium
Estudos Bíblicos
Grande Sinal
REB (Revista Eclesiástica Brasileira)

VOZES NOBILIS
Uma linha editorial especial, com importantes autores, alto valor agregado e qualidade superior.

VOZES DE BOLSO
Obras clássicas de Ciências Humanas em formato de bolso.

PRODUTOS SAZONAIS
Folhinha do Sagrado Coração de Jesus
Calendário de mesa do Sagrado Coração de Jesus
Agenda do Sagrado Coração de Jesus
Almanaque Santo Antônio
Agendinha
Diário Vozes
Meditações para o dia a dia
Encontro diário com Deus
Guia Litúrgico

CADASTRE-SE
www.vozes.com.br

EDITORA VOZES LTDA.
Rua Frei Luís, 100 – Centro – Cep 25689-900 – Petrópolis, RJ
Tel.: (24) 2233-9000 – Fax: (24) 2231-4676 – E-mail: vendas@vozes.com.br

UNIDADES NO BRASIL: Belo Horizonte, MG – Brasília, DF – Campinas, SP – Cuiabá, MT
Curitiba, PR – Fortaleza, CE – Goiânia, GO – Juiz de Fora, MG
Manaus, AM – Petrópolis, RJ – Porto Alegre, RS – Recife, PE – Rio de Janeiro, RJ
Salvador, BA – São Paulo, SP